NAOMI NOVIK

Drachensieg

Die Feuerreiter Seiner Majestät bei Blanvalet:

1. Drachenbrut
2. Drachenprint
3. Drachenzorn
4. Drachenglanz
5. Drachenwacht
6. Drachenflamme
7. Drachengold
8. Drachenfeind
9. Drachensieg

Naomi Novik

Drachensieg

Die Feuerreiter Seiner Majestät 9

Deutsch von Marianne Schmidt

blanvalet

Die Originalausgabe erschien 2016 unter dem Titel
»League of Dragons« bei Penguin Random House, New York.

Penguin Random House Verlagsgruppe FSC® N001967

2. Auflage
by Blanvalet, einem Unternehmen der Penguin Random House
Verlagsgruppe GmbH, München

Redaktion: Werner Bauer
Umschlaggestaltung und Artwork: Isabelle Hirtz, Inkcraft,
unter Verwendung einer Illustration von ©Iacopo Bruno
Karte: © 2017 by Kartographie Fischer-Leidl, München
HK · Herstellung: wag
Satz: Uhl + Massopust, Aalen
Druck und Bindung: GGP Media GmbH, Pößneck
Printed in Germany
ISBN 978-3-7341-6164-3

www.blanvalet.de

Für Charles –
sine qua non

1

Das Chevalier-Weibchen war noch nicht tot, als sie es fanden, doch hatten Aasfresser bereits damit begonnen, an seinem Körper herumzupicken. Eine Wolke heiser krächzender Krähen erhob sich, als Temeraires Schatten über die Lichtung fiel, und ein Hermelin in weißem Pelz und mit roter Schnauze huschte ins Unterholz; als Laurence abstieg, sah er die kleinen, glänzenden Augen geduldig abwartend unter einem Dornbusch hervorlugen. Die riesigen Flanken des französischen Drachen waren so stark zwischen den Rippen eingefallen, dass jede Vertiefung wie der Bogen einer durchhängenden Seilbrücke aussah. Mit jedem flachen Atemzug schwollen sie an und erschlafften wieder, sodass die Bewegungen der Drachenlunge deutlich zu beobachten waren. Das Weibchen bewegte seinen Kopf nicht, öffnete aber ein Auge einen winzigen Spaltbreit, drehte es so, dass es die Neuankömmlinge erfassen konnte, schloss dann das Lid jedoch wieder, ohne dass es ein Zeichen des Erkennens von sich gegeben hätte.

Im Schnee neben dem Tier, an dessen Brust gelehnt, saß tot ein Mann und starrte blind vor sich hin. Gekleidet war der Leichnam in kümmerliche Überreste, die einst die stolze, rote Uniform der Alten Garde gewesen waren. Er trug Epauletten, und die Vorderseite seines Mantels war mit kleinen Löchern übersät, wo ohne Zweifel zu einem früheren Zeitpunkt Orden gehangen hatten, die er, davon war auszugehen, an irgendeinen russischen Bauern verkauft hatte, der bereit gewesen war, ihm im Gegenzug für das Gold und Silber ein Schwein oder ein Huhn zu überlassen. Der Soldat und sein Drache waren Strandgut aus Napoleons versprengter *Grande Armée*: Höchstwahrscheinlich hatte der Hunger das Drachenweibchen auf seiner

Nahrungssuche so weit ins Landesinnere getrieben, und nachdem das Tier seine letzte Kraft aufgebraucht hatte, war es außerstande gewesen, sich wieder den Resten seiner Truppe anzuschließen. Aller Wahrscheinlichkeit nach war es schon tags zuvor gelandet: Der aufgewühlte Boden rechts und links war zu harten Hügeln gefroren, und die Stiefel seines Kapitäns waren unter dem Schnee begraben, der seit dem gestrigen Morgen zu Boden rieselte.

Laurence hielt nach der Sonne Ausschau, die allmählich unterzugehen begann und nur noch knapp über dem Horizont zu erkennen war. Jede karge Stunde Tageslicht war jetzt wertvoll, jede Minute zählte. Die letzten Einheiten von Napoleons Armee eilten Richtung Westen und versuchten zu entkommen, und Napoleon selbst war unter ihnen. Wenn sie die Truppen nicht vor dem Fluss Beresina einholten, würde ihnen Napoleon nicht mehr in die Hände fallen. Am anderen Ufer warteten Verstärkungen und Vorräte auf ihn – und zwar Verstärkung in Gestalt von Drachen, die ihn und seine Männer in Sicherheit bringen würden. Dann würde dieser verheerende Krieg wieder nicht entschieden werden und kein Ende haben. Napoleon würde nach einer zu verschmerzenden Demütigung in die offen ausgebreiteten Arme Frankreichs zurückkehren und eine neue Armee ausheben, sodass es in zwei Jahren einen weiteren Feldzug geben würde – ein erneutes Abschlachten und Blutvergießen.

Wieder blähte ein mühevolles Keuchen die Flanken des Chevaliers auf; Atem strömte aus seinen Nüstern und wurde in der eisigen Luft zu weißen Wolken, die wie der Qualm an den Öffnungen von Kanonenrohren aussahen. Leise fragte Temeraire: »Können wir denn nichts für sie tun?«

»Wenn Sie bitte ein kleines Feuer machen würden, Mr. Forthing«, sagte Laurence.

Aber der Chevalier wollte nicht mal einen Schluck Wasser zu sich nehmen, als sie etwas Schnee geschmolzen hatten, um das Weibchen davon trinken zu lassen. Es hatte keinen Sinn; für das Tier gab es keinerlei Erleichterung mehr, nun, da sein Kapitän tot und es selbst schon fast aus dem Leben geschieden war.

Es blieb nur noch ein Akt der Gnade. Zwar konnten sie keinerlei Schwarzpulver erübrigen, aber sie hatten noch ein paar Zeltstangen mit angespitzten Enden dabei. Laurence legte eine davon unten an den Ansatz des Drachenkopfs, und Temeraire drückte eine seiner mächtigen Klauen darauf, womit er das Eisen mit einem Stoß in den Körper des Chevaliers trieb. Dieser starb ohne einen einzigen Laut. Noch zweimal hoben und senkten sich seine Flanken, während die endgültige Starre nach und nach den riesigen Körper erfasste; noch zuckten Muskeln und Sehnen sichtbar unterhalb der Haut. Ein paar Männer der Bodentruppe stampften mit ihren Stiefeln und bliesen sich in die zusammengelegten Hände. Der Schnee, der schwer auf den Tannen rings um sie herum lag, dämpfte alle Geräusche.

»Wir sollten weiter«, drängte der kleine Drache Grig, noch ehe die letzten Zuckungen den Schwanz des Chevaliers erreicht hatten. Ein tadelnder Unterton schwang in seiner hohen Spatzenstimme mit. »Wir haben noch fünf Meilen vor uns, ehe wir den Sammelplatz für heute Nacht erreicht haben.«

Er war der Einzige ihrer Mannschaft, den diese Szene nur wenig berührt hatte. Allerdings konnte man es einem russischen Drachen kaum verdenken, dass er Grausamkeit und Hunger gegenüber unempfindlich war, war ihm beides doch von jeher vertraut. Sein Einwurf war zudem gerechtfertigt, denn sie hatten alles, was ihnen noch zu tun übrig geblieben war, bereits erledigt. »Sorgen Sie dafür, dass die Männer aufsteigen, Mr. Forthing«, sagte Laurence und ging zu Temeraires gesenktem Kopf. Während des Fluges war sein Atem rings um seine Nüstern festgefroren. Laurence wärmte die Eiskruste mit seinen Händen an und löste sie dann vorsichtig von den Schuppen. Schließlich fragte er: »Bist du schon bereit weiterzufliegen?«

Temeraire antwortete nicht sofort. Er hatte in diesen letzten zwei

Wochen mehr an Gewicht verloren, als es Laurence lieb war, was an der bitteren Kälte, den anstrengenden Flügen und zu wenig Nahrung lag. All diese Faktoren zusammen konnten sogar die Konstitution eines Schwergewichts von einem Drachen mit beängstigender Geschwindigkeit schwächen, und der Chevalier war ein mahnendes Beispiel dafür, wohin das Ganze führen mochte. Laurence konnte nicht verhindern, dass ihn das mit großer Besorgnis erfüllte.

Wieder einmal trauerte er Shen Shi und dem Rest ihres Versorgungszuges hinterher. Laurence hatte die chinesischen Legionen bereits vorher zu schätzen gewusst, aber jetzt noch mehr, wo sie fort waren und es in seiner eigenen Verantwortung lag, für die Verpflegung seiner Leute zu sorgen. Die russischen Flieger hatten vollkommen rückständige Vorstellungen davon, wie ihre Tiere ernährt werden sollten. Temeraires Kampfgeist allerdings war zu ausgeprägt, um sich von der Überzeugung abbringen zu lassen, dass er mit nicht mehr im Magen als drei Hühnchen und einem Sack Getreide einmal um die Welt fliegen würde, wenn ihn das bloß wieder in die Reichweite von Napoleon brächte.

»Ich bedauere es so sehr, dass Shen Shi und die anderen nach China zurückkehren mussten«, meinte Temeraire schließlich seufzend, und es klang wie ein Echo von Laurence' Gedanken. »Wenn wir doch im Verbund fliegen könnten, vielleicht …« Er brach ab. Egal, wie optimistisch man war, es war absurd, sich vorzustellen, dass es für den Chevalier noch eine Rettung hätte geben können. Selbst drei Schwergewichte gemeinsam hätten noch Schwierigkeiten dabei gehabt, das erschöpfte Tier zu tragen. »Wenigstens hätten wir ihr noch ein bisschen heiße Grütze geben können«, sagte Temeraire.

»Wenn es ein Trost für dich ist«, warf Laurence ein, »dann denk daran, dass sie freiwillig und als Eroberin in dieses Gebiet gekommen ist.«

»Oh! Als ob es irgendwas gäbe, was die Drachen aus Frankreich *nicht* für Napoleon auf sich nehmen würden!«, maulte Temeraire.

»Du weißt doch, was er alles für sie getan und wie sehr er ihr Schicksal verändert hat. Schließlich hat er Pavillons für sie gebaut und Straßen durch ganz Europa, und er hat ihnen eigene Rechte eingeräumt. Man kann keinem von ihnen die Schuld geben, Laurence; man kann sie nicht dafür verantwortlich machen.«

»Dann laste es doch wenigstens *ihm* an«, sagte Laurence, »dass er ihre Loyalität derartig ausgenutzt und den Chevalier und seine Kameraden in einem vergeblichen und ungerechtfertigten Eroberungsversuch in dieses Land geführt hat. Du konntest nicht verhindern, dass dieses Drachenweibchen hierherkam, und es stand auch nicht in deiner Macht, es zu retten. Nur ihr Herr und Meister hätte das tun können.«

»Das tue ich«, sagte Temeraire. »Ich verüble es ihm. Und, Laurence: Das Schlimmste wäre, wenn er uns jetzt noch entwischen würde.« Er holte tief Luft und hob entschlossen den Kopf. »Ich bin so weit. Wir können aufbrechen.«

Die Männer waren bereits wieder an Bord. Temeraire hob Laurence an dessen üblichen Platz am Ansatz seines Nackens, und mit einem Sprung, der weniger kraftvoll ausfiel, als es Laurence gern gesehen hätte, brachte er sie in die Luft. Unter ihnen wagte sich das Hermelin vorsichtig aus seinem Versteck und setzte sein Mahl fort.

Obwohl sie nur eine so kurze Pause eingelegt hatten, wurden sie vom beißenden Wind erneut überrascht. Die letzten warmen Herbsttage hatten sich bis spät in den November hingezogen, aber inzwischen war der russische Winter mit seiner ganzen Strenge über sie hereingebrochen und hatte unter Beweis gestellt, dass alle eindringlichen Warnungen, die Laurence vor seiner Ankunft gehört hatte, mehr als gerechtfertigt gewesen waren. Und heute waren die Temperaturen noch tiefer gesunken. Laurence war die klirrende Kälte auf dem Deck einer Fregatte in voller Fahrt gewöhnt und auch die an Bord eines Drachen hoch in der Luft, mitten im Winter, aber keine Erfahrung hatte ihn darauf vorbereitet, einem solchen Frost trotzen zu müssen. Leder, Wolle und Pelze schafften es nicht, ihn vor der Kälte zu schützen. Seine Wimpern und Augenbrauen waren von weißem Raureif überzogen, noch ehe er seine Fliegerbrille aufsetzen konnte, und als er sie endlich ordentlich befestigt hatte, lief das geschmolzene Eis innen an dem grünen Glas herunter und hinterließ dort Spuren in seinem Sichtfeld wie von Regen.

Die Männer der Bodentruppe, die im Bauchnetz reisten, waren etwas besser vom Wind abgeschirmt, denn sie konnten sich eng zusammendrängen und sich gegenseitig ein wenig Wärme spenden. Laurence hatte auch seiner spärlichen Anzahl von Offizieren die Erlaubnis erteilt, zu zweit oder zu dritt beisammenzusitzen. Ihm selber bot sich diese Möglichkeit nicht. Tharkay hatte sie zwei Wochen zuvor verlassen, um einem dringenden Ruf nach Istanbul zu folgen, und es gab niemanden sonst, mit dem Laurence den Platz hätte teilen können, ohne dass es zu Problemen geführt hätte. Ferris konnte man nicht fragen, ohne an Forthing zu denken, und umgekehrt; und er konnte nicht beide zu sich bitten. Da sie ja jeden Augenblick angegriffen werden konnten, mussten sie einfach besser auf Temeraires Rücken verteilt sein. Er ertrug die Kälte, so gut er konnte, unter einem Überwurf aus Ölzeug und einem bunt gestückelten Pelzumhang aus den Fellen von Hasen und Wieseln. Seine Beine hielt er übereinandergeschlagen, seine Finger schob er sich unter die Achseln. Und dennoch kroch die Eiseskälte unaufhaltsam in seine Glieder; wann immer seine Finger einen gefährlichen Grad an Taubheit erreicht hatten und aufhörten, ihm Schmerzen zu bereiten, zwang er sich dazu, in seinen Halteriemen aufzustehen. Bedächtig löste er einen der Karabinerhaken, was ihn mit seinen gefühllosen Händen in den dicken Handschuhen eine beträchtliche Zeit kostete, und klinkte den Haken in einen weiter entfernt liegenden Ring ein. Dann wiederholte er den Vorgang beim zweiten Verschluss und hangelte sich auf diese Weise einmal am Geschirr entlang, bis er am Ende des ersten Gurtes angelangt war und sich wieder richtig sicherte. Die naturgemäßen Gefahren, die mit einer solchen Unternehmung einhergingen – mit halb erfrorenen Händen und Füßen und auf einem Drachenrücken herumzuklettern, der durch kleine Eisschollen viel rutschiger als gewöhnlich geworden war –, hielten sich die Waage mit dem drohenden Schaden, den es geben würde, wenn er in dieser Kälte zu lange ohne Bewegung bliebe: Er musste seinen Blutkreislauf ankurbeln. Wenigstens war die instinktive Angst vor dem Boden weit unter ihm in diesem Fall eher sein Verbündeter als sein Feind; sein Herz zuckte heftig und klopfte ihm bis zum Hals, als er ausglitt und der Länge nach hinschlug, während er sich mit einer Hand am Geschirr festklammerte, wo er nur mit einem Riemen gesichert war. Die Bäume unter ihm rauschten dunkelgrün und verschwommen dahin.

Emily Roland befreite sich aus einem Haufen zusammengedrängter Offiziere in der Nähe und kletterte weitaus geschmeidiger an seine Seite. Sie war schon beinahe seit ihrer Geburt auf Drachenrücken unterwegs gewesen, auch als sie noch von ihrer Mutter gestillt worden war, und sie war in der Luft ebenso zu Hause wie auf dem Boden. Geschickt fing sie Laurence' losen Gurt auf, dessen Haken gegen Temeraires Flanke klatschte, und befestigte ihn an einem anderen Ring. Laurence bedankte sich mit einem Nicken und schaffte es, wieder Tritt zu fassen; aber er war rot im Gesicht und keuchte, als er endlich zu seinem gewohnten Platz zurückgekehrt war.

Temeraire flog tief über dem Boden; seine Augen hatte er zu Schlitzen zusammengepresst, und der Atem aus seinen Nüstern wurde über seinen Nacken nach hinten geweht. Auf dem Weg gefror er zu kleinen Wölkchen mit nadelspitzen Eiskristallen, die Laurence ins Gesicht stachen. Grig flog hinter ihnen und versuchte, den Luftstrom, den Temeraires Flügel erzeugten, so gut es ging für sich zu nutzen. Unter ihnen breiteten sich die endlosen, schneebedeckten Weiten und die schwarzen, kahlen Bäume, die von Eis überzogen waren, aus. Die Felder waren leer und glitzernd und hart gefroren. Falls sie eine Hütte passierten, blieb sie ihren Blicken verborgen. Die Bauern waren dazu übergegangen, ihre Häuser bis zu den Traufen mit Schnee zu bedecken, um sie vor den Augen der marodierenden Drachen zu verbergen. Lieber aßen sie ihre Kartoffeln roh, als dass sie ein Feuer entzündeten, dessen Rauch sie hätte verraten können.

Nur die Leichen blieben liegen und wurden nicht begraben: die Spur, die Napoleons Armee hinterlassen hatte. Allerdings dauerte es nicht lange, bis sich die Gruppe von Wilddrachen darüber hermachte, die der Armee folgte und ebenso blutrünstig war wie ein Krähenschwarm. Wenn ein Mann starb, warteten sie nicht einmal ab, bis der Leichnam erkaltet war.

Laurence hätte es ausgleichende Gerechtigkeit genannt, dass Napoleons Armee jetzt von ebenjenen Wilddrachen gejagt und gefressen wurde, die sie selbst auf die russische Bevölkerung losgelassen hatte. Aber er fand keinen Trost in der Auflösung der einst so stolzen *Grande Armée*. Das Beutegut aus dem geplünderten Moskau zog sich in einer grotesken Aneinanderreihung hinter ihr her: Seidenstoffe, goldene Ketten und feine Intarsienmöbel waren rechts und links der Straße von verhungernden Männern zurückgelassen worden, die nun nur noch das nackte Überleben im Sinn hatten. Ihr Elend war zu groß geworden; sie waren für Laurence jetzt keine Feinde mehr, sondern hatten sich zu menschlichen Tieren zurückgebildet.

Eine Stunde später erreichte Temeraire den Treffpunkt; die Nacht war beinahe schon hereingebrochen. Als er landete, sog er dankbar und tief den Dampf ein, der von der Kochgrube aufstieg, über der ein großer Kessel mit Hafergrütze köchelte. Sofort fiel er über seine Ration her. Während der Drache mit seiner Mahlzeit beschäftigt war, kam Ferris zu Laurence. Er hielt mehrere kurze Stöcke in der Hand, die er an der Spitze zusammengebunden hatte, sodass sie wie das Gerüst eines Miniaturzeltes aussahen. »Sir, ich habe darüber nachgedacht, ob wir diese Gestelle über Temeraires Nüstern befestigen könnten. Dann könnten wir Ölplanen darüberlegen und würden alle von der Wärme seiner Nase profitieren. Außerdem würde sein Atem dann nachts nicht festfrieren. Wir könnten oben ein Loch in die Plane schneiden als Luftabzug. Zwar würden wir damit auch Wärme verlieren, aber ich denke, die Hitze seines Atems würde das mehr als wettmachen.«

Laurence zögerte. Die Verantwortung für ihr Nachtlager oblag seinem Ersten Leutnant und sollte auch in dessen Händen verbleiben. Eine Einmischung des Kapitäns in diesem Bereich würde die Autorität des befehlshabenden Offiziers empfindlich beschneiden. Es wäre besser gewesen, wenn sich Ferris nicht an Laurence, sondern an Forthing gewandt hätte, um dem anderen Mann die Möglichkeit zu geben, das Lob für diese Idee einzuheimsen. Aber das wäre viel verlangt gewesen, wo Forthing doch jetzt die Position innehatte, die eigentlich Ferris besetzen sollte, ja, die tatsächlich seine gewesen war, ehe er aus dem Dienst entlassen worden war.

»Sehr gut, Mr. Ferris«, sagte Laurence schließlich. »Seien Sie so gut und erläutern Sie Ihre Vorschläge Mr. Forthing.«

Er brachte es nicht über sich, etwas abzuschlagen, was Temeraires elendige Situation hätte erleichtern können. Aber sein schlechtes Gewissen nagte an ihm, als er sah, wie sich Forthings Wangen rot färbten, während Ferris mit ihm redete. Die beiden Männer standen einander gegenüber; der eine stämmig und mit breiten Schultern und Kieferknochen, der andere groß und schlaksig und mit Zügen, die die Zartheit der Jugend noch immer nicht gänzlich eingebüßt hatten; beide hielten sich gleichermaßen kerzengerade. Forthing verbeugte sich knapp, als Ferris zu Ende gesprochen hatte, dann drehte er sich um und gab der Bodentruppe etwas gezwungen einige Anweisungen.

Das Ölzeug wurde anders drapiert, und Laurence legte sich zum Schlafen unmittelbar neben Temeraires Nüstern, wo dessen regelmäßige Atemzüge nicht viel anders als das Murmeln von Meereswellen klangen. Die Wärme war besser als alles, womit sie sich in der letzten Zeit hatten begnügen müssen, aber sie reichte trotzdem nicht aus, den Frost vollständig zu vertreiben. An den Rändern des Ölzeugs wartete die Eiseskälte wie mit scharfen Messern und kroch beim leisesten Windhauch näher. Mitten in der Nacht öffnete Laurence die Augen und sah, wie sich auf dem Stoff über seinem Kopf eine seltsam wellenförmige Bewegung abzeichnete. Er streckte eine Hand aus und legte sie auf Temeraires Seite: Der Drache zitterte heftig.

Draußen war schwach ein Stöhnen und Murren zu hören. Laurence blieb noch einen Moment länger liegen, dann zwang er sich dazu, müde und erschöpft aufzustehen und nach draußen zu gehen. Das Fell, das er sich über seinen Mantel gelegt hatte, schützte ihn so gut wie gar nicht gegen die Kälte. Die russischen Flieger waren bereits auf den Beinen, liefen zwischen ihren Drachen herum, schlugen sie mit eisernen Treibstöcken und schrien sie an, bis sich die Tiere schließlich rührten und sich schwerfällig aufrappelten. Laurence ging zurück zu Temeraire, stellte sich neben seinen Kopf und sagte: »Mein Lieber, du musst aufwachen.«

»Ich bin schon wach«, murmelte Temeraire, ohne ein Auge zu öffnen. »Nur noch einen Moment.« Es bedurfte einer Menge an gutem Zureden, bis er sich müde erhob und sich einen Platz in der Reihe suchte, die die russischen Drachen gebildet hatten: Sie alle trotteten mit hängenden Köpfen eine Runde durch das Lager.

Nachdem sie sich eine halbe Stunde lang bewegt hatten, gestatteten die Russen es ihren Drachen wieder, sich hinzulegen, diesmal in einem großen Haufen unmittelbar neben dem Kessel mit dem Haferschleim. Eine dicke Eiskruste hatte sich oben auf dem Brei gebildet. Die Köche warfen in regelmäßigen Abständen glühende Kohlen hinein, die durch die gefrorene Schicht brachen und nach unten sanken. Laurence trieb Temeraire an, sich zwischen die anderen Drachenleiber zu kuscheln, und sofort drängte sich eine große Anzahl der kleineren weißen Drachen näher und schmiegte sich an ihn. Wieder wurde das Öltuch übergelegt, und alle versuchten, noch ein bisschen Schlaf zu bekommen. Aber Laurence hatte den Eindruck, dass es noch frostiger geworden war. Der Boden unter ihnen sonderte eine Kälte ab, wie ein Herd für gewöhnlich Hitze abgab, und diese Eiseskälte war so durchdringend, dass sie sich nicht vertreiben ließ, ganz gleich, wie viel Wärme die Drachenkörper auch produzierten.

Temeraire seufzte durch zusammengebissene Zähne. Laurence fiel in einen unruhigen Dämmerschlaf, aus dem er hin und wieder aufschreckte; dann legte er eine Hand auf Temeraires Flanke, um sich zu vergewissern, dass er nicht wieder so gefährlich zitterte. Die Nacht schleppte sich dahin, und schließlich wurde es schon wieder Zeit, Temeraire für einen weiteren Rundmarsch durchs Lager zu wecken. »Die Banner des Fürsten der Hölle rücken näher, Kapitän«, sagte O'Dea. Er und die anderen Männer der Bodentruppe stapften gemeinsam mit Laurence neben Temeraires riesigen, stampfenden Klauen durch den Schnee. »Wäre kein Wunder, wenn wir überrannt würden und man uns bei Morgengrauen im ewigen Eis eingeschlossen finden würde; Gott stehe uns Sündern bei.« Dann gebot die Kälte selbst seiner redseligen Zunge Einhalt.

Alle kehrten an ihre Plätze zurück und schliefen weiter oder versuchten zumindest, ein wenig zu dösen. Irgendwann später erwachte Laurence, ohne sagen zu können, wie viel Zeit vergangen war, und glaubte, der Morgen müsste kurz bevorstehen. Doch als er den Kopf nach draußen streckte, war die Nacht ebenso undurchdringlich wie vorher. Das Licht kam von Fackeln. Ein Kosakenkurier war gelandet; sein kleines Tier schob sich mit dem Kopf voran in den Drachenhaufen. Als die anderen Tiere den durchgefrorenen Körper spürten, erhob sich murmelnder Protest. Der Reiter des Drachenweibchens zitterte so stark, dass er nicht sprechen konnte. Stattdessen wedelte er hektisch mit den Händen vor den Gesichtern der kleinen Schar von Offizieren herum, die sich um ihn drängte, und im Schein der

Fackeln warfen seine Bewegungen wilde Schatten. Laurence zwang sich in die Kälte hinaus und ging zu dem Grüppchen hinüber. »Beresina«, stieß der Neuankömmling hervor. »Beresina.«

Ein junger Oberfähnrich kam mit einem Becher heißen Grogs angerannt. Der Bote nahm einen großen Schluck, und die Umstehenden schlossen den Kreis um ihn herum enger, um ihm ein wenig von ihrer eigenen Körperwärme abzugeben. Seine Kleidung war mit einer Eisschicht überzogen, und an den Spitzen seiner Finger, die den Becher umfassten, waren hier und dort schwarze Stellen zu sehen: Frostbeulen.

»*Beresina zamerzajet*«, stammelte er. Einer der Offiziere stieß einen leisen Fluch aus, während der Kurier nach einem weiteren Schluck noch etwas hinzufügte.

»Was hat er gesagt?«, fragte Laurence leise einen der Offiziere, der die Sprache des Neuankömmlings verstand.

»Die Beresina ist zugefroren«, antwortete der Mann. »Bonaparte versucht, sie möglichst schnell zu erreichen.«

Sie waren noch vor Tagesanbruch in der Luft und erreichten das Lager der russischen Vorhut, als die Dämmerung langsam über die vereisten Hügel kroch. Die Beresina war eine wolkenverhangene, gespenstische Schneise zwischen hoch aufgetürmten Schneewehen. Nördlich des russischen Lagers strömte eine Handvoll französischer Regimenter wohlgeordnet über den Fluss. Die Männer marschierten in Zweierreihen; links und rechts von ihnen waren einzelne Menschen aus dem Umkreis der ehemaligen Lager der Franzosen und Soldaten zu sehen, die mit der Truppe nicht mehr mithalten konnten und sich nun, so gut es ging, allein durchschlugen: Frauen und Kinder mit gesenkten Köpfen und gegen die Kälte hochgezogenen Schultern und verwundete Männer, die blutige Spuren im Schnee hinterließen, während sie sich humpelnd weiterschleppten. Auf beiden Seiten lagen Leichen ausgestreckt, und immer wieder sank eine Gestalt zusammen und blieb reglos zurück. Selbst jetzt, wo der Fluchtweg offen vor ihnen lag, waren einige offenbar am Ende ihrer Kräfte angelangt.

»Das kann doch nicht alles sein, was von Napoleons Armee übrig ist«, sagte Temeraire mit zweifelndem Unterton. Es waren offensichtlich keine zweitausend Mann mehr. Auf den Hügeln am östlichen Ufer drängte sich eine kleine Gruppe französischer Drachen um ein paar Kanonen, die aufgestellt worden waren, um auf dem Rückzug Deckung zu geben, aber es waren nicht mehr als vier Tiere.

»Sie haben sich entlang des Ufers Richtung Norden verteilt«, berichtete Laurence, der gerade eine Depesche las, die ihm eilends von Gerry überbracht worden war. Die Teilung war eine kluge Strategie: Wenn die Russen mit ihrer ganzen Streitmacht gegen einen einzelnen Zug vorgehen würden, der gerade den Fluss überquerte, dann würde Napoleon diesen Teil seiner Leute aufgeben, um den Rest zu retten. Wenn sich die Russen aber selbst ebenfalls aufteilten, um mehr als eine Kolonne auf dem Überweg anzugreifen, dann könnte Napoleon einen Vorteil aus seiner Übermacht an Drachen schlagen und mehrere seiner Einheiten zusammenziehen – und zwar weitaus schneller, als das den Russen gelingen würde. Jede seiner Gruppen war groß genug, um sich gegen die Scharen von plündernden Kosaken behaupten zu können.

Als Laurence zu Ende gelesen hatte, drehte er sich zu seiner Mannschaft um. »Gentlemen«, begann er, »wir haben die Nachricht erhalten, dass Napoleon seinen Soldaten verkündet hat, er gedenke nicht, auf den Rücken eines Drachen zu steigen, solange auch nur einer seiner Männer noch am diesseitigen Ufer der Beresina zu sehen sei. Wenn er nicht gelogen hat, dann muss er in ebendiesem Augenblick irgendwo am Rande des Flusses zu finden sein.«

Ein aufgeregtes Murmeln erhob sich unter den Männern. »Wenn wir nur *ihn* zu fassen kriegen, können wir den ganzen Rest ziehen lassen«, sagte Dyhern und schlug sich mit der Faust in seine Handfläche. »Laurence, werden wir sofort aufbrechen?«

»Das müssen wir«, drängte Temeraire, der seinen Hunger und die Kälte vergessen zu haben schien. »Oh! Warum stehen denn die Russen einfach nur herum und warten ab?«

Diese Kritik war ungerecht: Jeder russische Hauptmann gab bereits brüllend Befehle, um seine Männer in Marschformation zu bringen, und gerade als Laurence seine Offiziere anwies, sich ebenfalls bereit zu machen, gingen die Befehle an die verbliebenen Drachen: Sie sollten aufbrechen, sich einen Überblick über die Menschen verschaffen, die dabei waren, die Beresina zu überqueren, und jede Einheit melden, die durch ungewöhnliche Stärke auffiel. »Temeraire«, sagte Laurence, während er seine Pistolen frisch lud, »könntest du Grig bitten, dass er allen weitersagt, sie sollen besonders nach den Drachen der Inka Ausschau halten? Die Franzosen hatten nicht viele davon bei sich, und die wenigen haben es sich bestimmt zur Aufgabe gemacht, Napoleon zu beschützen. Ma'am, ich hoffe, dass Sie es im Lager annehmlich genug haben«, fügte er, an Mrs. Pemberton gewandt, hinzu, Emily Rolands Anstandsdame. »Ich bin mir sicher, dass Mr. O'Dea sich nach Kräften um Sie kümmern wird.«

»Jawohl, Ma'am, alles, was in meiner Macht steht«, bekräftigte O'Dea und hob die Hand, wie um die Krempe eines Hutes zu lupfen, den er gar nicht trug; stattdessen hatte er sich einen behelfsmäßigen Turban aus Fellen und gegerbtem Pferdeleder um den Kopf gewunden. Dicke Lappen bedeckten auch seine Ohren und fielen ihm hinten tief in den Nacken. »Wir werden ein Zelt aufbauen und zusehen, dass wir etwas Hafergrütze auftreiben, Kapitän.«

»Bitte beachten Sie uns gar nicht«, winkte Mrs. Pemberton ab; sie war in ein Gespräch mit Emily versunken und reichte ihr gerade eine zusätzliche Pistole aus ihrem eigenen Besitz sowie ein sauberes Taschentuch.

Die französischen Drachen auf ihrem Hügel hoben wachsam die Köpfe, als sie die russischen Drachen näher kommen sahen, schwangen sich aber nicht sofort selbst in die Luft. Die Kanonen neben ihnen waren ausgerichtet und warteten darauf, ob die Gegner in Reichweite landen würden. Laurence warf einen Blick zu Vosjem hinüber, dem russischen Schwergewicht, das am nächsten zu ihm flog. Er und Kapitän Rožkov hegten keine großen Sympathien füreinander, aber im Augenblick vereinte sie ihr gemeinsames Ziel, das zum Greifen nahe schien. Rožkov drehte den Kopf und sah durch seine blaue Fliegerbrille zu Laurence; in wortloser Übereinkunft schüttelten sie den Kopf: Bonaparte war ganz ohne Zweifel nicht bei dieser Einheit zu finden, die am ehesten einem russischen Angriff ausgesetzt sein dürfte. Es gab hier auch keine Wagen oder Karren und nur sehr wenig Kavallerie.

Sie flogen am Flusslauf entlang Richtung Norden: Es waren bereits ein Dutzend ameisengleiche Marschkolonnen zu erkennen, die auf dem zugefrorenen, schneebedeckten Fluss unterwegs waren. Hinter ihnen feuerte die französische Kompanie Leuchtfeuer in verschiedenen Farben in die Luft, offenbar mit der Absicht, ihren vorauseilenden Kameraden Zeichen zu geben. Als die russischen Drachen der nächsten Flussbiegung folgten, wurden sie von einer Salve Musketengeschosse in Empfang genommen und mussten höher fliegen – was durchaus schmerzhaft in der Eiseskälte war. Nirgends war ein Drache der Inka zu entdecken; nur ein paar französische Mittelgewichte drängten sich um die Kanonen und beäugten ziemlich verängstigt die vielen russischen Schwergewichte.

Und dann stießen sie auf ein Dutzend Wagen, die – geschützt von der Kompanie – den Fluss überquerten. Gezogen wurden sie von Pferdegespannen, doch viele der Tiere hatten ihre Kapuzen verloren, wurden nun wild und gingen angesichts der vielen Drachen über ihren Köpfen durch. Die Wagen waren nicht nur mit Verwundeten beladen, sondern auch mit Beutegut. Zu seiner Beunruhigung hörte Laurence, wie Vosjem gierige Laute ausstieß, während sie den Kopf schräg legte und nach unten spähte, um einen Wagen, der gerade umkippte, genauer zu betrachten. Silberne Teller und Platten lagen überall im Schnee verstreut und warfen blitzend das Licht zurück.

Laurence hörte auch, wie Rožkov auf sie einbrüllte und mit roher Gewalt an ihrem stachelbesetzten Geschirr riss, allerdings ohne jeden Erfolg. Die anderen russischen Schwergewichte hatten den Schatz ebenfalls entdeckt: Jetzt fauchten sie sich gegenseitig an, versuchten, sich wegzubeißen, und warfen wild ihre Köpfe hin und her, weil ihren Offizieren die Zügel aus den Händen rutschen sollten. »Was zischen die denn so?«, fragte Temeraire und reckte den Kopf. »Es ist doch offensichtlich, dass Napoleon nicht hier ist. Napoleon ist nicht hier!«, rief er den russischen Drachen in ihrer eigenen Sprache zu.

Vosjem beachtete ihn überhaupt nicht. Mit einem letzten Rucken ihrer Schultern und ihres Halses warf sie Rožkov und seine beiden Leutnants von den Füßen, sodass sie hilflos in den Gurten hingen, nur gehalten von den dazugehörigen Karabinerhaken, und die Zügel fallen ließen. Mit einem Brüllen machte Vosjem einen Satz nach oben, legte ihre Flügel an und ging in einen steilen Sinkflug in Richtung der Gepäckwagen. Auch die anderen russischen Schwergewichte stimmten in das Gebrüll ein und schossen ihr hinterher, allesamt mit ausgestreckten Klauen. Sie kümmerten sich weniger um den Feind als vielmehr darum, wer von ihnen als Erstes die voll beladenen Wagen erreichen würde.

»Oh! Was macht ihr denn da bloß?«, schrie Temeraire; Laurence wandte angewidert den Blick ab. In ihrer blinden Gier unternahmen die russischen Tiere keinerlei Versuche, die Lazarettwagen oder die Wagen des Trosses zu verschonen, und verwundete Männer stürzten unter qualvollen Schreien auf das Eis des Flusses. Ungerührt landeten die russischen Drachen wahllos zwischen ihnen; andere brachten auch die restlichen Wagen zum Umkippen und zerrten sie ans Ufer, während sie sich gegenseitig mit Zischen und Blecken der Zähne und Klauen vom Leibe hielten.

Empört zog Temeraire weite Kreise am Himmel, konnte aber nichts tun. Es wäre auch dann unmöglich gewesen, ein Dutzend wild gewordene Drachen zur Räson zu bringen, wenn die russischen Tiere ihm nicht ohnehin generell mit Geringschätzung begegnet wären. »Temeraire«, rief Laurence, »versuch doch, ob du die kleineren Drachen überzeugen kannst, uns zu begleiten. Wenn wir Napoleon nur erst einmal finden würden; dann können wir zurückkommen und die Schwergewichte zur Vernunft bringen. Im Augenblick ist mit ihnen nichts anzufangen.«

Temeraire rief Grig und den anderen grauen Leichtgewichten etwas zu, und sie folgten ihm nicht unwillig: Keiner von ihnen konnte sich Hoffnung darauf machen, dass etwas von der wertvollen Kriegsbeute für sie abfallen würde – nicht wenn so viele Schwergewichte Anspruch darauf erhoben. Gerade als sie abdrehten, prallten zwei der russischen Drachen auf der gefrorenen Oberfläche des Flusses auf, wo sie mit ihren Klauen aufeinander losgingen und sich übereinanderrollten, während das Eis unter ihnen mit einem Krachen wie von Gewehrsalven zerbarst. Drei Wagen und Dutzende von schreienden Männern und Frauen versanken auf der Stelle im dunklen Strom des Flusses darunter.

Temeraire ließ den Kopf hängen, als er Richtung Norden flog und die abscheuliche Szene hinter sich zurückließ. Sie passierten vier weitere Übergänge. Das waren die Regimenter von Marschall Davout, die zwar arg dezimiert waren, aber noch immer in Kampfformation marschierten. Er hatte kaum noch Kanonen und beinahe keine Drachen mehr, denn die meisten von ihnen waren bereits vor dem Rückzug aus Smolensk in die Flucht geschlagen worden. Aber seine Soldaten waren auf die Seitenränder der Lazarettwagen geklettert und reckten ihre Bajonette in die Höhe, um einen vibrierenden Wald von abschreckenden Gewehrspitzen zu bilden. »Ich schätze, er ist von einem Kurier gewarnt worden«, sagte Temeraire, »und er hat jetzt eine Ahnung davon, wie sich die russischen Drachen aufführen. Oh, Laurence! Ich weiß kaum, wie ich ihnen in die Augen gucken soll! Wenn ich mir vorstelle, sie könnten glauben, dass *ich* so etwas tun würde – dass ich es auf Lazarettwagen abgesehen haben könnte, nur um ein bisschen Silber zu ergattern!«

»Nun ja, es war *eine ganze Menge* Silber«, bemerkte Grig mit einem unverhohlen neidischen Unterton, aber rasch fügte er hinzu: »Was natürlich nicht bedeuten soll, dass es richtig ist, was sie tun. Kapitän Rožkov wird so wütend sein! Genauso wie alle anderen Offiziere. Ich schätze«, fügte er missmutig hinzu, »dass sie uns unser Abendessen streichen werden.«

Temeraire legte seine Halskrause an. Ihm gefiel das Gesagte nicht besonders, und er sah zu, dass er rasch und mit kräftigem Flügelschwung vorwärtskam. Der Flusslauf unter ihnen beschrieb einen Bogen in östliche Richtung; leichte Schneeverwehungen überzogen die vereiste Wasseroberfläche. Hinter der nächsten Hügelkette stießen sie auf einen weiteren, diesmal kleineren Überweg: Auf beiden Seiten des Ufers waren Wagenspuren im Schnee zu sehen, und der Boden auf der höchsten Spitze des Ostufers war zertrampelt und vom Schnee befreit. Hier hatten offensichtlich Drachen die Kanonen aufgeladen und waren der Einheit gefolgt. Die Soldaten waren bereits zwischen den Bäumen am westlichen Ufer verschwunden.

Laurence suchte mithilfe seines Fernrohrs sorgfältig die Gegend und den vor ihnen liegenden Fluss ab. Auch wenn er auf keinen Fall wollte, dass Napoleon die Flucht gelang, so hatte er doch auch Angst, die feindlichen Linien zu überfliegen. Die russischen Leichtgewichte waren an keine andere Art der kriegerischen Auseinandersetzung als ihre eigenen Scharmützel gewöhnt. Sie bildeten keine starke Kompanie, und jetzt hatten sie auch noch französische Drachen rechts und links vor sich, die sich mit Kanonen schützten und deren Einheiten wohlgeordnet waren. »Wir müssen langsam daran denken, wieder umzukehren«, sagte er.

»Doch nicht etwa jetzt schon!«, begehrte Temeraire auf. »Sieh mal, ist das nicht eine Gruppe von Kosaken da drüben? Vielleicht wissen die, wohin Napoleon verschwunden ist.«

Eifrig legte er noch an Geschwindigkeit zu. Tatsächlich war dort eine Gruppe von plündernden Kosaken: sieben kleinere Tiere etwa in der Gewichtsklasse von Kurierdrachen, ungefähr halb so groß wie Grig. Jedes von ihnen trug ein Dutzend Männer, die sich an dem handgewobenen Geschirr in leuchtenden Farben festhielten. Die Kosaken waren mit Säbeln und Pistolen bewaffnet; ihre Kleidung war voller dunkler Flecke von getrocknetem Blut. Gruppen wie diese hatten den ganzen Weg von Kaluga aus die hinteren Reihen der Franzosen heimgesucht und waren auf diese Weise zum guten Teil verantwortlich gewesen für die rasche Niederlage Napoleons. Allerdings hatten sie weder ausreichend Waffen noch Drachen mit dem nötigen Gewicht, um sich regulären französischen Truppen entgegenzustellen. Ihr Anführer winkte ihnen einen Gruß zu; Dyhern borgte sich daraufhin Laurence' Sprachrohr aus und wechselte mit ihm auf Russisch ein paar Sätze. Nach ein paar weiteren Worten landeten die Kosaken, und Temeraire ging neben ihnen zu Boden. Dyhern sprang von seinem Rücken und lief mit Laurence' bester Landkarte zu den Kosaken hinüber. Nach einem weiteren kurzen Gespräch kam er wieder zurück und sagte: »Der Prinz de Beauharnais setzt zwei Meilen weiter mit neuntausend Mann und zwölf Drachen über; Tiere der Inka sind nicht dabei.« Laurence nickte schweigend und verbissen vor Enttäuschung. Doch dann bewegte Dyhern seinen Finger auf der Karte weiter nach Norden und sagte: »Allerdings sind zwei Inkadrachen bei der Gardeeinheit, die dort den Fluss überquert, wo er sich gabelt. Sie haben eine Kutsche und sieben geschlossene Wagen dabei.«

»Nur zwei Drachen?«, fragte Laurence mit scharfer Stimme nach.

Der Kapitän der Kosaken nickte und hielt bestätigend zwei Finger in die Luft; dann bewegte er seine rechte Hand in einem Kreis und deutete eine wegwerfende Bewegung Richtung Westen an, die wohl eine Flucht veranschaulichen sollte. »Er sagt, dass alle anderen Drachen der Inka vor vier Tagen in großer Hast nach Westen geflogen seien. Und sie hätten nichts mitgenommen«, erklärte Dyhern.

»Ihnen muss das Essen ausgegangen sein«, vermutete Temeraire, doch Laurence bezweifelte das. Was die Drachen der Inka anging, so galten die mächtigen Instinkte ihrer persönlichen Loyalität voll und ganz ihrer Kaiserin, die nun Napoleons Gefährtin war. Er war der Vater ihres Kindes, was ausreichte, damit die Hingabe ihrer Drachen sich auch auf Napoleon erstreckte. Dass sich dieser in einer Extremsituation entschlossen haben könnte, jene Tiere fortzuschicken, auf deren Schutz er sich hätte verlassen können, schien höchst unwahrscheinlich.

»Aber wir haben auch keine anderen französischen Schwergewichte zu Gesicht bekommen«, sagte Temeraire. »Keinen einzigen Drachen außer diesem armen Chevalier. Vielleicht hat er alle wegschicken müssen und nur diese beiden behalten.« Er blieb in der Luft stehen und sah mit bebender Halskrause sehnsüchtig nach Norden. »Laurence, wir müssen es wenigstens *versuchen*. Stell dir doch nur mal vor, wenn wir später erfahren würden, dass er uns so knapp entkommen ist …«

Laurence schaute wieder auf die Karte. Die Chancen standen äußerst schlecht, und dann lagen zwischen ihnen und der Flussgabelung eine Streitkraft von zwölf französischen Drachen und eine starke Einheit mit zahlreichen Soldaten und Kanonen. Wenn die Franzosen das Gefühl bekämen, dass Napoleon in Gefahr wäre, und sich ihnen mit aller Macht entgegenwerfen würden … »Nun gut«, sagte Laurence. Er konnte den Gedanken, den Temeraire formuliert hatte, ebenfalls nicht ertragen. »Dyhern, bitte fragen Sie die Kosaken, ob sie uns einen Weg zeigen können, wie wir uns der Flussgabelung von

Osten aus annähern können. Wir müssen an de Beauharnais vorbei in einem Bogen, der weit genug ist, dass er uns nicht sieht. Nur so können wir uns irgendeine Hoffnung darauf machen, an ihren Anführer heranzukommen.«

Temeraire flog tief und wischte dabei den Schnee von den Baumwipfeln. Er legte ein solches Tempo vor, dass er die kleineren russischen Drachen abhängte und diese ihn nur gerade noch so im Auge behalten konnten. Laurence zügelte ihn nicht. Geschwindigkeit war der einzige Trumpf, der ihnen noch blieb – falls sie denn überhaupt eine Chance hatten. Wenn die Nachrichten der Kosaken stimmten, dann würde Temeraire Napoleons Tross im Alleingang aufhalten können, wenn sie ihn rechtzeitig genug und auf freier Fläche erreichten; dann könnten die russischen Leichtgewichte vielleicht aufschließen und einen beträchtlichen Schaden anrichten. Aber wenn die Kosaken sich irrten und Laurence und Temeraire dort von weiteren Schwergewichtsdrachen oder noch mehr Kanonen in Empfang genommen werden würden, wenn also die Einheit zu groß wäre, als dass sie sich von Temeraire allein aufhalten ließe, dann könnten auch die russischen Leichtgewichte nicht für einen Sieg sorgen. Es bliebe dann auch nicht mehr die Möglichkeit zurückzukehren und die russischen Schwergewichte dazuzuholen – und das, obwohl ihre Kraft eine entscheidende Wirkung entfalten würde, sollten die Franzosen tatsächlich alle ihre eigenen großen Tiere fortgeschickt haben.

Einer Tatsache war sich Laurence durchaus bewusst: Falls sie einer Übermacht gegenüberstünden, würde er einen schwierigen Kampf mit Temeraire auszufechten haben, um ihn von einem Vorstoß abzuhalten, der nur in einem Desaster enden könnte. Als Temeraire endlich in einem scharfen Bogen Richtung Westen abdrehte und wieder Kurs auf den Fluss nahm, stellte sich Laurence im Geschirr auf, ungeachtet des immer noch beißenden Windes und der Kälte, und versuchte, durch sein Fernrohr zu erkennen, was vor ihnen lag. Die

Bäume wurden spärlicher; er konnte die beiden Arme des Flusses sehen, den sumpfigen Boden entlang der Ufer, und schließlich machte sein Herz einen Satz. Ein sehr großer, geschlossener Wagen zuckelte am anderen Ufer auf einem schmalen Pfad entlang, allerdings nicht von Pferden gezogen, sondern von einem der Inkadrachen. Dahinter fuhr eine ausladende, mit prächtigen Goldornamenten versehene Kutsche, auf deren Tür ein großes *N* prangte. Ein weiterer Drache der Inka wartete ängstlich neben den Kanonen am östlichen Ufer, und sein gelb-orangefarbenes Gefieder war so aufgeplustert, dass das Tier dreimal so groß wirkte. Aber selbst so reichte er nicht an Temeraires Gewichtsklasse heran. Kein anderer Drache war in Sicht.

»Laurence!«, sagte Temeraire.

»Ja«, antwortete Laurence, dessen angespannte Zurückhaltung aufzuweichen begann und großer Erleichterung Platz machte: Zwei Drachen und Kanonen, dazu dreihundert Mann kampfbereit, nur um eine Kutsche und einen Wagenzug zu beschützen? Er griff nach seinem Degen und lockerte ihn in der Scheide. »Los, mein Lieber, auf sie, so schnell du kannst. Mr. Forthing! Bitte geben Sie den Befehl nach unten, dass die Brandbomben bereitgehalten werden.«

Temeraire holte bereits tief Luft, und seine Flanken dehnten sich; unter seiner Haut bebte die zusammengezogene Kraft des Göttlichen Windes. Schwache Alarmrufe drangen an Laurence' Ohren, als die Franzosen sie entdeckten. Der Inkadrache an der Spitze ließ den Wagen los und war mit einem Satz in der Luft, wo er wild mit den Flügeln zu schlagen begann. Der zweite schloss sich ihm an, und beide schossen in einem raumgreifenden Muster hin und her, vor und zurück, sodass sie ein schwer zu treffendes Ziel abgaben. Die Männer der Bodentruppe feuerten eine Raketensalve ab, gerade als Temeraire in den Sinkflug ging.

»Pass auf die Kanonen auf«, brüllte Laurence Temeraire zu; ein Zucken der Halskrause verriet ihm, dass er gehört worden war. Die Feldgeschütze – zwei Zwölfpfünder – gingen gleichzeitig los, spuckten hustend und rasselnd ihre Kartätschen aus und empfingen so ihren herannahenden Feind mit Schrapnellbeschuss. Temeraire war bereits außer Reichweite hochgezogen und segelte nun am oberen Rand des Schwarzpulverrauchs entlang, und während er den Tross überflog, ließen die Männer im Bauchgeschirr ein Dutzend Bomben regnen.

»Ha! Gut getroffen!«, schrie Dyhern. Gut die Hälfte der Bomben explodierte inmitten der französischen Kanonenbesatzung. Andere Kugeln rollten weg; eine platzte auf dem gefrorenen Flusslauf auf und versank in dem Loch, das sie selber in die Eiskruste geschmolzen hatte. Und dann hatte Temeraire die Kanonen passiert; er drehte sich um die eigene Achse in Richtung der Geschütze und ließ von hinten her den Göttlichen Wind auf sie los – den nicht enden wollenden, unvorstellbaren Lärm, der die eisüberzogenen Bäume am Ufer erschütterte und zerschmetterte, als wären es Glasflaschen. Die Geschützrohre bekamen Risse und fielen auseinander. Eines der Rohre, das noch vom Mündungsfeuer rauchte, rollte den Hügel hinab und riss zwei gewaltige Schneebänke mit. Schließlich krachte es gegen das hintere Rad der Kutsche, zerschmetterte es und begrub beinahe das gesamte Gefährt unter den Schneemassen.

Die Inkadrachen kamen im Sturzflug näher, bereit, mit ausgestreckten Klauen an Temeraires verletzlichen Flanken vorbeizuziehen. Dieser aber drehte sich geschmeidig zu einer Seite und tauschte gewaltige Hiebe mit dem schwereren der Angreifer aus. Dieser Drache hatte ein blaugrünes Gefieder mit zwei scharlachroten Kreisen rings um die Augen, was ihm einen verwegenen Ausdruck verlieh. Er trug beinahe zwei Dutzend Männer der Kaiserlichen Garde auf seinem Rücken; Gewehrfeuer donnerte aus deren Waffen. Laurence konnte knapp neben seinem Ohr das Pfeifen einer vorbeizischenden Kugel hören. Als Temeraire auf gleicher Höhe mit dem Drachen war, gelang es sechs der Männer, mit einem gewaltigen Satz auf Temeraires Rücken herüberzuspringen.

Der Himmel drehte sich um sie herum, ein Durcheinander von Farben, dazu der kalte Wind; dann löste sich Temeraire und ließ das blutende Tier der Inka zurück. »Bereit machen für die Enterer«, brüllte Forthing. Die Männer der Garde, die auf Temeraires Rücken gelandet waren, waren mit Gurten gesichert, die sie aneinanderbanden. Nur zwei von ihnen hatten es geschafft, sich mit den Händen am Geschirr festzuklammern, aber das reichte, um auch die anderen vor einem Absturz zu bewahren.

Die Gardisten waren Furcht einflößende Gestalten. Sie alle waren hochgewachsene Männer mit schwerem Körperbau, die stämmig aussahen in ihren Ledermänteln und den Pelzkappen, die sie tief in die Stirn gezogen trugen. Breite Säbel und je vier Pistolen hingen an ihren Geschirrriemen. Sie gaben sich gegenseitig Halt, bis sich alle festgehakt hatten. Dann, in einem engen, wohlgeordneten Pulk, schoben sie sich flink über Temeraires Rücken, wobei jeder seinen Kameraden mit vorgehaltener Waffe Deckung gab.

Laurence hatte nun allen Grund zu bereuen, dass seine Mannschaft so ausgedünnt war. Ihm standen nur einige wenige Offiziere zur Verfügung; in Neusüdwales war die Auswahl nicht eben üppig gewesen. Und von diesem zusammengewürfelten Haufen hatte nur eine Handvoll den Schiffbruch der *Allegiance* überlebt, unter ihnen der kleine Gerry, dessen Kräfte noch nicht ausreichten, um einen Degen zu halten, und der stattdessen lediglich mit einem langen Messer ausgestattet war. Was die anderen Ränge anging, hatte er neben Emily Roland nur noch Baggy, der nach wie vor mitten im Wachstum und entsprechend schlaksig war und der erst vor Kurzem von seinem vorherigen Posten in der Bodentruppe aufgestiegen war. Und dann war da noch der dünne Cavendish mit den hängenden Schultern. Sicher war er mutig und tapfer genug, aber wenn man ihn so ansah, schien es wahrscheinlicher, dass ihn ein starker Windstoß von Bord pusten würde, als dass man ihn sich dabei vorstellen konnte, wie er mit einem von Napoleons Gardisten die Klingen kreuzte.

Laurence hatte keine Männer von seinen Kapitänskameraden abziehen wollen, auch wenn Harcourt ihm freundlicherweise entsprechende Angebote unterbreitet hatte, ehe sich in China ihre Wege trennten. Aber Laurence wusste, dass er und Temeraire bei der Admiralität alles andere als ein gutes Ansehen genossen. Sicher, er war formal in allen Punkten rehabilitiert worden, aber es war undenkbar, dass diese Gentlemen irgendeinem Offizier aus seiner Mannschaft in Zukunft wohlgesonnen gegenüberstehen würden. Und diese Bedenken waren es, die nun das Los der Männer, die ihm zur Verfügung standen, oder sogar das Schicksal Temeraires besiegeln würden.

In unausgesprochener Übereinkunft hatten sich Roland und die Jungen zusammengezogen, um eine letzte Verteidigungslinie zwischen den näher rückenden Enterern und Laurence zu bilden – eine Absicht, die ihm völlig grotesk vorkam. Und doch war es sein eigener Fehler gewesen, dass er keine größeren Anstrengungen unternommen hatte, um seine Mannschaft zu verstärken. Forthing hatte keinen zweiten oder dritten Leutnant hinter sich, und es gab auch keine älteren Oberfähnriche, die sie in ihrem Widerstand hätten unterstützen können. Außerdem hatten sie keine Gewehrschützen an Bord.

Ferris und Dyhern zückten ihre Degen; sie schlossen sich Forthing an, und gemeinsam kletterten sie auf Temeraires Rücken den Franzosen entgegen. Laurence zog seinen eigenen Degen und seine Pistole – das Metall war so eiskalt, dass die Berührung schmerzte, und er konnte nur hoffen, dass sich überhaupt ein Schuss lösen würde.

Wieder drehte sich die Welt in einer schwindelerregenden Spirale, und dann ging es plötzlich steil nach oben. Die Drachen der Inka verfolgten Temeraire verbissen, denn sie wollten verhindern, dass er wieder zu Atem kam. Und sie fürchteten verständlicherweise den Göttlichen Wind. Laurence hatte den Bogen raus, wie er sich so in die Geschirrgurte lehnen musste, die Stiefel fest auf Temeraires Haut gepresst, dass er während eines stürmischen Flugs nicht das Gleichgewicht verlor. Aber auch er hatte kein Mittel gegen die Orientierungslosigkeit, die die ganze Welt um ihn herum zu bedeutungslosen Umrissen und Farben verschwimmen ließ. Er schüttelte den Kopf und blinzelte mit tränenden Augen. Alle Gardesoldaten hatten sich auf den Beinen halten können. Forthing kletterte näher – er richtete sich am Geschirr auf und gab einen Schuss aus seiner Pistole ab; einer der Franzosen feuerte im selben Moment. Eine Rauchwolke erhob sich, dann sackte der Enterer zusammen. Forthing zuckte und wand sich in seinen Haltegurten. Blut sprudelte aus einer Verwundung an seiner Wange und wurde ihm vom peitschenden Wind übers ganze Gesicht getrieben; leuchtend rot umgab es ein klaffendes Loch. Die Kugel war ihm in den Mund geraten und seitlich aus seinem Gesicht wieder ausgetreten. Ein weiterer Pistolenschuss ertönte, doch der graue Rauch, der in der Luft hing, verschleierte den Schützen. Laurence konnte nicht sagen, ob der Schuss von ihrer Seite oder vonseiten der Franzosen gekommen war.

Dyhern kämpfte mit einem anderen Mann der französischen Garde. Er selber war groß, aber der andere, jüngere Soldat hatte ihn bereits zu Boden gerungen. Ferris sah an Temeraires Rücken hinunter, griff waghalsig nach seinem zweiten Sicherungsgurt und löste den Karabinerhaken, dann ließ er das Geschirr los. Gute drei Meter fiel er nach unten zu dem Mann, der Dyhern überwältigt hatte, und es gelang ihm, sich an einem von dessen Gurten festzuklammern. Ehe der Franzose sich von dem Schrecken erholt hatte, hatte Ferris ihm schon mitten ins Gesicht geschossen. Dann schob er die benutzte Pistole in seinen Gürtel und bückte sich, um sich an Stelle des toten Mannes am Geschirr festzuhaken. Der Leichnam des Franzosen stürzte taumelnd Richtung Boden.

Mit einem Schlag stellte sich ein Gefühl von Schwerelosigkeit ein. Temeraire hatte gerade genug Abstand zu seinen Verfolgern bekommen, um sich umzudrehen; nun krümmte er sich mitten in der Luft wie ein gespannter Bogen, hing für den Bruchteil einer Sekunde reglos in der Luft und schnellte schließlich im Sinkflug auf die beiden

Inka-Drachen los, die ihm so nah auf den Fersen waren. Die Tiere kreischten auf und wandten ihre Köpfe zur Seite, um im Nahkampf mit Temeraire ihre Augen vor seinen Klauen und Zähnen zu schützen. Die Welt zerfiel in kleine Teile: Temeraire brüllte den Drachen in die Gesichter, während sie alle auf den Erdboden zurasten. Der Göttliche Wind pulsierte erneut unter seiner Haut. Dann brüllte er wieder und ein drittes Mal; seine Flügel ruderten wild durch die Luft. Unabwendbar ging es dem Boden entgegen. Laurence klammerte sich mit aller Macht an die Gurte und sah, dass die anderen Männer es ihm gleichtaten. Es war, wie mitten im Sturm auf einem Schiff im Topp zu hängen und zu versuchen, ein Segel zu reffen. Schließlich schmetterte Temeraire die beiden anderen Drachen gemeinsam auf das unter ihm liegende Ufer; Äste von Bäumen brachen, und Schnee und Eis wurden in die Höhe katapultiert und stoben durch die Luft wie der Qualm von Schwarzpulver.

Laurence versuchte, seine Augen mit einem Arm abzuschirmen, aber der herumfliegende Schnee landete in dicker Schicht auf seinem Kopf, verklebte seinen Mund und verstopfte seine Ohren. Sie hatten alle aufgehört, sich zu bewegen. Wenn Temeraire beim Sturz verletzt worden war …

Gerade als Laurence seinen Arm wieder sinken ließ, sah er, dass einer der Gardesoldaten mit einem Säbel seinen Haltegurt durchtrennte und mit vier langen Sätzen direkt auf ihn zukam. Emily Roland sprang den Mann von einer Seite aus an; Baggy nahm ihn von der anderen Seite aus in die Zange, aber der Franzose war mehr als dreißig Zentimeter größer als die beiden, die ihn aufhalten wollten, und schob sich mühelos an ihnen vorbei. Seinen Säbel hielt er angriffsbereit in der Hand; Laurence zog seine eigene Pistole und drückte ab – jedoch ohne dass irgendetwas passiert wäre. Die Feuchtigkeit hatte das Schwarzpulver unbrauchbar gemacht. Geistesgegenwärtig schleuderte er dem Franzosen die Pistole ins Gesicht und parierte dessen niedersausende Klinge mit seinem eigenen Degen. Es war ein gewaltiger Aufprall. Der Franzose drosch mit aller Gewalt auf Laurence' Degen ein und versuchte, ihn ihm aus der Hand zu schlagen; dann packte er ihn am Arm.

Der Untergrund, auf dem sie standen, wackelte: Temeraire schüttelte sich und versuchte, sich von den Schneemassen zu befreien, die ihn nahezu unter sich begraben hatten. Der Franzose ließ Laurence' Arm los und griff nun Halt suchend nach einem Geschirrriemen, um nicht vollends das Gleichgewicht zu verlieren. Sie standen sich so nah gegenüber, dass sie sich hätten umarmen können, aber Laurence schaffte es, sich weit genug zurückzulehnen, um dem Mann einen Hieb mit dem Knauf seines Degengriffs gegen den Kiefer zu versetzen. Der Franzose wackelte benommen mit dem Kopf, schlug jedoch trotzdem noch einmal mit seinem Säbel zu. Laurence' chinesische Klinge klirrte, als die Waffen aufeinanderprallten, hielt aber stand.

Sie waren einander ebenbürtig, doch plötzlich war das laute Krachen einer abgefeuerten Pistole zu hören, und heißes Blut und Gehirnmasse spritzten Laurence in die Augen; mit einem Satz wich er zur Seite aus. Emily Roland hatte seinem Gegner in den Hinterkopf geschossen. Laurence wischte sich Blut und Schnee aus dem Gesicht, während Temeraire sich auf die Hinterläufe aufrichtete und sich ein letztes Mal schüttelte, sodass er schließlich bereit war. Die beiden Drachen der Inka lagen zerschmettert unter ihm. Dabei war es vermutlich eher der Göttliche Wind als der Sturz gewesen, der ihnen den Garaus gemacht hatte. Die zwei letzten Männer der französischen Garde auf Temeraires Rücken hatten sich ergeben: Forthing nahm ihnen ihre Schusswaffen und Klingen ab, und Ferris fesselte ihre Arme. Alle ihre französischen Kameraden auf dem Drachenrücken waren niedergemetzelt worden; ihre Leichname lagen auf ihren eigenen toten Tieren verstreut.

Ein Stück weiter oben am Flussufer standen die Soldaten rings um die Kutsche herum wie zu Eis erstarrt und beobachteten die Szene, die Gesichter bleich, die Gewehre fest umklammert. Laurence spürte, wie Temeraire Luft holte und dann noch einmal sein markerschütterndes, entsetzliches Brüllen über ihre Köpfe hinweg ausstieß. Die Männer erwachten aus ihrem Schockzustand, gerieten in Panik und flohen. Einige versuchten in blindem Entsetzen, rutschend und immer wieder ausgleitend flussaufwärts zu entkommen, andere wandten sich zurück Richtung Osten und somit zweifellos in die offenen Arme der Kosaken. Die meisten aber stürzten zum westlichen Ufer und verschwanden zwischen den Bäumen.

Temeraire stand keuchend da. Dann schüttelte er sich, um sich vom Rausch der Schlacht zu befreien, und sah sich um. »Laurence, geht es dir gut? Oh! Bist du etwa verwundet worden? Waren das die Männer da drüben?«, fügte er mit zusammengekniffenen Augen hinzu, als sein Blick auf die Gefangenen fiel.

»Nein, nein, ich bin völlig unversehrt«, erwiderte Laurence eilig. Das Handgemenge würde er zwar noch eine Woche lang in den Schultern spüren, aber er hatte kaum eine Schramme davongetragen. »Es ist nicht mein Blut, keine Sorge.« Er legte Temeraire eine Hand auf den Nacken, um ihn zu beruhigen, denn ihm war völlig klar, wie das Schicksal der Gefangenen aussehen würde, sollte Temeraire zu dem Schluss kommen, sie hätten Laurence auch nur ein Haar gekrümmt.

Dieses Mal ließ Temeraire sich leicht ablenken. »Also dann ...« Er drehte seinen Kopf zu der goldbesetzten Kutsche, die nun allein am Rande des Flusses stand und noch immer halb unter Schneemassen begraben war. Mit einem Satz war er am Ufer, schob mit angestrengtem Schnaufen den langen Wagenzug beiseite und räumte mit dem Vorderbein den Großteil der Schneewehe von der Kutsche, um sie freizulegen. Laurence sprang auf den Boden, Dyhern folgte ihm. Gemeinsam marschierten sie zu der Tür, die vielleicht drei Zentimeter aufgeschoben worden war, ehe die Schneemassen sie gestoppt hatten. Jetzt rissen die beiden sie ungeachtet der restlichen Schneeberge auf.

Zwei Frauen, vor Angst halb ohnmächtig, drückten sich in die Kissen: eine wunderschöne, junge Dame in einem Kleid, das zu tief ausgeschnitten war, als dass es noch als schicklich hätte durchgehen können, und ihre Zofe. Sie klammerten sich aneinander und kreischten, als sich die Tür öffnete. »Guter Gott!«, sagte Dyhern.

»Der Kaiser«, herrschte Laurence sie auf Französisch an. »Wo ist er?«

Die Frauen starrten ihn an. Dann antwortete die Dame mit bebender Stimme: »Er ist bei Oudinot ... Bei Oudinot!«, und verbarg ihr Gesicht an der Schulter ihrer Zofe. Laurence trat entmutigt einen Schritt zurück und warf einen Blick zu dem Begleitwagen. Temeraire griff mit seinen Krallen nach dem Dach, rüttelte daran und zog.

Die Sonne ließ Gold aufblitzen: goldene Platten und Gemälde in vergoldeten Rahmen; außerdem Silberornamente, bronzebeschlagene Truhen und Reisekisten. Laurence und die anderen klappten die Bedeckungen zurück: noch mehr Gold und Silber und Kupfer und Berge von Papiergeld.

Sie hatten nur Napoleons Gepäck erbeutet. Der Kaiser selbst war entkommen!

2

Temeraire war untröstlich. »Das ist so was von ungerecht! Wann immer ich nichts lieber entdeckt hätte als einen großen Schatz, war keiner in Sicht. Und jetzt liegt einer hier vor uns, obwohl ich doch viel lieber Napoleon gefangen genommen hätte.« Als wollte er das Schicksal nicht herausfordern, fügte er eilends hinzu: »Nicht, dass ich mich ernsthaft beklagen würde. Ich habe wirklich *überhaupt nichts* gegen diesen Schatz einzuwenden. Aber, Laurence, es ist einfach unvorstellbar, dass Napoleon uns durch die Lappen gegangen sein soll. Sollte er denn wirklich allen Ernstes entkommen sein?«

»Ja«, antwortete Hammond an Laurence' Stelle, der sich bereits in die Briefe vertieft hatte, die Placet ihnen aus Riga mitgebracht hatte. »Die letzten Nachrichten, die uns erreicht haben, lassen keinen anderen Schluss zu. Er wurde vor drei Tagen an der Seite der Kaiserin in Paris gesehen. Muss wohl mit einem Kurierdrachen aufgebrochen sein, kaum dass alle seine Männer die andere Seite des Ufers erreicht hatten. Es ist zu hören, dass er bereits die nächste Einberufung für die Armee angekündigt hat.«

Temeraire seufzte und ließ den Kopf hängen.

Der Großteil des Schatzes war in den Wagen verblieben, was den Transport erleichtern würde. Laurence hatte darauf bestanden, alle jene Stücke zurückzugeben, die leicht zu identifizieren waren, wie die ausgesprochen prächtigen Gemälde, die aus dem Zarenpalast gestohlen worden waren. Aber davon gab es nicht allzu viele: Das meiste waren Truhen, mit unförmigen Goldklumpen gefüllt, welche vermutlich zusammengeschmolzen waren, als Moskau in Flammen stand, und die niemand mehr hätte wiedererkennen können.

Temeraire leugnete nicht, dass die Beute ein hübscher Trost war – aber sie konnte Napoleons Entkommen dennoch nicht aufwiegen! Es war ihm nicht unlieb, dass die russischen Schwergewichte ihm nun mit deutlich mehr Respekt begegneten und allesamt geschworen hatten, dass sie das nächste Mal auf ihn hören würden, wenn er ihnen sagte, sie sollten nicht einfach irgendwo einen Zwischenstopp einlegen. Aber sie wollten ihm partout nicht abnehmen, dass er es nicht auf das Gold abgesehen hatte. »Ich habe nur meine Pflicht getan«, hatte er schließlich sehr formell erklärt, »und versucht, Napoleon zu fassen zu bekommen. Und ihr hättet alle dasselbe tun sollen.«

»O ja«, antworteten sie und nickten alle sehr bedächtig. »Du hast deine Pflicht erfüllt. Und jetzt erzähl uns noch mal, wie viel Gold in diese mittlere Kiste passte, die mit den vier Beschlägen.«

Temeraire fand diese Gespräche alles andere als befriedigend. »Und Napoleon sitzt derweil schön gemütlich wieder zu Hause«, sagte er, »und trinkt bestimmt mit Lien Tee. Ich bin mir sicher, *sie* war nicht den ganzen Winter über kurz vorm Erfrieren. Stattdessen hat sie in einem Dutzend verschiedener Pavillons übernachtet und ein Festmahl nach dem anderen goutiert. Da bin ich mir ziemlich sicher. Und *wir* sind immer noch hier.«

»*Immer noch* hier?«, erregte sich Hammond. »Herr im Himmel, es sind noch keine drei Tage vergangen, seitdem wir Wilna eingenommen haben. Da kann man doch wohl wirklich nicht behaupten, dass unser Aufenthalt hier schon zu lange dauern würde.«

Aber für Temeraire persönlich gab es nur wenig Unterschied zwischen Wilna und Kaluga. Nun gut, auch er konnte sehen, dass auf einer Landkarte zwischen den beiden Städten fünfhundert Meilen lagen, die sie in der Zwischenzeit zurückgelegt hatten. Aber auch wenn jeder behauptete, dass sie sich mittlerweile gar nicht mehr in Russland, sondern in Litauen befänden, fand er doch ihre augenblickliche Umgebung kaum verändert und nach wie vor wenig erfreulich. Der Stützpunkt ganz am Rande der Stadt hob sich nicht positiv von den vorherigen ab, der Boden war noch genauso hart gefroren wie auf russischem Gebiet, und auch wenn es hier mehr zu essen gab, waren die Mahlzeiten alles andere als appetitanregend: tote Pferde, immerzu nur tote Pferde. Laurence hatte dafür gesorgt, dass man ihm ein Lager aus Stroh und Lumpen herrichtete, welches die Bodentruppe jeden Tag ein wenig höher baute, aber das war nur ein schwacher Trost, wo Temeraire doch auch vom Palasthügel im Herzen der Stadt aus heruntergucken könnte. Dieser war hell erleuchtet für die Festlichkeiten, von denen die Drachen samt und sonders ausgeschlossen worden waren – als ob der Sieg ohne sie hätte errungen werden können.

»Ich bin allerdings beinahe froh«, sagte Temeraire, »dass der *Jalan* nach China zurückkehren musste; ich weiß gar nicht, wie ich ihnen ein solch unzivilisiertes Benehmen hätte erklären sollen, ganz zu schweigen von der schlechten Behandlung, die uns hier zuteilwird. Es ist eine Sache, während eines Krieges auf dem Schlachtfeld zahllose Unannehmlichkeiten erdulden zu müssen. Damit muss man rechnen, und ich bin mir sicher, niemand würde behaupten, dass wir nicht genauso zurückgesteckt hätten wie alle anderen auch. Aber es ist ganz was anderes, wenn sie einen danach im Schlamm rumsitzen lassen, in *gefrorenem* Schlamm wohlgemerkt, und einem nur halb aufgetautes Pferdefleisch auftischen, während der Zar jeden anderen, der nichts Bemerkenswertes zum Sieg beigetragen hat, mit Köstlichkeiten verwöhnt. Aber er denkt ja nie daran, auch mal einen von uns dazuzubitten.«

»O doch, das hat er«, warf Hammond mit ernster Stimme ein. »Tatsächlich, Kapitän«, fügte er an Laurence gewandt hinzu, »bin ich hier, um Ihnen eine Einladung zu überbringen. Der Zar hat heute Geburtstag, und natürlich ist Ihre Anwesenheit bei den Feierlichkeiten über alle Maßen wünschenswert, und zwar nicht nur als Repräsentant der Regierung Seiner Majestät, …« Temeraire legte bei der Erwähnung dieses Haufens von sogenannten Gentlemen seine Halskrause an;

Hammond warf ihm zwar einen besorgten Blick zu, fuhr jedoch eilig fort: »... sondern auch als Zeichen unserer Freundschaft, ja unserer engen Verbundenheit mit China. Ich frage mich, ob Sie nicht vielleicht in Erwägung ziehen könnten, die Prunkrobe anzulegen, die der chinesische Kaiser Ihnen freundlicherweise geschenkt hat.«

Obwohl Temeraire ein Gefühl tiefer Empörung überkam, dass er selber bei dieser Einladung vergessen worden war, konnte er doch nicht umhin, den Vorschlag Hammonds gutzuheißen, denn zumindest wollte er sehen, dass Laurence so empfangen wurde, wie es ihm gebührte. Für Laurence hingegen war es eine schreckliche Vorstellung, sich selbst so in den Vordergrund zu spielen, was Temeraire nur sehr schwer nachvollziehbar fand. Er war sich sicher, dass Laurence sofort Protest erheben würde; es war immer immens viel Überredung nötig, damit er sich in der Ehrengarderobe zeigte, die er sich redlich verdient hatte.

»Wie Sie wünschen«, sagte Laurence, ohne den Kopf von den Briefen zu heben; seine Stimme klang distanziert und hatte einen merkwürdigen Unterton.

Hammond blinzelte, als könnte er selbst nicht so recht an einen derartig raschen Erfolg glauben, und sprang dann eilig auf.

»Wunderbar«, sagte er. »Ich muss mich auch um meine eigene Kleidung kümmern. Ich werde Sie in einer Stunde abholen, wenn Ihnen das recht ist. Ich hoffe, bis dahin werden Sie mich entschuldigen.«

»Ja«, antwortete Laurence, noch immer zerstreut. Hammond machte eine tiefe Verbeugung und verschwand beinahe im Laufschritt von der Lichtung. Temeraire spähte einigermaßen erstaunt zu Laurence hinunter und erkundigte sich dann höchst besorgt: »Laurence? Laurence, geht es dir auch gut? Bist du etwa krank?«

»Nein«, antwortete Laurence. »Nein, mir geht es gut. Verzeih mir. Ich fürchte, ich habe eine traurige Nachricht aus England erhalten.« Er zögerte einen Moment lang, noch immer über den Brief gebeugt, während Temeraire beunruhigt und erstarrt abwartete. Was mochte geschehen sein? Dann endlich sagte Laurence: »Mein Vater ist tot.«

Lord Allendale war ein strenger und wenig zugewandter Vater gewesen, der seine Liebe nicht gezeigt hatte, aber Laurence hatte stets das befriedigende Gefühl gehabt, seinen Vater respektieren zu können. Zwar war er mit seinem Urteil nicht immer einverstanden gewesen, aber Laurence hatte nie einen Anlass für Zweifel an der Ehrenhaftigkeit seines Vaters gehabt. Sowohl sein privates wie auch sein öffentliches Leben waren immer tadellos gewesen. In diesem Moment gestand sich Laurence voller Bitterkeit ein, dass sein Vater Gleiches über seinen jüngsten Sohn nicht hätte sagen können. Dessen Verrat war es gewesen, der die Gesundheit Lord Allendales ruiniert und höchstwahrscheinlich sein Ableben beschleunigt hatte.

Laurence wusste nicht, ob sein Vater jemals dazu hätte gebracht werden können, die Entscheidungen seines Sohnes nachzuvollziehen oder sogar gutzuheißen. Er selber hatte Schwierigkeiten damit gehabt, mit seinem eigenen Vergehen ins Reine zu kommen, und dabei sah er jeden Tag die schlagkräftigsten Beweise dafür vor sich, dass Drachen fühlende Wesen waren und eine Seele hatten. Er hatte gesehen, wie jene Drachen auf entsetzliche Weise dahingesiecht waren und unter den schleichend fortschreitenden Stadien des Hustens gelitten hatten, den die Seuche hervorrief und der sie gequält hatte – bis sie schließlich dahingerafft worden waren. Er hatte ihre Qualen mit eigenen Augen gesehen, genau wie die Kadaverberge mit Hunderten von Tieren draußen vor Dover. Er hatte genau gewusst, was das Ministerium vorhatte, als es vorsätzlich die europäischen Drachen mit dieser heimtückischen Krankheit infizieren wollte: Sie hätte nicht nur zur Ermordung der Feinde geführt, sondern die vollständige Vernichtung von Verbündeten und Unschuldigen gleichermaßen zur Folge gehabt.

Aus diesem Grunde war er tätig geworden, hatte das Heilmittel nach Frankreich gebracht und es Napoleon in die Hände gespielt. Und doch war sogar er anfangs vor diesem Schritt zurückgeschreckt. Erst vor drei Nächten hatte er wieder einmal von dem furchtbaren Moment geträumt, als Temeraire sagte: »Dann werde ich allein fliegen.« In seinem Traum fand sich Laurence auf einem einsamen Stützpunkt wieder, wo er von Lichtung zu Lichtung ging und Temeraires Namen rief, ohne eine Antwort zu bekommen.

Laurence musste sich anstrengen, um ins Hier und Jetzt zurückzufinden. Temeraire hatte den Kopf gesenkt und musterte ihn besorgt. »Mir geht es gut«, sagte Laurence und legte dem Drachen beruhigend den Kopf auf die Nüstern. »Ich bin nicht am Boden zerstört.«

»Willst du nicht irgendetwas trinken? Gerry?«, rief Temeraire und reckte den Hals. »Bitte bring einen Becher mit heißem Grog für Laurence. Das muss reichen; was anderes haben wir hier nicht«, fügte er hinzu und sah wieder nach unten. »Oh, Laurence, es tut mir so leid, das zu hören. Ich hoffe, deiner Mutter ist nichts passiert? Sind die Franzosen wieder eingefallen? Sollen wir sofort aufbrechen?«

»Nein«, antwortete Laurence. »Dieser Brief ist schon einen Monat alt, mein Lieber. Wir haben die Beerdigung verpasst.« Er verschwieg, dass er wohl kaum willkommen gewesen wäre, mit oder ohne einen zwanzig Tonnen schweren Drachen im Schlepptau. »Er ist in seinem Bett gestorben. Meine Mutter ist wohlbehalten, aber natürlich in tiefer Trauer.« Seine Stimme war leise und versagte ihm am Ende gegen seinen Willen den Dienst. Der Brief war in der Handschrift seiner Mutter verfasst, und ihre Trauer sprang ihm aus jeder knappen Zeile entgegen. Noch vor fünf Jahren war sein Vater bei bester Kraft und Gesundheit und in der Blüte seines Lebens gewesen. So hatte seine Mutter alles Recht gehabt, darauf zu hoffen, dass sie nicht so bald Witwe werden würde.

Gerry kam mit einem dampfenden Becher angerannt, und Laurence nahm gleich einen ordentlichen Schluck. »Gehört er vielleicht ins

Bett?«, murmelte Temeraire vor sich hin, als ob er sich auf Laurence' Zustand keinen Reim machen konnte, aber er forderte keine weiteren Erklärungen ein. Stattdessen rollte er sich um Laurence herum zusammen, um ihm auf diese Weise allein durch sein Dasein und seine Nähe Trost zu spenden. Laurence ließ sich schwer und dankbar auf ein Vorderbein des Drachen sinken und las den Brief immer wieder, sodass er zumindest die Trauer mit jenen teilen konnte, deren Unglück er selber beschleunigt hatte.

»Es tut mir so leid, Laurence! Ich vermute, er hat nicht mehr erfahren, dass du wieder ein Vermögen erlangt hast«, sagte Temeraire und ließ den Blick über den Wagen wandern, auf dem sich die Schätze immer noch türmten.

»Er muss gewusst haben, dass mein Name wieder in die Liste der Offiziere aufgenommen worden war«, sagte Laurence, aber das war Temeraires Gefühl nach eher am Rande bemerkenswert. Laurence hingegen wusste, dass weder seine Besitztümer noch seine Rehabilitierung und Wiedereinsetzung in seinen alten Stand bei Lord Allendale gezählt hätten, auch wenn er dadurch ansonsten in den Augen der Öffentlichkeit seine Ehre zurückbekommen hatte. Viel leichter hätte Lord Allendale die öffentliche Hinrichtung seines Sohnes ertragen können – auch aufgrund einer Anschuldigung, von der er wusste, dass sie falsch war –, als dass er hätte mitansehen können, dass man seinen Sohn mit Gold überhäufte und in allen Ecken des Landes ein Loblied auf ihn sang, wo er selbst doch davon überzeugt war, dass dieser ein Verräter war.

Laurence hätte seinem Vater mitteilen können, dass weltliche Belange für ihn keine Rolle gespielt und er nur so gehandelt hatte, wie es ihm sein Gewissen mit aller Macht abverlangt hatte. Aber er hatte seinen Vater seit seiner Verurteilung nicht mehr gesehen und nicht gewagt, ihm zu schreiben, nicht einmal, nachdem sein Todesurteil in eine Verbannung ins Exil umgewandelt worden war – und auch nicht nach seiner Begnadigung. Und jetzt würden sie niemals wieder miteinander sprechen. Es würde keine Gelegenheit mehr geben für eine Rechtfertigung oder eine Erklärung.

Laurence konnte nicht anders, als Temeraires gewaltige Beute von wertvollen Gegenständen mit Unbehagen zu beäugen, obwohl die Russen noch erstaunter über seine Bereitschaft gewesen waren, einen Teil dieses Schatzes zurückzugeben, als sie es gewesen wären, wenn er alles ausschließlich für sich beansprucht hätte. Laurence hatte sich danach erkundigt, wie und wo er das Beutegut würde abliefern können; die anderen Flieger hatten ihn ungläubig angestarrt und ihn gefragt, wie er es geschafft habe, Temeraire dazu zu überreden, auch nur die Gemälde des Zaren zurückzugeben, deren Herkunft nicht offensichtlicher hätte sein können. Er allerdings wusste nur allzu gut, was sein Vater von einem Vermögen gehalten hätte, bei dessen Erwerb Recht und Gesetz so wenig eine Rolle gespielt hatten.

Bei diesem Gedanken verspürte Laurence eine tief sitzende Schmerzlichkeit, und so zwang er sich, den Brief wieder zusammenzufalten und wegzustecken. Er würde nicht länger über etwas nachgrübeln, was nicht zu ändern war. Sie befanden sich noch immer im Krieg. Der Kaiser von Frankreich mochte entkommen sein, aber das, was von der französischen Armee übrig war, war verstreut von Wilna bis Berlin, und ganz ohne Zweifel würde es schon bald mehr als genug für ihn und Temeraire zu tun geben.

Er hatte auch noch andere Briefe erhalten, Briefe, die aus Spanien stammten: einen von Jane Roland und einen von Granby, dem auch ein verschlossenes Schreiben beigefügt war – direkt an Temeraire adressiert. Laurence wollte es schon öffnen, aber Temeraire sagte zögernd: »Laurence, ich glaube, du musst dich langsam umziehen. Hammond wird dich in einer Viertelstunde abholen. Roland«, rief er, »kannst du bitte Laurence' Umhang holen? Und achte darauf, dass er nicht durch den Dreck schleift.«

Zu spät fiel Laurence das Gespräch wieder ein, auf das er sich nicht richtig konzentriert hatte; zu spät erhob er nun Protest. Doch Emily Roland war bereits zurück und entfaltete mit viel Brimborium und großer Zufriedenheit den gewaltigen, reich bestickten Seidenumhang, der zu dem Sohn des Kaisers von China passte, nicht aber zu dem Sohn von Lord Allendale.

Als Laurence fort war, brütete Temeraire vor sich hin und beobachtete die Festlichkeiten. Selbst der überwältigende Anblick des Feuerwerks am Himmel, das die Abendfeierlichkeiten einleitete, bereitete ihm kein Vergnügen. Vom Stützpunkt aus versperrte ein Baumgrüppchen den Blick, worauf seiner Meinung nach hätte Rücksicht genommen werden müssen, und der schwach herüberwehende Rauch erinnerte ihn daran, dass er und alle anderen Drachen seit Monaten schon von nichts anderem als von Haferschleim und geschmortem Pferdefleisch lebten.

»Es ist ja nicht so, als ob sie es inzwischen nicht viel besser wüssten«, beklagte sich Temeraire aufgebracht. Er hatte sich jede Bemerkung verkniffen, die Laurence das Herz noch weiter hätte schwer machen können, aber nachdem dieser zum Fest aufgebrochen war, konnte Temeraire sich nicht mehr länger zurückhalten. »Und es ist auch nicht so, dass sie nicht mit eigenen Augen gesehen hätten, dass Drachen gerne gut essen und in gepflegterer Umgebung untergebracht werden wollen; sie haben doch die Anstrengungen der chinesischen Legionen in dieser Hinsicht mitgekriegt.«

Churki hob den Kopf. Sie hatte ihn in ihr aufgeplustertes Federkleid gesteckt, während sie auf die Rückkehr von Hammond wartete, dessen Drache sie war. Oder besser gesagt war sie der Inkadrache, der aus für Temeraire überhaupt nicht nachvollziehbaren Gründen Anspruch auf Hammond erhoben hatte, obwohl dieser keinerlei Ambitionen hatte, ein Flieger zu werden, ja der es nicht einmal leiden konnte, überhaupt in der Luft unterwegs zu sein. »Warum schimpfst du denn die ganze Zeit, weil wir nicht zu der Zeremonie eingeladen wurden? Offensichtlich ist es doch eine Versammlung von Menschen; wie sollte irgendein Drache in das Gebäude hineinpassen, in dem die Feier stattfindet?«

»Vielleicht sollten sie einfach Gebäude bauen, die groß genug für uns sind, so wie in China«, antwortete Temeraire, aber Churki schnaubte nur.

»Es ist unpraktisch für Menschen, immerzu in Gebäuden zu sein, die für unsere Größe ausgelegt sind; es bedeutet, dass sie viel zu lange brauchen, um von einer Stelle zur anderen zu kommen«, sagte Churki – ein Gedanke, der Temeraire bislang noch überhaupt nicht gekommen war. »Natürlich wollen sie auch Plätze nur für sich haben; da ist doch nichts falsch dran, und auch nichts daran, dass sie mal nur unter sich sein wollen beim Feiern. Und so, wie ich das sehe, bist *du* hier der ranghöchste Drache; wer sonst sollte einen Dank für das Erreichte aussprechen und dafür sorgen, dass es deine Leute behaglich haben, wenn nicht du selbst?«

»Oh«, antwortete Temeraire. »Aber wie soll ich denn für Komfort sorgen, wenn wir alle in einen elendigen Stützpunkt verfrachtet wurden und sonst nirgendwo hinkönnen?«

Churki zuckte mit den Schultern. »Dies scheint eine wirklich arme Stadt zu sein«, sagte sie, »und es gibt keine großen, gepflasterten Plätze, auf denen sich Drachen ganz normal sammeln oder schlafen könnten. Aber irgendetwas lässt sich doch immer tun. In den Wäldern könnte man genug gutes Holz finden, und es würde nicht mehr als ein paar Tage dauern, einen vernünftigen Untergrund aus Bohlen zu verlegen, wenn du all diese Russen losschickst, ein paar Dutzend Stämme zu besorgen. Dann musst du die Männer und Frauen bezahlen, wenn du nicht genügend Leute in deinem eigenen *Ayllu* hast, um die Arbeit erledigt zu bekommen, damit sie alles ein bisschen hübsch machen und für ein Festessen sorgen. Ich verstehe gar nicht, was daran so schwierig ist«, fügte sie sarkastisch hinzu.

»Nun«, sagte Temeraire und wollte schon zu bedenken geben,

dass die Wälder bestimmt irgendjemandem gehörten, aber er kam nicht gegen das Gefühl an, dass sich solche Einwände wie kleinliches Herausreden anhören würden, und zwar wie die Art von Nörgeln, die bei Drückebergern zu erwarten war, wenn sie keine Lust dazu hatten, sich an die Arbeit zu machen. Laurence verabscheute Drückeberger aus tiefstem Herzen. »Ferris«, rief er also stattdessen. »Wärst du so gut und würdest für mich in die Stadt gehen, um einige Erkundigungen anzustellen? Und kannst du vielleicht auch herausfinden, wo Grig steckt?«

Das Gedränge im Ballsaal hätte auch dann ausgereicht, einem Mann das Gefühl zu geben, kurz vor dem Ersticken zu stehen, wenn er etwas anderes als einen schweren Seidenumhang angehabt hätte. Laurence ertrug verbissen sowohl die Hitze als auch die Aufmerksamkeit der Menschenmenge. Vermutlich war die Robe von seinen Herstellern für einen Mann gedacht gewesen, der bei jeder Zusammenkunft, die er mit seiner Anwesenheit beehrte, den natürlichen Mittelpunkt bildete. Auch in der augenblicklichen Umgebung erfüllte er diese Aufgabe voll und ganz; Laurence' Kleidung überstrahlte jeden Mann und auch die meisten Frauen. Hammond glühte vor Zufriedenheit und präsentierte Laurence, ohne zu zögern, Männern von höchstem Rang als auf gleicher Stufe stehend. Außerdem drängte er Laurence dazu, auch so aufzutreten, als sei er ihnen ebenbürtig. Laurence konnte ihn nicht in die Schranken weisen, da sie sich in der Öffentlichkeit befanden und Hammond ein Botschafter des Königs war, und zwar der einzige hier. Allerdings war er in Wahrheit überhaupt nicht nach Russland, sondern nach China entsandt worden. Keinem anderen britischen Diplomaten war es gelungen, in den Wirren des Rückzugs und der Verfolgung beim Zaren zu bleiben. Lord Cathcart war gleich ganz am Anfang gezwungen gewesen, aus St. Petersburg zu fliehen, als Napoleons Armee die Stadt eingenommen hatte; der Botschafter in Moskau hatte die Stadt ebenfalls kurz vor ihrem Fall verlassen, und

Laurence hatte keine Ahnung, was aus dem Mann geworden war. Nur Hammond, der den Vorteil hatte, einen Drachen als Reisegefährten zu haben, war es gelungen, den ganzen, beschwerlichen Weg lang bei den russischen Truppen zu bleiben.

»Ich bin ganz und gar mit Churki als Begleiterin ausgesöhnt – voll und ganz. Die Vorteile, die ich dadurch habe, dass ich inzwischen mit dem Zaren und seinem Hofstaat auf so vertrautem Fuße stehe, sind schier unbezahlbar«, sagte Hammond leise, aber mit einem so unverhohlenen Entzücken in der Stimme, dass Laurence nicht anders konnte, als ihm einen schiefen Blick von der Seite zuzuwerfen. »Und, ganz offen gesprochen, ich bin in ihrer Achtung noch weiter gestiegen, weil sie mich für Churkis Herrn und Meister halten. Sie schätzen nichts so sehr wie Mut, und ich versichere Ihnen, Kapitän: Wann immer wir die vorauseilenden Truppen eingeholt hatten und ich von Churkis Rücken stieg und ihr auftrug, sich auszuruhen, ohne auch nur den Hauch eines Geschirrriemens dafür zu brauchen, ist mir von den Russen nichts als Bewunderung entgegengeschlagen. Ich habe dafür gesorgt, dass das allein drei Mal vor den Augen des Zaren geschah.«

Laurence konnte nicht offen sagen, was er von solchen Manipulationen hielt, oder davon, dass Hammond flötete: »Meine liebe Komtess Lieven, bitte gestatten Sie mir, dass ich Sie Seiner Kaiserlichen Hoheit vorstelle.« Er konnte nur alles daransetzen, möglichst bald flüchten zu können. Und endlich, als lauter Jubel aufbrandete, bot sich ihm die Gelegenheit. Der Zar betrat den Saal zu den schmetternden Klängen einer Militärkapelle, und Soldaten legten von den Franzosen erbeutete Trophäen an die Ränder des Weges, der eilig für den Zaren durch die Menge gebahnt worden war: französische Standarten, viele von ihnen zerrissen und voller Blut, alles Symbole des Sieges. Laurence gelang es, Hammond abzuschütteln, und er schlüpfte hinaus auf den Balkon. Die Nachtluft, noch immer bitterkalt, war ihm mit einem Mal sehr willkommen. Mit Freude hätte er die Veranstaltung endgültig verlassen.

»Ha, was haben Sie sich herausgeputzt«, sagte General Kutusow, der hinter ihm auf den Balkon getreten war und nun Laurence' Robe von oben bis unten musterte.

»Sir«, sagte Laurence mit einer Verbeugung und bereute, dass er sich nicht gegen eine solche Bemerkung verwahren konnte.

»Nun, ich habe gehört, dass Sie es sich jetzt leisten können«, sagte Kutusow und goss damit weiter Öl ins Feuer. »So viel Heulen und Zähneklappern habe ich in meinem ganzen Leben noch nicht gehört, wie in dem Moment, als Sie mit einer Wagenladung von Gold ins Lager zurückgekehrt sind, während der Rest dieser großen Viecher über ihren mageren Stückchen Silber hockten, wegen derer sie sich auch noch beinahe gegenseitig in Stücke gerissen hätten. Sagen Sie mir, können wir diese Wilddrachen vielleicht mit ein paar Schmucksachen zufriedenstellen?«

»Nicht, solange sie am Verhungern sind«, erwiderte Laurence.

Kutusow nickte und seufzte leise, als wäre das genau die Antwort, die er erwartet hatte. Auf dem Balkon stand eine Bank, und der alte Mann setzte sich und holte eine Pfeife heraus, die er mit Tabak stopfte und anzündete. Dann paffte er kleine Wolken in die Kälte hinaus. Beide Männer schwiegen. Die Lautstärke der ausgelassenen Feierlichkeiten hinter ihnen schwoll immer weiter an. Draußen auf der Straße, auf der anderen Seite der hinteren Mauer, die den Palast umschloss, war eine einzelne, schwankende Gestalt zu erkennen, die durch den kleinen gelben Lichtkegel einer Laterne humpelte und hinter sich eine Spur im Schnee zurückließ: Ein französischer Soldat, in Lumpen gekleidet, der hin und wieder haltmachte und einen trockenen, abgehackten Husten ausstieß. Offenbar litt er unter einer Lungenentzündung. Dann setzte er sich langsam wieder in Bewegung und verschwand in der Dunkelheit.

»Napoleon ist also entkommen«, stellte Kutusow fest.

»Vorerst«, sagte Laurence. »Ich gehe davon aus, Sir, dass der Zar entschlossen ist, die Verfolgung aufzunehmen, oder?«

Aus den Tiefen von Kutusows Bauch stieg ein Stoßseufzer auf und entfuhr ihm rings um seine Pfeife herum. »Nun, wir werden sehen«, sagte er. »Es ist gut, wenn vor der eigenen Haustür alles seine Ordnung hat, ehe man anfängt, bei jemand anderem zu kehren. Zwischen St. Petersburg und Minsk treiben Tausende von Wilddrachen ihr Unwesen, und die werden sich wohl kaum selbst in ein Gehege sperren.«

»Ich hatte gehofft, Sir, dass sie mittlerweile von dieser Praxis Abstand nehmen«, sagte Laurence.

»Die Hälfte meiner Offiziere ist der Meinung, dass wir ihnen Giftköder vorsetzen und sie allesamt ausrotten sollten. Nun, was erwarten Sie, solange die Tiere herumfliegen und alles auffressen, was ihnen in die Quere kommt, manchmal auch Menschen? Aber die besonneneren Gemüter bei uns wissen, dass wir uns das nicht leisten können. Wenn Sie und die chinesischen Tiere nicht gewesen wären, dann hätte uns Napoleon letzten Sommer vor Moskau besiegt, und dann wären wir heute nicht hier, um darüber zu plaudern.« Kutusow schüttelte den Kopf. »Aber so oder so – irgendetwas muss wegen der Wilddrachen unternommen werden. Wir können unsere Armee nicht wiederaufbauen, wenn unsere Versorgungszüge jeden Tag aufs Neue überfallen werden. Sie werden mir verzeihen, ich bin ein ungehobelter, alter Mann, Kapitän«, fügte er hinzu, »auch wenn ich verstehen kann, warum Sie und Ihre britischen Landsleute sehen wollen, wie wir Napoleon endgültig in Stücke hauen, kann ich doch nicht erkennen, was dabei im Augenblick Gutes für Mütterchen Russland rausspringen soll.«

Laurence hatte bereits gehört, wie einige der russischen Soldaten hinter vorgehaltener Hand genau dieselben Gefühle äußerten, aber es war nun umso trauriger, sie aus Kutusows Mund zu hören, dem gefeierten General der Stunde.

»Sir, Sie können doch nicht davon ausgehen, dass Napoleon lange Ruhe geben wird, nicht einmal nach einem solchen Desaster.«

»Vielleicht hat er ja genug andere Dinge, die ihn beschäftigen«, erwiderte Kutusow. »Es gab einen Putschversuch in Paris, müssen Sie wissen.«

»Davon habe ich noch nichts gehört«, sagte Laurence verblüfft.

»O ja«, bekräftigte Kutusow, »vor zwei Wochen. Das ist der Grund, warum alle seine Inkadrachen so schnell wie möglich nach Hause zurückgeeilt sind – zurück zu ihrer Kaiserin. Sie scheint die Lage aber gut in den Griff bekommen zu haben. Alle beteiligten Männer wurden innerhalb einer Woche gefasst und erschossen. Aber Bonaparte wird daheim trotzdem noch alle Hände voll zu tun haben, schätze ich. Wie dem auch sei: Solange er nicht nach Russland zurückkommt, wüsste ich nicht, warum wir uns den Kopf über ihn zerbrechen sollten. Wenn die Preußen und die Österreicher ihren Nachbarn nicht mögen, dann sollen *sie* doch etwas gegen ihn unternehmen.«

In diesem Moment tauchte Hammond auf, der auf der Suche nach Laurence gewesen war und ihn nun zurück in den Ballsaal zog. Als Laurence ihm von seiner eben geführten Unterhaltung berichtete, war er besorgt, aber wenig überrascht. »Ich fürchte, allzu viele der russischen Generäle denken wie er«, sagte Hammond. »Aber dem Himmel sei Dank! Wenigstens der Zar ist nicht so kurzsichtig. Sie können sich bestimmt vorstellen, Kapitän, wie tief betroffen ihn das Elend und das Leid gemacht haben, das Bonaparte über seine Nation gebracht hat. Tatsächlich bittet er Sie auf ein Wort, Kapitän, wenn Sie hier entlang kommen wollen ...«

Laurence fügte sich in sein Schicksal und ließ zu, dass Hammond ihn zum Podest führte, auf dem der Zar feierlich Platz genommen hatte. Als sie näher kamen, erhob sich der russische Herrscher, kam, sehr zu Laurence' Unbehagen, die Stufen herunter und küsste ihn auf beide Wangen. »Eure Hoheit«, sagte der Zar, »ich bin erfreut, Sie so wohlauf zu sehen. Kommen Sie, lassen Sie uns einen Augenblick den Saal verlassen.«

Das war zu viel; Laurence öffnete den Mund, um dagegen zu protestieren, dass man ihn wie einen Angehörigen des Königshauses behandelte, aber Hammond räusperte sich sehr vernehmlich, um ihn davon abzuhalten. Der Zar war schon dabei, Laurence in ein angrenzendes Zimmer zu führen, und seine Berater folgten ihm im Schlepptau wie Monde dem Jupiter. »Sorgen Sie dafür, dass sich niemand auf dem Flur herumtreibt, Pjotr«, befahl der Zar einem jungen, groß gewachsenen Mann, als sie das Zimmer betreten hatten. »Eure Hoheit …«

»Eure Majestät«, unterbrach ihn Laurence, der es trotz Hammonds Blicken nicht mehr länger aushalten konnte, »ich bitte um Vergebung. In erster Linie bin ich ein britischer Dienstoffizier und ein Kapitän des Luftkorps. Ich bin weit davon entfernt, eine solch ehrenvolle Anrede verdient zu haben.«

Aber Alexander war nicht bereit, sich davon abbringen zu lassen. »Sie mögen die Last, die damit einhergeht, nicht tragen wollen, und doch müssen Sie sie erdulden. Der Zar von Russland kann nicht so ungehobelt sein, den Kaiser zu beleidigen, der sich entschlossen hat, Ihnen diese Ehre zuteilwerden zu lassen.« Und konnte auch nicht, wie Laurence sofort klar war, so unklug sein, einen Kaiser zu beleidigen, der dreihundert Drachen nach Moskau schicken könnte. Also verbeugte er sich resigniert und schwieg.

»Wir werden gemeinsam ein wenig frische Luft schnappen«, sagte Alexander. »Ich denke, Sie kennen den Grafen Nesselrode, Mr. Hammond?«

Hammond gab stammelnd seine Zustimmung, warf aber dem genannten Gentleman einen besorgten Blick zu, denn ganz gewiss würde dieser mit eindringlichen Ansprüchen beginnen, sobald der Zar außer Hörweite war. Er würde Geld fordern, und Hammond war weit von der Befugnis entfernt, im Namen Englands auf solche Wünsche einzugehen. Laurence jedoch konnte nichts tun, um ihn vor dieser unbehaglichen Situation zu bewahren. Stattdessen folgte er dem Zaren hinaus auf den Balkon.

Ein größerer Kontrast zu der Szene, die er gerade von der anderen Seite des Palastes aus beobachtet hatte, war kaum vorstellbar. Auf den Straßen vor der Zarenresidenz drängten sich feiernde russische Soldaten, laute Rufe und kreischendes Gelächter waren zu hören, alles war von Laternen hell erleuchtet, und hin und wieder ging sogar ein improvisiertes Feuerwerk in die Luft, für das Schwarzpulver herhalten musste. Alexander ließ seinen Blick mit entschuldbarer Befriedigung über seine Truppen wandern, die Napoleon mitten im Winter fünfhundert öde und unfruchtbare Meilen lang verfolgt hatten und die ganze Zeit über wohlgeordnet geblieben waren.

»Ich hoffe, dass Sie nicht allzu viel Ärger damit hatten, die Porträts wieder zurückzugeben, Eure Hoheit«, sagte der Zar. »Mir wurde berichtet, dass es beinahe unmöglich sei, den Drachen ihre Beute wieder zu entreißen, wenn sie sie einmal für sich beansprucht haben.«

»Ganz im Gegenteil, Eure Majestät«, entgegnete Laurence. »Ich darf Ihnen versichern, dass Drachen zwar vielleicht kein ausgeprägteres Verständnis von Besitzverhältnissen von Natur aus haben, als es bei einem gänzlich ungebildeten Mann der Fall wäre, was aber keineswegs ausschließt, dass sie die Sache nicht ebenfalls begreifen könnten wie jeder Mensch auch, wenn man sie ihnen nur entsprechend vermittelt.« Mit leichter Übertreibung fuhr er fort: »Temeraire war uneingeschränkt dafür, alle gestohlenen Güter den rechtmäßigen Besitzern zurückzugeben, wenn sie denn zweifelsfrei ermittelt werden konnten.« Laurence machte eine Pause; es behagte ihm gar nicht, eine vorteilhafte Situation auszunutzen, die er nicht verdient hatte, aber die Gelegenheit, einem so wichtigen Ohr gegenüber ein gutes Wort einzulegen, durfte man einfach nicht verstreichen lassen. »Es ist eine Frage der Erziehung und der Haltung, wenn ich das sagen darf. Wenn man einen Drachen nicht lehrt, etwas anderes als Gold zu schätzen, und wenn er seinen eigenen Wert einzig anhand der Größe seiner Schmuckstücke misst, dann wird er natürlich über der Jagd nach einem Schatz Disziplin und Gesetz gleichermaßen vergessen.«

Alexander nickte nur abwesend, ohne ihm große Aufmerksamkeit zu schenken. »Ich glaube, Sie haben heute Abend schon mit dem guten Kutusow gesprochen«, sagte er zu Laurence' Überraschung. Er fragte sich, wie der Zar bereits über die lockere Plauderei in Kenntnis gesetzt worden sein konnte, die erst vor einer Stunde mitten im Trubel eines Balles stattgefunden hatte. »Ich bedauere, dass ich den braven Mann so lange von seinem heimischen Herdfeuer weggerissen habe. In seinem Alter verdient er mehr Ruhe, als sein Land – und Bonaparte – ihm gegönnt haben.«

Laurence wählte seine Worte vorsichtig, denn er hatte das Gefühl, sich auf das spiegelglatte Parkett der Politik zu begeben. Wollte Alexander die Ansichten des alten Generals kritisieren?

»Er schien schon immer sehr pragmatisch zu denken, Eure Majestät.«

»Er ist ein weiser alter Kämpfer«, sagte Alexander. »Ich habe nicht viele solcher Männer. Und doch ist der weise Weg manchmal so schmerzhaft, dass selbst ein weiser Mann davor zurückschreckt. *Sie*, da bin ich mir sicher, haben längst begriffen, dass Bonapartes Hunger unersättlich ist. Vielleicht leckt er jetzt eine Weile lang seine Wunden, aber wer von denen, die in Moskau dabei waren, könnte glauben, dass sich jener Mann, der nach diesem Desaster sein fruchtloses Bestreben fortgesetzt hat, lange im Unglück suhlt?«

Seinerzeit hatte alles keineswegs so vergeblich ausgesehen, jedenfalls nicht für die Leidtragenden der französischen Bestrebungen. Wenn es Napoleon gelungen wäre, die russischen Wilddrachen noch eine weitere Woche zu ernähren, oder wenn den chinesischen Drachen schon eine Woche früher die eigenen Versorgungsgüter ausgegangen wären, dann hätte die ganze Sache um Haaresbreite anders enden können. Aber es brauchte keine Überzeugungskraft, um Laurence zu dem Schluss zu bringen, dass Napoleon fahrlässig war. »Nein«, bekräftigte er also. »Napoleon wird nicht aufhören.« Dann fügte er langsam hinzu: »Er kann nicht aufhören. Wenn er sich in seinem Ehrgeiz jemals von irgendeiner Form von Vorsicht hätte leiten lassen, hätte er es niemals so weit gebracht. Ich glaube, er kennt keine Furcht, auch nicht, wenn es besser für ihn wäre.«

Alexander drehte sich zu ihm um; sein Gesicht war plötzlich strahlend und leidenschaftlich. »Ganz genau«, brach es aus ihm heraus. »Sie haben ihn völlig treffend charakterisiert: ein Mann, der keine Furcht kennt, nicht einmal vor Gott. Es gab eine Zeit, da kam ich nicht gegen meine eigene Bewunderung für seine Genialität an, das leugne ich nicht. Aber ich bin eines Besseren belehrt worden und schäme mich heute dafür. Und doch sah ich damals so viel Courage, so viel Wagemut, dem man Respekt zollen musste. Jetzt allerdings haben wir ihn im richtigen Licht gesehen; inmitten der Überreste seiner Armee hat sich sein wahres Ich offenbart: ein Schurke, der sich an menschlichem Blut und Elend labt! Wenn wir ihn doch nur hätten gefangen nehmen können!«

»Ich bedaure es zutiefst, dass er fliehen konnte«, sagte Laurence leise. Nach der ersten, bitteren Enttäuschung hatte er versucht, sich mit gesundem Menschenverstand zu trösten. Natürlich hatte sich Napoleon keiner Situation ausgesetzt, die ihn so verletzlich gemacht hätte, dass er in Gefangenschaft hätte geraten können. Zweifellos hatte er inmitten einer starken, ordentlich formierten Einheit übergesetzt und sich die ganze Zeit über im Herzen seiner Alten Garde aufgehalten. Seine Feinde hatten niemals eine reelle Chance gehabt. Aber der gesunde Menschenverstand beruhigte ihn nicht. Laurence befürchtete, dass Napoleon nicht lange am Boden liegen würde. Er würde eine frische Armee rekrutieren und so bald wie möglich wieder zum Angriff blasen. Die russische Armee und der russische Winter hatten ihnen sicherlich nicht einmal ein Jahr Aufschub verschafft.

»Ich bin entschlossen, es nicht dazu kommen zu lassen«, sagte Alexander. »Er mag uns jetzt durch die Lappen gegangen sein, aber wir werden nicht zulassen, dass er sich für alle Ewigkeit der Gerechtigkeit entzieht. Gott hat uns einen Sieg geschenkt, und darüber hinaus hat er unseren Feind geschwächt. Wir müssen die Gelegenheit ergreifen, seine Macht zu zerstören. Es ist unsere Pflicht, nicht nur Russland, sondern ganz Europa von dieser Geißel der Menschheit zu befreien. Ich *werde* ihn verfolgen; ich *werde* ihn zur Strecke bringen.

Erst wenn meine Soldaten in Paris eingezogen sind, und zwar so, wie die seinen in St. Petersburg und Moskau eingefallen sind, erst dann werde ich zufrieden sein und wieder nach Hause zurückkehren. Und keinen Moment vorher!«

Alexanders Gesicht war gerötet. Laurence musterte den Zaren nüchtern. Es war unmöglich, die Ernsthaftigkeit seines feurigen Zorns anzuzweifeln. Aber der Zar hatte nicht davon gesprochen, Napoleon zu Friedensverhandlungen zu zwingen, oder dazu, in Gebietsfragen einzulenken. Er hatte davon gesprochen, Napoleon von seinem Thron zu stürzen. Paris einzunehmen – schon die bloße Vorstellung entsprang allein der Fantasie. Ganz Preußen ächzte unter Frankreichs Joch; Österreich war schwach und nachgiebig und kuschte vor Napoleon, der ohne jeden Zweifel das Herz Frankreichs mit aller Verzweiflung verteidigen würde. Dafür würde er sich jeder seiner verfügbaren Ressourcen bedienen, wozu – das war Laurence völlig klar – auch eine riesige, hingebungsvolle Armee an Drachen gehörte. Und hinter ihnen lagen die größten Städte Russlands in Schutt und Asche; Wilddrachen durchstreiften die Gegend und plünderten nach Gutdünken. Kutusow war vielleicht die lauteste Stimme, aber bestimmt nicht die Einzige, die Alexander raten würde, in der Heimat sein eigenes Haus in Ordnung zu bringen.

»Nun«, sagte Hammond, als sie ein Weilchen später gemeinsam den Palast verließen, »ich gehe davon aus, dass ich entweder zum Ritter ernannt oder ins Gefängnis geworfen werde. Ich habe der Regierung wenig Alternativen gelassen.«

Laurence warf ihm einen alarmierten Blick zu. »Was haben Sie den Russen denn versprochen?«

»Eine Million Pfund.«

»Guter Gott«, stieß Laurence ungläubig aus. »Hammond, was verschafft Ihnen das Recht, auch nur über ein Zehntel dieser Summe zu verfügen?«

»Oh, sicher«, Hammond machte eine ungeduldige Geste, »ich überschreite meine Befugnisse, aber die schlichte Wahrheit ist, dass mit weniger nichts zu erreichen ist. Wahrscheinlich braucht es zweimal so viel. Ihre Finanzen sind im desolatesten Zustand, den man sich nur vorstellen kann.«

»Das wiederum glaube ich gerne«, sagte Laurence. »Welche Chancen haben wir denn gegen ihn?«

»Ich werde das Schicksal nicht mit irgendeiner Vorhersage herausfordern«, sagte Hammond. »Bonaparte hat schon so manchen Thron umgestoßen und viel zu viele Armeen besiegt. Aber so viel weiß ich sicher: Wenn er jemals endgültig besiegt werden soll, dann jetzt. Er ist über die Memel zurückgedrängt worden, und Wellington ist bereit, in Spanien zuzuschlagen. Eine bessere Gelegenheit werden wir nicht bekommen. Aber wenn wir irgendetwas erreichen wollen, müssen wir die Preußen herschaffen. Und dafür müssen wir die Russen in die Lage versetzen, wirklich aufzutrumpfen. Ich finde, eine Million Pfund ist eine geringe Summe, wenn wir diesen Effekt haben wollen.«

Zum Ende hin hatte Hammond beinahe trotzig geklungen, als würde er sich vor den königlichen Ministern rechtfertigen und nicht auf einer halb verlassenen Straße in Wilna mit einem Mann sprechen, der bei der Regierung alles andere als gut angesehen war. Laurence schüttelte den Kopf.

»Sir«, sagte er, »ich denke, Sie haben einen entscheidenden Punkt vergessen. Glauben Sie wirklich, dass der König von Preußen jemals zustimmen würde, gegen Bonaparte zu Felde zu ziehen, solange sein Sohn und Erbe als Geisel in Paris festgehalten wird?«

Hammond antwortete: »Seine Offiziere werden ihn dazu zwingen.

Alle Ostpreußen sehnen sich danach, Bonapartes Joch abzuwerfen. Ein paar Siege der Russen, und sofort werden seine eigenen Generäle bereit sein, den Aufstand zu proben, um an unserer Seite zu sein, wenn er sich keine Mühe gibt ...«

»Und was, glauben Sie, geschieht mit dem Prinzen?«, fragte Laurence mit beißendem Unterton, und Hammond machte eine kurze Pause, als ob er über eine so unbedeutende Angelegenheit noch gar nicht nachgedacht hätte.

»Bonaparte kann nicht ernsthaft vorhaben, dem Jungen irgendetwas anzutun«, sagte Hammond schließlich unsicher.

»Nun, sein Vater dürfte nicht so einfach dazu bereit sein, sich auf eine solche Vermutung zu verlassen«, hielt Laurence dagegen.

3

Temeraire genoss Laurence' und Hammonds Überraschung, als sie zum Stützpunkt zurückkamen und sahen, dass die Arbeiten schon recht weit vorangeschritten waren. Ein Platz in der Mitte war bereits fertig vorbereitet, und überall waren Vierecke abgesteckt worden, die von langen Holzblöcken eingefasst wurden. Die russischen Leichtgewichte füllten diese mit Steinen, die sie aus dem nahe gelegenen Flussbett und von den Hügeln holten, und mit Sand auf, wobei sie ihre Wassertröge wie Schaufeln benutzten.

»Ja«, sagte Temeraire zufrieden, »wir haben schon viel mehr geschafft, als ich erwartet habe. Ich hätte nicht gedacht, dass die Schwergewichte sich überhaupt nützlich machen würden, aber als sie erst mal begriffen hatten, dass ich sie mit Leckerbissen verköstigen will, zeigten viele von ihnen plötzlich erstaunliches Interesse.«

»Was hast du nur getan!«, erregte sich Hammond. »Du musst ja einen ganzen Wald abgeholzt haben …«

»Stimmt, das haben wir«, räumte Temeraire ein. »Aber ich habe dafür bezahlt, und der Besitzer hat Ferris gesagt, ihm sei alles völlig egal, solange wir nicht sein Vieh aufessen, doch dann habe ich seine Tiere gleich mit dazugekauft, und so war er überaus zufrieden.«

Die Kühe brieten bereits an Spießen über lodernden Feuern und wurden dabei von Baggy mit großem Eifer im Auge behalten. »Ich dachte nur, dass es eine Schande wäre zuzusehen, wie so gutes Fleisch verschwendet wird, Sir«, erklärte er Hammond mit einem Seitenblick auf Laurence. »Und Temeraire sagte, er glaube nicht, dass diesmal irgendein Schaden …«

»Ja, gut, gut«, winkte Laurence ab, der die ganze Sache nicht recht billigen wollte. Insgeheim konnte Temeraire einfach nicht verstehen, warum Laurence der Meinung war, dass es einzig und allein der Bodentruppe zukam, sich mit dem Kochen zu beschäftigen. Er selbst hielt das für die vordringlichste Aufgabe seiner gesamten Besatzung. Aber er wusste, dass Laurence streng mit Baggy war: Der Junge war aus der Bodentruppe heraus befördert worden in dem Versuch, den Mangel an Offizieren zu beheben, und es schien ziemlich wichtig zu sein, ihn dazu zu bringen, sich künftig wirklich nur um Offiziersangelegenheiten zu kümmern. »Ich hoffe, du hast nichts dagegen, Laurence«, sagte Temeraire entschuldigend, »aber es ist ja für die Siegesfeier und nicht einfach für eine gewöhnliche Mahlzeit, also muss man sorgfältig darauf aufpassen. Yardley würde das Fleisch auf jeden Fall viel zu lange rösten lassen und dann behaupten, dass das gesund sei, obwohl der Braten in Wirklichkeit völlig ungenießbar wäre.«

»Es tut mir leid, dass er es immer noch nicht besser gelernt hat; ich werde mich bemühen, sobald wie möglich einen richtigen Koch anzuheuern«, sagte Laurence.

»Das wäre fantastisch«, erwiderte Temeraire. »Oh, wie wunderbar es ist, Laurence, endlich wieder genug Geld zu haben. Obwohl natürlich zehntausend Pfund aus diesem Schatz dir gehören, nicht mir«, fügte er eilig hinzu. »Ich habe meine Schulden keineswegs vergessen.«

»Ich wüsste nicht, dass du mir irgendetwas schuldest«, antwortete Laurence sehr großzügig und edel, obwohl Temeraire ganz genau wusste, dass Laurence seine gesamten finanziellen Mittel in einem Gerichtsprozess verloren hatte, der gegen ihn angestrengt worden war, weil jeder ihn damals für einen Verräter gehalten hatte. Diese schreckliche Erinnerung hatte Temeraire lange auf dem Gewissen gelegen, und er konnte nicht anders als zu frohlocken, weil er endlich eine Möglichkeit bekommen hatte, Laurence sein Geld zurückzugeben. Es kam gar nicht infrage, dass sein Kapitän das jetzt aus Großherzigkeit ablehnte. Allerdings war Temeraire bislang einfach nicht eingefallen, wie er Laurence dazu bringen sollte, das Gold anzunehmen, denn dieser konnte ja schlecht alles alleine schleppen, sobald Temeraire es ihm erfolgreich aufgedrängt hätte.

Plötzlich aber kam ihm eine Idee. »Vielleicht wäre es dir lieber, wenn ich die Rückzahlung in einer angenehmeren Art und Weise arrangieren würde«, sagte Temeraire. »Ich nehme an, es gibt hier Juweliere in der Gegend, oder?«

»Davon würde ich nicht ausgehen«, antwortete Laurence sehr schnell. »Dann lass uns in Gottes Namen Anleihen dafür besorgen; ich werde zusehen, dass ich einen Bankangestellten auftreiben kann.«

»Wenn dir das lieber ist, ist es für mich völlig in Ordnung«, sagte Temeraire triumphierend und fragte sich dann im Nachhinein, ob er vielleicht in irgendeiner Weise unangenehm manipulierend vorgegangen war, so wie es Liens Art gewesen wäre. Beinahe hätte er Laurence danach gefragt, aber ihm war klar, dass er damit den wunderbaren Ausgang der Sache in Gefahr gebracht hätte. Und so tröstete er sich damit, dass sich niemand ernstlich beklagen konnte, wenn er zehntausend Pfund bekam. Nachdenklich fügte er hinzu: »Laurence, du könntest nicht zufällig dafür sorgen, dass wir unser eigenes Feuerwerk bekommen? Ich würde zu gerne sehen, wie es von diesem Bergkamm dort drüben in die Luft geht, sodass wir von unserem Lagerplatz aus eine klare Sicht darauf haben. Und vielleicht könntest du auch für ein paar Musiker sorgen?«

Laurence missgönnte Temeraire oder den anderen Drachen keineswegs ihren Anteil an den Festlichkeiten. Tatsächlich konnte er sich gar nichts Besseres wünschen, als dass Temeraire das russische Beutegut dafür nutzte, die Drachen der Armee dieses Landes zu verköstigen. Es setzte ihm nur zu, dass er selbst sich jetzt um Vergnügungen zu kümmern hatte, nicht aber um militärische Operationen. Letztere waren allerdings nicht allein durch nettes Nachfragen zu haben.

Es standen keine Schwergewichte zur Verfügung, und es würde erst dann welche geben, wenn Hammonds weitreichende Versprechungen erfüllt würden.

In der Zwischenzeit würden sie in Wilna herumsitzen und zusehen müssen, wie Napoleons Armee weiter Richtung Westen floh, in dem Wissen, dass die aufgelösten Truppenverbände und die versprengten Offiziere, die dieser Tage entkamen, ihnen im Frühjahr wieder entgegenmarschiert kommen würden, die Reihen frisch aufgestockt und neu bewaffnet, nur um ein weiteres Mal das Instrument zu sein, mit dem der grenzenlose Ehrgeiz ihres Kaisers befriedigt werden sollte. Laurence' Gedanken wanderten zurück zu dem Grand Chevalier, der auf dem hart gefrorenen Boden gelegen und in langsamen, mühsamen Stößen sein Leben ausgehaucht hatte, und zu den Leichen, die auf der ganzen Strecke von Moskau aus den Wegesrand gesäumt hatten. Bleiche Gesichter starrten ihn aus den Ecken seiner Erinnerung heraus an, und er konnte nichts dagegen tun, dass er mitten unter ihnen das ebenso blasse und wächserne Gesicht seines eigenen Vaters sah, der blicklos in der Kapelle in Wollaton Hall aufgebahrt lag.

Ein Gefühl von Nutzlosigkeit lastete schwer auf ihm, als er am nächsten Morgen den Stützpunkt verließ, und diese Niedergedrücktheit ließ sich nur mit einiger Anstrengung abschütteln. Laurence war sich darüber im Klaren, dass er für jede Ablenkung dankbar sein sollte. Er wurde bei dem Oberst des Artillerieregiments vorstellig, das ganz in der Nähe des Stützpunkts stationiert war. Diese Soldaten waren unter denen gewesen, die bei der Flucht aus Moskau an Bord von Drachen mitgenommen worden waren, und einige von ihnen hatten dabei ihre Furcht vor den großen Tieren verloren.

»Eure Hoheit«, sagte der Oberst und verbeugte sich tief, als Laurence zu ihm geführt wurde. Laurence seufzte innerlich, nahm aber die Begrüßung ebenso hin wie das weitaus willkommenere Angebot einer Tasse Tee, der stark und voller Geschmack war, obwohl die Russen keine Ahnung davon hatten, dass ein Schuss Milch oder gegebenenfalls auch Sahne hineingehörte.

»Ich wäre sehr dankbar, wenn ich mir Ihren Musikzug ausleihen dürfte«, begann Laurence nach dem üblichen Vorgeplänkel, »wenn es den Männern nichts ausmacht, heute Abend zum Stützpunkt zu kommen. Es dürfte nicht nötig sein, dass sie über Nacht bleiben«, fuhr er fort, »nur, bis wir auf die Gesundheit des Zaren angestoßen haben, natürlich mit Wodka.« Er wusste genau, wie sich diese Aussicht bei zögernden Soldaten auf die Bereitwilligkeit zur Zusammenarbeit auswirken würde.

Mehr als alles andere sah der Oberst überrascht aus und hatte nicht die geringsten Einwände. Stattdessen dankte er Laurence dafür, dass er ihn für diese ehrenvolle Aufgabe ausgewählt habe, was vermutlich ganz und gar nicht seiner tatsächlichen Gemütslage entsprach. Viel wahrscheinlicher war, dass er mit einer weitaus bedeutenderen Aufgabe gerechnet hatte, die Laurence aufgrund seiner mutmaßlichen Stellung an ihn herantragen wollte.

Was auch immer der Grund für die Zusage des russischen Oberst gewesen sein mochte – Laurence war hocherfreut über die außerordentlich beschwingten Märsche, die an diesem Abend gespielt wurden und die das Feuerwerk von den Hügeln herab untermalten. Jeder Zweifel, den er möglicherweise noch verspürt hatte angesichts eines Spektakels, das ihm geradezu frivol vorgekommen war, verflog, als er die begeisterten, wie gebannt wirkenden Gesichter der russischen Drachen sah. Diese starrten zum Himmel hinauf und schlugen unwillkürlich mit den Schwänzen auf den Boden, um die Marschmusik zu begleiten.

Noch besser allerdings war das Festmahl: gebratenes Rindfleisch mit Füllung auf einem Bett aus gekochten Kartoffeln und Rüben, und zwar in solchen Mengen, dass auch das hungrigste Tier zufriedengestellt wurde. Es hatte sich als ein Ding der Unmöglichkeit erwiesen, auch nur einen einzigen Kupferkessel in angemessener Größe für eine Drachenmahlzeit aufzutreiben, ganz zu schweigen von einem hübschen Geschirrservice. Temeraires Einfallsreichtum jedoch hatte sie auf eine Idee gebracht. Der innere Teil eines erbeuteten Wagens war aus seinem Rahmen ausgebaut, in leuchtenden Farben bemalt und reich geschmückt worden. Dann füllte man ihn mit den leckeren Speisen und setzte ihn der Reihe nach in einer kleinen Zeremonie je einem der Drachen vor, während Grig, Seite an Seite mit Temeraire, die militärischen Erfolge des jeweiligen Tiers in den leuchtendsten Farben beschrieb. Die Drachen schwollen sichtlich an, sowohl vom Abendessen als auch vor Stolz, und diejenigen, die noch darauf warteten, endlich selbst dran zu sein, applaudierten am lautesten.

Zuerst waren nicht alle Drachen gekommen. Einige wurden von ihrer eigenen Verachtung Temeraire gegenüber zurückgehalten, andere von ihren Offizieren. Aber nach und nach lockten der Lärm und der Duft die zögernden russischen Drachen schließlich doch noch an, und nicht nur sie. Auch einige der Kosakendrachen schauten vorbei, und später sogar einige Tiere ganz ohne Geschirr, die Laurence für die örtlichen Wilddrachen hielt. Es waren nicht die halb verhungerten russischen Drachen, die aus ihren Zuchtgehegen entkommen waren, sondern kleine, wilde Drachen, grün und spatzenbraun, mit schmalen Köpfen und großen, knöchernen Kämmen, die in Orange- und Gelbtönen gestreift waren.

Sie waren wachsam und vorsichtig, aber voller Verlangen, und Temeraire beeilte sich, sie willkommen zu heißen. Er schob die anderen Tiere behutsam zur Seite, um Platz zu schaffen, rief die Neuankömmlinge heran und lud sie ein, an den gebratenen Rindviechern zu knabbern. Um sich für diese Gastfreudschaft zu bedanken, bedachten die Wilddrachen jede Rede Temeraires, in der er die Leistung der Kampfdrachen pries, mit lauten Beifallsbekundungen. Unter diesen Umständen hatte niemand etwas gegen ihre Anwesenheit einzuwenden.

Als endlich jeder der drei Dutzend Drachen satt geworden war und sie sich etwas verteilt und schläfrig auf dem Boden ausgestreckt hatten, richtete Temeraire sich auf, räusperte sich und hielt eine lange Rede in der russischen Variante der Drachensprache. Laurence konnte nicht so recht folgen, aber ganz offensichtlich kamen die Worte gut an. Die Drachen schnaubten zustimmend und ließen sich so mitreißen, dass hin und wieder ein lautes Brüllen ertönte. Ganz am Schluss kamen Emily Roland und Baggy feierlich nach vorne und überreichten jedem Militärdrachen eine Kette aus polierter Bronze, an der eine Plakette hing mit dem etwas krakelig, aber lesbar eingravierten Namen des jeweiligen Tieres.

Eine Drachengruppe, die derart wie vom Schlag getroffen wirkte, hatte Laurence noch nie gesehen. Die russischen Schwergewichte waren daran gewöhnt, ihre vielen Stunden des Müßiggangs damit zuzubringen, sich gegenseitig mutwillig zu kabbeln oder sogar in kleinere Kämpfe zu verstricken. Die Leichtgewichte mussten ihre ganze Energie darauf verwenden, sich Essensreste für ihr eigenes Abendbrot zu organisieren. Keinem von ihnen war je beigebracht worden, was Großzügigkeit oder Kameradschaft bedeutete, und bis zum heutigen Tage waren sie voller Groll gewesen, weil sie immer so vernachlässigt wurden. Und deshalb hatten sie sich auch nichts von den chinesischen Legionen abgeschaut, sondern nur gelernt, ihnen ihre regelmäßige Essensversorgung zu neiden. Aber heute ließ sich selbst das missgünstigste Tier von dem Schauspiel rühren: Gesittet und einer nach dem anderen streckten sie die gesenkten Köpfe hin, um ihren Orden entgegenzunehmen, und als sie zu ihren jeweiligen Lichtungen aufbrachen, bedankten sie sich beinahe demütig bei Temeraire für dessen Gastfreundschaft, während ihre Offiziere mit ungläubigen, überraschten Mienen dabeistanden.

Der Abend war in jeder Hinsicht ein voller Erfolg gewesen.

»Ich glaube, das ist ganz gut angekommen, Laurence, findest du nicht?«, fragte Temeraire in Siegerlaune. Auch er machte es sich endlich zum Schlafen auf dem Boden bequem in der angenehmen Gesellschaft von vier oder fünf kleineren Wilddrachen, die sich dicht an ihn schmiegten und ihm mit ihren Körpern Wärme spendeten. Die Überreste des Festes hatte man weggeräumt; die sauber vom Fleisch befreiten Knochen waren auf den Wagen geladen und fortgeschafft worden, um sie am nächsten Tag in den Kessel mit dem Haferbrei zu werfen. »Auch wenn es sich natürlich nicht mit den Abendessen vergleichen lässt, die wir in China genossen haben«, fügte Temeraire hinzu.

»Deine Besucher waren mehr als zufrieden, und das muss das oberste Ziel eines jeden Gastgebers sein«, sagte Laurence. »Ich kann mir nicht vorstellen, dass sie irgendetwas vermisst haben.«

»Stimmt«, räumte Temeraire ein, »auch wenn das daran liegt, dass sie nichts anderes kennen. Aber ich freue mich zu sehr, als dass ich mir heute von irgendetwas die Laune verderben ließe, Laurence, und nach dem Essen fühle ich mich endlich wieder richtig bei Kräften. Glaubst du, wir werden morgen losgeschickt, um uns an die Verfolgung der Franzosen zu machen? Bestimmt zieht sich Napoleon immer weiter zurück, während wir hier herumsitzen und abwarten.«

Aber Laurence antwortete: »Mein Lieber, ich fürchte, das steht überhaupt nicht zur Debatte.«

Temeraire war bei seinen eigenen Worten schon beinahe in den Schlaf hinübergeglitten, aber diese unerfreuliche Nachricht rüttelte ihn sofort wieder wach. Unzufrieden lauschte er Laurence' Erklärungen: Weitere Verpflegung und mehr Geld wurden benötigt, außerdem sollten sich ihnen erst noch die Preußen anschließen; es hatte zudem den Anschein, dass auch eine Beteiligung der Österreicher gewünscht wurde, und so weiter und so fort.

»Aber Napoleon und seine Armee laufen *jetzt in diesem Augenblick* davon«, protestierte Temeraire. »Du und Hammond, ihr habt erst gestern gesagt, dass wir es uns nicht leisten können, die Franzosen entkommen zu lassen, wenn wir Napoleon bis zum Frühjahr besiegt haben wollen.«

»Das würde die ganze Sache auch auf jeden Fall schwerer machen«, sagte Laurence. »Aber wir könnten ihn bis zum Frühling ohnehin nicht besiegen, wenn wir nicht von den Preußen unterstützt werden, und wenn diese sich uns nicht anschließen, können die Russen es nicht wagen, den Krieg weiter voranzutreiben.«

»Ich verstehe nicht, warum die Preußen für uns so wichtig sein sollen«, sagte Temeraire. »Immerhin hat Napoleon sie in Jena ziemlich mühelos geschlagen, und er hat das ganze Land in nur einem Monat überrollt. Wenn sie eine neue Chance haben wollen zu zeigen, wozu sie fähig sind, dann sind sie natürlich sehr willkommen, aber herumzusitzen und auf sie zu warten …!«

Auf jeden Fall konnte nichts unternommen werden, solange die Versorgung nicht sichergestellt war, wie Temeraire widerwillig einsehen musste. Er hatte es Laurence gegenüber nicht zugeben wollen, aber er hatte sich in diesen letzten Wochen des Feldzuges, als es so bitterkalt war und er nicht mal annähernd genug Futter bekam, gar nicht mehr wie er selbst gefühlt. Es hätte allerdings keinen Sinn gehabt, sich zu beklagen; man hatte nur weiterfliegen und hoffen können, dass man früher oder später etwas zwischen die Zähne bekommen würde. Aber das Knurren in seinem Bauch war ausgesprochen irritierend gewesen, und er hatte oft das Gefühl gehabt, neben sich zu stehen. Einmal hatte er sich zu seinem eigenen Entsetzen dabei ertappt, wie er zu einem toten Soldaten im Schnee hinunterstarrte und darüber nachdachte, dass der Bursche auch gut in die Hafergrütze hätte wandern können, ohne dass irgendjemand davon Schaden nehmen würde.

Temeraire schauderte bei der Erinnerung. »Wenn die Russen die Verpflegung nicht weitertransportieren, dann haben wir ein Problem«, sagte er. »Das verstehe ich wohl. Also, wie können wir sie dazu bringen? Und wann werden die Preußen kommen?«

Doch die Antworten auf diese Fragen zu finden, das blieb allem Anschein nach den Diplomaten überlassen. Da Temeraire aber wenig Vertrauen darin hatte, dass jene Gentlemen diese oder irgendeine andere Aufgabe in absehbarer Zeit erledigen würden, war er alles andere als zufrieden. Als Laurence eingeschlafen war, lag er noch bis tief in die Nacht hinein wach und brütete vor sich hin, obwohl sein Magen äußerst angenehm gefüllt war und er von den Seiten so behaglich gewärmt wurde.

»Würdest du bitte aufhören, die ganze Zeit so herumzuzappeln?«, fragte einer der kleinen Wilddrachen verschlafen. Sie sprachen einen Dialekt, der sich nicht sehr von der Drachensprache Durzagh unterschied, auch wenn er mit einer Mischung aus russischen, deutschen und französischen Wörtern versetzt war. »Bei allem Respekt«, fuhr das Weibchen fort, »aber es ist schwer, warm zu werden, wenn du dich die ganze Zeit bewegst.«

Sofort versuchte Temeraire, seine Klauen ruhig zu halten. Oft kam er einfach nicht gegen den Drang an, mit seinen Krallen den Boden zu furchen, während er mit den Gedanken ganz woanders war. Er schämte sich für eine solche Angewohnheit, und dieses Mal ärgerte er sich noch mehr über sich selbst, als er sah, dass er aus Versehen einige der schönen neuen Bodenbretter aufgerissen hatte. »Ich bitte um Verzeihung«, sagte er, und dann fragte er: »Sagt mal, fliegt einer von euch hin und wieder über Preußen? Das Gebiet fängt zwei Flüsse von hier entfernt an, glaube ich. Habt ihr irgendeinen preußischen Kampfdrachen in den Zuchtgehegen gesehen? Oder vielleicht auch weiter im Westen? Ich schätze, dass Napoleon sie nicht in der Nähe ihrer Offiziere gelassen hätte.«

Die Wilddrachen tuschelten untereinander: Sie konnten ihm nicht weiterhelfen, da ihr eigenes Gebiet nur bis zur Memel reichte. »Aber wir können bestimmt eine Nachricht überbringen, wenn es da jemanden gibt, dem du etwas mitteilen willst«, sagte einer von ihnen.

Temeraire antwortete: »Das wäre wirklich nett von euch. Besonders dankbar wäre ich, etwas von einem gewissen Drachen namens Eroica zu hören.«

»Einer der Drachen, die in der Nähe von Danzig leben, könnte vielleicht etwas wissen«, warf der erste Wilddrache ein. »Dort werden immer viele Fische gefangen, und die Drachen dort lassen hin und wieder auch ihre Nachbarn zum Zuge kommen und erfahren dabei Neuigkeiten. Wir werden morgen mal in ihr Gebiet fliegen«, versprach das Tier und fügte nicht ohne Hintergedanken hinzu, »falls wir nicht zu viel Zeit mit der Suche nach etwas zum Frühstück vertrödeln.«

»Nicht mehr, als in eine Teetasse passt«, beharrte der Quartiermeister streitlustig, als Temeraire am nächsten Morgen dafür sorgen wollte, dass die Wilddrachen einen Teil des Haferschleims abbekamen.

Temeraire legte seine Halskrause an. Dieser Offizier hatte den ganzen vorangegangenen Tag damit zugebracht, missmutig die Vorbereitungen für das Festmahl zu beobachten, als gefiele es ihm gar nicht zu sehen, dass die Drachen irgendetwas unternahmen, um selbst für ihre Verpflegung zu sorgen. Temeraire hatte ohnehin nichts für ihn übrig; seiner Meinung nach hätte er inzwischen wenigstens für Pferdefleisch sorgen können, wenn er auch nur den geringsten Versuch unternommen hätte, sich nützlich zu machen. Der Quartiermeister fügte seinen Worten noch etwas auf Russisch hinzu, das Temeraire als Unhöflichkeit verstand, und stellte seinen Stiefel fest auf einen der Kesseldeckel.

»Ich wüsste nicht, warum wir mit diesen Drachen teilen sollten«, sagte Grig und spähte über Temeraires Schulter hinweg.

»Das liegt daran, dass du sehr kurzsichtig bist«, erwiderte Temeraire, aber er wusste ganz genau, dass er mit dem Quartiermeister keinen Streit wegen des Essens anzetteln durfte. Das wäre ein sicherer Weg, um alle russischen Drachen dazu zu bringen, sich ebenfalls einzumischen und zu versuchen, größere Rationen für sich selbst herauszuschlagen, und dann wäre der ganze Essensplan im Eimer oder jedenfalls fast; er hatte genau das schon früher beobachtet. »Laurence«, rief er stattdessen, und als Laurence aus seinem Zelt kam, erklärte er ihm die Umstände.

»Dieser Versuch sollte auf jeden Fall unternommen werden, und er kostet uns nicht mehr als ein bisschen Hafergrütze. Ich werde mit dem Quartiermeister sprechen«, sagte Laurence ruhig. »Aber bitte erwähne dieses Vorhaben Dyhern gegenüber nicht. Es wäre grausam, Hoffnungen zu wecken, wo der Ausgang so ungewiss ist. Ich hoffe sehr, dass deine Bemühungen Früchte tragen, aber du darfst keine positive Antwort erwarten. Wir sind tausend Meilen von Frankreich entfernt, und es würde mich überraschen, wenn Bonaparte nicht die Creme des preußischen Luftkorps sofort in seine eigenen Zuchtgehege hätte schaffen lassen.«

Laurence ging also zum Quartiermeister und nahm ihn beiseite. Während sie sich besprachen, dachte Temeraire über Laurence' Warnung nach. Er musste einsehen, dass es sehr schwierig werden würde, eine Nachricht aus so großer Ferne zu erhalten. Die Wilddrachen würden sicherlich unterwegs anfangen, sich zu langweilen, oder sich entschließen, dass sie doch lieber keinen Ärger bekommen wollten, weil sie in ein fremdes Territorium eindrangen.

Als der Haferbrei endlich verteilt war und die Wilddrachen sich satt gegessen hatten, verkündete Temeraire: »Wenn mir wirklich jemand Neuigkeiten von Eroica bringt, dann werde ich ihm…«, er holte tief Luft und fuhr tapfer fort, »… diese Truhe voller vergoldeter Teller überlassen. Roland, wenn du sie bitte mal öffnen würdest.«

Es versetzte ihm einen Stich, als er zusah, wie sie den Deckel hob, sodass der Inhalt der Truhe sichtbar wurde. Dort stapelten sich die Teller aus Napoleons höchsteigenem Geschirrservice, mit Adlern um den Buchstaben N herum versehen, und jedes einzelne Teil war üppig vergoldet und fabelhaft poliert.

Die Wilddrachen seufzten alle wie aus einer Kehle, und sie hatten auch allen Grund dazu. Temeraire konnte es beinahe nicht ertragen, den ausgelobten Preis auch wirklich hergeben zu wollen, obwohl er all seine Kraft zusammengenommen hatte, als er das Angebot machte.

Er riss seinen Blick los. »Allerdings«, fügte er streng hinzu, und die Wilddrachen sahen ihn von unten her mit weit aufgerissenen Augen an, »lasse ich mich nicht für dumm verkaufen: Ich muss sicher sein können, dass die Botschaft wirklich von Eroica stammt, ansonsten werdet ihr die Belohnung nicht bekommen.«

Die Wilddrachen flogen gestärkt und voller Tatendrang davon und schmiedeten dabei bereits gemeinsam Pläne, wie sie den Schatz untereinander aufteilen würden. Einige verkündeten lauthals, dass *sie* Eroica ganz allein finden würden und deshalb auch gar nichts von der Belohnung würden abgeben müssen. Temeraire schaute unglücklich auf die Truhe. »Bitte mach sie wieder zu und schaff sie weg, Roland«, sagte er und hatte das Gefühl, sie bereits verloren zu haben. Er seufzte und sagte sich, dass nun wenigstens keiner mehr behaupten könnte, *er* sei nicht bereit, Opfer für den Krieg zu bringen.

4

Wie geht es dem Ei? Du warst in den letzten Wochen sehr nachlässig, was das Senden von entsprechenden Berichten angeht, und ich kann mir nicht vorstellen, was es für einen Grund für deine Säumigkeit geben sollte, wo doch die Franzosen gerade erst die Flucht angetreten haben und du nicht an einem einzigen richtigen Kampf beteiligt warst.

Wir hier waren sehr beschäftigt. Es tut mir leid, das sagen zu müssen, aber Wellesley oder Wellington oder wie er sich im Augenblick gerade nennt hat darauf bestanden, dass wir uns für den Winter nach Ciudad Rodrigo zurückziehen, und zwar nur und ausschließlich deshalb, weil Soult und Jourdan mit einem halben Dutzend Drachen und ein paar Tausend Männern angerückt sind. Und um die Sache noch schlimmer zu machen, sind alle Nahrungsmittel in die verkehrte Richtung geschickt worden, sodass nun schon seit vier Tagen niemand von uns mehr etwas Richtiges zu essen bekommen hat, nicht mal Haferschleim. Zum Glück haben wir entdeckt, dass im Wald viele aparte Schweine frei herumlaufen, die einen ordentlichen Bissen abgeben. Es war ja nicht meine Schuld, dass einige von ihnen weggerannt und den Soldaten vor die Füße gelaufen sind. Und ich finde es dann auch nur vernünftig, dass die Männer ein paar der Schweine abgeschossen und gegessen haben. Ich begreife einfach nicht, warum Wellington deswegen so einen Aufstand macht. Aber ich habe mich sehr kleinlaut gegeben, als er herumbrüllte, und ich habe sogar darauf verzichtet, Feuer in seine Richtung zu spucken. Ja, ich habe beschlossen, mich überhaupt nicht mit ihm herumzustreiten. Ich hatte nämlich bei meiner Ankunft eine Unterredung mit ihm. Es ging darum, dass Granby zum Admiral gemacht werden soll, und Wellington sagte, er sei überzeugt davon, dass Granby jede Ehrung verdiene, die eine dankbare Nation zu verteilen hat, und er hat versprochen, dafür zu sorgen, dass Granby ebendiese Ehre zuteilwird, wenn wir nur erst die Franzosen aus Spanien vertrieben haben. Das wird gewiss im Frühling der Fall sein, selbst wenn im Augenblick alle im Winterquartier so furchtbar faul sind. Ich gehe allerdings nicht davon aus, dass du die Franzosen bis dahin aus Deutschland verjagt hast. Es ist so ein Jammer, dass du Napoleon hast entwischen lassen.

Iskierka

P.S.: Die spanischen Feuerspucker sind viel kleiner als ich.

Temeraire nahm diese Provokation mit einiger Empörung zur Kenntnis. »Und das, wo ich ihr erst vor drei Tagen geschrieben habe«, sagte er. Sein peitschender Schwanz verlieh seinen Gefühlen Nachdruck und drohte, ein Waldstück mit jungen Eschen zu zerstören. »Ich habe mich bei ihr gemeldet, kaum dass wir Wilna erreicht hatten und nachdem wir so viel Ärger gehabt hatten. *Vier Tage lang nichts zu essen*, schreibt sie, wo dort doch anscheinend überall Schweine frei herumlaufen, an denen man sich bedienen kann! Ich hätte in diesen letzten vier Monaten einiges für ein Schwein gegeben.«

»Du musst nachsichtig mit ihr sein«, murmelte Laurence, der mit seinen Gedanken ganz woanders war, denn er las zwischen den Zeilen, wo in Granbys Handschrift weitaus alarmierendere Zahlen notiert waren, die tatsächlich für den Rückzug verantwortlich gewesen waren: *neunzigtausend Männer und Kavallerie*. »Die Kurierroute nach Portugal wird bedauerlicherweise von französischen Luftpatrouillen überwacht, und beinahe die gesamte Post muss auf dem Seeweg befördert werden. Iskierka hat deinen letzten Brief sicherlich noch nicht erhalten.«

Dies versetzte Temeraire allerdings nicht in versöhnliche Stimmung, und was noch schlimmer war: Iskierkas Klagen hatten seiner brütenden Sorge wegen ihres Eies nur neue Nahrung gegeben. Dieses Wunder der Natur ruhte im Augenblick irgendwo in der Kaiserstadt Peking, wo es von einem Dutzend besorgter Drachenpflegerinnen und einem ganzen Bataillon von Bediensteten gehegt und umsorgt wurde, sodass Temeraire eigentlich vollkommen beruhigt hätte sein können. Doch solange sie in Gesellschaft der chinesischen Legionen gereist waren, hatte Temeraire zu seinem großen Vergnügen beinahe wöchentlich Berichte über das Ei erhalten, die von den Jade-Kurierdrachen überbracht wurden, welche in die Kaiserstadt und wieder zurückgeflogen waren. Er hatte so viele Fragen, Vorschläge und Andeutungen abgeben können, wie er wollte – alles, was ihm an eifrigen Einmischungen in den Sinn kam, wurde mitgeteilt, sodass er sich selbst ständig beruhigen und vergewissern konnte, dass sein zukünftiger Nachwuchs sicher und wohlbehütet war. Nun, da dieser Kommunikationsweg abgeschnitten war, spürte Temeraire das Fehlen der Berichte viel schmerzhafter und war deswegen weitaus besorgter, als er es gewesen wäre, wenn es vorher nie zu so regelmäßigem Austausch von Neuigkeiten gekommen wäre.

»Glaubst du nicht, Laurence, dass vielleicht einer der Kosakendrachen losfliegen könnte?«, fragte Temeraire beunruhigt. »Sie scheinen zu wissen, wie man rasch vorwärtskommt, und ich bin mir sicher, die Reise würde nicht einmal drei Wochen in Anspruch nehmen und noch dazu über befreundetes Gebiet führen.«

Das war eine ziemlich fantasievolle Beschreibung einer viertausend Meilen langen Route über eine zugefrorene, halb verödete Landschaft hinweg, welche erst vor Kurzem von zwei riesigen Armeen heimgesucht worden war; eine Landschaft voller zügelloser, wütender Wilddrachen und einer ebenso aufgebrachten Bevölkerung, wobei Erstere wie Letztere einem Fliegengewicht wie einem Kosakentier gegenüber schnell gewalttätig werden könnten. Besagte Drachen der Kosaken waren zudem weder sonderlich schnell noch pflegten sie allein umherzuziehen. Als Plünderer oder als Vorhut gab es nichts Besseres als sie, aber sie waren alles andere als zuverlässige Kuriere.

»Ich fürchte nicht«, sagte Laurence, und Temeraire seufzte.

Hammond befand sich auf der anderen Seite der Lichtung und las noch einmal seine eigenen Depeschen, die er auf den Weg schicken wollte. Da Temeraire nicht eben in vertraulicher Lautstärke gesprochen hatte und Hammond ohnehin nicht die geringste Vorstellung davon hatte, was es hieß, die Privatsphäre anderer Leute zu respektieren, mischte er sich jetzt in ihre Unterhaltung ein. »Sind Sie ganz sicher, Kapitän, dass das unmöglich ist?«, fragte er, was Temeraire natürlich sofort wieder neu ermutigte. »Ich hätte gedacht, dass man vielleicht Kapitän Terrance losschicken könnte …«

»Wie bitte?«, fragte Placet und öffnete ein Auge. Der besagte Terrance lag fest schlafend in der Rückenkuhle seines Drachen, den Hut übers Gesicht gezogen und laut schnarchend. Er hatte sich mit Brandy gegen die Eiseskälte auf dem Flug durch das Baltikum gewappnet. »Nach China reisen? Als wenn wir etwas so Verrücktes tun würden! Auf keinen Fall! Wir haben genug damit zu tun, nach Riga und wieder zurückzufliegen und das Meer abzusuchen, um herauszufinden, wo sich die Schiffe gerade befinden könnten.«

»Aber natürlich ist es von größter Wichtigkeit, unsere Kommunikation mit dem Kaiserhof wiederaufzunehmen«, sagte Hammond zu Laurence, als sie gemeinsam zum nächsten festlichen Abendessen liefen. Laurence' Anwesenheit war *de rigueur* geworden, was er der Tatsache verdankte, dass der Zar öffentlich seinen Rang anerkannt hatte.

Laurence hatte keinen Zweifel daran, dass es für Hammonds Position tatsächlich ausgesprochen wichtig war, den Kontakt nach China nicht abreißen zu lassen. Man konnte schließlich kaum behaupten, dass Hammond seine Pflicht als britischer Botschafter in China erfüllen würde, solange ihn eine halbe Weltreise von jedem Repräsentanten dieser Nation trennte. Dass diese Verbindung jedoch einen positiven Einfluss auf das Kriegsgeschehen haben sollte, bezweifelte Laurence ganz außerordentlich.

»Wir können nicht erwarten, dass sich der Kaiser noch mal dazu bereit erklärt, uns eine Streitkraft in nennenswerter Größe zur Verfügung zu stellen, wo wir schon die letzte nicht ausreichend versorgen konnten«, gab er zu bedenken.

»Ich bin ganz und gar nicht Ihrer Meinung, Kapitän«, erwiderte Hammond rasch. »Ganz und gar nicht. Ich denke, Sie berücksichtigen zu wenig den Geist der Freundschaft, der zwischen unseren Nationen herrscht, und auch das Gefühl der Besorgnis, welches das Ausmaß von Napoleons Ehrgeiz bei den besser informierten Mitgliedern des Kaiserhofs hervorgerufen hat ...«

»Eine Besorgnis, die durch Napoleons Niederlage in Russland doch entscheidend abgenommen haben dürfte«, sagte Laurence.

Darauf hatte Hammond keine Antwort. Nach einer kurzen Pause setzte er einfach seinen Gedankengang fort: »Wie wäre es, wenn wir wieder eine Durchgangsstation einrichten würden? Ich habe einige der russischen Karten zurate gezogen, die den nördlichen Küstenverlauf zeigen, und ich dachte, ich könnte der Admiralität vorschlagen, dass eine Fregatte in der Laptewsee stationiert wird ...«

Laurence starrte ihn an. Verunsichert brach Hammond mitten im Satz ab. »Sir«, sagte Laurence, »wenn Sie bereit sind, Ihren Plan bis zum nächsten August aufzuschieben, wenn, wie ich meine, ein Teil des dortigen Gewässers vom Eis befreit sein dürfte, dann gehe ich davon aus, dass auch ein Schiff an der sibirischen Küste entlanggesteuert werden könnte; es müsste dann allerdings bis Oktober wieder aus der Arktis verschwunden sein.«

»Oh«, stieß Hammond aus und verfiel in brütendes Schweigen. Er hatte Terrance das schicksalsvolle Paket mit dem sagenhaften Versprechen von einer Million Pfund mitgegeben. In drei Tagen würde es in London eintreffen, und innerhalb einer Woche sollte ihn die Antwort erreichen. Es war durchaus denkbar, dass man ihn in Schimpf und Schande nach England zurückbeordern könnte. Und wenn man Hammond abberufen würde, dann war es für Laurence klar, dass auch er zur Rückkehr nach Hause verpflichtet werden würde. Einmal wieder in England, würde man ihn und Temeraire zweifelsohne auf die unerfreulichsten und nutzlosesten Positionen versetzen, die einem böswilligen Geist nur einfallen konnten: auf irgendeinen meerumtosten Felsen vor der Westküste von Schottland ohne jede Aussicht auf eine Beteiligung am Kriegsgeschehen und auch ohne die Möglichkeit, mit anderen Drachen ins Gespräch zu kommen, die sich vielleicht von Temeraires ketzerischer Vorstellung von Recht und Gesetz anstecken lassen könnten.

Natürlich könnte er einen solchen Befehl, wenn er denn erginge, verweigern. Die Admiralität würde ihn ein weiteres Mal vor ein Kriegsgericht stellen, nahm Laurence mit einem Anflug von schwarzem Humor an. Ihm war klar, dass ihn eine solche Aussicht weitaus mehr erschrecken sollte, als es tatsächlich der Fall war. Aber genau genommen konnte ihm ein solches Szenario nicht viel anhaben. Selbst unter seinen augenblicklichen Umständen konnte er sich kaum eine Zukunft ausmalen, in der er wieder einen Platz in der englischen Gesellschaft einnehmen würde. Komme, was wolle: Er würde dieses Mal in Abwesenheit über sich richten lassen und das Ergebnis schlichtweg ignorieren. Eine neuerliche Verurteilung würde ihn nur insofern tangieren, als sie in der Lage war, seiner Mutter Kummer zu bereiten.

Sie hatten die Treppe zum Haus erreicht; ein Bediensteter hielt ihnen die Tür auf. Laurence drängte sich der Kontrast zwischen solchen Gedanken und dem Eintreten in einen glitzernden Ballsaal auf, in dem sich Generäle und Erzbischöfe vor ihm verbeugten; die Szene hatte etwas Surreales an sich, als würde er kurzzeitig in eine Feenwelt eintauchen, die wieder verschwinden würde, sobald er sie verlassen hatte.

»Sie müssen zu Hause die Notwendigkeit einfach einsehen«, murmelte Hammond besorgt vor sich hin. »Das müssen sie einfach. Sie müssen. Kapitän, darf ich Sie dem Prinzen Gortschakow vorstellen …«

Während Laurence sich durch den Saal bewegte, wurde er das Gefühl nicht los, dass alles durch und durch falsch und die ganze Welt nichts als eine Theaterbühne war. Die Männer und Frauen, mit denen er sprach, waren flach und eindimensional wie Spielkarten, oberflächlich und ohne jede Substanz. Alle sprachen über dieselben Dinge und wiederholten die ewig gleichen Bemerkungen: Napoleon war in Paris gesichtet worden, Napoleon hob eine neue Armee aus. Wilddrachen hatten das Land des Grafen Z zerstört, ebenso wie das Sommerhaus der Prinzessin B. Die beiden Gesprächsfäden wurden oft miteinander verknüpft, und allem Anschein nach machte man es Napoleon beinahe mehr zum Vorwurf, die halb verhungerten und angeketteten Drachen freigelassen zu haben, als dass er überhaupt einmarschiert war.

»Meiner Meinung nach sollte man Murat wie einen Spion aufknüpfen«, erklärte ein Gentleman, den Laurence nicht kannte. Er trug eine Uniform ohne jeden Ordensschmuck. »Und seinen Herrn gleich mit dazu, wenn man nicht zugelassen hätte, dass er entkommt! Und die Tiere sollte man allesamt schlachten. Ein paar Schüsseln Haferschleim voller Gift …«

»Und wenn Napoleon mit Hunderten seiner eigenen Tiere auf dem Luftweg zurückkehrt?«, warf Laurence kühl und abfällig ein und wollte sich abwenden.

»Dann sollte man diese Drachen ebenfalls vergiften!«, sagte der Mann mit aufgebrachter, wutverzerrter Miene. »Ich hoffe zumindest, dass sich irgendein Held findet, der in ein französisches Lager marschiert und diese Aufgabe übernimmt. Alles besser als diese vollkommene Idiotie, dass wir nun fürsorglich Monster aufziehen, die uns alle verschlingen wollen. Ich habe gehört, dass sich unsere Bediensteten, über die uns Gott wie Vater und Mutter wachen lässt, die Hafergrütze vom Mund absparen müssen, damit man die Drachen speisen kann – orientalische Verderbtheit! Nur weil sie Sklaven ihrer eigenen Drachen sind, wollen sie nun, dass wir uns ducken und neben ihnen durch den Dreck kriechen …«

Er war betrunken, das war Laurence klar, denn seine Wangen waren tiefrot gefärbt, was eher vom Wein als von der Hitze kam. Doch das spielte keine Rolle. »Sir, das sind ernsthafte Beleidigungen«, sagte Laurence. Die Menschenmenge um sie herum rückte ein Stückchen weg; Gesichter wandten sich ab und wurden hinter Fächern versteckt. »Sie werden diese Bemerkung zurücknehmen!«

»Zurücknehmen?«, brüllte der Mann. Er schüttelte die Hand eines anderen Gentlemans ab, der versuchte, ihm etwas ins Ohr zu flüstern. »Zurücknehmen, wenn ermordete Kinder aus den Mägen der Schlangen heraus nach Gerechtigkeit rufen? Bei allen Heiligen, wenn ich daran denke, dass der Herr im Himmel eine Seuche geschickt hatte, die sie ein für alle Mal vom Erdboden hätte wischen können …!« Er wurde nun entschieden von seinem Freund und einem anderen Offizier unterbrochen, die beide leise, aber drängend in russischer Sprache auf ihn einredeten. Er war jedoch nur für einen kurzen Moment lang zurückzuhalten, dann schlug er auch diese Hände weg. »Nein! Ich werde nicht meinen Kopf vor einem Mann beugen, der hier herumstolziert und die angeblichen Würden zur Schau trägt, die ihm von einem barbarischen Kaiser verliehen worden sind …«

Jetzt legte Hammond seine Hand auf Laurence' Arm, aber dieser wischte sie fort und schlug dem Sprecher kräftig ins Gesicht, woraufhin dieser mitten im Satz abbrach und rückwärts in die Arme seiner Freunde taumelte. Laurence drehte sich um und ging zügig in Richtung Tür, noch ehe der Russe sich wieder aufgerappelt hatte. Die tuschelnden Menschen machten ihm Platz, musterten ihn neugierig und wandten ihre Blicke dann schnell wieder ab. Laurence wusste nicht, was sie in seinem Gesicht lasen. Er fühlte sich einfach nur müde und angewidert, und er war wütend auf sich selbst. Wenn er nicht mit den Gedanken zu sehr woanders gewesen wäre, hätte er sofort erkennen müssen, dass er mit einem Mann sprach, der viel zu betrunken war, als dass er eine Antwort verdient hätte. Aber nun war nichts mehr zu retten.

Hammond holte ihn an der Tür ein und trottete neben ihm die Treppe hinunter; er wirkte sehr betroffen. »Ich hoffe, Sie werden in meinem Sinne tätig werden, Mr. Hammond«, sagte Laurence.

»Kapitän«, antwortete Hammond, »ich muss Sie fragen, ob … Wenn der Gentleman Genugtuung fordert, dann … Wenn ich es richtig verstanden habe, dann ist es Fliegern streng verboten, sich zu duellieren …«

Laurence blieb mitten auf der Straße stehen, drehte sich um und starrte Hammond an. »Mr. Hammond, könnten Sie mir vielleicht erklären, wie ich nun, da ich eingewilligt habe, als Sohn des Kaisers von China eingeführt zu werden, einem Mann, der mir soeben die empörendsten Beleidigungen gegen ebenjenen Kaiser ins Gesicht geschleudert hat, Genugtuung verweigern soll? Wenn Sie da eine Idee haben, bei der ich mich auch in Zukunft als Gentleman oder gar als Prinz bezeichnen kann, dann bin ich ganz Ohr.«

Hammond kaute auf seiner Unterlippe herum. »Nein, nein«, sagte er. »Nein, ich verstehe. Das würde die Beziehung zum Kaiserhaus, die wir hier betont haben, untergraben«, als würde er in dieser ganzen Angelegenheit vor allem praktische Gesichtspunkte erwägen. »Ah! Aber warten Sie. Ich bin mir sicher … Ich bin mir beinahe ganz sicher, dass dieser Gentleman weder ein Prinz noch ein Offizier ist. Und als ein kaiserlicher Prinz … in Ihrem Rang … in Ihrem *hohen* Rang können Sie nicht noch einmal mit jemandem von so außerordentlich niedrigerem Rang zusammentreffen. Sie können sich nicht mit jemandem abgeben, der so weit unter Ihnen steht. Ich muss seinen Namen herausfinden. Ich muss mit Koljakin vom Hofstaat des Zaren sprechen. Gleich morgen früh werde ich dort vorstellig werden …«

Laurence wandte sich ab und ließ den vor sich hin murmelnden Hammond einfach stehen, während er selbst mit gesenktem Kopf seinen Weg durch den eisverkrusteten Schnee fortsetzte. Er konnte Hammond dessen Sicht der Dinge nicht zum Vorwurf machen, und sie passte nur zu gut zu dem, was er selber als seine Pflicht ansah. Und doch sträubte sich alles in ihm dagegen, seine hervorgehobene Stellung, die ihm der Kaiser verschafft hatte, zu nutzen, um einem Gentleman die Genugtuung zu versagen, den er so vorsätzlich und tief gedemütigt hatte. Andererseits hatte die Schwere der vorangegangenen Beleidigung diese Antwort gerechtfertigt. Laurence hatte den Mann eben genau deshalb geschlagen, weil er das Gefühl gehabt hatte, er könne keine andere Erwiderung geben als die einer vollkommenen Erniedrigung. Aber er hatte das mit dem Vorsatz getan, Genugtuung zu gewähren, wenn sie verlangt würde – was der Mann mit Sicherheit tun würde.

»Ich hoffe, Sie werden zunächst mit den Freunden des Gentlemans sprechen«, sagte Laurence ernst, »und denen deutlich machen, dass ich einer Bitte um Verzeihung gegenüber zugänglich wäre. Ich wäre bereit, sein Verhalten zu vergeben, weil er derart betrunken war.« Der Gedanke gefiel ihm gar nicht, es angesichts einer solch empörenden Beleidung bei einer einfachen Entschuldigung zu belassen, und er konnte sich nicht vorstellen, wie der andere Mann diese auch nur annähernd zufriedenstellend äußern sollte, ohne als Feigling dazustehen, nachdem er in der Öffentlichkeit einen Schlag hatte hinnehmen müssen. Aber er brachte es auch nicht über sich, den Mann einfach so davonkommen zu lassen.

»O ja, selbstverständlich«, erwiderte Hammond, der von Sekunde zu Sekunde erleichterter aussah. »Ich werde alles arrangieren.«

»Und falls nicht«, fuhr Laurence fort, »dann muss ich Sie bitten, die Freunde des Gentlemans darüber in Kenntnis zu setzen, dass sie ihn unverzüglich fortschaffen müssen, damit ich mich nicht doch noch vergesse.«

Temeraire wachte auf, als Laurence zum Stützpunkt zurückkehrte, und spähte hinauf zu den Sternen. »Ich habe dich frühestens in zwei Stunden erwartet, Laurence. Bist du vielleicht plötzlich krank geworden?«, erkundigte er sich besorgt. Er hatte tags zuvor zufällig einen der russischen Offiziere sagen hören, dass mehr als tausend Menschen an einer Art Fieber gestorben seien, und unwillkürlich hatte Temeraire daran denken müssen, dass Laurence' Vater in seinem eigenen *Bett* gestorben war, wo ihn nun wirklich nichts Böses hätte ereilen sollen.

»Nein, mir geht's gut. Ich hatte keine Lust, noch länger zu bleiben«, sagte Laurence. »Wollen wir irgendwas lesen?«

Die momentane Erleichterung über diese Antwort verschwand am nächsten Tag: Temeraire war sich ganz sicher, dass es Laurence keineswegs gut ging. Er war sehr still und verbrachte beinahe den ganzen Morgen zurückgezogen in seinem Zelt, schrieb Briefe und sortierte seine Unterlagen, wie er es vor einer Schlacht getan hätte.

»Besteht doch noch irgendeine Chance darauf, dass Teile der französischen Armee hier entlangkommen?«, erkundigte sich Temeraire, als Laurence endlich herauskam. Vielleicht hatte der nur nichts gesagt, um ihm, Temeraire, keine falschen Hoffnungen zu machen.

Aber Laurence antwortete rundheraus: »Ich fürchte nicht. Den letzten Berichten nach haben sie alle die Memel überquert.« Dann ging es also auch nicht darum. Temeraire wollte nicht nachbohren: Er wusste, dass Laurence es sehr unhöflich fand, Fragen zu stellen und auf diese Weise Antworten herauszukitzeln, die freiwillig nicht preisgegeben worden wären.

Aber Laurence blieb den ganzen Tag über unnatürlich schweigsam und ernst und aß nicht viel zum Abendbrot, das er zum ersten Mal, seitdem sie nach Wilna gekommen waren, auf dem Stützpunkt einnahm.

Es gab nichts, das Temeraire ausreichend beschäftigt hätte, um ihn von seinen beunruhigenden Beobachtungen abzubringen. Die Russen hatten unter gewöhnlichen Umständen keinerlei Vorstellung von Luftkampfübungen, und angesichts der unzureichenden Versorgung, die ihnen zur Verfügung stand, neigten ohnehin alle Drachen eher zum Schlafen als zum Fliegen. Temeraire hatte mithilfe von Grig dafür gesorgt, dass einige der kleineren Tiere den Nachmittag auf seiner Lichtung verbrachten, wo er ihnen Gedichte vorlas und sich bemühte, hinterher eine Diskussion darüber in Gang zu bringen. Aber die anderen Tiere gähnten nur, und dann steckte ihn dieses Gähnen an, und es war so verlockend einzudösen, auch wenn Temeraire sich die Instruktionen aus den Analekten wirklich sehr zu Herzen genommen hatte, denen zufolge ein Drache keinesfalls mehr als vierzehn Stunden täglich schlafen sollte.

Er versuchte, sich allein seiner Lektüre zu widmen, oder er bat Roland, ihm die Zeitung vorzulesen, wenn sich eine Ausgabe in einer Sprache auftreiben ließ, derer Roland ausreichend mächtig war. Wieder einmal hatte Temeraire das Gefühl, dass es wirklich sehr ungerecht war, dass Sipho mit seinem Bruder und Kulingile fortgegangen war; Kulingile war auf der Iberischen Halbinsel stationiert, wo es ganz sicher an englischen Zeitungen nicht mangelte und wo es vielleicht sogar Bücher gab, die ihm jeder hätte vorlesen können. Roland hingegen konnte nur in drei Sprachen lesen und in keiner davon besonders gut. Also blieb ihm manchmal nichts anderes übrig, als irgendein mathematisches Problem im Kopf zu lösen, was ihn allerdings nur noch schläfriger werden ließ.

Und so hatte er genügend freie Zeit, um sich Sorgen zu machen und sich weitere, beiläufig klingende Fragen einfallen zu lassen, mit denen er sich nach Laurence' Gesundheitszustand erkundigen konnte. Auf keine davon bekam er eine befriedigende Antwort. Laurence war nicht müde, ihm war nicht zu heiß und nicht zu kalt, und nein, er hatte auch keine Kopfschmerzen. Laurence erinnerte sich in der Tat lebendig daran, wie er im Jahre sechs während des Taifuns über der Reling gehangen und sich erbrochen hatte, aber er fühlte sich im Augenblick nicht annähernd so krank.

»Laurence«, sagte Temeraire schließlich verzweifelt, »vielleicht hast du ja schon von Typhus gehört?«

»Das habe ich«, sagte Laurence. »Es geht in den Krankenhäusern um, fürchte ich. Die armen Teufel!«

»Oh! Nur in den Krankenhäusern?«, fragte Temeraire sehr beruhigt. »Du hast also keine Spur von Typhus, oder?«

»Was, ich und krank? Davon kann keine Rede sein. Wo kommt denn diese plötzliche Sorge um meine Gesundheit her?«, fragte Laurence und sah von seinen Pistolen auf, die er gerade reinigte.

»Ich verstehe nur einfach nicht«, sagte Temeraire, »wie es sein kann, dass dein Vater in seinem eigenen Bett gestorben ist, und du warst so furchtbar still in letzter Zeit …«

Laurence erwiderte: »Mein Vater war zweiundsiebzig Jahre alt und schon seit langer Zeit krank, mein Lieber. Ich selber hoffe ja auf zwei weitere Jahrzehnte, wenn nichts …« Abrupt endete sein Satz.

Temeraire war sofort alarmiert und noch viel mehr, als Laurence fortfuhr: »Temeraire, bitte entschuldige. Ich bin nicht krank, aber es stimmt, dass ich mit meinen Gedanken woanders bin. Es tut mir leid, dass ich es dich habe spüren lassen, wo ich dir doch nicht sagen kann, worum es geht. Im Augenblick gebietet es mir die Ehre, über die Angelegenheit Stillschweigen zu bewahren. Ich vertraue darauf, dass du dich damit zufriedengibst und nicht weiter versuchst, in mich zu dringen.«

»Und natürlich habe ich ihn nicht weiter bedrängt, aber ich wünschte, ich hätte es getan«, sagte Temeraire an diesem Nachmittag unglücklich zu Churki, als Laurence gemeinsam mit Hammond zu einer weiteren Veranstaltung aufgebrochen war. Laurence' Worte hatten nicht gerade dafür gesorgt, dass Temeraire weniger beunruhigt war, ganz im Gegenteil. Laurence' Vorstellung von Ehre war eine ganz besondere und umfasste praktisch alle Lebensbereiche. Sie hatte ihn auch schon früher in gefährliche Situationen gebracht.

»Das glaube ich gerne«, sagte Churki. »Warum hast du nicht darauf bestanden, sofort mehr Informationen zu bekommen? Was ist, wenn er sich in irgendwelche Schwierigkeiten gebracht hat, die du für ihn aus der Welt schaffen solltest? Die Menschen mögen es zwar nicht immer, wenn man sich einmischt«, fügte sie hinzu, »und im Großen und Ganzen halte ich auch nichts von *unnötigen* Einmischungen. Man muss schon zulassen, dass sie sich selbst um ihre privaten Angelegenheiten kümmern. Aber bei manchen Dingen, die die eigene Mannschaft betreffen, sollte ein angesehener Drache es nicht dulden, dass sie einfach so geschehen. Nun, ich habe schon miterlebt, wie Männer aus ihrer *Ayllu* weggelockt wurden, um eine Frau in einer fremden *Ayllu* zu besuchen, und schon wurden sie von einem anderen Drachen weggeschnappt und verschwanden auf Nimmerwiedersehen. Und alles nur, weil ihr eigener Drache nicht rechtzeitig genug eingegriffen hatte.«

»Also, ich bin mir ziemlich sicher, dass Laurence nicht irgendwelche Frauen besucht«, sagte Temeraire unbehaglich. Ihm fiel wieder ein, dass Laurence bei all diesen Feierlichkeiten zu Gast gewesen war, bei denen, so wie er es verstanden hatte, auch jede Menge Frauen in atemberaubenden Ballroben zugegen gewesen waren. Aber Laurence hatte ganz eigene Vorstellungen davon, was für eine Frau von gehobenem Stand schicklich war. »Vielleicht hast du recht. Vielleicht sollte ich mehr in Erfahrung bringen. Roland«, rief er und drehte sich herum, um Emily bei ihren Degenübungen mit Baggy zu unterbrechen. »Roland, könntest du herausfinden, welches Fest Laurence heute Nachmittag besucht? Du könntest ihm hinterherlaufen und ein Auge auf ihn haben.«

Baggy ließ sofort seinen Degen sinken und setzte sich mit dankbarem Gesichtsausdruck auf den Boden, um sich auszuruhen. Im Laufe der letzten Zeit hatte sein hochaufgeschossener Körper an Masse zugelegt, aber er war noch immer reichlich schlaksig.

»Ganz sicher nicht«, antwortete Roland mit Nachdruck und wischte sich Schweiß und Locken aus ihrer Stirn. Sie trug ihre sandfarbenen Haare zu einem Zopf geflochten, doch etliche Strähnen hatten sich während der Übungen gelöst. Sie war mit deutlich mehr Eifer bei der Sache gewesen als Baggy. »Ich müsste ein Kleid anziehen. Du solltest lieber Forthing bitten, nach ihm zu sehen, oder Ferris. Er kann sich ordentlich herausputzen, wenn es sein muss.«

»Ferris, natürlich«, sagte Temeraire, den es beim Gedanken an den schäbigen Zustand von Mr. Forthings Mantel schauderte. Genau genommen konnte er den Anblick schon innerhalb der Grenzen des Stützpunktes kaum ertragen, ganz zu schweigen von draußen in der Welt, und das Wissen, dass dieses mitgenommene Kleidungsstück von einem seiner eigenen Offiziere getragen wurde, war ein ständiger Stachel. Und Forthings Aussehen wurde auch nicht verbessert durch die dicken Schichten von Verbänden, mit denen die Wunde auf seiner Wange versorgt worden war. »Könntest du ihn bitten, sofort aufzubrechen?«

»Ich gehe schon«, bot Baggy an, rappelte sich erleichtert auf und verschwand.

Ferris brach in einem Aufzug auf, der jeden Drachen mit Stolz erfüllt hätte: in einem anständigen grauen Mantel, der frisch abgebürstet worden war, mit einer goldenen Nadel am Revers, Hosen, die makellos weiß waren, und mit glänzend polierten Stiefeln. »Ich werde ihn finden, bitte mach dich nicht verrückt, Temeraire«, sagte Ferris. »Ich kann genug Russisch, um mich durchzufragen, und es sind nicht so viele Drachenkapitäne unterwegs, sodass sich die Leute schon an einen Fliegermantel erinnern werden.«

»Und vielleicht kannst du für mich nach Grig Ausschau halten«, bat Temeraire Roland, nachdem Ferris losgegangen war, nur für alle Fälle. Wenn irgendein anderer Drache auf Laurence scharf war, dann hatte Grig mit Sicherheit davon gehört.

Aber Grig musste nicht erst geholt werden; in ebendiesem Augenblick kam er im Eiltempo auf die Lichtung geschossen. »Temeraire, einige der Wilddrachen sind zurück, die du gebeten hattest, für dich nach Westen zu fliegen. Aber sie haben beim Anflug Symerkas Lichtung überquert, und jetzt denkt der, dass sie versuchen, seinen Schatz zu stehlen.«

»Oh! Aber was für einen Schatz hat er denn, der der Rede wert ist, außer drei angestoßenen Silbertellern?«, fragte Temeraire einigermaßen ungläubig.

Doch Symerka beurteilte sein Hab und Gut gänzlich anders und flog tatsächlich wutentbrannt durch die Luft. Immer wieder stürzte er sich auf die beiden zurückweichenden Wilddrachen, die gemeinsam unter einen von seinen Flügeln gepasst hätten. Temeraire musste sehr laut brüllen, um überhaupt seine Aufmerksamkeit auf sich zu ziehen, was dazu führte, dass das gesamte Infanterieregiment am Fuße des Hügels aus den Zelten gestürzt kam und wild durcheinanderzulaufen begann; einige von ihnen feuerten in ihrer Panik sogar ihre Pistolen ab.

»Das sind meine Gäste, die gekommen sind, um uns Nachrichten zu überbringen, nicht, um irgendetwas zu stehlen«, erkläre Temeraire Symerka sehr ernst und baute sich vor den Wilddrachen auf. »Du kannst nicht einfach jeden für einen Dieb halten und auf ihn losgehen, ohne auch nur ein Wort mit ihm gewechselt zu haben.«

»Nun, wenn *du* für sie bürgst«, sagte Symerka, »dann nehme ich an, dass sie in Ordnung sind. Aber ich bin mir ganz sicher, dass einer von ihnen auf meine Teller herabgestarrt hat«, fügte er hinzu und reckte störrisch seinen Hals, während er noch ein paarmal vor ihnen hin und her flog und dann schließlich nachgab und zu seiner Lichtung zurückkehrte.

»Es tut mir leid, dass ihr so unfreundlich empfangen wurdet«, sagte Temeraire zu den Wilddrachen. Es war die Anführerin, die wiedergekommen war, und noch ein anderes Drachenweibchen: eine dünne, hellgraue Kreatur, die beinahe schon weiß wie Lien wirkte, nur dass ihre Augen grau statt rot waren. Temeraire bedauerte die Begrüßung noch mehr, als die Anführerin der Wilddrachen behauptete, sie befände sich in einem Schockzustand und müsse sich nach diesem Schrecken erst einmal sammeln. Sie könne kein Wort sprechen, ehe sie und der andere Wilddrache nicht eine ordentliche Mahlzeit gehabt hätten. Der Quartiermeister weigerte sich rundheraus, sich in irgendeiner Weise nützlich zu machen, und der Haferbrei zum Abendessen würde ohnehin erst in frühestens vier Stunden fertig sein. Roland wurde mit einer Goldmünze in die Stadt geschickt, und Temeraire musste zähneknirschend zusehen, wie der Gegenwert in Form von zwei hübschen, dickbäuchigen Schweinen in den Mäulern seiner Besucher verschwand.

»Jetzt aber«, sagte Temeraire spitz, als die beiden Wilddrachen auch die letzten Blutstropfen von ihren Nüstern geleckt hatten.

»Vorher«, sagte die Anführerin unerschrocken, »sollten wir die Bedingungen klären. Ich nehme an, du stimmst mir zu, wenn ich sage, ich habe einen Anteil daran, dass dich die gewünschten Nachrichten erreichen, auch wenn ich sie dir nicht *selber* mitteile, sondern dich mit jemandem bekannt mache, der diese Aufgabe übernimmt?«

»Gewiss«, entgegnete Temeraire, »und das ist genug Diskussion über die Bedingungen, bis ich auch tatsächlich eine Nachricht höre, denn im Augenblick gehe ich noch davon aus, dass du gar keine Botschaft für mich hast.«

»Na ja, nein, noch nicht«, sagte sie. »Bistorta hier war nicht bereit, mir zu glauben, dass für sie Gold herausspringt, und sie sagte, es werde immer gefährlicher, nach Frankreich zu fliegen.«

»Da unten sind sie alle ganz verrückt wegen diesem Napoleon«, erklärte das hellgraue Drachenweibchen auf Französisch, als Temeraire sich bei ihr erkundigte. »Und zwar alle, egal, ob sie angeschirrt sind oder nicht. Es ist inzwischen schon so weit gekommen, dass sie einen als Spion gefangen nehmen und befragen, wenn sie einen nicht kennen. Aber deine preußischen Freunde sind dort, ja, und zwar in den Zuchtgehegen vor Moirans-en-Montaigne. Ich habe sie mit eigenen Augen gesehen. Ich habe früher hin und wieder mal ein Schaf von ihren Bewachern bekommen, ehe die Patrouillen so unfreundlich wurden. Aber dieser Tage würde ich nicht riskieren, dort hinzufliegen, außer für Gold, und wie ich Molik hier schon gesagt habe, glaube ich nur dann an Gold, wenn ich es direkt vor meiner Nase habe. Allerdings hast du uns mit einer hübschen Mahlzeit versorgt«, fügte sie hinzu, »und so bin ich nur allzu bereit, mich überzeugen zu lassen.« Sie faltete ihre Flügel ordentlich zusammen und legte ihren Kopf in einem erwartungsvollen Winkel zurück.

Temeraire seufzte tief und traf schweren Herzens eine Entscheidung. Roland und Baggy wurden gebeten, noch einmal das vergoldete Service zu zeigen, und die beeindruckten Seufzer seiner Gäste gaben ihm nur umso mehr das Gefühl, der Verlierer in dieser Sache zu sein. Allerdings versuchte er, sich damit aufzumuntern, dass Bistorta nicht mit Gewissheit sagen konnte, ob Eroica selbst dort war, und sie erinnerte sich an keinen anderen besonderen Namen der preußischen Drachen. Vielleicht irrte sie sich ja.

»Aber ich werde es auf jeden Fall versuchen«, sagte sie nach einem letzten gierigen Blick auf die Eingravierungen auf der größten Platte. »Oh! Auf jeden Fall werde ich es versuchen! Aber verrate mir, was ich zu diesem Burschen Eroica sagen soll, wenn ich ihn finde.«

»*Falls* du ihn findest«, sagte Temeraire nachdrücklich, »dann sag ihm, dass Dyhern in Sicherheit und hier bei uns ist und dass wir uns wünschen, er möge sich uns wieder anschließen. Genauso wie seine Kameraden. Roland«, er drehte seinen Kopf, »kannst du zufällig bei Dyhern in Erfahrung bringen, welche anderen preußischen Flieger freigekommen sind? Natürlich, ohne ihm den Grund für deine Frage zu verraten. Laurence hat ganz recht damit, dass man Dyhern nicht in Unruhe versetzen soll, wenn es sehr wahrscheinlich ist, dass wir Eroica überhaupt nicht finden werden.«

Diese Liste zu bekommen nahm einige Zeit in Anspruch. Die Wilddrachen hatten nichts gegen die Verzögerung einzuwenden und auch keine Schwierigkeiten damit, einen beträchtlichen Anteil von Temeraires Abendessen zu verspeisen, als die Hafergrütze endlich ausgeteilt wurde. »Jeden Morgen und jeden Abend Fett zu bekommen«, sagte Molik schließlich mit einem satten Seufzen. Ihr Bauch war bemerkenswert gerundet. »Da überlegt man es sich mit dem Anschirren doch noch ein zweites Mal, was?«

»Nein, keineswegs«, antwortete Bistorta bestimmt. »Nichts für ungut«, fügte sie hinzu, »aber das ist nichts für mich: Die Befehle von jemandem zu befolgen, der wiederum Befehle von jemand anderem entgegennimmt, und das alles zugunsten eines Dritten. Einige der Drachen in Frankreich haben diesen Napoleon überhaupt noch nie gesehen, und trotzdem wollen sie einem sofort an die Kehle, wenn man auch nur andeutet, dass Napoleon nicht aus Diamanten besteht. Und alles nur, weil er ihnen ein paar Pavillons gebaut hat und Feuerwerk für sie abbrennt. Ich für meinen Teil bleibe lieber in den Bergen und in Freiheit. Mir ist es lieber, ich schlafe auf einer Wiese als unter einem bemalten Dach.«

»Feuerwerk«, murmelte Temeraire mit frischem Zorn. Er war sich ganz sicher, dass sich die französischen Drachen nicht um ihre eigene Unterhaltung kümmern mussten. Sicherlich achtete Napoleon darauf, sie zu jeder großen Triumphveranstaltung einzuladen.

Endlich kam Roland mit der Liste wieder, auf der die Namen in großen Buchstaben notiert waren, und Temeraire las sie Bistorta vor. Diese lauschte aufmerksam und ließ zu, dass Roland die Liste an ihrem Vorderbein befestigte, eingewickelt in mehrere Lagen Ölhaut und in einer Kartentasche verstaut. »So wird es gehen«, sagte der Wilddrache schließlich und wackelte mit dem Bein, um sicher zu sein, dass nichts abfiel. »Solange ich es mit den Zähnen abreißen kann, wenn es sein muss.«

»Vielleicht sollten wir lieber noch bis morgen bleiben«, schlug Molik hoffnungsvoll vor, und meinte damit *bis zum Frühstück*, aber Bistorta war vom Anblick des Goldes viel zu sehr in Aufregung versetzt worden, als dass sie noch warten wollte. Sie nickte zum Abschied, und schon war sie in der Luft. Molik folgte ihr mit etwas mehr Zurückhaltung. Temeraire sah ihnen nach und bemerkte dann, dass die Flieger nach und nach zu Bett gingen. Es war spät geworden.

»Also, Laurence ist wirklich schon eine ganze Weile weg«, sagte Temeraire, »und Ferris ist auch noch nicht zurück. Ich schätze, er hat ihn und Hammond gefunden und leistet den beiden jetzt Gesellschaft«, fügte er hinzu. Er strengte sich sehr an, nicht ängstlich zu sein, jedenfalls nicht *unnötig* ängstlich. »Ich frage mich, wo sie stecken.«

5

Eine Kutsche erwartete sie so nahe am Stützpunkt, wie der Fahrer und die Pferde heranzukommen bereit waren. Hammond führte Laurence mit einem unglücklichen und ängstlichen Ausdruck auf dem Gesicht, aber ohne zu sprechen, dorthin. Laurence hatte nichts, was er sagen wollte, und Hammond versuchte nicht, die Mauer des Schweigens, die Laurence um sich herum errichtet hatte, zu durchbrechen.

Auf den Straßen drängte sich um diese Zeit mitten am Tag der Verkehr, und so kamen sie nur langsam voran. Laurence saß im Innern des abgeschlossenen, muffig riechenden Gefährts und beobachtete durch das Fenster, wie die Stadt an ihnen vorbeizog. Dann endlich wagte Hammond einen Vorstoß: »Es tut mir leid wegen des unerfreulichen Zeitpunkts. Die Freunde des Gentlemans haben einem früheren Termin für ein Treffen aber nicht zugestimmt; sie haben Zweifel geäußert, dass der Herr dann schon wieder vollkommen nüchtern wäre.«

Laurence nickte nur zur Antwort. Sein Kopf war vollkommen leer; es bedrückte ihn nur, dass er Temeraire Kummer bereiten würde, aber diesen Gedanken durfte er nicht richtig an sich heranlassen. Hammond gab sich selber die Schuld dafür, dass die Dinge diesen Lauf genommen hatten, allerdings zu Unrecht, denn er hatte alle Anstrengungen zur Verhinderung unternommen. Ja er hatte sich sogar *zu sehr* angestrengt. Seine diskreten Anfragen beim Hofstaat des Zaren hatten eine sofortige Antwort ergeben: Baron Dobrožnow war ganz gewiss niedriger gestellt als ein Prinz von China, und der Zar würde mit an Sicherheit grenzender Wahrscheinlichkeit dessen sofortige Exekution anordnen, weil er einen derart wichtigen Verbündeten beleidigt hatte.

»Aber natürlich müssten Sie sich gar nicht offiziell beschweren«, hatte Hammond einen letzten, verzweifelten Versuch gestartet, nachdem er Laurence diese Kunde sehr widerstrebend übermittelt hatte.

Laurence war überhaupt nicht darauf eingegangen, sondern hatte gefragt: »Haben Sie das von den Freunden dieses Gentlemans gehört?« Man musste es Hammond allerdings hoch anrechnen, dass er es damit auf sich beruhen ließ; es war absurd zu meinen, dass die Welt es nicht erfahren würde, wenn Laurence sich weigerte, Dobrožnow gegenüberzutreten, und dafür seinen kaiserlichen Rang vorschieben würde.

Laurence hatte keine Angst; aus lauter Gewohnheit waren seine Selbsterhaltungsinstinkte schon lange verkümmert, und er glaubte, nichts anderes zu befürchten zu haben, als dass er möglicherweise verwundet werden könnte. Das übliche Argument, ein Duell bei Fliegern zu verbieten, traf in seinem Fall nicht zu. Die meisten Drachen hatten nur wenig Sinn für die Wichtigkeit ihrer eigenen Kampfkraft; sie wurden nur selten ermutigt, die Gründe für kriegerische Auseinandersetzungen zu ihrer eigenen Angelegenheit zu machen. Wenn ihre Kapitäne fielen, würden sie keinen Moment länger auf dem Schlachtfeld bleiben. Temeraire jedoch würde den Kampf gegen Napoleon nicht aufgeben, nur weil er einen Verlust erlitten hatte, und er würde nicht nur mit seiner eigenen Trauer beschäftigt sein, ohne sich weiter mit dem großen Ganzen zu befassen. Temeraire würde sich weiterhin am Kampf der Engländer beteiligen.

Ungefähr eine halbe Stunde hinter den Stadtmauern wurde die Kutsche immer langsamer, weil sich die Räder tief in den hier unbefestigten Boden gruben, und schließlich ging es gar nicht mehr weiter. Laurence öffnete die Tür. Sie waren in der Nähe eines kleinen

Hains zum Stehen gekommen, auf einem schmalen Weg, der kaum vom Schnee befreit war; Eis überzog noch immer die kleinen Steine und die dunkle Erde. Ein gedrungenes, einsames Bauernhaus stand trostlos auf einem Hügel in der Nähe; auf dem Dach war eine seltsame Windfahne in Gestalt eines Hasen zu sehen. Ein paar struppige, dunkle Schafe, deren Rücken mit Schnee bestäubt waren, rupften an einem Heuhaufen auf einer nahe gelegenen Wiese. Noch war niemand hier. Das Vieh sah gleichmütig zu, wie Laurence und Hammond über den festen Schnee zu den Bäumen marschierten. Auf dem Boden unter den schwer mit Schnee beladenen Ästen schimmerte Gras durch die Eisschicht.

»Vielleicht kommt er ja nicht«, sagte Hammond. »Vielleicht haben ihn seine Freunde überredet …«

Laurence hörte nicht zu. Er begutachtete die Lichtung nach allen Seiten hin und schätzte deren Länge; außerdem fiel ihm auf, dass der Wind kräftig genug war, um die Flugbahn einer Kugel abzulenken. Er bedauerte es, dass Dobrożnow nicht zum Militär gehörte, und es gefiel ihm nicht, dass er selbst einen so großen Vorteil hatte, ohne jedoch Zugeständnisse machen zu können. Der Wind war kalt, und Laurence lief hin und her und ruderte mit den Armen, um sein Blut in Gang zu halten. Hammond fröstelte unter seinem schweren Fellmantel und seiner Pelzmütze. Die Zeit zog und zog sich.

Laurence bemerkte, wie die Schatten der Äste auf dem Schnee allmählich länger wurden.

»Sind Sie ganz sicher, dass Sie sich nicht im Ort geirrt haben?«, fragte er schließlich.

»Ziemlich sicher«, antwortete Hammond. »Baron von Karlow hat den Hasen erwähnt, und der Bursche da bei unserem Kutscher ist sein Reitknecht, der uns den Weg erklärt hat. Aber, Kapitän, wenn der andere Gentleman noch nicht da ist, hat er sich vielleicht entschlossen, gar nicht zu kommen.«

»Wir werden noch fünfzehn Minuten warten«, sagte Laurence.

Ziemlich gegen Ende der Viertelstunde sahen sie in der Ferne eine sich langsam nähernde Kutsche; zehn Minuten später war sie vorgefahren. Die Pferde wirkten alles andere als außer Atem.

»Sie sind ausgesprochen unpünktlich«, bemerkte Hammond scharf, als die Gentlemen ausstiegen; ein Arzt kletterte hinter ihnen heraus.

»Ich bedauere das *zutiefst*«, sagte Baron von Karlow langsam und mit sonderbarer Betonung. Laurence kannte ihn ein wenig: ein weiterer preußischer Offizier, der sich lieber mit den Russen verbündet hatte, als sich unter das französische Joch zu beugen, genau wie Dyhern. Er hatte sich in der Schlacht von Malojaroslawetz hervorgetan. Die Freundschaft hatte vermutlich pekuniäre Gründe: Dobrožnow war reich und neigte dazu, preußischen Offizieren, die Unterstützung brauchten, unter die Arme zu greifen.

Von Karlow verbeugte sich sehr steif vor Laurence; er sah unglücklich und verlegen aus. Laurence begriff erst in diesem Moment, dass sie nicht zufällig so spät gekommen waren. Dobrožnow hatte ihn vorsätzlich in der Kälte warten lassen.

Der erwähnte Gentleman sah besser aus als beim letzten Mal, als Laurence ihn getroffen hatte; seine Augen waren klar und seine Haut nicht mehr rot angelaufen vom Alkohol; nur der Bluterguss auf seiner Wange hatte sich purpurrot verfärbt. Dobrožnow wich Laurence' Blick aus und sagte: »Nun, wir sollten es hinter uns bringen«, und stapfte zur gegenüberliegenden Seite der Lichtung.

»Kapitän«, sagte Hammond leise und wütend; auch ihm war ein Licht aufgegangen. »Ich werde auf einem Aufschub bestehen und zusehen, ob wir nicht irgendein heißes Getränk auftreiben können. Vielleicht könnte uns die Frau in dem Bauernhaus …«

»Nein«, schnitt Laurence ihm das Wort ab. Er verspürte eine tiefe Müdigkeit und Bestürzung, als ob Dobrožnow vor ihm auf die Knie gesunken wäre und um sein Leben gefleht hätte.

»Dafür besteht keine Notwendigkeit. Ich habe schon bei kälterem Wetter als diesem Männer getötet.«

Hammond brachte die Duellpistolen in die Mitte der Lichtung und traf dort mit von Karlow zusammen. Gemeinsam überprüften sie die Waffen. Hammond ließ sich Zeit mit der Begutachtung. Auf dem Weg zurück zu Laurence klemmte er sich die Kiste unter den Arm und wärmte die Pistolen mit seinen Händen; die Handschuhe hatte er dafür ausgezogen. Laurence war ihm dankbar dafür, wenn auch mehr für das Mitgefühl als für den eigentlichen Akt. Das Ausmaß von Hammonds Empörung nahm ihm etwas von dem Druck, der auf seinem Gemüt lastete. Er griff nach einer der Pistolen, überprüfte sie selbst noch einmal und nickte Hammond zu; von Karlow drehte sich auf der gegenüberliegenden Seite um und nickte ebenfalls, dann lief er zur Mitte der Lichtung zurück und hob sein Taschentuch.

»Ich zähle bis drei«, rief er, »und wenn ich das Taschentuch fallen lasse, dürfen Sie schießen.«

Laurence wandte sich zur Seite, um eine kleinere Fläche zu bieten, und zielte; auch Dobrožnow drehte sich ein Stück, und Laurence tat es leid, als er bemerkte, dass die Hand des Mannes ein wenig zitterte. Er sah weder auf die Pistole seines Gegenübers noch in dessen Gesicht, sondern starrte auf die Brust des Russen, suchte sich einen Punkt und richtete seine Waffe dann dem Wind entsprechend aus. »Eins«, zählte von Karlow, »zwei …«

Und Dobrožnow feuerte. Laurence hörte die Explosion, sah den Qualm und spürte das Eindringen der Kugel in seinem ganzen Körper, alles zur gleichen Zeit: ein scharfer, ihn durch und durch erschütternder Schlag, der ihm die Luft aus den Lungen drückte. Dann lag er auf dem Boden, ohne vom Sturz etwas bemerkt zu haben. »Mein Gott!«, schrie von Karlow laut. Es klang sehr weit entfernt in Laurence' Ohren.

Hammond kniete neben ihm im Schnee und beugte sich mit aschfahlem Gesicht über ihn. »Kapitän, Kapitän, können Sie sprechen? Hierher, Doktor, sofort!«

Laurence tat einen flachen Atemzug, dann noch einen. Der Schmerz war entsetzlich, aber schwer zu lokalisieren. Laurence hätte nicht sagen können, wo genau er getroffen worden war. Hammonds Hände machten sich an seinem Mantel und an seinem Hemd zu schaffen, der Arzt kam ihm zu Hilfe, dann strich der Doktor über Laurence' Rücken und sagte etwas auf Russisch. »Gott sei Dank! Er meint, es sei ein glatter Durchschuss«, sagte Hammond. »Kapitän, Sie dürfen sich nicht bewegen.«

Das war im Augenblick keine notwendige Anweisung. Laurence hatte das Gefühl, als ob seine Arme und Beine wie mit Eisenbändern niedergedrückt würden. Der Arzt machte sich bereits mit Nadel und Faden ans Werk und summte eine seltsam fröhliche Melodie vor sich hin. Laurence spürte kaum mehr als einen leichten Druck; eine tiefe Erschütterung durchfuhr ihn von oben bis unten. Hammond tuschelte mit dem Arzt, dann bückte er sich, nahm Laurence die Pistole aus der Hand und stand auf. Laurence hörte ihn mit eisiger Förmlichkeit sagen: »Sir, ich hoffe, Sie stimmen mit mir überein, dass eine Wiederholung des Schusswechsels unter den Umständen dieses unerfreulichen Unfalls nötig ist. Ich stehe Ihnen jederzeit zur Verfügung.«

»Selbstverständlich bin ich einverstanden«, antwortete von Karlow heiser.

»Es war ein Unfall«, beteuerte Dobrožnow mit bebender Stimme, »nichts als ein reiner Unfall. *Bože*! Mein Finger ist abgerutscht …«

Er brach ab; keiner der beiden anderen Männer sagte ein Wort. Einen Moment später fuhr er fort: »Natürlich, natürlich. Aber wir sollten abwarten, ob sich der Gentleman so weit erholt, dass er den Schuss selbst ausführen kann – eine Stunde kann nicht schaden …«

»Eine solche Anstrengung kann angesichts seiner Wunde nicht empfehlenswert sein«, sagte Hammond. »Ebenso wenig, dass er hier noch länger der Kälte ausgesetzt ist, als es ihm ohnehin schon zugemutet worden ist. Ich füge hinzu, Sir, dass ich mich mit Freuden für einen weiteren Schusswechsel zur Verfügung stelle, sollte der erste kein eindeutiges Resultat ergeben. Wir können abwechselnd so weitermachen, wie Sie begonnen haben.«

»Ich stimme Ihrem Vorschlag im Namen dieser Seite zu«, sagte von Karlow.

Die Frostigkeit im Umgang miteinander war nicht weniger greifbar als die Kälte des gefrorenen Bodens. Dobrožnow sagte: »... Ja. Ja, natürlich.«

Mit knirschenden Schritten entfernte er sich ein kleines Stück, dann machte er halt.

Laurence öffnete die Augen; er hatte überhaupt nicht mitbekommen, dass er sie geschlossen hatte. Der Arzt summte noch immer und versorgte die Wunde mit einer dicken Kompresse. Der Himmel hoch über ihnen leuchtete in dem seltsam klaren Blau eines sehr kalten Tages. Die Sonne hatte bereits ihren Zenit überschritten. Kurz darauf hörte Laurence den Knall einer zweiten Pistole und Dobrožnows Aufschrei.

»Nun, Sir?«, fragte Hammond. »Kann Ihre Seite fortfahren?«

»Mein Arm ist getroffen worden«, sagte Dobrožnow.

»Nur ein Kratzer, und nicht am Waffenarm«, sagte von Karlow. »Die Wunde ist nicht ernst.«

»Es gibt keinen Grund, warum ich den Wunsch verspüren sollte, dem anderen Gentleman Leid zuzufügen«, sagte Dobrožnow. »Ich bin gerne bereit, die Angelegenheit als erledigt zu betrachten.«

Nach einem kurzen Augenblick fragte von Karlow ernst: »Ihrer Ehre ist Genüge getan worden, Sir?«

»Unter den gegebenen Umständen muss ich einen weiteren Waffengang fordern«, sagte Hammond. »Ihre Seite darf feuern, sobald sie bereit dazu ist.«

Es gab eine kurze Pause. Laurence war inzwischen wieder etwas mehr bei sich. Er versuchte sogar, sich aufzusetzen, doch der Arzt drückte seine Schulter so mühelos und entschlossen zu Boden wie ein Kindermädchen einen kleinen Schützling. Laurence machte die

Augen wieder zu, hörte den Pistolenschuss und einen hohlen, hölzernen Aufprall. Die Kugel war in einem Baum eingeschlagen.

»Sie dürfen schießen, sobald Sie bereit sind«, sagte von Karlow einen Moment später.

Ein zweiter Schuss. Dobrožnow keuchte. Der Arzt knurrte ungeduldig, erhob sich und entfernte sich von Laurence. Sofort war Hammond an dessen Seite. »Bitte halten Sie durch, Kapitän«, sagte er, »ich werde den Kutscher holen. Gleich werden wir Sie zum Bauernhaus schaffen.«

Dann stand er wieder auf. »Sir, ist der Ehre auf Ihrer Seite Genüge getan?«

»Meine Seite kann nicht antworten, aber ich halte die Angelegenheit für erledigt«, erwiderte von Karlow. »Ich hoffe, Sie gestatten mir, mein Bedauern für jede Form der Unregelmäßigkeit zum Ausdruck zu bringen. Ich würde gerne Ihre Hand schütteln, Sir, wenn Sie die meine ergreifen würden.«

»Mit Freuden, Sir. Die Abwicklung war Ihrerseits untadelig«, sagte Hammond.

Ein Brett, wie es zum Übersteigen eines Weidenzaunes benutzt wird, wurde gebracht, und der Kutscher half Hammond dabei, Laurence daraufzuhieven. Dieser spürte in diesem Moment nichts anderes mehr als die Kälte. Es bereitete ihm ziemliches Unbehagen, als man ihn bewegte, aber das ging rasch vorbei, und danach bekam er kaum noch etwas mit. Kahle Äste und Zweige erschienen wie ein filigranes Muster in seinem Sichtfeld; der warme, durchdringende Geruch von Kühen und Wiesen, das Gegacker einiger ängstlicher Hühner; das Donnern einer Faust gegen eine Tür, und dann endlich wieder Wärme. Man legte ihn neben die Feuerstelle; ein Braten am Spieß wurde gedreht, und Fett tropfte zischend auf glühende Holzscheite.

Schritte kamen näher, jemand lief um ihn herum; Stimmen ertönten, aber zumeist wurde Litauisch gesprochen – eine seltsam musikalische Sprache, die in Laurence' Ohren vollkommen anders als Russisch oder Deutsch klang. Er glitt in den Schlaf hinüber oder döste vor sich hin; dann schlug er die Augen auf und schaute zum Fenster. Es war dunkel draußen.

»Temeraire wird mich bereits vermissen«, sagte er laut und tastete mit seinen Händen nach irgendetwas in Reichweite, was ihm dabei helfen könnte, sich aufzurichten. Es gelang ihm nicht. Keuchend sackte er wieder auf dem Boden zusammen. Eine junge Frau eilte an seine Seite; er starrte zu ihr empor: ein Mädchen, noch keine zwanzig Jahre alt, außergewöhnlich schön mit klaren grünen Augen und dunkelbraunem Haar. Es erwiderte den Blick mit großem Interesse. Ein scharfes Wort brachte die junge Frau dazu, sich zurückzuziehen. Laurence drehte den Kopf und bemerkte, dass ihre Mutter ihn mit den gleichen grünen Augen anfunkelte. Laurence neigte den Kopf ein wenig und versuchte deutlich zu machen, dass er keinerlei böse Absichten hegte, als wenn das unter den momentanen Umständen nötig gewesen wäre.

Seine Brust schmerzte. Ein fester Verband war um seinen Körper gewickelt worden und drückte auf seine Rippen. Das Blut war noch nicht durch die äußere Lage auf der Vorderseite gesickert. »Kapitän«, sagte Hammond und kniete sich neben ihn. »Sind Sie … fühlen Sie sich besser?«

»Temeraire«, sagte Laurence und sparte sich seinen restlichen Atem.

»Von Karlow ist in die Stadt zurückgekehrt«, sagte Hammond. »Er hat versprochen, eine Nachricht zum Stützpunkt zu schicken, dass wir eingeladen wurden, die Nacht in einer Jagdhütte außerhalb der Stadt zu verbringen. Bitte versuchen Sie, sich etwas auszuruhen. Haben Sie große Schmerzen?«

»Nein.« Es hatte keinen Sinn, etwas anderes zu sagen. Laurence schloss die Augen.

Forthing las Laurence' Nachricht laut vor. Sie war sehr knapp, aber unmissverständlich: Laurence würde an diesem Tage nicht nach Hause zurückkehren. »Oh«, sagte Temeraire enttäuscht; er hatte sich mit Vergnügen ausgemalt, wie er ihm vom Anfangserfolg seines Planes berichten würde. Laurence würde sicher sein Vorgehen gutheißen und ganz besonders hervorheben, wie großzügig es gewesen war, dass er eine derart bemerkenswerte Belohnung ausgelobt hatte, was ja auch bereits Wirkung gezeigt hatte. Tatsächlich hatte Temeraire fest auf dieses Lob gezählt. Es sollte das Bedauern lindern, das ihn immer wieder unwillkürlich überfiel, wenn er zu lange über das eingebrannte goldene Muster auf den Tellern nachdachte und sich dabei vorstellte, wie er diese einem anderen Drachen würde überlassen müssen.

Zumindest hatte er auf die Befriedigung gehofft, Laurence zu zeigen, dass auch er nicht einfach alles wie ein Sklave dem Zufall überließ und dass er bereit war, immense Opfer zu bringen, wenn es einem guten Zweck diente. Temeraire sah keine Veranlassung, auf dieses Lob zu warten, bis die Übergabe endgültig erfolgt war; schließlich war die Geste als solche schon erfolgt, und bereits jetzt schmerzte ihn die Aussicht auf den endgültigen Abschied von seinem Tafelgeschirr. Selbst wenn Bistorta Eroica am Ende doch nicht finden sollte, war Temeraire immerhin willens gewesen, ein Opfer zu bringen, und er fand, dass ihm dafür auch entsprechende Anerkennung gebührte.

Also seufzte er und fand sich mit der Aussicht ab, warten zu müssen. Er verschwendete keinen weiteren Gedanken mehr an die Nachricht, bis Churki plötzlich zu Forthing sagte: »Irgendetwas geht hier vor sich. Leg mal den Brief dahin, wo ich einen Blick daraufwerfen kann.«

Ihre Stimme hatte einen sehr autoritären Unterton angenommen, und automatisch breitete Forthing den Brief vor ihr auf einem großen Stein aus, bis ihm einfiel, dass es Churki eigentlich gar nicht zustand, ihm Befehle zu geben. Doch da hatte Churki bereits den Kopf darübergebeugt und spähte mit zusammengekniffenen Augen auf die kurze Nachricht. Dann sagte sie: »Dachte ich es mir doch. Das klang gar nicht wie etwas, das Hammond geschrieben haben würde, und es ist auch überhaupt nicht seine Handschrift. Ist es die von deinem Laurence?«

Temeraire besah sich den Brief genauer. Es war schwer, die winzigen Buchstaben zu entziffern, aber schließlich kam er zu dem Schluss, dass sie auch nicht von Laurence zu Papier gebracht worden waren.

»Und der Inhalt ist auch viel zu dürftig für meinen Geschmack. Wo liegt denn diese Jagdhütte, und wer sind die Gastgeber der beiden?«, fragte Churki. »Hammond neigt überhaupt nicht zu spontanen Ausflügen ohne guten Grund, und er verabscheut die Jagd geradezu. Warum also sollte er einen solchen Ort aufsuchen? Das erscheint mir alles überhaupt nicht vertrauenerweckend. In was für merkwürdige Angelegenheiten dein Laurence auch verstrickt ist, es sieht für mich so aus, als hätte er auch Hammond mit hineingezogen.«

»Allerdings ist Laurence nur deshalb in die Stadt gegangen, weil Hammond ihn gezwungen hat, an gesellschaftlichen Veranstaltungen teilzunehmen!«, hielt Temeraire dagegen, aber sein Protest war nur halbherzig. Wenn irgendetwas geschehen war, dann war es zwar ganz sicherlich keineswegs Laurence' Schuld, aber ansonsten fand er Churkis Bemerkungen auf beunruhigende Weise plausibel.

»*Und* wir werden auch noch unsere Mühe mit der Suche haben«, fügte Churki hinzu. »Heute Nacht ist kein Mond zu sehen.«

»Suche?«, mischte sich Forthing ein. »Was meinst du mit *Suche*? Willst du vielleicht herumfliegen und brüllen und die braven Menschen in ihren Häusern zu Tode erschrecken? Davon will ich nichts hören. Ihr beide regt euch grundlos auf. Hier ist eine Nachricht; Kapitän Laurence und Mr. Hammond haben irgendjemanden darum gebeten, sie an euch zu senden, damit ihr euch keine Sorgen macht, wenn sie ein bisschen später nach Hause kommen. Diese beiden vernünftigen Gentlemen sind voll und ganz in der Lage, auf sich selbst achtzugeben. Und ihr beiden habt nichts Besseres zu tun, als die Sache gänzlich grundlos zu einer wahren Verschwörung aufzubauschen.«

»Ich glaube wirklich nicht, dass unsere Sorge völlig *grundlos* ist«, sagte Temeraire verärgert. Er hatte das Gefühl, dass sich Forthing Laurence gegenüber nicht so loyal zeigte, wie er es tun sollte, wenn man bedachte, dass Laurence sich herabgelassen hatte, ihn als Ersten Offizier in Betracht zu ziehen. Churki mochte vielleicht ein bisschen überbesorgt sein, was damit zu erklären war, dass die Drachen der Inka sich gegenseitig die Leute abspenstig zu machen pflegten. Aber es konnte auch nicht schaden, wachsam zu sein.

»Es würde uns nichts nützen, wenn wir damit anfingen, in der Gegend herumzufliegen, ohne die geringste Ahnung zu haben, wo Laurence und Hammond stecken könnten. Wir werden sie niemals finden, wenn wir nicht irgendwelche Anhaltspunkte bekommen. Wer hat den Brief gebracht, Roland, und woher kam er?«

»Einer der Straßenjungen, der keine Angst davor hatte, sich in die Nähe des Stützpunktes zu wagen«, antwortete Roland. »Wir sehen mal zu, ob wir ihn noch erwischen; es ist ziemlich wahrscheinlich, dass der Bursche sich auf den Weg zu einem der Brötchenverkäufer am Ende der Straße gemacht hat.«

Sie klopfte Baggy und Gerry auf den Rücken, und schon zogen die drei los.

Baggy war der Erste, der gut zwanzig Minuten später außer Atem zurückkehrte. »Is' nich' *meine* Schuld«, sagte er, als Churki sich vorwurfsvoll erkundigte, warum er denn so lange gebraucht habe. »Als wir ihn gefunden hatten, konnte er uns nur sagen, dass er den Brief von einem anderen Botenjungen bekommen hatte, der ihn bis in sichere Entfernung zum Stützpunkt gebracht und sich dann nicht weitergetraut hatte. Also mussten wir nach *dem* suchen, und es war nur ein glücklicher Zufall, dass ich ihn überhaupt aufgespürt habe. Und *der* wiederum sagte, er habe die Nachricht von einem preußischen Offizier namens von Karlow abgeholt, und zwar in einer Gaststätte in der Nähe des Deutschen Tores, und das wiederum befindet sich ganz am anderen Ende der Stadt.«

»Ah!«, meldete Dyhern sich zu Wort. »Von Karlow: Ich kenne den Mann. Ich habe Seite an Seite mit ihm gekämpft. Ein guter Mann – ein ehrenwerter Mann. Er würde keine Lügen verbreiten, Temeraire, da bin ich mir ganz sicher.«

»Da seht ihr es«, sagte Forthing.

»Ich sehe ganz und gar nichts«, gab Churki zurück. »Ich habe den Namen dieses Mannes noch nie gehört. Woher kennt er Hammond oder Laurence überhaupt, und woher weiß er, dass sie sich in dieser Jagdhütte befinden? Welche Veranlassung sollte er haben, in ihrem Namen eine Nachricht zu verschicken? Ich bin keineswegs beruhigt.«

Forthing war drauf und dran, sich mit ihr weiter herumzustreiten, aber Temeraire unterbrach ihn. »Dyhern«, sagte er, »wenn du mit diesem Gentleman gut bekannt bist, könntest du mir dann den Gefallen tun, ihn aufzusuchen und ihn zu fragen, wo diese Hütte liegt? Sie muss sich ja irgendwo außerhalb der Stadt befinden; es kann also nicht groß schaden, wenn wir bei ihnen vorbeischauen. Falls sie nur deshalb über Nacht bleiben, weil ihre Pferde erschöpft sind, könnten wir sie gleich mit nach Hause nehmen.«

Seine letzten Worte hatte er mit besonderem Nachdruck geäußert und sie mit einem kurzen Schlag seines Schwanzes auf den Boden unterstrichen, und er hatte das Gefühl, einen vernünftigen, sinnvollen Kompromissvorschlag gemacht zu haben, ohne zuzulassen, dass er in ebensolche Aufgeregtheit verfiel, wie es Churki gerade passiert war. Forthing aber hatte natürlich nichts Besseres zu tun, als zu meckern. »Es hat gar keinen Zweck, dass du Kapitän Laurence hinterherjagst«, sagte er. »Was ist denn, wenn er vor deiner Ankunft schon wieder aufgebrochen ist? Er würde geradewegs hierher zurückkehren und wissen wollen, wo du steckst. Und in der Zwischenzeit würdest du völlig aufgelöst durch die Gegend fliegen und das Schlimmste befürchten. Und was wäre, wenn gerade dann der Befehl für einen Kampfeinsatz eintreffen würde?«

»Wir werden auf gar keinen Fall einen solchen Befehl bekommen«, sagte Temeraire. »Wir hoffen schon seit drei Wochen vergeblich auf einen Marschbefehl, und wir werden auch jetzt keinen erhalten.«

Noch während er sprach, drehte er sich um: Wenigstens kam in diesem Augenblick Ferris zurück auf die Lichtung. Forthing sagte: »Mr. Ferris. Ich hoffe, Sie haben etwas vom Kapitän gehört. Ich bin mir sicher, Sie werden uns berichten, dass alles in Ordnung ist und dass es keinerlei Grund für irgendeine Form von Besorgnis gibt.«

»Ach ja, werde ich das?«, höhnte Ferris, und Temeraire, der ihn nun genauer in Augenschein nahm, sah, dass sein Gesicht angespannt und wütend aussah. »Er ist zu einem Treffpunkt gefahren. Irgendein tolldreister russischer Dummkopf hat ihm auf einer Feier letzte Nacht eine Beleidigung gegen den Kaiser von China ins Gesicht geschleudert, woraufhin er den Mann niedergeschlagen hat. Es ist niemand zu finden, der mir sagen kann, wo sich dieser Treffpunkt befindet, aber ich habe in Erfahrung gebracht, dass einer der Freunde dieses Mannes heute Morgen bei Hammond vorstellig geworden ist; irgendein Bursche namens Karloff oder Karlow.«

»Guter Gott!«, rief Forthing, und ein aufgeregtes Tuscheln und Raunen brach in der Mannschaft aus, sodass es für Temeraire zunächst beinahe unmöglich war zu verstehen, was genau geschehen war und warum alle so aufgebracht waren, nur weil Laurence – völlig zu Recht – einen Grobian zur Rechenschaft gezogen hatte. Was das Ganze mit Treffpunkten und Jagdhütten zu tun hatte, war ihm gänzlich schleierhaft. »Kapitän Dyhern, würden Sie bitte unverzüglich aufbrechen«, sagte Forthing, und Dyhern kam tatsächlich bereits in Hut und Mantel aus seinem Zelt. Baggy rief: »Ich werde vorrennen und Ihnen eine Kutsche besorgen, Sir«, und schon stürmte er wieder davon in Richtung Straße.

»Was ist denn los?«, erkundigte sich Roland; sie kam gerade aus der entgegengesetzten Richtung und sah erstaunt Baggy hinterher, der an ihr vorbeiraste. »Hatte Baggy Glück und hat den Botenjungen aufgestöbert?«

»Roland«, sagte Temeraire und stellte einen Vorderfuß vor sie, sodass sie nicht vom allgemeinen Chaos, das ausgebrochen war, verschluckt werden konnte. »Bitte erklär mir sofort, was es zu bedeuten hat, wenn Laurence zu einem *Treffpunkt* gefahren ist.«

»Das würde er nicht tun«, sagte sie, korrigierte sich dann aber sofort: »Oh, würde er doch, nicht wahr? Ist er?«

»Ja«, antwortete Temeraire, den der Schreck gepackt hatte. »Roland, was ist denn ein *Treffen*?«

»Der größte Unsinn, von dem jemals jemand gehört hat, und das weiß der Kapitän ganz genau. Wenn meine Mutter hier wäre, dann würde sie ihn dafür an den Pranger stellen, wenn er sich nicht vorher erschießen lässt«, schrie Roland aufgebracht.

»Erschießen?«, fragte Temeraire verständnislos. »*Erschießen*?«

»Er ist zu einem Duell unterwegs«, sagte Roland.

Auf diese Erklärung folgte die beinahe schlimmste Stunde in Temeraires Leben; eine Stunde, in der er zum Nichtstun verdammt war und die ganze Zeit über wusste, dass Laurence vielleicht in ebendiesem Augenblick irgendwo, nicht einmal eine Stunde Flug entfernt, das *Feld der Ehre* betreten würde. Das war ein passender Name, fand Temeraire, denn *Ehre* war ein Begriff, der mit jedem größeren Desaster in Laurence' Leben verbunden zu sein schien. Eine hohle Hülle, für die Laurence schon früher in völlig unnötiger Art und Weise zu sterben bereit gewesen war. Und dieses Mal schien es sogar noch unnötiger zu sein. »Denn niemand könnte auf die Idee kommen, Laurence einen Feigling zu nennen«, sagte Temeraire. »Nicht einmal jemand, der ihn extrem verabscheut. Ich habe sogar gehört, wie die Admiralität ihm vorgeworfen hat, er hätte nicht *genügend* Furcht.«

»Es ist natürlich nicht so, dass irgendjemand den Kapitän einen Feigling nennen würde«, erklärte O'Dea, »sondern diesen anderen Burschen, den er niedergestreckt hat. Und der Kapitän ist viel zu sehr Gentleman, als dass er einen anderen Mann schlagen und ihm dann die Genugtuung versagen würde, wenn der sie einfordert. Oh, Degen und Pistole haben von jeher aus viel zu vielen Ehrenmännern Futter für die Würmer gemacht und die Erde mit ihrem Blut und den Tränen ihrer Hinterbliebenen getränkt. Ich kannte acht Männer, die auf den Wiesen von Clonmel in Duellen getötet wurden.« Er tätschelte Temeraires Vorderbein, was vielleicht als tröstende Geste gemeint war, aber Temeraire war viel zu erschüttert, um darüber dankbar zu sein.

Seine Mannschaft hatte sich überall in der Stadt verteilt, und alle versuchten in Erfahrung zu bringen, wo und wann das Duell stattfinden sollte. Dyhern klapperte derweil all seine Bekannten unter den preußischen Offizieren ab, um irgendetwas über von Karlow herauszufinden. Temeraire hatte Suchflüge über der Stadt geplant, aber Ferris hatte es ihm wieder ausgeredet. »Höchstwahrscheinlich kämpfen sie irgendwo außerhalb, vielleicht unter dem Schutz eines Blätterdachs. Wenn du jetzt alle in der Stadt so verschreckst, dass sie sich hinter verschlossenen Türen und Fensterläden verstecken, dann werden wir den Treffpunkt niemals rechtzeitig erfahren.«

Zwar sprach er von *rechtzeitig*, aber Laurence war jetzt schon so lange fort, und die Minuten gingen dahin. Einige der Mannschaftsmitglieder kamen ohne Neuigkeiten zurück, doch dann erschien ein bleicher und schwitzender Cavendish, der sofort fragte: »Ist Mr. Forthing hier?«

»Er ist noch nicht zurückgekehrt«, antwortete Temeraire. »Was hast du gehört?«

»Was ist mit Mr. Ferris?«, fragte Cavendish, und dann wollte er die Ankunft von Kapitän Dyhern abwarten. Schließlich sagte er verzweifelt: »Nun, vielleicht wird wenigstens Roland bald wieder da sein«, und da begriff Temeraire, dass er versuchte, ihm schlechte Nachrichten zu verheimlichen.

»Sag mir sofort, was los ist«, forderte er ihn auf.

»Ich weiß nichts«, sagte Cavendish, aber ein tiefes, gefährliches Grollen stieg in Temeraires Kehle auf, sein Schwanz trommelte auf den Boden, und da schluckte Cavendish und sagte: »Ich weiß nichts mit Gewissheit! Aber ich bin zusammen mit Kapitän Dyhern in das Gasthaus gegangen, in dem dieser Karlow angeblich Räume gemietet hat. Er war nicht dort, also ist Kapitän Dyhern weitergegangen, aber ich habe im Schankraum ein paar Burschen vom Infanterieregiment belauscht, die sich über ein Duell unterhalten haben. Doch die wussten auch nichts Genaues; sie wussten nicht, ob es unser Kapitän war …«

»Was haben sie gesagt?«, fragte Temeraire.

»Sie sagten«, fuhr Cavendish fort, »dass draußen vor den Stadtmauern ein tödliches Duell ausgefochten worden ist.« Temeraire hatte das Gefühl, dass die Erde aufhörte, sich zu drehen, und dass die Zeit anhielt. »Und sie sagten, es sei von Karlows eigene Schuld gewesen, dass er einem Feigling sekundiert habe, denn … denn dieser Mann hat *vor* dem Startsignal gefeuert.«

»Dann ist er also tot«, sagte Churki. »Und das ohne ein einziges Kind! Es tut mir so leid, Temeraire!«

»Nein«, sagte Temeraire wie erstickt, »nein, er ist nicht tot.« Und in diesem Augenblick kam Dyhern den Hügel hochgeschnauft und rief schon von Weitem: »Er ist nicht tot! Er ist nicht tot, Gott sei Dank.«

»Ist er *nicht*?«, fragte Temeraire, ließ den Kopf erschöpft zu Boden sinken, und die Welt löste sich aus ihrer Erstarrung.

Dyhern packte Cavendish am Ohr und schüttelte ihn: »Was fällt Ihnen ein, einen solchen Unsinn einfach nachzuplappern, Sie saublöder Bursche? Nächstes Mal halten Sie Ihren Mund. Er ist nicht tot«, wiederholte er, und dann musste er Cavendish, dessen Gesicht schmerzverzerrt war, loslassen, sich vorbeugen und die Hände auf die Knie stützen, um wieder zu Atem zu kommen. Dyhern war ein dicker Mann, und auch wenn er in seiner Trauer und der Kälte des Winters deutlich abgenommen hatte, war seine Kondition doch noch nicht so bemerkenswert gut geworden, dass er mir nichts, dir nichts den steilen Hügel zum Eingangstor hochrennen konnte.

»Was ist stattdessen geschehen?«, rief Temeraire.

»Der andere Mann«, keuchte Dyhern, »ist tot.«

»Oh! Das ist gut«, sagte Temeraire unbeschreiblich erleichtert. »Wenn nicht, würde ich ihn auf alle Fälle selber umbringen, aber ich bin froh, dass Laurence das erledigt hat. Warum ist er denn noch nicht wieder zurück?«

»Es war nicht der Kapitän«, erklärte Dyhern. »Es war Hammond.«

»Wie bitte?«, fragte Churki und richtete sich abrupt auf. »Warum sollte Hammond irgendjemanden töten? Er ist kein Soldat.«

Dyhern sagte nichts mehr, sondern winkte bei allen Fragen ab und versuchte krampfhaft, zu Atem zu kommen. »Ich werde alles erzählen, wenn wir erst in der Luft sind«, sagte er. »Wir fliegen Richtung Westen. Von Karlow hat mir den Weg beschrieben. Los, jetzt machen Sie sich mal nützlich«, fügte er an Cavendish gewandt hinzu. »Steigen Sie schon auf, wir brauchen vielleicht jede Hilfe, die wir kriegen können. Sie da, O'Dea, würden Sie bitte den Offizieren mitteilen, wohin wir fliegen? Geben Sie mir Papier, ich werde den Weg notieren.«

Temeraire widersprach nicht, sondern war ganz einer Meinung mit Dyhern: Laurence war am Leben, und alles Weitere musste aufgeschoben werden. Im Augenblick zählte nur, unverzüglich an dessen Seite zu eilen. Er wartete ungeduldig, bis Dyhern seine Nachricht zu Ende gekritzelt hatte, dann streckte er ihm und Cavendish die Klaue entgegen und hob die beiden hastig auf seinen Rücken. »Und?«, fragte er. »Habt ihr euch gesichert?«, und als er die Karabinerhaken klicken hörte, wartete er die Antwort gar nicht erst ab, sondern warf sich mit einem Satz in die Luft.

Laurence erwachte mitten in der Nacht. Er hustete und verspürte einen stechenden Schmerz in der Seite; dann stellte er fest, dass Dyhern sich über ihn beugte, während der ganze restliche Haushalt in Tränen aufgelöst war und sich offenkundig fast zu Tode fürchtete. »Nehmen Sie ihn, nehmen Sie ihn«, sagte die Frau des Hauses in ungeschliffenem Deutsch und machte Gesten, als wolle sie Laurence mit den Händen aus dem Zimmer schleifen.

»Geben Sie ihn dem Drachen.«

Dyhern beruhigte sie mit einem ernsten Vortrag in derselben Sprache, zu schnell, als dass Laurence ihm hätte folgen können; dann drehte er sich wieder zurück und sagte: »Ruhen Sie sich aus, Kapitän. Ich werde Temeraire sagen, dass Sie nicht bewegt werden dürfen.« Und schon war er wieder verschwunden. Laurence sank zurück in einen unruhigen Schlaf, aus dem er immer wieder hochschreckte, und schließlich erwachte er vollends von lauten Schreien, als es im Haus zu neuem Ärger kam. Draußen war helllichter Tag, und Temeraire spähte mit einem seiner riesigen Augen durchs Fenster zu ihm herein.

»Temeraire«, wollte Laurence sagen, doch schon sank er zurück in schwere Träume. Er träumte von Fleisch, von heißem Roastbeef, aus dem an verschiedenen Stellen rot und dünn der Saft heraustropfte. Plötzlich wurden daraus Ströme von Blut, die aus Dobrožnow hervorquollen, einem stöhnenden Leichnam, der immer näher und näher kam und seine klammen Hände ausstreckte, um Laurence' Arme zu packen. Dann fuhr Laurence mit einem Ruck wieder auf; ihm war warm, und er war vollkommen nass geschwitzt, was unangenehm, aber gern gesehen war, denn das bedeutete, dass das Fieber endlich am Sinken war. Ein Topf mit Rinderbrühe köchelte über dem Feuer.

Laurence trank seine Schale beinahe vollständig leer, und erst da bemerkte er, dass die stöhnende Seele auf dem Feldbett auf der anderen Seite des Raumes *tatsächlich* Dobrožnow war; immer noch am Leben, obwohl ihm eine Kugel durch die Brust gegangen war. »Guter Gott, warum ist der denn hier?«, fragte Laurence Hammond.

»Ich bedauere die Umstände ganz außerordentlich, Kapitän; man konnte ihn nicht woanders hinbringen, und wir sahen auch keine Veranlassung dafür«, sagte Hammond unbehaglich und warf einen Seitenblick zum Lager. »Der Arzt war sich ziemlich sicher, dass er zum jetzigen Zeitpunkt längst verstorben wäre. Aber ich bin sehr froh zu sehen, dass es *Ihnen* so viel besser geht: Wollen Sie noch ein bisschen Suppe haben?«

»Sehr gerne«, antwortete Laurence, »aber erst, nachdem ich mit Temeraire gesprochen habe.«

Dafür war die Unterstützung durch Dyherns starke Schultern und das einzige Bett im Haus mitsamt seinem bescheidenen Vorrat an Kissen nötig; durch die Kammer zu humpeln war trotzdem ein derart schmerzhafter Prozess, dass Laurence, als er endlich in das Bett sank, gezwungen war, sich von Hammond einen weiteren Schluck Laudanum geben zu lassen und gute zwanzig Minuten lang zu versuchen, wieder zu Atem zu kommen. Erst dann war er in der Lage zu sprechen und ließ die anderen wissen, dass sie nun die Tür öffnen könnten.

Temeraire linste herein, besorgt und zutiefst aufgewühlt.

»Jeder hätte es sich denken können«, sagte er, »dass eine Person, die den Kaiser beleidigt, auch ehrlos handelt! Und hier liegst du jetzt und bist schwer verletzt!«

»Ich versichere dir, ich fühle mich schon viel besser«, sagte Laurence, obwohl er tatsächlich schlimme Schmerzen hatte. Das Laudanum betäubte sie nur, brachte sie aber nicht vollends zum Abklingen. Er hörte alles wie aus weiter Ferne und verstand es nur vage. Seine ganze Konzentration richtete sich auf seine eigenen Worte, und er versuchte daran zu denken, auf keinen Fall auch nur mit einer Silbe zu erwähnen, dass Dobrožnow hilflos hinter ihm im selben Raum lag. Temeraire durfte nicht erfahren, dass er noch immer am Leben war.

»Ich habe mich lange mit Dyhern über das Thema Duell unterhalten«, sagte Temeraire, »und es scheint mir völlig offensichtlich, dass etwas unternommen werden muss. Du musst mir dein Wort geben, Laurence. Für den Fall, dass du jemals wieder beleidigt wirst, musst du der anderen Seite unverzüglich mitteilen, dass ich darauf bestehe, selbst dein Sekundant zu sein. Ich bin Mr. Hammond zu großem Dank verpflichtet, dass er diesen Lump getötet hat. Aber wenn sich zukünftig jemand beweisen möchte, dass er kein Feigling ist, indem er dich beleidigt, dann kann er gerne gegen mich antreten. Und dann kann er sich nicht beklagen, ihm wäre keine Genugtuung gewährt worden. Ich bin mir sicher, sobald er tot ist, würde jeder zustimmen, dass er tapfer war. Bitte versprich es mir! Und dann musst du noch ein bisschen von dieser Rinderbrühe essen«, drängte Temeraire.

Laurence antwortete ziemlich vage: »Wie du willst«, denn er war immer weniger in der Lage gewesen, dem Gespräch zu folgen, und war nun dankbar, als man das Bett zurück ans Feuer schob. Er aß noch ein bisschen von der Suppe, die ihm die Tochter des Hauses brachte; sie setzte sich zu ihm, die Stirn in Falten gelegt, und sprach schließlich in gebrochenem, merkwürdig klingendem Deutsch mit ihm. Ganz ernsthaft erkundigte sie sich, ob der Drache ihm gehorche, weil er ein Teufel sei. Dies schien für sie eher eine interessante als eine beängstigende Vorstellung zu sein, und als Laurence verneinte, schien sie wenig bereit, ihm zu glauben.

Als er das nächste Mal aus einem langen Dämmerschlaf erwachte, war die Tochter gerade damit beschäftigt, seine Hand auf das Familienkruzifix zu pressen. Mit einiger Anstrengung umfasste er es, zeigte ihr, dass er kein bisschen davon abgeschreckt wurde, und küsste es schließlich in einer geradezu päpstlichen Geste, die ihre Wirkung nicht verfehlte. Das Mädchen schien jedoch enttäuscht und verlangte zu wissen, wie er dann stattdessen den Drachen unter Kontrolle hielt.

»Frag Hammond«, sagte Laurence, der zu müde und erschöpft war, um sich weiterhin mit der deutschen Sprache abzumühen, die er schon unter günstigeren Umständen nur unzureichend beherrschte. »Er hat selbst einen Drachen.«

Hammond hatte derweil recht wenig Erfolg dabei, seinen Drachen in irgendeiner Weise zu kontrollieren: Churki war in sehr ernster Stimmung, die sich ganz und gar nicht besserte, als sie alle Einzelheiten über Hammonds Verhalten während des Duells erfuhr. Für alle vernehmlich, charakterisierte sie dies als lächerlich und vollkommen unangemessen gefährlich. Am nächsten Tag fühlte Laurence sich gut genug, um nach draußen getragen zu werden, sodass er ein bisschen frische Luft schnappen konnte. Er war froh, dem Bauernhaus für kurze Zeit entkommen zu können, trotz der Kälte, denn Dobrožnow weigerte sich weiterhin zu sterben und hatte stattdessen damit begonnen, beinahe ohne Unterbrechung vor Schmerz zu stöhnen.

Bei dieser Gelegenheit stellte Laurence fest, dass sich ein erbitterter Streit zwischen den Drachen zusammenbraute: Churki war der Meinung, Laurence würde die Schuld an allem tragen, da er Hammond in die ganze Angelegenheit mit hineingezogen hatte, und Temeraire warf Hammond dasselbe mit Laurence vor. Eine feindliche Stimmung war zwischen den beiden entstanden. Temeraire schnaubte mit genügend Kraft, dass der Schnee vor Laurence in einer Wolke aufstob: »Na, du bist ja ulkig: Du machst mir Vorwürfe, wo du doch so schwer verletzt hier herumliegst, dass du Tag und Nacht stöhnst …« Er brach ab und warf plötzlich einen verwirrten Blick zurück zum Haus, aus dem in ebendiesem Augenblick laut und vernehmlich besagte gurgelnde Geräusche drangen.

»Ich habe nicht geschrien, das versichere ich dir«, sagte Laurence hastig und hoffte, Temeraires Aufmerksamkeit ablenken zu können. Mit Sicherheit würde Temeraire Dobrožnow sofort töten, sobald er erführe, dass der Mann überlebt hatte, und sehr wahrscheinlich würde er bei dieser Gelegenheit auch gleich das ganze Haus in Schutt und Asche legen, ungeachtet der restlichen Bewohner darin. »Ich fühle mich nicht unwohl.«

»Trotzdem bist du doch derjenige, der angeschossen wurde«, beharrte Temeraire, den Laurence' Worte ganz und gar nicht besänftigt hatten. Es hatte auch keinen Sinn, darauf hinzuweisen, dass Hammond das gleiche Risiko eingegangen war; daher hielt Laurence es für klüger, die genauen Umstände des Duells nicht weiter zu erwähnen.

Der Rest seiner Mannschaft war tags zuvor eingetroffen. Sie fuhren auf dem Wagen voller Gold und Schätze mit – sehr zu Temeraires Erleichterung –, und Laurence konnte nicht umhin zu bemerken, dass bei seinen Offizieren der Schock tief saß. Ihre Missbilligung der Vorgänge war beinahe zum Greifen spürbar. Emilys wütende Empörung ließ bei Laurence keinerlei Zweifel aufkommen, wie Jane Rolands Reaktion ausfallen würde, und er war sich auch dummerweise sicher, dass der abwesende Granby ihm ebenfalls in schärfster Weise Vorwürfe gemacht hätte. Die Bodentruppe, die selbst nicht von dem Duellverbot betroffen war, war nachsichtiger mit ihm und tatsächlich eher erfreut darüber, unter einem Kapitän zu dienen, der ein Duell nicht scheute, auch wenn es ihm nicht erlaubt war. Sie waren der Meinung, dass seine hitzige Reaktion nur positiv auf sie abfärben würde. Aber Laurence wollte nichts davon wissen, dass eine unerfreuliche Notwendigkeit im Nachhinein gutgeheißen wurde, und so war die Haltung der Bodentruppe kein Trost für ihn.

Die Offiziere konnten ihren Gefühlen natürlich nicht durch offene Vorhaltungen Luft machen, aber sie verschlimmerten die Streitigkeiten noch, indem sie sich auf Churkis Seite schlugen, die Laurence als den Schuldigen ausgemacht hatte. Temeraire war nun hin- und hergerissen zwischen seinem eigenen Ärger über Laurence und seine mangelnde Bereitschaft, Churki in irgendeiner Form entgegenzukommen. Laurence war sehr bedrückt, als er herausfand, dass die Streitereien mittlerweile auf die Person von Miss Merkelyte übertragen wurden. Hammond hatte Churki diese junge Dame vorgestellt, während er dabei war, ihre Fragen zu beantworten, und er hoffte, durch diese Begegnung die Familie des Hauses mit der fortdauernden Anwesenheit von zwei riesigen Drachen auf ihrem Land zu versöhnen. Churki lobte die Jugendlichkeit und Schönheit des Mädchens – ja mehr als das: Sie informierte Temeraire in hochmütigem Tonfall, dass sie die junge Dame im Namen von Hammond als eine Form der Entschuldigung für all die Unannehmlichkeiten akzeptieren würde.

»Nun, ich werde sie ganz bestimmt nicht zum Gegenstand einer Entschuldigung machen«, sagte Temeraire, der aus völlig falschen Gründen empört war. »Ich sehe gar nicht ein, warum Hammond sie bekommen sollte. Sie ist wunderschön, jedenfalls berichtet mir das meine Mannschaft. Sie kann Ferris heiraten.«

Laurence hätte beide Tiere gerne wegen ihrer Vorhaben zusammengestaucht, die eine Beleidigung für die mittlerweile nur noch ungern gewährte Gastfreundschaft der sie beherbergenden Familie war. Doch als er Dyhern und Mrs. Pemberton losschickte, um sich bei Mrs. Merkelyte zu entschuldigen und sie zu bitten, ihre Tochter künftig im Haus zu lassen, beratschlagte sich diese Dame gerade mit ihrer Tochter und verlangte stattdessen, über die Lebensumstände der beiden Gentlemen im Einzelnen und den möglichen Brautpreis und weitere Übereinkommen im Besonderen aufgeklärt zu werden. Obwohl sie relativ wohlhabend waren, waren sie Leibeigene und hatten allen Grund, mit Sorge in die Zukunft zu schauen, in der ihre Nation von Russland vereinnahmt werden konnte – einem Land, in dem Leute wie sie von jeher unterdrückt wurden. So war es vielleicht wenig überraschend, dass Mrs. Merkelyte durchaus bereit war, eine Gelegenheit beim Schopfe zu packen, die ihr Kind in den sicheren

Hafen einer höheren Gesellschaftsschicht versetzen würde, auch wenn der Preis dafür war, es zu verlieren.

Die infrage kommenden Ehemänner waren etwas zögerlicher. Ferris war Miss Merkelytes Vorzügen gegenüber zwar keineswegs immun, hatte aber seine Familie bereits mehr als genug enttäuscht – wenn auch nicht durch sein eigenes Verschulden. So verspürte er nicht den Wunsch, seine Eltern noch weiter zu provozieren, indem er ihnen eine Ehefrau präsentierte, deren Herkunft und Erziehung auf erhebliche Vorbehalte stoßen würde. Hammond hingegen hatte zwar nur vage, aber dennoch unumstößliche Pläne, sich an eine Frau zu binden, die aus einer wohlhabenden, einflussreichen Familie stammte, und dies sollte geschehen, sobald er genug Erfolg gehabt hätte, um sich einer solchen Dame gegenüber als würdig zu erweisen. Laurence konnte beiden Männern ihre Überlegungen nicht verübeln, aber die natürliche Konsequenz in ihrem Zögern, den entscheidenden Schritt zu wagen, bestand darin, dass nun jeder andere Mann ihrer Gruppe, der auch nur entfernt im heiratsfähigen Alter war, sich selbst anstelle von Hammond und Ferris als möglicher Ehepartner der Dame sah.

Forthing, der, wie Laurence mit Bedauern erfuhr, Witwer war, machte Andeutungen, dass er selbst interessiert wäre, während Ferris vor Empörung rot anlief. Cavendish zankte sich mit Baggy, obwohl sie sich sonst so nahestanden. Selbst O'Dea machte es sich zur Gewohnheit, an Laurence' Bett zu sitzen und Gedichte zu rezitieren, während er seelenvolle Blicke durch den Raum warf und dabei versuchte, sich Reime auf den Namen Gabija einfallen zu lassen.

Keiner jungen Dame, die bislang derart abgeschirmt worden war, hätte man es zum Vorwurf machen können, dass sie dieses Maß an Aufmerksamkeit genoss. Ihre Mutter wachte mit Argusaugen über die Entwicklungen, schritt jedoch nicht ein, solange ihr Sinn für Schicklichkeit nicht überstrapaziert wurde. Temeraire goss Öl ins Feuer, indem er regelmäßig die Anweisung gab, man solle irgendeinen Gegenstand aus seinem Schatz unter den Planen hervorholen, um ihn im Schein der schwachen Wintersonne zu polieren und zu zeigen. Churki ließ sich vom Geist des Wettbewerbs anstecken, was ihren eigenen Ehrgeiz anging, und sie begann damit, lange, drängende Gespräche mit Hammond zu führen, aus denen der mit einem so entsetzten Ausdruck auf dem Gesicht entfloh, dass Laurence sich kaum vorstellen konnte, was zwischen ihnen besprochen worden war.

»Was gesagt wurde?« Hammond tigerte durch den Raum, das Gesicht weiß mit roten Flecken. »Ich werde es nicht verschweigen, Kapitän, dass die Moralvorstellungen von Drachen auf bedauerliche Weise dehnbar sind«, sagte er, und Laurence begriff mit Schrecken, dass Churki vorgeschlagen hatte, Hammond solle das Mädchen in Obhut nehmen, auch wenn er nicht vorhatte, es zu heiraten.

»Nun, natürlich gibt es keinen Grund, warum Hammond sie bekommen sollte«, sagte Temeraire, »aber *du* könntest sie zu dir holen. Das scheint mir sogar eine exzellente Lösung zu sein: Wir können uns jetzt den Brautpreis leisten, und sie kann sich einen Ehemann aus den Mitgliedern meiner Mannschaft aussuchen, wenn sie so weit ist. Oder vielleicht will sie auch jemand ganz anderen heiraten«, fügte er in einem Ton hinzu, als sei ihm soeben ein fabelhafter Gedanke gekommen, »und ihr Ehemann wird sich dann ebenfalls meiner Mannschaft anschließen. Ich denke schon lange, Laurence, dass wir ein paar weitere Offiziere gut gebrauchen könnten.«

Nach diesem Gespräch sagte Laurence zu Hammond: »Um Himmels willen, schicken Sie nach dem Arzt und fragen Sie ihn, ob ich nicht längst wieder so weit genesen bin, dass man mich woanders hinbringen kann, ehe wir uns noch mehr vorzuwerfen haben, als es jetzt schon der Fall ist. Ich bin mir ziemlich sicher, dass keines dieser elendigen Viecher Skrupel hätte, sich als Kuppler zu betätigen, nur um in dieser Sache den Sieg davonzutragen.«

Der Doktor kam also und befand, Laurence sei auf dem Weg der Besserung, aber nicht stabil genug, um durch die kalte Luft zu fliegen.

Nach dieser Enttäuschung untersuchte er Dobrožnow und verkomplizierte die Lage noch, indem er verkündete, dass dieser Gentleman offenbar doch vorhatte zu überleben.

In dieser Nacht stöhnte Dobrožnow noch immer pausenlos, aber am nächsten Morgen schon begann er, sich wohl genug zu fühlen, um sich aufzusetzen und eine noch größere Plage zu werden. Unglücklicherweise sprach er nur Litauisch und verspürte, soweit Laurence das beurteilen konnte, keinerlei Gewissenbisse dabei, die Gastfreundschaft, die er genoss, zu missbrauchen. Tatsächlich war er kaum wieder leidlich hergestellt und konnte sprechen, als er durch sein Verhalten auch schon deutlich machte, dass er in Miss Merkelyte leichte Beute sah. Er selbst hielt sich offenbar für denjenigen, der ihre Gunst genießen würde, wenn er nur ihren Widerstand früher als seine Mitbewerber überwinden konnte. Laurence verstand die Worte nicht, die er an sie richtete, aber der Tonfall war ihm vertraut und hätte besser in ein Freudenhaus gepasst, was die junge Dame in allergrößte Verwirrung stürzte.

Laurence war fest entschlossen gewesen, kein Wort mit diesem Mann zu wechseln und dessen Anwesenheit, soweit es ging, zu ignorieren. Ansonsten wäre die Situation unerträglich gewesen. Aber er konnte schlecht tatenlos herumliegen und dabei zusehen, wie Dobrožnow immer weiter versuchte, das unschuldige Ding zu verführen, dessen Tugendhaftigkeit so alarmierend bedroht war, nicht zuletzt auch durch das Verhalten seiner eigenen Mannschaft. »Hammond«, sagte Laurence, »er muss dazu gebracht werden, dieses Mädchen in Ruhe zu lassen. Können Sie ihn nicht loswerden?«

»Ich wüsste wirklich nicht, wie«, sagte Hammond mit zweifelnder Stimme. »Wir können ihn wohl kaum aus dem Haus schaffen, ohne dass die Drachen das mitbekommen: Sie lassen die Tür keine Sekunde aus den Augen, nur um zu sehen, wer hineingeht, um mit Miss Merkelyte zu sprechen, und wer wieder herauskommt.«

Gerade als sich Laurence zu wünschen begann, sein Kranksein

würde sich noch eine Weile länger hinziehen, begann er, sich rasch zu erholen. Schon am nächsten Tag ging es ihm gut genug, um allein aufzustehen, und als er sich langsam und mit vielen Pausen am Arm von Ferris draußen die Beine vertrat, schien ihm die Kälte nicht beißender als sonst. Aber er kam gegen den Gedanken nicht an, dass ihre eigene Abreise das Mädchen schutzlos zurücklassen würde. Dobrožnow hatte erst an diesem Morgen eine Stunde lang ein intensives Gespräch unter vier Augen mit der Mutter geführt, und Laurence hatte beobachtet, wie Gold von Hand zu Hand wanderte, vordergründig als Dank für die Gastfreundschaft, die er in diesem Haus erfahren hatte. Die Münzen stellten einen unbedeutenden Betrag für einen Mann dar, der so reich war wie Dobrožnow, aber für den Haushalt waren sie gleichbedeutend mit zehn Jahren Arbeit und einem guten Auskommen. Mrs. Merkelyte ahnte offenbar nicht, dass ihr diese Summe von einem Mann aufgedrängt worden war, der nicht nur gute Absichten im Sinn hatte. Dobrožnow zögerte auch nicht, sie in dem Glauben zu lassen, dass er ihrer Tochter eine respektable Ehe anbieten wollte, obwohl er in Wahrheit ein Verhältnis im Sinn hatte, das vermutlich ehrlos und von kurzer Dauer sein sollte.

»Forthing«, fragte Laurence schließlich, als er mit verbissener Entschlossenheit aus den vielen Übeln das geringste ausgewählt hatte, »wollen Sie das Mädchen heiraten?«

»Wenn … wenn sie möchte«, antwortete Forthing ein wenig unsicher; er hatte nicht viel Ermutigung erfahren. Er war nicht reich und nie ein gut aussehender Mann gewesen, nicht einmal, bevor sein Gesicht von der frischen Narbe verunstaltet worden war. Auch waren seine Umgangsformen nicht so, dass sie eine junge Frau beeindrucken konnten, und er war selbst ein zu nüchterner Mann, als dass er das Gefühl hatte, in tiefer Liebe entbrannt zu sein. »Ich weiß nur nicht, was ich dann mit ihr tun soll. Ich könnte sie zu meiner Schwester schicken. Ob sie denn schnell genug Englisch lernen würde?«

»Was soll das denn für einen Nutzen haben?«, protestierte Temeraire sofort. »Warum sollte sie weggehen? Ich will, dass sie hier bei uns bleibt.«

»Wir können sie doch nicht mit in den Krieg nehmen«, sagte Laurence.

»Warum denn nicht?«, wollte Temeraire wissen. »Roland zieht doch ebenfalls in den Krieg, und auch Mrs. Pemberton.« Dann senkte er den Kopf, vergaß dabei allerdings, seine Stimme zu dämpfen: »Und außerdem, Laurence, muss es denn wirklich Forthing sein? Ich bin mir sicher, sie ist viel zu schön für ihn. Sieh dir doch nur mal seinen Mantel an.«

»Bitte kommen Sie mit mir und sprechen Sie mit der Mutter des Mädchens«, sagte Laurence, um der Sache ein Ende zu machen. Er hatte einige Gewissensbisse, als er Forthings zweifelnden Gesichtsausdruck sah, aber unter den gegebenen Umständen fiel ihm keine bessere Lösung ein.

Mrs. Merkelyte war allerdings mittlerweile wählerisch geworden, was nicht weiter verwunderlich war angesichts der Tatsache, dass sie einen reichen, russischen Baron auf ihrem Fußboden nächtigen ließ, der vorgab, um ihre Tochter zu werben, und zwei Drachen vor ihrem Haus, die eifrig damit beschäftigt waren, ihr einen britischen Diplomaten und einen jungen Adelsspross anzudienen, so unwillig der Letztere auch sein mochte. Dyhern erfand eine wenig plausible Ausrede, um nicht länger als Vermittler auftreten zu müssen, was Laurence ihm kaum verübelte, und so musste man Hammond für diese Aufgabe gewinnen. Er versuchte, sie auf Deutsch zu überzeugen, aber er war nicht wenig nervös, dass diese Sprachhürde ihn vielleicht zu einer Bemerkung verleiten könnte, die fälschlicherweise ihn anstelle von Forthing als den zukünftigen Bräutigam dastehen lassen könnte. Die Diskussion dauerte nur eine kleine Weile, dann tauschten Mutter und Tochter einen Blick; das Mädchen schlug die Augen nieder, und die Mutter schüttelte den Kopf. Dobrožnow beobachtete die Vorgänge von seinem eigenen Lager aus mit einem halb amüsierten, halb ungläubigen Ausdruck auf dem Gesicht, als ob er das unterbreitete Angebot für völlig absurd hielt. Laurence verspürte den starken Drang, ihm ein weiteres Mal eine zu verpassen.

Gabija bewunderte Dobrožnow nicht; ihre eigene Vorliebe galt unverkennbar Ferris, auf dem ihre Blicke immer wieder ruhten. Mit seinem Degen und den Pistolen, seinem Fliegermantel und der militärischen Haltung, die er nie abgelegt hatte, verkörperte er die Qualitäten eines Offiziers, obwohl er den Rang nicht mehr länger innehatte. Er hatte eine glatte, hohe Stirn unter kastanienfarbenen Locken, und im Laufe des vergangenen Jahres hatte er genügend Muskeln für seine Größe zugelegt. Auch wenn er an Gabijas Schönheit nicht heranreichte, konnte man ihn doch als gut aussehend bezeichnen, selbst wenn man mehr Vergleiche gehabt hätte. Das Mädchen war zu schüchtern, um auch nur den Versuch zu unternehmen, mit ihm zu sprechen, aber es fand allerlei Vorwände, um ihm über den Weg zu laufen, und wagte es sogar, sich in der Nähe von Temeraire herumzudrücken, der seinerseits keine Gelegenheit ausließ, Ferris zu sich zu rufen, wann immer sie in der Nähe war.

Doch trotz dieser Anzeichen einer zarten Liebe befürchtete Laurence, dass sie für Dobrožnows Vorstöße zugänglich sein könnte: Ganz offensichtlich hatte sie keine Lust mehr, sich mit ihrem ruhigen Landleben zufriedenzugeben, das bislang ihr natürliches künftiges Los gewesen wäre. Wenn man ihr kein besseres Angebot machte, würde sie sich vielleicht überzeugen lassen, Dobrožnows Werben nachzugeben, ohne zu begreifen, was für eine Zukunft sie sich damit einhandeln würde.

Allerdings war Laurence mit dem, was er an Lösungen anzubieten hatte, am Ende angelangt. Er konnte Ferris unter den gegebenen Umständen nicht dazu drängen, das Mädchen zu heiraten. Temeraire hingegen sah keinen Grund für ein Zögern, und als ihm von Ferris' ausgeschlagenem Antrag berichtet wurde – zur großen Freude von Churki, die natürlich frohlockte –, bedrängte er den armen Mann sofort: »Ferris, bist du dir auch wirklich ganz sicher, dass du sie nicht heiraten möchtest?«, noch ehe Laurence, der auf einem für ihn bereitgestellten Klappstuhl saß und versuchte, zu Atem zu kommen, dagegen protestieren konnte.

»Ich muss darum bitten, mich zu entschuldigen«, sagte Ferris und riss sich mit einiger Anstrengung vom lieblichen Anblick Miss Merkelytes los. Sie fütterte gerade die Hühner im Hof und bot ein bemerkenswert anziehendes Bild in ihrem Kleid, das sie bis zu den Knien gerafft hielt, und mit den Strähnen ihrer dunklen Locken, die vorwitzig unter ihrem Kopftuch hervorlugten. Er schluckte und fügte mit bitterem Unterton hinzu: »Es wäre einfach zu viel verlangt, meine Mutter ein zweites Mal zu enttäuschen.« Mit diesen Worten verschwand er.

»Temeraire«, sagte Laurence, »du kannst ihn nicht so quälen; lass die Sache auf sich beruhen.«

»Aber wenn wir keine Einwände erheben, dann kann ich mir nicht vorstellen, was seine Mutter für Vorbehalte haben sollte; schließlich hat sie Gabija ja noch nie gesehen«, setzte Temeraire an, doch er brach ab, hob den Kopf und stellte seine Halskrause auf.

Ein kleiner Drache löste sich aus den Wolken in der Ferne: Es war einer der einheimischen Wilddrachen, grün, mit einem bemerkenswert knöchernen Kamm auf dem Kopf, der braun-orange gefärbt war. Das Weibchen entdeckte Temeraire und kam rasch näher, drehte eine Runde über ihm und landete. »Hier steckst du also«, sagte sie in vorwurfsvollem Ton. »Was hat das zu bedeuten, dass du dich verkriechst?«

»Wie bitte?«, fragte Temeraire eisig. »Ich bin hier, um mich um Laurence zu kümmern, der in einem Duell verwundet wurde, und ich würde niemandem raten, deswegen Einspruch zu erheben.«

»Hm«, sagte der Wilddrache, »nun ja, Hauptsache, du stiehlst dich nicht davon. Ich hoffe, du bist nicht solch eine Art von Drache.«

»Ich bin keineswegs *eine solche Art* von Drache!«, fauchte Temeraire. »Und es ist ziemlich empörend, dass du hierhergeflattert kommst, um mich in dieser Form zu beschuldigen. Es ist ja nicht so, dass ich bis in alle Ewigkeiten herumsitzen und auf die geringe Chance warten kann, du könntest vielleicht zurückkehren, und zwar *nachdem* du Eroica gefunden hast, denn nur so kann ich es mir erklären, dass du befürchtest, ich würde mich davonstehlen, als ob ich Abschaum wäre.«

»Was?«, schrie Dyhern und sprang auf. Er hatte auf einem umgefallenen Baumstamm in der Nähe gesessen und sich mit Schnitzereien beschäftigt, solange Laurence mit Temeraire und Ferris sprach, und zu Laurence' Bedauern hatte er jetzt gehört, wie der Name des Drachen erwähnt wurde.

»In Ordnung«, sagte der Wilddrache, »dann geh los und hol das Service her. Wir sind ja schließlich hier, nicht wahr?«

Temeraire erwiderte in drohendem Tonfall: »Ich denke, dass da noch die Kleinigkeit des geforderten Beweises bleibt, und was das *wir* anbelangt …« Hier brach er ab, und Laurence hörte, wie Dyhern kurz und scharf die Luft einsog, was selbst quer über den Hof des Bauernhauses zu vernehmen war. Und dann rannte er los, die Arme weit ausgebreitet wie ein Junge, der einen Hügel hinabstürmt, und schrie dabei. Ein halbes Dutzend Schwergewichte durchbrach die Wolkendecke; Nebelschwaden hingen noch an ihren grauen und braunen Körpern, und an der Spitze flog Eroica.

6

Laurence hatte selten einen Mann gesehen, der derart von seinen Gefühlen überwältigt wurde. Dyhern war außerstande, irgendeine andere Sprache als Deutsch zu benutzen, und was er sagte, war so tränenerstickt, dass es für Laurence auch dann nicht zu verstehen gewesen wäre, wenn er im flüssigsten Englisch gesprochen hätte. Allerdings drückte Dyhern Laurence' Hand mit einer solchen Inbrunst, dass jede Äußerung ohnehin überflüssig war. Auch Eroica war jenseits aller Worte und versuchte sich als Schoßhund, so gut es für einen Dreiundzwanzig-Tonnen-Drachen mit knöchernen Rüstungsplatten nur möglich war. Beinahe hätte er bei seinen Versuchen, sich anzuschmiegen, Dyhern umgeworfen. Die anderen Drachen, die mit ihm gekommen waren, drängten sich ängstlich um ihn und löcherten Dyhern mit Fragen nach ihren eigenen Kapitänen und Offizieren. Der Lärm war ohrenbetäubend.

»Temeraire«, sagte Laurence, beinahe zu verblüfft, um die Freude über ein so unerwartetes Wiedersehen zu teilen. »Ich schätze, *du* hast das alles eingefädelt, aber ich kann mir einfach nicht vorstellen, wie.«

»Oh«, sagte Temeraire, und er klang verzweifelt. Er beobachtete die anrührende Szene mit so platt an den Nacken angelegter Halskrause, dass er beinahe überhaupt nichts mehr sehen konnte.

»Was ist jetzt?« Der kleine Wilddrache tauchte wieder auf, pikste Temeraire mit einer seiner Klauen und stupste ihn auffordernd mit der Nase an. »Ich schätze, jetzt kannst du nicht mehr behaupten, dass wir unseren Teil nicht erledigt hätten.« Ein weiterer kleiner Wilddrache landete; ein grauweißes Tier, das die Menge an preußischen Drachen mit misstrauischen Augen beobachtete und sich rasch zu seinesgleichen gesellte. »Wir sind hier. Wir haben sie mitgebracht. Wo ist das Gold?«, verlangte das Weibchen zu wissen. »Ich will wieder los. Ich habe vor, die Belohnung in Sicherheit zu bringen, ehe sich die Sache rumspricht.«

Temeraire stieß einen abgrundtiefen Seufzer aus, sein gesamter Brustkorb schien einzusinken, und er antwortete mit erstickter Stimme: »Ferris, würdest du bitte das goldene Geschirr herausbringen lassen – Napoleons Service?« Dann fügte er in einem plötzlichen Ausbruch von Verzweiflung hinzu: »Ich nehme nicht an, Laurence, dass du zufällig etwas dagegen hast, weil ich es als Belohnung ausgesetzt habe? Wenn du allerdings der Meinung bist, dass die Geste zu großzügig …«

»Mein Gott«, schnitt ihm Laurence höchst gefühlvoll das Wort ab, »wenn du uns auf diese Weise ein halbes Dutzend preußische Drachen hergeschafft hast, dann hättest du die allerletzte Münze aus unserem Wagen dafür ausgeben können, ohne dass ich auch nur den geringsten Einwand hätte.« Temeraire schauderte, und er steckte den Kopf unter einen seiner Flügel, als das Geschirr nach draußen gebracht und den beiden freudestrahlenden Wilddrachen überreicht wurde.

Beinahe sofort fingen sie an, über die gerechte Aufteilung ihrer neuen Besitztümer zu streiten, die dadurch erschwert wurde, dass mehrere Servierschüsseln in unterschiedlichen Größen vorhanden waren. Temeraire zuckte zusammen, als er die Diskussionen mitbekam. Laurence konnte nicht so tun, als habe er die gleichen Empfindungen wie sein Drache, aber er legte trotzdem eine Hand auf Temeraires Nüstern und versuchte, ihn zu trösten. »Mein Lieber«, sagte er, »ich weiß sehr gut, wie schmerzhaft dieses Opfer für dich sein muss. Erlaubst du mir die Bemerkung, wie sehr ich mich darüber freue, welchen Charakter du beweist, indem du diesen Schmerz auf dich nimmst? Und sieh nur, welches Glück du unseren Freunden beschert hast, ganz zu schweigen von den auf der Hand liegenden Vorteilen im Kriegsgeschehen, die du uns verschafft hast.«

»Ich bin natürlich sehr froh, dass ich zu Diensten sein konnte«, sagte Temeraire steif und unglücklich. Hammonds Stimme, die vor Begeisterung beinahe überschnappte, übertönte den schrillen Lärm rings um sie herum. Der Mann griff nach Laurence' Hand und schrie: »Laurence, Laurence, die Drachen sagen, dass noch weitere vierzig von ihnen in Preußen verteilt sind. Das gesamte preußische Luftkorps! Sie konnten *allesamt* fliehen. Ich kann mir nicht erklären, wie man sie hat überreden können.«

»Nun, das ist doch wohl offensichtlich, oder?«, mischte sich der graue Wilddrache ein und hob den Kopf. »Wenn Napoleon nicht zur Strecke gebracht wird, dann werden die Drachen hier niemals ihre Kapitäne wiedersehen. Aber vielleicht sind die auch schon längst tot. Es war sinnlos für sie, in den Zuchtgehegen herumzusitzen, und sie sind übrigens auch gar nicht zur Zucht eingesetzt worden.«

»Wie bitte?«, fragte Temeraire und riss seinen Kopf hoch; wenigstens für einen kurzen Moment lenkte ihn irgendetwas von seiner eigenen Niedergeschlagenheit ab.

Das Drachenweibchen zuckte mit den Schultern. »Ich schätze, diese Lien hält nicht viel von der preußischen Drachenzucht: Sie hat die männlichen und weiblichen Tiere mit Absicht getrennt voneinander gehalten, damit sie auf gar keinen Fall Eier bekommen.«

»Was für eine Beleidigung«, stieß Temeraire aus, »und das, wo sie doch so mutig waren, auch wenn sie an Formationsflügen festhalten, was aber nicht ernsthaft ihr Fehler ist. Sie wissen es einfach nicht besser. Eroica, es tut mir sehr leid, dass du solche Grobheiten aushalten musstest«, fügte er hinzu, aber Eroica hob in ebendiesem Moment den Kopf, den er zu Dyhern gesenkt gehabt hatte, seine Augen wurden plötzlich riesengroß, und er schrie auf Deutsch: »Mein Gott!«

Schon sprang er mit einer solchen Entschlossenheit auf, dass der ganze Boden ringsherum erbebte. Laurence musste eine Hand gegen Temeraires Bein stützen, um nicht das Gleichgewicht zu verlieren »Eier! Temeraire – bitte verzeih mir! Dass ich dir das nicht sofort berichtet habe! Sie ist so böse, so böse …«

»Natürlich ist sie das, aber wovon sprichst du denn nur?«, fragte Temeraire, warf seinen Kopf in den Nacken und richtete sich misstrauisch auf.

»Der weiße Drache kam vor nicht einmal zwei Wochen ins Zuchtgehege«, sagte Eroica. »Ich werde die beleidigenden Bemerkungen nicht wiederholen. Aber wir haben Lien sagen hören«, er drehte seinen Kopf nach links und nach rechts zu den anderen preußischen Drachen, die allesamt energisch bekräftigend nickten, »dass sie es für ihre Pflicht hält, die französische Zucht nicht weniger als die chinesischen Linien zu schützen. Dass sie vorhat, unsere Fortpflanzung ebenso zu verhindern, wie sie sich um ein Bastard-Ei kümmern will, das eine Verräterin an ihrer Art hervorgebracht hat, um eine ruchlose Allianz zwischen China und der übelsten Nation des Westens zu besiegeln …«

Temeraire beaufsichtigte das eilige Packen mit zur Schau gestellter Gelassenheit. »Ich verstehe jetzt, Laurence«, sagte er, »wie recht du damit hattest, dass man sich nicht zum Sklaven des Reichtums machen darf. Wenn ich das vergoldete Geschirr behalten und keine Belohnung ausgesetzt hätte, dann hätte ich niemals erfahren, dass das Ei in Gefahr ist, und Lien hätte …« An dieser Stelle brach er mit einem Zittern ab, das seinen gesamten Körper erfasste. Er mochte sich nicht ausmalen, was Lien dem hilflosen, viel zu zerbrechlichen Ei hätte antun können. »Aber geht es dir denn auch schon wieder gut genug für die Reise?«, fragte er stattdessen Laurence, von dumpfer Angst erfasst.

»Es wird schon gehen«, antwortete Laurence. »Aber, Temeraire, du und ich, wir müssen allein aufbrechen. Wir können unsere Mannschaft nicht mit auf eine solche Reise nehmen.«

»Wir machen es so, wie du es für am besten hältst«, sagte Temeraire. Die Männer der Bodentruppe hoben den Deckel von der Haferschleimgrube, und er steckte seinen Kopf hinein, um so viel zu essen, wie er nur konnte, auch wenn er überhaupt keinen Appetit hatte.

Hammond, Forthing und Ferris stritten bereits *sotto voce* mit Laurence und versuchten, ihm klarzumachen, dass es verrückt wäre zu versuchen, mitten in der schlimmsten Winterkälte, noch dazu ohne Begleitung, ganz Russland zu überfliegen. Und dann wiederholten sie ihre Argumente immer und immer wieder. Temeraire lauschte, mischte sich aber nicht ein. Es würde natürlich sehr schwer werden, aber es gab keine Alternative: Die Südroute zu nehmen würde bedeuten, dass sie drei verlorene Monate länger unterwegs wären.

»Gentlemen«, sagte Laurence schließlich, ohne den Blick von seinem Schreibpult zu heben. Er stützte sich schwer auf seinem Ellbogen auf, während er langsam an einem Brief schrieb. »Temeraire wird fliegen. Glauben Sie ernsthaft, dass das zur Debatte steht? Und aus diesem Grund werde auch ich aufbrechen. Mr. Forthing, ich werde Ihnen einen Brief für Whitehall dalassen, aber bis Sie weitere Anweisungen erhalten, hoffe ich, dass Sie auf Mr. Hammonds Rat hören. Ich kann mir vorstellen, dass es einen großen Bedarf an Männern gibt, die auf den preußischen Drachen mitfliegen, und ich denke, Sie könnten nichts Besseres tun, als den Gefallen zu erwidern, den uns Dyhern bis hierher erwiesen hat. Mr. Hammond, ich wäre Ihnen sehr verbunden, wenn Sie den Zaren um eine sichere Durchreise für uns bitten würden.«

»Guter Gott!«, schrie Hammond, »als ob er Ihnen etwas Derartiges gewähren könnte, mit fünftausend verrückten und fast verhungerten Wilddrachen, die überall in der Gegend verstreut sind. Kapitän, ich bitte Sie, all Ihren Einfluss und all Ihre Energie …«

»Beides muss ich für solche Anstrengungen aufsparen, bei denen ein positiver Ausgang wahrscheinlicher ist«, unterbrach ihn Laurence.

Hammond gab das Streiten auf, aber etwas später, als Laurence im Haus verschwunden war, um ein leichtes Abendessen zu sich zu nehmen, ging er zu Temeraire und unternahm einen letzten Versuch. »Temeraire«, begann er, »ich muss aussprechen, was Kapitän Laurence nicht sagt: Diese Reise wird sein Tod sein. Er hat sich kaum vom Krankenbett erhoben; er ist schwach und angeschlagen. Der Versuch, in seinem Zustand ein zugefrorenes Ödland zu überqueren, mit unzureichender Nahrungsversorgung und ohne Unterschlupf, wird sein Todesurteil sein, selbst wenn ihr von allem Unheil, das euch erwarten könnte, verschont bleibt. Willst du wirklich darauf beharren, ihn einem so grausamen Schicksal auszuliefern?«

»Oh!«, schrie Temeraire. »Dass ausgerechnet *du* so mit mir sprichst! Warum ist er denn schwach und angeschlagen? Doch nur deshalb, weil du ihn zu diesem elendigen Duell geschleppt hast, ohne mir zu sagen, was vor sich geht! Du kannst ganz sicher sein: Ich hätte es nicht zugelassen, dass er von einem unwürdigen Feigling angeschossen wird.«

Und so schickte er Hammond zum Packen, kam aber nicht gegen die Schlagkraft seiner Einwände an. Laurence geriet dieser Tage so schnell außer Atem, und er sah sehr müde und grau aus. Es waren noch keine zwei Tage vergangen, seitdem er zum ersten Mal hatte aufstehen können. Temeraire furchte beunruhigt den Boden, dann beugte er sich vor und weckte Eroica, der sich nach seinem langen, beschwerlichen Flug zum Schlafen hingelegt hatte. »Könntest du mich bitte auf ein Wort begleiten?«, fragte er leise, und als sie ein Stückchen weiter weggetrottet waren – wobei sie sorgsam darauf achteten, keine der Schafhürden und keinen Baum umzustoßen –, fasste Temeraire einen Entschluss und sagte: »Eroica, Laurence kann mich nicht begleiten. Er *darf* mich nicht begleiten, es geht ihm nicht gut. Aber natürlich muss ich zum Ei. Kannst du … wirst du für mich auf ihn aufpassen, bis ich zurückkomme?«

»Temeraire, bester aller Freunde«, sagte Eroica. »Ich schwöre dir, dass ich ihn wie meinen eigenen Kapitän beschützen werde. Wie könnte ich etwas anderes tun, nachdem du dafür gesorgt hast, dass ich Dyhern wiederhabe?«

»Darauf hatte ich gehofft«, sagte Temeraire, obwohl sich ein tiefes, hohles Gefühl des Unglücks in seiner Brust ausbreitete, als ob er nun, wo der Plan ausgesprochen war, bereits von Laurence Abschied genommen hätte. In elender Gemütsverfassung ließ er den Kopf sinken.

Eroica beugte sich vor und schob seine Schulter unter die von Temeraire, um ihm auf diese Weise seine ganze beeindruckende Breite als Trost und Stütze anzubieten. »Nur Mut! Ich habe keinerlei Zweifel daran, dass du dein Ei retten und wieder zurückkehren wirst. Und während du fort bist, werden Dyhern und ich alles daransetzen, dass dein Kapitän in Sicherheit ist. Und dasselbe werden alle meine Gefährten tun. Es gibt so manchen Drachen in Preußen, der in eurer Schuld steht und für eure glückliche Wiedervereinigung sorgen wird.«

Temeraire versuchte, diesen Trost anzunehmen, aber es war schwer. Er sagte sich, dass er Laurence mit einem immensen Schatz zurückließ in der Obhut von vielen Freunden, die über ihn wachten, doch er konnte nicht so tun, als würde er Laurence nicht auch mitten im Krieg alleinlassen. Aber das Ei – Lien würde Mörder ausschicken oder sie bezahlen! Temeraire zitterte wieder am ganzen Leib, als er sich vorstellte, wie das Ei zerschmettert würde; wie diese zarte, schillernde Hülle in tausend Stücke *zersplittert* auf dem Marmorboden der Kaiserlichen Stadt läge, alle Bewacher des Eies getötet …

»Ich muss aufbrechen«, keuchte er. Wenn Laurence nicht mit ihm mitkam, dann brauchte auch nichts gepackt zu werden, und es gab keinen Grund, sich im Vorfeld um die Versorgung zu kümmern. Er würde in der Luft unterwegs sein und während des Flugs jagen. »Eroica, bitte sag ihm – bitte sag Laurence …« Doch hier verließen Temeraire alle Ideen. Er hatte keine Ahnung, was er Laurence ausrichten lassen sollte, das dieser nicht ohnehin schon wusste.

»Ich werde ihm sagen, dass es dir leidtut, ihn zurücklassen zu müssen«, half ihm Eroica, »und dass ich an deiner Stelle sein Beschützer sein werde, bis du wieder zurückgekehrt bist.«

Temeraire hielt die Augen geschlossen und nickte nur zustimmend, dann warf er sich in die Luft; mit gewaltigen Schlägen katapultierten ihn seine Schwingen empor. Immer höher stieg er, dann drehte er seinen Kopf nach Osten und flog in diese Richtung davon.

Laurence hörte den Tumult draußen, und als er den großen Schatten sah, der über die Felder dahinschoss, wusste er es sofort: Temeraire war ohne ihn aufgebrochen. Gerade saß er an dem grob gezimmerten Tisch in der Küche des Hauses. Er unternahm nicht sofort den Versuch, seine Kräfte zusammenzunehmen und aufzustehen. Es war ohnehin schon zu spät! Temeraire würde von keinem Drachen hier noch eingeholt werden können; nicht, wenn er ohne Rüstung, ohne Lasten und mit der höchsten Geschwindigkeit, zu der er fähig war, unterwegs war. Hammond erschien im Türrahmen und sah erschüttert aus. Laurence blickte ihm unverwandt ins Gesicht, und Hammond zögerte, erkannte dann aber, dass Laurence bereits begriffen hatte. Sein Gesicht entspannte sich, doch er sagte kein einziges Wort. »Wenn Sie bitte trotzdem zum Zaren gehen und um einen sicheren Überflug bitten würden«, sagte Laurence ruhig. »Vermutlich ist eine solche Zusage nicht viel wert, aber die russischen Kurierdrachen könnten wenigstens die Nachricht vorausschicken, sodass Temeraire keine Widerstände offizieller Natur überwinden muss.«

»Ja«, erwiderte Hammond. »Kapitän, ich muss Sie um Verzeihung bitten …« Laurence brachte ihn mit ausgestreckter Hand zum Schweigen und schüttelte den Kopf. Es würde zu nichts führen, Hammond jetzt noch Vorhaltungen zu machen. Er stemmte sich am Tisch hoch und schleppte sich zurück zu seinem Bett. Im Augenblick gab es nichts mehr zu tun.

Er schlief und wachte tief in der Nacht von den Geräuschen einer leisen Rangelei auf der anderen Seite des Raumes auf. Die letzte Glut in der Feuerstelle tauchte Dobrožnow in Orange. Er saß seitlich auf seinem Lager, grinste und hielt Gabija an den Handgelenken. Diese wehrte sich gegen seinen Griff und flüsterte in dringlichem Ton. Er antwortete schmeichelnd und zog sie zu sich herunter; da rappelte sich Laurence auf und knurrte: »Sie verdammter Mistkerl, lassen Sie sofort das Mädchen los, oder ich sorge dafür, dass meine Männer Sie draußen auf dem Hof mit dem Pferdeziemer auspeitschen.«

Dobrožnow ließ tatsächlich locker, und sein Gesicht verfärbte sich tiefrot vor Wut. Gabija floh mit langen Schritten aus dem Haus, schnell atmend wie ein Reh, das einer Falle entkommen war. Der Kopf ihrer Mutter schob sich durch den Türspalt zum Schlafzimmer, sie runzelte die Stirn, und einen Moment später riss Ferris die Vordertür auf, stürmte herein, hoch aufgereckt und mit gezogenem Degen, und rief: »Nun schulden Sie *mir* Genugtuung, Sie elendiger …«

Nur mit Mühe ließ er sich davon abbringen, den Mann auf der Stelle von seinem Krankenlager wegzuzerren, was allein schon schwierig war, aber noch dadurch erhöht wurde, dass Dobrožnow verächtlich ausstieß: »Was für ein Aufstand! Ich werde doch nicht mit Ihnen um ein Bauerntrampel kämpfen, das einem das Bett wärmen könnte, Sie unerfahrener Tölpel! Machen Sie sich nur selbst zum Narren, wenn Sie wollen.«

»Sie können keinen verwundeten Mann töten«, sagte Laurence müde, »und einen Feigling nicht zwingen, sich Ihnen zu stellen, Ferris. Lassen Sie es gut sein. Morgen werden wir auf einem Wagen in die Stadt reisen und auf den Stützpunkt zurückkehren. Dann hat die ganze Sache ein Ende. Hammond, erklären Sie dieser Frau, dass sie ihre Tochter in ihrem Schlafzimmer behalten soll, bis wir allesamt abgefahren sind.«

Die meisten preußischen Drachen waren bereits zum Stützpunkt geschickt worden, wo man sie versorgen konnte; nur Eroica allein war dageblieben. Als Laurence an diesem Morgen das Haus verlassen wollte, kam der große Drache bis an die Tür und sicherte ihm sehr ernsthaft seinen Schutz zu, ein Versprechen, das Temeraire ihm offensichtlich vor seinem Abflug abgenommen hatte. »Er ist ganz sicher bald wieder da«, sagte Eroica mit unverbrüchlichem Optimismus. »Also bitte fürchten Sie nicht um sich selbst oder diesen wunderbaren Schatz, den Temeraire bei Ihnen zurückgelassen hat. Ich werde nicht erlauben, dass irgendjemand auch nur eine einzige Münze davon an sich nimmt, dessen können Sie gewiss sein.«

Dyhern war ähnlich ernst, war er sich doch der immensen Gefahr bewusst, der Temeraire jetzt ausgesetzt war. »Aber solange man am Leben ist, gibt es auch Hoffnung, wie man an meinem eigenen Beispiel sehen kann«, sagte er. »Und Sie müssen gestatten, dass wir versuchen, uns im Kleinen für das Geschenk erkenntlich zu zeigen, das Sie und Temeraire uns gemacht haben. Kommen Sie. Wir werden nach Wilna zurückkehren. Sie werden sich ausruhen und genesen. Und, Laurence, auch wenn Ihr Drache fort ist, bleibt die Pflicht. Sie müssen uns unterrichten. Die alten Manöver nützen nichts gegen Bonaparte, das haben wir in Jena gelernt. Es wird nicht ausreichen, dass wir unsere alte Disziplin und das tägliche Exerzieren wiederaufleben lassen. Wir brauchen neue Taktiken aus Fernost, und wer wäre besser dafür geeignet, uns bei der Ausbildung zu helfen?«

Dyherns Stimme und das Beispiel, das er allen gab, hatten enormes Gewicht. Während seiner Gefangenschaft hatte er um seine Freiheit gekämpft; solange er ohne seinen Drachen war, hatte er seinen Dienst zu Fuß versehen; während seine Nation unter der Last von Verträgen ächzte, war er sogar nach Russland gezogen, um sich im Kampf gegen den Tyrannen nützlich zu machen. Laurence nickte schweigend. Die Pflicht blieb.

Ein Wagen war nicht notwendig: Dobrožnow versuchte zu protestieren, er sei noch nicht wohlauf genug, um zu reisen, doch als man ihm schonungslos mitteilte, dass die Alternative darin bestünde, dass man ihn aus dem Haus werfen würde, ließ er nach seiner gefederten Kutsche schicken und wurde von seinen hochgewachsenen Bediensteten unter Stöhnen und allerlei Beschwerden in das Gefährt gesetzt. Dann fuhr er davon, aber nicht ohne vorher der Mutter noch ein wenig mehr Gold in die Hand zu drücken und Gabija überdeutlich zuzublinzeln, was frische Farbe in Ferris' Wangen trieb. Dobrožnow mochte tatsächlich vorhaben, nach ihr schicken zu lassen oder nach seiner Genesung wieder zu ihr zurückzukehren. Aber wenigstens war er fürs Erste aus den Augen. Laurence fiel wenig mehr ein, was er tun konnte, außer darauf zu vertrauen, dass die gewohnte Gesellschaft daheim dem Mann mehr Ablenkungen bieten würde, als es der Fall gewesen war, solange er in dem einsamen Bauernhaus krank darniedergelegen hatte.

Der Schatz war sicher in seinem Transportwagen verstaut, und Churki und Eroica hatten sich die Bäuche vollgeschlagen. Churki redete mit leiser Stimme auf Hammond ein und unternahm einen letzten Versuch, ihn dazu zu bringen, das Mädchen mitzunehmen. Ferris war auf die andere Seite von Eroica gewechselt und beschäftigte sich mit vollkommen unnötiger Arbeit am Geschirr, nur um jeden Blick auf Miss Merkelyte zu vermeiden. Für ihn gab es keine weiteren Tändeleien, auch wenn er so aussah, als würde er sich genau das wünschen. Die Verpflichtungen seiner Familie gegenüber, die weit weg und bereits von ihm bitter enttäuscht worden war, hatten vielleicht doch weniger Gewicht als der Charme der jungen Dame unmittelbar vor seiner Nase.

Nachdem Laurence vorsichtig an Bord gebracht worden war und sicher unter Decken und Öltuch auf Eroicas Schulter saß, sah er von dort hinunter und hörte, wie Dyhern sich erkundigte: »Mein junger

Freund – sind Sie ganz fest entschlossen, das Mädchen nicht weiter zu umwerben? Ich will nur vollkommen sicher sein, dass Sie eine Entscheidung getroffen haben.«

Ferris hielt den Kopf gesenkt und schluckte, dann sagte er mit erstickter Stimme: »Danke, Kapitän, aber ich kann nicht.«

Dyhern nickte. »Nun, Sie sind ein junger Mann, und es wird noch viele junge Damen für Sie geben! Und ich habe noch einen Vorschlag, bei dem Ihnen vielleicht das Herz aufgeht: Soll ich nicht an die Minister meines Königs schreiben und darum bitten, dass Sie in dessen Dienst aufgenommen werden? Wir haben jetzt mehr Drachen als Männer, die sie fliegen können, und ich muss Laurence nicht einmal fragen, ob er Sie uns überlassen würde. Seiner Antwort kann ich gewiss sein.«

Ferris' bleiche Haut färbte sich scharlachrot, und er wandte den Blick ab. »Ich … Ich bin Ihnen zu großem Dank verpflichtet, Sir«, sagte er unsicher und verbeugte sich. Dyhern klopfte ihm auf die Schulter und ging weg, und Ferris kam an Bord. Obwohl ihn die seltsame Mischung aus Vorfreude und bedauernder Traurigkeit ablenkte, kletterte er mit der geschickten Schnelligkeit, für die seine Jugend und die Übung sorgten. Er befestigte die Karabinerhaken mit gewohnten Bewegungen, dann setzte er sich hin und starrte auf seine Hände. Die Bodentruppe lud die Ausrüstung auf und richtete das behelfsmäßige Geschirr her, das für Eroica aus dem zusammengeknüpft worden war, welches Temeraire zurückgelassen hatte. Es passte nicht sonderlich gut, da sein breiter Körperbau und die knöchernen Platten ihm eine gänzlich andere Statur gaben. Dann stiegen die Offiziere auf; Hammond hatte eine sehr verstimmte Churki davon überzeugt, alle Kuppelversuche aufzugeben und ihn endlich auf ihren Rücken zu heben. Dyhern sprach mit Mrs. Merkelyte und ihrer Tochter, um sich endgültig zu verabschieden. Laurence schloss die Augen. Er hatte Laudanum gegen die Schmerzen genommen, um nicht während des Fluges ohnmächtig zu werden, und nun war ihm schwindelig, und er fühlte sich krank. Doch schnell riss er die Augen wieder auf, denn hinter ihm stieß Ferris einen leisen, überraschten Laut aus. Dyhern hatte Gabijas Hand ergriffen, sprach sehr ernst mit ihr und machte Gesten in Richtung Eroica; Gabija ihrerseits sah überrascht und etwas eingeschüchtert zum Drachen hoch. Dann wanderte ihr Blick zu Ferris, der zu ihr hinunterstarrte. Schließlich biss sie sich auf die Unterlippe, hob das Kinn und nickte Dyhern zu.

Dyhern sprach erneut mit Mrs. Merkelyte, die eine leise Unterredung mit ihrer Tochter führte; dann reichte sie Dyhern die Hand und gab ihm nickend ihren Segen.

Am nächsten Morgen flog Dyhern mit einer Sondergenehmigung erneut zum Bauernhaus und kehrte dann mit seiner Braut zum Stützpunkt zurück. Eroica hatte zu diesem Zeitpunkt bereits genug von Churkis offen zur Schau getragenen Verachtung zu spüren bekommen, sodass er sehr zufrieden war mit dem Sieg, den sein Kapitän errungen hatte – anders konnte er es nicht sehen. Er war jedoch von Natur aus versöhnlich und versicherte Churki freundlich, dass Hammond ganz sicher schon bald eine vorzügliche Partnerin für sich finden würde, auch wenn die vermutlich nicht ganz so liebreizend und schön sein dürfte wie die Ehefrau seines eigenen Kapitäns.

»Ich hoffe, Sie machen mir keine Vorwürfe, Laurence«, sagte Dyhern unumwunden, als er am nächsten Morgen an Laurence' Zelt haltmachte, um zu sehen, wie dessen Genesung vorankam. »Aber ich bin mir sicher, dass der Junge bald darüber hinweg ist. In seinem Alter habe ich nicht viele Gedanken an Frauen verschwendet, wenn es doch Schlachten zu schlagen gab. Sechs Jahre am Boden ist allerdings eine lange Zeit und reicht aus, um einem Mann zu einem kühlen Kopf zu verhelfen. Ich hatte viel Zeit zu bereuen, dass ich nichts hatte, womit ich meine Tage füllen und meinen Geist beschäftigten konnte, während mein Drache von mir getrennt war.«

Laurence konnte diese Gefühle verstehen; er selber wäre froh über ein wenig Ablenkung gewesen, ja für jedwede Ablenkung von seiner eigenen Furcht und Sorge. Als Dyhern gegangen war, breitete er die Karten und Berichte wieder aus, die er höflich beiseitegelegt hatte, während der Besuch da war, und kehrte zu seiner Selbstkasteiung zurück: Er markierte die Routen, die Temeraire vermutlich wählen würde, und las dann in den Depeschen nach, was ihn schlimmstenfalls unterwegs erwarten konnte. Und es waren wahrlich unerfreuliche Umstände. Wilddrachen hatten so viele Vorratslager im westlichen Teil des Landes vernichtet, dass Hunger sich ausbreitete. Die Adligen bezahlten Bauernbanden Kopfgeld, wenn sie schlafende Drachen abschlachteten.

Als der Schmerz und die Müdigkeit Laurence übermannten und er die Augen schloss, um ein wenig zu schlafen, lief er im Traum durch den dicken, eisverkrusteten Schnee zwischen schwarzen Bäumen; über ihm gähnte ein bleigrauer Himmel, und er fand Temeraires leblosen Körper, allein auf einem Feld mit einem rotmäuligen Wiesel, das sich an ihm gütlich tat.

7

Als Temeraire den Schnee rings um den herausragenden Huf weggekratzt hatte, wusste er, warum das Pferd nicht schon längst aufgefressen worden war. Der Rest des Kadavers war unter einer blauen Eisschicht von beinahe einem Meter Dicke kaum zu erkennen. Missmutig überlegte er, was er tun könnte, aber da er nirgendwo etwas Essbares gefunden hatte, riss er sich zusammen und stieß ein Brüllen in Richtung Eisblock aus. Der Göttliche Wind vibrierte in seiner Brust und durchbrach dann die glatte Oberfläche, die das Pferd einschloss. Noch einmal röhrte Temeraire und hieb seine Klauen in die Schicht, und schließlich brach das Eis auseinander. Auch das tote Tier zerfiel, aber das war nur umso besser; Temeraire hob jedes Körperteil mit den Zähnen auf und behielt es eine Weile auf der Zunge, bis es angetaut war und er es schlucken konnte.

Er zitterte vor Kälte, als er schließlich fertig war, aber immerhin fühlte er sich nun nicht mehr so furchtbar ausgehungert. Das Licht des Tages ließ schon nach, und er würde nicht mehr viel weiter fliegen können. Also stieg er in die Luft und hielt nach einem Unterschlupf Ausschau. Nach einer halben Stunde Flug entdeckte er zu seiner dankbaren Überraschung eine große Scheune – nun, vielleicht nicht ganz eine Scheune. Sie bestand nur aus einer groben Mauer aus aufeinandergetürmten Steinen und einem Dach aus halb verrotteten Brettern, die von Pfeilern gehalten wurden. Die anderen Seiten waren offen und den Naturgewalten ausgesetzt. Die Scheune machte den Anschein, nur halb zu Ende gebaut worden zu sein. Ein Haufen langer Bretter lag auf einer Seite, als ob er darauf wartete, das Gebäude fertigzustellen, dann jedoch vergessen worden war. Trotzdem fand

Temeraire das halb fertige Ding weitaus besser als die Felswand, an der er letzte Nacht Schutz gesucht hatte. Der Boden war mit Blättern und sogar ein bisschen Heu bedeckt und beinahe völlig vom Schnee befreit. Er landete und kroch mit einigen Mühen unter das Dach. Von innen betrachtet, war der enge Raum noch besser; Temeraire entging dem schlimmsten Wind, und als er seine Flügel an beiden Seiten an den Körper legte und seinen Kopf darunterschob, wurde ihm sogar ein wenig warm. Beinahe sofort war er eingeschlafen, so erschöpft war er vor Sorge und von der Anstrengung.

Er bekam nichts mit, bis er sich einige Stunden später räkelte, noch immer im Dunkeln, hustete und überrascht war. Ihm war zwar warm, aber es fühlte sich irgendwie ungemütlich an. Dies schien unvorstellbar; als er jedoch versuchte, seinen Kopf nach draußen zu schieben, um herauszufinden, ob da etwas brannte, stellte er fest, dass er das nicht konnte. Irgendetwas hielt seine Flügel fest. Er schaffte es mit viel Zappeln, eine Flügelspitze herunterzuziehen, und bemerkte zu seinem großen Schrecken, dass die schweren Holzbretter, während er schlief, dazu verwendet worden waren, die Wände hochzuziehen. Jenseits davon verbrannte ein ziemlich heftiges Feuer das Zunderholz, das unter den Schneebänken begraben gewesen war. Temeraire stieß einen Schrei aus, als ein glühender Funke auf seinem Rücken landete, mitten zwischen den Schulterblättern, und als er hochsah, entdeckte er, dass auch das gesamte Dach mit brennenden Scheiten bedeckt war. Und schon geriet das Heu unter seinen Füßen in Brand.

Stimmen schrien sich über dem Knistern des Feuers hinweg auf Russisch etwas zu. Temeraire spähte mit einem Auge zwischen den Brettern hindurch und erblickte ganz kurz sich bewegende Schatten. Da waren Männer mit Mistgabeln, und er schrie: »Hilfe, Hilfe!«, ebenfalls auf Russisch. Er sah, wie die Männer sich zu ihm umdrehten, ihn anstarrten und sich bekreuzigten. Doch keiner von ihnen kam näher, und da erst dämmerte es Temeraire durch seine merkwürdige, erschöpfte Benommenheit hindurch, dass die Männer das Feuer *vorsätzlich* gelegt hatten: Sie wollten ihn bei lebendigem Leibe verbrennen.

Er versuchte, Luft zu holen, um zu brüllen, aber der Qualm brannte in seiner Kehle und brachte ihn stattdessen zum Husten. Dann versuchte er, ein bisschen hin und her zu ruckeln, aber die Balken waren tief in den Boden gerammt worden, und es gab so viele davon. Er presste seine Flügel enger an den Körper, als immer mehr glühende Holzscheite auf ihn niederregneten. Ihm blieb keine andere Wahl: Er zog die Beine unter den Körper und stemmte sich hoch. Ein scharfer, beißender Schmerz schnitt durch seine Flügel, wo die Hitze die zarten Membrane versengte, und das Dach legte sich schwer auf ihn, als hätten die Männer Felsbrocken darauf aufgetürmt. Temeraire versuchte einmal, zweimal, sich aufzubäumen, dann musste er innehalten und entsetzlich husten. Ein dritter Stoß, und das Dach knirschte und ächzte.

Die Männer stießen wilde Schreie aus, kamen bedrohlich nah heran und hieben dann unvermittelt mit ihren Mistgabeln nach Temeraires Kopf und seinen Vorderbeinen. Er presste seine Augen mit einem lauten Aufschrei zu, als eine scharfe Forkenspitze seine Haut und das Fleisch an seinem Kieferknochen entlang aufriss und nur gerade so von dem schweren Knochenring unter seinem Auge aufgehalten wurde. Sein Angreifer unternahm einen weiteren Versuch, ihn zu verletzen, und diesmal nahm Temeraire in einem verzweifelten Versuch all seine Kraft zusammen, bäumte sich auf und stemmte sich hoch.

Mit einem gewaltigen Krachen gab das Dach über ihm nach. Aufeinandergeschichtete Steine regneten wie heiße Kohlen auf seinen Körper herab, und die Flammen züngelten mit einem Mal brennend heiß überall um ihn herum. Temeraire wollte sich mit einem Satz in die Luft schwingen, aber seine Beine und Flügel versagten ihm den Dienst. Schwankend taumelte er vorwärts und brach durch das einstürzende Gebäude, während er keuchend nach frischer, kalter Luft schnappte. Gewaltige Rauchwolken bauschten sich über den Feuerbänken. Temeraire stolperte blindlings hindurch, sein ganzer Körper stechend und angeschmort, bis er sich endlich in den Schnee werfen und auf den Rücken rollen konnte, wo er sich wie wild wälzte, um die Verbrennungen zu kühlen.

Aber schon kamen die Männer unter lautem Gebrüll hinterher, und Temeraire musste sich wieder auf die Füße drehen. Seine Verfolger stürmten mit erhobenen Sicheln, Mistgabeln und Äxten auf ihn zu; das Metall glühte orangerot im Schein des Feuers. Temeraire richtete sich mühselig auf und setzte sich auf die Hinterläufe, dann spreizte er die Flügel, stellte seine Halskrause auf und schrie zornig seinen ganzen Schmerz heraus. Wie eine Welle, die bricht, fielen die Männer vor ihm zu Boden und blieben reglos liegen.

Die Männer weiter hinten wurden langsamer und blieben schließlich stehen; mit in den Nacken gelegten Köpfen starrten sie zu Temeraire in seiner ganzen Größe hinauf. Dann ließen sie ihre Waffen und Fackeln fallen und rannten fort, so schnell sie nur konnten. Temeraire ließ sich wieder auf alle viere sinken und stand zitternd und japsend da. Seine Flügel schmerzten fürchterlich; ganz sanft und vorsichtig wölbte er sie nach vorne und konnte den orange gefärbten Schnee durch die Verbrennungen hindurch sehen. Seine Membranen waren an vielen Stellen durchtrennt, und es klafften Löcher darin wie bei einem verschlissenen Segel.

Temeraire buddelte sich tief in eine Schneewehe ein, um sich ein bisschen mehr Erleichterung zu verschaffen, aber sehr schnell wurde ihm trotz der Verbrennungen kalt. Er zitterte in der eisigen Luft und schaffte es nicht lange, sich in den Schnee zu pressen. Danach kroch er sogar ein bisschen näher zum Feuer zurück, um sich aufzuwärmen, und rollte sich dort zusammen. Die Erschöpfung schwappte in Wellen durch ihn hindurch, und doch konnte er nicht schlafen. Vielleicht würden die Männer mit Schusswaffen zurückkehren. Er erschrak, als die letzte Ecke der vermeintlichen Scheune, die nichts als eine Falle gewesen war, in den immer höher lodernden Flammen einstürzte, und orangefarbene Funken stoben hoch und glühten in der Luft wie ein überbordendes Feuerwerk.

Er überlegte, ob er versuchen sollte, ein Stückchen wegzufliegen, wollte jedoch seine Flügel nicht ausprobieren. Sie stachen so sehr und schmerzten an allen Knochenbögen; außerdem war seine Kehle rau und quälte ihn. Und die Nacht war so schrecklich kalt …

Offenkundig waren ihm aber doch die Augen zugefallen, und er schlief. Er öffnete sie erst, als ihm ein klirrendes Geräusch ganz in der Nähe ins Ohr drang. Gerade noch rechtzeitig riss er den Kopf hoch und wich einem geschliffenen Eisenstab aus, der nun mit der Spitze abwärts in den Schnee getrieben wurde, nur wenige Zentimeter von seinem Auge entfernt. Der Mann, der den Schaft hielt, starrte ihn an, das Gesicht von einem Fellkranz umgeben wie das eines Löwen. Im nächsten Moment rannte er schon davon, und seine Hacken wirbelten Schneeklumpen hinter ihm auf. Ein anderer Mann stand neben der Pike, den gezückten Degen in der Hand, mit dem er den Stoß der Eisenstange abgelenkt hatte.

Temeraire starrte ihn benommen an. Es war Tharkay, auch wenn das natürlich keinerlei Sinn ergab. Außerdem gab es jetzt erst mal etwas Dringenderes zu erledigen. Auch ein Pferd galoppierte in der Ferne davon. »Ist das dein Pferd?«, fragte Temeraire. »Würde es dir sehr viel ausmachen, wenn ich es aufesse?«

Er konnte nur darauf hoffen, dass die Antwort nicht *Ja* lauten würde, denn er brachte es nicht über sich abzuwarten: Noch ein paar Augenblicke, und das Pferd wäre zwischen den Bäumen verschwunden und vielleicht für ihn verloren. Seine Flügel prickelten und schmerzten entsetzlich, als er sie ausbreitete, und er musste seine Lunge mit aller Macht anstrengen, um sich in der Luft zu halten. Er kam sich plump und wie ein schwerfälliger Koloss vor, aber das spielte eigentlich keine Rolle. Die Welt hatte sich zu einer Linie kleiner, blau umschatteter Hufspuren im Schnee verengt, und vor sich sah Temeraire nur noch den dunklen Körper des fliehenden Pferdes. Er verschlang die Hufe und den Schwanz in einem einzigen Happs und dachte nur deshalb daran, den Sattel auszuspucken, weil sich ein Steigbügel in einem seiner Zähne verfangen hatte. Das heiße Blut des Pferdes rann tröstend seine wunde Kehle hinunter. Als er den letzten Bissen vertilgt hatte, schämte er sich ein wenig und sah sich schuldbewusst zu Tharkay um, der sich einen Weg durch den Schnee bahnte und auf ihn zugestapft kam. »Es tut mir sehr leid«, sagte Temeraire entschuldigend. »Und ich werde dir auf jeden Fall ein neues Pferd besorgen, sobald ich kann. Jedenfalls wenn es dann etwas anderes zu essen gibt. Aber was machst du denn hier?«

»Ich suche nach dir«, antwortete Tharkay, »oder besser gesagt: nach der Armee, mit der du unterwegs bist. Ich nahm an, dass euch eine Botschaft schneller erreichen würde, wenn ich den Kommunikationswegen folgen und sie euch selbst in Wilna übermitteln würde. Es ist mir zwar gelungen, einen Drachen anzuheuern, der mich nach Kiew brachte, aber kein Tier war bereit, noch weiter nach Norden zu fliegen oder weiter an die russische Armee heran.«

»Nun, sie sind sehr schnell dabei, sich zu verweigern«, sagte Temeraire, »und ich habe noch nie ein so unfreundliches Volk kennengelernt, und das, obwohl ich ihm keinerlei Grund gegeben habe, derart gemein zu sein. Aber, Tharkay«, fügte er hinzu, als ihn das Elend von Neuem überwältigte, weil ihm seine eigenen Umstände wieder einfielen. »Ich kann dich nicht zu Laurence bringen. Ich muss weiterfliegen. Ich muss nämlich nach China ...«

»Bitte verzeih, wenn ich dich unterbreche«, sagte Tharkay. »Aber ich denke, du wirst gleich feststellen, dass du dich irrst. Du musst nach Frankreich. Man hat vor zwei Tagen in Istanbul haltgemacht, und zwar mit deinem Ei. Ich denke, es besteht durchaus die Chance, die Eiträger in den Alpen abzufangen.«

II

8

»Also wirklich, Laurence, du hast ein Talent dafür, an den gottverlassensten Orten der Welt Rast zu machen«, sagte Tharkay, dessen Stimme in der Kälte wie ein Reibeisen klang, obwohl er und Laurence ihre Hände und Kehlen mit einer Tasse Tee aufgewärmt hatten. Laurence konnte ihm kaum widersprechen. Sie saßen zusammengekauert auf einem Vorsprung über einer vereisten Gletscherspalte, die sich unter ihnen in Windungen hinabzog, welche von hellen Blautönen bis Mitternachtsblau changierten, während die Wolken über ihren Köpfen an einem weiten, sonnigen Himmel entlangzogen.

Wenigstens liefen sie im Augenblick nicht Gefahr, in den Tod zu stürzen, denn ein zusammengekauerter Temeraire füllte den Spalt unter ihnen beinahe wie ein Korken auf einem Flaschenhals aus, und er schien sich ganz genau so unbehaglich zu fühlen, wie es die Beschreibung nahelegte, trotz der dicken Schicht von trockenen Blättern und Stroh, die ein Polster zwischen seiner Haut und den eisigen Wänden bildete. In der Dunkelheit war er beinahe unsichtbar. Zwei französische Patrouillen waren heute am helllichten Tage direkt über sie hinweggeflogen, was aus ihrem Versteck heraus deutlich zu sehen gewesen war, doch Temeraire war nicht einmal von den scharfen Augen der Pou-de-Ciel-Drachen entdeckt worden.

»Aber ich muss zugeben, dass es als Schlupfwinkel nicht zu übertreffen ist«, fügte Tharkay hinzu.

»Bestimmt hätte ich ein Dutzend Mal an dem Spalt vorbeimarschieren können, ohne den geringsten Verdacht zu schöpfen, selbst wenn ich mit Bestimmtheit gewusst hätte, dass du dich in kaum dreißig Metern Entfernung von mir befinden musst.«

»Ich kann das alles nicht so großartig finden«, warf Temeraire kläglich ein. »Es ist sehr sonderbar zu spüren, dass unter mir nichts ist; es fühlt sich an, als ob ich fliege, aber das tu ich ja gar nicht. Und diese Wände sind auch wirklich ziemlich kalt. Bitte lasst uns noch einmal die Karten zurate ziehen und schauen, ob ihr es jetzt ein bisschen genauer bestimmen könnt, aus welcher Richtung sie vermutlich kommen werden.«

Laurence war gerade damit fertig geworden, besagte Karten mit kleinen Nägeln an der Gletscherwand über ihnen zu befestigen. Inzwischen waren sie mehr ein Werk seiner eigenen Hände als das ihrer eigentlichen Urheber. Entlang der Alpenlinie waren eine Menge Veränderungen eingezeichnet worden, und Dutzende von Überwegen waren markiert, weil sie durch Schnee und Eis unpassierbar geworden waren. Die Wilddrachen hatten immer wieder höhnische Bemerkungen über die Qualität der Karten gemacht, als Laurence sie ihnen zum ersten Mal zur Begutachtung vorgelegt hatte; Drachen waren einfach weitaus bessere Beobachter als Menschen.

Die französische Kompanie könnte einen geschlossenen Pass natürlich einfach überfliegen, aber Laurence hielt das für unwahrscheinlich, denn eine solche Entscheidung würde eine Vielzahl anderer Unannehmlichkeiten mit sich bringen: Die Drachen brauchten einen Ort, an dem sie sich in der Nacht ausruhen konnten und wo sie vor Lawinen und Steinschlag geschützt waren. Und auch die Reisenden würden nicht viel Spaß haben, wenn sie versuchen sollten, in diesen unpassierbaren Gegenden ein Lager aufzuschlagen. Selbst die französischen Kuriere, die mit großer Geschwindigkeit nach Italien und wieder zurück flogen, mieden die geschlossenen Pässe, und die Gruppe aus Istanbul würde keinerlei Veranlassung sehen, sich auf eine so ungemütliche Route zu wagen. Diese Berge bildeten die Mauern um das Herz von Frankreich, und Napoleon hielt es vermutlich für sehr unwahrscheinlich, dass seine Festung angegriffen werden könnte.

»Und du glaubst nicht, dass sie sich für den Pass entscheiden werden, von dem uns Bistorta erzählt hat und auf dem ihr Freund beinahe lebendig begraben worden wäre?« Temeraire schauderte »Oh! Wenn sie das Ei fallen lassen und es kaputtgeht oder wenn es Frost kriegt…«

»Du kannst darauf vertrauen, dass sie nichts dergleichen zulassen werden, nachdem sie es so weit transportiert und bislang so sorgfältig behütet haben«, antwortete Laurence. Selbst falls Lien es lieber gesehen hätte, wenn Temeraires und Iskierkas Ei zerstört würde, hatte Napoleon ganz offensichtlich nicht vor, auf eine so unbezahlbare Mischrasse zu verzichten, und er würde auch nicht zögern, sie zu seinem Vorteil einzusetzen. Entweder würde er das Blut von einem Himmelsdrachen und einem Kazilik seinen eigenen Züchtungen untermischen oder möglicherweise Temeraire und Iskierka dazu bringen, sich ihm zu unterwerfen, womit sie vom Schlachtfeld ferngehalten würden. Das Ei könnte auch noch ein weiteres Jahr oder sogar zwei Jahre im jetzigen Zustand bleiben, nämlich verletzlich und ohne dass das Jungtier schlüpfen würde.

»Sie haben genug Alternativen und müssen bei den schlimmsten Pässen kein Risiko eingehen«, schloss Laurence. »Unsere größte Chance besteht darin, unsere Freunde zu bitten, sich aufzuteilen, um möglichst viele Pässe im Blick zu behalten und uns sofort zu berichten, wenn eine ungewöhnliche Drachenformation dabei beobachtet wird, wie sie sich anschickt, das Gebirge zu überfliegen. War ein Schwergewicht mit von der Partie?«, fragte er Tharkay. Dieser nickte.

»Es tut mir leid, dass ich das sagen muss, aber sie haben einen Fleur-de-Nuit dabei.« Das war in der Tat eine unerfreuliche Neuigkeit. Mit einem solchen Führer konnte die Gruppe auch nachts weiterfliegen, und wenn man sie zu einer solchen Zeit in einen Nahkampf verwickeln würde, hätte diese Züchtung den Vorteil der besseren Nachtsicht auf ihrer Seite.

»Ihr müsst sie einfach aufspüren – um meinetwillen«, sagte Temeraire ungewöhnlich hitzig, »und ich werde es mit jeder beliebigen Zahl an Drachen aufnehmen, selbst wenn sie die Frechheit besitzen und versuchen sollten, den Eidiebstahl mir gegenüber zu rechtfertigen. Ich wundere mich, dass sie sich nicht allesamt aus tiefstem Herzen schämen.«

An diesem Abend verteilten sich die Alpendrachen wie gewünscht auf ihrer Mission. Sie erfüllten die Bitte nur zu gerne, hatte Temeraire doch zwei beachtliche Kisten ausgelobt, bis zum Rand gefüllt mit vergoldetem Tafelgeschirr und hübschen Juwelen. Nachdem Temeraire eine Ziege verspeist hatte, die ihm die Alpendrachen mitgebracht hatten, fiel er in einen unruhigen Dämmerschlaf. Sein Kopf lag dabei unbequem auf seinem Körper, der sich bei jedem Atemzug mühsam in der trichterförmigen Gletscherspalte hob und senkte.

Die Wilddrachen hatten zusätzlich eine Ladung Heu und auch Stroh mitgebracht, die sie vermutlich einem sehr verwirrten Bauern abgeluchst hatten, welcher eher daran gewöhnt war, dass die Drachen seine Schafe rissen, als dass sie deren Nahrung stahlen. Mit dem Stroh hatten Laurence und Tharkay die Löcher gestopft, die in Temeraires schützender Umhüllung entstanden waren – eine Tätigkeit, bei der sie gefährlich in den vereisten Wänden herumkraxeln mussten. Nur gesichert mit einer Spitzhacke, schoben sie eine Handvoll Stroh nach der anderen an Temeraires Flanken hinab, und als sie endlich fertig waren, zitterte Laurence und war völlig erschöpft. Nur sehr langsam kletterte er wieder hinauf auf den Vorsprung, wo sie Unterschlupf gefunden hatten. Tharkay fügte den Rest des Strohs ihren eigenen Matratzen hinzu, die ihnen Schutz vor dem Eis geben sollten.

»Dies ist wirklich ein merkwürdiger Ort für eine Zeit der Rekonvaleszenz, Laurence«, bemerkte Tharkay, als sie sich wieder unter ihrem notdürftig zusammengestückelten Berg aus Ölzeug und Fellen zurückgezogen hatten und an Stücken von Trockenfleisch knabberten; mehr hatten sie nicht fürs Abendbrot. In der Nacht konnten sie es nicht riskieren, ein Feuer zu entfachen, denn der Schein würde den Gletscherspalt so ausleuchten, dass jeder Fleur-de-Nuit in fünfzig Meilen Entfernung sie mühelos würde aufspüren können. »Ich kann mich nicht daran erinnern, einen von euch beiden schon mal derartig klapprig gesehen zu haben.«

»Es lässt sich nichts daran ändern«, sagte Laurence kurz angebunden. Ihm war beinahe zu kalt zum Sprechen. Seine Schusswunde machte ihm sehr zu schaffen; es war ein Schmerz, der alle Kälte aus dem Eis heraussog und dafür sorgte, dass sie sich stattdessen in seinem Körper ausbreitete, was das Schlafen schier unmöglich machte. Also holte er seine Brandyflasche heraus, nahm einen tiefen Schluck und reichte sie danach Tharkay. »Es tut mir leid, wenn du deine Arbeit in Istanbul unterbrechen musstest.«

Tharkay ließ sich auf den Themenwechsel ein. »Nein, meine Arbeit war bereits einige Tage ehe die französischen Drachen durchzogen beendet. Es war gut, eine Entschuldigung dafür zu haben, dass ich aufbrechen musste. Ist doch ein Jammer, Laurence, wenn man für alle Ewigkeiten daran erinnert wird, dass man viel zu sehr zwischen allen Stühlen sitzt, als dass man an irgendeinem Ort wirklich dazugehört.« Er nahm einen tiefen Schluck und gab die Flasche zurück. In der Dunkelheit war sein Gesicht nicht zu erkennen, und seine Stimme hatte betont unbekümmert geklungen, aber irgendwie tat er Laurence leid. Er glaubte zu wissen, was diesen seltenen Anflug von Bitterkeit hervorgerufen hatte: Tharkay war nach Istanbul zurückgekehrt, um Avraam Maden zu sehen, dessen Tochter inzwischen einen anderen Mann geheiratet hatte.

»Wie hast du es geschafft, einen Drachen für deine Reise anzuheuern?«, fragte Laurence leise.

»Einen Stundenritt östlich von der Stadt habe ich einen einsamen Ort gefunden, eine hübsche Kuh hingestellt und gewartet. In der Dämmerung tauchten einige Wilddrachen auf. Die waren zwar recht misstrauisch, aber sie verstanden genug Durzagh, sodass ich mich verständlich machen konnte, und den Rest erledigte ich mit Bestechung. Sie haben mich über das Schwarze Meer geflogen, fast bis an den Stadtrand von Odessa. Unter den dortigen Drachen, mit denen sie sich verständigen konnten, haben sie verbreitet, dass ich gerne noch ein Stück transportiert werden würde. Dann haben sie mich weitergereicht wie ein verdächtiges Gepäckstück. Auf diese Weise habe ich mich immer weiter durchgeschlagen. Ich kann nicht behaupten, dass das eine gemütliche Art zu reisen wäre, aber ich bin außerordentlich schnell vorangekommen.«

Sie ließen Laurence' Flasche noch ein paarmal hin und her gehen, spülten damit die letzten Reste Trockenfleisch für diesen Abend hinunter und schliefen schließlich doch noch ein, beinahe ebenso unbequem zusammengerollt wie Temeraire. Sie machten sich ganz klein und zogen die Knie so eng wie möglich an, um denkbar wenig Körperwärme entweichen zu lassen. In unregelmäßigen Abständen ließen die ungemütliche Haltung und der tosende Wind Laurence in tiefer Dunkelheit hochschrecken, und nur Tharkay neben ihm und das gleichmäßige, leise Zischen von Temeraires Atem halfen ihm, sich zu orientieren. Über ihnen wölbte sich das sternenübersäte Himmelszelt, und die Nacht schleppte sich dahin. Als die erste Dämmerung einsetzte, wachte Laurence erneut auf und döste unruhig, bis das Morgengrauen weiter vorangeschritten war. Sie hatten keine Nachrichten erhalten.

Irgendwann zündeten sie dann doch ein kleines Feuer an, und Tharkay kletterte den Spalt hinauf, um einen Eimer voll Schnee zu holen, den sie schmolzen. Anschließend kochten sie Tee und weichten ihr hartes Brot und Trockenfleisch ein, bis beides etwas essbarer geworden war. Temeraire räkelte sich und schaute sehnsüchtig zum offenen Himmel hoch, verkniff sich aber den Vorschlag, wenigstens einen kurzen Flug zu riskieren. Der Tag zog sich sogar noch länger hin als die Nacht, und als Bistorta im Zwielicht in den Spalt geflogen kam, bekam Laurence zwar einen Schreck, war aber in erster Linie froh. Sie hatte ein kleines Schaf für Temeraire mitgebracht, kam aber ohne Neuigkeiten: Keine Drachengruppe war in den Bergen gesichtet worden, nicht einmal ein einzelnes Schwergewicht.

Temeraire war enttäuscht und versuchte, sich mit Argumenten zu trösten: »Aber Tharkay hat doch gesagt, sie hätten den Sultanspalast besucht und, so wage ich zu behaupten, wollten noch ein Weilchen in Istanbul bleiben, also hätten wir sie gestern noch gar nicht erwarten sollen. Aber heute oder vielleicht morgen Nacht.«

»Oder übermorgen, falls ich ihre Eile falsch eingeschätzt habe«, fügte Tharkay hinzu.

Laurence gab nicht zu bedenken, dass es Tharkay drei Tage gekostet hatte, Temeraire ausfindig zu machen, mehr als eine Woche, bis sie ihren augenblicklichen Ort erreicht hatten und einen weiteren Tag, bis sie ihren Lagerplatz entdeckt hatten, und dass das Ei möglicherweise längst in Frankreich und somit für sie außer Reichweite sein könnte.

»Ja, vielleicht ist es heute Nacht so weit«, sagte Temeraire leise und halb zu sich selbst.

Aber auch in dieser und der nächsten Nacht wurde nichts gesichtet, und in der dritten Nacht war Temeraire in einem Zustand fiebriger Besorgtheit. Die Möglichkeit, dass das Ei in der Nähe sein könnte, war ein Ansporn für ihn. Nur mit allergrößter Mühe konnte man ihn davon abhalten, aus seinem Loch zu krabbeln und sich auf eigene Faust auf die Suche zu machen, und Laurence hatte wenig Hoffnung, dass man ihn beim nächsten Morgengrauen noch länger würde zügeln können.

Tief in der Nacht, als der Mond am Himmel stand, fuhr er mit einem Ruck aus dem Schlaf auf, als Temeraire sich regte und seine Haut über die vereisten Wände schabte. Als er hochsah, zeichnete sich vor dem Sternenmeer die schwarze Silhouette eines kleinen Drachen ab, der zu ihnen herunterspähte: Bistorta. »Laurence«, drängte Temeraire hellwach, »Laurence, schnell, sofort!«

Temeraire hob Laurence und Tharkay aus dem Spalt; kleine Schauer aus Schnee und Eis regneten herab, als die Eishänge ringsum zitterten und ächzten. Er hatte sie kaum abgesetzt, als er auch schon selbst hinterherkroch und wie ein unerwartetes, monströses Biest aus den Tiefen der Erde an der Oberfläche auftauchte. Gewaltige Eisbrocken lösten sich und stürzten mit lautem Getöse in die Tiefe, als er sich über die Kante schob und mit den Hinterbeinen nach einem Halt in der Gletscherspalte suchte. Dann schüttelte er sich, streckte eine krallenbewehrte Klaue aus, nahm Laurence und Tharkay auf und setzte sie sich auf den Rücken. Ihnen blieb kaum Zeit, um ihre Karabinerhaken an seinem stark verkürzten Geschirr zu befestigen, und schon warf sich Temeraire in die Luft, schlug ungestüm mit seinen immer noch arg in Mitleidenschaft gezogenen Flügeln und stieg spiralenförmig in die Höhe.

Er konnte nicht schneller als ihre Führerin fliegen, wofür Laurence dankbar war, denn ansonsten wäre zu befürchten gewesen, dass Temeraire sich viel zu sehr verausgaben würde. Es war bereits eine gewaltige Anstrengung für ihn, mit Bistortas Geschwindigkeit mitzuhalten, und er atmete jetzt schon schwer und mühsam. Tharkay hatte völlig recht gehabt, als er anmerkte, dass keiner von ihnen in Ruhe hatte gesund werden können. Die dünne Bergluft fuhr wie Messer durch die Öffnungen in Laurence' übergeworfenen Decken, und die Ränder seines Ölzeugs lösten sich immer wieder und flatterten lautstark im Wind, bis er sie erneut hinter sich zu fassen bekam.

Die zerklüfteten Berge zeichneten sich wie schwarze Scherenschnitte vom Himmel ab. Bistorta und Temeraire sprachen nicht miteinander;

sie flogen immer weiter nach Süden, und nach vielleicht einer Stunde landete Bistorta und stieß einen leisen, aber scharfen und durchdringenden Pfiff aus. Dann stand sie reglos mit schief gelegtem Kopf und lauschte. Als keine Antwort zu hören war, kam sie wieder zu ihnen heraufgeflattert und sagte: »Weiter.«

Nach ungefähr zehn Minuten versuchte sie es erneut; dieses Mal ertönte in der Ferne ein ähnliches Pfeifen, und sie änderte ihren Kurs daraufhin leicht. Noch ein kurzer Augenblick, und dann kam der Ton von ganz nah. Ein weiterer der kleinen Drachen hob vom Boden ab, gesellte sich zu ihnen und fiepte Bistorta und Temeraire etwas zu. Laurence konnte der Unterhaltung nicht recht folgen, aber sie flogen dem kleinen Drachen in einem Bogen hinterher und landeten in einem Tal zwischen zwei hohen, scharfen Gipfeln. Ihr neuer Führer brachte sie zu einem schmalen Sims – jedenfalls war er, gemessen an Temeraires Standard, schmal: Dieser musste auf seinen Hinterläufen stehen und sich mit ausgebreiteten Vorderbeinen gegen den Klippenhang stützen, um auf dem Vorsprung Halt zu finden. »Sie kommen«, flüsterte er Laurence zu, und seine Stimme bebte vor Anspannung. »Ein weibliches Schwergewicht; kein Fleur-de-Nuit; sie wissen aber nicht, was es für eine Rasse ist, sagt er.« »Sie ist allein unterwegs?«, fragte Laurence und warf Tharkay einen Blick zu, der zweifelnd den Kopf schüttelte.

»Nach dem, was ich in Istanbul gehört habe, reisen drei Drachen gemeinsam«, sagte er, »aber Gerüchte in den Straßen sind häufig aufgebauscht. Ich würde mich nicht darauf verlassen.«

»Ich muss sie aufhalten«, sagte Temeraire, »aber ich muss sicherstellen, dass dem Ei nichts passiert… Oh! Wenn ich den Göttlichen Wind gegen sie einsetze, dann könnte die Schale…« Er konnte den Satz nicht beenden, denn der Kummer schnürte ihm den Hals zu.

»Wir müssen versuchen, den oder die Eiträger einzukesseln«, sagte Laurence und begutachtete den engen Pass, »und wir müssen die Wilddrachen bitten, sie nach oben hin am Entkommen zu hindern. Wenn es kein Fleur-de-Nuit ist, dann können wir sie vielleicht überraschen, und sie werden im Unklaren über die Größe unserer Gruppe gelassen. Vielleicht geben sie aus Vorsicht das Ei auf. Und du bist dir sicher, dass der andere Drache nicht auf die Idee kommt, dem Ei etwas anzutun?«

»Es sei denn, es ist Lien selbst«, sagte Temeraire giftig. »*Sie* wäre zu allem fähig, da bin ich mir sicher, selbst wenn es um ein *unschuldiges Ei* geht. Du siehst ja, was sie bislang schon angerichtet hat!« Er drehte den Hals, um sich einem weiteren Wilddrachen zuzuwenden, der gelandet war und mit piepsiger Stimme Bericht erstattete: Der gemeldete Drache war noch vielleicht zehn Meilen entfernt und kam rasch näher.

Sie konnten den Göttlichen Wind nicht im Gebirge einsetzen, denn es stand zu befürchten, dass das den anrückenden Drachen warnen würde; aber Temeraires Gewicht und sein Zorn reichten aus, um große Steinbrocken, Eisblöcke und Schnee freizusetzen und damit die Öffnung auf der anderen Seite des Tals zu versperren. Auch das machte noch einen gehörigen Lärm, der aber in diesen Gegenden des Gebirges wohl nicht völlig ungewöhnlich war. Laurence saß auf dem Rand des Simses und putzte und lud seine Pistolen und das Gewehr, das er aus Wilna mitgenommen hatte. Außerdem befestigte er neue Zünder an seinen beiden Brandbomben. Sie würden wenig dazu beitragen, ein Schwergewicht auf den Boden zu zwingen, aber sie könnten sich möglicherweise als nützlich erweisen, wenn man die eigene Waffenstärke demonstrieren wollte. Er reihte seine Schusswaffen so auf, dass sie in möglichst schneller Folge abgefeuert werden konnten. Tharkay fügte seine eigene Pistole und sein Gewehr der Sammlung hinzu.

Dann kehrte Temeraire auf seinen Platz zurück, und sie alle warteten steif, frierend und schweigend ab und lauschten auf das rhythmische Flappen von Flügeln. Die Wilddrachen – weitere fünf oder mehr hatten sich ihnen angeschlossen – drängten sich links und rechts der

Talmündung. Sie allerdings waren in ausgelassenerer Stimmung; zwar blieben sie ruhig, flüsterten aber miteinander, und Laurence fing mehr als eine begeisterte Bemerkung darüber auf, wie sie den Schatz am besten untereinander aufzuteilen gedachten.

Doch bald wurden auch sie still und spitzten ebenfalls die Ohren. Ihre Beute war jetzt ganz nah. Die wilden Alpendrachen richteten sich wachsam auf, und ihre schmalen Köpfe gaben ihnen das Aussehen von gespannten Windhunden, die zitternd auf ein Zeichen warteten, um loszuspringen. Laurence hörte den Drachen kommen. Wenn Granby hier gewesen wäre, hätte er ihnen nur anhand des Flügelschlags sagen können, welche Rasse sich näherte. Laurence hatte keine Ahnung, aber das Tier, das langsam unter ihrem Sims vorbeiflog, war auf jeden Fall ein Schwergewicht, und ein großes noch dazu. Es warf einen langen, verschwommenen Schatten, blau auf blauem Schnee; Nebelschwaden hingen an beiden Seiten des Körpers und flatterten hinter ihm her.

Temeraire schaffte es, sich zu zügeln, bis der Drache fast durch den ganzen Pass geflogen war, dann stieß er sich mit einem einzigen Satz vom Vorsprung ab, drehte sich mitten in der Luft in die richtige Richtung und brüllte, aber nicht dem Drachen entgegen, was das Ei hätte in Gefahr bringen können, falls das Tier es denn dabeihatte, sondern gegen die Felswand.

Die markerschütternde Kraft des Göttlichen Windes traf den schneebedeckten Gipfel auf der gegenüberliegenden Seite des Passes, und eine Lawine donnerte herunter: Felsen, Schnee, Eis, alles zusammen in einer riesigen Wolke. Laurence spähte mit zusammengekniffenen Augen durch seine Fliegerbrille, als auch ihm Schnee ins Gesicht stob; die Wilddrachen aus den Alpen waren alle aufgestiegen und stimmten nun mit ihren hohen Stimmen ein Jagdlied an, während sie in Kreisen das Tal überflogen und so ein Dach über der Falle bildeten, die sie gestellt hatten. Die Wolke aus Schnee und Eis verbarg das andere

Tier. Noch einmal brüllte Temeraire, doch dieses Mal nicht mit dem Göttlichen Wind; dieses Mal war es nur eine Aufforderung, sich zu erkennen zu geben; er stand mit rotierenden Flügeln mitten in der Luft, schnellte mal kurz in die eine, dann in die andere Richtung und wartete auf eine Gelegenheit, um in den Sturzflug überzugehen.

Laurence sah den Schatten des anderen Drachen, der sich, vollkommen überrascht, um sich selbst drehte. Dann schoss ein lang gestreckter, schmerzhaft gleißender Feuerstoß durch die Wolke und verwandelte das Schneegestöber in ein dampfendes Nebelmeer. Eine Flammenzunge leckte am Gebirgshang, und Laurence und Tharkay tauchten ab in eine Schneewehe, als das Feuer den Felsen hochzüngelte und auch ihren Vorsprung streifte; die Hitze und die Kälte waren beide kaum auszuhalten. Der Drache folgte mit Gebrüll den Flammen und schlug mitten am Himmel nach Temeraire; die beiden Tiere umkreisten sich und rollten sich übereinander, während sie sich zornig anzischten. Aufgeschreckt grub sich Laurence wieder aus dem Schnee hervor und versuchte erfolglos, etwas zu erkennen: Flammes-de-Gloires pflegten nicht allein zu reisen; sie waren viel zu selten, um ein solches Risiko einzugehen. Kamen vielleicht noch andere Drachen hinterher? Er konnte beinahe nichts von dem augenblicklichen Kampf erkennen; seine Augen tränten von den Flammen, und die spärlichen Bäume und das Unterholz im Tal unter ihnen waren wie trockener Zunder in Brand geraten – gleißende kleine Sonnen, die die Nacht rings um sie herum pechschwarz wirken ließen.

Aber er musste gar nichts sehen: Er hörte die bissige Stimme der Feuerspuckerin, die in deutlichem, wütendem Englisch fauchte: »Oh! Wie kannst du es wagen, mich aus der Dunkelheit heraus anzuspringen wie ein Feigling. Ich werde dich in Stücke reißen, du wirst schon sehen.«

»Was tust *du* denn hier?«, fragte Temeraire und kämpfte mit dem niederschmetternden Gefühl der Enttäuschung. Wenn das Ei nicht auf diesem Wege transportiert worden war, dann ja wohl ganz bestimmt auf einem anderen; er wandte sich also, ohne eine Antwort abzuwarten, an Bistorta, die nach und nach wieder näher gekommen war. Die anderen Wilddrachen hatten sich in höchster Angst vor den Feuerstößen in alle Richtungen verteilt. »Was hast du dir dabei gedacht, mich auf Iskierka zu hetzen?«, fragte er. »Sie ist ja wohl kein *französischer* Drache, und wo steckt jetzt das Ei?«

Bistorta verteidigte sich geschickt. »Woher sollten wir denn wissen, dass sie kein französischer Drache ist?«, fragte sie. »Sie haben so viele merkwürdige Rassen; und überhaupt hast du nichts davon gesagt, dass es dir um einen *französischen* Drachen geht. Du hast gesagt, du bist auf der Suche nach einem Schwergewicht und einem Kampfdrachen, und du kannst ja wohl nicht behaupten, dass das eine oder das andere nicht zutreffen würde.«

»Was ich hier tue?«, fragte Iskierka, die sich um ihre Unterhaltung überhaupt nicht scherte. »Ich bin hier auf der Suche nach *meinem Ei*, von dem du mir immer und immer wieder versichert hast, es würde vollkommen sicher in China aufbewahrt werden und einen Kaiser als Gefährten haben, und nun sieh dir an, was passiert ist! Warum springst du mich auf diese Art und Weise von irgendwoher an? Granby, hast du ihn dazu angestiftet? Ich hätte niemals gedacht, dass du mir so in den Rücken fallen würdest«, fügte sie vorwurfsvoll hinzu und schwang ihren Kopf nach hinten.

»Habe ich nicht, aber du kannst dir sicher sein, dass ich es, ohne zu zögern, getan hätte, wenn ich irgendeine Ahnung gehabt hätte, dass er sich in der Nähe befindet«, erwiderte Granby postwendend, während er an Iskierkas Flanke hinunterkletterte.

»Wir waren felsenfest entschlossen, geradewegs nach Frankreich zu fliegen, um uns in Liens Höhle zu wagen«, erklärte er Laurence und Tharkay, während sie sich die Hände schüttelten. »Als Iskierka von der Sache erfahren hat, konnte nichts und niemand sie mehr aufhalten. Alles, was ich noch ausrichten konnte, war, sie zu überzeugen, dass wir den Weg über das Mittelmeer nehmen müssen, anstatt geradewegs über jeden Franzosen und jede französische Kanone in Spanien hinwegzufliegen.«

Er ließ sich schwer auf einen Felsen sinken und wischte sich mit dem Arm über die Stirn. Der goldene Haken, der den Platz seiner linken Hand einnahm, blitzte im Widerschein des Feuers. Ein halbes Dutzend Büsche und gedrungene Bäume, die an den Gebirgshängen Wurzeln geschlagen hatten, standen noch immer in Flammen. Granbys langes braunes Haar war nicht geflochten und vollkommen windzerzaust, seine Kleidung ebenfalls in Unordnung und sein Gesicht unrasiert, als ob er ohne Vorwarnung auf den Drachenrücken geworfen und tagelang quer über Europa transportiert worden wäre – nun, vermutlich war es genau so gewesen. Dankbar griff er zu, als Laurence ihm seine Feldflasche anbot.

»Das ist doch ziemlich absurd«, meldete Temeraire sich zu Wort, »denn falls Lien das Ei jemals in ihre Klauen bekommen sollte, wird sie es gut verstecken, und eine Vielzahl an Soldaten und Drachen würden es bewachen.«

»Das ist *keineswegs* absurd«, gab Iskierka zurück. »Natürlich müssen wir zu ihr, wenn sie das Ei hat. Was für einen Sinn hätte es denn, woanders hinzufliegen?« Temeraire musste zugeben, dass das auf unangenehme Weise richtig klang, nur dass der Plan hoffnungslos war, also durfte Lien das Ei einfach nicht haben.

»Ich wage zu behaupten: Wenn sie ein paar ordentliche Feuerstöße von mir abbekommen hat, wird sie das Ei schon rausrücken«, fuhr Iskierka fort. »Und was hast du dir dabei gedacht, was es nützen soll, *mich* anzuspringen?«

»Ich hatte es eigentlich gar nicht vor«, antwortete Temeraire. »Wir haben eine Falle vorbereitet für die Drachen, die mit dem Ei aus China zurückkommen.«

Iskierka schnaubte. »Ich sehe ja, wie toll *dieser* Plan aufgegangen ist. Wenn du den Unterschied zwischen mir und einem eierstehlenden Drachen nicht erkennst, wüsste ich nicht, wie du jemals glauben konntest, das Ei auf diese Weise zurückzubekommen.«

»Es ist dunkel!«, knurrte Temeraire. »Und ich konnte ja schlecht losfliegen, um dich erst einmal genauer in Augenschein zu nehmen, denn dann wäre das *Überraschungsmoment*«, er legte eine besondere Betonung auf dieses strategische Element, »dahin gewesen.«

Sie blieb unbeeindruckt. »Eine Überraschung war es auf jeden Fall, denn es war ein ganz lächerlicher Einfall. Was wäre gewesen, wenn der Eierdieb eines der auch nachts fliegenden Drachenweibchen gewesen wäre? Ich würde mal sagen, es wäre einfach um dich herumgeflogen. Eine von denen habe ich gestern in der Ferne gesehen, während ich dabei war, mir einen Weg über diese verdammten Berge zu suchen, und ich dachte, ich könne mir ja einfach von ihr die beste Route zeigen lassen. Aber kaum dass es dunkel war, gelang es ihr, mich abzuschütteln, obwohl ich sie bei Tageslicht sicherlich innerhalb einer Stunde eingeholt hätte …«

»Wie bitte?«, schrie Temeraire angesichts dieser Neuigkeiten. »Wo hast du sie gesichtet?«

»Du hörst mir nicht richtig zu, was tut das denn zur Sache?«, beklagte sich Iskierka aufgebracht, aber als Temeraire ihr erklärte, dass ein Fleur-de-Nuit das Ei gestohlen hatte, und zwar vermutlich eben das Tier, das sie gesehen hatte, hörte sie sofort auf, Streit zu suchen.

Es wäre nicht sehr vielversprechend gewesen, den Weg zurückzuverfolgen, aber der gute Laurence hatte ja seine Karten mitgenommen. Einen kurzen Moment lang schämte sich Temeraire, als er daran dachte, wie er Laurence im Stillen verflucht hatte, weil dieser sich beim Aufbruch aus der Gletscherspalte einige Augenblicke lang die Zeit genommen hatte, um die Karten wieder vom Hang zu lösen, einzuwickeln und zu verstauen. Wie sinnlos es Temeraire zu diesem Zeitpunkt erschienen war! Und wie unbezahlbar es jetzt war, als Laurence sie herausholte und vor Granby auspackte, der im Schein einer Fackel mit zusammengekniffenen Augen die Stelle suchte, an der Iskierka den Fleur-de-Nuit erspäht hatte. Von dort aus suchten sie nach dem nächsten Pass, den das Weibchen durchs Gebirge genommen haben würde, in vielleicht zwanzig Meilen Entfernung. Ihre größte Chance – Temeraire weigerte sich, von ihrer *einzigen* Chance zu sprechen – bestand darin, das Tier auf der westlichen Seite abzufangen. Innerhalb der Grenzen von Frankreich.

»Die Wilddrachen können bei deiner Geschwindigkeit nicht mithalten«, gab Laurence zu bedenken, als er die Karten wieder zusammenrollte. »Aber vielleicht kannst du sie bitten, uns zu folgen, solange sie in der Lage und willens sind. Am Ende könnten wir noch dankbar für ihre Hilfe sein. Oder möglicherweise sehen sie, wie der Drache über einen Pass kommt, falls wir die falsche Route vermutet haben.«

Er sagte nicht: *Dieser Fleur-de-Nuit könnte auch nur ein Patrouilledrache gewesen sein; du darfst dir keine falschen Hoffnungen machen*, oder: *Es ist bereits einen Tag und eine Nacht her; vielleicht ist das Ei schon längst tief ins Landesinnere von Frankreich gebracht worden*, oder: *Iskierka ist gesehen worden, sie halten nach uns Ausschau; ganz sicher stoßen wir mit einer französischen Patrouille zusammen.*

Nichts davon sprach Laurence laut aus, aber trotzdem war Temeraire sich gegen seinen Willen bewusst, dass Laurence all diese Dinge hätte sagen *können*. Er selbst wollte an nichts davon denken; er wollte an überhaupt nichts denken, was an Verzweiflung und ans Aufgeben erinnerte. Aber die langen, sich dahinschleppenden, angsterfüllten Wochen der Suche hatten zu Rissen in seiner eigenen blinden Entschlossenheit geführt. Es hatte den Anschein, dass sich sein Geist an solchen Gedanken festklammerte, ganz gleich, wie sehr er versuchte, sie zu verdrängen.

»Wenn du uns lieber verlassen willst«, sagte Laurence leise zu Tharkay, »dann könnten wir den Wilddrachen genug Bestechung anbieten, denke ich, um sie dazu zu bewegen, dich zurück zu irgendeiner russischen Einheit zu bringen. Die Kosaken nähern sich bereits der Oder.«

»Die Entfernung macht es wahrscheinlicher, dass ich vorher auf eine Einheit der Franzosen stoße«, erwiderte Tharkay.

Sie brachen eilig auf; Iskierka war viel schneller als Temeraire, was ihn normalerweise gewurmt hätte. Im Augenblick aber war es Temeraire völlig egal. Iskierka hätte ihm auch hundert Meilen vorausfliegen können – solange sie das Ei einholte, ehe der Fleur-de-Nuit die schicksalsschwere Markierung auf Laurence' Karte erreicht hatte: das weitläufige Höhlennetz unmittelbar hinter den Alpen, das schlicht mit *Luftarmee* beschriftet war. Dies waren die Trainingslager, in denen das französische Luftkorps die meisten seiner eigenen Drachen ausbrüten ließ und seine Rekruten ausbildete. Temeraires Flügel schmerzten, aber wild entschlossen konzentrierte er sich auf den blassen Kondensstreifen, den Iskierka auf ihrem Flug hinterließ, und zwang sich weiter vorwärts. Im Osten wurde der Rand des Gebirges, zerklüftet wie ein stumpf gewordenes Messer, immer deutlicher sichtbar. Die Sonne kam hervor.

Der Himmel war tief grau-rosa gefärbt, als sie endlich den letzten Bergkamm überflogen und eine Stunde später dankbar in einen Pass einbogen. Iskierka führte sie noch immer an, aber Temeraire hatte ein bisschen aufgeholt, indem er in größerer Höhe flog. Er hatte sich bereits besser als Iskierka an die dünne Luft dort oben gewöhnt. Trotzdem war er benommen und überanstrengt, und er hörte Tharkay wie aus weiter Ferne sagen: »Laurence«; und dann, einen Moment später, nachdem das Klicken von dessen Fernrohr zu hören gewesen war, erwiderte der Angesprochene: »Ich sehe es auch.«

Sonst sagte er nichts, und Temeraire flog weiter. Langsam kreisten die Worte in seinem Kopf, und schließlich erkundigte er sich: »Laurence, was ist denn los?«

Laurence antwortete nicht sofort, dann jedoch sagte er sanft: »Da ist ein kleines Lager im Tal unmittelbar hinter uns, und ich denke, da sind auch die Überreste einer Drachenmahlzeit.«

»Aber das ist doch fantastisch«, schrie Temeraire und wollte sofort Iskierka die Neuigkeiten zurufen, doch der Ton in Laurence' Stimme ließ ihn zögern. »Dann sind wir ihnen doch auf der Spur, oder?«, erkundigte er sich unsicher.

»Das Feuer ist erloschen, mein Lieber«, sagte Laurence leise. »Der Fleur-de-Nuit hat hier vielleicht den Tag verbracht. Seit Einbruch der Dunkelheit war er aber bestimmt wieder unterwegs.«

Dann waren sie einen ganzen Nachtflug im Rückstand. Temeraire wurde das Herz schwer, doch da stieß Iskierka plötzlich ein Röhren und sogar eine Flammenzunge aus. Temeraire riss den Kopf herum und sah in einiger Entfernung vor ihnen eine kleine, dunkle Gestalt am Himmel. Die Sonne schob sich gerade über einen Bergkamm und brach sich auf den Drachenflügeln; das Tier wandte den Kopf schützend vom Licht weg, als ob ihm der strahlende Schein zu schaffen machte, und tauchte in die Schatten der Tiefe ab.

»Oh!«, schrie Temeraire laut und stürzte Iskierka hinterher. Alle Sorgen, alle Ängste waren vergessen. Er ruderte verzweifelt mit den Flügeln, während Iskierka sich zu ihrer vollen Länge ausstreckte, ihren gewundenen Körper wie ein rot-grünes Banner ausrollte, und Dampf aus jeder ihrer Stacheln hervorquoll. »Wie weit, Laurence? Wie weit noch?«

Laurence war aufgestanden und nur noch von den Karabinerhaken am Geschirr gesichert, während er durch das Fernrohr starrte. »Nicht mal mehr fünf Meilen entfernt. Wenn der Drache die ganze Nacht geflogen ist, müsste er doch eigentlich schon viel weiter sein.«

»Vielleicht war es ja gar nicht sein Lagerplatz, den wir gesehen haben«, gab Tharkay zu bedenken.

»Das sollte er aber gewesen sein, oder sie haben in der Nacht davor bemerkenswert herumgetrödelt«, sagte Laurence. »Und dabei hatten sie doch wohl guten Grund, sich zu beeilen.« Dann fügte er in scharfem Ton hinzu: »Temeraire, warte – Temeraire! Hör mir zu!«

Aber Temeraire dachte gar nicht daran, zu warten und zuzuhören. Temeraire konnte es nicht ertragen, sich irgendetwas anzuhören, was ihn zum Abwarten zwingen sollte. Stattdessen brüllte er laut auf, eine Herausforderung, die die Luft durchschnitt, und er sah, wie der Fleur-de-Nuit – es war wirklich und wahrhaft ein Fleur-de-Nuit! – wieder aus dem Tal auftauchte und in ihre Richtung blickte. Und an der Brust des französischen Drachen … Unmöglich, ganz sicher zu sein, denn es lag in einem Netz und war in dicke, weiße Schichten eingewickelt, die sich leuchtend von der grau-schwarzen Haut des Drachen abhoben – Oh! Es konnte gar keinen Zweifel geben; da war das Ei, das Ei …

Laurence schrie nun durch sein Sprachrohr, aber Temeraire hörte ihm nicht zu. Zorn betäubte all seine Sinne und trieb ihn in rasender Eile vorwärts. Er und Iskierka waren nun gleichauf, und sie beide hatten nur noch Augen für eines! Temeraire spürte den kochend heißen Dampf aus ihren Stacheln an seiner Seite und begrüßte ihn sogar, auch wenn die bitterkalte Nacht ihn an seinen Schuppen festfrieren ließ. Keuchend holte er in tiefen Zügen Luft, und der Göttliche Wind pulsierte in seiner Brust und rasselte in seiner Kehle. Der Fleur-de-Nuit war wieder im Tal abgetaucht, und während sie ihm hinterherschossen, sahen sie, wie sich der Drache hinter einem Hangvorsprung versteckte. Er schämte sich zu sehr, um weiterzufliegen oder zu kämpfen, und zwar ganz zu Recht, wie Temeraire wütend dachte. Er landete ebenfalls und stieß ein gewaltiges Brüllen über den Kopf des fremden Tieres hinweg aus, das vor ihm kauerte. »Wie kannst du es wagen, mir mein Ei wegzunehmen!«, zischte Iskierka, die neben Temeraire zu Boden gegangen war und jetzt mit den Krallen nach dem Tier schlug. Der Fleur-de-Nuit kreischte auf, als sie ihm die Klaue über den Rücken zog und sich sein Geschirr löste.

»Sei vorsichtig!« Temeraire machte einen Satz und fing das vordere Ende des Netzes auf, als sich alle Gurte lösten und das Ei …

Das Ei fiel heraus und entpuppte sich als nichts als eine große Menge an Baumwollfüllung und Stofffetzen. Das Netz hing an Temeraires Klauen. Ihm stockte der Atem. Wo war das Ei? Er konnte nicht denken, konnte es nicht begreifen.

»Temeraire, das ist eine Falle!«, schrie Laurence, und er klang heiser, als würde er schon eine ganze Weile schreien. »Temeraire!«

»Ein Falle«, wiederholte Temeraire benommen, als vier schwergewichtige Drachen rings um sie herum landeten. Sie alle waren vollständig angeschirrt und beladen mit Männern und Waffen. In der Luft über ihnen kreiste eine Wolke aus Mittelgewichten.

9

Laurence tauchte auf jene angenehme Art und Weise aus seinen Träumen auf, bei der der Schlaf in kaum wahrnehmbaren Abstufungen in den Zustand völliger Wachheit übergeht und die Welt sich nur langsam in das Bewusstsein schiebt. Im letzten Stadium dieses Prozesses öffnete er schließlich die Augen. Sonnenlicht ließ die wollenen, tiefblauen Bettvorhänge leuchten, die dicht geschlossen worden waren, um ihn vor einem möglichen Luftzug zu schützen. Draußen war tumultartiger, freudiger Lärm zu hören, der ungefähr so klang wie das, was man von einer aufgeregten Elefantenherde erwarten würde. Laurence stand auf und ging zum Fenster seines Raumes – einem Fenster, das mit Eisenstäben versehen war. Das Zimmer, in dem er sich befand, war geräumig und behaglich – ein Eindruck, der durch einen wirklich schönen Holzschreibtisch, den er mit Freuden sein Eigen genannt hätte, und durch einen Nachttopf aus Porzellan, der mit Blümchen verziert war, verstärkt wurde.

Auf dem ausgedehnten Hof draußen herrschte eine spezielle Form von Chaos. Angeschirrte Drachen landeten, ihre Mannschaften stiegen von ihren Rücken, und allesamt gingen zum Essen. Sogar die Drachen speisten aus riesigen Tonschalen, die sie selbst auf der einen Seite des Platzes von einem Stapel nahmen, um sie auf der anderen Seite bei den Kochstellen füllen zu lassen. Laurence konnte Dampfwolken aufsteigen sehen. Die Männer taten es ihren Tieren gleich, nur in kleinerem Maßstab, und dann trafen sich die Formationen wieder, um gemeinsam zu essen. Der Vorgang an sich war für Laurence nicht neu, aber es war das erste Mal, dass er ihn in so eingespielter Weise bei einer westlichen Armee sah. Er hätte wieder bei den chinesischen Legionen sein können, wenn da nicht die Tatsache gewesen wäre, dass es eine viel größere und kunterbunte Bandbreite an Drachenrassen gab.

Laurence hatte das Gefühl, nicht eine einzige Züchtung wiederzuerkennen, aber bei vielen Tieren sah er spezifische Besonderheiten einzelner Rassen ausgeprägt und wie zufällig zusammengewürfelt. Zu seiner Überraschung war der leichtgewichtige Pou-de-Ciel am häufigsten vertreten, und zwar gekreuzt mit, wie es schien, größeren und auffälligeren Züchtungen. Ein Tier in beinahe genau der Größe und Gestalt der kleineren Drachenart hatte deren dunkle Farbe mit den leuchtend gelben Streifen des Flamme-de-Gloire – eine Mischung, die er nie erwartet hätte. Bei etlichen anderen Drachen entdeckte er in verschiedenen Mustern die langen, fedrigen Schuppen der Inkatiere.

Er hatte ungefähr eine Viertelstunde lang am Fenster gestanden und die Szenerie im Hof beobachtet, als die Glocke halb eins schlug und sich alle unten an den Aufbruch machten. Die Drachen und die Männer trugen ihre Schüsseln zu einem riesigen Waschtrog, über dem große Bündel aus festem Stroh aufgehängt waren, die als Spülbürsten dienten, sodass jeder seine Schale sauber putzen konnte, ehe er sie wieder auf den Stapel zurückstellte.

Dann flogen sie davon, und das große, sonnenüberflutete Feld blieb leer und verwaist zurück. Jetzt konnte Laurence die ordentliche Reihe von Kochgruben sehen, aus denen noch immer unablässig Wolken von warmem Dampf aufstiegen, die sich sanft und feucht über die gerade eben noch aus dem Sand herausschauenden Schalen von, wie es schien, tausend Dracheneiern und mehr legten.

Laurence blieb, von Entsetzen geschüttelt, noch eine weitere halbe Stunde am Fenster stehen und versuchte sich an einer exakten Zählung, was alles andere als eine einfache Aufgabe war. Die Eier waren halb im Sand vergraben und von kleinen Feuern umgeben, die eine

Menge geschäftiger Arbeiter am Brennen hielten. Diese Männer liefen pausenlos mit holzbeladenen Schubkarren die Reihen entlang und legten, wo immer nötig, Scheite nach. Schließlich wurde Laurence durch ein zaghaftes Klopfen an der Tür aus seinen Überlegungen gerissen; ein Zimmermädchen trat ein und hatte seinen gereinigten und gebügelten Mantel dabei, außerdem frische Wäsche. Schüchtern fragte sie Laurence, ob er zum Abendessen kommen wolle. Er wusch sich und kleidete sich an; auch hätte er sich gerne rasiert, aber man hatte ihm sein Rasiermesser abgenommen. Das Mädchen, gefolgt von zwei Wachmännern, führte ihn dann nach unten in ein kleines Zimmer, ebenfalls mit Gittern vor dem Fenster und gut bewacht, wo Laurence bereits einen niedergeschlagenen Granby vorfand, der versuchte, sich mit Händen und Füßen mit einer Handvoll trübseliger, grauer Preußenoffiziere zu verständigen.

»Tja, Laurence, wir sitzen wirklich ordentlich in der Tinte«, sagte Granby, als sie beide am Tisch Platz genommen hatten. »Er wird uns mit Drachen überschwemmen, wenn man ihm noch ein Jahr Zeit lässt. Wie er die alle füttern will, ist mir allerdings schleierhaft, aber ich kann mir gut vorstellen, dass er auch dafür einen tollen Plan ausgeheckt hat.«

Dann wurde ihnen ihr Abendessen serviert, aber Tharkay war immer noch nicht zu ihnen gestoßen. Laurence drehte sich um und sprach einen der Wachleute an: »Ist unser Gefährte krank? *Il est malade*?«

Der Bursche – sehr jung, mit einem mühsam herangezüchteten, noch recht flaumigen Bart – starrte ihn so verständnislos an, dass Laurence sich mit einiger Verspätung fragte, ob Tharkay vielleicht darauf verfallen war, sich lieber als Dienstbote oder Mann aus der Bodentruppe auszugeben, und ob er, Laurence, gerade dabei war, dessen Plan zu vereiteln. Dann antwortete der junge Wachmann plötzlich: »Oh, Sie meinen den Spion? Man wird ihn nach Paris schicken, damit er dort erschossen wird.«

»Ich hoffe, die haben nicht vor zu versuchen, *mich* in eine Höhle zu sperren, denn das werde ich nicht zulassen«, sagte Iskierka laut und schickte nachdrücklich eine Flamme in Richtung der zwei großen Drachen, die momentan zu ihrer Bewachung abgestellt waren und sie nervös im Auge behielten. Das Ausbildungslager lag am Fuß einer steilen Hangmauer, die mit breiten Höhlenöffnungen übersät war, und zahllose Drachen lugten neugierig heraus und beäugten interessiert die Gefangenen. Temeraire selbst hatte schon früher in einer Höhle gelebt und war ohnehin im Moment nicht dazu aufgelegt, mit Iskierka herumzustreiten. Er hatte das Gefühl, es würde am besten zu seiner inneren Verfassung passen, wenn man ihn in einem trostlosen Sumpf unterbringen würde oder vielleicht auf einem unbequemen, moosüberwucherten Felsen.

Aber sie wurden in keine Höhle verfrachtet. Ein kleiner Drache, dem Aussehen nach eine Kreuzung zwischen einem Pou-de-Ciel und einem Pascalblauen, landete vor ihnen und forderte sie mit einer völlig unpassend tiefen Stimme auf Französisch auf: »Bitte mitzukommen.« Er führte sie über die breiten Übungsfelder zu einem geräumigen Steingebäude mit einem kleinen, aber stilvollen Springbrunnen davor. Ganz offensichtlich hatten hier chinesische Drachenpavillons als Inspirationsquelle gedient, doch Temeraire hatte einen solchen Stil noch nie gesehen: Das Dach wurde von hohen, glatten, runden Säulen getragen, und die Proportionen des rechteckigen Fußbodens strahlten etwas höchst angenehm Mathematisches aus. Er bestand aus weißem Marmor, der von unten her auf wunderbare Weise beheizt wurde. Iskierka streckte sich sofort mit einem tiefen Seufzen der Länge nach darauf aus: »Also, *das* lasse ich mir gefallen.« Temeraire dagegen hockte auf seinen Hinterläufen, den Schwanz einmal um sich selbst geschlungen, und grübelte niedergeschlagen über die Ungerechtigkeit der Welt nach.

»Ich wundere mich darüber, dass du es dir unter den gegebenen Umständen so gemütlich machen kannst«, sagte er verbittert. Es kam ihm beinahe herzlos vor. »Ich finde die Umstände gar nicht so schlimm«, sagte Iskierka zu Temeraires weiterem Verdruss. »Ich war ziemlich müde und hungrig, und *du* konntest beim Fliegen nicht mal mehr mit mir mithalten. Nun können wir uns ausruhen und etwas essen, und dann werden wir herausfinden, wo das Ei und Granby stecken, und dann holen wir sie uns wieder zurück.«

»Du bist wirklich unerträglich dumm«, sagte Temeraire. »Sie werden sie ja wohl kaum am selben Ort untergebracht haben. Wenn uns der Versuch gelingen sollte, Granby und Laurence zu befreien, dann werden die Franzosen uns befehlen, sie wieder zurückzubringen, ansonsten würden sie mit dem Ei etwas Schlimmes anstellen. Und wenn wir stattdessen das Ei holen wollten, werden sie uns auffordern, es sein zu lassen, da sie ansonsten unseren Kapitänen etwas antun würden. Wir sind also gleich in doppeltem Sinn Gefangene, und wir können nichts dagegen tun. Ich schätze, Lien beglückwünscht sich pausenlos selber«, fügte er mit dumpfer Stimme hinzu, »weil ihr Plan so prächtig aufgegangen ist.«

»Und ich glaube, *du* bist derjenige, der dumm ist«, entgegnete Iskierka hitzig. »Es ist genau andersherum. Sollten sie Granby ein Haar krümmen oder das Ei auch nur ankratzen, dann würde ich sie auf jeden Fall allesamt mit meinem Feuer dafür büßen lassen, und das müssen sie wissen. Sie werden es nicht wagen, ihnen etwas anzutun, da bin ich mir ganz sicher. Du siehst doch selbst, wie respektvoll sie sich uns gegenüber verhalten.«

»Oh! Es hat keinen Sinn, mit dir zu diskutieren«, sagte Temeraire, fühlte sich aber im Stillen doch ein bisschen getröstet. Vielleicht war an Iskierkas Sicht der Dinge ja etwas dran. Die Franzosen kannten sie beide gut genug, um vorsichtig zu sein.

»Und überhaupt«, fuhr Iskierka fort, »es ist genau so, wie ich es dir und Granby schon gesagt habe: Wenn sie wirklich das Ei haben, dann wäre es sinnlos, wenn *wir* irgendwo anders wären. Ich bin froh, dass wir in der Nähe des Eies sind und eine ordentliche Mahlzeit bekommen. Hier kommt sie übrigens! Und nun sei bitte nicht albern und sitz hier nicht Trübsal blasend herum, ohne was zu essen. Als ob *das* irgendetwas nützen würde.«

Das Abendbrot war nichts Besonderes, aber immerhin gute, heiße Hafergrütze, die nach Fleisch schmeckte, und sie wurde ihnen in großen Schüsseln serviert. »Es war keine Zeit, mehr vorzubereiten«, erklärte der Drache, der sie brachte, mit tiefer Stimme; er hieß Astucieux und entschuldigte sich, was immerhin auf etwas Besseres am nächsten Morgen hoffen ließ. Außerdem schien das Ganze Iskierkas Einschätzung der Lage zu stützen. Dieser Gedanke brachte Temeraire seinen Appetit zurück, und er langte tüchtig zu. Aber als die leeren Schalen abgeräumt worden waren, blieben sie wieder allein mit ihren Wachen zurück, einem Ring aus großen Drachen, die zu reglosen, drohend aufragenden Schatten wurden, als das Tageslicht langsam schwand.

Von weiter weg war noch immer kameradschaftliches Plaudern zu hören; Stimmen wanderten lautstark von Höhle zu Höhle; der warme, orangefarbene Schein der Feuer erhellte das ganze nahe gelegene Feld, und wenn Temeraire sich auf seine Hinterbeine stellte und sich groß machte, dann konnte er in der Ferne gerade noch eben die gelben Vierecke der Fenster eines großen Gebäudes ausmachen. Er ließ sich wieder sinken. Die Geräusche, die herüberwehten, ließen ihn ihre eigene Abgeschiedenheit nur noch deutlicher spüren, und seine Sorgen kehrten mit aller Macht zurück. Denn schließlich: Wie sollten sie überhaupt davon *erfahren*, wenn Laurence oder Granby oder Tharkay irgendetwas zugestoßen war? Oder dem Ei? Die Franzosen würden sicherlich lügen, um alles zu vertuschen, falls irgendjemand – oder irgendetwas – zu Schaden käme.

»Ich bitte um Entschuldigung«, rief er den Wachen zu, und eines der Weibchen kam misstrauisch näher: Es war ein Grand Chevalier, beinahe so groß wie Maximus. Temeraire stellte zu seinem Erstaunen fest, dass es nicht angeschirrt war, und für französische Verhältnisse sah es eher ungepflegt aus. Die Schuppen zwischen seinen Schultern, wo es mit seinem eigenen Maul nicht hingekommen war, waren sogar schmutzig.

»Was willst du?«, fragte es.

»Ich bin Temeraire«, begann dieser in dem Versuch, höflich zu sein. »Würdest du mir bitte auch deinen Namen verraten?«

»Ich bin Efficatrice, aber ich wüsste nicht, was dich das angeht«, sagte sie. »Es sei denn, du willst dich bei mir einschmeicheln, und falls du das vorhast, kannst du gleich wieder damit aufhören. Ich bin nämlich nicht dumm, und ich will mir mein Geschirr verdienen. Also glaub nicht, dass du mir mit dummen Tricks kommen kannst.«

»Du willst dir dein Geschirr verdienen?«, wiederholte Temeraire verblüfft, aber offensichtlich hatte der Chevalier den Eindruck, dass er sich über ihn lustig machen wollte, denn nun baute sich das Weibchen zu ganzer Größe auf und bedachte ihn mit einem sehr kühlen Blick aus zusammengekniffenen Augen.

»Das werde ich ganz sicher«, sagte sie, »du wirst schon sehen, auch wenn ich zu groß bin«, was eine Klage war, die Temeraire im Westen noch keinen Drachen hatte äußern hören.

»Nun, es wäre töricht zu behaupten, dass du *nicht* groß bist, aber ich kann nicht sehen, dass du größer bist, als du es sein solltest. Ich habe schon andere Chevaliers mit beinahe deinen Maßen gesehen«, sagte Temeraire. »Ich wünsche dir auf jeden Fall viel Erfolg.« Dann räumte er ein: »Das sollte ich wahrscheinlich nicht, da du dich ja auf der französischen Seite befindest, doch Laurence steht immerhin auch auf freundschaftlichem Fuß mit De Guignes, also wird es vielleicht so schlimm nicht sein. Aber warum kannst du denn kein Geschirr tragen, wenn du das so gerne möchtest?«

»Wir essen zu viel«, murmelte Efficatrice nach kurzem Zögern, »und wir streiten uns mit anderen großen Drachen, weshalb wir nicht gut zusammenarbeiten können. Aber *ich* werde keinen Ärger machen«, schloss sie.

»Jedenfalls bist du ziemlich streitlustig *mir* gegenüber«, sagte Temeraire, »dabei bin ich dir sehr höflich begegnet, und das, obwohl mir wirklich übel mitgespielt worden ist, wie wohl jeder zugeben würde. Ich bin höflich geblieben, obwohl ihr alle Eierdiebe seid! Ich will nichts anderes von dir, als dass du zu dem hiesigen Oberaufseher gehst, wer auch immer das sein mag, und ihm eine Nachricht überbringst. Ich kann nicht darauf vertrauen, dass mein Ei in Sicherheit ist, und verlange sofort eine Gewähr dafür, dass es wohlbehalten ist.«

»Natürlich hat niemand dein Ei angerührt«, sagte Efficatrice. »Niemand von uns würde jemals ein Ei beschädigen. Es gibt keinen Grund für eine so beleidigende Annahme.«

»Es gibt jede Menge Gründe«, sagte Temeraire. »Wenn ich nur daran denke, wie ihr mein armes Ei aus einem sicheren Ort herausgerissen, es einmal um die halbe Welt geschafft und es den größten denkbaren Gefahren ausgesetzt habt – öden Wüsten, Winterkälte, eisigen Gebirgen … Ihr habt es an Armeen vorbei und über Schlachten hinweg transportiert und mich mit keinem Wort darüber informiert, dass es noch unversehrt ist.«

Efficatrice zuckte zusammen und sah aus, als hätte sie ein schlechtes Gewissen, was immerhin eine kleine Genugtuung für Temeraire war. Er hatte das Gefühl, der moralische Sieger in dieser Angelegenheit zu sein, und legte noch einmal nach: »Also vertraue ich natürlich keinem von euch, und ich hoffe sehr, dass du zu eurem befehlshabenden Offizier gehst und ihm genau das sagst: Ich werde nämlich, sollte ich keine gesicherten Beweise für den guten Zustand meines Eies bekommen, davon ausgehen müssen, dass es keine Belege gibt, weil mein Ei nämlich gar nicht wohlbehalten ist und ihr mich in dieser Hinsicht angelogen habt.«

»Und falls ihr tatsächlich gelogen habt«, mischte sich Iskierka ein, die inzwischen so weit aus ihrem Schläfchen erwacht war, dass sie mit zusammengekniffenen Augen der Unterhaltung gefolgt war, »dann könnt ihr sicher sein, dass ihr das noch bereuen werdet. Wenn meinem Ei irgendetwas zugestoßen sein sollte, dann werde ich alles von hier bis zu dem Haus, in das Napoleon sich verkrochen hat, niederbrennen, und dann werde ich das auch noch in Brand stecken.«

Der dienstälteste Offizier, der das Oberkommando über das Lager innehatte, war Admiral Thibaut. Er war Laurence nur ein paar Jahre voraus, was bedeutete, dass er ein junger Mann für seinen Rang und diesen Posten war. Napoleon würde schon bald eine Menge gut ausgebildeter Offiziere benötigen, wo er doch so viele neue Drachen hatte, die mit Mannschaften versehen werden mussten. Doch im Augenblick hatte Laurence andere, vordringlichere Sorgen und war nur froh, dass Thibaut ihn so bereitwillig empfing. Eine einzige Anfrage, die er während ihrer Mahlzeit durch die Wachen hatte übermitteln lassen, war ausreichend gewesen, um beinahe sofort in das Arbeitszimmer des Admirals vorgelassen zu werden.

»Nein, Sir, vielen Dank«, lehnte Laurence das freundlich angebotene Glas Brandy ab. »Ich bin gekommen, um Sie zu bitten, mir zu gestatten, Sie über die besonderen Fakten Mr. Tharkays Position betreffend in Kenntnis zu setzen. Ich hoffe, ich kann dann an Ihren Sinn für Gerechtigkeit appellieren, keinesfalls eine Anklage, auf die die Todesstrafe steht, gegen einen Mann vorzubringen, der es in jeglicher Hinsicht verdient, als ehrenvoller Kriegsgefangener behandelt zu werden.« Admiral Thibaut deutete mit einer höflichen Verbeugung an, dass Laurence fortfahren solle, und dieser überdachte kurz seine Argumente und sprach dann weiter: »Ich gebe zu, dass Mr. Tharkays Situation zu Recht Fragen aufwirft. Er ist ein britischer Offizier, aber er hat seine Position im Luftkorps Seiner Majestät unter besonderen Umständen während einer Notlage angenommen, nämlich als Ihr Kaiser in England einmarschiert ist. Ich denke, Sie werden mir zustimmen, dass einem Gentleman unter diesen Bedingungen nichts anderes übrig blieb, als sich seinem Land gegenüber auf jede Art und Weise nützlich zu machen, die von ihm verlangt wurde. Sein aktiver Dienst allerdings währte nur kurz und war von Unterbrechungen gekennzeichnet. Ich will nicht verhehlen, dass er während des letzten Feldzugs meiner Mannschaft angehörte und in dieser Funktion in Russland diente. Er verließ uns jedoch vor einer Weile und hat sich uns erst vor wenigen Wochen wieder angeschlossen. Unter den dortigen Umständen erwies es sich als unmöglich, ihn mit einer Uniform oder irgendwelchen Insignien auszustatten, ja überhaupt mit irgendetwas anderem als den schlichten Dingen, die zum Überleben nötig sind. Als Beleg dafür kann ich Ihnen nur den Zustand meiner eigenen Kleidung nennen, in der Sie mich aufgegriffen haben, und ich vertraue darauf, dass Sie mir die Höflichkeit erweisen, nicht zu glauben, dass sich irgendein Offizier Seiner Majestät in dieser Verfassung sehen lassen würde, wenn die Umstände anderes erlauben würden. Außerdem muss ich Sie darauf hinweisen, dass selbstredend …« An dieser Stelle hielt Laurence seine Zunge im Zaum, um sein Gegenüber nicht zu beleidigen, wo er doch höflich sein musste. »Nun, es scheint mir als offensichtliche Wahrheit leicht erkennbar, dass keiner meiner Männer damit rechnen konnte, für irgendetwas anderes als ein Mitglied von Temeraires Mannschaft gehalten zu werden, wenn er in dessen Begleitung aufgegriffen wird, ganz gleich, was sein äußeres Erscheinungsbild auch nahelegen mag.«

Der Admiral hatte die Stirn in immer tiefere Falten gelegt, während Laurence sprach, aber es war ein Ausdruck, der weniger von Wut als von Sorge herzurühren schien, was Laurence sehr beunruhigend fand. Weil er das drängende Gefühl hatte, alles in die Waagschale werfen zu müssen, führte Laurence noch einen weiteren Punkt an, der ihm so heikel erschien, dass er ihn normalerweise unerwähnt gelassen hätte. »Und falls das für Sie von Bedeutung ist, Sir, sollte ich noch bemerken, dass wir während des letzten Feldzugs etliche Ihrer eigenen Landsleute auf unserem Gebiet gefangen genommen haben, deren Kleidung selbst mit aller Fantasie, die man aufbringen konnte, nicht mehr an eine Uniform erinnerte, und wir haben niemanden deswegen bezichtigt, ein Spion zu sein.«

Hier stoppte er, und einen Moment darauf erwiderte der Admiral: »Kapitän Laurence, ich bitte Sie, mir zu glauben, dass ich Ihnen nur deshalb gestattet habe, so lange zu sprechen, weil ich hoffte, ja zutiefst hoffte, etwas zu hören, was mich davon überzeugen würde, dass es einen Irrtum gegeben habe. Kein Franzose – kein französischer Flieger –, der weiß, was Sie für unsere Drachen getan haben und welche Konsequenzen Sie deshalb erdulden mussten, könnte irgendeinen anderen Wunsch verspüren, als Ihnen auf jede Art und Weise zu Diensten zu sein, die in seiner Macht steht und die sich mit seiner Pflicht vereinbaren lässt. Aber ich habe die große Befürchtung, dass es meine Möglichkeiten übersteigt, Mr. Tharkay zu begnadigen. Ich dachte, Sie würden vielleicht sagen, dass wir diesen Gentleman verwechseln, dass es sich bei ihm in Wahrheit gar nicht um Mr. Tharkay handelt, sondern vielleicht um einen anderen Mr. Tharkay, einen Verwandten? Aber nach allem, was Sie mir soeben mitgeteilt haben, finde ich das genaue Gegenteil bestätigt.«

Laurence antwortete langsam: »Sir, ich kenne keinen anderen Mann mit diesem Namen.« Das war die Wahrheit und deshalb das Einzige, was er sagen konnte, trotz eines schwachen, aber unverkennbaren Anklangs in den Worten des Admirals, dass er eine Lüge fast begrüßt hätte.

Der Admiral nickte. »Ich bin untröstlich, Kapitän, aber Ihr Freund ist nicht einzig und allein auf Grundlage einer fehlenden Uniform oder unter dem Verdacht der Tarnung festgenommen worden. Tatsächlich ist seit Längerem eine bemerkenswerte Summe auf seinen Kopf ausgesetzt, und zwar wegen seiner Spionagetätigkeit, und ich bin darüber informiert worden, dass Minister Fouché unverzüglich ein Gespräch mit ihm zu führen wünscht.«

Laurence konnte nichts darauf antworten; er war bestürzt, vermochte jedoch nicht mit Bestimmtheit zu sagen, dass die Anschuldigungen falsch waren. Er hatte gewusst, dass Tharkay oft als Beauftragter der Ostindischen Kompanie tätig gewesen war; er hatte seine Wege sehr für sich behalten und nur selten seine Motive offengelegt. Dass er jetzt auf Geheiß von Whitehall tätig geworden sein sollte, wäre nicht so ungewöhnlich; ganz sicher gab es nur wenige Männer, die besser dafür geeignet wären, einmal um den halben Erdball hinweg zu operieren, falls man ihn denn davon hatte überzeugen können, den Auftrag zu übernehmen

Der Admiral musterte ihn mit Bedauern – mit aufrichtigem Bedauern –, aber ohne ins Wanken zu geraten, und tatsächlich konnte Laurence den Mann nicht bitten, entgegen seiner Pflicht zu handeln, die zweifelsohne darin bestand, einen Spion, der in seinem Land so berüchtigt war, zu exekutieren. Nur noch ein Weg blieb, und dieser war beinahe unerträglich, sodass Laurence selbst überrascht war, dass seine Stimme fest blieb, als er sagte: »Sir, ich wünschte, ich könnte Ihnen sagen, dass ein Irrtum vorliegt, aber das kann ich definitiv leider nicht, und ich kann auch Ihr Verständnis von Pflichterfüllung nicht infrage stellen. Ich kann Sie nur bitten, die Vollstreckung der Hinrichtung hinauszuzögern, während ich mit Ihrer Erlaubnis den Versuch unternehme, seine Begnadigung bei jemandem zu erwirken, der … der das Recht hat, sie auch zu gewähren.«

Der Admiral willigte sofort ein; er reichte Laurence Feder und Tinte, obwohl dieser notfalls auch mit seinem eigenen Blut geschrieben hätte. Bei diesem Brief musste er alles auf eine Karte setzen.

Sire,

begann Laurence,

einst äußerten Sie mir gegenüber, Sie stünden in meiner Schuld, weil ich Ihnen das Heilmittel für die Drachenseuche gebracht habe, ein Akt, zu dem mich, wie Sie wissen, mein Verständnis von meiner Pflicht als Mensch und als Christ gezwungen hat. Deshalb kann ich nun nicht mit Fug und Recht einfordern, dass Sie Ihre Schuld begleichen, aber falls Sie selbst froh wären über eine Gelegenheit, sich erkenntlich zu zeigen, dann würde ich…

An dieser Stelle musste er einen kurzen Moment innehalten, ehe er langsam seine Arbeit fortsetzen und den Brief beenden konnte. Es war ein ungeschliffenes, würdeloses Schreiben, das ganz und gar nicht dazu angetan war, an irgendeinen Gentleman verschickt zu werden, ganz zu schweigen davon an den Kaiser von halb Europa. Laurence befürchtete, dass jedes Wort seine Abscheu verriet. Er hätte sich lieber die eigene Kehle durchgeschnitten, als irgendeine Belohnung oder persönliche Entschädigung anzunehmen; er hatte keine dreißig Silberlinge dafür gewollt, dass er die Interessen seines Landes verraten hatte, und er würde sich hüten, irgendetwas zu erbitten, das Einfluss auf den Kriegsverlauf würde nehmen können – Temeraires Freiheit oder die Herausgabe des wertvollen Eies. Napoleon war zuerst ein Herrscher und erst in zweiter Linie ein Gentleman.

Aber eine Begnadigung könnte Napoleon aussprechen, auch wenn er größere Vergünstigungen abschlagen würde. Ganz sicher würde er sie gewähren, denn seine eigene Eitelkeit würde durch eine Geste befriedigt, die ihn selbst so wenig kostete. Er könnte Tharkay auch ebenso gut im Gefängnis behalten, anstatt ihn hinrichten zu lassen. Dieses Wissen machte die Bitte nicht einfacher, nur zwingender. Er konnte nicht zulassen, dass Tharkay starb, wenn er selbst nur seinen Stolz überwinden musste, um ihn zu retten.

»Ich sende den Brief gern«, sagte der Admiral, »und ich verschiebe die Exekution mit Freuden. Ich hoffe gemeinsam mit Ihnen auf eine positive Antwort, Kapitän.«

Laurence verbrachte den Abend in seiner bequemen Zelle mit der unerfreulichen Aussicht. Inzwischen hatte er mehrere Male nachgezählt; auch wenn er stets auf ein anderes Ergebnis gekommen war, waren dort mit Sicherheit mehr als tausend Eier weit über das ganze Feld verstreut, vielleicht sogar zweimal so viele. Die vier Reihen mit großen Eiern in der Mitte waren leicht durch ihre blau-gelben Schalen zu erkennen: Granby hatte ausdrücklich auf sie hingewiesen. »Fleur-de-Nuit«, hatte er mit düsterer Miene verkündet. »Eine ganze Kompanie davon und alle kurz vor dem Schlüpfen, jedenfalls der trüben Farbe ihrer Schalen nach zu urteilen.« Eine solche Kompanie konnte in der Nacht dem Lager einer gesamten Armee gefährlich werden und mit verheerenden Auswirkungen zuschlagen, wo andere von der Dunkelheit aufgehalten werden würden.

Und auch der Rest dieser beachtlichen Brut war nicht weit vom Schlüpfen entfernt. Bei den ersten Reihen war es sogar schon losgegangen, wie Laurence vermutete, denn er hatte zwischen den Drachen im Lager einige Jungtiere entdeckt, die noch nicht flügge waren und den tapsigen Gang hatten, der so typisch war, wenn die Größe der einzelnen Körperglieder noch nicht zueinander passte oder ihre Besitzer sich noch nicht sicher waren, wie sie sie handhaben sollten.

Zuzusehen, wie sich die Drachen beim Abendessen um die Futtertröge drängten, rief eine andere Erinnerung in ihm wach. Sie tauchte auf dieselbe etwas merkwürdige Weise auf, wie andere Rückblenden dieser Tage ab und zu an die Oberfläche stiegen, nämlich so lebendig, als handele es sich um ganz frisch Erlebtes. Der Morgen, nachdem Temeraire geschlüpft war; diese anmutige, selbstbewusste Kreatur, die sich auf ulkige Weise in der Hängematte seiner Kabine verheddert hatte, nicht größer als ein Hund, aber furchtbar wütend über den Verlust ihrer Würde. Temeraire war niemals tollpatschig gewesen; er hatte immer den Anschein erweckt, dass alles an ihm zueinanderpasste und die richtige Größe hatte, sodass sich Laurence nicht an einen einzigen Tag erinnern konnte, an dem er von den enormen Veränderungen, die vor sich gingen, überrascht worden wäre und an dem er Temeraire angeschaut und gedacht hatte: *Nun sieh mal einer an, wie groß er geworden ist!*, oder an dem er Temeraire ungeschickt ob seiner neuen Ausmaße erlebt hatte.

Hier sah die Sache ganz anders aus: Vielen in der Menge der Jungtiere passierte es, dass sie mit ihren Flügeln an ihren eigenen Klauen hängen blieben oder dass sie zu schnell fliegen wollten und stattdessen als jämmerliche Häufchen auf den Boden purzelten. Doch schon allzu bald würden sie ihre Ungeschicklichkeit überwunden haben.

Die jungen Drachen hoben alle gleichzeitig die Köpfe von ihrer Mahlzeit. Ihre Aufmerksamkeit wurde von einem plötzlich aufblitzenden, flackernden Licht irgendwo am Fuße des Berges gebannt, und Flammen loderten so hoch auf wie bei einem Freudenfeuer. Iskierka?, fragte sich Laurence, war sich aber nicht sicher; aus dieser Entfernung gab es da nur den rotgolden glimmenden Schein, der im nächsten Moment auch schon wieder verschwunden war. Auf jeden Fall war Laurence nicht überrascht, als er keine Viertelstunde später Schritte auf dem Flur vor seinem Gefängnis hörte. Ein junger Offizier klopfte an die Tür und fragte Laurence höflich, ob er ihn begleiten könne.

Admiral Thibaut empfing ihn und Granby in seinem Morgenmantel, und nachdem er sich dafür entschuldigt hatte, ihre Nachtruhe zu unterbrechen, erklärte er: »Wir hatten kleinere Schwierigkeiten, die ich nicht vor Ihnen verbergen will: Temeraire und Iskierka haben sich darauf versteift, dass sie sich unverzüglich vom Wohlergehen ihres Eies und ihrer Kapitäne überzeugen wollen; falls das nicht ermöglicht würde, würden sie davon ausgehen, dass der schlimmste Fall eingetreten sei. Inzwischen haben sie sich das so sehr eingeredet, dass sie beinahe schon davon überzeugt sind – mit all den schlimmen Konsequenzen, die sich daraus ergeben würden.«

Laurence' erste Reaktion war die Sorge um Temeraire. So, wie die Dinge momentan lagen, konnte eine Rebellion nur einen fatalen Ausgang nehmen. Die Drachen hier würden weder wohlwollend noch leicht zu überreden sein, wie es bei den Tieren in den englischen

Zuchtgehegen der Fall gewesen war, und es gab auch viel zu viele von ihnen. Selbst ein einfacher Flug in voller Geschwindigkeit konnte gestoppt werden. Granby aber stieß hitzig aus: »Ich möchte ja mal wissen, wer sie dazu angestiftet hat, indem er hat anklingen lassen, es könne ungut um ihr Ei stehen! Oder wer davon gesprochen hat, es könne kaputtgehen, und auf diese Weise eigene Pläne verfolgt hat; und ich scheue mich nicht, das zu behaupten.«

Laurence warf ihm einen überraschten Blick zu. Granby konnte aufbrausend sein, aber er neigte nicht dazu, sich zu einem derartigen Ausbruch provozieren zu lassen. Und dann wurde ihm klar, was er meinte.

Vorher war Laurence noch gar nicht auf die Idee gekommen, dass Lien mit Absicht so ketzerisch über das wertvolle Ei gesprochen hatte. Doch nun, da ihm dieser Gedanke einmal gekommen war, erschien er ihm nicht mehr von der Hand zu weisen. Laurence rief sich in Erinnerung, dass er noch nie einen Drachen getroffen hatte, den die Vorstellung kaltgelassen hätte, irgendeinem Drachenei vorsätzlich schlimmen Schaden zuzufügen. Dies war ein Verbrechen, das alle Drachen gleichermaßen verabscheuten. Laurence war davon ausgegangen, dass Liens Hass auf Temeraire diese instinktive Ablehnung jeglicher Gewalt einem Ei gegenüber überwunden hatte. Aber Liens Hass war niemals feuriger, gewalttätiger Natur gewesen. Viel wahrscheinlicher war es, dass diese grausame Drohung wohlüberlegt war und nur dazu dienen sollte, Temeraire in eine todsichere, heimtückische Falle zu locken.

Mit einem Schlag war Laurence alles klar, und sofort teilte er Granbys Empörung. Was für ein hinterlistiger Plan! Er war ebenso bösartig wie das Leben eines Kindes zu bedrohen, um dessen Mutter dazu zu bringen, sich Hals über Kopf in Gefahr zu begeben, um es zu retten. Selbst der Admiral schwieg zu den Vorwürfen, die Granby angedeutet hatte, als ob er nichts zur Verteidigung vorbringen konnte und deshalb lieber gar nichts sagte. Dann jedoch verbeugte er sich knapp und beließ es bei den Worten: »Wir wollen unser Bestes tun, um ihre Besorgnis zu lindern.«

Man ließ Laurence und Granby auf einen kleineren Drachen, der Souci hieß, aufsteigen; er rangierte zwischen einem schweren Kurierdrachen und einem Tier mit leichtem Kampfgewicht und hatte die typischen schmalen Züge eines Windhundes, die an die Jadedrachen erinnerten – ein schneller Flieger und groß genug, um eine bewaffnete Garde von sechs Leuten zu transportieren. »Alles in Ordnung da oben?«, fragte der Drache und drehte seinen Kopf auf einem langen, biegsamen Hals zurück. Es hatte nicht den Anschein, als ob er es ungewöhnlich fände, mit seinen Passagieren ohne den Umweg über den Kapitän zu sprechen. »Gut! Dann geht's los«, rief er, und mit einem kleinen Schnaufen und einem Satz war er in der Luft. Nach einer verblüffenden Zahl rascher Flügelschläge hatte er die richtige Höhe erreicht und schoss wie der Blitz auf die Berge zu; so rasch kamen sie voran, dass Laurence die Augen tränten.

Keine Viertelstunde später landete Souci und hechelte heftig. Sie waren in der Nähe eines großen Bauwerks zu Boden gegangen, das so wenig in die Gegend passte wie ein uralter Tempel. Es hatte den Anschein, als wenn eine römische Truppe aus den tiefsten Tiefen der Vergangenheit heraufmarschiert wäre, um das Gebäude zu errichten, und dann wieder verschwunden wäre, sodass nur der Bau mitten in der französischen Landschaft zurückgeblieben war. Es passte zu Napoleons Vorliebe für die Prunkbauten Cäsars und war gar nicht so unpraktisch, wie Laurence feststellte, als Temeraire und Iskierka zwischen den riesigen Säulen hindurchtrabten, begierig darauf, ihre Kapitäne endlich wiederzusehen.

Laurence wurde gebeten aufzustehen, ebenso Granby. Die Wachen hielten ihnen Laternen neben die Gesichter, um sie so anzustrahlen, dass sie für die Drachen zu erkennen waren. In der Hoffnung, dass Temeraire die beruhigende Geste sehen konnte, hob Laurence eine Hand; sie waren zu weit weg, um miteinander sprechen zu können. Doch auch so hopste der französische Drache behände ein Stückchen zurück, als Temeraire und Iskierka etwas näher rücken wollten. »Das reicht«, sagte das kleine Tier ziemlich hastig. Laurence hätte sich gerne seinerseits ein Bild von Temeraires Gesundheitszustand gemacht. Es hingen zwar ein paar wenige Laternen am Pavillon, aber die zeigten nur wenig von einem schwarzen Drachen in der Dunkelheit, und Temeraire spreizte seine Flügel nicht.

Doch Souci wollte nicht länger herumtrödeln; er war mit einem Satz wieder in der Luft, flatterte erneut wie wild mit den Flügeln, und ebenso schnell, wie sie gekommen waren, sausten sie zurück über das Lager. Als alle abgestiegen waren, schüttelte das Tier sich am ganzen Körper. »Das mache ich nicht noch einmal«, bemerkte er in vorwurfsvollem Ton dem Admiral gegenüber. »Diese beiden monströsen Drachen! Geradewegs vor denen zu landen und ihnen ihre Kapitäne vor die Nase zu halten, nach dem Motto: *Seht mal, wen ich hier habe, ha, ha!* Ich bin sehr erstaunt, dass sie nicht sofort auf mich losgegangen sind. Und außerdem hoffe ich, dass sie mich nicht so genau sehen konnten. Wenn ich ihnen jemals wieder unter die Augen komme, dann bin ich mir sicher, dass sie sich die Gelegenheit nicht entgehen lassen werden.«

»Bitte grämen Sie sich nicht deswegen«, sagte Laurence. »Temeraire versteht sehr gut, dass man Befehle befolgen muss, und er wird Ihnen daraus keinen Strick drehen. Er weiß, dass es nicht in Ihrer Macht stand, uns ihm zu überlassen.«

»Nun, er hätte mich schon dazu zwingen können«, maulte Souci keineswegs besänftigt. Granby trug nichts Beruhigendes bei. Was Iskierkas Verhalten anging, so konnte man keine verlässlichen Voraussagen treffen, weder im Guten noch im Bösen. Noch sonst irgendwie.

Sie wurden von ihrer höflichen, aber streng blickenden Wache zurück in ihre Räume eskortiert, und Laurence versuchte nicht, sich mit Granby zu unterhalten. Sie waren beide schweigsam in ihrem geteilten und ganz privaten Unglück und auch in ihrem gemeinsamen Zorn. Laurence hatte in gewisser Weise das Gefühl, dass sie es verdienten, gefangen genommen worden zu sein, ja dass das der einzige zu erwartende Ausgang eines Vorstoßes auf französisches Gebiet war. Dieses Gefühl ersparte ihm wirkliches Bedauern, wie ein Spieler an einem Tisch, der alles auf einen einzigen, unwahrscheinlichen Würfelwurf gesetzt hatte, obwohl er wusste, dass er nicht kommen würde, und der nun bei aller Verzweiflung den normalen Lauf der Dinge akzeptierte. Allerdings hatte sich inzwischen herausgestellt, dass der Würfel gezinkt gewesen war: Empörung brannte in Laurence' Brust, und er war wütend, weil er das Gefühl hatte, auf einen billigen Trick hereingefallen zu sein.

Trotz allem schlief er gut; er hätte noch einen ganzen Monat weiterschlafen können. Am Morgen wurde er eingeladen, sein Frühstück in den Räumen des Admirals einzunehmen, und er wurde mit einer Verbeugung empfangen. »Kapitän Laurence«, sagte Thibaut. »Ich hoffe, dass ich gute Nachrichten für Sie habe.« Mit diesen Worten reichte er ihm einen Brief. Laurence machte sich auf eine Antwort gefasst, die, wie großzügig auch immer sie ausfallen mochte, seinem brennend heißen Zorn mit Sicherheit neue Nahrung geben würde. Doch die Überraschung erstickte das Feuer. Der Brief war an Thibaut adressiert und in der sauberen Handschrift eines Sekretärs verfasst, aber die Worte, abgehackt und entschieden, stammten von Napoleon:

Sagen Sie mir, dass Sie ihm in jeder Hinsicht Entgegenkommen gezeigt haben! Nichts ist zu gut für einen solchen Mann.

Hinzugefügt war der Satz *Il a bien plus de valeur les perles*, ein Satz, den Laurence gegen seinen Willen und halb amüsiert als die Beschreibung einer tugendhaften Frau erkannte.

Napoleon fuhr fort:

Wir haben eine Eskorte geschickt, die ihn und seine Kameraden nach Fontainebleau bringen soll, genauso die Drachen. Lassen Sie sie unverzüglich aufbrechen. Hier können sie sich das Ei in seinem sicheren Brutplatz anschauen, und alles wird zu ihrer Zufriedenheit arrangiert werden.
gez.: Napoleon

»Ich habe nach Mr. Tharkay und Kapitän Granby schicken lassen und sie eingeladen, sich zum Frühstück zu uns zu gesellen«, sagte der Admiral, »während Ihre Drachen ebenfalls essen. Danach werden sie sofort aufbrechen.«

10

»Sie werden die Abwesenheit des Kaisers verzeihen«, sagte Kaiserin Anahuarque in ziemlich geschliffenem Englisch; sie hatte ihre Sprachkenntnisse, die sie unter großen Anstrengungen bereits in ihrem eigenen Land erworben hatte, erweitert, also ganz offensichtlich ihre Studien fortgesetzt.

Das letzte Mal war Laurence in ihrer eigenen Residenz in Cusco mit ihr zusammengetroffen, wo sie in der Tracht der Inka, aus gewebtem Wolltuch in leuchtenden Farben gefertigt, gekleidet und mit Goldschmuck reich geschmückt gewesen war. Aber auch hier, im Salon, in dem sie Laurence empfing, wirkte sie kein bisschen fehl am Platze. Sie trug ein weißes Tageskleid mit üppiger Goldstickerei, das sich apart von ihrer dunkelbraunen Haut abhob, und ihr schwarzes Haar hatte sie hinter einem mit Juwelen besetzten Diadem hochgesteckt. Vielleicht war sie etwas zu sehr herausgeputzt für einen informellen Besuch, allerdings noch nicht unangemessen für eine Kaiserin. Laurence war überrascht, den Kronprinzen von Preußen in ihrer Gesellschaft vorzufinden, einen schlaksigen, jungen Mann von siebzehn Jahren, der sich verbeugte und in sehr fließendem Französisch mit ihnen sprach. Ihr eigenes Kind, ein hübscher, stämmig aussehender Junge mit dichtem schwarzem Haarschopf und großen dunklen Augen, spielte auf einer Decke in der Ecke des Raumes. Drei Kindermädchen kümmerten sich um ihn, und ein vierter Aufpasser saß draußen vor dem Haus: Der mächtige, gefiederte Kopf eines Inkadrachen, einer der schlanken, giftigen Copacati, glotzte durch die scheunentorgroßen Glastüren am Ende des Zimmers herein.

Laurence gratulierte zu dem Kind, und Granby tat es ihm etwas weniger wortgewandt gleich. Es war schwer zu entscheiden, wie man sich einer Frau gegenüber verhalten sollte, der er gezwungenermaßen beinahe die Ehe versprochen hätte und die einen Angriff auf sie befohlen hatte, während sie als Gäste an ihrem Hof gewesen waren. Sie selber schien die Situation keineswegs peinlich zu finden; sie nickte knapp und huldvoll, um die Glückwünsche entgegenzunehmen, dann sagte sie mit souveräner Selbstzufriedenheit: »Im Herbst wird das nächste Kind zur Welt kommen.«

Wieder verbeugte sich Laurence. Es blieb nichts weiter zu sagen, obwohl jeder Feind Napoleons mit tiefem Bedauern feststellen musste, dass er seine Dynastie und die Allianz mit den Inka so erfolgreich sicherte.

»Mein Gemahl wäre gerne hier gewesen, um Sie zu begrüßen, aber Angelegenheiten in Paris erfordern noch einige Tage länger seine Aufmerksamkeit«, fuhr Anahuarque fort. »Stattdessen begrüße *ich* Sie und versichere Ihnen, dass Ihr Aufenthalt hier angenehm verlaufen wird. Auch wenn der unerfreuliche Kriegszustand zwischen unseren beiden Nationen Sie zu unseren Gefangenen macht, heißen wir Sie unserem Gefühl nach als Gäste willkommen.« Diese Äußerung klang schön und gut, war aber natürlich ohne jegliche Relevanz.

Eine Viertelstunde lang saß sie bei ihnen, was ungewöhnlich großzügig war, vor allem deshalb, weil ein Haufen Briefe auf ihrem Schreibpult auf sie warteten und zwei schweigende in ihrer Nähe herumlungernde Sekretäre mehr als deutlich machten, dass die Kaiserin ihre Zeit für andere Dinge benötigte. Aufseiten der Besucher fiel es Laurence zu, die Unterhaltung voranzutreiben; ein Gefühl der Scham und die ganze Umgebung führten dazu, dass Granby verstummt war, und auch Tharkay saß nur da und beobachtete die Szene mit einem sardonischen Ausdruck in den Augen. Aber die Kaiserin war keineswegs um Worte verlegen, und als Laurence sie fragte, wie ihr ihr neues Heim gefiele, gab sie mit charmanter Offenheit mehrere amüsante Geschichten über Missverständnisse zum Besten, die ihr bei ihrer Ankunft unterlaufen waren; außerdem machte sie Scherze über ihre fortgesetzten Mühen, lesen und schreiben zu lernen. Die Inka hatten üblicherweise auf ein System von Knotenschnüren zurückgegriffen, um untereinander zu kommunizieren.

Die hübsche Standuhr an der Wand schlug leise die Stunde, und ein Bediensteter kam herein, um in gedämpftem Ton mit der Kaiserin zu sprechen. Diese erhob sich, und sofort sprangen auch ihre Gäste auf. »Gentlemen, ich fürchte, ich muss mich von Ihnen verabschieden«, sagte sie und reichte jedem von ihnen die Hand zum Kuss; dann wurden sie hinausbegleitet, vorbei an einem weiteren Besucher, der darauf wartete, vorgelassen zu werden. Dieser Gentleman stand auf der gegenüberliegenden Seite des Vorzimmers und betrachtete das große Landschaftsgemälde an der Wand. Laurence erhaschte nur einen kurzen Blick auf seinen Rücken, aber irgendwie hatte er das vage Gefühl, den Mann zu kennen. Als sie draußen auf dem Flur waren, stolperte er beinahe vor Überraschung, denn es fiel ihm ein: Das war Talleyrand gewesen!

»Eine beeindruckende Vorstellung«, sagte Tharkay, als man sie schließlich wieder in ihr eigenes Quartier brachte – eine wunderbare Suite, für die Unterbringung eines Würdenträgers weitaus angemessener als für einen Kriegsgefangenen. Sie waren jetzt wieder ganz unter sich, denn die Wachen hatten sich höflicherweise zurückgezogen und sich außen vor ihren Türen postiert. Der Garten vor den Fenstern bot eine schöne Illusion von Freiheit, wenn man nicht zu genau hinsah und deshalb die zusätzlichen Soldaten, die auf den Wegen bereitstanden, nicht bemerkte. »Sie vermittelt wirklich das Bild von Häuslichkeit. Wenn man sie so anschaut, würde man nie auf die Idee kommen, dass sie die Alleinherrscherin über mehrere Millionen Menschen und gut fünftausend Drachen ist – über eine Nation, größer als Europa. Und es ist interessant, dass sie Talleyrand empfängt. Er hat mit ihrem Ehemann vor mehreren Jahren Streit gehabt, nämlich nach der misslungenen Invasion in England. Ich frage mich, wo er dieser Tage sein Geld herbekommt. Vielleicht von Österreich.«

Natürlich hatte Laurence kein Wort darüber verloren, zu welchem Preis er Tharkays Befreiung erwirkt hatte, und er hatte sich auch nicht nach den Vorwürfen erkundigt, die gegen diesen erhoben worden waren. Er wusste nur so viel, wie er durch den unglücklichen Zufall erfahren hatte; er suchte keine weiteren vertraulichen Informationen zu einem Thema, von dem er zuallererst unfreiwillig Kenntnis bekommen hatte. Aber trotzdem konnte er nicht umhin, Tharkays Bemerkungen als fundierte Einschätzung wahrzunehmen, und er schrak unwillkürlich zurück bei der Vorstellung, ein Mann könnte Geld im Austausch für die Geheimnisse seines eigenen Landes erhalten.

»Spionage ist nicht gerade das sauberste Geschäft«, sagte Tharkay, der vielleicht in Laurence' Gesicht gelesen hatte.

Laurence schüttelte heftig den Kopf. Er war sich sicher: Was für einen bitteren Nachgeschmack Tharkays Tätigkeit auch hatte, sie hatte doch nichts mit dieser Form von selbstsüchtigem Verrat zu tun. »Das lässt sich nicht vergleichen«, sagte er, und dann begriff er mit einem Schlag, dass er sich ungewollt verraten hatte.

Tharkay nickte knapp, sprach das Thema jedoch nicht direkt an. »Beides ist einander nicht unähnlich, fürchte ich«, sagte er. »Ein Mann kompromittiert sich selten ohne Unterstützung.«

»Das rechtfertigt noch lange nicht *seine* Beteiligung an dem Akt«, erwiderte Laurence. »Niemand kann ohne seine Einwilligung zum Verräter gemacht werden.«

Er sprach aus eigener Erfahrung, denn er hatte einst ebendiese Einwilligung gegeben. Er konnte aber die rückgratlose Haltung nicht nachvollziehen, die einen Mann dazu bringen konnte, statt dem eigenen Ehrgefühl zuliebe so etwas für Geld zu tun.

Er wanderte zweimal in bedrückter Stimmung durch den Raum, dann fragte er unvermittelt: »Zwingt uns nicht die schlichte Menschlichkeit dazu, sie zu warnen, dass sie seine Gesellschaft meiden sollte? Ein Mann, der für Geld einen Verrat begeht – wozu ist er noch alles fähig?« Selbst für den Fall, dass Talleyrand in irgendeiner Hinsicht auf ihrer Seite war, fühlte sich Laurence unwohl dabei, von seinem verräterischem Charakter zu wissen und doch nichts dazu zu sagen, dass ebendieser Mann in die privaten Räumlichkeiten der Kaiserin – die noch dazu guter Hoffnung war – und ihres kleinen Kindes vorgelassen wurde, wo doch diese Kinder der sichtbare Beweis dafür waren, dass die schlimmsten Ängste von Napoleons Feinden wahr geworden waren.

Tharkay antwortete ungerührt: »Du scheinst unter dem Eindruck zu stehen, dass sie nicht ganz genau wüsste, was für eine Sorte Mann er ist. Das Mindeste ist doch, dass sie weiß, wie wenig er von ihrem Ehemann hält. Ein Mann, der öffentlich von seinem Kaiser als ein Stück Dreck bezeichnet wurde, und zwar im Beisein der Hälfte aller Marschälle Frankreichs, dürfte nicht so rasch wieder versöhnlich gestimmt sein. Fouché weiß genauso gut wie ich, dass Talleyrands Ausgaben seine offiziellen Einnahmen übersteigen.«

»Warum sollte sie sich mit einem solchen Besucher abgeben, außer er hätte ihr weisgemacht, dass er sich mit ihrem Ehemann ausgesöhnt hat?«

»Es würde ihn zu einem ungefährlicheren Gast machen, wenn er der loyale Diener des Kaisers wäre«, sagte Tharkay, »aber er wäre dann nur halb so nützlich, wenn ihr etwas daran liegt, mit den anderen europäischen Höfen im Gespräch zu bleiben, obwohl diese Frankreich den Krieg erklärt haben.«

Diese Art von kaltem Kalkül mit der charmanten jungen Frau, von der sie sich gerade verabschiedet hatten, in Übereinstimmung zu bringen war eine schier unlösbare Aufgabe, aber Granby sagte: »Nun, ich werde nicht so schnell vergessen, dass sie uns Hunderte Drachen auf den Hals gehetzt hat, die uns quer über die Anden jagten – ganz gleich wie sanftmütig und milde sie sich augenblicklich gibt«, was eine wichtige Erinnerung für alle war. »Auf jeden Fall wünsche ich Napoleon viel Freude mit seiner Frau. Besser er als ich.«

»Für uns ist das vielleicht nicht besser«, sagte Tharkay. »Unsere augenblicklichen Umstände lassen viel zu wünschen übrig. Nicht, dass ich damit sagen will, du müsstest es bereuen, dass der Kelch noch mal an dir vorbeigegangen ist«, fügte er mit einem amüsierten Schalk in den Augen hinzu.

»Keine Sorge«, erwiderte Granby. »Ich kann nicht behaupten, dass ich nicht auch gerne wieder auf der Iberischen Halbinsel wäre, wo ich mich nützlich machen könnte, aber lieber drehe ich bis zum Kriegsende hier in Frankreich Däumchen, als in Cusco verheiratet zu sein. Ich schätze, ein einzelner Drache kann keinen so großen Unterschied machen, nicht einmal Iskierka, wo Napoleon doch dabei ist, eine ganze Legion auszubrüten.« Er seufzte.

Tharkay schwieg, dann sagte er: »Und doch scheint Napoleon genau das zu befürchten.«

»Was meinst du?«, fragte Laurence.

»Immerhin sind wir ja nicht zufällig hier«, antwortete Tharkay. »Temeraire und Iskierka sind vorsätzlich hierhergelockt worden, wie du vermutet hast, indem Drohungen gegen das Ei verbreitet wurden. Aber, wenn du verzeihst: Wir haben noch nicht darüber nachgedacht, auf *welchem Wege* die beiden auf die Idee gebracht wurden. Wie habt ihr von diesen Drohungen erfahren?«

»Die preußischen Drachen haben sie aufgeschnappt«, murmelte Laurence, und fuhr dann sehr langsam fort: »Willst du sagen, dass man ihnen absichtlich erlaubt hat zu fliehen?«

Tharkay nickte. »Du wärst viel skeptischer gewesen, wenn dir diese Drohungen direkt übermittelt worden wären; und wenn man die Drohungen dir gegenüber geäußert hätte, wärst du nicht darauf verfallen, dass man das Ei vielleicht unterwegs abfangen könnte. Ganz zu schweigen davon, wie unglaubhaft es ist, dass gut dreißig

Drachen ungehindert aus den französischen Zuchtgehegen fliehen können, ohne dass es Versuche gibt, sie aufzuhalten.«

»Aber bestimmt ist es noch viel unglaubhafter, davon auszugehen, dass Napoleon das halbe preußische Luftkorps freilässt, nur um Temeraire und Iskierka hierherzuschaffen«, gab Granby zu bedenken. »Nicht, dass sie nicht immer für eine Menge Aufruhr sorgen, aber es sind nur zwei Tiere, die den Tausch nicht wert sind.«

»Jetzt, wo Napoleon derart viele Drachen in Aussicht hat, lohnt es sich für ihn viel weniger, so viele preußische Tiere gefangen zu halten«, sagte Tharkay. »Aber trotzdem hättest du recht – wenn die Drachen nur aufgrund ihrer Qualitäten im Kampf beurteilt würden. Was wiederum bedeutet, dass es andere Überlegungen gegeben haben muss, die der Grund für das Vorgehen waren.«

Lien starrte Temeraire unverwandt, und ohne zu blinzeln, an und schaffte es auf diese Weise, ihm zu vermitteln, wie überrascht sie von der Tatsache war, dass er sich in einem solchen Zustand befand. Ja, sie schien sogar enttäuscht deswegen, als würde ihre Befriedigung über seine Niederlage merklich dadurch geschmälert, dass er so mitgenommen aussah, als habe ohnehin nicht mehr viel gefehlt, um ihn dingfest zu machen. Temeraire hatte den ganzen Monat keinen Gedanken an seine zerschlissenen Flügel und seine frischen Narben verschwendet. Die Schuppen waren an den Stellen, an denen ihn das Feuer am schlimmsten verbrannt hatte, hart und matt nachgewachsen, wodurch sie sich von den glänzenden Schuppen ringsum abhoben. Das alles hatte für ihn aber keine Rolle gespielt.

Doch nun rückte es wieder in sein Bewusstsein, denn hinter Lien erhob sich ein kleiner, aber eleganter Pavillon, und unter dem Dach war ein riesiger, mit Seide ausgeschlagener Korb zu sehen. Auf dicken Kissen lag das wunderbare, schimmernde Ei; die zarte, getupfte Schale war vollkommen intakt und eben bis auf die kleine Zeichnung, die so sehr an eine Acht erinnerte. Ein halbes Dutzend Kohlebecken standen drumherum und spendeten Wärme, und es war von Wandschirmen umstellt, die den Wind abhalten sollten und die die Diener nur kurz zur Seite rückten, damit die Besucher das Ei bewundern konnten.

Nun, da die größte Sorge gelindert war, drängten sich neue in den Vordergrund. Temeraire konnte jetzt nicht mehr die Augen davor verschließen, dass er momentan keine gute Figur machte; er sah beinahe so liederlich aus wie Forthing, allerdings ohne dass es in seiner Macht stand, etwas an seiner äußeren Erscheinung zu verbessern.

Iskierka dagegen kannte keinerlei Zurückhaltung; sie schnüffelte mit außerordentlichem Misstrauen überall um den Pavillon herum. »Bist du sicher, dass es warm genug für das Ei ist?«, fragte sie. »Sieh doch nur den ganzen Schnee ringsherum; was, wenn es sich verkühlt? Und wie ist es überhaupt hierhergeschafft worden – hast du es geschüttelt? Ist es mal nass geworden?«

»Natürlich sind alle notwendigen Maßnahmen für sein Wohlergehen getroffen worden«, sagte Lien mit kalter Verachtung.

»Ich verstehe nicht, was *natürlich* heißen soll, wo du doch immerzu von *zerschmettern* gesprochen hast und das Ei einmal um die halbe Welt verfrachtet hast«, griff Iskierka sie an. »Was hast du damit gemeint? Und wie kannst du es überhaupt wagen, in die Nähe meines Eies zu kommen?«

Lien war – beinahe – völlig unbeeindruckt von Iskierkas flammendem Zorn, aber ihr Rücken versteifte sich sichtlich, was Temeraire ein wenig Befriedigung verschaffte. »Gewiss muss man sich fragen, warum du dein Ei in der Obhut von jenen zurückgelassen hast, die nicht in der Lage waren, für seinen Schutz zu sorgen«, gab sie zurück.

»Oh!«, stieß Temeraire aus, denn das war einfach zu viel. »Wo du doch ganz sicher dafür gesorgt hast, dass deine Freunde in China einige der Wachen bestochen und den Rest ermordet haben. Ich hoffe, Kronprinz Mianning verurteilt sie allesamt zum Tode, sobald er Kaiser geworden ist.«

»Ich werde genug Anlass zur Sorge haben, wenn China so tief sinken sollte«, spuckte Lien giftig aus, »einen Kaiser zu haben, der die Gunst des Himmels verloren hat. Sein eigener Begleiter, sein Himmelsdrache, ist tot und er selber bereit, sein Reich an eine Nation niederer Opiumhändler zu verpfänden, nur um an einen anderen Drachen zu kommen. Aber ich werde nicht dem *Ei* die Schuld dafür geben, und ich habe auch nicht zugelassen, dass diesem irgendwelches Leid geschieht, obgleich fraglos ein bedauernswerter Bastard daraus schlüpfen wird. Doch der verdient eher Mitleid, als dass man ihm Schaden zufügt.«

»Dann geht es bei deinen Machenschaften also in Wahrheit um den Kronprinzen«, sagte Temeraire, der das Gefühl hatte, vor Empörung über Liens Worte ersticken zu müssen. Das alles klang so ganz anders als der Bericht, den er von Eroica bekommen hatte. »Und du hattest niemals vor, dem Ei zu schaden, ja? Und das sollen wir dir vermutlich glauben …«

»Es interessiert mich nicht, was du glaubst«, sagte Lien mit schneidender Stimme. »Und es muss mich auch nicht kümmern. Durch einen Akt zügellosen Zorns habt ihr euch selbst und eure *Herren*«, dieses Wort betonte sie höhnisch, »in diese Lage gebracht. Und nun seht ihr euer Ei nur aufgrund der Gnade *meines* Herrn, des Kaisers, der sich dafür entscheidet, freundlicher zu euch zu sein, als ihr es verdient, was seinen edlen Charakter widerspiegelt, aber nicht euer Verdienst ist.« Bei diesen Worten ließ sie den Blick von unten nach oben über Temeraire wandern, um deutlich zu machen, dass er alles andere als verdienstvoll aussah. Dann stieg sie in die Luft auf und verschwand.

Ziemlich erregt kehrte Temeraire zu ihrem eigenen Pavillon zurück, der ebenfalls exquisit und behaglich und mit beheiztem Boden und allerlei schönen Dingen ausgestattet war. Er stand mitten in einem Garten aus Steinen und Nadelbäumen und einem Teich, der zart überfroren war und auf dem sich Eisblumen wie rankende Blätter abzeichneten. Temeraire kam nicht gegen das Gefühl an, dass dieser Luxus ihn verhöhnen sollte, als würde er Liens Stimme aus jedem glatt geschliffenen Kieselstein sprechen hören: *Sieh nur, wie gut ich es getroffen habe und was für eine armselige Kreatur du bist*, und es traf ihn mit aller Wucht, dass diese Sticheleien nur allzu wahr waren.

Ein ganzes Bataillon von Bediensteten und drei kleine Drachen erschienen wenig später; große, dampfende Wassereimer hingen rechts und links von ihnen an einem Joch, und sie erboten sich, Temeraire zu waschen. Dieser fühlte sich so furchtbar schmutzig und mitgenommen, dass er es nicht über sich brachte, das Angebot mit großer Geste zurückzuweisen. Stattdessen stand er dankbar unter den heißen, spritzenden Wasserstrahlen, während herrliche Kratzbürsten geschäftig jede einzelne seiner Krallen und schmutzverkrusteten Schuppen abschrubbelten. Dann ließ er sich auf die heißen Steine sinken, um zu trocknen, und fühlte sich unweigerlich erfrischt.

»Was bitte ist denn jetzt noch los?«, fragte Iskierka. »Alles läuft hervorragend, und du musst immer noch schmollen.«

»*Hervorragend*«, wiederholte Temeraire dumpf.

»Ja, natürlich«, sagte Iskierka. »Vor einem Monat noch hatten wir keine Ahnung, wo sich das Ei befand oder ob es vielleicht schon zerstört worden war; und noch vor einer Woche waren wir tausend Meilen entfernt. Und jetzt sind wir hier, gleich um die Ecke, und Granby und Laurence sind auch in der Nähe. Wir müssen uns nur noch etwas einfallen lassen, wie wir hier alle wieder wegkommen.«

»Nur das, ja?«, fragte Temeraire, der sich nicht wenig darüber ärgerte, dass ihm keine andere Erwiderung einfiel.

»Wir sind immer noch besser dran als vorher«, sagte Iskierka. »Ich denke, du bist einfach nur schlecht gelaunt, wenn du jetzt trotzdem noch die ganze Zeit herumjammerst.«

Temeraire schäumte vor Wut, stritt sich aber nicht weiter. Sie befanden sich mitten im Herzen von Frankreich, umgeben von den besten Wachen Napoleons und Legionen von Drachen. Aber es kam ihm selber engstirnig vor, wegen solcher Details zu murren, wo sich das Ei doch nun nicht nur in Sicherheit, sondern auch in seiner unmittelbaren Nähe befand, ebenso wie Laurence. Trotzdem war er nicht bereit, Iskierkas Wohlbehagen voll und ganz zu teilen.

»Und warum, bitte schön, ist Napoleon so nett zu uns? Das möchte ich ja mal wissen«, meinte er, »denn ich bin mir sicher, dass es dafür einen guten Grund gibt. Lien hätte überhaupt nichts gegen die Gelegenheit, uns von oben herab zu behandeln.«

»Ich schätze, sie haben Angst vor uns«, sagte Iskierka, »und das ist auch ganz richtig so.«

Temeraire aber legte den Kopf auf den Boden und brütete über Alternativen, wobei jede, die ihm in den Sinn kam, noch unangenehmer war als die davor. Vielleicht wiegte man sie jetzt in trügerischer Sicherheit, damit der Schmerz, wenn er denn endlich eintrat, noch tiefer ginge.

»Was hat denn Lien mit dem Ei eigentlich vor, nun, da sie es in die Hände bekommen hat?«, fuhr er plötzlich fort, denn ein neuer, unangenehmer Gedanke war ihm durch den Kopf geschossen. »Gut möglich, dass sie es einfach nur dem Kronprinzen Mianning vorenthalten will, aber was nun? Es ist sicher, dass ein *großer* Drache daraus hervorgehen wird, denn wir sind beide groß, und Frankreich will keine großen Drachen mehr haben. Was, wenn der Schlüpfling ganz allein und ohne Gesellschaft aufwachsen muss? Und wenn man ihm eintrichtert, er müsse sich sein Geschirr erst *verdienen*? Was für ein unerträglicher Gedanke!«

»Nun, das ist eine wirklich exzellente Frage«, antwortete Iskierka und pustete vor lauter Zustimmung Dampf aus all ihren Stacheln. Aber die Drachen, die sie bewachten, konnten ihnen darauf keine

Antwort geben und waren ohnehin nicht zu Plaudereien aufgelegt, sondern starrten nur stur vor sich hin, bis Temeraire sich frustriert im Pavillon zusammenrollte.

Die Gärten breiteten sich in beide Richtungen aus, so weit das Auge reichte; das schöne Haus war in der Ferne nur zu erahnen. »Wenn ich doch nur sicher sein könnte, dass sich nicht vielleicht Granby dort drinnen aufhält«, sagte Iskierka in brütender Stimmung, »dann würde ich hinfliegen und es in Brand setzen, da kannst du aber Gift drauf nehmen. Ich bin mir sicher, dann würden wir schon Antworten bekommen.« Aber höchstwahrscheinlich *war* Granby dort im Haus untergebracht, und so war dieser Plan nicht sehr hilfreich.

Es bestand praktisch keine Hoffnung darauf, dass eine Flucht gelingen könnte, egal, wie optimistisch Iskierka sich auch gab. Auf dem Anwesen wimmelte es nur so von Drachen aller Art und Größe, die im Laufe des Tages hierhin und dahin flogen. Einige waren sehr groß und mit Gütern beladen. Dann gab es noch einen steten Strom von leichteren Tieren, und schließlich kam eine Gruppe von französischen Kampfdrachen in Kriegsgeschirr. Diese waren Mittel- und Leichtgewichte. Am Ende traf eine Reihe kleiner, bunt gemischter Einheiten ein, die sich untereinander stark unterschieden.

Temeraire zählte oberflächlich gut neun oder zehn verschiedene Gruppen, die vom Aussehen her so besonders und speziell waren, dass er nicht herausfinden konnte, zu welcher Sorte von Drachen sie gehörten. Keinen von ihnen konnte er einer ihm bekannten französischen Drachenart zuordnen, nicht einmal den neueren Kreuzungen, die gewöhnlich eine herausstechende Eigenschaft hatten, an der man sie erkennen konnte, oder wenigstens eine einheitliche Ausprägung des zweiten Flügelgelenks, wie sie den meisten französischen Rassen eigen war.

Er konnte sich auf all das keinen Reim machen, aber er beobachtete den Flugverkehr auch nur nebenbei, ohne der Frage nach den Züchtungen viel Aufmerksamkeit zu schenken. Was spielte das Wissen darüber für eine Rolle, wenn auch schon die Hälfte der Tiere ausgereicht hätte, um sie hier gefangen zu halten?

Spät am Abend aber landete eine Einheit von Schwergewichten in bemerkenswerten Farben und vertrautem Aussehen bei einem Pavillon nicht weit entfernt, und mit einem Schlag war Temeraires Neugier geweckt.

»Was ist los?«, fragte Iskierka, als Temeraire den Kopf hob und durch das schwächer werdende Dämmerlicht zu der Gruppe hinüberspähte.

»Das sind die Drachen der Tswana«, antwortete Temeraire langsam. »Was treiben *die* denn hier?«

»Eure Kaiserliche Hoheit«, sagte Napoleon, und als er Laurence herzlich umarmte und ihm nach Landessitte einen Kuss auf jede Wange drückte, war dessen Unbehagen komplett: Es war ein Willkommensgruß, der bei einem befreundeten Staatsoberhaupt und Verbündeten angemessen gewesen wäre, nicht aber bei seinem Gefangenen. Napoleon gab sich damit noch nicht zufrieden, sondern begrüßte Granby mit fröhlicher Vertraulichkeit und einer schalkhaften Entschuldigung dafür, dass er ihm seine Braut direkt vor der Nase weggeschnappt habe, was eine Nettigkeit war, auf die dem armen Granby beim besten Willen keine Antwort einfallen wollte. Dann bemerkte der Kaiser Tharkay und sagte: »Ah! Dann ist das also der berüchtigte Gentleman? Laurence, Sie wissen einfach nicht, wie sehr Sie in meiner Schuld stehen: Fouché hat seine Zähne in meine Richtung gebleckt, als ich ihm sagte, er müsse seine Beute wieder laufen lassen.« Das war keine sonderlich subtile Erinnerung an den Gefallen, um den Laurence gebeten hatte, und der Blick aus Tharkays zusammengekniffenen Augen verriet ihm, dass auch ihm die Bemerkung nicht entgangen war.

Der Kaiser war nicht allein; allerdings zog seine Ausstrahlung zunächst alle Aufmerksamkeit im Raum auf ihn. Als er sich umdrehte, um völlig unnötigerweise den Dienstboten zuzusetzen, sie sollten sich endlich um die Belange seiner Gäste kümmern, trat einer seiner Begleiter einen Schritt nach vorne, um sich vor Laurence zu verbeugen. Zu Laurence' Überraschung erkannte er jetzt Junichiro, der seine Haare zurückgekämmt hatte und die Uniform eines Flügeladjutanten trug.

»Ich bin froh zu sehen, dass es Ihnen gut geht«, sagte Laurence etwas gezwungen.

»Das würde mich freuen, Kapitän«, erwiderte Junichiro unumwunden, »aber ich hätte nicht erwartet, dass Sie so empfinden.«

Laurence' Gefühle waren in der Tat zwiespältig und so gegensätzlicher Natur, dass es schwierig war, sie miteinander in Einklang zu bringen. Junichiro hatte Laurence geholfen, seiner Hinrichtung in Japan zu entkommen, und Laurence stand deshalb so tief in seiner Schuld, dass er sich keine Hoffnung darauf machen konnte, jemals seine Schuld begleichen zu können. Dass Junichiro diese Hilfe nicht etwa um Laurence' willen geleistet hatte, sondern um seinen eigenen geliebten Herrn zu retten, schmälerte dessen fortwährende Verpflichtung ihm gegenüber nicht im Geringsten. Der Junge war in seinem Land zu einem Verbrecher geworden und hatte jede Hoffnung auf einen Rang, eine Stellung und ein Heim verspielt.

Und doch: Laurence hatte sein Bestes gegeben, seine Schuld abzutragen. Er hatte Junichiro einen Platz in seiner Mannschaft gegeben und versucht, ihn zum Offizier auszubilden, was nicht unmöglich war, so ausgedünnt wie die Reihen im Luftkorps waren. Er hatte alles in seiner Macht Stehende getan, um dem Jungen eine respektable Zukunft zu sichern und ihm ein angenehmes, wenngleich auch nicht unbedingt glückliches Leben zu ermöglichen. Aber Junichiro hatte alle diese guten Angebote am Ende in den Wind geschlagen und war fortgegangen – nach Frankreich, in der Hoffnung, dort eine Allianz mit Japan voranzutreiben, als Gegengewicht zu der Bedrohung seiner eigenen Nation durch die immer intensiver werdende Verbindung zwischen China und England.

Es war unmöglich, ihn jetzt zu sehen und nicht daran zu denken, dass er der Urheber von Temeraires und seinem eigenen Unglück war. Junichiro war in China Teil ihrer Mannschaft gewesen; er hatte alles über die Verhandlungen gewusst, in denen Temeraires und Iskierkas Ei Kronprinz Mianning versprochen worden war; als Gegenleistung dafür waren chinesische Legionen in den Krieg nach Russland geschickt worden. Er hatte mit eigenen Augen den Pavillon gesehen, in dem das Ei in seinem Bett lag, und auch die Wachen, die dafür abgestellt worden waren. Zweifellos war sein Wissen verantwortlich für Napoleons Plan gewesen, das Ei in seine Gewalt zu bringen, und vor allem auch für den Erfolg dieses Vorhabens.

Und doch hatte Junichiro sich nicht unehrenhaft verhalten. Er hatte seine Pläne offen verkündet, ehe er den Dienst bei Laurence quittiert hatte, trotz des persönlichen Risikos, das er auf diese Weise eingegangen war. Und es war für Laurence keineswegs klar, dass Junichiro seine Pflicht seinem eigenen Land gegenüber falsch auslegte. Auch wenn Hammond Frieden mit Japan wünschte, machte er doch kein Geheimnis daraus, dass er einem Bündnis mit China einen höheren Wert beimaß. England würde gewiss wegschauen, wenn sich diese Macht entschließen sollte, ihre Interessen auf den kleineren Nachbarn zu richten, was nach der Thronbesteigung von Prinz Mianning kein unwahrscheinliches Szenario war. Der Kronprinz hatte bereits kundgetan, dass er vorhatte, Chinas Grenzen auszudehnen und seine Nation weiter in den Mittelpunkt der Weltbühne zu rücken.

Laurence konnte sich wohl kaum wirklich darüber freuen, Junichiro hier unter diesen Umständen anzutreffen, wo er als Ratgeber Napoleons etabliert zu sein schien. Doch er hatte sich entschieden, sich höflich gegenüber Napoleon zu verhalten, der Europa seit nunmehr fast zwanzig Jahren unermüdlich mit Krieg überzogen hatte und in sein eigenes Land einmarschiert war; der von seiner Seite aus keinerlei Anstalten machte, Laurence gegenüber anders als zuvorkommend aufzutreten, obwohl dieser maßgeblich daran beteiligt gewesen war, seine Pläne zu durchkreuzen, die darin bestanden hatten, die russische Armee zu vernichten. Also konnte Laurence auch Junichiro höflich begrüßen, und so erwiderte er die Verbeugung des jungen Mannes.

»Kapitän Laurence«, sagte Napoleon und wandte sich ihm wieder zu, nachdem er befohlen hatte, man solle verschiedene Erfrischungen servieren, weitere bequeme Sitzgelegenheiten herbeischaffen, das Tischtuch wechseln und mehr Feuerholz nachlegen. Außerdem hatte er einen Diener beauftragt, sich als Laufbursche und Botengänger für sie bereitzuhalten.

»Ich bin nachlässig. Erlauben Sie mir, Ihnen mein Beileid zum Verlust Ihres Vaters auszusprechen.«

»Ich danke Ihnen, Majestät«, antwortete Laurence leise.

Napoleon blieb beinahe eine Stunde, unterhielt sich ungezwungen mit ihnen und lief im Raum auf und ab, als wären sie vertraute Freunde. Laurence kam nicht umhin, die Wertschätzung zu registrieren, die ihm der Kaiser durch das Maß seiner Aufmerksamkeit und der mit ihnen verbrachten Zeit zuteilwerden ließ, und es verwunderte ihn. Wenn er Napoleons Schmeicheleien fünf Jahre zuvor nicht auf den Leim gegangen war, womit er sein eigenes Leben und die Freiheit Temeraires hätte erlangen können, dann konnte der Kaiser wohl kaum erwarten, ihn jetzt dazu zu verleiten. Jedenfalls hoffte Laurence das, aber er war sich zu seinem Leidwesen bewusst, dass er Napoleon zu solchen Gedanken möglicherweise selbst ermutigt hatte, indem er ihn um einen Gefallen gebeten hatte. Die Aussicht, jegliche Bitten, die ihm der Kaiser jetzt unterbreiten würde, zurückweisen zu müssen, erfüllte ihn nicht gerade mit Freude.

Doch Napoleon bat ihn um nichts, außer um seine Meinung zu dieser oder jener Form der neuen Maßnahmen für die französischen Drachen, die er in Erwägung zog. Und davon gab es viele: Napoleon berichtete freimütig von Schulen für Schlüpflinge und von seiner

Idee, Drachen dafür einzusetzen, neue Wege über die Alpen anzulegen. Bei dieser Gelegenheit befragte er Laurence nach dessen Einschätzung der alpinen Wilddrachen. »Sie haben höchst störrisch all unsere Angebote ausgeschlagen«, sagte Napoleon und schüttelte den Kopf.

»Sie haben einen bemerkenswerten Hang zur Unabhängigkeit, würde ich sagen, Majestät«, entgegnete Laurence.

»Den Sie zweifellos bewundern«, sagte Napoleon mit durchdringendem Blick. »Aber einer allein, ohne Freunde, ohne Unterstützung kann nichts bewirken. Wenn ich allein ins Feld ziehen würde, was könnte ich schon erreichen? Andererseits: Mit einer Armee an meiner Seite – was kann ich dann *nicht* bewerkstelligen? Die Wilddrachen wären so viel besser dran, wenn sie sich unter den Schutz Frankreichs stellen würden.«

Laurence verzichtete auf eine Bemerkung zu dem Wert, den dieser Schutz für die russischen Drachen gehabt hatte, die Napoleon erst befreit und dann aufgegeben hatte. »Ich denke, Sie werden feststellen, dass sie sich nur schwer von etwas überzeugen lassen«, sagte er, und Napoleon wechselte das Thema.

Seine Pläne waren beinahe absurd weit gefächert. Er erzählte von seinen Absichten, große Handelsrouten auf Drachenrücken zu etablieren, die sogar bis Indien und China reichen sollten; er berichtete von seinem Vorhaben, er wolle in ganz Europa und Asien flächendeckend Pavillons bauen lassen. Und noch während er sprach, wurden seine Pläne immer ehrgeiziger, wie Laurence verwundert feststellte. Napoleon verlor kein Wort über die verheerende Niederlage, die er erst kürzlich erlitten hatte, und ihm waren keinerlei Gewissensbisse anzumerken – weder in dem, *was* er ohne jede Spur von Mäßigung sagte, noch in dem, *wie* er es sagte, obwohl er sich hatte geschlagen geben müssen und dadurch Millionen von Menschen ins Unglück und in den Ruin getrieben hatte. Stattdessen erwähnte er den Krieg nur am Rande, als er sich über seinen Stiefsohn Eugène de

Beauharnais beklagte. »Er ist zu freigiebig. Mit der Oder hat er Ihnen ein wahrhaft großzügiges Geschenk gemacht«, sagte Napoleon. »Und alles, weil ihm ein paar Kosaken und eine Handvoll preußischer Drachen Ärger gemacht haben.« Laurence frohlockte insgeheim über diese Neuigkeiten: Also hatte der Zar doch noch seine Truppen losgeschickt. Aber der Tadel in Napoleons Stimme ließ nicht darauf hoffen, dass er sich eingestand, wer diese Armee zugrunde gerichtet und in einer unhaltbaren Situation zurückgelassen hatte.

Dieses entschlossene Ignorieren der Tatsachen hatte etwas Beängstigendes an sich, als wollte Napoleon die eigene Niederlage nicht wahrhaben und müsste sich stattdessen etwas vormachen, auch wenn ihm klar war, dass seine Zuhörerschaft in diesem Fall die Wahrheit kannte. Laurence sah das mit Bedauern. Er hatte schon in Russland gedacht, dass der Kaiser nicht mehr er selber war. Seinerzeit war er ihm blässlich und feist erschienen. Inzwischen hatte er bestimmt sechs weitere Kilo zugelegt, was ihm nicht gut stand, und sein Gesicht war von tiefen Falten zerfurcht. Seine grauen Augen waren trübe. Er starrte oft ins Feuer, während er sprach, und suchte nur selten den Blick seiner Zuhörer.

Aber im Grunde seines Herzens war er immer noch ganz Napoleon. Laurence wollte dem schmerzhaften Gefühl ausweichen, dass hier Tatsachen unter den Teppich gekehrt wurden, und wechselte das Thema: »Wir waren sehr beeindruckt von Ihren Ausbildungslagern rings um Grenoble, Majestät.«

»Ha!«, erwiderte Napoleon mit erhobener Stimme und wirbelte herum. »Sie wollten sicher sagen: beeindruckt von der Anzahl der Eier.« Laurence konnte nicht widersprechen und machte eine Verbeugung. »Ja«, sagte Napoleon. »Seit mittlerweile sieben Jahren verlassen wir uns auf das Wissen der Prinzessin von Avignon, die Sie noch als Madame Lien kennen, und nun haben Sie die Früchte ihrer Bemühungen gesehen. Viertausend Eier liegen in Frankreich im Sand, und schon bald werden sie herangereift sein. Die alte Art der Kriegsführung ist vorbei, Kapitän. Sie selbst haben die Totenglocke läuten hören«, fügte Napoleon hinzu. »Diejenige Armee, die schneller mehr Material aufs Schlachtfeld schaffen kann, wird immer den Sieg davontragen. Das Gewicht von Metall und Männern wird schlachtentscheidend sein, wenn die Generäle klug genug sind. Sie waren in Tsarevo Zaimische?«

»Ja«, erwiderte Laurence, der überrascht war zu hören, dass der Kaiser nun doch noch den Feldzug erwähnte, auch wenn er es so klingen ließ, als hätte er in dieser Schlacht triumphiert.

»Was für ein Vormittag das war!«, fuhr Napoleon fort. »Ganz nach meinem Geschmack, wie man so schön sagt. In den frühesten Morgenstunden geweckt zu werden und zu hören, dass fünfhundert Drachen auf dem Weg waren und es auf mich abgesehen hatten. Man hätte mich kriegen müssen. Aber sie haben es nicht geschafft, ihre ganze Kraft zu entfalten.« Wieder begann sein Gesicht vor tiefer Befriedigung zu glühen. Er griff nach einem Stückchen Papier und einer Feder, und mit einer raschen Skizze entwarf er die Verteidigungsstellungen, seine eigenen Kräfte hinter einer Mauer von schützenden Kanonen und den schmalen Korridor, der noch geblieben war; dann fügte er die russische Armee und die chinesischen Legionen hinzu, die in breiter Linie davor aufgestellt waren. »Sie haben nicht das getan, was sie hätten tun sollen. Wenn sie ihre Kräfte mit Entschiedenheit eingesetzt hätten, dann hätten sie uns überwältigen und sich durch die vollständige Auslöschung meiner Armee den endgültigen Sieg sichern müssen. Aber sie haben sich von der Vorsicht beherrschen lassen«, sagte er, zuckte mit den Schultern und ließ die Schreibfeder achtlos fallen. Laurence wusste nur zu gut, dass niemand jemals dasselbe von seinem Gesprächspartner würde behaupten können.

Napoleon verharrte noch einen weiteren Moment lang in der Betrachtung seines eigenen Diagramms, dann sagte er unvermittelt: »Kommen Sie, lassen Sie uns ein bisschen frische Luft schnappen. Sie sind schließlich kein zarter Höfling. Sie sind Soldat.« Und Laurence erhob keine Einwände; tatsächlich stimmte er hocherfreut zu und hoffte im Stillen, wenigstens aus der Ferne einen kurzen Blick auf Temeraire werfen zu können, der irgendwo auf dem Übungsgelände untergebracht war.

Die Gärten von Fontainebleau waren erweitert und zu einem Stützpunkt umgebaut worden, aber nichts daran erinnerte an die westliche Vorstellung dieser Bezeichnung. Große und imposante Pavillons vermittelten durch kleine Grüppchen junger Bäume und durch kunstvolle Spaliere von Weinreben fast so etwas wie Privatsphäre; zwischen ihnen sprudelten Springbrunnen. Über allem lag die Atmosphäre einer imaginären Hirtenlandschaft, nur dass statt der Schafe Drachen die Szene bevölkerten. Und zwar Drachen aller Art: von kleinen, wild aussehenden Tieren bis hin zu Schwergewichten in allen Farben und von verschiedenster Statur. Laurence war zunächst verblüfft von der Vielfalt und erspähte schließlich am Ende eines schmalen Weges sogar die stark schlangenförmige Silhouette eines Kazilik-Drachen, der durch seine dampfsprühenden Stacheln unverkennbar war.

Doch dieser Drache war nicht Iskierka. Die Haut war in einem eindeutig tieferen Schwarzgrünton gefärbt, und erst da wurde Laurence klar, dass er hier nicht nur französische Tiere zu sehen bekam. Hier waren Drachen aus allen Ecken der Welt versammelt. Neben dem türkischen Tier entdeckte er auch mehrere Drachen, die Arkadi und den anderen Bewohnern des Pamirgebirges nicht unähnlich sahen. Dort hinten Richtung Norden drängte sich eine Gruppe schmaler, verwildert aussehender russischer Wilddrachen zusammen. In einem marmorgrünen Pavillon, an dem Laurence vorbeikam, unterhielten sich zwei Drachen in breitem Kolonialenglisch. Und als er und Napoleon den Rückweg einschlugen, sah Laurence einen Drachen, den er sicher wiederzuerkennen glaubte: Es war Dikeledie, eines der Tswana-Tiere, die er zuletzt mit einem Transporter voller befreiter Sklaven von den brasilianischen Plantagen hatte nach Hause segeln sehen. Auch der Drache nahm von ihm Notiz und schaute ihm neugierig hinterher, dann drehte er sich um und sprach einen Mann an – Moshueshue, wie Laurence zu seinem großen Erstaunen feststellte. Der Kronprinz der Tswana, hier? Natürlich wusste Laurence nichts mit Gewissheit, aber die Annahme lag nahe, dass es Napoleon irgendwie gelungen war, all diese Drachen unbemerkt an diesem Ort zu versammeln. Fragen brannten Laurence unter den Nägeln, aber er zügelte sich zunächst. Er war ein Feind Frankreichs. Und doch hatte Napoleon ihn aus freien Stücken hierhergebracht: Er hätte Laurence nicht über das Gelände zu führen brauchen, wo ihm die Anwesenheit von so vielen ausländischen Tieren unmöglich verborgen bleiben konnte. Deshalb fragte Laurence schließlich nur zögerlich nach.

»Welche Geheimniskrämerei sollte schon notwendig sein?«, gab Napoleon zurück. »Sie, Kapitän Laurence, wissen doch nur zu genau Bescheid darüber, wie meine Feinde die Lebensumstände der Drachen vorsätzlich ignorieren. Ich habe keinerlei Anstrengungen unternommen, irgendetwas zu verbergen: Was sollte das auch nutzen, wo meine Kuriere doch durch die ganze Welt reisen und in jedem Winkel mit Drachen sprechen? Wir hätten nie erwarten können, dass sie alle Stillschweigen bewahren, selbst wenn uns das lieb gewesen wäre. Wenn Sie nichts von unseren Plänen erfahren haben, dann liegt das nicht an mir: Wie Sie sehen können, haben wir auch russische Tiere hier.« Er schnaubte abschätzig. »Ihre alten Männer und Generäle wollen es einfach nicht wahrhaben, dass Drachen denkende Kreaturen sind. Sie werfen ihnen ein paar Münzen zu, um sie zufriedenzustellen. Sie bekommen es nicht einmal mit, wenn meine Kurierdrachen in ihren Zuchtgehegen landen und sich mit den Tieren unterhalten, die dort eingesperrt sind und von denen man erwartet, dass sie sich ruhig verhalten, selbst angesichts ihrer eigenen Vernichtung. Kapitän, Sie können sicher sein, dass die bemitleidenswerten Zustände der russischen Wilddrachen *hier* nicht vergessen wurden – diese monströsen Flugfesseln! Ich wundere mich, dass Sie es so mühelos mit Ihrem Gewissen in Einklang bringen können, sich mit den Verwaltern solcher Grausamkeiten zu arrangieren.«

Laurence fiel es nicht leicht, eine Erwiderung auf diesen Angriff zu finden. Er hätte sagen können, dass Napoleon wenig besser gewesen war, als er sie hungernd zurückließ, damit sie die russischen Versorgungslinien heimsuchten, was nur dazu führte, dass anschließend Jagd auf sie gemacht wurde. Er hätte auch zu bedenken geben können, dass die Russen ohnehin kurz davor gewesen waren, die Wilddrachen zu befreien. Aber er brachte es nicht über sich, solche Argumente vorzubringen. Er selber hätte Hunger der Sklaverei vorgezogen, und die Russen waren in ihrer Entscheidung nicht weniger berechnend vorgegangen als Napoleon: Sie hatten vorgehabt, die Wilddrachen als Truppentransporter einzusetzen, und dieser Entschluss war nur unter dem Druck von Napoleons pfeilschnellem Vorankommen entstanden. In Wahrheit hätte er, Laurence, beinahe seinen Posten aufgegeben und sich zurückgezogen, als er von den grausamen Umständen erfuhr, unter denen die russischen Wilddrachen in den Zuchtgehegen gehalten wurden: Lediglich Kutusows Zusicherungen, dass man die Wilddrachen befreien würde, und zwar unter Laurence' und Temeraires Aufsicht, hatte sie bei der Stange gehalten.

»Nicht *mühelos*«, sagte Laurence schließlich. »Aber der Krieg bringt seltsame Bündnisse hervor.«

»Es war Ihre eigene Entscheidung«, fuhr Napoleon in ernstem Ton fort, als tadele er einen niedrigen Untergebenen. »Sie kennen die Herren, denen Sie dienen. Und unter deren Herrschaft war nichts anderes zu erwarten.« Laurence lag eine Erwiderung auf der Zunge, aber er schluckte sie runter: Sie wäre weder höflich noch taktisch klug gewesen, weder einem Kaiser noch einem Gefängniswärter gegenüber. Napoleon schien sein unangemessener Tonfall aufgefallen zu sein, und er fügte hinzu: »Aber ich will Sie nicht mit Vorwürfen verletzen!

Ich weiß, dass *Ihr* Gewissen nicht aus solch weichem Metall besteht, das sich nach Belieben in alle Richtungen verbiegen lässt.«

Und diesen Worten folgend, führte der Kaiser jene Pläne weiter aus, die er schon vorher beschrieben hatte und die nun weniger größenwahnsinnig klangen, wenn man wusste, dass er sie durch ein Bündnis mit allen Drachen der Welt durchsetzen wollte. Tatsächlich schien das Gelingen der waghalsigen Vorhaben immer noch unwahrscheinlich, aber nicht unmöglich, dachte Laurence. Die schlimmen Lebensumstände der Drachen in beinahe jeder westlichen Nation und die Tatsache, dass sich die Situation der meisten Wilddrachen kein bisschen verbessert hatte, würde einen guten Nährboden für Napoleons Angebote bieten, wenn er sie sich denn leisten konnte – was wohl das größte Hindernis darstellte.

»Aber nun müssen Sie mich entschuldigen«, sagte Napoleon, als sie wieder in Sichtweite des Palastes kamen. »Die Wachen werden Sie zurück zum Haus bringen. Sie haben mein Wort darauf, Kapitän, dass Sie schon bald die Gelegenheit haben werden, mit Ihren Drachen zu sprechen, und zwar von da an so häufig, wie es die Sicherheitsvorkehrungen gestatten. Ich weiß sehr genau, wie bitter diese Trennung sein muss.«

Er drehte sich um und marschierte rasch einen der Gartenpfade hinunter auf einen außergewöhnlich schönen Pavillon aus schwarzem Marmor zu, der hier und dort mit Gold verziert war und sich am Rande eines Sees befand. Als er näher kam, hob ein großer weißer Drache den Kopf, um ihn zu begrüßen; Liens Stimme klang geradezu melodiös, als sie ihm einen Gruß auf Französisch zurief.

Diese Waffe hatte er ja auch noch, und es war eine immens gefährliche. Laurence hatte für seinen Geschmack bereits viel zu oft gesehen, wie die den Himmelsdrachen eigene Mischung aus Kraft, Anmut, Intelligenz und rascher Auffassungsgabe den anderen Drachen Respekt einflößte, vor allem dann, wenn dadurch eigene Ziele verfolgt wurden. Wie oft schon und wie mühelos hatte Temeraire andere Drachen zu gemeinsamen Aktionen überredet, bei denen sie, ohne zu murren, seine Rolle als Anführer akzeptiert hatten.

»Nun, dann sollten wir wohl hoffen, dass sie ihm in ein oder zwei Monaten alles Vieh in ganz Frankreich wegfressen und dann wieder nach Hause zurückkehren«, sagte Granby, der ähnlich pessimistisch gestimmt war. »Er wird ja wohl nicht alle zum Bleiben beschwatzen können. Aber Herr im Himmel, falls doch, wird die Lage wirklich schlimm. Ich fresse einen Besen, wenn diese Lilafarbenen neben den Eichen keine Nilgiri-Schnitter aus Madras waren. Ich würde mal sagen, dass *die* ganz sicher gerne gegen uns ins Feld ziehen würden, wenn er ihnen nur Geschirre, Feuerwaffen, Pulver und ein paar Dutzend Kanonen als Rückendeckung gibt. Aber er dürfte ziemliche Schwierigkeiten haben, irgendetwas zu finden, womit er die Drachen im Pamirgebirge dazu bringt, auch nur ein Fünkchen Interesse für das aufzubringen, was er hier in Frankreich erzählt. Es sei denn, er schickt bei jedem Befehl auch gleich eine Truhe Gold mit. Und in Japan sieht es nicht anders aus«, fügte er hinzu, um Junichiro herauszufordern, der sie bis zu ihrer Veranda begleitete. Jeder Außenraum im Palast war so umgebaut worden, dass er über breite Außentüren verfügte, die zum Gelände hinausgingen. Ganz offensichtlich sollte den Drachen damit die Möglichkeit eröffnet werden, am Leben im Haus teilzunehmen.

Junichiro blieb an der Tür stehen und erwiderte leise: »Sie irren sich sehr, Kapitän Granby. Er hat all diesen Tieren bereits ein Geschenk gemacht, das ihm ihr Interesse und ihren Respekt einbrachte: das Heilmittel gegen die Drachenseuche.«

11

»Das ist unerträglich unfair«, sagte Temeraire und verspürte den ganzen Zorn darüber, eine gute Tat vollbracht und einen hohen Preis dafür bezahlt zu haben, ohne eine Entschädigung dafür zu erwarten, nur um jetzt zusehen zu müssen, wie jemand anderes sowohl das Lob als auch den unerwarteten Lohn für den Ausgang einheimste. »Was hat denn Lien für irgendeinen von ihnen getan? Oder Napoleon? *Sie* haben das Heilmittel nicht gefunden. Oh! Wenn ich an all die schrecklichen Versuche denke, die Keynes bei mir unternommen hat, damit es mir wieder besser geht. Selbst jetzt noch überfällt mich manchmal ein Schaudern, wenn ich Bananen rieche.«

»Napoleon hatte jedoch die Größe, die Medizin weiterzugeben«, sagte Tharkay. »Ich schätze, es gibt wenige Bedrohungen, die Drachen so unmittelbar spüren wie eine Krankheit. Das Geschenk muss große Dankbarkeit hervorgerufen haben.«

Temeraire wollte gerne danach fragen – ja, er war geradezu begierig darauf zu fragen –, ob Laurence diese Neuigkeit etwas ausmachte. Er zögerte einzig und allein deshalb, weil er sich vor der Antwort fürchtete. »Trotzdem verstehe ich einfach nicht, weshalb jemand meint, Napoleon gebühre der Dank. Er hätte das Heilmittel nicht weitergeben können, wenn Laurence und ich es ihm nicht vorher hätten zukommen lassen.«

»Ganz genau«, sagte Tharkay in seiner trockenen Art. »Und jetzt seid ihr beide, du und Kapitän Laurence, hier bei dieser Versammlung und werdet in Napoleons Gesellschaft gesehen. Ich bin mir sicher, dass der Kaiser außer sich vor Freude ist, seinen versammelten Besuchern ein solches Bild der Freundschaft präsentieren zu können. Das Arrangement muss ihm fabelhaft erschienen sein, so sehr, dass es die Freilassung der preußischen Drachen wert war, wenn er nur auf diese Weise euch hierherlocken konnte.«

»Dann ist es also nur *deine* Schuld, dass wir hier sind«, stellte Iskierka bissig fest, während Temeraire niedergeschlagen seinen Kopf auf den Boden sinken ließ. »Das hätte ich mir ja gleich denken können.«

»Es kann doch wohl niemand ernstlich auf die Idee kommen, dass wir aus freien Stücken hier sind«, murmelte Temeraire.

»Ich gehe nicht davon aus, dass Napoleon vorhat, euch eine Gelegenheit zu geben, seinen anderen Gästen gegenüber die Situation zu erklären«, war Tharkays niederschmetternde Antwort.

Temeraire war trotzdem froh über Tharkays Besuch, denn dieser konnte ihm berichten, dass Laurence und Granby sehr komfortabel im Palast untergebracht worden waren, wo man ihnen mit enormem Respekt begegnete und alles tat, damit es ihnen an nichts mangelte. Das zumindest war erfreulich. Schließlich brachte es Temeraire doch über sich zu fragen: »Und … geht es ihm gut?«

Tharkay machte eine kurze Pause, dann antwortete er: »Sein Gesundheitszustand verbessert sich von Tag zu Tag. Und seine Gemütsverfassung ist den Umständen entsprechend gut«, was so viel hieß wie, dass Laurence sehr mitgenommen war. Für Temeraire war es nicht weiter schwer herauszufinden, dass der Grund in der Art und Weise lag, wie Napoleon sie allesamt vorführte, sodass jeder, der das sah, davon ausgehen musste, sie würden die Pläne des Kaisers gutheißen. Und das, obwohl diese Vorhaben, wie auch immer sie aussehen mochten, bestimmt nichts Gutes für England zu bedeuten hatten.

Die Lage war schlicht unerträglich, stellte Temeraire mit schrecklicher Gewissheit fest. Die Situation konnte nicht hingenommen werden. Er musste nicht nachfragen, ob Laurence es vorgezogen hätte, lieber ins Gefängnis geworfen oder gehängt zu werden, als dass man ihn so benutzte. Er kannte die Antwort. Tatsächlich war sich Temeraire ziemlich sicher, dass Laurence irgendeinen Weg finden würde, entweder für das eine oder für das andere zu sorgen, und Temeraire blieb folglich nichts anderes übrig, als ihm zuvorzukommen.

»Lassen sie dich noch einmal zu uns?«, fragte er Tharkay langsam, denn er wusste nicht, wie er sein Anliegen verpacken sollte. Eine Gruppe von vielleicht zehn Wachen hatte Tharkay begleitet und stand unhöflicherweise die ganze Zeit über in Hörweite. Bei seiner Ankunft hatte Tharkay gesagt: »Ich glaube, diesen Gentlemen wäre es viel lieber, wenn wir uns auf Französisch unterhalten würden.« Mit Sicherheit hatten sie hinterher über jedes Wort, das gewechselt wurde, Bericht zu erstatten.

»Ich denke, man wird mir nächste Woche noch einmal gestatten, euch zu besuchen«, sagte Tharkay.

»Also gut«, sagte Temeraire. »Tharkay, würdest du bitte Laurence ausrichten, dass ich ihn um Verzeihung bitte, und ihm sagen, dass ich hoffe, er weiß, wie viel er mir bedeutet, und dass ich niemals etwas tun würde, was ein Anlass für ihn wäre, an meinem Respekt und meiner Wertschätzung ihm gegenüber zu zweifeln.«

Tharkay zögerte und sah ihn nach diesen Worten lange an. »Ich werde ihm das natürlich versichern, wenn es denn einer solchen Versicherung bedarf«, sagte er. »Ich hoffe, dich dann nächste Woche zu sehen. Auch wenn ich davon ausgehe, dass wir nicht auf ein Wiedersehen *vor* dem … Ereignis vertrauen sollten.«

»Ja, natürlich«, sagte Temeraire und war sich ausreichend sicher, dass Tharkay so viel verstanden hatte, wie es für ihn möglich gewesen war.

Dann wurde Tharkay zurück zum Haus gebracht; die französischen Drachen aßen zu Abend und waren weit genug von ihnen entfernt, sodass sie nichts mehr mitbekamen. Temeraire wandte sich an Iskierka. »Wir können nicht mehr länger warten«, sagte er. »Wir müssen das Ei retten.«

»*Ich* widerspreche dir nicht; *ich* habe das ja schon von Anfang an gesagt«, entgegnete Iskierka und vertilgte mühelos mit einem Happen eine schön gebratene Rehkeule. »Ich bin froh, dass du endlich auch zu dem Schluss gekommen bist. Ich wäre schon längst aufgebrochen und hätte es geholt, aber es gibt zu viele Wachen. Und mir ist noch nicht eingefallen, wie ich hinterher noch Granby retten soll. Ist dir irgendeine schlaue Idee gekommen? Das wäre *deine* Aufgabe, denn schließlich hast *du* uns diese ganze Sache ja überhaupt erst eingebrockt.«

»Nein«, sagte Temeraire. »Mir ist nichts Schlaues eingefallen. Es ist sogar alles andere als schlau: Es ist einfach nur furchtbar. Uns wird das nicht gelingen: Wir können das Ei nicht holen, ohne dass es einen ordentlichen Tumult gibt, und sie werden sofort Laurence und Granby wegschaffen. Wir werden sie nicht herausholen können.«

»Und was soll das dann, dass du herumtönst: *Wir können nicht mehr länger warten*?«, fragte Iskierka und paffte verärgert Dampf aus sämtlichen Stacheln.

»Das ist genau, was ich meine«, erwiderte Temeraire. »Wir müssen das Ei trotzdem holen.«

Iskierka plusterte sich auf und zischte: »Und zulassen, dass sie Granby *hierbehalten*?«

»Ja«, sagte Temeraire mit halb erstickter Stimme. Er durfte den Gedanken kaum zu Ende denken. Laurence allein in den Klauen von Lien und ganz sicher Zielscheibe ihrer üblen Rache! »Napoleon kann sie nicht hinrichten lassen. Nicht, solange er so tut, als sei Laurence ein guter Freund von ihm und ihm wohlgesinnt. Er kann ihm überhaupt nichts tun. Falls doch, würde es all den Drachen hier sehr komisch vorkommen. Also ist das unsere einzige Chance. Wir müssen das Ei holen, und dann … und dann müssen wir Laurence und Granby zurücklassen.«

»Temeraire heckt auf jeden Fall irgendeinen Plan aus«, sagte Tharkay, »aber ich kann über die Einzelheiten nur spekulieren. Ich weiß lediglich, dass er offensichtlich befürchtete, du könntest dich hintergangen fühlen.«

»Das sagt mir nichts – außer er hat vor, weitere zehntausend Pfund von meinem Geld zu verpulvern«, erwiderte Laurence düster.

»Sollten wir nicht lieber versuchen, sie aufzuhalten?«, fragte Granby. »Du weißt, wir brauchen nicht darauf zu hoffen, dass am Ende noch jemand einen kühlen Kopf bewahrt. Je verrückter der Vorschlag, desto wahrscheinlicher ist es, dass er Iskierka gefällt. Ich würde mich nicht darauf verlassen, dass sie diejenige ist, die Temeraire davon abbringt, geradewegs nach Paris zu fliegen, um dort in den Tuilerien Krawall zu machen.«

»Ich wüsste nicht, wie *du* ihn davon abbringen könntest«, sagte Tharkay, »es sei denn, du verrätst seine Pläne an unsere Wärter, was ganz sicher alle zukünftigen Fluchtpläne vereiteln würde. Du kannst den beiden Drachen entweder vertrauen oder sie für alle Ewigkeiten hier festnageln.«

Nachdem Tharkay es so auf den Punkt gebracht hatte, fiel Laurence seine eigene Entscheidung ganz leicht, auch wenn sie dadurch nicht angenehmer wurde. »Dieses Vertrauen kann ich ihm wohl kaum vorenthalten. Das Ei ist nicht mehr in tödlicher Gefahr, und wir sind es auch nicht. Ich glaube kaum, dass Temeraire in der augenblicklichen Situation von derselben Verzweiflung getrieben wird, die ihn beim letzten Mal zu solch extremem Verhalten angestachelt und uns letztendlich hierhergeführt hat. Ganz bestimmt will er fliehen, aber ich gehe nicht davon aus, dass er sich bei der Verfolgung dieses Ziels in Dummheiten stürzt, die das Ei oder unser Leben in Gefahr bringen. Ich will nicht abstreiten, dass er vielleicht seine Chancen überschätzt, was bei rationaler Beurteilung mit einem skeptischeren Blick deutlich werden könnte. Aber ich kann ihm nicht die Gelegenheit nehmen, selber tätig zu werden, nur weil ich keine Möglichkeit habe, seinen Plan vorher abzusegnen.«

»Nun, du würdest ihm wirklich keinen guten Dienst erweisen,

wenn du seine Aktivitäten verhindertest, das leugne ich nicht«, sagte Granby. »Aber was kann er schon tun, während er hier inmitten von Bonapartes Armee herumsitzt? Wenn mir nur irgendetwas einfallen würde, das sich zu tun lohnte, dann würde ich mir weniger Sorgen machen, wenn er etwas im Schilde führt. Ich wäre der Erste, der zugibt, dass es ein Elend ist, von Spanien aus in ein französisches Gefängnis zu wandern – ganz gleich, wie komfortabel es auch sein mag«, fügte er ehrlich, wenn auch widerstrebend hinzu, denn ihre Umgebung schien diesen Zusatz beinahe einzufordern.

Napoleon hatte es nicht dabei belassen, sie in einer palastartigen Suite seines eigenen Heims unterzubringen, umsorgt von Bediensteten, die sich um all ihre Belange eilfertig kümmerten. Das Feuer brannte nun so heftig, dass sie sich gezwungen sahen, die Türen zu den Gärten zu öffnen, weil die Luft derart stickig geworden war. Auf einer Anrichte stand eine prächtig glänzende, silberne Teemaschine von enormer Kapazität. Sie würde auch für drei Männer ausreichen, selbst dann, wenn sie das Verlangen hätten, sich in Tee zu ertränken, wie es einst dem Herzog von Clarence erging, der in Weißwein ertränkt wurde. Gerade erst waren sie vom Tisch aufgestanden, wo ihnen ein wunderbares Steinbuttfilet in Wein und ein Stück gebratenes Fleisch von auf der Zunge zergehender Zartheit serviert worden war. Es hatte sechs Gänge gegeben, und einer davon waren herrliche Austern, an denen sich selbst nach Laurence' Maßstäben nicht der geringste Makel feststellen ließ. Dann war Huhn Marengo aufgetragen worden, und man kam nicht umhin festzustellen, dass es köstlich schmeckte, auch wenn man zugeben musste, dass in dem Genuss jenes Gerichtes und all der anderen Behaglichkeiten, die ihnen geboten wurden, etwas irgendwie Unpatriotisches lag.

Laurence hätte all diese Extravaganzen verschmäht, wenn dafür irgendeine Form der Gegenleistung verlangt worden wäre. Genau genommen wartete er sogar darauf, dass sich ihm eine Gelegenheit zur

Verweigerung bieten würde. Aber bislang war er noch nicht einmal aufgefordert worden, sein Ehrenwort zu geben, keinerlei Fluchtversuche zu unternehmen. Er konnte nicht einfach so das aufgetischte Abendessen zurückweisen und verlangen, Grütze und Wasser vorgesetzt zu bekommen oder in eine feuchte Zelle gesperrt zu werden, ohne sich sowohl grob unhöflich als auch albern vorzukommen. Und selbst wenn er das täte, wäre es sogar noch schlimmer, wenn seinen Wünschen entsprochen würde, denn damit hätte er um den Gefallen gebeten, über die Art seiner Unterbringung entscheiden zu dürfen. Damit würde er sich selbst den Anschein eines überspannten Gastes geben, anstelle der Aura eines widerstrebenden Gefangenen. Er teilte Granbys zuvor geäußerte Gefühle voll und ganz.

»Wir hatten gerade wirklich etwas bewegt«, sagte Granby niedergeschlagen, »und endlich war ich so weit, nicht jedes Mal das Gefühl zu haben, ich müsste eigentlich rot werden, wenn Admiralin Rolands Blick auf mich fiel. Du weißt schon, nach Salamanca hat uns Wellington selbst einen Ochsen spendiert und eine Nachricht geschickt, die mir, das muss ich zugeben, mehr bedeutete, als wäre ich zum Ritter geschlagen worden: *Ich beglückwünsche Sie zum disziplinierten Auftreten Ihres Drachens und Ihrer Mannschaft*, und diese Worte waren sogar halbwegs verdient. Iskierka hat nur geschnaubt, als sie davon hörte, und wollte, dass ich zurückschreibe, sie würde *ihn* beglückwünschen, dass nicht so viele seiner Männer wie üblich aus der Schlacht geflohen seien. Aber ich kann dir versichern, dass sie besser auf mich gehört hat, als ich es jemals für möglich gehalten hätte. Von Zeit zu Zeit hat sie sich sogar dazu herabgelassen, im Vorfeld kurz über ihre Handlungen nachzudenken. Und jetzt *das*!« Granby seufzte.

Und auch Laurence seufzte. Wie wenig Vergnügen er auch mitten in der grausamen Brutalität des Russlandfeldzuges verspürt hatte – er hätte seinen augenblicklichen Aufenthaltsort ebenfalls, ohne zu zögern, gegen das kälteste und freudloseste Lager des ganzen vergangenen Winters eingetauscht. »Aber ich kann es einfach nicht akzeptieren, dass uns nichts anderes übrig bleibt, als still im Gefängnis herumzusitzen«, sagte er, »einzig deshalb, weil Napoleon augenscheinlich mehr mit uns im Sinn hat. Nur, um wie ein Juwel auf einem Kissen präsentiert zu werden.«

Er schaute zu den geöffneten Türen. Sie wurden diskret, aber pflichtschuldigst von sechs jungen, tüchtigen und außergewöhnlich großen Soldaten in der Uniform der Kaisergarde bewacht, die stoisch draußen auf der Veranda herumstanden. Der älteste von ihnen, ein Bursche namens Aurigny, hatte sich zuvor bei ihnen vorgestellt. Er war nicht viel älter als fünfundzwanzig, und ein humorvoller Zug lag auf seinem rötlichen, wettergegerbten Gesicht. Doch im Gespräch war er sehr ernst gewesen. »Ich hoffe, M'sieur, dass Sie nichts begehren werden, was wir Ihnen nicht gewähren können«, eine Phrase, die seine besonderen Anweisungen hübsch verpackte. Er sollte Gefangene bewachen, ohne sie in irgendeiner Form zu beleidigen, außer natürlich durch die tiefste Schmach, ihnen ihre Freiheit zu nehmen. Es war ein bisschen absurd, aber anscheinend würde Laurence keinerlei abschlägige Antworten befürchten müssen, solange er seine Inhaftierung nicht erwähnte. Natürlich würde man ihm nicht erlauben, in die Nähe von Temeraire zu gelangen, aber …

»Wenn ich darum bitten würde, auf dem Gelände herumlaufen und frische Luft schnappen zu dürfen«, sagte Laurence nach einem kurzen Augenblick, »dann würden die Wachen mir das doch sicherlich nicht verwehren, denke ich.«

»Herumlaufen, wo die Drachen dich sehen können?«, fragte Tharkay. »Nein, ich denke nicht, dass sie das verbieten würden, wenn es doch das Ziel des Kaisers ist, dich zur Schau zu stellen.«

»Also gut«, sagte Laurence. »Dann muss ich diesen Preis wohl zahlen für die Möglichkeit, die sich mir hoffentlich bei einem solchen Spaziergang bieten wird, denn ich will versuchen, ein paar Worte mit Moshueshue zu wechseln. Ich hoffe, dass er sich noch an mich erinnert. Wir haben damals zwar nur wenig miteinander gesprochen, aber zum einen ist er mir bei diesem Treffen als ein vernünftiger Mann aufgefallen, zum anderen haben die Tswana nicht die geringste Neigung gezeigt, sich aus irgendeinem anderen Grund als aus rein praktischen Erwägungen heraus auf die Seite Frankreichs zu schlagen. Vielleicht kann er mir zumindest den Grund für diese heimliche Versammlung verraten; er hat keine Veranlassung, sich verborgen zu halten. Hinterher hat er dann die Möglichkeit, den anderen Gästen zu berichten, was ich selber nicht mitteilen kann, nämlich dass meine Anwesenheit hier unfreiwillig ist und dass ich nicht das Geringste mit Napoleons Plänen zu schaffen habe.«

»Aber wenn du das machst, was dann?«, fragte Tharkay später am Abend, als Granby schon zu Bett gegangen war. »Wie man es dreht und wendet: Es bleibt ein Glücksspiel«, fügte er hinzu, als Laurence nicht sofort antwortete. »Die Anwesenheit von so vielen Drachen – und viele davon Wilddrachen oder Tiere aus anderen Nationen – lässt sich nicht allein mit Respekt Napoleon gegenüber erklären.«

»Du meinst, dass er ihnen irgendetwas angeboten hat, was eine spürbare Verbesserung ihrer Lebensumstände zur Folge haben wird?«, fragte Laurence.

»Mir fällt kein anderes Motiv ein, was sie dazu bringen könnte, ihm zuzuhören«, sagte Tharkay.

Laurence hatte oft – selbst unter seinen eigenen Landsleuten, ja sogar innerhalb seiner eigenen Regierung – bittere Beweise dafür gefunden, wie die Drachen verachtet und zugleich gefürchtet wurden, und er hatte auch erlebt, dass an der Feindseligkeit ihnen gegenüber halsstarrig festgehalten wurde. Er wusste, welche Alternative Whitehall bevorzugt hätte, wenn man dort die Wahl gehabt hätte zwischen der grausamen russischen Praxis der Flugfesseln und dem Hungernlassen der Tiere, die das Anschirren verweigerten, auf der einen Seite und auf der anderen Seite den eifrigen Bestrebungen Napoleons, die

Liebe und die Loyalität seiner Drachen zu gewinnen und sie mitten ins Leben ihrer Nation einzubinden. Notwendigerweise würden die Admiräle wohl, ausgesprochen widerwillig und nur unter Protest, den Drachen ein paar spärliche Bröckchen an Rechten und Freiheiten zugestehen, denn Napoleons Vorgehen brachte zu viele Vorteile, als dass man es vollkommen ignorieren konnte. Aber ihr einziger Beweggrund war die Notwendigkeit. Aus einem Gefühl der Gerechtigkeit oder der Nächstenliebe heraus würde England nichts für die Drachen tun, während Napoleon unermüdlich damit beschäftigt war, die verriegelten Tore von Zuchtgehegen und Stützpunkten aufzustoßen.

»Eines aber schützt mich davor, auf Napoleons schöne Pläne hereinzufallen«, sagte Laurence. »Dass nämlich alles, was er je getan hat, immer nur seiner eigenen Eitelkeit diente. Ihm geht es in Wahrheit gar nicht um die französischen Drachen, sondern er will sich um seiner selbst willen ihrer Liebe versichern. Ohne zu zögern, vergießt er ihr Blut und das Blut seiner Soldaten, um sich selbst zu einem makellosen Tyrannen aufzuschwingen, der unangefochten die ganze Welt regiert. Er kann keinen neben sich dulden – und deshalb kann man *ihn* nicht dulden. Seine Ziele und seine augenblicklichen Bestrebungen mögen nobel erscheinen, seine Mittel sind es dagegen nicht, und es hat sich gezeigt, dass er der Zerstörungskraft und dem Schrecken eines Krieges gegenüber völlig gleichgültig ist.«

Nach diesen Worten schwieg er eine Weile. Er wusste, dass Tharkay ihn besorgt musterte, und ihm war klar, dass dieser allen Grund dafür hatte. Es war nicht leicht für ihn, sich nun als Instrument von Napoleons Erfolg zu sehen, wie widerwillig und wie gering auch immer, und er war niedergeschlagen. Leicht, nur allzu leicht, kehrten die Gedanken an den Tod seines Vaters zurück. Im Stillen kam er nicht gegen einen Anflug von bitterer Erleichterung an, dass Lord Allendale der Schmerz erspart geblieben war zu hören, wie man sich erzählte, dass sein Sohn nicht etwa der *Gefangene* des französischen

Kaisers war, sondern sein geschätzter *Gast*, und das mitten in Zeiten des Krieges.

Laurence versuchte, diese Grübeleien zu verdrängen. Die Tat, die seine momentanen Umstände besiegelte, war bereits vor langer Zeit geschehen, und er hatte sich seitdem – nicht ohne enorme Schwierigkeiten – mit den daraus resultierenden Konsequenzen abgefunden. Keinesfalls wollte er jetzt anfangen zu bedauern, dass er derjenige gewesen war, der so viele Leben vor dem grausigen, qualvollen Ende bewahrt hatte; dass so viele der hier anwesenden Drachen nur durch sein Handeln überlebt hatten und nun zu Feinden seiner Nation geworden waren. Ein Sieg, der auf solchen Füßen stand, musste jedem Mann von Ehre verhasst sein, und wenn sich eine Nation als Sieger wähnte, weil sie vorsätzlich leugnete, dass Drachen fühlende Wesen waren, dann konnte Laurence sich nicht dazugehörig fühlen. Er konnte sich selbst nicht auf diese Weise belügen.

»Ich bin beruhigt«, sagte Tharkay mit einem festen Blick aus zusammengekniffenen Augen, »außer in einem Punkt. Ich weiß natürlich, wie sehr du Napoleons großzügige Aufmerksamkeiten genießt«, hier brach sein trockener Humor durch, »aber du solltest wissen, dass ich nie gewollt und dich noch viel weniger dazu gedrängt hätte, sie meinetwillen einzufordern.«

»Ich hoffe«, sagte Laurence, »dass ich niemals *gedrängt* werden muss, irgendetwas zu deinem Wohle zu unternehmen. Auf jeden Fall haben wir viel zu viele Indizien dafür, dass Napoleon mich vorführen will, als dass man davon ausgehen könnte, dass er seine *Aufmerksamkeiten* noch viel länger hätte aufschieben wollen. Er kann weder darauf gewartet haben, dass ich ihm einen Anlass dafür biete, noch kann es ihm um meine Zustimmung dafür gegangen sein, denn beides hat er nicht von mir bekommen.«

Tharkay schüttelte kurz den Kopf und wirkte ein wenig unzufrieden. »Ich würde es vorziehen, wenn du künftig von solchen Erwägungen Abstand nehmen würdest. Das Risiko, das mit meiner sagen wir *Beschäftigung* einhergeht, bin ich aus freien Stücken und in vollem Wissen um die Konsequenzen eingegangen, falls ich jemals vom Feind enttarnt werden sollte.«

»Das kann jedoch nicht heißen, dass ich weniger darum bemüht wäre, diese Konsequenzen zu verhüten«, sagte Laurence. »Aber du kannst beruhigt sein. Wenn ich Napoleon die Chance gegeben habe, mich als seinen Freund zu präsentieren, dann habe ich jetzt vor, ihm und all seinen Gästen den bestmöglichen Beweis des Gegenteils zu liefern, und ich weiß, dass du nichts sagen wirst, um mich davon abzubringen.«

»Durchaus nicht«, sagte Tharkay. »Ich bedauere es nur, zu einem so ungünstigen Zeitpunkt enttarnt worden zu sein.«

Es lag ein harter Ausdruck in seinen Augen, sodass Laurence sich zu fragen traute: »Weißt du denn, wie die Sache ans Licht gekommen ist?«

»Ich schätze, es ist der Lohn für den Erfolg«, sagte Tharkay. »Mein letzter Bericht über die politische Situation innerhalb des türkischen Reiches hat sich als außerordentlich nützlich erwiesen: Der Sultan bleibt Napoleons Verbündeter, und es ist unwahrscheinlich, dass er seine Haltung ändert, solange wir mit Russland verbündet sind. Aber ich habe herausgefunden, dass ein wichtiger Beamter bestechlich war. Die chinesischen Legionen, auf die wir hoffen, werden auf keinerlei direkte Gegenwehr stoßen, wenn sie auf dem Landweg kommen.«

»Das ist in der Tat eine fantastische Nachricht«, sagte Laurence leise. »Aber wie kann es sein, dass du ihretwegen aufgeflogen bist?«

»Ich schätze, der Bericht hat zu weite Kreise gezogen, um noch gut für mein Wohlergehen zu sein«, antwortete Tharkay. »Es hat sich ergeben, dass einer meiner geliebten Cousins einen unbedeutenden Ruheposten irgendwo in der Marinebehörde bekommen hat.«

»Guter Gott«, sagte Laurence. »Und du vermutest, dass er zum Verräter geworden ist?«

»Oh, ich bin mir sicher, dass er es nicht so bezeichnen würde«, antwortete Tharkay. »Ich bezweifle, dass mein Bericht unter meinem Namen weiterverkauft wurde – was erklärt, warum Minister Fouché so begierig darauf war, die Angelegenheit mit mir zu besprechen. Nein, ich bin mir sicher, dass der liebe Ambrose es einfach eine unwiderstehliche Gelegenheit fand, mich loszuwerden und sich damit auch meine unangenehmen Versuche vom Hals zu schaffen, mein Recht auf mein väterliches Erbe zu verteidigen. Und gleichzeitig sprang noch Profit für ihn dabei heraus.«

Er sprach scheinbar unbekümmert, aber Laurence wusste, dass er die Tiefe der Gefühle seines Freundes weniger anhand dessen erkennen konnte, was er sagte, als vielmehr an dem, was er verschwieg. Außerdem hatte Tharkay die Familie väterlicherseits in all den Jahren ihrer Bekanntschaft nicht öfter als vielleicht ein Dutzend Mal erwähnt. Laurence hatte überhaupt nur durch eine beiläufige Bemerkung von ihrer Existenz erfahren. Dank einer Unterhaltung an Bord eines Schiffes wusste er, dass diese Verwandten Tharkay bis zum Tod seines Vaters liebevolle familiäre Bindungen vorgegaukelt hatten, seit diesem Ereignis aber alles in ihrer Macht Stehende unternahmen, um ihm sein Erbe zu stehlen und seine Legitimität infrage zu stellen.

Sie hatten es geschafft, dass er in England ohne Freunde und ohne Geld dastand, abhängig von der Freundlichkeit eines alten Bekannten seines Vaters in der Ostindien-Kompanie, der ihm kleine und gefährliche Anstellungen im Ausland als Verbindungsmann und Führer verschaffte. Nur die Belohnung, die er dafür erhalten hatte, dass er gut zwanzig Wilddrachen aus dem Pamirgebirge für den englischen Militärdienst hatte gewinnen können, hatte ihn schließlich in die Lage versetzt, einen Prozess anzustrengen, der ihm zu seinem Recht verhelfen sollte. Doch seither schleppte sich die gerichtliche Auseinandersetzung dahin.

»Ich bedauere es, dass ich nicht mehr die Macht habe, die Pläne deines Cousins zu durchkreuzen«, sagte Laurence leise. »Ich hoffe,

Tenzing, du weißt, dass ich mein Leben dafür aufs Spiel setzen würde, um dich zu retten.«

»Oh, was das angeht, kann ich dich beruhigen«, sagte Tharkay. »Ich glaube kaum, dass Napoleon es besonders gefallen wird, wenn man ihn verschmäht. Sobald du eine Runde durch seine sorgfältig ausgewählten und hier versammelten Gäste gedreht und sie allesamt aufgewiegelt hast, wird sich Napoleon genug provoziert fühlen und seinen Zorn auf dich konzentrieren, ganz, wie du es dir wünschst. Dann ist es ziemlich wahrscheinlich, dass du, genau wie ich, hingerichtet werden sollst.«

Die Anfrage wurde bei Aurigny gestellt, und schon am nächsten Morgen kam die rasche und überschwängliche Erlaubnis. Sie durften sich frei auf dem Übungsgelände bewegen, auch wenn der Kaiser es bedauerte, dass sie nicht in die Nähe des nördlichen Gartenbereichs gehen durften, wo Temeraire und Iskierka untergebracht waren. Aber ihre Eskorte würde sie freundlich zurückschicken, falls sie aus Versehen zu weit in diese Richtung gelangen sollten. Außerdem sollten sie am kommenden Abend mit dem Kaiser und der Kaiserin zu Abend speisen; eine Ehre, die Laurence nur ungern annahm und auf die Granby geradezu mit Entsetzen reagierte.

»Wir dürfen keinen Moment verstreichen lassen: Lass uns versuchen, ihn sofort in Rage zu versetzen«, sagte er. »Es wird dann noch nicht zu spät für ihn sein, seine Einladung wieder zurückzuziehen. Ich für meinen Teil lasse mich lieber an den Pranger stellen, als schon wieder mit einer solchen Abendgesellschaft an einem Tisch zu sitzen.«

Tharkays Erinnerungen an die Anlagen des Geländes waren gut genug, um sie in die Nähe der Tswana zu bringen, jedoch nicht ohne einige kleinere Umwege, die Laurence aber begrüßte: Schließlich dienten sie dazu, ihre Eskorte von sechs exzellenten und zu allem entschlossenen französischen Soldaten abzulenken. Während sie die Wege entlangspazierten, unterhielt sich Laurence ein wenig mit Aurigny und seinen Begleitern. Sie sprachen mit einer ungewöhnlichen Vertrautheit von ihrem Kaiser und verfluchten mit einem Lachen die Launen Napoleons, der sie für »Schäferhund-Pflichten« abgestellt, wie einer der Burschen es ausdrückte, und sie von der Frontlinie abgezogen hatte. »Ah, aber er muss uns doch manchmal auch ein bisschen kämpfen lassen«, sagte einer der Wachen namens Brouilly ein wenig unbedacht, »jetzt, wo die Preußen drauf und dran sind, die nächste Tracht Prügel zu kassieren. Ich war in Austerlitz dabei«, fügte er mit verzeihlichem Stolz hinzu und strich beinahe zärtlich über einen Orden auf seinem Revers.

Tharkay bog erneut ab und ließ seinen Blick schweifen; Laurence sah, dass er sie auf einen schmalen Pfad geführt hatte, der zwischen zwei Pavillons verlief. Dahinter blitzte der geschnitzte Giebel eines besonders großen Pavillons hervor, an dem sie beim letzten Mal die Tswana gesichtet hatten. Jetzt musste nur noch ein Vorwand gefunden werden, um in deren Nähe zu gelangen und mit ihnen zu sprechen. Laurence bedauerte einmal mehr, dass Temeraire nicht da war, denn er selber beherrschte die Sprache der Tswana nur sehr unzureichend. Aber irgendwie würden sie sich schon verständigen, wenn der Wille dazu auf beiden Seiten da war. Laurence hatte nicht vor, seine Worte oder Taten vor den Wachen zu verheimlichen. Solange sie ihn nicht unter Anwendung von körperlicher Gewalt wegzerrten, ehe er so viel wie möglich gesagt hatte, wäre er schon zufrieden.

»Ich muss Ihnen zur Gestaltung der Pavillons gratulieren«, sagte Laurence zu Aurigny, nicht ohne sich innerlich für diese Art von Täuschungsmanöver zu schämen. »Die Böden sind beheizt, nicht wahr? Ich hoffe, Sie haben nichts dagegen einzuwenden, wenn wir uns einige dieser Gebäude ein bisschen genauer ansehen.«

Aurigny schlug es ihm nicht ab, und mit halb nur vorgetäuschtem Interesse marschierte Laurence zum nächsten Pavillon und machte viel Aufhebens, als er den Heizstein sah – keineswegs französischen, sondern chinesischen Ursprungs, sodass Laurence längst damit vertraut war. Allerdings waren an diesem hier kluge Modifikationen vorgenommen worden, und rasch wurde aus Laurence' geheucheltem Entdeckerdrang wirkliche Neugier. Laurence hätte gerne die Pläne für das System angeschaut, auch wenn ihn das auf unangenehme Weise daran erinnerte, wie wenig Aussicht er darauf hatte, diese Pläne je nutzen zu können. In Neusüdwales waren Heizungen kaum nötig, und selbst wenn er und Temeraire es jemals wieder aushalten sollten, in England zu leben, dann würden sie vermutlich nicht über die Macht verfügen, irgendwelche Pavillons errichten zu lassen.

»John, sieh doch mal hier!«, rief er und lenkte Granbys Aufmerksamkeit auf die Heizrohre, die das heiße Wasser aus dem leise gurgelnden Kessel nach oben transportierten und durch den Boden des Pavillons führten. Er dachte sich nichts dabei, als die im Innenraum schlafenden Drachen ihre Köpfe hoben und zu ihnen herübersahen. Es waren zwei Mittelgewichte, leuchtend himmelblau gefärbt und von schlankem Körperbau, gar nicht so weit entfernt von Temeraires Gestalt, mit großen, aber eng zusammengefalteten Flügeln und einem Band über dem Rücken ihrer rundlichen Nase, nicht unähnlich einer Schlange. Außerdem hatten sie lange Reißzähne, die aus ihren Kiefern herausragten. Die Wachen zeigten keinerlei Besorgnis, außer vielleicht der jüngste von ihnen, der seine Unbekümmertheit nur vorgab. Seine Hand ruhte nämlich auf dem Griff seiner Pistole, und seine Blicke waren auf die Drachen anstatt auf die Gefangenen gerichtet.

Und dann sog eines der Tiere zischend die Luft ein, was ein langer, bedrohlich rasselnder Atemzug war, ehe es ausstieß: »Engländer.«

Granby hatte versucht, seinen Part überzeugend zu spielen, und hatte sich mit ungeteilter Aufmerksamkeit vorgebeugt, um die Rohre zu inspizieren; jetzt fuhr sein Kopf hoch, er sah einen der Drachen an und stieß zwischen den Zähnen hervor: »Oh, Herr im Himmel, das sind Bengalen.« Gleichzeitig drehte er sich um und griff nach Laurence, gerade als eines der Tiere einen gewaltigen Hieb mit einer vielkralligen Klaue niedersausen ließ.

Der Instinkt war schneller als der Schatten des gewaltigen Schlags. Laurence warf sich zur Seite und rollte sich in die Büsche, während Granby rückwärts in die entgegengesetzte Richtung auf den Weg stürzte. Die Klaue landete zwischen ihnen und zerschmetterte zwei der Heißwasserrohre. Heiße Dampfwolken stiegen unter lautem Pfeifen in die Höhe, und der Drache riss mit einem schmerzerfüllten Zischen seine Klaue zurück.

Die Wachen erhoben lautstarken Protest und zückten ihre Degen und Pistolen, aber eine Gruppe, die gerade groß genug war, um drei Männer zu bewachen, reichte nicht aus, um einen wütenden Drachenmob zu besänftigen. Die beiden Tiere schoben sich, zu ihrer vollen Länge auseinandergerollt, aus dem Pavillon und stürmten dann mit erstaunlicher Schnelligkeit über den Boden; ihre Flügel waren noch immer zusammengefaltet, um sich nicht in den Bäumen zu verfangen, und ihre Köpfe schwangen suchend nach rechts und nach links, zurück und nach vorne. Das bisschen Deckung, das die Dampfwolken Laurence und Granby geboten hatten, ging schnell verloren, sobald die kaputte Leitung leergelaufen war. Laurence schaffte es, wieder auf die Füße zu kommen, und hastete in gebückter Haltung zu einer kleinen Baumgruppe. Gerade noch rechtzeitig warf er sich hinter einen Baum, als der Stamm auch schon ächzte und Borkenstückchen nach allen Seiten wegflogen, denn ein mächtiger Kopfstoß des einen Drachen hatte den Baum voll getroffen.

Hinter ihm auf dem Weg war der Knall einer Pistole zu hören. Einer der Drachen hatte diese Richtung eingeschlagen, der andere war Laurence auf der Spur geblieben. Nach dem Zusammenprall mit dem Baumstamm hatte er den Kopf hochgerissen und ein paarmal geschüttelt, und in dieser kurzen Verschnaufpause war Laurence mit langen Schritten zu einer Öffnung zwischen zwei mächtigen Felsbrocken gestürmt, die kunstvoll arrangiert worden waren, um den einen Pavillon vor Blicken aus dem anderen zu schützen. Unter Laurence' Händen löste sich das Moos, als er sich in die schmale Höhlung zwängte. Einer der Drachen kam ihm hinterher und hielt sein glänzendes gelbes Auge vor den Spalt. »Engländer«, zischte er noch einmal hasserfüllt. Er trug ein goldenes Halsband, das sehr schmutzig war und so aussah, als wären bei verschiedenen Gelegenheiten Stücke herausgebrochen worden. Vielleicht hatte das Tier sie gegen Lebensmittel eingetauscht. Es war ein schlanker und betagter Drache mit Schuppen, die im Alter breiter geworden waren.

Laurence duckte sich tiefer in sein Versteck, als sein Angreifer versuchte, einige Krallen in die Öffnung zu schieben, und ihn beinahe erwischt hätte. Frustriert zog das Tier die Krallen über das Gestein zurück, was ein entsetzliches Kratzgeräusch machte. Laurence hätte etwas nach draußen rufen können, aber ihm fiel nichts ein, was zu einem wutentbrannten, rachsüchtigen Drachen hätte durchdringen können. Vielleicht, so gestand sich Laurence grimmig ein, hätte er in Betracht ziehen sollen, dass nicht *jeder* Drache hier Grund hatte, ihm wohlgesonnen zu sein. Napoleon war ohne Zweifel froh gewesen, Drachen zu rekrutieren, die seinen tiefen Hass auf England teilten.

Die Felsen schabten lautstark aneinander; der Drache warf sich mit seinem ganzen Körpergewicht dagegen. Kleine Steine und Erde lösten sich und rieselten Laurence in die Augen, und die beiden großen Steinbrocken schaukelten hin und her, bis sich schließlich einer langsam vom Fleck bewegte. Laurence drehte sich im Spalt einmal um die eigene Achse und schob sich auf der anderen Seite wieder hinaus, dann sprintete er in der Geschwindigkeit einer Kreatur, der der Tod im Nacken sitzt, davon. Hinter sich hörte er das verräterische Splittern von Ästen und das grausige Krachen von grünem Holz. Er brauchte nicht zurückzublicken. Das zischende Atmen kam näher.

Dann fielen weitere Schüsse in der Ferne, und lautes Brüllen war zu hören. Die Franzosen hatten ihre eigenen Drachen dazugerufen, um für Frieden zu sorgen. Natürlich würde Laurence dem Drachen auf Dauer nicht entkommen, aber er konnte sich Zeit verschaffen. Unvermittelt schlug er einen Haken und hechtete hinter einen der größeren Bäume. Auch der Drache schnellte herum und folgte ihm, und als ein Klauenhieb den Stamm traf, rannte Laurence unmittelbar auf das Tier zu und tauchte unter dem Bogen des Vorderbeins hindurch. Der Drache drehte den Kopf und versuchte, Laurence nicht aus dem Blick zu verlieren, aber er war gezwungen, sich mühselig einmal um sich selbst zu drehen, ehe er die Verfolgung wieder aufnehmen konnte.

Laurence keuchte und bekam beinahe keine Luft mehr. Seine Brust schmerzte. Der Drache hatte sich wie eine Wand hinter ihm aufgerichtet und wurde jetzt etwas langsamer. Einen Moment lang schöpfte Laurence Hoffnung, bis er bemerkte, dass das Tier ihn in die Richtung des freien Weges vor ihm scheuchte. Dort hätte er keinerlei Deckung mehr durch die Bäume und wäre gut zu sehen und zu packen, was eine leichte Beute aus ihm machen würde. Kurz überschlug Laurence seine Möglichkeiten im Kopf, dann rannte er so schnell, wie er noch konnte, sprang mit einem Satz über den Weg hinweg und rollte sich hinter der Hecke auf der gegenüberliegenden Seite ab.

Aber sein Verfolger hatte diese Taktik vorausgeahnt. Auch er setzte zu einem gewaltigen Sprung nach drüben an, die Flügel jetzt halb ausgebreitet, und landete auf der anderen Seite von Laurence. Nun drängte er ihn von dort wieder in die gewünschte Richtung und war jetzt näher an ihm dran. Laurence hatte selten mehr Mitleid mit einem Fuchs gehabt, der in die Enge getrieben wird. Es war ein entsetzliches Gefühl, einen schnellen, gewitzten Jäger auf den Fersen zu haben und seiner Gnadenlosigkeit ausgeliefert zu sein. Jeden Augenblick würde er ihn zu fassen kriegen. Ihm blieb nur noch eine letzte Hoffnung auf Entkommen: Er holte tief Luft, dann bog er auf den Weg ein und rannte wieder, diesmal aber ohne jeden Schlenker schnurstracks geradeaus auf den nicht weit entfernt gelegenen Pavillon der Tswana zu, und brüllte »Hilfe! Hilfe!« in deren Sprache.

Und dann drehte sich die Welt mit erstaunlicher Gewalt um ihn herum. Kurz hatte Laurence den sonderbaren Eindruck, dass Licht unmittelbar durch seinen Schädel strömte, begleitet von Glockengeläut. Acht Glocken, dachte er vage, während sein ganzer Körper von einer betäubenden, schweren Mattigkeit überwältigt wurde. Der Kopf des Drachen senkte sich zu ihm, die Zähne waren gebleckt. Er hatte ihn mit einem Hieb seiner Klauen zu Boden gestreckt, und zwei Krallen umfassten ihn wie einen Schmetterling rechts und links der Brust. Der Drache musterte ihn eindringlich. Laurence verspürte keine Schmerzen mehr, konnte sich aber auch nicht mehr rühren. Offensichtlich zufrieden damit, dass er bewegungsunfähig war, hob sein Angreifer Kopf und Klaue für den letzten, tödlichen Hieb.

Laurence war noch immer benommen und wie gelähmt, sah jedoch sehr klar, wie sein Peiniger plötzlich von ihm weggestoßen wurde und sich dabei überschlug. Ein weitaus größerer Drache mit orangefarbenen und grauen Tupfen hatte ihn aus dem Weg geräumt und seine Klaue wie einen schützenden Käfig über Laurence gestellt. Der Bengale rollte sich ab, war aber sofort wieder auf den Beinen, hob die Schultern und entfaltete eine große Kragenkrempe, die sich über und unter seinem Kopf ausbreitete. Diese war in den leuchtenden Farben eines Pfaus, blau, grün und lila gemustert. Außerdem zischte das Tier und fletschte die langen und bösartig aussehenden Fangzähne. Einer davon war an der Spitze ein Stück abgebrochen, und grünlicher Geifer tropfte herunter.

Der Drache der Tswana war nicht unbeeindruckt und gab eine tiefe, grollende Antwort. Laurence konnte nicht ganz folgen, hatte aber das Gefühl, dass es sich um etwas ziemlich Beunruhigendes handelte. Staub stieg vom Weg auf, und einen Moment darauf waren zwei weitere Tswana-Drachen neben ihrem Kameraden gelandet. Diese Verstärkung brachte das blaue Tier dazu zurückzuweichen, und kurz darauf fiel auch sein aufgerichteter Kragen wieder in sich zusammen. Der Bengale zischte sie alle noch einmal an, dann begann er, sich langsam auf den Weg zurückzuziehen, ohne auch nur ein einziges Mal den Blick abzuwenden, bog zu seinem eigenen Pavillon ab und geriet außer Sichtweite, bis schließlich auch die letzte Schwanzkrümmung verschwand.

Laurence stellte fest, dass erst jetzt eine körperliche Reaktion bei ihm einsetzte und er am ganzen Leib zitterte; kurz darauf kehrte auch sein Gefühl zurück. Sein Herz klopfte Furcht einflößend schnell, und unwillkürlich presste er sich eine Hand auf die Brust, denn er stellte sich vor, dass er das Herzklopfen an seinen Fingern spüren müsste. Einige tiefe Atemzüge darauf fing er sich langsam wieder, und dann hob sich auch die schützende Klaue. Laurence hatte die ganze Zeit lang noch ausgestreckt dagelegen, richtete nun den Oberkörper auf und bemerkte, dass ihn fünf Drachen nachdenklich musterten, ebenso zehn Männer, mit Goldschmuck und Pelzen behängt, wie sie nur die höchsten Ränge der Tswana-Krieger trugen. Ihre Speere hatten sie jedoch gegen Gewehre getauscht, die sie auf ihren Rücken trugen und die sie mit außergewöhnlich langen Bajonetten ausgestattet hatten.

»Uns bleibt noch ein bisschen Zeit, um zusammenzusetzen und uns zu unterhalten, denke ich«, sagte Moshueshue in ausgezeichnetem Französisch und goss Laurence eine Tasse rötlich-braunen Tee ein. »Die Aufregung scheint noch nicht vorbei zu sein, und die Franzosen werden etwas brauchen, bis sie sich vergewissert haben, dass Sie nicht in Stücke gerissen über dem Gelände verteilt sind. Es war sehr interessant für mich, Sie hier als Gast vorzufinden, Kapitän Laurence. Ich hatte Sie nicht erwartet.«

Laurence ließ die Tasse sinken, die er dankbar entgegengenommen hatte. Darin war ein heißes, angenehmes Getränk, das kein bisschen bitter schmeckte, obwohl es wirklich sehr stark war. Noch hatte er nichts gesagt, was seine Situation erklären würde, doch augenscheinlich hatte Moshueshue bereits einige Aspekte erraten. »Sir, Sie sind zu Recht überrascht. Ich bin kein Gast, sondern ein Gefangener.« In einigen wenigen Worten umriss er die Umstände, die ihn und Temeraire hierhergeführt hatten, während Moshueshue zuhörte, ohne ihn zu unterbrechen. Schließlich endete Laurence: »Ich wäre dankbar, mehr über diese Versammlung hier zu erfahren und herauszufinden, in welchem Zusammenhang bislang mein Name erwähnt wurde.«

Moshueshue antwortete nicht sofort, sondern saß mit nachdenklichem, nach innen gerichtetem Blick da, der keinerlei leidenschaftliche Gefühle verriet. Einer der Drachen hielt es nicht länger aus und verlangte nach einer Erklärung. Der Prinz blickte hoch, und nach einem weiteren kurzen Moment des Überlegens erläuterte er die Situation kurz und knapp. Laurence verstand *Ei* und *Dieb*, und er war verblüfft, als er sah, wie alle Drachen die Köpfe hochrissen und wie aus einer Kehle ein abfälliges Zischen ausstießen.

»Ein Ei zu entwenden, das ist eine ernste Sache bei uns, Kapitän«, sagte Moshueshue, als er Laurence' Überraschung bemerkte, und Laurence wurde klar, dass es bei ihnen natürlich beinahe dem Stehlen einer Seele gleichkam. Die Tswana glaubten, dass in den Drachen ihre eigenen Helden wiedergeboren würden, und sie lebten diesen Glauben aus, indem sie jedem Ei die Geschichte des Toten einschärften, während sich der Schlüpfling im Innern des Eies ausbildete. Sie würden den größten Protest erheben, sollte irgendjemand der Familie und den Freunden, welche für die Weitergabe der Geschichten verantwortlich waren, das Ei entreißen.

»Dann können Sie also die Motive, die uns hierhergeführt haben, trotz aller anderen Interessen gut verstehen«, sagte Laurence. »Ich hoffe, ich muss nicht mit ansehen, wie das Vorgehen auch noch belohnt wird.«

Moshueshue lächelte sehr knapp, als müsste er zugeben, dass Laurence einen wunden Punkt getroffen hatte, aber er gab dessen Worte nicht an die Drachen weiter. Er war kein Mann, der leicht zu durchschauen oder leicht zu lenken war. Laurence nahm an, dass nur wenige Männer es besser als er verstanden, wie man mit Drachen umzugehen hatte; immerhin musste er Einfluss nehmen auf Tiere, die sich nicht nur für seine Beschützer, sondern auch für seine Ahnen hielten.

»Ich habe gehört, dass die Franzosen kürzlich eine Niederlage im Osten erlitten haben«, sagte Moshueshue, was für Laurence eine Einladung war, auf die er gerne einging, indem er ihn mit allen Details über Napoleons desaströsen Russlandfeldzug versorgte.

»Ich vertraue darauf, dass im Frühling eine Armee vor seinen Toren steht«, beendete Laurence seinen Bericht. Im Stillen dankte er dem jungen, fröhlichen Mann aus der Kaisergarde, der ihn hatte wissen lassen, dass sich die Preußen der Allianz angeschlossen hatten. »Vielleicht wissen Sie ja bereits irgendetwas über die Situation, die ihn im Süden in Spanien erwarten wird.«

Ihm war klar, dass er sich dem Kern der Sache näherte. Moshueshue betrachtete ihn noch eine Weile mit nachdenklichem Blick, dann nickte er plötzlich und sagte: »Napoleon hat eine Allianz vorgeschlagen«, als Antwort auf eine Frage, die Laurence noch gar nicht gestellt hatte, so sehr sie ihm auch unter den Nägeln brannte.

»Nicht, wie Sie vielleicht annehmen, eine militärische. Er wünscht sich vielmehr, dass die Drachen untereinander Grenzen ziehen und Gebiete verteilen, und er hat auch eine Gesetzesgrundlage vorgeschlagen, an die wir uns halten sollen und die die Streitigkeiten über Territorialfragen beenden soll. Es ist eine vernünftige Basis. Die Prinzipien sind gut, und es gibt viel, was einem daran gefallen kann.« Was Laurence sich, wie er sich düster eingestand, gut vorstellen konnte.

»Vor allem aber scheint der Vorschlag meinem Volk deshalb erstrebenswert«, fügte Moshueshue trocken hinzu, »weil er uns nach unserer Meinung dazu befragt, wie die Welt aufgeteilt werden sollte. Wir finden, Sie in Europa neigen dazu, in diesen Angelegenheiten niemanden als sich selber zurate zu ziehen, und Sie entscheiden vom anderen Ende der Welt, wie man am besten ein Land, in dem Sie gar nicht leben, aufteilen sollte.«

Er gab einem seiner Diener einen Wink, und der junge Bursche rannte los und holte die besagte Vorlage. Als Laurence die Karten darin studierte, war er erstaunt festzustellen – auch wenn er wusste, dass er sich über Napoleons Unverfrorenheit nicht mehr wundern sollte –, dass ganz Europa und sogar Russland zu französischen Provinzen geworden waren. Von der Luft aus waren die Länder feinsäuberlich in Territorien aufgeteilt, die verschiedenen Wilddrachen gehören sollten, welche alle unmittelbar Napoleon unterstanden. Auch in England war die französische Fahne über einem Flickwerk aus kleinen Gebieten eingezeichnet. Laurence sah sich diesen Teil genauer an und stellte fest, dass ein Territorium mit *Gelbe Schnitter* überschrieben war, als hoffte Napoleon, sich die Gefolgschaft dieser ganzen Rasse zu sichern. Über Schottland standen völlig unbekannte und merkwürdige Namen wie *Ricarlee, Vinlop, Shal*, deren Bedeutung Laurence nicht entschlüsseln konnte. Er wünschte sich nicht zum ersten Mal, dass Temeraire bei ihm wäre, um sich mit ihm zu besprechen. So blieb ihm nur die Vermutung, dass jede einzelne Bezeichnung der Name eines Drachen war, der sich, wie Arkady auch, als Anführer einer Wilddrachengruppe etabliert hatte.

Ganz Afrika südlich der Sahara war den Tswana zugeschrieben worden, und auch Brasilien war für sie vorgesehen und grenzte im Westen an die Gebiete des Inkareiches an. Tatsächlich konnte Laurence nichts finden, was Moshueshue bei dieser Aufteilung Anlass zu Klagen hätte geben können, wenn das denn überhaupt alles so durchsetzbar wäre, ohne dass eine andere europäische Macht noch in der Position wäre, irgendjemandem etwas streitig zu machen.

»Sir, ich kann Ihnen versichern, dass Napoleon keineswegs in der

Lage ist, irgendeines dieser Länder an jemanden zu übertragen, auch wenn er das vielleicht behauptet«, sagte Laurence zu Moshueshue, der kurz mit den Achseln zuckte.

»Hatten *Sie* denn die Befugnis, sich selber Kapstadt zuzusprechen, oder durften die Portugiesen Luanda vereinnahmen? Sie haben Ansprüche auf diese Orte erhoben und sich dann dementsprechend verhalten. Sie haben Menschen versklavt und Festungsanlagen und Plantagen eingerichtet, und Sie wären immer noch da, wenn wir Sie nicht mit Gewalt vertrieben hätten. Alle Karten sind nichts als Fiktion, wenn man die Welt vom Himmel aus betrachtet. Wenn sich aber zehntausend Drachen entscheiden, an diese Karte zu glauben, dann wird man feststellen, dass die Sache schon ganz anders aussieht.«

Laurence betrachtete die sorgfältig gezogenen Linien, die die Felder Schottlands unter einem Dutzend Wilddrachengruppen aufteilten. Diesen sollte es erlaubt sein, so erfuhr er, als er den *Code Napoléon Draconique* zu lesen begann, eine gewisse Menge von Vieh auf ihrem Territorium aufzuessen, und sie konnten sich gegenseitig um Hilfe bitten, wenn ihnen etwas verwehrt wurde, worauf sie Anspruch hatten. Langsam, aber sicher begann Laurence zu verstehen. Er war sehr wohl damit vertraut, wie eifersüchtig die Drachen alles verteidigten, was sie zu besitzen glaubten, ganz besonders eigenes Gebiet, auch wenn das erst kürzlich erworben worden war, vielleicht unter zweifelhaften Umständen, oder man es sogar ganz offen gestohlen hatte. Napoleon hatte vor, sich diesen Besitzerstolz zunutze zu machen. Indem er den Drachen gegenüber behauptete, ihnen wären diese Rechte zuerkannt worden, brachte er sie dazu, sie bereitwillig zu verteidigen. Und indem er ihnen ein Netzwerk von Verbündeten an die Seite stellte, versetzte er sie in die Lage, sich auch zu behaupten. Sicherlich würde das nicht ewig so weitergehen, aber bestimmt lange genug, um eine gewaltige Unruhe für die Nationen der Menschen zu bringen, deren Gebiete sie bevölkerten.

Es war eine ausgefeiltere Version der Strategie Napoleons in Russland, nur in größerem Maßstab. Er würde alle Wilddrachen Europas zu Feinden ebenjener Regierungen machen, die sie augenblicklich in den Zuchtgehegen durchfütterten oder über ihre kleineren Beutezüge großzügig hinwegsahen. Dass die meisten dieser Wilddrachen im Gegenzug nun getötet werden oder in dem zweifellos folgenden Chaos verhungern würden, würde Napoleon geflissentlich ignorieren, außer wenn es ihm zupasskäme, der einen oder anderen Gruppe zu Hilfe zu eilen, weil es ihm die Entschuldigung bieten würde, noch mehr Krieg mit seinen Nachbarn zu führen. Laurence sah vom Papierstapel auf. »Und würden *Sie* einer Gruppe von Wilddrachen in England zu Hilfe kommen, die Land für sich beanspruchen, das gar nicht Ihnen gehört?«

»Wo wäre *Ihnen* ein Krieg lieber, Kapitän Laurence?«, fragte Moshueshue mit sanfter Stimme. »In Ihrem eigenen Land oder auf der anderen Seite des Meeres?«

»Krieg neigt dazu, sich auszubreiten, Sir«, entgegnete Laurence. »Ich würde Frieden bevorzugen.«

Temeraire setzte sich rastlos wieder hin. »Nun, es scheint sich alles wieder beruhigt zu haben«, sagte er zu Iskierka, »ich kann mir einfach nicht vorstellen, was los war, außer dass es irgendeinen Streit gegeben hat. Aber der Ärger scheint nicht beim Haus stattgefunden zu haben und auch nicht in der Nähe des Eies. Ich schätze also, es ist nichts wirklich Schlimmes passiert.«

Allerdings war er von seinen eigenen Worten nicht völlig überzeugt. Ihm hatte der Lärm von Pistolenschüssen in so großer Nähe ganz und gar nicht gefallen, genauso wenig wie die Tatsache, dass es offenbar Kabbeleien zwischen den Drachen gegeben hatte. Insgesamt hatte er fünf von ihnen hochfliegen sehen; ein leuchtend blauer Drache hatte gegen drei, am Ende vier der französischen Mittelgewichte gekämpft, bis Letztere ihn schließlich mit vereinten Kräften wieder auf den Boden gezwungen hatten. Temeraire kannte diese Züchtung nicht, und so wusste er auch nicht, mit wem sie im Bunde war. Aber was sollte irgendein Drache hier verloren haben, wenn er nicht ein Freund Frankreichs wäre? Doch wenn es ein befreundetes Tier war, warum sorgte es dann für so einen Wirbel? Und warum ließ es sich auf ein so deprimierendes Schauspiel ein? Die französischen Drachen hatten es geschickt wieder zur Landung gezwungen, obwohl es ziemlich groß und alt war und beeindruckende Narben aufgewiesen hatte. Temeraire hatte das alles gar nicht gerne mit angesehen. So schrecklich der Gedanke auch war, Laurence in Gefangenschaft zurückzulassen, um das Ei zu retten – es wäre noch viel schlimmer, bei diesem Versuch aufgehalten zu werden, das Ei *wieder* zu verlieren und dieses Mal irgendwo im Verborgenen eingesperrt zu werden, sodass es keine zweite Chance geben würde.

»Immer musst du Schwierigkeiten wittern, als hätten wir nicht so schon genug«, sagte Iskierka, die mit einer solchen Gleichgültigkeit weiter an ihrer Kuh knabberte, dass es Temeraires Meinung nach beinahe an komplette Gefühllosigkeit grenzte. »Was, wenn sie sich einfach nur untereinander streiten? Wenn du mich fragst, dann ist das die beste Chance, die wir kriegen können. Wir sollten lieber aufhören, uns Sorgen zu machen, und sofort aufbrechen, solange alle mit dem Unsinn da drüben beschäftigt sind.«

»Also bitte«, setzte Temeraire an und wollte erklären, warum das ein wirklich ganz besonders schlechter Einfall war, wie immer, wenn Iskierka auf eine Idee kam, doch dann stellte er fest, dass ihm kein einziges gutes Gegenargument einfallen wollte. Er mühte sich noch einen Moment länger ab, dann sagte er: »Oh, na schön«, beugte sich über seine eigene Schale und schluckte auf einen Rutsch das letzte Stückchen Rinderrumpf hinunter. Sie hatten sich – völlig ungerechtfertigterweise – über Hunger beschwert und um ein Stück Rind in englischer Tradition gebeten. Temeraire hatte einen Anflug von schlechtem Gewissen, dass er ihren Bewachern solche Mühen machte, aber sie konnten nicht davon ausgehen, dass sie zwischen hier und Dover noch viel zu essen bekommen würden. Er und Iskierka waren übereingekommen, dass sie den dortigen Stützpunkt anpeilen wollten.

Die Schalen waren sauber, außerdem hatten sie ausreichend am Brunnen getrunken. Der Abend näherte sich jetzt schnell; die Lichter des Hauses hoben sich golden vor der blauen Nacht ab. Laurence war vielleicht dort drüben, dachte Temeraire niedergeschlagen – in Sicherheit und wohlauf, mit fortschreitender Genesung und in allen Belangen umsorgt. An diesem Abend aber, sobald ihre Flucht bekannt würde, würde man ihn ganz bestimmt von dort wegholen und in irgendeine kalte, feuchte Gefängniszelle stecken, wo es ihm elend ergehen und er wieder krank werden würde …

»Lass uns sofort aufbrechen«, sagte Temeraire, ehe ihn Mut und Entschlossenheit wieder verlassen würden.

»In Ordnung, aber wenn Granby irgendwas zustößt, werde ich dir das nie verzeihen«, sagte Iskierka, was nicht wenig zu seiner gedrückten Stimmung beitrug.

»Sei still und sorg für Feuer«, knurrte Temeraire. Er stellte sich auf die Hinterläufe und breitete seine Flügel aus, sodass er so groß erschien, wie es ihm nur möglich war. Heimlich hatten sie im Laufe des Tages alte Zweige und Blätter in der hintersten Ecke ihres Pavillons aufgeschichtet. Iskierka senkte den Kopf und blies einen schmalen Feuerstrahl über den Haufen, bis er richtig in Brand geriet und das Feuer begann, an den Säulen des Pavillons emporzuzüngeln. Einen Moment später glommen kleine Glutherde im Dachstuhl auf. Temeraire wurde von einem völlig ungewohnten Gefühl tiefer Panik erfüllt, das ihn mit einem erschrockenen Ringen um Luft aus dem Pavillon trieb.

Iskierka folgte ihm schnaubend nach draußen. »Was soll das denn? Was, wenn sie herüberschauen und uns zu früh entdecken?«

»Das Feuer ist doch noch weit genug entfernt«, sagte Temeraire und gab sich alle Mühe, ruhig und vernünftig zu klingen und sich auch tatsächlich so zu fühlen. In Wahrheit wollte er allerdings nur auf und davon und in der Luft sein, weit weg von den Flammen. Er schüttelte seine Flügel aus und suchte sie verstohlen ab: Ganz sicher hatte sich irgendwo die Glut schon festgesetzt! Es ließ sich allerdings nirgends auch nur ein verirrtes Fünkchen entdecken, aber sobald er wieder wegsah, spürte er ein leichtes Stechen der sengenden Hitze auf seinen Membranen. Noch einmal schaute er hin, aber es war immer noch nichts da. »Nun los, komm«, sagte Iskierka, und dann gab es kein Halten mehr. Gemeinsam mit ihr stellte sich Temeraire auf die Hinterbeine, und mit vereinten Kräften fachten sie energisch mit ihren Flügeln den Brand an, der schnell zu einer knisternden, bullernden Flammenwand wurde, als das Dach vollends Feuer fing. Temeraire schaffte es, an Ort und Stelle zu bleiben, aber er war dankbar, als hinter ihnen Warnrufe ertönten und er und Iskierka endlich in die Luft steigen und in Kreisen davonfliegen konnten. Die lodernden Flammen verhinderten, dass ihre Wachen sie am nächtlichen Himmel entdeckten.

Der Pavillon mit dem Ei war nicht weit entfernt, und Iskierka hatte tatsächlich recht gehabt: Die Hälfte der Wachen war fort. Offensichtlich waren sie gegangen, um auf der anderen Seite des Lagers bei den Streitigkeiten zu helfen. Nur fünf von ihnen waren übrig geblieben. Aufmerksam spähten sie in die Nacht; als Iskierka und Temeraire landeten, stieß Letzterer ein markerschütterndes Brüllen in Richtung der gut gepflegten Baumgruppe am Rande der Lichtung aus. Der Göttliche Wind ließ die Äste zersplittern, und Iskierka steckte die Überreste in Brand, die sofort Flammen fingen, wie ein Feuerregen auf die Wachen niederprasselten und diese gleichzeitig aufspießten und versengten.

Schmerzensschreie schlugen Temeraire entgegen; viele der Drachen bedeckten ihre Augen und versteckten sich hinter ihren eigenen Flügeln. Ihn selber schauderte es, denn er konnte ihre Qualen nachempfinden. Aber der Angriff erfüllte seinen Zweck. Iskierka und Temeraire packten je eine Seite des Daches und rissen es herunter. Dann hob Temeraire ganz, ganz vorsichtig das Ei mitsamt seinem Nest mit den Klauen hoch …

Unaussprechliche Erleichterung überfiel ihn im selben Augenblick, als er das Ei in Sicherheit wusste. »Ich habe es!«, schrie er. »Ich habe es!«, und Iskierka riss ihren Kopf zurück und füllte die Luft über ihnen mit Flammen. Wie bei einer Schlange glitt ihr Kopf vor und zurück, während sie ihr Feuer spuckte und einen grünvioletten, wabernden Streifen auf den Nachthimmel malte. Temeraire schlug, so schnell er konnte, mit den Flügeln und flatterte hoch durch die Wand aus heißer Luft. Sobald er seine Flügel über der aufsteigenden Hitze wölbte, gewann er an Tempo, und unmittelbar hinter ihm stieg Iskierka in die Luft.

Bei den Wachen unter ihnen brach Tumult aus, und Glocken läuteten wie wild. »Schnell, da rüber!«, rief Iskierka.

»Nein!«, rief Temeraire zurück. »Auf *der* Seite des Geländes haben sie schon die Laternen angemacht. Wir müssen es Richtung Norden versuchen …« Aber auch in dieser Richtung gingen bereits die Lichter an und schnitten ihnen so den Fluchtweg ab.

»Dann über das Haus!«, brüllte Iskierka. »Und bei dieser Gelegenheit können wir auch gleich versuchen, Granby einzusammeln.«

»Sei doch nicht dumm!«, gab Temeraire zurück. »Unsere einzige Hoffnung ist, dass sie genau das vermuten und allesamt zum Haus rennen. Wir müssen einen Weg finden, an den anderen vorbeizukommen – wer auch immer noch irgendwo übrig geblieben ist. Wir müssen über den See und dann nach einem Wald suchen, in dem wir uns verstecken können. Oder nach einer sehr großen Scheune.«

»Ich kann mich nicht in einer Scheune verstecken«, erklärte Iskierka. »Und du dich genauso wenig. Also sei doch selber nicht dumm! Der

See ist eine idiotische Idee. Wenn sie uns da einholen und ich sie mit Feuer überziehe, dann müssen sie nur ins Wasser abtauchen oder mich hineinschubsen, und schon nutzt die Attacke nichts mehr, oder jedenfalls so gut wie nichts. Oh, sei vorsichtig damit!«, fügte sie hinzu.

»Ich bin ja vorsichtig«, sagte Temeraire. »Es bewegt sich ganz von allein.«

Im selben Moment, als er es ausgesprochen hatte, bekam er einen Schock, und ihm blieb vor Empörung die Luft weg, denn das undankbare Ding schlüpfte nach all der Mühe, die sie sich gegeben hatten, in ebendiesem Augenblick.

Aber es ließ sich nicht ändern. Das Ei schaukelte so stark, dass es ihm bestimmt gleich aus den Klauen fallen würde. Also war er gezwungen, eilig auf einer Lichtung zu landen, unmittelbar an der Ostseite des großen Hauses. Ihm blieb die kleine Genugtuung, dass er recht behalten hatte: Im Lichtschein des Hauses konnte er beinahe zwanzig französische Drachen durch die Luft schwirren sehen, und aus dem Innern drang lauter Lärm. Bestimmt nahmen sie just in diesem Augenblick Laurence und Granby fest, dachte er verzweifelt, während er das Ei auf den Boden legte – sehr vorsichtig, trotz seiner Empörung. Als aber das Ei mit einem einzigen lauten Knacken einmal in der Mitte aufbrach und der Schlüpfling hervorlugte, war Temeraire ganz genauso aus dem Häuschen wie Iskierka, die vor Aufregung eine kleine Flamme ausschnaufte und sagte: »Nun, das gefällt mir ja! Warum bist du denn nicht gestern geschlüpft und hast uns all den Ärger erspart?«

Der Jungdrache nieste zweimal und schüttelte den Schleim von den Flügeln – die ziemlich gut ausgebildet waren; ganz sicher hätte das Drachenmädchen auch schon zu jedem beliebigen anderen Zeitpunkt in den letzten zwei Wochen zum Vorschein kommen können, wie Temeraire einigermaßen entrüstet feststellte. Ohne einen Hauch von schlechtem Gewissen antwortete die Kleine: »Ich hatte mich noch nicht entschieden zu schlüpfen. Die Situation kam mir nicht so günstig vor. Aber keiner von euch beiden scheint zu wissen, wohin ihr jetzt wollt.«

»Es ist kein Zuckerschlecken, einen Weg nach draußen suchen zu müssen, wenn man sich inmitten der französischen Armee befindet, solltest du wissen«, sagte Temeraire. »Und was ist mit Laurence und Granby? Sie werden bestimmt ins Gefängnis gesteckt werden, und wir werden sie jetzt auf keinen Fall mehr aus dem Palast herausbekommen.«

Der Drachenwinzling drehte den Kopf, sah zu dem Haus und bemerkte: »Dann ist das also ein Palast. Sehr hübsch. Aber wenn ihr jemanden da herausbekommen wollt, dann müsst ihr hingehen und ihn holen, schätze ich.«

»Da fliegen zwanzig Drachen über dem Dach herum«, sagte Temeraire. »Iskierka, wenn wir jetzt vielleicht einfach schnell zu unserem Pavillon zurückkehren und so tun, als hätte er zufällig Feuer gefangen, und wir wären nur deshalb losgeflogen, um das Ei zu holen und es am See in Sicherheit zu bringen – vielleicht bestrafen sie dann Laurence und Granby doch nicht.«

»Ja, aber dann seid ihr ja wieder Gefangene«, gab das Drachenmädchen zu bedenken, »und sie werden eine Antwort von mir verlangen.«

»Was denn für eine Antwort?«, fragte Iskierka misstrauisch, und auch Temeraire war ziemlich verwirrt.

»Der französische Kaiser will, dass ich seinen Sohn zu meinem Gefährten mache«, erklärte der Schlüpfling. »Und ich wollte nicht herauskommen und sofort *Ja* oder *Nein* sagen müssen, solange ich nicht wusste, was das Beste ist. Wenn man noch in der Schale steckt, ist ja so viel unklar! Ich habe die ganze Zeit versucht, mir irgendetwas einfallen zu lassen, wie ich es so einrichten kann, dass ich mich bloß nicht gleich binden muss. Bestimmt wäre es die beste Lösung, wenn wir uns leise davonstehlen würden, ehe irgendjemand merkt, dass ich geschlüpft bin.«

»Tja, jetzt, wo du aus der Schale draußen bist, wirst du die Dinge schon für dich selber regeln müssen«, sagte Iskierka. »Ich werde jedenfalls ganz klar nirgendwo ohne Granby hingehen.«

»Oder ohne Laurence«, fügte Temeraire mit einem Gefühl riesengroßer Empörung hinzu. Dann waren also all seine Ängste und Sorgen völlig überflüssig gewesen, und das Ei hatte sich niemals in der Gefahr befunden, unwürdig behandelt zu werden. So viel also dazu, dass Lien vom »armen Mischling« gesprochen hatte – wenigstens Napoleon konnte die wahren Qualitäten in einem Drachen erkennen. »Wir werden die beiden jetzt bestimmt nicht hier allein zurücklassen, nur weil *du* dich nicht entscheiden kannst.«

»Das ist ziemlich unhöflich«, antwortete der Drachennachwuchs. »Ich werde als unentschlossen bezeichnet, nur weil ich vorhabe, eine sorgfältig abgewogene Entscheidung zu treffen. Aber ich verzeihe euch, denn natürlich seid ihr ängstlich besorgt um eure Gefährten. Ich erwarte nicht von euch, dass ihr sie aufgebt. Außerdem werden wir nie wegkommen, solange alle so aufgeregt nach uns suchen. Ganz offensichtlich brauchen wir sofort ein Ablenkungsmanöver.« Sie schaute hinüber zum Palast und legte nachdenklich den Kopf schräg. »Es ist ein Jammer, aber mir fällt keine Alternative ein.«

Temeraire wollte sich gerade danach erkundigen, welche Art der Ablenkung sie denn wohl im Sinn hatte, die *nicht* alle Aufmerksamkeit geradewegs auf sie ziehen würde, als sie ihre Flügel ausbreitete und mit einem Satz in der Luft war. »Nein!«, zischte Temeraire erschrocken. »Warte, komm zurück. Man wird dich doch sofort sehen!«

Sie flog unmittelbar auf das Haus zu. Mehrere der Drachen drehten schon die Köpfe in die Richtung der Flügelschläge, die weithin zu hören waren.

»Das hat uns gerade noch gefehlt«, krächzte Temeraire, der Verzweiflung nah. »Wir sollten besser sofort zu unserem Pavillon zurückkehren, ehe sie sich fangen lässt. Aber vielleicht will sie die ganze Verantwortung übernehmen. Das würde ihr recht geschehen.«

»Ich will nicht zurück zu unserem Pavillon«, sagte Iskierka. »Wir werden dann nur wieder Gefangene sein, und ich bin mir sicher, sie werden Granby danach noch sicherer hinter Gittern festhalten, ganz gleich, welche Entschuldigung wir ihnen auftischen. Aber wie dem auch sei: Was glaubst du, wie ihr Plan aussieht?«

»Ich weiß es nicht. Eigentlich glaube ich, dass sie überhaupt gar nichts *geplant* hat«, setzte Temeraire an, riss jedoch sofort seinen Kopf herum, als ein dünnes, schrilles Jammern durch all den Aufruhr hindurch zu hören war. Es klang sehr wie das Pfeifen eines Kochtopfs, bei dem der Deckel schlecht sitzt, sodass der Wasserdampf entweicht. Unwillkürlich schmiegte sich Temeraires Krause flach an den Hals; es war ein wahrlich schauerliches Geräusch, und es schwoll immer weiter an. Die anderen Drachen begannen, sich lautstark zu beklagen, und zwar nicht nur die Wachen in der Nähe, sondern überall auf dem Gelände; allerorts hoben sich die Köpfe.

»Warum macht sie denn nur so einen entsetzlichen Lärm?«, fragte Iskierka und paffte als Ausdruck ihres eigenen Unbehagens kleine Dampfwölkchen aus allen Stacheln aus. Die Urheberin dieses Lärms war tatsächlich ihr Nachwuchs, wie Temeraire feststellte. Der Schlüpfling stand nun unmittelbar über dem Haus in der Luft, entging aber der allgemeinen Aufmerksamkeit, weil alle anderen Drachen ihre Köpfe vom Lärm wegdrehten. Dann stieß das Jungtier mit einem Ruck seinen Kopf nach vorn und spuckte eine weiße Stichflamme sauber über den immens langen, grauen Dachfirst. Die Feuerzunge war ziemlich dünn, aber sie lief mit ungeheurer Geschwindigkeit und seltsam gekräuselt vom Maul der Kleinen weg. Einen Moment darauf folgte ein entsetzliches Geräusch wie ein Donnerschlag, das nahezu jedes Fenster im Gebäude zum Bersten brachte.

Temeraire bemerkte, dass er sich zusammengekauert und den Kopf schutzsuchend unter einen Flügel geschoben hatte, völlig ohne es selber zu wollen. Jetzt schüttelte er sich. Glasscherben regneten klirrend zu Boden, und es klang wie damals in Neusüdwales, als die Kiste mit prächtigem Porzellan mit hoffnungslos zerschlagenem Inhalt ausgeliefert worden war – Temeraire dachte noch immer mit Bedauern an diese Verschwendung. Inzwischen stand das gesamte Dach in hellen Flammen. »Laurence!«, brüllte er mit plötzlichem Entsetzen, sprang in die Luft und flog los.

»Ist das Temeraire?«, rief Granby über den entsetzlichen, kreischenden Lärm hinweg, und Laurence konnte nur den Kopf schütteln, ohne eine Antwort zu geben. Es klang ganz anders als alles, was er in acht Jahren Erfahrung mit dem Göttlichen Wind je gehört hatte. Aber auch vor dem heutigen Tag war es Temeraire schon gelungen, seine Fähigkeiten auf neue und unerwartete Weise einzusetzen, und so war sich Laurence doch nicht sicher. Ihre Wachen zumindest hatten keinerlei Zweifel, wie er an ihren Gesichtern ablesen konnte, und es jagte ihnen ordentlich Angst ein. Brouilly hatte Laurence über dem Ellbogen am Arm gepackt und drückte mittlerweile so fest zu, dass er drohte, ihm vollends das Blut abzuschnüren; Aurigny eilte voran, die anderen Wachen folgten ihm und zerrten Laurence und die anderen die Treppe hinunter, ganz sicher, um sie irgendwo im Keller einzusperren.

Laurence befand sich in einem merkwürdigen Aufzug, um in ein Verlies geworfen zu werden. Er hatte sich bereits für das Abendessen umgezogen gehabt, und so trug er noch immer die Abendgarderobe, die ihm zuvor von ebenjenem Kaiser geschickt worden war, der nun seine Einkerkerung angeordnet hatte: Kniebundhosen mit polierten Knöpfen, Seidenstrümpfe und Schuhe zum Hineinschlüpfen. Seine Krawatte lag in perfekten Falten, sein neuer Mantel hatte das tiefe Grün der Fliegerkleidung und war mit goldgelber Seide gesäumt. Seine Bewacher waren unangekündigt hereingeplatzt, gerade als Laurence etwas mühselig den Mantel übergestreift hatte, und ohne weitere Erklärung hatten die Franzosen alle drei sofort hinaus auf den Flur geschoben. Laurence verstand nur zu gut. Durch Tharkays Nachricht früher am Tag war er nicht völlig unvorbereitet gewesen. Temeraire und Iskierka waren also zur Tat geschritten. Sie hatten irgendeinen Aufstand angezettelt, oder ihnen war die Flucht gelungen, und nun hatten die Franzosen vor, ihre Geiseln in Sicherheit zu bringen. Zu gerne hätte er gewusst, was genau geschehen war, aber in dem allgemeinen Durcheinander gab es keine Gelegenheit nachzufragen, und die Wachen wirkten auch nicht so, als seien sie in der Stimmung, ihm Rede und Antwort zu stehen.

Hals über Kopf wurden sie durch den Flur und über einen Treppenabsatz nach unten ins Erdgeschoss und zur Küche bugsiert. Dann dröhnte plötzlich der Donner. Laurence schaute sich mit vom Lärm hallenden Ohren um, und die ganze Länge des Flures lang barsten die gewaltigen Fenster. Es war ein Lärm wie bei einem Volltreffer in der Achterkabine eines Erste-Klasse-Schiffes; Glas und Holzsplitter flogen in alle Richtungen. Eine weiße Feuerwelle rollte über die Außenmauer und schob sich brüllend durch die ausgehöhlten Rahmen zu ihnen herein.

»Guter Gott!«, stieß Granby aus, und in Laurence' noch immer halb betäubten Ohren klang es gleichzeitig laut wie ein Schreien und seltsam erstickt. Die Teppiche standen bereits in Flammen, und Rauch drang durch jeden Spalt und alle geöffneten Türen auf dem Flur: ein graues Wabern, begleitet von lautem Geschrei.

Brouilly war angesichts der Katastrophe nur noch zu einem einzigen Gedanken fähig und versuchte, weiter in Richtung Kellertreppe voranzukommen, aber Laurence klammerte sich an einer Kante der Wand fest und blieb wie angewurzelt stehen. »Nein«, schrie er, um über den Tumult hinweg gehört zu werden. »Nein! Ich würde mich lieber hier erschießen, als mich nach unten treiben zu lassen, wo ich bei lebendigem Leib verbrenne. Ich habe keine Ahnung, was geschehen ist, aber noch zehn Minuten, und dann wird es aus diesem Haus kein Entrinnen mehr geben. Wir müssen sofort nach draußen. Wo ist die nächste Tür?«

Brouilly schaute fragend zu dem älteren Aurigny, der zwei Stufen weiter unten auf der Treppe stehen geblieben war, sich umdrehte und einen Moment lang unentschlossen aus der Dunkelheit zu ihnen hochstarrte. Dann gab er sich einen Ruck, kam wieder zu ihnen herauf und fragte: »Monsieur, schwören Sie, dass Sie an dieser Sache nicht beteiligt sind?«

»Ich gebe Ihnen mein Wort als Gentleman«, antwortete Laurence. »Allerdings kann ich mich nicht für meinen Drachen verbürgen. Ich kann nur sagen, dass Temeraire nicht dumm ist, und ich glaube kaum, dass er, wenn er für die Tat verantwortlich wäre, vorsätzlich das Haus in Brand stecken würde, wo er doch ganz genau weiß, dass ich als Gefangener wahrscheinlich dort untergebracht bin. Ich weiß nicht, was geschehen ist, aber Temeraire ist wohl kaum der Einzige, der Ihrem Herrn Böses wünscht. Wo steckt *der* eigentlich?«

Damit war die Sache entschieden. Brouilly herrschte Aurigny an: »Mein Gott! Was macht es schon, falls sie freikommen, wenn der Kaiser verloren ist?« Die Wachen machten auf dem Absatz kehrt und ließen ihre Gefangenen allein zurück; sie hasteten dieselbe Treppe hinauf, die sie gerade hinabgestiegen waren, und sprangen über die Rauchwolken hinweg, die über die Stufen nach unten quollen, um sich mit dem tosenden Flammenmeer zu vereinen.

»Anscheinend sind wir jetzt uns selbst überlassen«, bemerkte Tharkay. »Ich für meinen Teil würde das nächste Fenster jeder Tür vorziehen. Ich verbrenne mich lieber am Rahmen, als dass ich hier ersticke.«

Laurence wollte ihm folgen, blieb aber abrupt mitten auf dem Treppenabsatz stehen, denn ein furchtbarer Gedanke war ihm gekommen. »Das Kind«, sagte er kurz angebunden, als Granby und Tharkay sich umdrehten und ihm einen fragenden Blick zuwarfen.

»Der Kaiser und die Kaiserin wollten heute mit uns zu Abend essen. Ohne Zweifel befindet sich der Junge momentan im Kinderzimmer.«

Der Qualm wurde immer dicker, während sie sich den Weg an der Feuersbrunst entlang hoch zu ihrer eigenen Etage ertasteten. Männer und Frauen drängten in wilder Hast die Treppe herunter und versuchten, hustend und mit tränenden Augen zu entkommen. Laurence bog in den Flur ein und griff nach einer der riesigen Vasen voller Blumen, die an der Wand entlang aufgereiht waren. Den Strauß riss er heraus und warf ihn auf den Boden, dann übergoss er sich mit einem Teil des Wassers aus dem Gefäß, reichte den Rest an Granby und Tharkay weiter und band sich sein nasses Halstuch vor das Gesicht.

»Ich schätze, das ist die Strafe für mich, weil ich gesagt habe, ich wäre dankbar für jede Entschuldigung, nicht zum Abendessen gehen zu müssen«, sagte Granby trocken und benetzte sich selbst ebenfalls gründlich mit Wasser. »Los, beeilen wir uns. Ich will verdammt sein, wenn ich bei dem Versuch sterbe, den Kronprinz von Frankreich zu retten.«

Sie eilten noch ein Geschoss höher. Hin und wieder hatten sie das Weinen eines Kindes und den Gesang von Kindermädchen aus den Räumen über ihnen gehört. Jetzt rannten sie die Flure entlang und rissen jede Tür auf, bis sie auf ein Zimmer stießen, in dem überall Spielzeug herumlag. Die Vorhänge standen bereits in Flammen, und auch der Seidenteppich fing gerade Feuer. Hinter einer weiteren Tür hörten sie die durchdringenden Schreie eines verängstigten Kindes.

Während Tharkay und Granby das vordere Ende des Teppichs packten und das Ungetüm von den Flammen wegrissen, es aufrollten und darauf herumtrampelten, rannte Laurence zu der Innentür, stieß sie auf und sah, dass das Schlafzimmer dahinter voller Rauch war. Eine der Kinderfrauen lag schreiend auf dem Boden vor dem Fenster auf den rußigen Überresten einer Decke, die sicher benutzt worden war, um Flammen an ihrer Kleidung zu ersticken. Ihr Haar war schwarz versengt, und die Haut an den Händen, mit denen sie ihr Gesicht bedeckte, warf bereits Blasen. Ein zweites Kindermädchen drückte sich gegen die hintere Wand und hielt das weinende Kind in den Armen. Die dritte von ihnen stand vor ihnen und schlug mit einem nassen Bettvorleger auf die Flammen ein, die sich rings um sie herum ausbreiten wollten.

Mit einem Satz übersprang Laurence eine Feuerschneise und packte das Mädchen am Arm. »Verschwinden Sie aus dem Zimmer!«, rief er, doch die junge Frau schrie auf und zeigte mit ausgestrecktem Finger auf etwas. Als er sich umdrehte, entdeckte er ein einziges, monströs großes Auge, rot gerändert von Rauch, das ängstlich durch die zerplatzten Scheiben und die Flammen spähte. Ein Ruf ertönte.

Laurence versuchte, sich an ein paar Brocken Ketschua zu erinnern: »Hier entlang«, brüllte er den Drachen an und zeigte mit der Hand in Richtung des angrenzenden Raums. Dann drehte er sich zurück und packte auch die zweite Kinderfrau mit dem Jungen in ihren Armen. Er wickelte den nassen Vorleger um sie und zog sie durch die Flammen, das kleine Kind geschützt zwischen ihren Körpern. Granby hatte in der Zwischenzeit mit seiner Hakenhand die Vorhänge heruntergezogen; um den Arm hatte er sich seinen mit Wasser vollgesogenen Mantel gewickelt. Nun rüttelte der Drache von außen an dem brennenden Fensterrahmen und stieß dabei heulende Schmerzensschreie aus.

Mit einem Mal gaben Holz und Mauerwerk gleichzeitig nach und hinterließen ein zerbröselndes Loch in der Wand. Der Drache der Inka streckte ein Vorderbein durch die Öffnung, und behutsam schob Laurence die Mädchen und das Kind in seine Klaue. Dann hasteten Laurence und Tharkay zurück in das brennende Schlafzimmer. Die dritte Frau war still geworden; sie lag schwer und unbeweglich in ihren Armen, als sie sie hinaustrugen, und ihre Haut war verbrannt und rot. Als sie die Verletzte ebenfalls in die Drachenklaue gelegt hatten, war draußen ein Brüllen zu hören, und das Geräusch von heftigem Flügelschlagen ertönte. Durch den Qualm hindurch sah Laurence Lien; ihr weißer Bauch wirkte durch die Flammen leuchtend orange. Sie zog vor dem Haus ihre Kreise und schrie etwas; der Inkadrache rief eindringlich »Halt, halt!« zurück, schloss die Krallen um seine wertvolle Fracht und zog die Klaue durch die Öffnung.

»Maintenant!«, hörte Laurence Lien brüllen, und von oben ging mit einem Mal ein Sturzbach aus Erde und Wasser nieder, lief spritzend an den Seitenwänden des Hauses hinunter und ergoss sich mit mächtigem Schwall durch das Loch in der Wand. Gleich danach steckte Laurence seinen Kopf durch die Öffnung hindurch, um sich einen raschen Überblick zu verschaffen. Im Innern des Hauses brannte es noch immer; Flammen schlugen aus den Fenstern, doch immerhin war das Feuer von der Außenseite her gelöscht. Er fuhr herum, als die Tür hinter ihm aufgestoßen wurde. Napoleon mit einer Gruppe von Wachen auf den Fersen drängte herein, unter ihnen Aurigny. Auch der Kaiser trug seine Abendkleidung mit einem prächtigen Mantel aus roter Wolle, der schlimme Rußspuren aufwies. Er starrte Laurence mit wildem Blick an und war einen Moment lang so durcheinander wie jemand, den ein unerwartetes Zusammentreffen verblüffte. Dann war er mit einem Satz bei Laurence und packte ihn am Arm. »Mein Sohn?«, herrschte er ihn an.

»Er ist in Sicherheit«, antwortete Laurence und zeigte nach draußen auf Lien und den Inkadrachen, der sich zu ihr gesellt hatte.

Eine der Wachen lief leichtsinnigerweise zum Fenster, doch in diesem Moment rief Lien »Encore«, und ein zweiter enormer Schwall lief an der Mauer herunter und spülte den Mann durch das Fensterloch hinaus, denn seine Füße hatten in dem Schlamm, der sich inzwischen überall verteilt hatte, keinen Halt mehr gefunden. Schließlich versiegte der Wasserstrom. Aus der Gruppe der zögernden Wachen löste sich Aurigny, sprang zum Fenster, legte die Hände um den Mund und bellte: »L'Empereur est ici!«

Zwei andere Männer traten an seine Seite und stimmten mit ein, und Liens Kopf schnellte herum wie von einem Faden gezogen: Sie hatte sie endlich gehört. Rasch tauchte sie durch den Qualm, und die Wachmänner wollten ihr Napoleon zuschieben, sobald sie ihm ihre Klaue durch das Loch entgegenstreckte. Dieser jedoch wehrte sich: »Die Kaiserin!«

»Mittlerweile draußen und in Sicherheit, Sire«, vermeldete Aurigny, während die anderen Männer den Kaiser in die geöffnete Klaue drängten.

Laurence riss sich zusammen und bewegte sich. Tharkay hatte seinen und Granbys Arm gegriffen und zog sie jetzt rückwärts von der Öffnung weg. »Da ist ein Raum, aus dem kein Rauch kommt, drei Fenster weiter den Flur hinunter«, sagte er leise. Sie bedeckten ihre Münder und rannten durch den Qualm des Flurs bis zur Tür, die sie eintraten. Der Raum dahinter war leer und gerade zur Hälfte gereinigt worden. Die Vorhänge hatte man dazu abgenommen und auf einen Haufen auf den Boden geworfen. Einer der Fensterrahmen brannte, doch der andere war zwar schwarz geworden, hatte aber selbst nicht Feuer gefangen. Sie lösten den Riegel der Fensterflügel und stießen sie weit auf. Weiter vorne am Haus flog gerade Lien mit Napoleon ab, und zwei mittelgewichtige Drachen drängten sich vor dem Fenster, um die Wachen zu retten.

Viele Simse liefen rings um die Außenmauern, und einige waren in etwa so breit wie der Fuß eines Mannes. Da das Gebäude keineswegs hin und her schwankte, war es für einen Seemann und erst recht für einen Flieger ein Leichtes hinunterzuklettern. Zehn Minuten später sprangen sie unten auf den Rasen, ohne allzu arge Verbrennungen oder Blutergüsse davongetragen zu haben. Als Laurence sich abgerollt hatte und wieder auf den Beinen stand, hörte er über den allgemeinen Lärm hinweg ein Rufen: »Laurence! Laurence!«

Es blieb nichts weiter übrig, als zu hoffen, dass das Durcheinander sie retten würde. Laurence schrie zurück: »Hierher, Temeraire, hier drüben!«, und mit einem Stoßseufzer der Erleichterung landete Temeraire gleich darauf neben ihnen.

»O Laurence!«, sagte er und griff sofort nach ihm. »Ich fliege schon die ganze Zeit immer im Kreis und konnte dich einfach nirgendwo sehen. Ich werde ihr den Hals umdrehen, das schwöre ich dir!«

»Sag mir nicht, dass Iskierka das alles hier angerichtet hat«, stöhnte Granby, der gemeinsam mit Tharkay in Temeraires andere Klaue stolperte.

»Nein!«, antwortete Temeraire. »Es ist nicht Iskierkas Schuld oder eigentlich doch, denn *sie* war es schließlich, die unbedingt ein Ei haben wollte, um den Göttlichen Wind und das Feuerspucken gleichzeitig möglich zu machen. Und jetzt sieh dir an, wo uns das hingeführt hat!«

»Frei und mit euren Kapitänen vereint«, sagte das Drachenjunge und brachte damit Temeraire und Iskierka zum Schweigen, die gerade dabei gewesen waren, ihrem Nachwuchs gründlich die Leviten zu lesen. Dieser jedoch hob eine Klaue und leckte sich die Krallen sauber. Sie waren blutverschmiert, als hätte die Kleine, nachdem sie den Palast angesteckt hatte, noch einen Moment Zeit gehabt, sich etwas Essbares zu besorgen. Laurence erinnerte sich gut an den unersättlichen Appetit eines frisch geschlüpften Drachen, und so nahm er an, dass es tatsächlich genau so gewesen war, denn ansonsten würde sich der Winzling jetzt bitterlich beklagen. Laurence starrte mit ziemlicher Bestürzung hinunter auf die täuschend hilflose Kreatur. Sie schien völlig unbeeindruckt von dem riesigen Chaos zu sein, für das sie verantwortlich war; in der Ferne hinter ihnen war der Nachthimmel durch die Rauchwolken noch immer kaum zu erahnen, und der Palast leuchtete vom rötlichen Schein der Glut.

»Aber das war nichts als ein glücklicher Zufall oder so etwas in der Art!«, sagte Temeraire.

»Ich leugne nicht, dass es ein Risiko war«, räumte das Drachenjunge großmütig ein, »aber manchmal muss man etwas wagen, wenn man etwas gewinnen will, vor allem, wenn sich kein besserer Weg bietet. Es ist unsinnig, über ein notwendiges Übel zu lamentieren.«

»Es war keineswegs *notwendig*, dass du beinahe Granby abgefackelt hättest«, zeterte Iskierka, »und das nächste Mal, wenn du vorhast, *etwas zu wagen*, kannst du dafür gefälligst deinen eigenen Kapitän aussuchen und nicht meinen nehmen. Ich weiß jedenfalls nicht, warum du dich nicht einfach für Napoleons Sohn entscheiden kannst. Auch er wird irgendwann einmal Kaiser sein; es ist doch alles bestens.«

Das Junge antwortete ganz ernsthaft: »Das ist eine außerordentlich kurzsichtige Bemerkung. Als ob der eine Kaiser in allen Belangen ebenso gut wie der andere wäre.«

»Es wäre natürlich längst nicht so gut, wie die Gefährtin des Kaisers von China zu sein«, erklärte Temeraire, »und ich für meinen Teil sehe auch nicht ein, warum du dich dafür entscheiden müsstest, eine *Verräterin* zu werden und dich dem Feind anzuschließen.«

»Diese Bezeichnung weise ich zurück, denn ich würde niemanden verraten, wenn ich eine solche Wahl träfe. Meine Loyalität habe ich weder China noch England noch Frankreich zugesichert«, erwiderte der Schlüpfling mit streitlustigem Funkeln in den Augen, richtete sich auf und schob herausfordernd den Kopf in Temeraires Richtung, obwohl dessen Schnauze länger als der ganze Körper der Kleinen war. »Ich erinnere mich noch gut daran, dass du mir sehr deutlich gesagt hast, ich dürfe die Wahl meines Begleiters ganz alleine treffen. Oder gilt das nur, solange ich mich für einen Gefährten entscheide, der dir zusagt?«

»Oh, nun ja«, sagte Temeraire und schubberte sich mit dem Kopf in einer verlegenen Geste die Flanke. Laurence erinnerte sich daran, dass er tatsächlich mitgehört hatte, wie Temeraire dem Ei leise solche Vorträge gehalten hatte, als es auf der *Potentate* gelegen hatte. »Ich wüsste nur nicht, warum du den Wunsch verspüren solltest, dich den

Franzosen anzuschließen, nachdem sie uns unser Ei gestohlen haben und nachdem Napoleon allen so viel Ärger gemacht hat.«

Das Drachenjunge war offenbar zufrieden damit, seine Ehre verteidigt zu haben, und setzte sich wieder gemütlicher hin. »Ich kann nicht behaupten, dass ich die Nationen der Welt schon auseinanderhalten könnte«, sagte es. »Also kann ich auch noch nicht wissen, wem ich meine Unterstützung zusichere oder wen ich verachte und ablehne. Ich habe mehr als genug gehört, während man mich hierhin und dorthin verfrachtet und mich von der einen Seite zur anderen Seite weitergereicht hat. Das alles hat mich zu der Überzeugung gebracht, dass niemand unschuldig ist an diesem unerfreulichen Zustand des Streits und der fortgesetzten Kriegsführung. *Das* jedenfalls verurteile ich aus tiefstem Herzen. Es scheint mir völlig offensichtlich, dass es der Krieg selbst ist, der ein Ende finden muss, ohne dass irgendeine Partei extra besiegt werden muss.«

Sie sprach sehr bedacht. Laurence nahm an, dass ihre Zeit in der Schale so erschreckend gewesen war, dass sie den Grund für die Unruhe nun verabscheute – falls sie denn genug davon mitbekommen hatte, um sich jetzt noch daran zu erinnern. Diese Periode hatte sie allerdings in keiner Weise schüchtern werden lassen; immerhin hatte sie noch nicht einmal die Größe eines Ponys erreicht und schon für ein Desaster solchen Ausmaßes gesorgt. Das verhieß Bedenkliches für ihre zukünftigen Talente, und Laurence kam nicht umhin, sich Sorgen zu machen, weil sie so bereitwillig alle möglichen Anwärter als Begleiter in Betracht zog.

»Sicherlich muss der Krieg beendet werden«, sagte Temeraire. »Das ist genau der Grund, warum wir Napoleon besiegen wollen.«

»Das würde *diesen* Krieg stoppen«, sagte die Kleine. »Aber ich bin mir ziemlich sicher, dass damit nicht *alle* Kriege ein Ende finden würden. Und ich wage zu behaupten, dass ihr und eure Alliierten sofort anfangen würdet, untereinander herumzustreiten und einen neuen Krieg anzuzetteln.«

»Tja, wenn es gar keinen Krieg mehr gäbe, wo sollte man denn da seine Prisengelder herbekommen?«, warf Iskierka ein. »Das wäre dann ja wohl überhaupt nicht angenehm.«

»Ich für meinen Teil wäre auch sehr froh zu sehen, dass der Krieg aufhört; nur ein kleines Scharmützel hier und da und eine Prise hinterher – da kann ja wohl niemand was gegen einwenden«, sagte Temeraire. »Aber ich wüsste nur allzu gerne, was du dir vorstellst, wie irgendjemand das bewerkstelligen soll.«

»Nun, das weiß ich auch noch nicht«, sagte der Drachennachwuchs. »Aber ich habe vor, einen Weg zu finden. Nur, weil etwas schwierig ist, bedeutet das noch keine Entschuldigung dafür, gar nicht erst den Versuch zu unternehmen. Aber natürlich ist die Wahl meines Begleiters eine Angelegenheit von größter Wichtigkeit. Ich bin mir nicht sicher, ob der Kaiser von Frankreich nicht am Ende am besten in der Lage sein wird, mir bei meinen Anstrengungen zu helfen.«

»Du kannst ziemlich sicher sein, dass Napoleon nach dem, was *hier* geschehen ist, nichts mehr mit dir zu tun haben will«, stellte Temeraire mal ganz fix klar.

»Unsinn«, widersprach die Kleine. »Wahrscheinlich weiß er noch nicht einmal, dass ich schon geschlüpft bin. Da ihr entkommen seid, wird er wohl stattdessen euch zwei für alles verantwortlich machen. Und jeder, der gesehen hat, was *ich* gemacht habe, wird sich sagen: *Nun, sie ist ja gerade erst aus der Schale gekrochen, und niemand kann von so einem kleinen Drachen verlangen, genau zu wissen, was er tut. Vielleicht war es ja auch nur ein Versehen, oder vielleicht habt ihr mich ja erst auf die Idee gebracht.*«

»Das haben wir ganz und gar nicht«, fuhr Temeraire empört auf.

Die Kleine wedelte mit der Schwanzspitze, um diese Bemerkung vom Tisch zu wischen. »Ich sage ja nur, dass es eine Menge vernünftiger Erklärungen gibt, mit denen sich Napoleon beruhigen kann, wenn er gerne eine Entschuldigung für mich suchen will. Und ich bin mir sicher, dass er genau das vorhat, falls ich mich für seine Seite entscheiden sollte. Ich denke, er wird ziemlich beeindruckt sein von dem, was ich alles kann«, wogegen nichts einzuwenden war. In selbstzufriedenem Ton fuhr sie fort: »Ich hatte gehofft, dass es auch wirklich funktioniert, nachdem ich in der Schale so viel von der Vereinigung des Göttlichen Windes mit der Möglichkeit, Feuer zu spucken, gehört hatte, aber ich konnte mir ja nicht sicher sein, ehe ich es nicht ausprobiert hatte. Und ich bin froh, dass ich jetzt den Beweis erbracht habe.« Dann fügte sie sehr nachdenklich hinzu: »Aber ich weiß noch nicht, ob der Kaiser von China oder der Kaiser von Frankreich besser dazu geeignet sind, mich bei meinen Aufgaben zu unterstützen. Oder auch«, und sie sagte das ganz ernsthaft, »... der König von England. Ich hoffe, ihr denkt nicht, dass ich ihn nicht in Betracht ziehen will. Also sollten wir nicht besser aufbrechen? In welche Richtung liegt denn dieses Dover, das ihr ja wohl als Ziel vor Augen habt?«

»Laurence«, sagte Granby, als sie sich endlich kurz vor Morgengrauen zum Schlafen hinlegten. »Was für eine Katastrophe. Was machen wir denn nur mit ihr?«

Laurence hatte versucht, so gut es ging zu schätzen, wo sie sich befinden mochten, und war zu dem Schluss gekommen, dass sie etwa zehn Meilen hinter Dieppe gelandet waren. Sie hatten einen einsam gelegenen Hof gefunden, der nicht mehr instand gehalten wurde; das Haus und die Scheune waren offenbar aufgegeben worden, und bei Letzterer war an einigen Stellen das Dach eingebrochen. Temeraire und Iskierka hatten sich dahinter auf den Boden gekauert, wo ihnen ein Waldstück und dichtes Unterholz wenigstens einen kleinen Schutz boten, zumindest auf den ersten, wenn auch nicht auf den zweiten Blick. Das Drachenjunge hatte beinahe den ganzen Tag auf Temeraires Rücken geschlafen und war nur lange genug aufgewacht, um loszuziehen und sich ein Heubüschel aus dem offen stehenden

Loch im Heuschober zu holen. Daraus machte es sich ein Nest in der wärmsten Kuhle seiner Eltern, und als es alles zu seiner Zufriedenheit vorbereitet hatte, schlief es sofort wieder ein.

Auch Laurence hatte Stroh geholt und schichtete es zusammen mit trockenen Zweigen aufeinander, um das Holz, das Granby herangeschafft hatte, zum Brennen zu bringen. Das Feuer würde ein neuerliches Risiko darstellen, aber im Dämmerlicht des Morgens würde der Qualm vielleicht nicht auffallen. Sie waren ein gutes Stückchen von jeder Straße entfernt, und nur ein halb überwucherter Trampelpfad führte zu ihrem Lagerplatz. Es war kalt gewesen in der Nacht, und keiner von ihnen trug für einen Flug die angemessene Kleidung. Obwohl Laurence eng neben Granby und Tharkay in einer von Iskierkas Klauen gelegen hatte, die diese an ihren Bauch hielt, in dem wohlige Wärme pulsierte, war doch eine tiefe Eiseskälte in seine Glieder gekrochen. Er hatte das Gefühl, er müsste ein bisschen Wärme tanken, ehe er es wagen könnte einzuschlafen.

»Ich will mir gar nicht ausmalen, was Napoleon aus ihr macht, wenn sie sich auf seine Seite schlagen sollte«, fuhr Granby fort. »Von all den Drachen, die auf die Welt kommen, ist ausgerechnet sie noch unangeschirrt.«

»Wir werden sie in Dover abliefern«, sagte Laurence entschieden. »Ich bin mir sicher, dass Whitehall sie mit Freuden an Prinz Mianning zurückgeben wird, um auf diese Weise das Bündnis mit China zu stärken. Ich vertraue darauf, dass wir uns ab dann auf deren Fähigkeiten im Umgang mit Drachen verlassen können, sodass man sie dafür begeistern wird, den zukünftigen Kaiser als Gefährten zu wählen. Wie du dich bestimmt erinnerst, schirren sie ihre Tiere erst an, wenn sie viel älter sind.«

Granby erwiderte: »Ich schätze, das ist das Beste, was wir tun können. Die Chinesen können sagen, was sie wollen, und bestimmt spricht alles für sie, aber ich bin der Meinung, alles wäre viel einfacher gewesen, wenn dieses Schlüpflingsmädchen einen Kapitän gehabt hätte, der es von dem Moment an zur Ordnung gerufen hätte, als es den Kopf aus der Schale gesteckt hat.«

»Ich hoffe, ich darf einigen Zweifel anmelden, dass dieser hypothetische Kapitän Erfolg gehabt hätte«, mischte sich Tharkay ein, der gerade zurück in die Scheune kam, den Arm voller Kartoffeln und Karotten, die auf die anderen wirkten, als hätte er sie aus dem Nichts herbeigezaubert. »Wie zu erwarten war, gab es neben dem Haus einen Gemüsegarten«, beantwortete er die fragenden Blicke der anderen. »Ich glaube, wir können uns mit der Wahl unseres Verstecks glücklich schätzen. Im Haus lagen ein paar Briefe von einem Sohn, der weggegangen ist, um Soldat zu werden, an seine verwitwete Mutter. Der letzte ist ein halbes Jahr alt und stammt aus Smolensk, und er ist ungeöffnet. Ich fürchte, dass der Bursche zu den vielen jungen Männern gehört, die nicht mehr nach Hause kommen werden.«

Der Sonnenaufgang verlieh den verwitterten grauen Balken der Scheune eine schmeichelnde Wärme und vergoldete die nackten Zweige an den Bäumen. Es lag eine behagliche Vertrautheit über allem, was es auf diesem Hof zu entdecken gab, sodass das Fehlen irgendeines Lebenszeichens nur noch verstörender wirkte. Man hätte das Muhen von Kühen und das Gackern von Hühnern hören sollen. Ein Bauer sollte eigentlich mit noch halb geschlossenen Augen über die Wege eilen, um sein Vieh zu versorgen. Stattdessen waren die Ställe leer, und alles war still. Die unbestellten Felder begannen unmittelbar hinter den Türen. Das alles war der Preis für Napoleons Kriege.

Sie weckten Iskierka nur kurz, damit sie mit einem Flammenstrahl ihren sorgfältig zusammengetragenen Holzhaufen anzünden konnte. Sofort danach fielen ihre Lider wieder zu. Die halb gefrorene Ausbeute aus dem Garten garte über dem Feuer, während Laurence und die anderen ihre Hände und die tauben Füße wärmten. Sie brachten auch Schnee zum Schmelzen und tranken ihn heiß aus einem Zinkeimer, den sie, an einem Haken hängend, vorgefunden hatten. Laurence kratzte mit einem Stock aus dem Gedächtnis heraus die Küstenlinie in den Boden, und gemeinsam machten sie sich Gedanken über mögliche Entfernungen.

»Wir sollten lieber übers Meer fliegen, wenn die Drachen denken, dass sie das bewältigen können«, sagte Granby.

»Ich bin so kühn zu behaupten, dass wir kaum hundert Meilen von Eastbourne entfernt sind, da wir Richtung Nordnordwesten geflogen sind«, sagte Laurence. »Und sobald wir weit genug über dem Kanal sind, könnten uns die meisten Blockadeschiffe Pontons auswerfen, falls wir Ärger mit dem Wind bekommen. Allerdings könnte es schwierig werden, Signale zu geben, falls sie uns nicht gleich erkennen.«

»Also, *das* macht mir nun wirklich keine Sorge«, sagte Granby. »Es wäre vielmehr ein Wunder, wenn irgendein Kapitän, der seit dem Jahr sieben im Kanal festsitzt, sich *nicht* an Iskierka erinnern würde und sie verflucht, weil sie wieder einmal auftaucht, um ihm eine Prise vor der Nase wegzuschnappen. Sie alle würden Iskierka von Herzen gerne ertrinken sehen, aber ich gehe davon aus, dass sie uns nicht wieder wegschicken, wenn wir auf ihrer Türschwelle auftauchen. Von dort aus werden wir allerdings geradewegs nach Dover weiterfliegen müssen. Es gibt zwar einen Stützpunkt in Eastbourne, aber der ist nicht viel mehr als ein kleines Lager für einen Zwischenstopp von Kurieren. Es würde ihnen gar nicht gefallen, wenn wir mit zwei Schwergewichten und einem frisch geschlüpften Tier dort einfallen würden.«

»Und ihr beharrt darauf, dass wir einen Stützpunkt aufsuchen, ja?«, fragte Tharkay unerwartet. »Ich hoffe, ihr verzeiht mir, wenn ich meine Sorge formuliere«, fügte er hinzu, als er ihre verständnislosen Blicke bemerkte. »Glaubt ihr denn ernsthaft, dass euer Schlüpfling von den Bedingungen beeindruckt sein wird, die ihn in Dover erwarten werden, wenn er sie mit jenen vergleicht, die er hinter sich gelassen hat – natürlich bevor er sie hat abbrennen lassen.«

»Nun«, begann Granby, brach aber dann ab. Selbstverständlich konnte er nicht zugeben, dass die englischen Stützpunkte bei einem Vergleich mit den französischen schlecht abschneiden würden, und Laurence hatte ebenfalls das Gefühl, Loyalität der Nation gegenüber beweisen zu müssen, in deren Diensten er stand. Aber es ließ sich nicht abstreiten, dass die Unterschiede ins Auge fallen würden, es sei denn, in den letzten fünf Jahren ihrer Abwesenheit wären beträchtliche Verbesserungen vorgenommen worden, worauf sie aber kaum hoffen konnten. Temeraire hatte einen unregelmäßigen Briefwechsel mit Perscitia aufrechterhalten, einer Kameradin aus seinen Tagen im Zuchtgehege, die sich, während er fort war, mit großer Kraft für die Freiheit – und den Wohlstand – der Drachen eingesetzt hatte. Wenn Briefe von ihr eintrafen, dann war in ihnen stets eine endlose Litanei von Klagen zu lesen, denn Perscitia listete gewissenhaft Verstöße aller Art auf.

»Lass uns zuerst Frankreich verlassen«, sagte Laurence nach kurzem Überlegen. »Wir müssen erst Bonapartes Grenzen hinter uns lassen, ehe wir uns um andere Dinge kümmern können.«

Laurence erwachte am späten Nachmittag von dem Gefühl, dass irgendetwas sehr nahe an ihn herangerückt war. Als er seine Augen aufmachte, stellte er fest, dass das Drachenjunge ihm eindringlich mitten ins Gesicht starrte; der lange, wie eine Pfeilspitze geformte Kopf auf dem schlangengleichen Hals war weit nach vorne gereckt. Laurence bekam einen unmittelbareren Eindruck von den Farben des Tieres, und er stellte fest, wie schwierig sie zu bestimmen waren: Der Grundton der Haut war auf jeden Fall schwarz, aber darüber lag eine dicke Schicht von schillerndem Rot, Grün und Blau, und diese Farben gewannen an den Gliedmaßen und Flügeln die Oberhand, sodass man sich beinahe in ihnen spiegeln konnte.

»Gut«, sagte die Kleine und zog den Kopf ein Stück zurück, damit Laurence sich aufsetzen konnte. »Du bist aufgewacht. Es tut mir sehr leid, dir Mühe zu machen, aber ich fürchte, ich muss auf der Stelle etwas zu essen bekommen.«

Mit der Mühe hatte sie nicht unrecht. Es war noch hell, obwohl es Winter war, und weder Temeraire noch Iskierka konnten in einer besiedelten Gegend wie dieser in die Luft aufsteigen, ohne sofort am Himmel entdeckt zu werden. Die Bauern würden mit Sicherheit Alarm schlagen, und selbst wenn keine Verfolger nahe genug an ihnen dran waren, um sofort anzugreifen, würde die gesamte in Flugdistanz liegende Küstenlinie in Aufruhr versetzt werden.

»Wenn wir erst über dem Kanal sind, dann kann dir Temeraire bestimmt einen ordentlich großen Thunfisch fangen«, versprach Laurence. »Kannst du bis zum Sonnenuntergang warten?«

Die Kleine schaute hoch zum Himmel, dann drehte sie sich zurück und sagte sehr entschlossen: »Nein, kann ich nicht.«

»Ich wüsste auch nicht, warum wir warten sollten. Außerdem hätte ich selber nichts gegen eine Kuh einzuwenden, wenn ich jetzt so darüber nachdenke«, murmelte Iskierka, die von dem Gespräch halb aufgeweckt worden war.

»Das hat uns ja gerade noch gefehlt«, sagte Granby und wischte sich mit der Hand über das Gesicht, während er sich aufrichtete.

»Vielleicht könnten wir eine Brühe machen, wenn wir noch etwas dafür auftreiben können«, schlug Laurence vor.

Sie alle begannen, im Garten nach weiteren Gemüseresten zu graben, und Tharkay gelang es, mit einem Stein ein Eichhörnchen zu erlegen, auch wenn das nicht gerade sehr viel war für ihren Kochtopf. Einige Handvoll Gerste, die sie in einem Schrank fanden, war alles, was sie dem Wasser sonst noch zusetzen konnten. Sie schürten angestrengt das Feuer, und Granby flüsterte Laurence zu: »Bist du ganz sicher, dass du nicht versuchen willst, ihr ein Geschirr anzulegen? Ich glaube zwar, dass das Temeraire ganz und gar nicht gefallen wird, aber mit dem Hunger eines Schlüpflings ist wirklich nicht zu spaßen. Ich gehe davon aus, dass sie die Geduld verliert, ehe die Suppe hier fertig ist.«

»Mir würde das auch überhaupt nicht gefallen«, sagte die Kleine, die offenbar gelauscht hatte, und schob völlig unerwartet den Kopf über den Rand des Suppenkessels. »Aber ich sehe sehr wohl selbst, dass es im Augenblick von äußerster Wichtigkeit ist, nicht entdeckt zu werden. Wir müssen also kein weiteres Wort darüber verlieren.«

»Ach du lieber Gott«, fuhr Granby zusammen.

»Ihr könntet euch stattdessen lieber mal ein bisschen mit dieser Suppe beeilen«, fügte das Drachenjunge in tadelndem Ton hinzu.

»Wir machen schon so schnell, wie es geht«, sagte Granby. »Und in der Zwischenzeit kannst du dir ja Gedanken darüber machen, wie wir dich nennen sollen. Ich gehe davon aus, dass du nicht darauf warten kannst, bis dir dein Kapitän einen Namen gibt, wenn du nicht vorhast, dich mit etwas anderem als einem Kaiser zufriedenzugeben.«

»Ihr könnt mich Lung Tien Ning nennen«, sagte die Kleine. »Das wird dem Kaiser von China gefallen, der es nicht als seine Aufgabe ansehen wird, seiner Gefährtin einen Namen zu geben, der aber sicher davon ausgeht, dass man mich als Himmelsdrachen anspricht. Und wenn ich will, kann mir der Kaiser von Frankreich ja später immer noch einen französischen Namen geben.«

»Als ob ausgerechnet sie irgendein Recht darauf hätte, sich *Ausgeglichenheit* zu nennen«, flüsterte Temeraire ungläubig Laurence zu, der ganz seiner Meinung war.

Aber Granby zumindest hatte mit seinen pessimistischen Gedanken während der Zubereitung der Suppe falschgelegen. Ning fiel zwar über den Topf her, kaum dass die Gerste etwas weich geworden war, aber sie hatte vorher geduldig abgewartet, bis Granby verkündete, man könne die Körner darin jetzt kauen. Und selbst dann trank sie die Suppe langsam und in gemessenen Zügen. Mittendrin machte sie Pause und verlangte, dass man mehr Schnee in den Topf schaufeln sollte und die Brühe neu erhitzen müsste. Augenscheinlich versuchte sie, ihren Magen dazu zu bringen, eine Zeit lang Ruhe zu geben.

Nachdem sie den Topf nicht nur sauber, sondern blitzblank geleckt hatte, sagte sie: »Ich meine, dass ich es jetzt bis zum Einbruch der Dunkelheit schaffen werde. Ich hoffe aber, dass es bald so weit ist.«

Danach schlief sie ein, und so hielt sie tatsächlich bis zur Dämmerung durch. Dann allerdings hatte sie ihre Grenze erreicht. Wieder weckte sie Laurence mit einem energischen Stupsen. Die Sonne ging golden zwischen den Baumwipfeln unter, und graue Kälte senkte sich herab. »Wie lange noch, bis ich meinen Fisch bekomme?«, fragte sie.

Im Westen vor ihnen waren Lichter zu erkennen, und sie rückten immer enger zusammen, je näher Laurence und die anderen der Küste kamen, an der Napoleon vor fünf Jahren seine Invasion geplant und gestartet hatte. Glücklicherweise war der Mond nur eine schmale Sichel am Himmel. Ning hockte ruhelos auf Temeraires Rücken und kratzte mit den Krallen über seine Schuppen – ein hohes Geräusch, das Laurence in den Ohren schmerzte und ihn schaudern ließ. Er hatte sich entschieden, trotz der Kälte bei diesem Flug an Bord von Temeraire zu bleiben, denn bei der Kanalüberquerung konnten sie nur allzu leicht von Iskierka getrennt werden. Unter englischem Gesetz war ihre Stellung viel zu ungewiss, als dass er mit gutem Gewissen Temeraire alleine hätte fliegen lassen können – allein, ohne jemanden, der sich vielleicht leichter bei einem Marinekapitän würde Gehör verschaffen können. Die Gefahr war groß, dass ein solcher zwar eine Menge davon gehört hatte, dass sie in Ungnade gefallen und verbannt worden waren, der aber vielleicht von ihrer kürzlich erfolgten Rehabilitation noch nichts erfahren hatte. Solche Männer mochten sich daran erinnern, dass Iskierka ihre Prisen an sich gerissen hatte, aber sie würden sich auch an das Desaster am Ende der Invasion erinnern, an Nelsons sinkende Flotte und an das Werk eines einzigen Himmelsdrachen. Die Silhouette des sehnigen Körpers, die Hörner und die geriffelte Halskrause hatten so manchem Künstler ein Thema für seine Klagen gegeben. Und ob in der Dunkelheit oder an helllichtem Tage – kein Schiff und kein Küstengeschütz würde Temeraire gerne über den Köpfen wissen.

»Da draußen fliegt ein Fleur-de-Nuit, glaube ich«, sagte Temeraire leise und wandte seinen Kopf ein Stück. »Ich habe gesehen, wie sich ein Drache vor den Sternen abgezeichnet hat, dort drüben im Süden. Vielleicht hat er uns entdeckt.«

Laurence nickte. Mittlerweile wurde sicherlich überall entlang der Küste nach ihnen gesucht. Er beugte sich vor, um an Temeraires Schulter vorbeischauen zu können, und hielt sich eine gewölbte Hand über die Augen, um den Wind abzuschirmen. Da lagen auf und ab tanzende Fischerboote am Ufer vertäut, und der Leuchtturm nahe Dieppe sendete sein Lichtsignal aus. Sie waren schon beinahe über dem Wasser.

Und dann explodierte plötzlich mitten in der Luft blau und zischend eine Blendrakete. Ihr Schein strahlte Iskierka an, die sich leuchtend vor dem schwarzen Tuch des Nachthimmels abhob. Aus ihren Rot- und Grüntönen waren Schattierungen von Schwarz und Grau geworden, und im Süden, keine drei Meilen entfernt, gingen drei Fleur-de-Nuit-Drachen gemeinsam auf die Jagd. Temeraire streckte sich im Flug, während unter ihm die Signalfeuer angingen.

III

12

»Guter Gott! Zwei Tage in der Luft – und wofür?«, polterte Wellington. »Nein, Sie können Roland *nicht* bekommen. Wenn Sie einen anderen Admiral in Spanien haben wollen, können Sie auch gleich nach einem anderen General suchen, und ich werde dann nach Hause gehen und einen Monat lang schlafen.«

»Ich bitte Sie inständig, die Lage der Admiralität zu verstehen«, sagte der Premierminister erschöpft und beinahe flehentlich. Dann warf er einen angewiderten Blick in Laurence' Richtung, der nicht in der Lage gewesen wäre, diesen zu verletzen, wenn Perceval nicht Laurence' Vater gekannt und in dessen Haus ein und aus gegangen wäre. Erst im vergangenen Jahr hatte er – zumindest formal – die Abschaffung des Sklavenhandels durchgesetzt und sogar damit begonnen, vorsichtige Beziehungen zu den Tswana aufzubauen. Dabei war ihm viel Widerstand von all jenen mit Grundbesitz auf den Westindischen Inseln entgegengeschlagen, da man dort in hohem Maße von Sklaven abhängig war. Laurence gefiel es nicht, dass ihn ein solcher Mann ablehnte – es verwunderte ihn allerdings auch nicht.

Wellington schnaubte nur. »Ich verstehe Sie sehr gut: Es behagt Ihnen nicht, die Dienste eines Mannes in Anspruch zu nehmen, den Sie lieber hängen sehen würden. Aber da Sie die Dienste benötigen, haben Sie Pech. Sie müssen eben mit trocken Brot zufrieden sein und aufhören, um Pudding zu betteln.«

Mr. Yorke, der momentan den Posten eines Ersten Lords der Admiralität innehatte, setzte an: »Ganz ohne Zweifel wird doch die Dringlichkeit der Lage in Preußen …«

»Die Situation in Preußen!«, unterbrach ihn Wellington. »Ich habe noch nicht einmal fünfzig englische Drachen neben den dreihundert zerlumpten spanischen und portugiesischen Tieren, die meisten davon halb verwildert, um gegen die fünfhundert gut ausgebildeten französischen Drachen ins Feld zu ziehen, und Sie kommen mir jetzt mit Preußen! Schlimm genug, dass Sie Roland und mich eine Woche lang weggeholt haben. Ich gehe davon aus, dass wir ein halbes Dutzend Dörfer in Schutt und Asche vorfinden werden, wenn wir zurückkommen, und die Flechas drohen, Madrid niederzubrennen.« Mit einem kurzen Wink in Laurence' Richtung sagte er: »Und jetzt wollen Sie mir sagen, dass Bonaparte in einem halben Jahr viertausend Tiere gegen uns losschicken kann, ob nun halb ausgebildet und noch nicht richtig ausgewachsen oder auch nicht. Außerdem wollen Sie mir meine Luftkommandantin abspenstig machen, um sie als bloße Makulatur zu verschwenden? Unfug.«

»In der Tat ist das Unfug«, bekräftigte Jane später am Abend in ihrem Haus in der Nähe des Londoner Stützpunktes. »Schlimmer noch als Unfug. Ich bin nur froh, dass ich um diese Konferenz herumgekommen bin. Ich weiß nicht, was ich gesagt hätte, wenn ich dabei gewesen wäre. Inzwischen bin ich verwöhnt, Laurence; ich habe mich seit mehr als einem Jahr nicht mehr über derartigen Quatsch ärgern müssen. Die spanischen Offiziere wollten mir am Anfang das Leben ziemlich schwer machen, aber inzwischen klappt es mit ihnen einwandfrei.«

Sie seufzte und griff nach der Karaffe mit dem Portwein. Mit ihren schweren Stiefeln und im Fliegermantel wirkte Jane seltsam fremd zwischen den Samtbezügen in ihrem Wohnzimmer, das zwar gut zu ihrer neuen Stellung, aber weniger gut zu ihrer Person passte. Laurence wusste, dass sie seine eigene Mutter um Rat bei der Einrichtung gefragt hatte, und auch ihre Haushälterin war ihm gut bekannt: Früher war sie ein junges Scheuermädchen in Wollaton Hall gewesen, das einem kleinen Jungen hin und wieder erlaubt hatte, eine Pastete zu stibitzen, wenn ein Bankett kurz bevorstand. Seine Mutter hatte diesem Haus ihren Stempel aufgedrückt, und alles zeugte von ihrem kundigen Geschmack und bot allerlei Komfort. Die Wärme durch das Kaminfeuer war genau richtig, der Wein beim Abendessen war exzellent und die Einrichtung exquisit. Nur Jane war fehl am Platze, ebenso Excidium, der auf dem weitläufigen Hof hinter dem Haus döste. Sein Kopf war gerade noch durch die Fenster zu sehen; seine Hörner glänzten weiß im Schein der Laternen.

»Ich habe jetzt eine vergoldete Truhe, aber bewahre einen rostigen, alten Hammer darin auf«, sagte Jane, die in seinem Gesicht las, und lachte, als er versuchte, etwas einzuwenden. »Nein, es war wirklich so geplant. Dieser Ort ist mein Zugeständnis an die guten Sitten. Ich habe hier sogar schon Abendgesellschaften gegeben, falls du dir das vorstellen kannst«, fügte sie hinzu. »Es war der Vorschlag deiner Mutter, und ich hatte das Gefühl, dass ich es ihr schuldig wäre nach all der Mühe, die sie sich mit mir gegeben hat. Ich hätte auch nicht an ihr zweifeln sollen, denn sie hat wahre Wunder bewirkt: Ein Dutzend Mädchen hat sich in der darauffolgenden Woche beim Korps gemeldet. Es waren allesamt junge Damen mit bescheidenen Mitteln, die das Militär einem Leben als Gouvernante vorzogen, mit Ausnahme einer Erbin, die lieber zum Korps gehen wollte, als sich wie eine junge Kuh feilbieten zu lassen. Ihre Familien haben einen furchtbaren Aufstand gemacht, aber ich habe den Herrschaften erklärt, dass ich kein Mädchen abweisen würde, das sich auf einem Drachenrücken in der Luft auf den Beinen halten kann und deren Magen mitspielt, wo wir doch sechs Langflügler-Eier haben, deren Drachen bald schlüpfen und versorgt werden müssen. Und wo wir gerade davon sprechen: Wie hat sich Emily gemacht, als du sie das letzte Mal gesehen hast? Ich danke dir übrigens für ihre Beförderung.«

»Sehr gut«, antwortete Laurence und kämpfte mit sich, wie viel er über Emilys Verbindung zu Demane preisgeben sollte, die sich unter seinen Augen entwickelt hatte. Zumindest musste er sich nicht vorwerfen, er hätte seiner Aufsichtspflicht nicht Genüge getan – diesen Vorwurf hätte er sich allerdings ganz sicher gemacht, wenn Emilys Unschuld auf dem Spiel gestanden hätte –, aber ein unbehagliches Gefühl hatte er doch. Er wagte zu bezweifeln, dass sich Emily selbst noch ungebunden fühlte. »Hat sie mit dir über Demane gesprochen?«

»Sie hat seitenweise Belanglosigkeiten geschrieben«, antwortete Jane, »aber das ist nicht schlimm: *Er* hat es wettgemacht. Er hat sich mir sofort vorgestellt, als die *Potentate* Spanien erreicht hatte, und verkündet, er würde dafür sorgen, dass er sich meiner Tochter als würdig erweist. Und dann sang er eine Viertelstunde lang ein Loblied auf Emily, ehe ich genug hatte. Ich konnte nicht abwarten, dass er endlich aufhört, und habe ihn hinauskomplimentiert. Du musst nicht so besorgt aussehen, Laurence, ich war nicht zu unsanft. Mir sind noch keinerlei Klagen über den Jungen zu Ohren gekommen. Und ein gelasseneres, sanftmütigeres Tier als dieses Monstrum, auf dem er unterwegs ist, habe ich noch nie getroffen. Es ist ganz gut, dass wenigstens Kulingiles Kapitän ein bisschen Feuer im Blut hat, wenn sein Tier keins hat. Willst du mir vielleicht sagen, dass Emily ihm verfallen ist?«

»Ich hoffe, noch ist sie ihm nicht *verfallen*«, sagte Laurence langsam, und Jane las den Großteil dessen, was er eigentlich sagen wollte, in seinem Gesicht. Sie schüttelte kurz den Kopf.

»Ich selber war nie sonderlich sensibel, wie du ja nur allzu gut weißt, mein Lieber. Ich hatte stets das Gefühl, das sei ein Luxus, den ich mir nicht leisten kann. Aber wenn sie ihn gerne heiraten möchte – warum denn nicht? Ich habe mich durchgesetzt und darauf bestanden, dass Emily legitimiert wird, als man mir den Titel übertragen hat. Wenn Wellesley *seinen* Adelstitel an seine Gören weitergeben kann, obwohl er kaum mehr als zehn Minuten damit zugebracht hat, sie zu zeugen, dann will ich verdammt sein, wenn Emily nicht *meinen* bekommen kann. Aber es gab einen ziemlichen Zank wegen der Weitergabe an die nächste Generation. Also, wenn Emily was daran liegt, dann muss sie jemanden heiraten, und ich denke, Kapitän Dlamini ist für jeden respektabel genug.«

Jane lag damit ziemlich falsch, jedenfalls in den Augen der feinen Gesellschaft: Ein Waisenjunge aus Afrika, mit dessen Namen lediglich ein Drache verbunden war, war keine gute Partie für Lady Emily Roland, die Tochter einer der großen Heldinnen Englands und Erbin eines Titels und eines Vermögens. Natürlich war Lady Emily selbst eine Fliegerin, was ihren Glanz ein wenig minderte, aber da ebendieser Dienst für die Titel gesorgt hatte, würde man vieles verzeihen. Laurence wusste, dass all diese Überlegungen Jane völlig fremd waren. Sie sagte lapidar: »Emily wird ihn im nächsten Jahr wohl kaum zu Gesicht bekommen, so wie die Lage aussieht. Excidium soll nach Dover, und Kulingile sicherlich nach Gibraltar, falls wir es jemals schaffen, auf unserem Weg hin zum Frieden voranzukommen. Nun, der Dienst ist hart.« Sie rieb sich über den Mund. »Ich denke, ich könnte ihn auch einfach unter meinem Kommando halten und den beiden damit eine größere Chance geben, einander zu vergessen. Ich hatte in Betracht gezogen, ihn nach Preußen zu schicken und Granby zurückzuholen. Aber wir haben die Flechas als Feuerspucker, auch wenn sie nicht so leicht zu handhaben sind wie Iskierka. Auf jeden Fall brauchst du ja vielleicht auch Granbys Rat. Dann wollen sie dich also befördern, ja?«

»Ja«, sagte Laurence und starrte in sein Weinglas. Es war ihm beinahe wie ein subtiler Scherz vorgekommen. Erst ganz am Ende des Treffens hatte er begriffen, dass sich die Minister mit Wellington darüber stritten, ob man *ihm* das Kommando über die neu formierten Luftstreitkräfte übertragen könnte, die die Alliierten in Preußen unterstützen sollten, oder nicht. »Oder wenigstens schienen sie das in Erwägung zu ziehen. Ich kann mir aber kaum vorstellen, dass sie das wirklich tun werden.«

»O doch, das werden sie«, sagte Jane. »Ein Vögelchen hat mir gezwitschert, dass der Zar dich haben will. Wie hast du denn das geschafft? Ich habe noch nie erlebt, dass du dich bei irgendjemandem beliebt machst, dessen Einfluss sich tatsächlich *positiv* auf deine Karriere auswirken könnte, anstatt dass du dich bei jedem so sehr in Misskredit bringst wie nur möglich.«

»Was das angeht, kann ich mir den Erfolg keineswegs selbst zuschreiben«, erwiderte Laurence nüchtern. »Ich bin mit einer Armee von Drachen an seinen Grenzen aufgetaucht, als der Zar vor der unmittelbaren Gefahr einer Niederlage stand; ich schätze, das hat bei ihm gewisse herzliche Sympathien mir gegenüber geweckt.«

»Nun, das spricht ja nicht gegen dich«, sagte Jane. »Und er ist der Mann der Stunde, nur damit du es weißt. Ich habe es normalerweise nicht so mit selbstherrlichen Typen – bitte um Entschuldigung –, aber wenn das seinen Ehrgeiz wachhält, sich zum Retter von Europa aufzuschwingen, dann werde ich die Letzte sein, die sich beklagt. Eine weitere Chance bei Boney werden wir bestimmt niemals mehr bekommen angesichts der Nachrichten, die du da mitgebracht hast. Viertausend Eier! Unsere Züchter würden nur zu gerne wissen, wie er das hingekriegt hat, und unsere Versorgungsoffiziere fragen sich, wie er sie alle ernähren will. Ich für meinen Teil würde gerne den guten alten Fettsack Ludwig wieder auf seinem Thron haben, ehe die Drachen ausgewachsen sind.«

Sie griff nach der Karaffe mit Portwein, um Laurence nachzuschenken. Fast unbemerkt hatten sie ihre Gläser geleert. Laurence ließ sich ruhelos auf seinen Stuhl zurücksinken. Die Forderung des Zaren hatte das Problem der Admiralität noch deutlicher zutage treten lassen: Wenn Alexander nach Laurence verlangt hatte, dann mussten sie auch diesen schicken; und wenn sie ihn schickten, dann konnten sie ihn nur dann beaufsichtigen, wenn ein rangälterer Offizier dabei war, der noch dazu notwendigerweise über einen Drachen verfügen musste, dessen Statur in den Augen seiner Drachenkameraden zumindest mit Temeraires Gewichtsklasse mithalten oder sie sogar übertreffen musste. Es gab nur wenige englische Offiziere, auf die

die eine oder die andere Anforderung zutraf. Dank Hammonds Einwirken war Laurence wieder vollständig rehabilitiert worden, sodass der Erhalt seines Offizierspatents nicht erst mit dem Anschirren von Temeraire gerechnet wurde; sein Rang war auf den Zeitpunkt seiner Erhebung zum Marineoffizier gute fünf Jahre zuvor datiert worden.

Und doch reichte dieses Argument noch nicht aus, um ihn für diese Aufgabe zu prädestinieren. Er hatte beinahe seine gesamte Ausbildung auf See durchlaufen und noch keine acht Jahre auf einem Drachenrücken verbracht, und selbst diese Zeitspanne war nicht ohne Unterbrechungen gewesen. Bei näherer Betrachtung hielt Laurence selbst sich kaum für die erste Wahl für dieses Kommando, selbst wenn er alle anderen Animositäten ihm gegenüber außer Acht ließ.

»Jane, solltest du nicht selbst mit nach Preußen fliegen?«, fragte er leise. Die Admiralität war nur deshalb auf die Idee gekommen, Jane mitzuschicken, um über seine eigene Anwesenheit hinwegzutrösten. Doch Laurence wusste um ihre Fähigkeiten. Und Excidium mit seiner langen, sagenumwobenen Laufbahn und der tödlichen Säure eines Langflüglers würde sich mühelos den Respekt eines jeden Kampfdrachen sichern. Temeraire hatte schon zuvor bereitwillig ihm gegenüber zurückgesteckt. »Wenn Napoleon geschlagen werden soll, muss das in Deutschland geschehen.«

»Nein, Laurence«, sagte Jane entschieden. »Er muss in Frankreich besiegt werden.«

Laurence schwieg. Napoleon über den Rhein und die Pyrenäen zurückzudrängen, mühselig Schritt für Schritt und hart umkämpft, um alle seine Landgewinne nach fünfzehn Jahren Krieg wieder rückgängig zu machen – das kam Laurence wie ein Ding der Unmöglichkeit vor.

Jane trank den letzten Rest Wein aus ihrem Glas und stellte es beiseite; dann entrollte sie eine der Karten, die auf dem Tisch zwischen ihnen verstreut lagen. »Nun schau doch nicht so trübsinnig. Ich vermute, du hast keine Ahnung, wie viele Männer er in Spanien verloren hat. Die Zahlen auf den Schlachtfeldern erzählen nicht die ganze Wahrheit, aber meine Späher sehen es von der Luft aus. Die Partisanen knabbern und knabbern und knabbern an seiner Streitmacht wie kleine Mäuse, und seine Armee bröckelt überall.«

Sie fuhr mit dem Finger auf der Karte entlang. Die zerklüftete Gebirgslinie markierte die Grenze zwischen Frankreich und Spanien. Dann nahm sie die Hand hoch, und die Karte rollte sich an den Enden wieder auf. »Wir werden Marschall Soult bis nächstes Jahr Weihnachten besiegt haben, oder du darfst mich eine Lügnerin nennen. Aber es hat Wellington drei harte Jahre gekostet, um diese Armee zusammenzustellen, und sie ist nur sehr locker und mit leicht reißbaren Fäden zusammengeheftet. Es gibt niemanden, der meinen Platz in der Luft einnehmen könnte. Ich habe Crenslow in dieser Woche die Verantwortung übertragen, und dem Blick nach zu urteilen, den er mir dabei zugeworfen hat, hätte man meinen können, dass ich den armen Mann an den Galgen geschickt habe. Als wir abflogen, hatte ich übrigens schon sieben spanische und portugiesische Offiziere am Hals, die seinen Kopf verlangten.

Ich sage ja nicht, dass du in Deutschland nicht deine eigenen Probleme haben wirst, aber die preußischen Drachen haben guten Grund, dich zu lieben, und der Zar kann auch den Rest von ihnen dazu bringen, nach seiner Pfeife zu tanzen. Also musst du ohne mich über den Rhein fliegen, und wir werden uns dann irgendwann in Paris treffen«, endete sie.

»Granby wäre dafür besser geeignet«, sagte Laurence.

Jane schnaubte verächtlich. »Aber Iskierka nicht«, war ein Argument, gegen das Laurence nichts einwenden konnte. »Außerdem stehst du schon mehr als zehn Jahre länger als er auf der Liste. Nein, die Lordschaften haben keine andere Wahl. Und außerdem hoffen wir alle darauf, dass einige chinesische Tiere auftauchen. Kann man denn ansonsten nicht einfach diesem Burschen Hammond die Verantwortung übertragen?«

Laurence musste fast schmunzeln bei der Vorstellung, dass man ausgerechnet Hammond das Luftkommando übertragen sollte; er konnte sich den Kummer ausmalen, den das für diesen Gentleman bedeuten würde. »Sein Drachen wäre geeignet. Sie bringt vierzig Jahre Erfahrung als Offizierin in der Armee der Inka mit.«

»Wenn du eine Aussicht brauchst auf etwas, das noch unwahrscheinlicher ist, als dass Ihre Lordschaften *dich* zum Admiral ernennen, dann probier doch mal, dir vorzustellen, dass sie das Kommando an einen Drachen *der Inka* übergeben«, sagte Jane. »Nicht dass diese Tiere ihr Handwerk nicht verstehen würden! Eines kann ich dir aber verraten: Seit letzten August schon bereitet uns ein Dutzend von ihnen Kopfzerbrechen, und ihr Kampfgewicht ist dreimal so viel wert wie dasselbe Gewicht bei anderen Drachen. Der einzige Segen dabei ist, dass sie es hassen, auch nur ein einziges Mannschaftsmitglied zu verlieren. Wenn es uns gelingt, eine Gruppe von vier oder fünf gut gesicherten Enterern an Bord zu bringen, dann können wir jedes Tier dazu bringen, sich einen Tag lang aus dem Kampfgeschehen herauszuhalten, nur um das Leben eines einzigen Mitglieds der Bauchbesatzung zu retten, selbst wenn sie dreimal so viele Leute wie wir dabeihaben. Die eigentliche Schwierigkeit liegt in der guten Sicherung. Die Inkadrachen sind nämlich blitzschnell, wenn es darum geht, uns abzuschütteln. Im Übrigen werden dir diese Diebe im Kriegskommissariat das Leben zur Hölle machen«, fügte sie hinzu. »Es gibt nichts als Ballen von verrottendem Leder und verrosteten Schnallen, und das, was sie Ölhäute nennen, nenne ich Getreidesäcke.« Sie klang so vorwurfsvoll, als wäre Laurence bereits verantwortlich für solche Missstände. Als sie seinen Gesichtsausdruck sah, hielt sie inne und fügte hinzu: »Du wirst doch nicht ablehnen?«

»Nein«, sagte er nach kurzem Überlegen. »Nein, ich werde nicht ablehnen.« Was für Streitereien er auch immer mit den Männern der Admiralität haben mochte – in seinem eigenen Verständnis davon, was seine Pflicht war, gab es einen himmelweiten Unterschied zwischen der Ablehnung eines unmoralischen Befehls und der Weigerung, eine Aufgabe zu erfüllen, nur weil sie schwer war oder es erforderlich machte, persönliche Unannehmlichkeiten in Kauf zu nehmen. Wenn er einen Mann hätte vorschlagen können, der seiner Meinung nach für die drängende Aufgabe besser geeignet gewesen wäre, dann hätte er der ganzen Sache vielleicht anders gegenübergestanden. Aber nicht einmal dieses Schlupfloch blieb ihm angesichts der fortgesetzten Ablehnung, die ihm von den Ministern und Offizieren entgegenschlug, mit denen er sich überworfen hatte. Sie hätten jeden Ersatzmann in noch viel höheren Tönen als er selber gepriesen. Wenn man *ihm*, Laurence, das Kommando übertragen wollte, dann konnte er ganz sicher sein, dass er die *einzige* Wahl war.

»Aber Jane«, sagte er mit einem Mal abrupt. »Ich werde nicht… ich kann nicht zusagen, wenn sie nicht auch Ferris rehabilitieren und ihm eine Chance in Aussicht stellen. Dass ich wieder eingesetzt wurde und nun befördert und mit dem Oberkommando ausgestattet werden soll, während *er* noch immer unter dem Makel eines Verbrechens zu leiden hat, das ich vollkommen ohne sein Wissen begangen habe – das lässt sich einfach nicht ertragen.«

»Oh, ich wage die Behauptung, dass sich das einrichten lässt«, antwortete Jane. »Er stammt aus einer Familie mit tiefen Wurzeln im Korps, und sie haben eine Menge Einfluss. Damals wollten alle unbedingt Blut fließen sehen, und so war einfach nichts für ihn zu machen, aber jetzt liegen die Dinge anders. Ich werde dem alten General Gloucester schreiben, der mit Ferris' Großonkel zusammen gedient hat, und dann werden wir für eine Kehrtwendung sorgen.«

Danach diskutierten sie lange über die Kommandoführung; Jane nannte Laurence die Namen von Männern, die er zu sich holen sollte, und die anderer, die es zu vermeiden galt, sowohl in der Verwaltung als auch unter seinen Offizieren. Laurence wollte es nach Kräften versuchen, aber er wusste auch, dass ihm keine große Wahl bleiben würde, außer was Temeraires eigene Besatzung anging – und vielleicht nicht einmal dort. Sicherlich würde die Admiralität alle Tiere seiner Truppe selbst aussuchen. Aber er merkte sich die Männer, die Jane empfahl und vor denen sie ihn warnte. Auf dem Schlachtfeld würde die Admiralität weit weg sein, und dann läge die Entscheidung bei ihm.

Er hatte ein ganzes Blatt auf beiden Seiten von oben bis unten mit Janes wertvollen Ratschlägen vollgeschrieben, und die Uhr hatte bereits zehn geschlagen, als Jane unvermittelt sagte: »Du könntest auch einfach über Nacht bleiben, wenn du möchtest.« Er starrte auf das plötzlich bedeutungslose Tintengekritzel, und sein Mund wurde mit einem Mal trocken vor Verlangen. Er hatte keinerlei Hoffnung in sich aufkeimen lassen – er war nicht einmal nahe genug an die Hoffnung herangekommen, um darüber nachzudenken, dass …

»Jane«, sagte er und war sich mit einem Schlag ihrer bloßen Hand zwischen ihnen auf der Tischplatte sehr bewusst; kräftig und quadratisch war sie, ein bisschen schmaler geworden im Laufe der Jahre, aber tief vertraut, abgesehen von dem Siegelring mit dem gelben Edelstein und von der weißen Narbe, die zwischen ihrem Ringfinger und dem kleinen Finger ausgehend quer über den Handrücken verlief und früher nicht da gewesen war – bevor sein Leben in Stücke gefallen war. Das war letzten Sommer gewesen, in einer Nacht im August, die so heiß gewesen war, dass sie auf die Bettdecke verzichtet und bei offenem Fenster nackt beisammengelegen hatten. Ihnen war nur die unerfreuliche Wahl zwischen dem Gestank Londons und erstickender Hitze geblieben. In der nächsten Nacht hatte er sie und sein Land hintergangen und war mit Temeraire losgeflogen, um das Heilmittel nach Frankreich zu bringen.

Seitdem hatte er sie nicht mehr berührt. Auch keine andere Frau.

Nicht aus einem Gefühl der Treue heraus – *Treue* war ein Wort, das zu benutzen er in Verbindung mit ihr kein Recht hatte –, sondern weil der Teil in ihm drin, der für jedes Begehren unerlässlich war, einfach abgestorben war. Sie hatten miteinander gesprochen; er war sogar allein mit ihr gewesen. Aber die Tür war zugeschlagen worden, und er hätte sich niemals träumen lassen, dass sie je wieder geöffnet werden würde. »Jane«, sagte er noch einmal.

Sie sah ihn mit leichter Überraschung an, und dann fragte sie: »Wie wäre es, Laurence?«, und griff nach seiner Hand.

Er war damit aufgewachsen, immer und überall die Fassung zu bewahren, sodass es ihm selbst im Angesicht von Tod und Tragödien so leicht wie das Atmen fallen sollte, die Contenance zu bewahren. Jetzt aber grub er eine Hand in ihr Haar, der ordentlich geflochtene Zopf löste sich unter seinen Fingern, und die andere Hand bebte, als er ihr Halstuch lockerte. Sie lagen auf dem türkischen Teppich vor dem Kamin im Wohnzimmer, der Tisch war umgekippt, die Karten lagen auf dem Boden verstreut und raschelten im Luftzug.

Sie lachte kurz auf, als er sie nach einem langen Kuss Luft holen ließ, und ihre Hand streichelte ihm über den Rücken. Er rieb seine Wange über die weiche Haut ihrer Brust, wo das Hemd lose saß, und überschüttete ihren Hals mit Küssen. Er konnte sich nicht mehr daran erinnern, wie es war, vorsichtig zu sein. Sie verschlangen ihre Körper, ja beinahe rangelten sie miteinander, bis Jane amüsiert bemerkte: »Wir werden noch im Feuer landen. Du musst dich mal einen Moment zügeln.« Damit setzte sie sich hin und schob ihm den Mantel von den Schultern.

Seine Hände rutschten unter das feine Leinen ihres Hemdes, über den warmen, breiten Bogen ihres Rückens, während sie ein Bein über seine Hüfte schob. »Ah, gut«, murmelte sie erfreut. Gemeinsam bewegten sie sich. Das Feuer brannte langsam herunter und knisterte jetzt leiser. Jane stöhnte auf.

Laurence machte sich irgendwo im Hinterkopf Sorgen, dass er ihr wehtun könnte; sein Griff war fest, als er sie streichelte und sie beide erregte, ihre Muskeln bewegten sich aufreizend unter seinen Berührungen. Sie vergrub beide Hände in seinen Haaren und beugte sich vor, um ihre Stirn an seine zu legen, und sie lächelte in den kleinen, geheimen, dunklen Platz hinein, der sich zwischen ihnen befand. Er erschauerte plötzlich und am ganzen Körper, obwohl er sich alle Mühe der Welt gegeben hatte, den Zeitpunkt noch hinauszuzögern. Entschuldigend stöhnte er. »Wie ein junger Bursche«, sagte er bedauernd, als er wieder zu Atem gekommen war, und er drehte sie auf den Rücken, um seine Hand besser nutzen zu können und nun seinerseits *sie* zu liebkosen. Nachdem er sie hatte seufzen hören, sagte er: »Ich hoffe, du vergibst mir.«

Sie lachte und küsste ihn. »Ich breche nicht vor morgen Nachmittag nach Spanien auf«, antwortete sie. »Morgen früh kannst du also eine bessere Vorstellung abliefern«, und dann rappelte sie sich auf und ging sich waschen.

Händchen haltend stiegen sie die Treppe hinauf; ihre Stiefel trugen sie unterm Arm und warfen sie achtlos auf einen Haufen in einer Ecke ihres Schlafzimmers. Jane machte es sich auf dem Bett gemütlich, lehnte sich gegen das Kopfende, zündete sich eine Zigarre an und pustete eine dichte, befriedigende Rauchwolke in die Luft. Laurence hatte dankend abgelehnt; er lag flach auf dem Rücken neben ihr und starrte nachdenklich zum Betthimmel empor, ohne wirklich etwas wahrzunehmen. Seine Gedanken waren bereits vollauf mit Planungen beschäftigt; eine schier unüberblickbare Masse an Problemen lastete plötzlich schwer auf seinen Schultern. »Was glaubst du, wie viele Tiere sie mir geben werden?«

»Nicht mehr als zwanzig, würde ich sagen«, antwortete Jane. »Wenn man denn überhaupt so viele versorgen kann. Zwei Formationen aus Dover und eine aus Edinburgh, würde ich erwarten.«

Laurence schwieg. Er hatte genug über die Versorgung von Drachen gelernt, so hoffte er, um den im Korps üblichen Standard zu verbessern. Er durfte aber auch nicht zu optimistisch sein, was das anging, und er war sich bewusst, dass seine Truppe nicht über ihre Verhältnisse leben durfte – jedoch würden zwanzig Drachen kaum etwas gegen die Streitmacht ausrichten können, die sich gerade in Frankreich sammelte, und die Legionen aus China würden nicht vor dem Frühling des nächsten Jahres eintreffen. »Würde mir die Admiralität mehr überlassen?«, fragte er. »Was wäre, wenn ich die freien Mittelgewichte und die Leichtgewichte mitnähme?«

»Leichtgewichte sind knapp«, sagte Jane. »Es sei denn, du kannst Temeraire dafür gewinnen, dass er ein paar Wilddrachen überredet, was ich ihm sogar zutrauen würde. Was die Mittelgewichte angeht: Die meisten der Gelben Schnitter haben sich seit der Seuche recht ordentlich erholt, und wir haben eine ganze Menge von ihnen *ex formatio*. Es gibt auch eine vielversprechende Schnitter-Parnassianer-Kreuzung in Kinloch Laggan, einen Jährling, der unter Kapitän Adair dient – ein vernünftiger Bursche. Ich vermute, diesen Drachen könntest du bekommen, wenn du fragst, nachdem sie dir den Rest der Tiere überlassen haben. Wie willst du sie versorgen?«

»Mit Getreide und gepökeltem Schweinefleisch, kein Rind«, sagte Laurence. »Jane, ich werde es schaffen, sie aufs Schlachtfeld zu bekommen, aber als Stratege kann ich mit anderen Offizieren, die zehn Jahre mehr Erfahrung als ich in der Luft haben, nicht mithalten.«

»In diesen letzten sechs Jahren hat in Europa selbst die beste Formation nichts gegen Bonaparte ausrichten können«, stellte Jane klar. »Wenn es also darum geht, ihm gegenüberzutreten, weißt du so viel wie jeder andere im Korps, ja sogar mehr, falls du was von den Chinesen gelernt hast, wovon auszugehen ist. Außerdem: Wenn du in der Luft bist, dann werden die Tiere in Wahrheit Temeraire folgen, wie du weißt, und nicht dir, falls das ein Trost ist.« Sie schnaubte. »Niemand kann behaupten, dass er nicht geschickt darin ist, andere Tiere bei der Stange zu halten. Obwohl ich ja gehört habe, dass er endlich jemand Ebenbürtigen gefunden hat: Erzähl mir von diesem neuen Krawallkrümel, den du uns mitgebracht hast. Mir ist zu Ohren gekommen, dass das Drachenmädchen Whitehall zur Verzweiflung treibt und verlangt hat, unserem Prinzen vorgestellt zu werden, dem armen Burschen, für den Fall, dass dieser ihr nützlicher erscheinen sollte als Napoleons Erbe oder der zukünftige Kaiser von China.«

»Und ich kann dir versichern, Temeraire, dass ich durchaus vorhatte, deinem Prinzen von Wales eine faire Chance zu geben«, sagte Ning. »Ich will dir nicht das Gefühl geben, dass ich mich der Nation deines Gefährten und deiner Heimat gegenüber respektlos verhalten hätte. Aber ich fürchte, es wird nichts daraus werden. Diese ganze Sache mit dem Parlament muss wirklich höchst unpraktisch sein.«

Perscitia plusterte sich unter ihrer Schärpe und ihrer Amtsmedaille, die sie als Mitglied ebenjenes Parlaments auswies, gewaltig auf und entgegnete: »Das kommt dir nur so vor, weil du die Wichtigkeit einer Legislativen nicht richtig verstehst, und auch nicht, wie wichtig das Gremium ist, um unsere Interessen durchzusetzen.«

»Ich fürchte, eine direkte Ausübung von Macht ist für mich wichtiger, als es die Vorteile sind«, sagte Ning.

»Was du beschreibst, ist *Tyrannentum!*«, erklärte Perscitia würdevoll – Temeraire konnte deutlich das Ausrufezeichen hinter ihrer Äußerung hören, »und wenn du mal kurz darüber nachdenkst, dann wirst du die vielen Schwachpunkte erkennen: Nur *einer* kann ein Tyrann sein, also wird ein solches politisches System selten gerecht sein oder dem Wohle aller dienen.«

»Das ist sicherlich beklagenswert«, sagte Ning mit abgeklärtem Unterton, »es sei denn, man ist zufälligerweise der Tyrann, dann wird dadurch alles viel einfacher.«

»Temeraire«, sagte Perscitia, als Ning ihre Kuh aufgegessen hatte und wieder eingeschlafen war. Sie war inzwischen bereits drei Meter länger als am Morgen ihrer Geburt und war nun auch ungefähr dreimal so groß wie ein Elefant. »Temeraire, ich hoffe, du verzeihst mir, aber dein Schlüpfling hat wirklich sehr eigenartige Ansichten.«

»Ich bin mir nicht sicher, ob sie wirklich unrecht hat«, sagte Temeraire zweifelnd. Laurence hatte eine sehr negative Meinung von Tyrannei, wie er wusste, und so fühlte er sich verpflichtet, sie aus Loyalität auch zu verachten, aber es ließ sich nicht leugnen, dass sie auch ihre praktischen Seiten hatte. Er sah sich mit einiger Unzufriedenheit im Londoner Stützpunkt um und erinnerte sich nur allzu gut an die wunderbare Umgebung in Fontainebleau. Es gab zwar mittlerweile einen Pavillon für sie, in dem sie schlafen konnten, was ihm früher einmal als Höchstmaß von Luxus vorgekommen wäre – aber es gab nur einen einzigen, und der war vollkommen überfüllt und lange nicht so hübsch wie der, in dem er und Iskierka im Ausbildungslager nahe den Alpen untergebracht gewesen waren. Es gab nichts, was die Anlage herausputzen sollte; keine Springbrunnen oder auch nur einen ansehnlichen Hof. Der Pavillon war einfach mitten auf der alten Lichtung errichtet worden, auf der sie früher auf dem nackten Erdboden geschlafen hatten, und die Wege zwischen den Bäumen waren so schmal, dass sie nur für Menschen begehbar waren. Auch der Steinfußboden war nicht vernünftig beheizt. Zwar gab es verschiedene Kohlebecken, die Wärme spenden sollten, aber alles in allem konnte die Ausstattung keinem Vergleich mit Temeraires und Iskierkas ehemaligem Gefängnis standhalten.

»Aber man kann sich überhaupt nicht darauf verlassen«, fuhr Perscitia fort. »Im Augenblick hat sich Napoleon entschieden, den Drachen gegenüber wohlgesonnen zu sein, weil er gelernt hat, dass wir für ihn besonders nützlich sind, wenn er uns dazu bringt, seine Kriege auszutragen, und, wo wir gerade dabei sind, auch alle seine Feinde in Frankreich zu unterdrücken. Aber was ist mit dem Tyrannen, der nach ihm kommen wird? Was, wenn sich der nächste Kaiser entschließt, Drachen zu verabscheuen? Dann wäre ich doch lieber durch das Gesetz und die Tradition geschützt und wüsste, dass das, was wir erreicht haben, uns nicht so leicht wieder genommen werden kann. Temeraire, wir müssen uns ernsthaft über die Zukunft Gedanken machen. Eines Tages werden sie eine Kanone herstellen, die mit einem einzigen abgefeuerten Schuss einen Königskupfer vom Himmel holen kann. Und was wird dann aus uns werden?«

»Unsinn«, sagte Temeraire unbehaglich. »Ich bin selbst schon zwei Dutzend Mal angeschossen worden, und das war nicht allzu schrecklich. Natürlich ist eine Kanonenkugel sehr unangenehm, aber wenn man nicht zu nahe über dem Boden unterwegs ist oder in die Fluglinie der Geschosse gerät, ist es nicht so schwer, ihnen auszuweichen.«

»Vor fünfhundert Jahren gab es noch gar keine Kanonen«, sagte Perscitia. »Das haben meine Sekretäre für mich herausgefunden.«

»Da liegen sie aber völlig falsch«, erwiderte Temeraire, der froh war, ihr widersprechen zu können. »Sie wurden während der Song-Dynastie erfunden, und zwar vor ungefähr tausend Jahren. Ich habe in China darüber gelesen.«

»Aber trotzdem sind sie irgendwann *erfunden* worden. Sie haben noch nicht immer existiert«, sagte Perscitia und drehte Temeraires Information so um, dass sie ihrem eigenen Argument dienlich war, was Temeraire ziemlich unfair fand. »Und chinesische Waffen waren nicht so gut wie unsere heutigen, also sind sie verbessert worden. Und sie werden auch in Zukunft noch weiter verbessert werden. Was glaubst du, was geschehen wird, wenn die Menschen uns nicht mehr brauchen, um Kriege zu führen, wenn wir also nur noch lästig sind und viel zu viel essen und den meisten Menschen Angst einjagen? Sie waren damals sehr schnell bereit, eine ganze Menge von uns verhungern zu lassen, als wir zu krank waren, um für uns selbst auf die Jagd zu gehen, und als sie von uns deswegen auch keine Eier mehr bekamen. Nein, es ist nicht gut, sich auf nur *einen* König oder Kaiser zu verlassen, und es ist auch nicht gut zuzulassen, dass sie uns nur für Kriege haben wollen. Oh! Ich bin so froh, dass du zurückgekommen bist, Temeraire. Auch wenn ich gewählt worden bin, gibt es immer noch eine Menge Drachen, die überhaupt nicht auf mich hören wollen, nur weil ich nicht groß bin und nicht die ganze Zeit nur kämpfen will«, fügte sie verdrießlich hinzu. »Aber auf *dich* werden sie ganz bestimmt hören, und ich bin mir sicher, du kannst auch alles andere verstehen, was ich gesagt habe, wenn du dich nur ein bisschen anstrengst.«

Temeraire war sich alles andere als sicher, ob er überhaupt verstehen wollte. Perscitia liebte es, eine Menge Wirbel wegen unwichtiger Dinge zu verursachen. Es war doch schlichtweg Unsinn, davon zu sprechen, dass Schwergewichte vom Himmel geschossen würden, als wären sie Gänse. Aber Perscitia war schlau, und er hatte das ungute Gefühl, dass sie vielleicht nicht vollkommen falschlag, was den unaufhaltsamen Fortschritt anging.

In einer Sache aber waren sie immerhin vollkommen einer Meinung: Der Regierung vertraute er kein Stück. Die würden Drachen garantiert hungern lassen, wenn sie könnten, und vielleicht noch Schlimmeres. Er hatte inzwischen ganz üble Dinge in Russland gesehen und konnte sie auch benennen. Ihn schauderte es erneut beim Gedanken an die grausamen Flugfesseln.

»Ich sehe sowieso keinen Grund dafür, warum nicht mehr von uns im Parlament vertreten sind«, sagte Temeraire. »Und wo wir gerade dabei sind: Ich weiß auch nicht, warum wir nicht in irgendeine Art von Geschäft einsteigen. Ich muss dir mehr von diesem Burschen John Wampanoag erzählen, den ich in Japan kennengelernt habe.«

»Das brauchst du nicht«, sagte Perscitia. »Ich stehe mit ihm in Briefkontakt.« Temeraire blinzelte überrascht. »Nach dem, was du von ihm erzählt hast, hatte ich das Gefühl, dass er bei sich zu Hause sehr bekannt sein müsste. Also habe ich einen meiner Sekretäre einen Brief nach Boston schicken lassen, auf dem sehr deutlich sein Name stand, und dieser hat ihn tatsächlich erreicht, woraufhin er liebenswürdig genug war zurückzuschreiben. Wir haben darüber diskutiert, ob man eine Überland-Handelsroute von Portsmouth nach China einrichten sollte oder vielleicht am Anfang wenigstens bis nach Indien.«

»Ich für mein Teil denke nicht, dass wir dieses Parlament brauchen oder dass es eine gute Idee ist, uns die Köpfe über Geschäfte zu zerbrechen«, warf ein kleines Tier ein, das, wie Temeraire mit einem Mal feststellte, ihr Gespräch die ganze Zeit über aufmerksam verfolgt hatte.

Der Drache war leicht zu übersehen: Er saß in der Ecke der Lichtung unter einem windgeschützten Kieferndach, und er selbst war dunkelgrün gefleckt mit einem Bauch in Braun mit einem lila Stich. Er war knapp oberhalb der Grenze zwischen Leicht- und Kuriergewicht. Temeraire kannte die Kreuzung nicht, auch wenn sein Akzent recht eindeutig schottisch war und er kein Geschirr trug. Schon immer hatten sich kleinere Wilddrachen auf die Stützpunkte geschlichen, um zu versuchen, Nahrungsreste zu stehlen, und mittlerweile hatte sich diese Praxis immer weiter ausgebreitet. Dank der Haferschleimgrütze war es leicht, Gäste willkommen zu heißen, und wenn sie erst einmal da waren, konnten die Flieger ihnen sogar Fleisch im Gegenzug für ihre Arbeit anbieten.

»Aber es ist eine ziemliche Mühsal, die schweren Dinge von einem Ende der Welt zum anderen zu befördern«, fuhr der grüne Drache fort, »ohne ganz sicher sein zu können, dass einen am Ende des Tages ein Schaf erwartet. Dein Parlament kannst du dir an den Hut stecken. Ich habe noch nie gehört, dass ein Stimmrecht mehr irgendjemandem den Bauch gefüllt oder uns den Lohn verschafft hätte, den wir angeblich erhalten sollten, von dem ich aber nie etwas zu Gesicht bekommen habe. Wenn ihr mich fragt: Mir gefällt diese Karte von Napoleon.«

»Was denn für eine Karte?«, erkundigte sich Perscitia, während Temeraire verärgert seine Halskrause anlegte: Diesen kleinen Drachen hatten sie ganz sicher *nicht* nach seiner Meinung gefragt.

»Napoleon ist auf die tolle Idee gekommen, den Drachen Land anzubieten, ohne das Recht zu haben, diese Gebiete verteilen zu dürfen. Auch hat er gar nicht die Macht dazu«, sagte Temeraire. »Er versucht, die Drachen dazu zu bringen, dafür zu kämpfen, und zwar einzig und allein, um seine Feinde abzulenken.« Dann fügte er sehr kühl hinzu: »Ich hätte allerdings nicht erwartet, dass irgendein britischer Drache bei diesem Spielchen mitmachen würde. Als ob wir nicht längst gelernt hätten, dass Napoleon nichts anderes im Sinn hat, als unsere Gebiete zu stehlen und für sich selber zu beanspruchen, damit er seine eigenen Drachen hierherschaffen kann.«

»Ich wüsste nicht, dass er Streit mit mir oder irgendeinem von uns hätte«, antwortete der Wilddrache. »Gut: Er hat eine Invasion in Gang gesetzt, aber da ging es darum, diesen verrückten, alten König zu stürzen, den die Menschen hier haben. Ich habe auch nicht mitbekommen, dass irgendeines seiner Tiere Eier gelegt hätte, während sie hier waren. Vielmehr sind die Männer in *diesem* Land hinter unseren Eiern her, wenn es ihnen passt, und sie beanspruchen auch alles Wild für sich selbst. Wenn wir hin und wieder mal ein Schaf haben wollen, beschießen sie uns mit ihren Gewehren. Ich würde es deshalb lieber mit einem Burschen versuchen, der seine eigenen Drachen gut behandelt. Zwei von uns waren vor Kurzem in Frankreich bei einem seiner großen Spektakel, und die haben erzählt, dass das, was bei denen nach dem Frühstück übrig geblieben ist, besser ist als das, was wir zum Mittag vorgesetzt bekommen, und im Vergleich zu deren Pavillons sieht dieser hier«, er zuckte mit seiner Schwanzspitze verächtlich in die Richtung des kleinen Pavillons, »wie ein feuchtes Loch aus, in das man vielleicht ein Schwein einsperren würde, das man sich für später aufheben will.«

Am Ende seiner Ansprache hatte mehr als einer der anderen Drachen, die im Innern des Pavillons oder an den Rändern der Lichtung geschlafen hatten, den Kopf gehoben, um ihm besser zuhören zu können. Der schottische Wilddrache – sein Name war Ricarlee – war gut genug informiert, um mit einer Kralle Napoleons Karte in den Boden zu ritzen, sodass alle einen Blick daraufwerfen konnten. Mit Bedauern sah Temeraire, wie groß das Interesse war, auf das Napoleons *Code* stieß, besonders unter den anderen Wilddrachen. Die Gelben Schnitter – und zwar nicht nur die unangeschirrten – versammelten sich an der Seite der Karte Nordenglands, wo das Gebiet lag, das ihnen zugewiesen worden war, und murmelten in einer Art und Weise vor sich hin, die Temeraire beunruhigte.

»Empörend«, sagte Perscitia laut, und »Schacherer«, und »ein Rückfall ins dunkle Mittelalter, selbst wenn es funktionieren würde, was es nicht wird«, aber sie war die Einzige, die protestierte.

Sogar die kleine Minnow, die beim Stützpunkt einen Zwischenstopp eingelegt hatte, um Temeraire Hallo zu sagen, zuckte nur mit den Schultern, obschon es ihr seit der Invasion durchaus gut ergangen war. Sie selbst, Moncey und der Rest der Winchester aus ihrer alten Gruppe hatten eine private Kurierroute ins Leben gerufen. Sie transportierten Kisten und eilige Nachrichten, hin und wieder sogar einen Passagier, für jeden, der ihre Preise bezahlen konnte, und ihr Lederbeutel, den sie um den Hals und zwischen den Vorbeinen hängen hatte, war wunderschön in Gold eingefasst und mit Perlen besetzt.

»Man kann es keinem zum Vorwurf machen, nicht wahr?«, sagte sie trotz allem. »Es ist auch *unser* Territorium, oder warum haben wir während der Invasion alle gekämpft? Warum sollten wir nicht das Recht haben, ein Schaf oder eine Kuh zu reißen, solange alles im vernünftigen Rahmen bleibt und nicht die Herde gefährdet wird oder sonst irgendetwas Dummes droht?«

»Aber das Schaf und die Kuh sind ja nicht einfach so durch Zufall da«, sagte Temeraire und war sehr froh darüber, dieses Thema mit Laurence zusammen bei unzähligen Gelegenheiten durchgesprochen zu haben. Er selbst hatte das sehr aufschlussreich gefunden. »Die Menschen haben dafür gesorgt, dass die Tiere jetzt da sind, indem sie sie aufgezogen und sich um sie gekümmert haben und indem sie Getreide anpflanzen, womit sie ihr Vieh füttern können. Natürlich sind sie dann erbost, wenn ein Drache landet und sich ein Tier holt, ohne sie in irgendeiner Form für ihre Mühen und Anstrengungen zu entschädigen.«

»Ach ja? Es lässt sich leicht behaupten, dass das alles *ihr* Verdienst ist«, sagte Ricarlee. »Und wenn diese Herden nicht da wären und diese großen Weiden, die die Menschen extra anlegen? Nun, dann würden wilde Ziegen oder Schweine herumlaufen, oder auch leckere Rehe und Hirsche, die man sich völlig umsonst nehmen dürfte. Das habe ich im Norden schon ein Dutzend Mal mit eigenen Augen gesehen. Hier kommt ein Bauer, fällt alle Bäume und pflügt die Erde, und schon bald darauf ist alles Wild verschwunden, und es gibt nichts mehr zu futtern außer Schafe. Nur weil ein Mensch klein ist, bedeutet das noch lange nicht, dass hundert von ihnen nicht unser Territorium stehlen können, wenn sie gemeinsame Sache machen, und ich weiß nicht, warum wir uns dagegen nicht wehren sollten.«

Temeraire sah mit Bedauern, wie alle Drachen ringsum auf der Lichtung voller Begeisterung zustimmend nickten.

»Laurence«, sagte Temeraire zögernd, als dieser am Morgen zum Stützpunkt zurückkehrte. »Ich denke … ich fürchte, wir könnten vielleicht einige kleinere Schwierigkeiten bekommen … etwas Ungünstiges …«

»Das werden wir ganz sicher«, sagte Laurence. »Dann hast du es also schon gehört? Ich bin gekommen, um dir davon zu berichten, aber ich bin nicht überrascht, dass dir die Kurierdrachen bereits alles erzählt haben. Ich bin froh, dass du die zahllosen Herausforderungen siehst, die vor uns liegen. Die Admiralität hat mir schon ein Dutzend unserer Kapitäne genannt, und die Hälfte von ihnen sind die hartgesottensten, borniertesten Formationsflieger des Korps. Wie sollen wir die einsetzen, ohne dass Napoleon uns so gründlich überrollt, wie er es mit den Preußen im Jahr sechs gemacht hat? Das ist mir im Augenblick wirklich vollkommen schleierhaft.«

»*Unsere* Kapitäne?«, wiederholte Temeraire verwirrt und fragte sich, was um alles in der Welt das mit den englischen Wilddrachen zu tun hatte, die drohten, massenhaft zu Napoleon überzulaufen.

»*De jure* zumindest«, erklärte Laurence. »Aber ihrer Auswahl nach zu urteilen hat die Admiralität offenkundig vor, mir nur diejenigen Männer zuzuweisen, von denen sie glauben, dass sie mich am ehesten ihren Widerstand spüren lassen werden.«

Temeraire hatte noch immer keinen blassen Schimmer, worum es ging, doch da kam Granby auf die Lichtung, den Hut noch auf dem Kopf, strahlte und sagte: »Nun, Admiral Laurence, darf ich gratulieren?«, und schüttelte Laurence die Hand.

Temeraire war halb erschrocken, halb entgeistert und sagte: »Laurence, sie haben *dich* zum Admiral ernannt? Nicht, dass irgendjemand anders diesen Rang mehr als du verdient hätte …«, fügte er rasch hinzu. Aber dass die Admiralität tatsächlich eine solche Entscheidung getroffen haben sollte, erschien ihm beinahe ausgeschlossen. Und doch war es anscheinend geschehen – eine dürftige, sehr späte Form der Entschuldigung nach all ihren üblen Machenschaften und ungerechten Bestrafungen. Es blieb aber erstaunlich, dass sie sich dennoch dazu herabgelassen hatten.

»Es ist nur sehr unwillig geschehen«, erklärte Laurence. »Wahrscheinlich haben sie sich auf Drängen des Zaren dazu durchgerungen, in der Hoffnung, dass auf diese Weise weitere Verstärkung aus China kommt. Aber ja, es ist entschieden worden, und ich habe meine Befehle. Wir verlassen England in einer Woche. John, ich muss dich um einen Gefallen bitten: Ich muss ein Abendessen für die Kapitäne ausrichten, und ich hoffe, du könntest Iskierka bitten, mir zu erlauben, ihren Pavillon für diese Veranstaltung zu nutzen.«

»Ein Abendessen?«, fragte Granby zögernd. »Laurence, hast du schon gehört, wen sie dir … ich will ja nicht sagen aufs Auge gedrückt, also: wen sie dir aufgebürdet haben? Ich weiß einfach nicht, was die sich dabei gedacht haben.«

»Sie werden gedacht haben, dass ich Männer im Nacken haben sollte, die mein aufrührerisches Gemüt im Zaum halten und die nicht zögern werden, meine Befehle zu missachten, wenn sie mich verdächtigen, irgendetwas zu tun, was Englands Interessen zuwiderläuft«, sagte Laurence. »Sie haben sich alle Mühe bei der Verfolgung dieses Ziels gegeben. Aber ich habe keine Wahl. Ich muss sie nehmen. Also müssen wir so tun, als würden wir ganz normale Beziehungen knüpfen, und ich hoffe, dass es sich dann irgendwann auch tatsächlich so ergeben wird. Aber, Temeraire, ich fürchte, ich muss dich bitten, irgendeinen Vorwand zu finden, um deinen Einfluss auszuüben und, wenn möglich, den anderen Tieren ein Motiv zu geben, dich zu respektieren. Ich bedaure, dass ich dir mit einer solchen Bitte komme, und es ist eine Beleidigung, denn es deutet an, dass eine derartige Zurschaustellung nötig ist, um die Disziplin aufrechtzuerhalten. Und für dich ist es sicher erniedrigend, denn es legt den Verdacht nahe, dass der Respekt, der dir mit Sicherheit zusteht, erst noch verdient werden muss. Aber ich glaube, dass die Dringlichkeit dieser Situation genau das erforderlich macht.«

»Oh, das macht mir gar nichts aus«, sagte Temeraire. »Aber Laurence ...«, und er setzte an zu erklären, dass es eine gänzlich andere Quelle für Schwierigkeiten und Ärger gab. Er wollte Laurence sagen, dass Napoleons Karte auf irgendeinem Wege auch nach England gekommen war und dass die Wilddrachen viel davon hielten, ja dass mehrere von ihnen sogar darauf drängten, die Vereinbarung endlich in die Tat umzusetzen.

Doch Laurence hob den Blick zu ihm, und Temeraire brach ab. Laurence' Gesicht hatte wieder Farbe bekommen, und auch wenn er so ernsthaft gesprochen hatte, war doch ein kleines Lächeln auf seinem Gesicht zu erkennen, als ob eine innere Freude all die Schwierigkeiten seiner neuen Position überwog. Laurence hatte früher gesagt, dass er seinem Rang, seinem Vermögen und seinem Ruf nicht nachtrauere. Aber natürlich hatte er damit nur versucht, Temeraire das Herz nicht schwer zu machen. Jetzt brachte Temeraire es nicht über sich, ihm diesen Moment der Rehabilitation und des Triumphs zu verderben. Wenn er spräche, würde Laurence natürlich sofort bei der Admiralität vorstellig werden, denn er würde es für seine Pflicht halten. Und zweifellos würden die Männer dort irgendeinen Weg finden, *ihn* für die ganze Sache verantwortlich zu machen und ihm vielleicht sogar das Kommando wieder zu entziehen.

»Ja?«, fragte Laurence.

»Solltest du deinem Mantel nicht einen weiteren goldenen Balken hinzufügen?«, fragte Temeraire zaghaft.

Laurence lachte – lachte sogar ziemlich laut! – und erwiderte: »Ich danke dir für die Erinnerung; in der Tat muss ich mich ranhalten, um sofort welche zu besorgen.«

»Er darf nichts von dieser Karte, die überall herumgeistert, erfahren«, sagte Temeraire beschwörend zu Perscitia, als Laurence mit Granby zusammen fortgegangen war, um sich um die goldenen Balken und das Abendessen zu kümmern. »Jedenfalls nicht, solange uns nicht irgendeine Lösung eingefallen ist. Heilige Einfalt, was soll ich denn bloß tun?«

13

»Laurence, ich habe nachgedacht«, sagte Temeraire. Es schien ein günstiger Augenblick zu sein: Laurence war eifrig damit beschäftigt, in ein sehr dickes Buch die verschiedenen Ausgaben einzutragen, die nötig waren, um Iskierkas Pavillon für die Abendgesellschaft herzurichten. »Ich habe gedacht, es wäre vielleicht förderlich für mich, wenn *ich* ebenfalls ein Abendessen geben würde … für einige meiner alten Freunde aus den Zuchtgehegen … für Veteranen und für unangeschirrte Kameraden … und es könnten auch einige Wilddrachen vorbeischauen …«

In Ermangelung einer besseren Idee wollte er Laurence' Strategie übernehmen. Wie er bereits festgestellt hatte, konnte ein festliches Abendessen wahre Wunder bewirken, wenn es darum ging, irgendwelche Schwierigkeiten aus dem Weg zu räumen, und vielleicht würde es ja auch in diesem Fall funktionieren. Er wusste nicht so recht, wie er Laurence erklären sollte, *warum* er eine Abendgesellschaft veranstalten wollte, aber wie sich herausstellte, war das gar nicht nötig. Laurence hob sofort den gesenkten Kopf.

»Das ist die Antwort auf einen Wunsch, den ich nur noch nicht geäußert habe«, sagte er hocherfreut. »Wir müssen versuchen, ein paar weitere Leicht- und Mittelgewichte zu rekrutieren, und ich wäre froh, so viele Wilddrachen und unangeschirrte Tiere wie nur möglich mit auf den Kontinent zu nehmen – alle, die du überzeugen kannst, Geld vom König anzunehmen. Du kannst ihnen den üblichen Lohn für angeschirrte Tiere anbieten; das haben mir Ihre Lordschaften zähneknirschend zugestanden. Glaubst du denn, dass welche von ihnen mitkommen werden?«

»Ich werde auf jeden Fall nichts unversucht lassen, um sie dazu zu bringen«, sagte Temeraire, der sich gleichermaßen erleichtert wie unbehaglich fühlte, als würde er Laurence irgendwie täuschen, auch wenn dieser Begriff nicht richtig passte. Schließlich versuchte er nicht, aus eigennützigen Motiven heraus etwas vor seinem Kapitän zu verbergen, sondern nur um Laurence' selbst willen. Dies sollte doch wohl mildernd wirken, auch wenn die englische Sprache offenbar kein befriedigenderes und treffenderes Wort zur Verfügung hatte. Auf jeden Fall würde er sein Bestes geben, um so viele Drachen wie möglich zum Mitkommen zu bewegen. Das wäre gewiss eine hervorragende Lösung, wenn alle an ihrer Seite nach Frankreich fliegen würden, um *gegen* Napoleon zu kämpfen.

»Brauchst du meine Hilfe bei den Vorbereitungen?«, fragte Laurence. »Ich gehe mal davon aus, dass du nicht mehr als zwanzig Drachen erwartest, oder?«

»Nun, ich weiß es nicht so genau«, sagte Temeraire, dem nun noch unbehaglicher bei der Sache wurde. Erst an diesem Morgen hatte Perscitia sehr düster von *Hunderten von dummen Tieren* gesprochen, die nur allzu bereit wären, Bonaparte an Bord zu lassen. »Ich dachte allerdings, die Versorgungsstation ein ganzes Stück außerhalb von Dover würde vielleicht nichts dagegen haben, wenn wir die Einrichtung einen Tag lang nutzen, und sie würden uns dort die Freiheit lassen, das Festmahl selbst vorzubereiten. Ich würde gerne jeden Drachen willkommen heißen, der sich zum Essen einfindet, auch wenn er nicht vorhat, uns zu begleiten.«

Besagte Station war im Laufe der letzten paar Jahre nach und nach ausgebaut worden, denn die unwillige Regierung hatte widerstrebend feststellen müssen, dass die Wilddrachen diesen Ort regelmäßig aufsuchten und lieber nach den Bedingungen der englischen Verantwortlichen versorgt werden sollten, als dass man es ihnen erlaubte, sich ihre Nahrung auf eigene Faust zu beschaffen. Es war noch kein *offizielles* Zuchtgehege – dem Ministerium war der Gedanke verhasst, ein Zuchtgehege an einem Ort zu unterhalten, der nicht ausreichend abgelegen war, und die vielen wohlhabenden Grundbesitzer in der Gegend wehrten sich lautstark gegen jedwede Veränderung in dieser Richtung. Aber da sich viele Drachen dafür entschieden, sich dort niederzulassen, und einige von ihnen auch dort ihre Eier legten, die das Korps freudig einsammelte, gab es de facto kaum einen Unterschied zu einem ausgewiesenen Zuchtgehege.

Es existierte keine klare Grenze zu diesem Gebiet, aber hätte es eine solche gegeben, dann würde sich Temeraires eigener Pavillon beinahe in der Mitte befinden – der Pavillon, den Laurence ihm vor Jahren, wie es schien, hatte bauen lassen –, vor dem Verrat und der Invasion, vor seiner Verbannung und dem Verlust seines damaligen Vermögens. »Wir könnten die Veranstaltung dort stattfinden lassen«, sagte Temeraire und dachte an die Entfernung nach Dover und daran, dass der Ort augenblicklich sicher ziemlich verlassen war. Es dürften sich nur wenige Menschen dort aufhalten, die etwas über das Treffen würden ausplaudern können, und vielleicht würde Laurence nie Näheres darüber erfahren.

»Prächtig«, sagte Laurence und erledigte alle Formalitäten, was bedeutete, dass er Temeraire einen Scheck für seine Bank ausstellte.

»Vielleicht würdest du ja gerne hier in Dover bleiben und den Rest mir überlassen«, schlug Temeraire vor. »Du musst dich ja schließlich um dein eigenes Abendessen kümmern. Ich will dir nicht noch mehr Arbeit machen.«

»Wenn du meinst, du kommst mit dem Verantwortlichen der Versorgungsstation zurecht«, sagte Laurence.

»Oh! Ich glaube nicht, dass es da Schwierigkeiten geben wird. Es ist der gute alte Lloyd, der auch das Zuchtgehege in Pen Y Fan geleitet hat und der für unser Essen während der Invasion zuständig war. Und Perscitia hat praktischerweise ein kleines Grüppchen parat, das alles für sie erledigt, wenn es nur bezahlt wird«, sagte Temeraire rasch. »Nein, wir schaffen es hundertprozentig allein, da bin ich mir sicher«, und da hatte Laurence dann auch keine Einwände mehr. Bestimmt kam es ihm gelegen, dass Temeraire ihn nicht weiter behelligte. Und so konnte es genau genommen auch nicht wirklich als ein Hintergehen bezeichnet werden. Temeraire war sich dessen beinahe sicher, als er hastig davonflog, um sich mit Perscitia zu treffen.

Unglücklicherweise war sein armseliger Pavillon nie sonderlich prächtig gewesen, und in letzter Zeit hatte man ihn schrecklich vernachlässigt. Er hatte als Unterschlupf für die kranken Drachen während der Seuche gedient und seitdem als Rastplatz für jeden Drachen, der zufällig Lust bekommen hatte, einen Ausflug von einer Stunde lockeren Flugs von London oder Dover aus zu unternehmen und wenigstens für eine Nacht irgendwo unterkommen wollte. Und das wollten viele Drachen: Kurierdrachen, Wilddrachen, die herumlungerten und hofften, dass beim Korps etwas für sie abfiel, und unangeschirrte Tiere, die versuchten, in den Steinbrüchen und am Hafen Arbeit zu finden oder Transportdienste zu übernehmen. Kein Einziger von ihnen hatte sich die Mühe gemacht, dafür zu sorgen, dass es behaglich blieb im Pavillon. Die Ecken sahen so aus, dass man auf keinen Fall genauer hinschauen durfte, und als Temeraire seinen Kopf in das Gebäude schob und einmal zu tief einatmete, riss er ihn sofort angeekelt wieder heraus.

»Nun«, meinte Perscitia skeptisch, »vielleicht finden wir ja einen anderen …?«

Es gab tatsächlich auch noch andere Pavillons in der Nähe, aber keiner davon war so groß. Nach der Invasion hatten einige der unangeschirrten Tiere ihren Anteil an den Gewinnen aus den erbeuteten französischen Standarten, die mit goldenen Adlern verziert waren, genutzt, um selber Pavillons zu bauen – jedenfalls mehr oder weniger. Drei fertiggestellte Pavillons und ein Dutzend unvollendeter Bauwerke standen in lockerer Reihe. Allerdings war der Pavillon von

Perscitia der einzige, in dem kein Chaos herrschte. Das hieß aber nicht viel, denn ihrer war sehr klein und aus schlichten, roten Backsteinen errichtet, mit grauen Schindeln gedeckt, und er entbehrte sowohl jeder Eleganz als auch jeglichen Charmes.

»Es ist leichter, ihn sauber zu halten, wenn er nicht so groß ist, dass Menschen ihn nicht ohne riesigen Aufwand oder immense Kosten reinigen können«, erklärte sie in verteidigendem Tonfall, als Temeraire ihn von außen in Augenschein nahm, »und außerdem empfinde ich die geringe Größe keineswegs als einen Nachteil. Wenn er größer wäre und ein Schwergewicht es sich in den Kopf setzen würde, ihn mir dann abspenstig zu machen, könnte ich nichts dagegen tun. Es sei denn natürlich, ich würde vor Gericht ziehen, und du weißt ja selber, wie viel Rechtsschutz die Gerichte einem Drachen bieten.«

Das war alles sehr praktisch gedacht, fand Temeraire, aber er sah nicht ein, warum der Pavillon ein abgeschotteter Klotz sein musste, der nur winzige Öffnungen für Luft und Licht aufzuweisen hatte und der zudem vollkommen schmucklos war. »Er ist sehr hübsch«, schwindelte er taktvoll, »und solange er dir gefällt, sollte niemand sonst etwas daran aussetzen«, auch wenn Perscitia ja wohl wenigstens einen Steingarten hätte anlegen und ein paar interessante Felsbrocken an den Rändern hätte aufstellen können.

Aber sie hatte durchaus recht, was die Kosten dafür anging, einen größeren Pavillon sauber zu halten. Perscitias Sekretärin sagte, sie könne nicht dafür sorgen, dass sein Pavillon für unter fünfzig Pfund vernünftig geputzt werden würde – *fünfzig Pfund*, wo doch Perscitias Männern bereits fünfzehn Pfund gezahlt werden mussten dafür, dass sie das Kochen übernahmen. Eine wahrlich empörende Summe, und Temeraire brachte es nicht über sich, sie nur für das *Putzen* zu bezahlen. Allerdings wusste er auch nicht, wie es stattdessen erledigt werden sollte. Er versuchte es mit einem großen Fass voller Wasser, das er einfach über den Boden schüttete, aber er wusste ganz genau, was Laurence zu solcher Art von Haushaltsführung gesagt hätte. Es hatte auch keinen großen Effekt. Sein Versuch, einen kleinen Baum dazu zu benutzen, die Ecken auszufegen, war von keinem größeren Erfolg gekrönt, nur dass er es schaffte, bei dieser Aktion ein Stückchen Wand herauszubrechen.

»Wir könnten Iskierka bitten, ihn auszubrennen«, schlug Perscitia vor, aber das war gar nicht möglich, denn Granby und Iskierka waren bereits nach Edinburgh aufgebrochen. Dort sollten sie sich um die zweite Hälfte von Laurence' Streitmacht kümmern, die anstatt von Dover von dort aus aufbrechen sollte, was irgendetwas mit den Versorgungswegen zu tun hatte.

»Ich werde Ning fragen«, entschied er sich schließlich.

Das immerhin ließ sich arrangieren, denn sie befand sich noch immer in London. Die Admiralität hatte einen Kurier geschickt, der sie zum Ausbildungslager in Kinloch Laggan begleiten sollte, während sie auf eine Antwort aus China warteten. Ning hingegen hatte sehr höflich geantwortet: »Wie hervorragend die militärische Ausbildung doch sein muss! Ich werde auf jeden Fall über Ihre freundliche Einladung nachdenken, wenn meine Zeit nicht mehr so sehr in Anspruch genommen wird wie augenblicklich. In der Zwischenzeit wollen *Sie* vielleicht darüber nachdenken, einige Arbeitskräfte hierherzubeordern, um diesen Pavillon zu vergrößern und vielleicht auch für eine höhere Qualität beim Essen zu sorgen.«

Temeraire wartete mit seinem Flug ins Londoner Lager bis zum Einbruch der Dunkelheit, die ihm Schutz geben würde. Natürlich ging es ihm dabei nur darum, die Bewohner der Stadt und die Pferde nicht in Aufruhr zu versetzen, und nicht darum, seine eigene Umtriebigkeit zu verschleiern. Er weckte Ning, die im Pavillon schlief. Sie hörte sich seine Anfrage mit schief gelegtem Kopf an. »Es kommt mir merkwürdig vor, dass du so dringend den Pavillon säubern willst, wenn du doch kurz davorstehst, in Richtung Kontinent aufzubrechen«, bemerkte sie in dem Versuch, ihn auszuhorchen.

»Ich habe vor, dort ein Abendessen zu geben«, sagte Temeraire vorsichtig. »Laurence will, dass ich einige der unangeschirrten Tiere überzeuge, sich uns anzuschließen und mitzukommen«, was voll und ganz der Wahrheit entsprach.

»Macht diese Abendveranstaltung viel Kosten und Mühen?«

»Ja«, antwortete Temeraire mit einem Seufzen.

»Erwartest du, dass sich euch viele dieser Drachen anschließen?«, verlangte Ning zu wissen.

»Es lohnt sich jedenfalls, einen Versuch zu unternehmen«, sagte Temeraire. Ganz bestimmt würden doch wenigstens ein paar seiner alten Freunde kommen, auch wenn er sich nicht allzu große Hoffnungen machte. Es war nicht mehr wie während der Invasion, wo jeder Angst gehabt hatte, dass die französischen Drachen ihnen ihr Gebiet wegnehmen könnten, und es ließ sich nicht leugnen, dass sich die Regierung seitdem schäbig verhalten hatte. Nur wenige Drachen würden an das Versprechen glauben, dass sie am folgenden Tag bezahlt werden würden, wenn ihr Lohn – wie es der Fall war – jahrelang ausgeblieben war.

»Hm«, sagte Ning nachdenklich, ließ es aber ohne weitere Diskussion auf sich beruhen.

Temeraire trug sie auf seinem Rücken zu seinem Pavillon zurück. Kaum waren sie dort angekommen, spuckte Ning eine kleine, weiße Flammenkugel unmittelbar in eine Ecke – und sie zielte sehr genau, wie Temeraire zugeben musste –, sodass der Unrat augenblicklich weggebrannt wurde.

»Das ist ein sehr interessantes Phänomen«, sagte Perscitia und senkte ihren Kopf, um Ning genauer in Augenschein zu nehmen. Sie versuchte sogar, ihr in den Schlund zu schauen. Ning legte ihren Kopf in den Nacken und starrte sie ausdruckslos an, was Perscitia geflissentlich ignorierte. »Wie geht *das* denn?«

»Wir sollten bitte nach draußen gehen, bis die Luft wieder rein ist«, sagte Ning in steifem, hochmütigem Tonfall und drehte sich um. Temeraire schüttete Wasser auf die überhitzten Steine und wedelte die zischenden Dampfwolken weg, die daraufhin aufstiegen. Glücklicherweise verschwand der Gestank mit dem Qualm. Die Ecke war jetzt vielleicht etwas schwarz, aber er war sich sicher, dass das niemandem auffallen würde, schon gar nicht bei Dunkelheit.

Ning war nur allzu bereit, die Prozedur zu wiederholen. »Das hast du sehr geschickt gemacht«, lobte Temeraire, als der gesamte Pavillon sauber war, wenn auch ziemlich verräuchert. »Nun sollte ich dich lieber wieder zurückfliegen«, aber Ning hatte Einwände.

»Ich werde für das Festessen hierbleiben«, verkündete sie zu Temeraires Leidwesen.

»Was hast *du* denn bei unserem Dinner verloren?«, fragte er.

»Ich bin hungrig«, erwiderte sie, was ganz und gar keine Erklärung war. Das Abendessen sollte schließlich erst am morgigen Tag stattfinden, und bis dahin konnte sie sich ganz sicher in London etwas zu essen besorgen, und zwar sofort nach ihrer Rückkehr. Aber als Temeraire sie darauf hinweisen wollte, öffnete Ning das Maul zu einem verstohlenen Gähnen und sagte: »Ich bitte um Entschuldigung, aber ich bin so furchtbar erschöpft. Ich werde mich jetzt ausruhen.« Und schon schloss sie die Augen und tat so, als würde sie schlafen.

»Das ist gar nicht so verkehrt«, bemerkte Perscitia. »Sie kann ruhig bleiben. Jeder, der von ihr gehört hat, wird davon beeindruckt sein, sie auf seiner Seite zu wissen.« Nur dass Temeraire sich nicht sicher war, ob Ning *tatsächlich* auf ihrer Seite war und was sie in dieser Angelegenheit zu tun gedachte. Es war ein unangenehmes Gefühl, in ihrer Nähe zu sein, wenn sie jeden Augenblick mit einem neuen und beunruhigenden Einfall herausplatzen konnte.

Es stellte sich heraus, dass Perscitias Männer in Wahrheit zum Großteil Frauen waren; Temeraire hatte sich in ihnen geirrt, weil sie alle Hosen unter ihren Röcken trugen und diese bis zur Taille hochbanden, während sie arbeiteten. Sie waren schon den ganzen Tag lang damit beschäftigt, Rinder und Schafe auf Bratspieße zu stecken. Temeraire wurde mit Bedauern klar, dass die Mahlzeit nichts Glamouröses an sich haben würde, aber Perscitia hatte ganz entschieden jedes Mal alles abgelehnt, was einen größeren Aufwand bedeutet hätte. »Wir müssen vielleicht annähernd hundert Drachen satt kriegen«, sagte sie, »und viele von denen haben noch nie etwas richtig Zubereitetes gegessen. Dass das Fleisch jetzt gebraten ist, muss als Extravaganz reichen. Ansonsten wird die Hälfte von ihnen die Nase über die dürftige Auswahl rümpfen, ganz zu schweigen von der anderen Hälfte, die sich darüber beklagen wird, dass wir ihnen nichts Anständiges bieten. Nein, ein schlichter Rostbraten muss genügen, und wir werden Kartoffelbrei mit dem herabgetropften Fett mischen für alle, die nach ihrem Anteil am Fleisch immer noch hungrig sind.«

Sie hatte ihre Kuriere in alle Richtungen ausgeschickt, und schon früh am nächsten Morgen trudelten die ersten Drachen ein. Ein jeder von ihnen war ausgehungert, und Temeraire hatte eine Menge damit zu tun, sie bis zum Abendessen vom Fleisch fernzuhalten, was besonders bei den schottischen Wilddrachen ein schwieriges Unterfangen war. Sie waren in großer Zahl gekommen, und unter ihnen befand sich auch Ricarlee, der unhöflich genug war, von Napoleons Karte zu schwärmen. »Ich sollte ihn zum Teufel jagen«, sagte Temeraire wutentbrannt. »Er kann ja sein eigenes Dinner ausrichten, wenn er gerne für Napoleons Pläne Werbung machen möchte.«

»Das würde ich nicht raten«, mischte sich Ning ein, die verschlafen zwischen halb geschlossenen Lidern hervorspähte. »Ihr hättet ihn stillschweigend vor seiner Ankunft verschwinden lassen sollen«, was ziemlich dubios klang, sodass Temeraire ihr einen scharfen Seitenblick zuwarf, »aber jetzt ist es zu spät. Ihr werdet ihm und seinen Argumenten nur noch mehr Nachdruck verleihen, wenn ihr ihn als jemanden erscheinen lasst, der wichtig genug ist, davongejagt zu werden. Erlaubt ihm, großmütig zu sprechen, aber achtet darauf, jeden sehen zu lassen, dass ihr in dem, was er von sich gibt, keinerlei Sinn entdecken könnt.«

»Also dann willst du jetzt doch, dass wir die Franzosen schlagen?«, fragte Temeraire bissig. »Oder warum gibst du uns plötzlich Ratschläge?«

»Du bist sehr misstrauisch«, erwiderte Ning. »Du bist mein Vater, und ich bin nicht undankbar.« Temeraire glaubte ihr kein Wort und starrte sie an, bis sie mit einer Flügelspitze zuckte, um abzulenken. »Hast du im Sinn, die Franzosen komplett zu vernichten? Jeden Einzelnen von ihnen auszulöschen?«

»Natürlich nicht«, rief Temeraire entgeistert. »Wir müssen Napoleon nur anständig besiegen, damit er aufhört, überall Kriege anzuzetteln.«

»Sehr gut«, sagte Ning. »So weit stimmen wir also überein.«

Temeraires Zweifel blieben, aber er konnte nicht dableiben, um eine bessere Antwort aus ihr herauszukitzeln. Ein Winchester und ein paar der schottischen Drachen schlichen sich an die köstlich gebratenen Schafe heran, die Perscitias Leute gerade fertig zubereitet hatten.

Er war mehr als nur ein bisschen erschöpft, als endlich die Zeit für das Abendessen gekommen war, und es wurde noch schlimmer, als Ricarlee, der den Vorteil hatte, kleiner zu sein und weitaus schlechtere Manieren zu haben, seine eigene Portion rasch hinuntergeschlungen hatte und dann die Gelegenheit beim Schopf packte und ansetzte: »Nun, das ist wahrlich ein nettes Abendessen! Ich muss sagen, ich hätte nichts dagegen, öfter als einmal alle zehn Jahre so zu speisen.« Und dann ließ er sich über die Karte aus und wie diese dafür sorgen würde, dass ihnen allen ein unerschöpflicher Vorrat an Köstlichkeiten gewiss wäre.

Mehr als ein Drache gab zustimmende Laute von sich. Dazu gehörten auch, wie Temeraire niedergeschlagen zur Kenntnis nahm, einige seiner eigenen Kameraden, die während der Invasion an seiner Seite gewesen waren. Missmutig schluckte Temeraire seine Rinderhälfte schneller hinunter, als es ihm lieb war. Im Stillen musste er zugeben, dass der Geschmack eines schönen Stückchen Fleischs, ordentlich am Spieß gebraten, nur mit einem bisschen Salz gewürzt, nicht zu verachten war, und er hätte es vorgezogen, es auch richtig zu genießen.

»Das«, sagte er laut, »ist Unsinn. Ich bestreite nicht, dass diese Karte auch sinnvolle Dinge enthält, wenn sie zum Beispiel Vorschläge macht, wie wir den Umgang untereinander regeln wollen. Aber es ist sinnlos, sich vorzugaukeln, dass Napoleon uns das Recht einräumen würde, uns an Kühen und Schafen zu bedienen, die von Männern aufgezogen wurden, welche ihm keinerlei Gefolgschaft schulden. Ihr müsst doch alle sehen, dass Napoleon euch nicht ernstlich Gebiete in England überlassen kann, die ihm gar nicht gehören. Er will uns alle hier nur dazu bringen, mit der Regierung in Streit zu geraten, weil diese nämlich *sein* Feind ist. Er will, dass wir uns zu seinen Gunsten streiten und alle Nachteile dafür auf uns nehmen, obwohl wir von ihm nichts dafür bekommen werden.«

»An dem, was du sagst, ist was dran«, sagte Ricarlee, der jetzt nachdenklich geworden war, doch ehe Temeraire sich beglückwünschen konnte, weil er den größten Befürworter von Napoleons Karte umgestimmt hatte, fuhr Ricarlee fort: »Ich sehe wirklich nicht ein, warum wir die ganze Arbeit erledigen sollen, damit am Ende Napoleon ganz allein davon profitiert. Wir sollten uns von ihm in Gold bezahlen lassen, wenn er will, dass wir für ihn kämpfen.«

Dieser furchtbare Vorschlag bewirkte weiteres enthusiastisch zustimmendes Gemurmel, sehr zu Temeraires Entsetzen, sodass er sich schließlich aufsetzte, sich so groß machte, wie er konnte, und dann laut rief: »Das ist Verrat!«, um die anderen zum Innehalten zu bringen. »Und es wird auf die schrecklichste Weise enden, die ihr euch nur vorstellen könnt. Als *ich* Hochverrat begangen habe – und zwar nicht aus irgendeinem selbstsüchtigen Grund, sondern nur, um das Heilmittel zu teilen –, da haben sie Laurence sein gesamtes Vermögen weggenommen. Zehntausend Pfund, einfach so futsch!« Dies ließ die Menge verstummen; nur noch hier und da war schwaches Zischen zu hören, womit Unbehagen zum Ausdruck gebracht wurde. Temeraire war erleichtert, dass er das Schlimmste abgebogen hatte, und fügte hinzu: »Wenn ihr tatsächlich Gold von Napoleon bekommen solltet, dann werden es die Männer hier sofort konfiszieren, sobald Napoleon besiegt wurde, und es ist sicher, dass er geschlagen werden wird. Laurence und ich werden schon in der nächsten Woche in Richtung Kontinent aufbrechen, um ihn endgültig unschädlich zu machen. Und selbst wenn *er* den Sieg davontragen würde, wäre das erst der Fall, nachdem die Engländer eine Menge von euch getötet hätten, und dann könnt ihr ganz sicher sein, dass Napoleon hergerauscht käme, um sich alles selber unter den Nagel zu reißen und eure Gebiete stattdessen an die französischen Drachen zu übergeben.«

»Gut, aber was schlägst du denn stattdessen vor?«, erkundigte sich Ricarlee. »Du bist zwar randvoll mit Sorgen und Gründen, warum wir uns nicht auf Napoleons Seite schlagen sollen, aber ich habe noch keinen besseren Vorschlag von dir gehört als den, dass wir keinen Mucks gegenüber irgendeinem berittenen Leutnant machen sollen. Diejenigen unter uns, die über Wagenladungen voller Gold und Admiräle als Kapitäne verfügen, haben leicht reden. Aber es sieht ganz anders aus, wenn man mit neun Schilling und drei Pence am Tag abgespeist wird, was auch nach einer Woche noch nicht für ein Schaf reicht, wenn man denn seinen Lohn überhaupt ausgezahlt bekommt, was ja im Augenblick nicht der Fall ist.«

Temeraire legte seine Halskrause flach an. »Es stimmt, dass ich im Augenblick in einer beneidenswerten Situation bin«, sagte er kühl. »Aber mein Gold wurde redlich auf dem Schlachtfeld gewonnen, wo ich meine Pflicht getan habe, und ich glaube, jeder wird bestätigen, dass mir das alles vollkommen gleichgültig war, als das Wohlergehen meiner Drachenkameraden auf dem Spiel stand.«

Er hätte hinzufügen können, dass es gar keinen Wagen voller Gold mehr gab. Ferris hatte noch in Wilna dafür gesorgt, dass alle Schätze verkauft wurden, die sie auf dem Weg in die Alpen ohnehin hätten zurücklassen müssen. Auf mysteriöse, aber – wie Laurence ihm versicherte – rechtschaffene Weise waren die Erlöse auf seinem eigenen Bankkonto in England gutgeschrieben und mittlerweile in Anleihen investiert worden, was zu dieser erfreulichen Entwicklung namens Zinsen führte. Er hatte jedoch das Gefühl, dass er auf diesem Punkt nicht weiter herumreiten sollte, solange er mit Drachen sprach, die nicht einmal fünf Pfund auf der Bank hatten, und selbst wenn es anders wäre, diese nicht nach Belieben würden abheben können.

»Ich denke, anderswo als auf dem Schlachtfeld lassen sich nirgends Wagenladungen voller Gold finden«, mischte sich Ning unerwartet und mit nachdenklicher Stimme ein, die laut genug war, um überall verstanden zu werden.

Temeraire musterte sie wachsam, aber es kamen keine weiteren Bemerkungen. »Auf jeden Fall«, fuhr er fort, »ist es ein großer Unterschied, ob ich sage, ihr sollt nicht einfach an die Karte glauben, mit der euch Napoleon vor der Nase herumwedelt, oder ob ich sage, dass ihr euch klaglos den Anweisungen der Regierung unterwerfen sollt – was ich keineswegs gefordert habe.« Einem plötzlichen Geistesblitz folgend, fügte er hinzu: »Vielmehr glaube ich, wir sollten unsere eigene Karte entwickeln. Und das sollte keine sein, die so unvernünftig ist, dass man darüber in Streit gerät.«

»Ja, tatsächlich«, bekräftigte Perscitia und richtete sich mit einem Ruck kerzengerade auf. »Wir müssen einen Gesetzesvorschlag erarbeiten, damit wir unsere eigenen Forderungen im Parlament einbringen können.«

»Also das«, sagte Minnow zu Temeraires Zufriedenheit, »ist der vernünftigste Vorschlag, den ich bislang gehört habe. Es ist unbestreitbar, dass wir besser dran sind, wenn wir nicht gegen die Menschen hier kämpfen. Immerhin haben sie jede Menge Waffen in diesem Land, und überhaupt haben die meisten von uns Freunde unter den angeschirrten Drachen und wollen sie nicht in eine schwierige Lage bringen. Also gut, was wollen wir denn von den hohen Herren fordern?«

Glücklicherweise war Perscitias Sekretärin, Mrs. Elsinore, in der Nähe und konnte Notizen machen. Ihre Handschrift war ausgezeichnet, auch wenn die Dame einige Schwierigkeiten hatte, bei der immer länger werdenden Liste an Forderungen und Wünschen mitzuhalten: höherer Lohn, regelmäßigere und zuverlässigere Bezahlung, selbst für jene Drachen, die nicht kämpfen wollten ... »Aber dann solltet ihr stattdessen wenigstens irgendeine andere Arbeit für euer Geld verrichten«, sagte Temeraire, woraufhin Ricarlee ein wenig verstimmt antwortete: »Oh, sicher, *irgendeine* Arbeit; wenn sie uns denn eine geben, die wir erledigen können, ohne uns den Rücken zu brechen.« Doch immerhin stimmten schließlich er und die anderen Wilddrachen zu, auch zu einer ganzen Reihe anderer Verbesserungen, die Perscitia anregte und die dazu dienen sollten, es den Drachen zu erleichtern, bei Abstimmungen und Wahlen ihr Votum abzugeben.

»Und wir brauchen mehr Sitze im Parlament für Drachen«, fügte sie entschlossen hinzu. »Wir müssen dreißig verlangen und zulassen, dass man uns auf zwanzig herunterhandeln wird. Weniger als zwanzig dürfen wir aber nicht akzeptieren«, was einigen Protest bei den anderen Drachen hervorrief, die sagten, sie wären sehr zufrieden damit, auf Steinen zu sitzen, und denen es wichtiger war, mehr Geld zu bekommen.

»Ich meinte keine wirklichen Sitze«, sagte Perscitia. »Ich meinte *Mitglieder*: Es muss mehr Drachen geben, die an der Verabschiedung von Gesetzen beteiligt sind. Oh! Und wir sollten darauf bestehen, dass sie auch einige Drachen zu Offizieren ernennen. Es ist Unfug, wenn es nur menschliche Offiziere im Luftkorps gibt.«

»Ja, das muss unbedingt auf die Liste«, erklärte Temeraire Mrs. Elsinore, und so weiter und so fort, bis alle fertig waren und sich die Liste höchst zufrieden ansahen. Jeder war froh und versicherte, er oder sie würde dafür stimmen, dass diese Ziele verwirklicht würden. Schließlich verkündete Perscitia: »Ich werde sie am Montag mit ins Parlament nehmen und sie den anderen Mitgliedern vorlegen – vielleicht kann ich dafür sorgen, dass man dort auch von Bonapartes Karte erfährt«, fügte sie nachdenklich hinzu, »damit sie den Kontrast deutlich vor Augen haben. Ich denke, das könnte sich als höchst wirksam erweisen …«

Mit einem Schlag war Temeraire klar, dass er zwar eine Katastrophe abgewendet hatte, allerdings auf diese Weise die nächste produziert hatte. Es wäre schon schlimm genug gewesen, wenn die Admiralität von allein auf die Karte aufmerksam geworden wäre, aber niemand würde sich davon überzeugen lassen, dass er, Temeraire, an diesem neuen Papier nicht beteiligt gewesen war. Natürlich war er ja auch bei der Erstellung dabei gewesen, aber der Punkt war, dass man bestimmt Laurence dafür verantwortlich machen und ihm noch Schlimmeres als beim letzten Mal androhen würde. »Du kannst das nicht vorlesen«, sagte er hastig.

Perscitias Miene verfinsterte sich. »Es ist nicht meine Schuld, dass man es mir nicht früh genug beigebracht hat«, sagte sie verletzt. »Außerdem wird Mrs. Elsinore es so lange laut vortragen, bis ich es auswendig kann. Du kannst sicher sein, dass ich keine Fehler machen werde.«

»Nein, ich meine …«, begann Temeraire, brach dann aber ab. Er konnte schlecht sagen: *Lies es um Laurence' willen nicht vor.* Das wäre unfair und sogar noch schlimmer: Es war genau das, was die Admiralität von ihm und jedem angeschirrten Drachen erwartete, dass sie nämlich ihre eigenen Interessen und die ihrer Drachenkameraden hintanstellen müssten, nur um ihre Kapitäne zu beruhigen. Und Laurence wäre nicht mal erfreut. *Er* würde so etwas niemals von ihm verlangen.

»Ich habe ja nur gemeint«, sagte er, geriet aber sofort ins Schwimmen, »dass wir mit mehr Feingefühl vorgehen müssen. Wenn du es ohne Vorwarnung im Parlament einbringst, dann, so wage ich zu behaupten, werden sich alle weigern, dir Gehör zu schenken. Laurence hat mir erzählt, wie oft über die Sklavenfrage diskutiert wurde und wie schwierig es war, die Abschaffung des Sklavenhandels durchzusetzen.«

»Ohne Vorwarnung kann man gar nichts ins Parlament einbringen«, belehrte ihn Perscitia. »Ich werde morgen verkünden, dass ich eine Gesetzesnovelle vorlegen will, sodass jeder weiß, was kommt. Natürlich muss ich zuerst Befürworter für diesen Vorstoß finden, aber darüber habe ich auch schon nachgedacht. Es gibt mehrere Gentlemen in der Opposition, die froh über die Chance sein dürften, die Regierung in Verlegenheit zu bringen, indem sie dem Vorsitzenden eine Frage bezüglich Napoleons Karte stellen. Und das wiederum wird mir die ausgezeichnete Gelegenheit geben, vor all den schrecklichen Konsequenzen zu warnen, die es haben würde, wenn die Drachen Englands Napoleons Plänen folgen würden. Und *das* ist die beste Überleitung zu unserer Vorlage – die im Übrigen«, ergänzte sie, »einen vernünftigen Namen bekommen muss. Ich gehe davon aus, dass die Regierung ihr zustimmt und auf diese Weise den Nationen auf dem Kontinent und ihren Drachen ein Beispiel aufgeklärter Führungsverantwortung gibt ...«

»Laurence«, sagte Temeraire und fühlte sich ziemlich verzweifelt. »Es gibt da etwas, das ich mit dir besprechen muss.«

»Ich bin sofort für dich da«, antwortete Laurence und drehte den beiden jungen Läufern mit ihren weit aufgerissenen Augen den Rücken zu. Sie waren an diesem Morgen auf einem Kurierdrachen von Kinloch Laggan hergebracht worden, gemeinsam mit vier Fähnrichen, sieben Gewehrschützen, drei Leutnants und einer Bodentruppe von zwanzig Mann, die allesamt schon vorher in unterschiedliche Varianten des Militärdienstes abkommandiert worden waren. Diese Männer sollten als Besatzung für Temeraire tauglich gemacht werden.

»Oh … heute Abend reicht auch«, sagte Temeraire verzagt. »Oder morgen. Morgen ist auf jeden Fall auch noch früh genug, da bin ich mir sicher.« Der Pavillon sah so prächtig aus: Überall gab es Laternen und silberne Wandbehänge, und auch wenn die Kohlebecken und heißen Steine vor allem als Wärmequellen gedacht waren, gab es doch so viele davon, dass sie einen wirklich behaglichen Lichtschein hervorbrachten. Der Duft nach gebratenen Rindern lag wunderbar über der frischen Seeluft, die von den Klippen weiter unten heraufwehte, und die Aussicht des Pavillons hätte nicht schöner sein können. Die breite Fläche des Ärmelkanals wirkte bereits dunkel, da die Sonne in westlicher Richtung sank; die Boote mit ihren Laternen hüpften wie funkelnde Juwelen. Die Tische waren so hübsch gedeckt mit blitzendem Porzellan und Kristall und Silber, und hinter jedem Kapitänsplatz waren große Kupferplatten für die dazugehörigen Drachen zu sehen. Bedienstete in Livree waren bereits damit beschäftigt, sich in regelmäßigen Abständen rings um den Tisch herum aufzustellen. »Wie prachtvoll alles aussieht!«

»Ja, ich wollte in angemessener Umgebung speisen«, sagte Laurence. »Wenn sich doch nur die Kapitäne ebenso gewiss davon beindrucken lassen würden wie ihre Drachen, dann wäre ich sehr zufrieden. Aber wenigstens können sie nicht das Gefühl haben, ich würde sie nicht gebührlich empfangen, und ich muss zugeben: Ich hoffe, dass die strenge Förmlichkeit bei Tisch auch bei den Manieren zur gleichen Höflichkeit der Gäste führt. Ich kann mich nicht darauf verlassen, dass sie einander zugetan sind.«

Laurence wusste, dass das eine Untertreibung war, aber er hatte nicht vor, Temeraire wissen zu lassen, dass Kapitän Poole vor fünf Jahren ihm, Laurence, offen ins Gesicht gesagt hatte, dass dieser seiner Meinung nach auf die Streckbank gehört hätte, um anschließend in guter alter Manier gevierteilt und den Hunden vorgeworfen zu werden. Auch nicht, dass Kapitän Windle ihn bei selbiger Gelegenheit geschlagen hatte, mitten in einem allgemeinen Aufruhr, der in dem Lager ausgebrochen war, wo Laurence die Beleidigung nicht hatte schlucken müssen, sondern den Hieb in gleicher Weise hatte zurückgeben können. Und noch viel weniger sollte Temeraire Kenntnis davon bekommen, dass Windles Erster Leutnant versucht hatte, ihn mit einem Tafelmesser zu erstechen, auch wenn der Mann betrunken gewesen und der Versuch deshalb fehlgeschlagen war.

Wenn Temeraire davon erführe, würde er mit Sicherheit Einspruch gegen all diese Gentlemen erheben – *heftigen* Einspruch. Aber Laurence selbst konnte ihnen ihre Gefühle nicht verübeln und auch nicht, dass sie ihre Abneigung so offen zur Schau stellten. Die Admiralität war tatsächlich brutal vorgegangen, als sie bei allen Fliegern verbreiten ließ, dass Laurence des Hochverrats für schuldig befunden wurde; und dann hatte sie diese Ungerechtigkeit noch vertieft, indem sie ihr eigenes Urteil ausgesetzt und ihn am Leben gelassen hatte. Im Anschluss hatte man ihn in die Verbannung geschickt, ihn dann wieder rehabilitiert und nun, um dem Ganzen die Krone aufzusetzen, auch noch befördert. Ihr Vorgehen zeigte nur allzu deutlich, dass Besseres von Fliegern nicht zu erwarten war und dass man sie genauso wie ihre Tiere ansehen musste, nämlich als unzuverlässig, nur bedingt kontrollierbar und ohne jede Disziplin. Das war schwer zu schlucken für Offiziere, die das Korps liebten und nur danach strebten, der Krone gegenüber ihre Loyalität zu beweisen. Laurence hätte sich da früher einmal mit Freude dazugezählt; einzig und allein extreme Umstände hatten ihn aus ihren Reihen herausfallen lassen. Die Männer, die sich gegen seine Begnadigung ausgesprochen hatten, liebten schlicht und einfach ihren Dienst und verabscheuten die Tatsache, dass auf diese Weise das Ansehen des Dienstes beschädigt wurde.

Trotzdem war er erleichtert, dass als erster Gast Kapitän Adair eintraf, den Jane ihm empfohlen hatte und den die Admiralität ihm zähneknirschend zugestanden hatte. Adair stammte aus einer alteingesessenen Korps-Familie und war ein Gentleman; er und Laurence waren sogar ganz entfernt verwandt; sie waren Cousins vierten Grades mütterlicherseits, und auch wenn er nicht eben warmherzig auftrat, so waren seine Manieren doch untadelig. Sein Drache Levantia war jung und mehr als nur ein bisschen nervös; sie hatte die Klauen eines Parnassianers und die freundlich gelbe Färbung eines Schnitters. Nur ihr ängstliches Gemüt unterschied sie von beiden Züchtungen. Aber sie war ein anständiges Mittelgewicht, gut ausgebildet und sorgsam gepflegt, und Laurence hegte gute Hoffnungen, sie zum Anker in ihrer Verteidigung gegen die Wand aus leichtgewichtigen Drachen zu machen, die Napoleon so gerne an die Spitze seiner Angriffsmanöver stellte.

Der Rest der Truppe tröpfelte nach und nach herein und erwiderte Laurence' Begrüßung nur sehr steif, wenn die Männer nicht gleich mit unverhohlener Unfreundlichkeit darauf reagierten. Kapitän Poole machte sich keinerlei Mühe. Er bot Laurence nicht die Hand an, ließ sich auch nicht ansatzweise zu einer Verbeugung herab, und sagte lediglich: »Laurence«, mit kalter und distanziert klingender Stimme.

Laurence wartete kurz, dann sagte er leise: »*Admiral* Laurence, oder Sie können sich gleich wegen Insubordination in Whitehall melden.«

Poole blieb einen Moment reglos stehen. Er war dürr und schmallippig; beinahe wirkte er abgehärmt, als hätte jemand ihn wie einen Stock von der Rinde befreit und zurechtgeschnitzt. Sein Gesicht hatte einen harten Zug, sein Haar war kurz geschoren. Aber er war noch immer ein junger Mann; als Laurence ihn das letzte Mal gesehen hatte, hatte er den Rang eines Leutnants innegehabt; das war am Vorabend der schicksalsträchtigen Schlacht von London gewesen. In den darauffolgenden Jahren war er irgendwann befördert worden;

sein junger Schwenkflügler Fidelitas war größer als die meisten dieser Züchtung, eindeutig ein Schwergewicht, und stammte wahrscheinlich aus einem der Eier, die ausgebrütet wurden, als die Seuche die englischen Reihen ausdünnte, ohne dass es eine Aussicht auf Heilung gegeben hatte.

»Admiral«, sagte er schließlich knapp, aber ausreichend. Laurence nickte und machte einen Schritt zur Seite. Poole setzte sofort seinen Weg in den Pavillon fort und schritt am Tisch entlang, um sich zu Windle und den drei anderen Kapitänen zu gesellen, die sich geflissentlich vom Rest der Gesellschaft abgesondert hatten. Leise tuschelten sie miteinander. Die Blicke, die sie Laurence über den Tisch hinweg zuwarfen, ließen wenig Zweifel am Thema ihrer Unterhaltung und auch nicht an ihrer Gefühlslage.

Das Abendessen war kein Erfolg, gemessen an den Maßstäben, die Laurence normalerweise angelegt hätte. Die Gespräche waren gezwungen und mühselig, und die Atmosphäre war bedrückend. Sein Arrangement hatte den dämpfenden Effekt, den er sich erhofft hatte, hob aber nicht gerade die Stimmung. Mit Bedauern stellte er fest, dass mehrere der Kapitäne noch nie zuvor mit dem ganzen Drumherum eines förmlichen Dinners konfrontiert gewesen waren und sich selbst deshalb im Nachteil sahen. Ein Viertel der Gentlemen lehnte die Suppe ab, bis sie sich nach einem Ellbogenstoß ihrer Tischnachbarn eines Besseren besannen, und beinahe alle mussten sich offenkundig immer wieder selber ins Gedächtnis rufen, dass sie die Bissen nicht direkt mit dem Messer in den Mund befördern sollten. Kapitän Whitby rief quer über den Tisch hinweg: »Hey, Alfred, reich doch mal diese Pilze weiter, die da bei dir stehen«, woraufhin der arme Alfred – Kapitän Gorden – einen derartigen Schreck bekam, dass er sein Glas umwarf, weil einer der Diener einen verzweifelten Satz von hinter ihm an den Tisch machte, um nach der gewünschten Schüssel zu langen, eher der Kapitän selbst sie ergreifen konnte.

Und so hatte Laurence gänzlich ungewollt für eine klare Trennung zwischen den sozialen Schichten gesorgt. Zwar hatte er erreicht, dass sich seine Kapitäne höflich benahmen, aber zugleich auch, dass sie sich unwohl fühlten. Immerhin umschifften die Gäste die schlimmsten Gefahren, die Laurence vorausgesehen hatte. Es gab keine offenen Grobheiten, und die Unterhaltungen waren zwar nicht gerade lebendig, aber es gab auch nichts zu beanstanden.

Die widerwilligsten Kapitäne waren durch die festgelegte Sitzordnung überall am Tisch verstreut, auch wenn einige Flüstereien nötig gewesen waren, um den Sitzplatz auszuhandeln, denn Flieger waren nicht unbedingt daran gewöhnt, ihre eigene Rangordnung – anstelle der ihrer Drachen – abzugleichen. Das Ergebnis war, dass die feindlich Gestimmten weniger Gelegenheit hatten, sich in einer kleinen Gruppe nur untereinander auszutauschen. Laurence hatte es in Kauf genommen, dass sie ihre Ablehnung in geringerem Maß verbreiten konnten im Austausch dafür, dass sich die Meckereien auf diese Weise verteilten und im Rahmen hielten.

Er brachte einen überschwänglichen Toast auf den König aus und prostete danach, wie erforderlich, Windle zu, der der ranghöchste anwesende Kapitän war. Alle hoben die Gläser, auch wenn Windle bei der Geste missmutig dreinblickte. Von da ab verlief die Runde der Trinksprüche ohne weiteren Zwischenfall. Die exzellenten Weine wirkten sich besänftigend auf die Gesellschaft aus.

Temeraire hatte in der Zwischenzeit einigen Erfolg bei den Drachen, die im äußeren Ring saßen und ihr eigenes Mahl genossen – ein Arrangement, das die Drachen und ihre Offiziere offenkundig überrascht hatte, das aber durchweg positiv aufgenommen worden war. Bei der Ankunft hatte einer der Kapitäne laut genug, dass es jeder hören konnte, gesagt: »Bellamar, wenn sie versuchen sollten, dir hier irgendwelchen ausländischen Fraß vorzusetzen, dann gräme dich nicht. Ich werde auf jeden Fall dafür sorgen, dass du etwas Ordentliches bekommst, sobald wir wieder zurück in Dover sind.« Aber als sie alle in den Pavillon und auf ihre Plätze gebeten wurden, machte die funkelnde Opulenz der Tische einen solchen Eindruck, dass dahinter selbst die größte Schmähung eines Kapitäns verblassen musste.

»Das ist also eine Abendgesellschaft, ja? Nun, das nenne ich ja ziemlich prächtig. Ich wusste nicht, was ich erwarten sollte«, sagte Windles eigener Drache Obituria, ein großer Bunter Greifer, sehr zum Verdruss ihres Kapitäns, dessen verärgerter Gesichtsausdruck niemandem entgehen konnte. Allerdings waren auch danach immer wieder ähnliche Bemerkungen zu hören, vor allem, nachdem das Fleisch aufgetragen worden war – für jeden Drachen eine komplette Rinderhälfte, die wunderbar gebraten worden war und auf den glänzend polierten Platten bestens zur Geltung kam. Ganze Orangen waren auf die spitzen Enden der Rippen gesteckt worden. Viele der angeschirrten Drachen hatten einen kostspieligen Gefallen an starken Gewürzen entwickelt, die während der Seuche zum Einsatz gekommen waren, um ihre Appetitlosigkeit zu überwinden. Allerdings hatten sie in letzter Zeit wenig Gelegenheit bekommen, dieser neu erblühten Vorliebe zu frönen. Die Currysauce, die in großen Terrinen serviert wurde, rief wahre Begeisterungsstürme hervor, als die Diener sie herumreichten, und wurde, wie nicht zu überhören war, auch ebenso lautstark verzehrt.

Die Getreidegrütze, die danach aufgetragen wurde und vielleicht zu Protesten hätte führen können, war mit großen Zuckerklumpen dekoriert, die beinahe aussahen wie Edelsteine, sodass einige der Drachen sich vorbeugten und sich im Flüsterton bei ihren Kapitänen erkundigten, ob sie solches Wunderwerk tatsächlich einfach *essen* sollten, anstatt es mitzunehmen und aufzubewahren. Temeraire musste mit gutem Beispiel vorangehen, und so fragte er Obituria zu seiner Rechten: »Sind diese Zuckerjuwelen nicht ganz bemerkenswert? Was meinst du?«, während er den ersten großen Bissen nahm.

Die Grützeschüsseln wurden rings um die Tische herum leergeschleckt, dann trug man den zweiten Gang für die Drachen auf: Fisch, der übereinandergelegt und so auf der Platte arrangiert worden war, dass er wie eine Seeschlange aussah, und zwar jede einzelne passend zu der Größe des Gastes. Ein riesiger, gefüllter Kürbis diente als starres, orangefarbenes Auge, und wahre Unmengen an gehacktem Grün stellten die Wellen des Ozeans dar. Austern und Muscheln aller Art und in großer Zahl bevölkerten den Meeresboden, und jede Platte zierte zudem ein hübscher Hummer in Knallrot. Überall herrschte große Freude. Selbst Pooles Drachen konnte man flüstern hören – was man eben bei Drachen so *flüstern* nannte: »Roger, er kann doch gar nicht so schlimm sein. Schau dir doch nur mal meinen Teller an. Und die Laternen!« Pooles Miene blieb jedoch sauertöpfisch.

Laurence war froh, dass immerhin Temeraire in der Wertschätzung der Drachen gestiegen war. In der Zwischenzeit war auf jeden Mann am Tisch das Glas erhoben worden, auch zum Gedenken an Nelson. Der zweite Gang wurde abgetragen; alle Anwesenden hatten zufriedenstellend zugegriffen, besonders beim Steinbutt, der auch den Drachen serviert worden war. Als die Tischdecke weggenommen wurde, ergriff Laurence seine Chance, erhob sich und sagte: »Gentlemen, wir werden in drei Tagen in Richtung Kontinent aufbrechen. Dort haben wir es mit einem Tyrannen zu tun, dessen Hang zur Kriegsführung und dessen Geschick darin ihn zum Schrecken jeder Armee hat werden lassen, der er bisher gegenübergetreten ist. Er ist der Verursacher von Leid und Elend in beinahe jedem Teil der Welt. Es gab Zeiten, da schien er unantastbar und unbesiegbar. Aber hier auf Englands Boden und in Spanien hat man ihm das Gegenteil bewiesen, ebenso wie es ihm die Russen kürzlich in ihrem eigenen Land gezeigt haben. Die Stunde ist gekommen, in der wir es ihm, so Gott will, in Deutschland und in Frankreich vor Augen führen werden. Mögen wir alle, Männer und Drachen, unseren Teil dazu beitragen, seinen Untergang zu besiegeln.«

Es war weder eine besonders lange noch eine geschliffene Rede, aber sie erfüllte ihren Zweck. »Hört, hört«, ertönte es überall am Tisch, alle Männer hoben ihre Gläser, und als sich Laurence wieder auf seinen Stuhl sinken ließ, war er zutiefst erleichtert, dass er seine Offiziere zumindest im Hinblick auf das gemeinsame Ziel hatte vereinen und einschwören können.

Die Nachspeise wurde aufgetischt, und die Gäste konnten nun ungezwungener herumgehen. Die anfänglichen Widerstände waren etwas aufgeweicht. Die Kapitäne hielten sich in der Nähe ihrer Drachen auf, die ihren Pudding in den höchsten Tönen lobten, denn ihre Portionen flackerten blau von einer monströsen Menge an Brandy, die darübergeschüttet und entzündet worden war. Als Laurence sah, wie die Drachen deswegen völlig aus dem Häuschen gerieten, hatte er das Gefühl, sein Geld bis auf den letzten Schilling gut angelegt zu haben. Eine kleine Gruppe von Musikern – unerschrocken und überbezahlt – war angeheuert worden, um für die Truppe aufzuspielen, und sie gingen jetzt ans Werk. Laurence war an diese Form der Unterhaltung nach einem Abendessen an Bord eines Schiffes gewöhnt, auch wenn es dort gewöhnlich informeller zuging, weil es Matrosen waren, die zu ihren Instrumenten griffen. Wenn die Musik nun dazu diente, leise Gespräche zu übertönen, dann war das nur umso besser.

Er hatte noch nie zuvor ein Abendessen mit so viel Berechnung ausgerichtet, aber das Unterfangen hatte trotzdem etwas Vertrautes für ihn. Seine Mutter hatte in ebendieser Weise so manches ihrer politisch motivierten Dinner veranstaltet, die eher einer Militärkampagne glichen als einer geselligen Zusammenkunft. Es versetzte ihm einen kurzen Stich, als er an sie dachte und auf das schwarze Band schaute, das fest um den Ärmel seines grünen Mantels gebunden war. Er würde keine Gelegenheit mehr haben, sie zu besuchen: Es blieb keine Zeit, um nach Nottinghamshire zu fliegen, und sie brachte es nicht über sich, in die Stadt zu kommen. Das hatte sie ihm geschrieben und ihm dabei zu seinem neuen Posten gratuliert. Sie hatte nicht gesagt: *Dein Vater wäre stolz.* Aber Laurence hätte es ohnehin nicht geschafft, sich einzureden, dass es stimmte, wenn sie es doch getan hätte. Dieser Schmerz lenkte ihn einen Moment lang von den praktischen Notwendigkeiten ab. Er bemerkte, dass die Bitterkeit nachgelassen hatte. Die Vergebung seines Vaters konnte er nun nicht mehr bekommen, aber Jane hatte ihm verziehen, und er war so zufrieden, wie er es niemals mehr zu sein erwartet hatte.

»Oh, und seht mal«, sagte Temeraire, als die Drachen endlich aus dem Pavillon hinaus auf den Hügelkamm trotteten, um ein bisschen frische Luft zu schnappen. »Da ist die *Spartiate* auf dem Kanal. Wir sollten sie begrüßen. Ich bin mir sicher, wenn wir alle gemeinsam brüllen, wird es ebenso laut sein wie eine ganze Breitseite, und das ist es, was sie verdient hat.« Denn dieses Schiff war das einzige, das in der Schlacht von Shoeburyness der Zerstörung von Nelsons Flotte entgangen war.

Die Drachen waren nicht abgeneigt, und selbst der mürrischste Kapitän konnte schwerlich etwas dagegen einwenden. Das vereinte Brüllen machte einen beachtlichen Lärm, einmal, zweimal. Das dritte Mal jedoch klang ganz anders. Laurence war darauf gefasst gewesen, ebenso Granby, aber alle anderen Gäste, Männer wie Drachen, verstummten, als Temeraire die ganze markerschütternde Wucht seines Göttlichen Windes entfesselte. Seine Stimme erhob sich über alle anderen und deckte sie mit den schier endlosen Wellen seines Brüllens zu. Als er fertig war, gab es sonst keinen Laut mehr. Die Steine unter ihren Füßen bebten noch im Widerhall, und in der Brandung tief unter ihnen spritzte immer wieder Gischt empor, wenn die Möwen, die tot vom Himmel fielen, auf der Wasseroberfläche aufschlugen.

Laurence hatte einen Kurier vorausgeschickt, der den Kapitän der *Spartiate* vorwarnen sollte, damit er nicht von diesem Ehrensalut überrascht würde. Dieser brauchte jetzt einen Augenblick, um sich wieder zu erholen, doch dann antwortete er mit allen Kanonen; ein entferntes Donnern, begleitet von glühendem Feuer und Rauch. Das Schiff bot einen majestätischen, kriegerischen Anblick vor dem dunkler werdenden Himmel, was jedes Herz mit Tatendrang erfüllte.

Nachdem das Schiff sie passiert hatte, hatte Temeraire plötzlich einen Einfall: Er beugte sich vor und flüsterte: »Laurence, sollten wir nicht jedem eine der Laternen überlassen, damit sie sie mit zurück zu ihren Lichtungen nehmen können?« Und damit brachte er die Drachen vollends auf seine Seite. Sie trugen die Papierkugeln so sorgsam fort, als wären sie aus Gold; und sie beschworen ihre Kapitäne ein ums andere Mal, vorsichtig damit zu sein, dass sie nicht an den Seiten anstießen, und gut auf die Aufhängungsschnüre aufzupassen und sie ja nicht während des Rückflugs versehentlich loszulassen.

»Nun, mein Lieber«, sagte Laurence ziemlich zufrieden zu Temeraire, als die ganze Gesellschaft wieder weg war. »Ich glaube, wir haben uns so gut geschlagen, wie es nur möglich war. Worüber wolltest du denn vorhin mit mir sprechen?«

14

Das frisch geprägte *Gesetz der Drachenrechte von 1813* blieb bei seiner ersten Lesung im Parlament ohne Gegenstimmen, sehr zum Leidwesen der Regierung. Offensichtlich hatte sich niemand berufen gefühlt, im Beisein von Perscitia – oder besser gesagt: ihrer Zähne – Einwände zu erheben. Laurence wusste nur zu gut, dass der Empfang, den man ihm am nächsten Tag in der Admiralität bereitete, nur deshalb so glimpflich ablief, weil die Lordschaften zuvor beinahe gegen ihren Willen die Neuigkeit hatten zur Kenntnis nehmen müssen, dass die Chinesen den alliierten Streitmächten sechshundert Drachen zur Verfügung stellen wollten.

Laurence trat Yorke und seinen ihm unterstellten Ministern beinahe amüsiert gegenüber, denn ihm war klar, dass die Männer ihn liebend gerne des einen Ereignisses wegen in der Luft zerrissen hätten, aufgrund des anderen aber zum Schweigen verdammt waren. Kronprinz Mianning hatte Gong Su mit der Nachricht losgeschickt, und dieser hatte mit einem Lächeln darauf bestanden, an der Konferenz teilzunehmen. Er saß mit einem friedlichen und wohlwollenden Gesichtsausdruck dort, der – sehr zu Unrecht – vermuten ließ, dass er der Debatte nur andeutungsweise folgen konnte. Seine Anwesenheit allein zwang die Admiräle dazu, den Anschein aufrechtzuerhalten, sie würden Laurence Respekt zollen.

»Es sieht so aus, als hätten Sie mal wieder Schwierigkeiten mit den Ministern Ihres Königs«, stellte Gong Su im Anschluss fest, als sie gemeinsam zu Fuß Whitehall verließen. Der prächtige und beeindruckende Umhang dieses Gentlemans, die typische Kappe eines Mandarins mitsamt Knopf auf dem Kopf und sein langer Zopf faszinierten die diensthabenden Marineangehörigen und Flieger und zogen die Aufmerksamkeit von jedem auf sich, der ihnen entgegenkam.

»Ich bin dankbar, Sir, dass Ihr Herr anscheinend seine Vorbehalte überwunden hat«, sagte Laurence.

Gong Su antwortete nicht sofort. Erst als sie die private Abgeschiedenheit ihrer Pferdedroschke erreicht hatten, nahm er den Gesprächsfaden wieder auf. »Die Lage in China hat sich seit Ihrer Abreise verändert. Ich bedauere, Kapitän, Sie darüber informieren zu müssen, dass der Gesundheitszustand Ihres Kaiserlichen Vaters Anlass zur Sorge gibt.«

»Es tut mir leid, das zu hören«, antwortete Laurence, obwohl ihm sofort klar war, dass Mianning sich nur aus diesem Grund gegen die konservative Fraktion hatte durchsetzen können. Männer, die eine andere Position als der Kronprinz vertraten, solange diesen noch viele Jahre von seinem Thron trennten, würden dieselbe Form von Opposition nicht mehr wagen, wenn er schon in Kürze ihr Kaiser werden könnte. »Und ich bin auch untröstlich, dass Sie nach unserem letzten Zusammentreffen bestohlen worden sind. Ich gehe davon aus, dass die Lordschaften Sie bereits darüber informiert haben, dass der Schlüpfling sein Ei verlassen hat.«

Gong Su nickte knapp. »Es ist Teil meiner Anweisungen von Seiner Kaiserlichen Hoheit, dass ich den Schlüpfling besuche und seinen Charakter prüfe, wann immer Ihnen die Gelegenheit passend erscheint.«

Laurence hatte noch immer das Gefühl, sich in Fragen der Etikette des chinesischen Hofes nicht besonders gut auszukennen, aber er hatte inzwischen genug Erfahrung, um zu wissen, dass Gong Sus Worte *unverzüglich* bedeuteten. Er öffnete das Fenster und sprach mit dem Kutscher, der äußerst unwillig war und dreimal an seine Verpflichtung durch die Droschkenverordnung erinnert werden musste. Erst als man ihm eine halbe Guinee Aufpreis in Aussicht stellte, erklärte er sich schließlich bereit, sie in Richtung Stützpunkt zu fahren, allerdings nur bis zur Kreuzung zwischen Portland und Weymouth, die immer noch eine halbe Meile Fußmarsch von den Toren des Stützpunktes entfernt lag. Zur Entschuldigung des Mannes trug bei, dass sich seine Pferde ohnehin nicht weiter herangewagt hätten; sie waren so schon nervös und scharrten mit den Hufen, als Laurence und Gong Su ausstiegen, und sie scheuten, als sich der Schatten eines Winchester-Kuriers im Überflug auf dem Kopfsteinpflaster abzeichnete. Glücklicherweise war Gong Su daran gewöhnt, dass die englischen Stützpunkte so abgelegen eingerichtet wurden, und er kannte auch die Furcht des gemeinen Volkes vor den Drachen. Laurence musste sich nicht groß entschuldigen. An der Ecke war außerdem schon das Geplapper von Sänftenträgern zu hören, die genau auf solche gestrandeten Reisenden hofften, die man dazu bringen konnte, den doppelten Preis der üblichen Rate zu bezahlen, nur damit man sie den Rest des Weges beförderte.

Als sie den Stützpunkt erreicht hatten, brachte Laurence Gong Su zu Ning, nicht jedoch, ohne sich dabei die größten Sorgen zu machen. Er kam nicht dagegen an, die Konsequenzen zu befürchten, die ein unvorteilhafter Bericht über ihr Verhalten zeitigen würde. Die Allianz zwischen ihren beiden Nationen war noch zu zerbrechlich, als dass sie mühelos das Gewicht einer solchen Enttäuschung hätte verkraften können. Die beiden Länder vereinten nicht viele gemeinsame Interessen, außer dem Wunsch, Napoleon gestürzt zu sehen. Stattdessen trennte sie eine Menge. Der chinesische Hafen in Australien mit seinen Horden von Seeschlangen florierte noch immer, sehr zum Ärger von Whitehall, und der Opiumhandel setzte sich fortwährend über die Kaiserlichen Restriktionen hinweg, was wiederum Peking erzürnte – Ressentiments, die bei einem Streit leicht wieder aufflammen konnten und nur eines kleinen Anstoßes bedurften.

Ning aber zeigte sich von ihrer allerbesten und schicklichsten Seite. Man riss sie für die Vorstellung aus einem Nickerchen, doch sofort senkte sie höflich vor Gong Su ihren Kopf. »Ich fühle mich tief geehrt durch die Sorge, die Seine Kaiserliche Hoheit mir zuteilwerden lässt, und es ist meine große Hoffnung, schon bald die Reife an Körper und Geist erlangt zu haben, die einem Drachen angemessen ist, welcher die höchst wichtige Verantwortung tragen will, demjenigen zu dienen, der den Willen des Himmels ausführt«, sagte sie in fließendem Chinesisch. »Lung Tien Xiang hat mir großzügigerweise seine Kopie der Analekten zur Verfügung gestellt, ebenso viele andere bedeutende Arbeiten von großem Wert, sodass meine Ausbildung nicht allzu sehr unter den unglücklichen Umständen zu leiden hat, welche dazu geführt haben, dass mein Ei aus seinem sicheren Hafen im Herzen der Kaiserlichen Stadt entwendet wurde und den geplanten Verlauf, dass ich dort auch schlüpfe, zunichtegemacht hat. Ich wäre sehr dankbar für jede weitere Anregung bezüglich meiner Lektüre.«

Laurence entging nicht, dass sie mit dieser Rede keinerlei Verpflichtungen eingegangen war, aber Gong Su war zufrieden. »Ich bin hocherfreut, meinen Herrn darüber informieren zu können, dass Sie sich ausgezeichneter Gesundheit erfreuen und dass der Diebstahl des Eies, der Sie so abrupt aus Ihrem Heim gerissen hat, keine üblen Auswirkungen gehabt hat«, sagte er und fuhr dann in etwas gestelztem Ton fort: »Es wird Seine Kaiserliche Hoheit sehr trösten, dass Ihr diesen Veränderungen mit einem Geist der Entschlossenheit und mit Fassung begegnet seid. Ich werde jeden kleinen und bescheidenen Versuch unternehmen, der in meiner Macht steht, um einige zusätzliche Manuskripte zu Ihrer weiteren Freude zu beschaffen.« An Laurence gewandt, fügte er hinzu: »Außerdem, Kapitän, wäre ich tief geehrt, wenn Sie mir gestatten würden, im Namen Ihres älteren Bruders«, auch das eine höfische Fiktion, denn Laurence war gut sieben Jahre älter als Mianning, »die angemessenen Feierlichkeiten auszurichten, wie es sich gehört, um einen neuen Himmelsdrachen nach seinem Schlüpfen willkommen zu heißen und seine Ankunft zu bejubeln.«

»Mit Freude würde ich dieses großzügige Angebot annehmen, Sir«, sagte Laurence, der sich schmerzlich bewusst war, welchen Auftritt man von ihm in einer solchen Zeremonie erwartete. »Aber ich muss Sie darüber informieren, dass meine augenblicklichen Befehle keinerlei Aufschub dulden. Wir müssen morgen beim ersten Tageslicht in Richtung Kontinent aufbrechen, und ich werde deswegen noch heute Nacht nach Dover zurückkehren. Das muss aber Ihren Plänen keinen Einhalt gebieten; ich bin mir sicher, dass angesichts dieses Grundes meine Abwesenheit keine Auswirkungen haben wird.«

»Wenn es mir gestattet würde, in einer solchen Angelegenheit meine Meinung zu äußern«, warf Ning unerwartet ein, »so möchte ich bemerken, dass es mir angemessener erschiene, einen günstigeren Moment abzuwarten. Soweit ich es verstanden habe, stehen wir am Vorabend eines Krieges, in dem die Streitkräfte Chinas gegen eben denjenigen zu Felde ziehen werden, der in so empörender Weise den Himmlischen Thron verunglimpft hat, indem er mein Ei stahl. Eine Feier zu Ehren meines Schlüpfens sollte lieber aufgeschoben werden, bis wir sie mit der Siegesfeier verbinden können. Auf diese Weise können wir die Freude bei dieser Gelegenheit noch vergrößern.«

Gong Su zögerte einen Moment, dann antwortete er nachdenklich: »Ich nehme Ihren weisen Vorschlag demütig und mit Dankbarkeit an, Lung Tien Ning, und ohne mein eigenes Urteil über das des Himmelssohnes stellen zu wollen, glaube ich doch, dass es keine Einwände dagegen geben kann, unter den gegebenen Umständen die Feierlichkeiten für eine gewisse Zeit zu vertagen.«

»Ich bin dankbar, dass du unserem Gast gegenüber so freundlich warst«, sagte Laurence anschließend zu Ning, nachdem Gong Su zu seiner Unterkunft aufgebrochen war, »und auch für deine Geduld in dieser Angelegenheit.« Es hatte ihn überrascht, dass sie so bereitwillig vorläufig auf eine Feier verzichtet hatte, die sicherlich dazu gedient hätte, ihre Stellung in den Augen aller zu festigen.

»Diese Insel ist viel zu isoliert«, stellte Ning nüchtern fest, »und deine eigene Position ist zu unklar. Es scheint mir nicht sehr wahrscheinlich, dass irgendeine besonders wichtige Person teilnehmen würde, sollte Gong Su zum jetzigen Zeitpunkt nun ein Fest zu meinen Ehren ausrichten. Ganz sicher würden keine Staatsoberhäupter kommen und auch sonst niemand Relevantes. Wie ich von Temeraire gehört habe, hat er noch nie euren eigenen König getroffen. Sobald Napoleon besiegt worden ist, werden sicher alle Alliierten an einer Zusammenkunft teilnehmen wollen, um zu entscheiden, wie die Siegesbeute am besten aufzuteilen ist. Jeder Herrscher wird dann einen Abgesandten schicken, und jede offizielle Feier, die in dieser Zeit stattfindet, wird naturgemäß die hochrangigsten Gäste anziehen, die sich keine Gelegenheit werden entgehen lassen wollen, weitere Verhandlungen zu ihren Gunsten zu führen. Auch die Anwesenheit der Streitkräfte, die man aus China erwartet, wird dazu beitragen, das Schicksal dieser Nation zu beeinflussen – und damit auch meins. Es wird dann ein viel günstigerer Zeitpunkt sein. Gibt es irgendeinen Fehler in meinen Überlegungen?«, fragte sie. Möglicherweise hatte Laurence' Miene seine Gefühle verraten.

»Nein«, sagte Laurence. »Nein, deine Überlegungen erscheinen mir vollkommen vernünftig. Und was ist, wenn wir verlieren sollten?«

»So ein unglücklicher Ausgang kann wirklich nicht in meine Abwägungen mit einbezogen werden«, sagte Ning fröhlich. Da sie aber jede öffentliche Loyalitätsbekundung gegenüber China und dem künftigen Kaiser vermieden hatte, würde es auch weitaus weniger wie Hochverrat wirken, wenn sie sich von einem siegreichen Napoleon anwerben ließe, um den Posten als Gefährtin seines Erben anzutreten.

Laurence verspürte Gewissensbisse beim Gedanken daran zuzulassen, dass dieses durchtriebene Geschöpf auf den völlig arglosen Mianning losgelassen werden würde, an den er zwar keine wirkliche familiäre Bindung hatte, dem er aber gewiss Dankbarkeit schuldete. Doch ein Kaiser von China benötigte nun mal einen Himmelsdrachen, und Ning hatte zumindest unter Beweis gestellt, dass sie umsichtig sein konnte, wenn die Situation es verlangte. Vielleicht würde sie, wenn sie sich erst endgültig festgelegt hatte, ihm zu dienen, gar keine so schlechte Gefährtin für einen Herrscher abgeben, der von Verschwörern umgeben war.

»In der Zwischenzeit«, fuhr Ning fort, »bin ich nach reiflicher Überlegung zu dem Schluss gekommen, dass ich euch auf den Kontinent begleiten sollte. Auch wenn ich nicht unmittelbar in den Kampf eingreifen kann, da die Chinesen das für unangemessen halten würden, habe ich doch den Eindruck, dass ich dort allein durch Beobachtungen eine Menge lernen kann. Ich schätze, es wird dort auch noch mehr Gelegenheiten geben, mich mit weiteren hochrangigen Offizieren bekannt machen zu lassen, während ich mich in deiner Gesellschaft befinde – jetzt, wo du zum Admiral ernannt worden bist. Man hat dich doch heute nicht schon wieder degradiert, oder?« Ihr Kopf senkte sich zu ihm, um ihn genauer von allen Seiten zu betrachten, und sie inspizierte eindringlich die Balken auf seiner Schulter. »Ich habe einige Bemerkungen der Kurierdrachen aufgeschnappt, aus denen sich schließen ließ, dass das der Fall sein könnte.«

»Nein«, antwortete Laurence trocken. »Ich freue mich, dir mitteilen zu dürfen, dass ich noch immer Admiral bin und dir so von größerem Nutzen sein kann.«

»Das ist wunderbar«, sagte Ning ungerührt. »Alles andere wäre sehr ungünstig gewesen.«

»Ich muss trotzdem Einspruch erheben. Du bist dem Flug noch nicht gewachsen«, wandte Laurence ein. »Wir müssen beinahe sechshundert Meilen in drei Tagen bewältigen, und jeder Drache unserer

Truppe ist voll beladen mit seinem Geschirr und Männern; keiner von ihnen kann dich tragen. Du musst also hierbleiben.«

»Das ist keine Option«, sagte Ning. »Niemand wird diesen Stützpunkt besuchen, außer Offiziere von niederem Rang und Kurierdrachen, und selbst davon viel zu wenige. Aber bitte, mach dir keine Sorgen«, fügte sie hinzu. »Du musst dich um viele Dinge kümmern, und sicher hegst du den Wunsch, möglichst sofort zu Temeraire zurückzukehren. Du kannst dich für den Flug umkleiden. Ich werde alles Nötige arrangieren.«

Laurence musste sich tatsächlich umziehen, und so verschob er jede weitere Diskussion, auch wenn er sich fragte, welche Arrangements sie wohl im Sinn hatte. Es gab keinen Drachen auf dem Stützpunkt, der ihr Gewicht tragen und trotzdem das nötige Tempo erreichen konnte. Sie wuchs mit der gleichen explosionsartigen Geschwindigkeit, an die sich Laurence noch aus Temeraires ersten Wochen erinnern konnte. Mittlerweile hatte sie beinahe eher die Ausmaße eines Leichtgewichts denn eines Kurierdrachen. In einem Notfall konnte man sie vielleicht noch tragen, aber er würde nicht die gesamte Truppe bremsen, nur um sich ihr und ihren unbekannten Absichten zu beugen.

Als er jedoch aus seinem Quartier zurückkam, sah Ning sehr zufrieden aus und sagte: »Gut, du bist fertig. Unsere Transportmöglichkeit wird gleich da sein.«

Gleich bedeutete in diesem Fall, wie sich herausstellte, bald eine ganze Stunde, und gerade, als Laurence an dem Punkt angelangt war, wo er sich rundheraus weigern wollte, noch mehr Zeit zu verplempern, und einen Kurierdrachen nehmen wollte, näherte sich ein schwerfälliges Flappen von großen Flügeln hoch über dem Landebereich des Stützpunktes. Der mächtige Königskupfer, den Temeraire noch aus dem Zuchtgehege kannte, Requiescat, landete dröhnend.

»Ich bedaure, dass es dir nicht möglich war, pünktlicher zu erscheinen«, bemerkte Ning ziemlich spitz.

»Das ist nicht *mein* Fehler«, beteuerte Requiescat. »Ich fliege nicht zu meinem eigenen Vergnügen in einer Höhe von einer Meile. Aber du kannst dir nicht vorstellen, welchen Aufstand die Leute am Boden machen, nur weil ich in einer anständigen Höhe in den Landeflug gehen will. Auf der Rotten-Row-Pferderennstrecke ist große Panik ausgebrochen.« Er ahmte wildes Wiehern nach. »Und das bekommt denen gar nicht gut, das kann ich dir sagen. Los, steig auf, wenn du es so eilig hast, und dann geht's los.«

»Einen Moment noch, bitte«, sagte Laurence.

Der Königskupfer erschrak und spähte aufmerksam zu Boden. »Oh, ich habe dich da unten gar nicht gesehen«, sagte er zu einem Busch ziemlich weit links von Laurence. »Wer bist du denn?«

»Ich bin Temeraires Kapitän«, antwortete Laurence schroff. »Verstehe ich das richtig, dass du uns freiwillig auf den Kontinent begleitest? Und auch kämpfst?«

»Das könnte sein, denke ich«, sagte Requiescat. »Ich bin es leid, die ganze Zeit nur Steine herumzuschleppen. Da verdiene ich vielleicht gutes Geld, aber es ist nicht zu leugnen, dass es auf die Dauer doch ziemlich ermüdend ist.«

Laurence überschlug ohne große Begeisterung die Ausgaben dafür, einen Königskupfer durchzufüttern, wo er bereits sechs andere Schwergewichte in seiner Truppe sattbekommen musste. Aber es war nicht von der Hand zu weisen, dass diese Züchtung eine große moralische Stütze für ihre Kameraden sein würde, da sie selbst im Vergleich zu deren beträchtlichen Körpermaßen völlig überproportioniert war. Außerdem war Laurence sich bewusst, dass sich die Anwesenheit eines Königskupfers nicht nur in der Schlacht als vorteilhaft erweisen würde, sondern auch dazu dienen könnte, die unsichere Disziplin seiner Truppe aufrechtzuerhalten. Seine größte Sorge im Augenblick war keine militärische Niederlage, sondern eine Meuterei unter seinen Kapitänen, die ihm einen Sieg rauben könnte, der ansonsten in Reichweite gelegen haben würde. Er selber würde sich in einem solchen Fall schuldig fühlen, völlig unabhängig von der schlechten Planung der Admiralität, die ihn mit solchen Offizieren ausgestattet hatte, sodass eine Meuterei eher wahrscheinlich als undenkbar erschien.

Laurence musterte Ning, die seine Blicke mit gelassener Miene erwiderte. Wie sie es geschafft hatte, ein unangeschirrtes und träges Tier dazu zu bringen, sich freiwillig für den Krieg zu melden, wusste Laurence nicht, aber er vermutete einen unter der Hand angebotenen Anreiz, der, so war zu befürchten, irgendwann aus seinen privaten Mitteln beglichen werden musste. Aber was die praktische Seite anging, so hatte Ning tatsächlich eine Lösung gefunden. Requiescat konnte mühelos Nings Gewicht bewältigen, und wäre selbst dann noch dazu in der Lage, wenn sie von Kopf bis Fuß in einer Rüstung stecken würde.

»Also gut«, gab Laurence nach. »Wenn du denn entschlossen bist, diesen Weg zu gehen, dann bist du willkommen«, sagte er zu Requiescat und fügte, an Ning gewandt, hinzu: »Und du kannst uns genauso gut auch begleiten. Aber ich denke, ich benötige ein Versprechen von dir: Solange du mit uns gemeinsam unterwegs bist, unternimmst du nichts, was den englischen Interessen zuwiderläuft, und du führst auch keine Gespräche mit dem Feind.«

Ning dachte so lange über diese Forderung nach, dass Laurence heilfroh war, sie gestellt zu haben. Schließlich antwortete sie wohlüberlegt: »Ich denke, das kann ich zusagen. Du hast mein Wort.« Laurence konnte nur hoffen, dass sie sich so weit daran gebunden fühlte, um nichts zu unternehmen, das unbedacht oder ehrlos war.

»Requiescat ist willkommen. In einem Kampf könnte er sehr nützlich sein, wenn er denn dazu bereit ist. Allerdings beansprucht er immer den größten Anteil von allem für sich selbst«, sagte Temeraire. »Aber ich verstehe einfach nicht, warum Ning unbedingt mitkommen will, und, Laurence … natürlich will ich nicht andeuten, dass ein Drache meiner eigenen Abstammung irgendwelche Defizite hat ... Ich befürchte nur, dass Ning ... vielleicht ...« Er brach ab und fragte sich, wie er seine Bedenken am besten in Worte fassen sollte, ohne dass ein schlechtes Licht auf seinen Nachkömmling fiel.

»Ich verstehe schon«, unterbrach ihn Laurence mit einem Seufzen. »Aber wahrscheinlich tun wir besser daran, sie mitzunehmen, anstatt sie hier zurückzulassen. Sie würde in unserer Abwesenheit ganz bestimmt irgendwelches Unheil anrichten.«

»Ich begleite euch sehr gerne«, sagte Ning, als Temeraire versuchte, sie davon zu überzeugen, dass es zu ihrem eigenen Wohl wäre, wenn sie sich lieber fernhalten würde aus dem Lärm und Durcheinander des Kriegsgeschehens, in dem man ganz schnell verletzt werden konnte. »Ich werde darauf achten, jeder Gefahr aus dem Weg zu gehen.«

»Das kann ich mir lebhaft vorstellen«, murmelte Temeraire verstimmt vor sich hin, aber es blieb keine Zeit mehr, noch weiter auf sie einzuwirken. Die letzten fieberhaften Vorbereitungen liefen, und Challoner, der neue weibliche Zweite Leutnant, bat um Entschuldigung, weil man Laurence' Hilfe bei der Ausrüstung benötigte.

Temeraire hatte die enormen Mühen schon beinahe vergessen gehabt, die es bedeutete, ein englisches Schwergewicht vollständig auszurüsten und abflugbereit zu machen, und auch die Größe der Mannschaft, die nötig war, um eine solche Operation überhaupt möglich zu machen. Es hatte eine Zeit gegeben, da war ihm das alles völlig selbstverständlich erschienen. Mittlerweile jedoch hatte er gelernt, den Dienst, der einst die Welt für ihn bedeutet hatte, mit kritischen Augen zu betrachten. Trotzdem hatten die fröhlichen, mitunter derben Rufe und Flüche die Macht, einen Hauch von angenehmer Nostalgie in ihm hervorzurufen. Offiziere und Mitglieder der Bodentruppe kletterten in allen Richtungen über ihn hinweg und überprüften jede Schnalle; die Ladung war sorgfältig zusammengepackt worden und wurde nun in jener geordneten Weise an Bord geschafft, die so unabänderlich wie der Lauf der Sonne war. Selbst das drückende Gewicht des Geschirrs und der Rüstung hatte etwas Befriedigendes für Temeraire, und erst recht das Wissen, dass im Bauchnetz beinahe fünfzig Brandbomben lagen und die beachtliche Anzahl von sieben Gewehrschützen bereits aufgestiegen war.

Tags zuvor war er unter Aufsicht von Challoner ausgiebig geschrubbt worden. Leutnant Challoner selbst hielt allen Begutachtungen stand mit ihrem leuchtend grünen Mantel mit silbernen Knöpfen und den sorgfältig geflochtenen Haaren, die unten von einer Schleife in passender Farbe zusammengehalten wurden. Alles an ihr befriedigte zutiefst Temeraires Vorstellung davon, was Laurence und seinem neuen Rang und Status angemessen war. Außerdem war da noch die entzückende Tatsache, dass Challoner selbst die Schwester eines früheren Offiziers von Temeraire war, der in der Schlacht von Dover gefallen war, weswegen es ihm so vorkam, als sei ein Verlust aufs Vortrefflichste wiedergutgemacht worden. Er fand es verwirrend, dass Rebecca sich ihm als die *jüngere* Schwester vorgestellt hatte, obwohl sie doch jetzt älter war als Dilly seinerzeit. Doch diesen Gedanken schob Temeraire beiseite; er versuchte nicht allzu viel darüber nachzudenken, wie die Zeit für die Menschen verstrich.

Sie hatte dankenswerterweise Temeraires Hinweise aufgenommen, wie dieser sich das äußere Erscheinungsbild seiner Mannschaft vorstellte, und hatte sie sofort in die Tat umgesetzt. Es gab keinen Offizier, der nicht ein ansehnliches, schwarzes Halstuch und einen frisch gebügelten Mantel trug; ihre Stiefel waren allesamt geschwärzt und glänzend poliert, und sogar die Bodentruppe war ordentlich und hatte saubere Hemden und ebenso makellose Lederwesten an. Als Temeraire sich prüfend umsah, bot ihm die ganze Lichtung ein hübsches Bild emsiger, wohlgeordneter Geschäftigkeit. Unwillkürlich bedauerte er, dass es schon so bald von Forthing mit seinem schludrigen Auftreten verunziert werden würde, und vermutlich würden sich einige der Besatzungsmitglieder diese Nachlässigkeit sofort abgucken.

Temeraire hatte versucht, Laurence gegenüber das Thema anzuschneiden. »Wir sollten doch wohl einen Ersten Leutnant haben, der … angemessener ist«, setzte er an, aber Laurence schob der Diskussion sofort einen Riegel vor.

»Mein Lieber, bitte verzeih mir. Ich weiß, dass du mit Forthing nicht zufrieden bist, aber du musst einsehen, wie ungerecht es wäre, seine Anstrengungen und seinen Dienst den ganzen langen, unergiebigen Weg über in Anspruch zu nehmen, nur um ihn bei der erstbesten Gelegenheit beiseitezuschieben, wo seine Hingabe angemessen belohnt werden könnte. Er hat ehrlich und mit all seiner Kraft gedient, also will ich nichts davon hören, dass er ausgetauscht werden sollte.«

Wieder seufzte Temeraire, tröstete sich aber damit, dass er immerhin jetzt in diesem Moment keinen Grund hatte, sich seiner Mannschaft zu schämen, und dass die Bedingungen auf dem Schlachtfeld vielleicht den Mangel an Förmlichkeit und Ordnung bei einer einzelnen Uniform entschuldigen würden, den er unter günstigeren Umständen nicht geduldet hätte.

Die Hälfte ihrer Truppe startete unter Granbys Kommando von Edinburgh aus, aber selbst die beiden Formationen, die jetzt mit ihnen flogen und sie unterstützen sollten, lärmten voller Begeisterung und Tatendrang. Temeraire wünschte nur, er hätte eine bessere Meinung von den Drachen hinter ihm. Obituria, das dienstälteste Schwergewicht unter ihnen, war schon rein körperlich beeindruckend. Sie war ein großer Bunter Greifer mit einem dicken Schwanz mit vierzehn Stacheln, den sie geschickt einsetzte, als wäre er ein weiteres Bein. Aber sie war auch ein phlegmatisches, schwerfälliges Tier, das stumpfsinnig seine Formationsflüge absolvierte, ohne auch nur einmal auf die Idee zu kommen, irgendetwas zu hinterfragen. Niemals würde sie sich erkundigen: *Warum wenden wir denn hier nach links und steigen auf? Würde das nicht bedeuten, dass wir unsere Flanke für diese kleinen französischen Querfeldeinflieger öffnen?* Nein, sie tat, was immer ihr Kapitän ihr befahl, und Kapitän Windle war genauso beschränkt wie sein Drache. Er schien ausschließlich einsilbige Worte zu benutzen, zweisilbige nur, wenn er wirklich unter Druck stand.

Dann war da noch Fidelitas, der Schwenkflügler, den ein merkwürdiges Flair von *beinahe* Interessantsein umgab. Wenn er und Temeraire sich je in der Nähe voneinander wiederfanden, zum Beispiel beim Frühstück im Gehege, und Temeraire ein Gespräch in Gang brachte, dann wurde sein Gegenüber sehr schnell fast aufgeregt und plauderte angeregt – bis er mit einem Schlag abbrach, als hätte ihm jemand das Maul zugeklappt, und stumm und hölzern wurde. Auf ihn war also auch kein Verlass, und überhaupt hegte Temeraire einen stillen Groll gegen seinen Kapitän Poole, der so oft vollkommen zu vergessen schien, Laurence mit »Sir« anzusprechen, und der niemals die Hand zum Gruß an den Hut hob.

Aber gewiss machten sie nach außen hin genug her mit den hinter ihnen versammelten Formationen, sodass Temeriare sich freute, sie anzuführen. Es war zwar sicherlich nicht so glamourös, wie an der Spitze der zahlenmäßig starken Legionen aus China zu fliegen, aber man konnte nicht immer alles haben. Und ihre gesamte Ausrüstung war vielleicht sogar noch beeindruckender, wenn auch nicht *hübscher* anzusehen. Temeraire verstand einfach nicht, warum das Korps bei ihrer Ausrüstung keinen Gedanken daran verschwendet hatte, sie zum Beispiel mit Bannern auszustatten oder mit Wimpeln – schmalen Wimpeln aus dünner Baumwolle, die man an den vorderen Flügelspitzen befestigte, sodass sie ganz bemerkenswerte Effekte erzielen konnten, wie *er* fand.

Wenigstens war Requiescat ein bewundernswerter Farbtupfer. Die Drachen der Formation waren mehr als nur ein bisschen erschrocken gewesen, als er landete, gerade als sie sich sammelten. Man hatte ihn vollständig mit einer Rüstung ausgestattet, und Perscitia hatte ihm noch dazu einen neuen Kopfschutz aus Leder und Stahl mitgegeben, den sie selber entworfen hatte und mit dem er noch beeindruckender aussah. »Ich hätte auch dafür gesorgt, dass ebenfalls einer für dich angefertigt wird«, hatte sie entschuldigend zu Temeraire gesagt, »aber es erfordert eine gründliche Vermessung, um sicherzustellen, dass er nicht die Sicht einschränkt. Auch war ich mir nicht ganz sicher, ob er bei dir was taugen würde – was ist denn zum Beispiel mit dem Göttlichen Wind? Vermutlich klingt es, als wäre man im Innern einer Glocke, die gerade geläutet wird.«

»Also, wir sind jetzt auf dem Weg, um den Franzosen mal wieder eine Tracht Prügel zu verabreichen, ja?«, fragte Requiescat leutselig, als Ning auf seinen Rücken sprang, ihren Hals reckte und es sich zwischen den Flügeln des großen Tieres gemütlich machte. »Wo sind denn alle?«, fragte Requiescat und blickte sich suchend um.

»Es startet noch eine Formation von Edinburgh aus«, erklärte Temeraire, der fand, dass das eine völlig unangemessene Herabwürdigung der Größe ihrer Streitmacht war. Sie hatten zwei Formationen und darüber hinaus ein weiteres Dutzend unangeschirrter Tiere dazu überredet, sich ihnen anzuschließen.

»Ich meine nicht die Formationen«, sagte Requiescat. »Ahh … Ich schätze, da kommen sie ja.« Als Temeraire sich umdrehte, sah er eine Wolke – nein, einen Vogelschwarm – nein, es waren Drachen, mindestens fünfzig kleine Leichtgewichte, die alle auf sie zugeflogen kamen …

Es stellte sich heraus, dass das Ricarlee mit einer großen Menge von schottischen Wilddrachen war. Bei ihrer Ankunft gab es tumultähnliche Zustände: Sie hatten keinerlei Vorstellung von geordnetem Vorgehen, und unmittelbar nach ihrer Landung drängelten sie sich auf jedwede Lichtung, rissen die für die Kanalwache bestimmten Drachen aus dem Schlaf und steckten ihre Nasen in die Grützegruben, bis schließlich Temeraire so laut brüllte, dass er sich ihrer Aufmerksamkeit sicher sein konnte. Leider brachte er damit auch eine alte Eiche zum Umstürzen, die in einen Teil des Kasernengebäudes krachte, woraufhin ein Dutzend Männer der Bodentruppe schreiend und fluchend herausgestürzt kam.

Dieser Lärm brachte den Großteil der Drachenhorde zum Verstummen. »Requiescat, bitte halte diese Kerle von den Quartieren der Offiziere fern«, sagte Temeraire mehr als nur ein bisschen außer Atem. »Und Fidelitas, bitte jag die anderen vom Essen weg. Es ist nicht hinnehmbar, dass ihr Burschen unsere gesamte Einrichtung ins Chaos stürzt«, fügte er sehr ernst an Ricarlee gewandt hinzu, der mit einer Handvoll Leutnants gelandet war – kleinen Drachen in dunklen Tönen mit hellblauen Streifen auf der Haut. »Wenn ihr hier seid, um uns zu bestehlen, dann werdet ihr unverzüglich die angemessene Antwort darauf zu spüren bekommen. Wenn nicht, solltet ihr lieber etwas Zucht und Ordnung einkehren lassen und uns eure Ankunft und euer Benehmen auf der Stelle erklären.«

»Kein Grund, so unfreundlich zu werden«, knarzte Ricarlee. »Man kann ja wohl niemandem einen Vorwurf machen, wenn er einen Happen zur Stärkung braucht. Es geht jetzt nach Frankreich, nicht wahr? Das ist ein langer Weg, wenn der Magen leer ist.« Er drängte sich auffällig eng an Temeraire heran und brachte ihre Köpfe nahe zusammen. »Also dann, gleiche Anteile für jeden, denke ich?«

»Gleiche Anteile wovon?«, fragte Temeraire misstrauisch.

»Haha«, sagte Ricarlee und blinzelte merkwürdig mit einem Auge. »Sehr gut, hab schon verstanden. Dann sind wir also einer Meinung.«

»Ich verstehe dich leider überhaupt nicht«, erwiderte Temeraire. »Du kannst doch nicht erwarten, so viel essen zu dürfen wie wir Schwergewichte.«

»Hmmm«, sagte Ricarlee, »nun, ja, das sehe ich ein«, in einem Tonfall, als würde er bei einem wichtigen Punkt am Verhandlungstisch Zugeständnisse machen.

»Laurence, was glaubst du denn, wovon er spricht?«, erkundigte sich Temeraire leise, während der geplagte Quartiermeister des Stützpunkts sich beeilte, Kartoffelbrei mit den übrig gebliebenen Rinderknochen für die blaugestreiften Wilddrachen bereitzustellen, wenn auch vor allem deshalb, um sie vom Versorgungsbereich zu vertreiben, wo sie sehnsüchtig zwischen den Zaunpfählen hindurchspähten und das gesamte Vieh in seinen Pferchen in Angst und Schrecken versetzten.

»Ich schätze, dass sich die Neuigkeit verbreitet hat, dass es Massen an Schätzen zu gewinnen gibt, wenn man gegen Napoleon kämpft«, erklärte Laurence. »Zweifellos haben die Mythen und Legenden, die sich mittlerweile um dein kürzlich erbeutetes Gold ranken, ein Übriges getan.« Er besprach sich mit Challoner und seinem Versorgungsoffizier, einem gewissen Leutnant Doone. »Wir nehmen sie mit, wenn sie wollen. Ich hatte zwar nicht erwartet, dass so viele sich locken lassen würden, aber ich denke, wir können es schaffen, auch wenn wir alle die Gürtel ein bisschen enger schnallen müssen.«

»Verstehe ich Sie richtig, Sir?«, sagte Kapitän Windle; er war von Obituria zu ihnen herübergekommen. »Sie wollen uns allen Ernstes diesen wilden Haufen aufhalsen und ihn dann auch noch mit unseren eigenen Vorräten versorgen? Der Winter ist eine harte Zeit für Wildtiere, da bin ich mir sicher, und natürlich müssen wir uns in Wohltätigkeit üben. Aber ich würde sehr gerne erfahren, welchen *militärischen* Zweck diese Drachen erfüllen sollen.«

Mehr Zwecke als du, hätte Temeraire liebend gerne geantwortet, und bei Windles Tonfall hatte er unwillkürlich die Halskrause angelegt. Er empfand diesen Kerl als vollkommen respektlos, doch Laurence antwortete, als hätte er die Ungehörigkeit in dieser Frage überhaupt nicht wahrgenommen.

»Ich habe vor, Kapitän, sie als Schild für unsere Formationen einzusetzen und als eine permanente Bedrohung der Vorräte und der Reiterei des Feindes – von allem, was nach Moskau noch übrig geblieben ist. Wenn wir es nicht schaffen sollten, sie zu versorgen, müssen sie sich ihre Nahrung eben anderweitig beschaffen, und zwar lieber auf französischem als auf schottischem Gebiet. Auf jeden Fall werden wir ihretwegen unsere Abreise nicht weiter aufschieben. Temeraire, sie müssen bereit sein, unmittelbar aufzubrechen, oder sie können uns nicht begleiten. Bitte gib die Anweisung, dass die Geschirre überprüft werden.«

Temeraire verspürte das angenehme Gefühl seiner eigenen Wichtigkeit, als er lauthals rief: »Alle überprüfen bitte die Geschirre.« Er selbst breitete seine Flügel aus und erhob sich auf die Hinterläufe, um sich dann heftig zu schütteln. Den jungen Gewehrschützen Dubrough ignorierte er höflich, nachdem dieser den Halt verloren hatte und sich nun zu Tode erschrocken an den mit Karabinerhaken befestigten Gurten wieder hinaufhangeln musste.

»Ha-*ha*, wie die Gänse«, sagte Ricarlee nur allzu gut hörbar, doch von allen Seiten riefen die Drachen: »Alles liegt gut«, und Kapitän Windle stapfte missmutig zu Obituria zurück. Laurence machte einen Schritt in Temeraires ausgestreckte Klaue hinein und ließ sich auf dessen Rücken heben.

»Temeraire, wir fliegen Richtung Nordosten«, sagte Laurence und klickte seinen eigenen Karabinerhaken im Geschirr ein.

»Nordosten«, rief Temeraire. Fidelitas und Obituria drehten sich um und gaben »Nordosten« weiter. Ein Satz, Flügelschlagen, und schon waren sie alle in der Luft. Die Truppe nahm hinter ihm im Aufsteigen rechts und links seiner Flügel die Pfeilspitzenformation ein. Temeraire wäre gerne ein wenig in der Luft stehen geblieben, um diesen Anblick zu genießen, oder hätte liebend gerne den Hals verdreht, um sich einen besseren Eindruck zu verschaffen, aber beides hätte das Bild gestört, das sie abgaben – und wäre außerdem wenig würdevoll gewesen. So also unterdrückte er seinen Impuls. Weiter hinten hörte er, wie Ricarlee und seine Kameraden ihnen als lärmende Masse folgten.

Als er kein typisches Flügelschlagen des ersten Aufstiegs mehr hörte, drehte er von der Küste ab und nahm Kurs auf das offene Meer. Ein Luftzug vom Kanal wehte zu ihm herauf, und er ließ sich von der wärmeren Luft unter seinen Flügeln hinwegtragen. Es war ein schöner, klarer Tag, und der Hafen war von weißen Segeln und Ruderbooten getupft. Schwache Rufe von Menschen dort unten waren zu vernehmen, die sie hoch am Himmel entlangschießen sahen. Doch nur kurz waren sie zu hören, und schon waren die Drachen wieder vorbei und sausten über das Wasser hinweg.

Temeraire schlug ein angenehmes Tempo an und streckte seine Flügelspitzen bis zum Anschlag, sodass er sicher sein konnte, dass jeder hinter ihm den Flügelschlag sehen konnte. Mit einem raschen Blick nach Steuerbord vergewisserte er sich, dass er nicht schneller flog als Obituria, denn sie bestimmte die Obergrenze ihrer Geschwindigkeit. Sie strengte sich an, und das war auch ganz richtig so, wie Temeraire fand. Nach einer Stunde würde er das Tempo vielleicht ein bisschen drosseln, um ihr eine Ruhepause zu verschaffen, aber es war einfach wunderbar, am Anfang einer Reise so schnell zu fliegen, nachdem sie derartig lange auf dem Stützpunkt herumgesessen hatten. Er war sich sicher, dass alle froh über die Gelegenheit waren, ein bisschen die Flügel zu lockern.

Hinter ihnen lagen die Steilklippen; der Kontinent war ein kaum zu erkennender Fleck am Horizont. Da geriet eines der großen Schiffe der Blockade in Sicht – eins erster Klasse oder eins zweiter Klasse? Er wollte sich bei Laurence danach erkundigen. Es war auf Patrouillenfahrt den Kanal entlang und kämpfte sich gegen den Wind voran, den er selber unter sich spürte. Nur die Besansegel und das Hauptsegel waren gesetzt, aber auch so bot das Schiff einen beeindruckenden Anblick. Zu Temeraires erfreuter Überraschung feuerte es einen Salut ab, als ihre Schatten auf die Wellen und ihre Segel fielen.

»Laurence, wie heißt dieses Schiff?«, rief Temeraire.

Laurence richtete sein Fernrohr auf den Bug, und nach einem kurzen Moment antwortete er: »Mein Lieber, das ist die *Temeraire*. Sie ist es tatsächlich.«

IV

15

Eine Stichflamme aus Iskierkas Maul schoss durch die Luft und hätte beinahe einen Flügel von Temeraire versengt, der an der Spitze flog. »Also bitte«, rief dieser verärgert. Er fuhr herum und entdeckte erst in diesem Moment, dass die Hälfte der Wilddrachen ihre Position verlassen und sich quietschvergnügt über die wenigen französischen Versorgungswagen hergemacht hatte, die ein gutes Stück entfernt von allen Kampfhandlungen auf der Straße nach Süden unterwegs waren.

»Temeraire, wir müssen versuchen, die Kontrolle über die linke Flanke zu bekommen«, sagte Laurence, der mit seinem Fernrohr das Feld unter ihnen abgesucht hatte. Dort waren die Infanterietruppen beider Seiten so in Nahkämpfe verstrickt, dass es für Temeraire nur noch wie eine einzige Menschentraube aussah, in der Feind und Freund nicht mehr voneinander zu unterscheiden waren. Sie waren eingehüllt in aufsteigende Wolken von Schwarzpulver. »Ich denke, wir sind kurz davor, sie aufzureiben. Wenn es gelingt, dann werden eine Salve von Brandbomben und das Vorrücken Wittgensteins einen entscheidenden Vorteil bringen. In etwa einer Viertelstunde oder etwas mehr, würde ich sagen.«

»Aber Laurence, sieh doch nur, was die Wilddrachen treiben«, protestierte Temeraire. »Wenn ich jetzt nicht hinfliege und sie wieder zur Räson bringe …«

»Wir wussten doch, dass wir nicht viel mehr von ihnen erwarten können, mein Lieber«, entgegnete Laurence. »Das ist nicht der richtige Augenblick, um sie zu einem anderen Verhalten zu bewegen.«

Temeraire war alles andere als erfreut, zwang sich aber, die plündernden Wilddrachen zu ignorieren. Schmerzhaft fühlte er sich an das Verhalten der russischen Tiere auf der zugefrorenen Beresina erinnert – und diese Drachen hatten nicht einmal unter seinem Kommando gestanden, sodass es nicht auf ihn zurückgefallen war. Aber hier sahen ihnen halb Berlin und all ihre Alliierten zu. General Wittgenstein selbst flog in ebendiesem Augenblick mit einem Kurierdrachen in einem Bogen nach Osten, um die Schlacht von dort aus durch sein Fernrohr zu beobachten. Jeder konnte also mitanschauen, wie sich beinahe die Hälfte seiner, Temeraires, Truppen auf solch ungehörige und ungeordnete Art und Weise benahm. Innerlich schauderte es ihn, und er warf einen Blick zu ihrer rechten Flanke, wo Dyhern und Eroica mit ihren Kameraden in die Kampfhandlungen verwickelt waren. Vielleicht würde es denen nicht auffallen?

Er wandte seine Aufmerksamkeit wieder zurück zur Schlacht und rief zu Iskierka hinüber: »Kannst du es mit diesem blaugrünen Burschen dort drüben aufnehmen, oder brauchst du Hilfe dabei?«

»Oh!« Iskierka spuckte ihren momentanen Opfern, einem Paar französischer Leichtgewichte, einen letzten Feuerstoß hinterher. »Als ob ich je Hilfe bräuchte, um mit irgendjemandem fertigzuwerden«, und schon raste sie einer großen, französischen Kreuzzüchtung hinterher, die den Dreh- und Angelpunkt der feindlichen Artilleriedeckung bildete.

Natürlich kam sofort eine Handvoll Mittelgewichte von der linken Flanke zu Hilfe. »Dort«, rief Temeraire. »Requiescat, bitte sorge für eine Lücke, damit wir auf der linken Seite weiterkommen.«

»Meinst du *ihre* linke oder meine linke Seite?«, erkundigte sich Requiescat und kreiste faul über ihm, als hätten sie alle Zeit der Welt zur Verfügung. »Und wo überhaupt ist links? Ich kann mir das immer nicht so gut merken.«

»Über diesem großen Gebäude mit dem grünen Turm«, schrie Temeraire gereizt zurück.

»Er soll den Rest der Wilddrachen mitnehmen«, sagte Laurence, und Temeraire gab den Befehl weiter, auch wenn es sich kaum lohnte, denn beinahe alle schottischen Drachen waren mittlerweile damit beschäftigt, sich durch die aufgerissenen Säcke auf den umgestürzten Wagen unter ihnen durchzufuttern. Immerhin folgte ein halbes Dutzend der kleineren Tiere Requiescat, nachdem Temeraire sie dazu aufgefordert hatte. Es war allerdings nicht sehr wahrscheinlich, dass ausgerechnet sie sich als sonderlich hilfreich erweisen würden.

In der Zwischenzeit hatte Temeraires neuer Signalfähnrich Quigley die Flaggen gezeigt – *Brandbomben fertig machen und hinter dem Anführer versammeln.* Temeraire wehrte einen Angriff von zwei allzu waghalsigen, jungen französischen Tieren ab, die es nicht besser wussten und ihn von unterhalb seiner Flanke angreifen wollten. Eine rasche Drehbewegung später hatte er sich einmal um die eigene Achse geschraubt und brüllte sie an, als sie sich ihm näherten. Beide kreischten schmerzerfüllt auf und wichen seitlich aus; Temeraire hatte das Gefühl, sie wären zu glimpflich davongekommen angesichts ihrer Dummdreistigkeit. Aber er hatte im Augenblick keine Zeit, ihnen nachzujagen. Requiescat hatte damit begonnen, mit gesenktem Kopf durch die Reihen zu brechen, während das Gewehrfeuer von seinem Helm abprallte, ohne Schaden anzurichten. Die Wilddrachen flogen in seinem Windschatten und hieben mit den Klauen nach den Drachen, die zuvor aus dem Weg gestoßen worden waren und sich nun abmühten, wieder auf ihren ursprünglichen Platz zurückzuflattern.

»Ausgezeichnet«, rief Laurence. »Bitte flieg deinen Angriff, sobald du so weit bist, Temeraire.« Und Temeraire tauchte mitten in das Durcheinander der französischen Reihen ein, die Beine eng an den Körper gepresst. Er genoss das lange vermisste Gefühl der Bauchbesatzung, die im Netz unten herumkletterte, welches merklich leichter wurde, als die Männer geübt und gewissenhaft die Brandbomben abwarfen. Temeraire konnte spüren, wie jede einzelne von ihnen von Hand zu Hand weitergereicht wurde, bis sie schließlich ganz unten im Geschirr angekommen war, kurz vor seinem Schwanzansatz. Von dort aus wurde sie an drei Männer weitergegeben, die einer unter dem anderen an Seilen hingen, bis schließlich der Letzte von ihnen die Lunte anzündete und die Bombe endlich fallen ließ.

Obituria und Cavernus waren in seiner Nähe – Cavernus war eine weitere Formationsführerin, ein Malachit-Schnitter, den Granby aus Edinburgh mitgebracht hatte. Sie war ein bisschen hochnäsig und nicht größer als ein Mittelgewicht, aber eine wirklich geschickte Fliegerin. Alle ihre Formationen flogen ihnen hinterher, und die jeweiligen Besatzungen ließen ihre eigenen Bomben fallen. Natürlich landete nicht einmal eine von fünf Bomben an einer Stelle, wo sie auch etwas anrichten konnte, und jede einzelne von ihnen war notwendigerweise ziemlich klein. Das war das Problem bei Brandbomben, und was momentan noch viel schlimmer war: Es gab keine Spur von Fidelitas, der ebenfalls hätte dabei sein sollen. Temeraire bekam einen Schreck und suchte rasch mit den Blicken das Schlachtfeld ab, als er seinen Überflug beendet hatte. Die Drachen aus Fidelitas' Formation zogen verunsichert ihre Kreise, viele von ihnen waren in kleine, wenig hilfreiche Scharmützel mit französischen Tieren verwickelt. Und dann sah Temeraire Fidelitas, nämlich mitten zwischen den Versorgungswagen im Kreise der Wilddrachen.

»Oh!«, stieß Temeraire empört aus.

»Schaffst du noch einen Überflug?«, rief Laurence in diesem Moment. Zwar hatten sie auf dem Boden unter ihnen für einige Aufregung und Verwirrung gesorgt, aber für nicht so viel, wie es sich alle erhofft hatten – nicht so viel, wie *vier* Formationen hätten bewirken sollen. Die französischen Drachen erholten sich bereits davon, beiseitegedrängt worden zu sein, und eine gefährliche Zahl von Tieren näherte sich ihnen wie ein Schwarm. Wenn er versuchen sollte, die anderen durch diese Wolke hindurchzuführen, anstatt sie zu umrunden und sich wieder ihren eigenen Linien anzuschließen, dann würde Obituria auf jeden Fall zu Schaden kommen. Sie war einfach nicht schnell genug. Anders, als es bei Fidelitas der Fall gewesen wäre, dachte Temeraire schmerzlich.

Er suchte rasch den Boden ab – immerhin hatten die Brandbomben wenigstens die zwanzig Geschützmannschaften in der Mitte der Franzosen gründlich durcheinandergebracht. Diese würden mehrere Minuten brauchen, ehe sie das Feuer wieder aufnehmen konnten. »Laurence, ich könnte mir selbst diese Kanonen schnappen, wenn mir die anderen die französischen Drachen noch ein bisschen länger vom Hals halten«, rief Temeraire zurück. Laurence stimmte dieser Alternative zu und gab entsprechende Anweisungen. Die Signalflaggen wurden gesetzt, die die übrigen Drachen anwiesen, Temeraire bei seinem Vorstoß Deckung zu geben. Aber Obituria schien perplex. Sie verließ die Nahkampfhöhe und flog im Bogen zurück zu ihren eigenen Reihen, ohne dass sie dazu irgendwelche Anweisungen bekommen hätte und obwohl der Signalfähnrich auf ihrem Rücken den Flaggdrachen hätte im Blick behalten sollen. So aber konnte sie nicht reagieren. Glücklicherweise sammelte Cavernus ihre eigene Formation, um einen Schild zu bilden, aber die kleineren Drachen würden ohne Unterstützung nicht lange standhalten können. Schnell schätzte Temeraire die Lage im Kopf ab. Er musste auf direktem Weg zu den Geschützmannschaften gelangen und würde dabei die französische Infanterie vor ihnen überfliegen müssen. Ihm würde nicht genug Zeit bleiben, um einen Bogen zu machen und sich ihnen von hinten zu nähern.

Er konnte nicht mehr länger nachgrübeln; entweder würde er sofort aufbrechen, oder sie mussten aufgeben und akzeptieren, dass ihr Angriff vor den Augen aller auf so erbärmliche Weise fehlgeschlagen war, wo er doch eigentlich ein Erfolg hätte werden müssen. Temeraire wirbelte herum und begann mit seinem Sturzflug; gerade noch bekam er mit, wie Laurence sein Sprachrohr hob, um ihn von dem Versuch abzuhalten. Er wappnete sich gegen erbitterten Beschuss aus Musketen, die von den französischen Fußsoldaten unter ihm abgefeuert wurden und auf seine Brust und seine Beine einprasselten. Es war, als würde er überall von Ratten oder etwas ähnlich Unappetitlichem gebissen. Er konnte sich noch nicht einmal mit einem schmerzerfüllten Zischen Erleichterung verschaffen, denn er musste seinen Atem aufsparen.

Als er die Hälfte der Strecke zu den Kanonen bewältigt hatte, begann er in wohldosierten Abständen zu brüllen, gerade so, als wollte er Wellen dazu bringen, sich aufzutürmen. Männer und Pferde fielen um oder stoben auseinander, nachdem er nur kurz gebrüllt hatte. Der Großteil der ohnehin schon ungeordneten Artilleriebesatzung verlor die Nerven und begann, in alle Richtungen zu fliehen. Schwach hörte er die Männer beim Rennen schreien: »Le vent du diable!« Doch eine einzige tapfere Geschützmannschaft war bei der dritten Kanone in der Reihe stehen geblieben. Blut lief den Soldaten über Gesicht und Hände, und der Boden neben ihnen qualmte noch immer, wo eine Brandbombe gelandet war. Aber die Männer hielten die Stellung, immer wieder ermahnt von einem großen, jungen Offizier mit einem Tschako auf dem Kopf, dessen einst so stolz aufragender Puschel durch ein behelfsmäßiges Bündel von Hühnerfedern ersetzt worden war. Die Männer versuchten, die Kanone so auszurichten, dass sie Temeraire treffen würde.

Die weite Mündung der eisernen Kanone klaffte kugelrund und bösartig, was immer deutlicher zu erkennen war, je mehr die Franzosen sich abmühten, das ganze Geschütz Zentimeter für Zentimeter zu drehen. Temeraire starrte in dieses dunkle Maul und versuchte, nicht an die entsetzlichen Dinge zu denken, die er von Perscitia darüber gehört hatte, wie es war, wenn man von einer Kanonenkugel getroffen wurde. Vor allem verdrängte er jeden Gedanken an den armen Chalcedony, der in der Schlacht von Shoeburyness von einer Kugel in die Brust getroffen worden und auf so entsetzliche Weise abgestürzt war. Er konnte nur versuchen, schneller als das Geschoss zu sein, denn wenn er jetzt stattdessen seinen Kurs ändern würde, dann würde der

Göttliche Wind abreißen und nicht alle Kanonen unschädlich machen. Es würde einfach nicht ausreichen, nur *eine* auszuschalten.

Und so brüllte er weiter in regelmäßigen Intervallen und setzte seinen Flug fort, auch als die Kanoniere in fliegender Eile das Rohr füllten. Schließlich war er nahe genug: Gerade als die Männer die Lunte an die Öffnung halten wollten, holte er ein letztes Mal Atem und brüllte fürchterlich, sodass die vorausgeschickten Wellen zu einer einzigen, gigantischen Macht verschmolzen und der Göttliche Wind über die gesamte Reihe der Kanonen hinwegrollte.

Das erste Kanonenrohr erzitterte so gewaltig, dass es wie Kirchenglockengeläut klang. Die Besatzung fiel einfach zur Seite, schlaff wie Puppen. Temeraire sah mit Bedauern, wie der Offizier mit dem Federbusch zusammensackte; seine Augen waren blutunterlaufen. Und dann explodierte das Geschütz. Flammen, Eisenstücke und Splitter, rot glühend und qualmend, flogen in alle Richtungen. Den ganzen Kamm des niedrigen Hügels entlang zerbarsten die Kanonenlafetten aus Eichenholz, als wären sie selbst von Kugeln getroffen worden. Die Männer, die nicht schnell oder weit genug geflohen waren, lagen reglos auf dem Boden verstreut, aufgereiht wie ein Fächer, der den Weg des Göttlichen Windes markierte. Und als Temeraire erschrocken begann davonzufliegen, brach mit einem Mal der gesamte Hügel zusammen, auf dem die Kanonen gestanden hatten, als ob der entscheidende Teil des Fundaments beschädigt worden wäre. Erde, Sand und kleine Steine sackten mit einem gewaltigen Rutsch zusammen und begruben die am nächsten stehenden Reihen der französischen Infanterie bis zu den Fußknöcheln, sofern sie nach dem Metallregen überhaupt noch auf den Beinen gestanden hatten.

Die französischen Soldaten, die sich in der Nähe aufhielten, waren entsetzt von dem Angriff, und die Drachen über ihnen wichen zurück. Cavernus und ihre Tiere schlossen sich blitzschnell in Form einer

Raute um Temeraire herum zusammen und gaben ihm Deckung, als er sich wieder hoch hinaufschraubte; gemeinsam lösten sie sich aus der Nahkampfhöhe und schossen zurück in die Sicherheit ihrer eigenen Reihen. Temeraire war sehr zufrieden, als er sah, dass der Signalfähnrich auf Eroica die Flaggen zu einem raschen Salut sinken ließ, als sie vorbeizogen. Sein Atem ging schnell, doch nun, da der Moment der akuten Krise vorbei war, begannen die Wunden der Kugeln schlimm zu schmerzen. Und es schien viele davon zu geben.

»Bericht, Mr. Roland«, rief Laurence.

»Flinders tot, Warrick verwundet, Sir«, rief Emily zurück, die irgendwo auf halber Höhe an Temeraires Flanke hing. »Ein Dutzend Treffer in die Brust, und die Bauchbesatzung kann bei zweien davon die Blutung nicht stoppen.«

»Mr. Quigley, signalisieren Sie Iskierka, dass wir das Feldlazarett aufsuchen. Sie soll die Stellung halten, bis wir wieder da sind«, rief Laurence.

»Das kann doch warten, bis die Schlacht vorbei ist«, gab Temeraire zurück und krümmte sich innerlich. Oh, wie er Ärzte hasste! »Wirklich, Laurence, ich spüre die Wunden überhaupt nicht.«

Aber Laurence war unnachgiebig. Mit einem Seufzen landete Temeraire auf der Lichtung, und er versuchte, sich zu damit zu trösten, dass wenigstens Keynes wieder bei ihnen war – der beste Drachenarzt der englischen Streitkräfte mit der schnellsten Hand, wenn es darum ging, die elendigen Musketenkugeln herauszuholen. Allerdings war das kein *allzu* großer Trost.

»Was zum Teufel hast du dir dabei gedacht, denen deinen ganzen Bauch zum freien Beschuss hinzuhalten?«, fragte Keynes ziemlich aufgebracht, nachdem er Temeraire angewiesen hatte, sich auf die Seite zu legen – eine ausgesprochen unangenehme Position, bei der er sich beinahe einen Flügel zerquetschte. Währenddessen kletterte Keynes mit seinen wild und gefährlich aussehenden Messern mit langen Klingen auf ihm herum, seine Helfer hasteten hinter ihm her, und einer von ihnen hielt ihm die Schüssel für die Kugeln hin.

»Also, eigentlich hatte ich das *nicht* vorgehabt!«, protestierte Temeraire. »Aber es blieb mir nichts anderes mehr übrig, nachdem Obituria weggeflogen war. Es wäre wohl kaum glimpflicher ausgegangen, wenn ich in einem Bogen geflogen wäre, während Cavernus und die anderen einfach aus dem Weg gerammt worden wären, und dann hätten mich die Franzosen von oben angreifen können. Autsch!« Eine weitere Kugel war mit einem völlig unpassend lustigen Klirren in die Schüssel geworfen worden, und man hatte ein heißes Brenneisen auf die Wunde gepresst, um sie zu verschließen. »Das waren doch bestimmt alle.«

»Ich erkenne ein Kugelloch, wenn ich eines sehe, auch wenn deine verfluchte Schuppenhaut es mir nicht leicht macht«, sagte Keynes – und stach ihm ein weiteres Mal sein Messer ins Fleisch.

Laurence hatte mit Müh und Not seine erste instinktive Reaktion auf dem Schlachtfeld im Zaum gehalten – er hatte pure Mordlust verspürt. Aber als er jetzt hörte, wie Temeraire frei heraus das aussprach, was offensichtlich hätte sein sollen – was ganz sicher für Obiturias Kapitän auch offensichtlich gewesen *war* –, flammte sein Zorn neu auf. Einen kurzen Moment lang verschwamm ihm alles vor den Augen, als ihn eine der viel zu lebhaften Erinnerungen überfiel, und er fand sich wieder am nächtlichen Himmel über dem Meer, unter ihnen die *Valérie*: Ihre Laternen und die Mündungen ihrer Kanone glühend rot – die einzigen Lichter an Deck. Der Wind blies ihm ins Gesicht, und dann war da der Schock des Aufpralls. Die stachlige Kugel, abgefeuert von den nach oben gerichteten Kanonen, bohrte sich in Temeraires Brust.

Laurence schüttelte die trüben Gedanken ab und kehrte ins Tageslicht zurück. Gras und Schlamm, mit dicken Rinnsalen von Drachenblut vermischt, klebten an seinen Stiefeln, und überall war das leise Stöhnen der verletzten Drachen und der verwundeten Männer zu hören. Temeraire hatte noch immer die Narbe von damals, einen Knoten in der Größe von Laurence' Faust, wo sich das Fleisch zusammengezogen hatte und die Schuppen trüb und glanzlos geworden waren. Manchmal verspürte Temeraire einen Anflug von Eitelkeit, und dann mochte er es, wenn diese Stelle mit schwarzer Farbe übermalt wurde. Wenn es eine gen Himmel gerichtete Kanone in der französischen Stellung gegeben hätte; wenn die Männer es geschafft hätten, die letzte Munition rechtzeitig abzufeuern, nur eine halbe Minute später, dann …

»Das waren alle«, sagte Keynes schließlich und richtete sich auf. »Und es waren mehr, als nötig gewesen wären.«

Laurence ließ seiner Wut keinen freien Lauf, sondern verdrängte sie und beschloss, sich später darum zu kümmern. Die Schlacht war noch nicht vorbei. »Kann er fliegen, Mr. Keynes?«

»Ich kann mich nicht aus den Kämpfen heraushalten«, protestierte Temeraire sofort und stellte seine Halskrause auf.

»Ich würde es lieber sehen, wenn er sich eine Woche lang ausruht und in dieser Zeit nicht fliegt«, sagte Keynes, »aber ich bestehe nicht darauf – *noch* nicht. Halten Sie ihn aber von Musketenbeschuss fern und achten Sie darauf, dass er heute Abend eine rohe Rinderhälfte bekommt.«

»Das werde ich tun«, versprach Laurence. »Ist Mr. Warwick von Bord geholt worden, Mr. Challoner?«

»Jawohl, Sir«, antwortete Challoner aus dem Bauchnetz heraus. Sie selbst trug einen fest gewickelten Verband um den linken Arm. Nur wenige Mitglieder der Bauchbesatzung waren nicht ähnlich gekennzeichnet.

Temeraire reckte den Hals, um sie besser sehen zu können, und erkundigte sich besorgt: »Dann bist du nicht schwer verletzt, Challoner? Ich bin so froh, das zu hören. Wohin bringen sie denn den armen Warrick? Und bist du dir auch ganz sicher, dass Flinders tot ist? Vielleicht wacht er ja noch mal auf?«

Flinders hatte beinahe die Hälfte seines Schädels eingebüßt, als ihn ein herumfliegendes Eisenteil getroffen hatte – vermutlich ein Splitter des Kanonenrohrs, und er würde ganz sicher nicht mehr vor dem Jüngsten Tag aufwachen. Temeraire musste die Nachricht bedrückt zur Kenntnis nehmen und fragte: »Wir werden uns doch um seine Frau und seine Kinder kümmern, Laurence, oder? Es tut mir sehr leid, dass er für sie und für uns verloren ist.«

»Das werden wir«, antwortete Laurence und ging wieder an Bord. Es überraschte ihn nicht, dass Temeraire sich danach erkundigte, denn dieser hatte schon früher bewiesen, dass er sich die vielen Erklärungen Churkis zu Herzen genommen hatte. Sie hatte sehr genaue Vorstellungen davon, welche Fürsorgepflichten die Drachen der Inka gegenüber den Männern und Frauen hatten, für die sie verantwortlich waren. Diese hatte sich Temeraire zu eigen gemacht, während seine Besatzung aus einer traurigen Gruppe unausgebildeter Wasserratten bestand, die nach dem Untergang der *Allegiance* aus der Not heraus zwangsverpflichtet worden war. Es war der Ausschuss der Marine, die Hälfte von ihnen Trunkenbolde und frühere Strafgefangene, die im Hafen von Sydney zum Dienst gezwungen worden waren. So war es nicht verwunderlich, dass sich Temeraires Gefühle nun noch vertieft hatten, jetzt, da seine augenblickliche Mannschaft ein so viel lohnenderes Ziel abgab: Männer des Korps, für den Dienst ausgebildet und seit der Kindheit unter Drachen aufgewachsen, und alle von ihnen respektabel, wenn auch nicht immer freundlich im Umgang untereinander.

Für die Männer selbst war diese Besorgnis jedoch eine Neuheit, denn sie waren allesamt an den europäischen Umgang gewöhnt, was bedeutete, dass Drachen ermuntert wurden, all ihre Zuneigung einzig auf ihren Kapitän zu konzentrieren, da man die Hoffnung hegte, dass dieser sein Tier mit fester Hand lenken konnte. Laurence wusste, dass viele Mannschaftsmitglieder es nicht der Rede wert fanden, dass sie zehn Jahre auf einem Drachen ihren Dienst versehen hatten, ohne jemals ein direktes Gespräch mit dem Tier geführt zu haben. Selbst die meisten Leutnants sprachen nur selten mit ihnen.

Als Laurence wieder aufstieg, hörte er beifälliges Murmeln, in das sich jedoch auch derselbe Zorn mischte, den er ebenfalls verspürte: Die schlechte Führung durch Obiturias Kapitän hatte auch die Besatzungen der gleichen Gefahr wie ihre Drachen ausgesetzt, und es gab keinen Mann, der nicht das Gefühl hatte, dass Flinders nicht hätte sterben müssen.

»Ich werde auf jeden Fall ein Wörtchen mit Obituria reden«, sagte Temeraire, als er sich wieder in die Luft schwang. Allerdings stieß er einige Male ein ersticktes, schmerzerfülltes Zischen aus, was das Bild seiner zuvor zur Schau getragenen Tapferkeit doch etwas ins Wanken brachte.

»Ich weiß wirklich nicht, was sie sich dabei gedacht hat, einfach auf diese Art wegzufliegen. Oh! Und was Fidelitas angeht …«

Sie erreichten die richtige Kampfhöhe über einem Schlachtfeld, das sich im Laufe der letzten Dreiviertelstunde nicht zuletzt durch ihren Einsatz stark verändert hatte. Dyhern und die preußischen Drachen, die die rechte Seite hielten, hatten noch immer alle Hände voll zu tun mit den zahlenmäßig stärkeren und beweglicheren Franzosen. Aber sie gaben eine weitaus bessere Vorstellung ab als in der katastrophalen Schlacht von Jena, wo so viele preußische Drachen unterlegen gewesen waren.

Tatsächlich hatten die Preußen die damalige Strategie der Franzosen diesmal gegen sie selbst gewandt: Zu Beginn hatten sich die großen Drachen angreifbar gezeigt und so getan, als würden sie an ihrer alten Gewohnheit des Formationsfluges festhalten, während sich die Kapitäne in Wirklichkeit sicher und geschützt unten in den Bauchnetzen verbargen. Sobald sich die französischen Enterkommandos auf ihre Rücken hatten fallen lassen, waren die Schwergewichte mit allerhöchster Geschwindigkeit zurück zu ihren eigenen Truppen geschossen, wo die französischen Soldaten sofort von den vielen schon ungeduldig wartenden Händen der Bodentruppe gepackt und festgenommen wurden. Dieser Schlag bedeutete viel mehr als nur eine zahlenmäßige Einbuße. Die Franzosen konnten es sich im Augenblick wahrlich nicht leisten, in irgendeinem Teil der Armee ihre ausgebildeten Veteranen einzubüßen. Bei so vielen jungen und nur halb geschulten Tieren in ihren Reihen war der Verlust geschickter Flieger besonders herb.

Mittlerweile waren die Franzosen mit einiger Verspätung endlich misstrauisch geworden, was diese Manöver anging. Es waren keine Enterkommandos mehr übergesprungen, und in dieser Verschnaufpause hatten die preußischen Schwergewichte allein durch ihre schiere Köpermasse eine gewaltige Mauer gebildet, die selbst die große Menge an französischen Drachen nicht durchbrechen konnte. Viele der Jungdrachen der Franzosen konnten ihren natürlichen Instinkt nicht überwinden, der einen Zwölftonner zögern lässt, wenn er sich einem Drachen von achtzehn Tonnen gegenübersieht, vor allem, wenn dieser mit knöcherner Stachelrüstung ausgestattet ist, wie es bei den preußischen Schwergewichten üblich war. Auf diese Weise hatten sie für ein Patt gesorgt; unter ihnen donnerten die Kanonen der Russen und Franzosen immer abwechselnd, und keine der Seiten erreichte einen entscheidenden Vorteil.

Links aber stellte sich heraus, dass das Loch, das Temeraires Angriff gerissen hatte, die Kosten wert gewesen war: Die französische Flanke war geschwächt, und aus der Entfernung hoch in der Luft konnte Laurence erkennen, dass die zwei Infanterieblöcke der Franzosen aufgerieben worden waren. Die Explosion der Geschütze hatte die Männer versprengt, und die leichte russische Kavallerie war einfach über sie hinweggaloppiert. Noch ein weiteres Geschütz war überrannt worden, und die Russen hatten ihre eigenen Kanonen weiter nach vorne gezogen. Da diese nun auf keinerlei Gegenwehr mehr stießen, holten sie französische Drachen in rascher Folge aus der Luft.

»Wir lassen sie ihre Arbeit machen«, sagte Laurence und sah zu, wie die Kanonen donnerten und ihr Mündungsfeuer in die Luft spuckten. »Temeraire, ich glaube, wir können uns dem Zentrum zuwenden. Mr. Forthing: Geben Sie das Signal für einen Angriff. Iskierka übernimmt die Spitze, bitte. Wir werden uns hinten halten …«

»Aber, Laurence …!«, protestierte Temeraire.

Laurence fuhr ungerührt fort: »… und wir werden einen Ablenkungsangriff auf ihre Kanonen auf dem Hügel dort in der Nähe der grünen Scheune fliegen. Ich hoffe, wir haben ihnen bislang schon ordentlich genug Angst gemacht, und wir können dort noch eine Menge Gutes bewirken, indem wir einen entscheidenden Teil ihrer Streitkräfte für eine unnötige Verteidigung abziehen.«

Temeraires gesamter Körper zitterte vor nervöser Unzufriedenheit, während er über dem Hügel in der Luft stehen blieb und dann wieder im Kreis um die Geschütze herumflog. Er war missmutig, obwohl er volle sechs französische Drachen gründlich beschäftigte. Zwei von ihnen waren Schwergewichte, was die Mitte des französischen Luftraums empfindlich schwächte. Laurence war hochzufrieden mit diesem Arrangement, Temeraire hingegen ganz und gar nicht. Und noch viel weniger, als er zusehen musste, wie Iskierka einen schwindelerregenden, ungestümen Angriff mitten ins Zentrum der Franzosen flog, kurz vor ihnen mit atemberaubender Geschwindigkeit abtauchte und von unten wieder hochschoss.

Die Franzosen wurden vollkommen überrascht von diesem Manöver, das jeder Erfahrung und dem gesunden Menschenverstand zuwiderlief, da auf diese Weise die englischen Drachen den Klauenhieben ihrer Feinde ausgeliefert waren. In ihrer Verblüffung machten sie sich jedoch diesen Vorteil, der sich ihnen bot, nicht schnell genug zunutze. Iskierka schraubte sich in einem Looping zwischen zwei ihrer Reihen wieder hinauf, gefolgt von ihrer gesamten Einheit, die sich dann aufspaltete. Die Mittelgewichte drehten ab, um die französischen Leichtgewichte in den vorderen Reihen anzugreifen, während die Leicht- und die Schwergewichte gemeinsam auf die größeren Tiere weiter hinten losgingen.

Es war ein halsbrecherisches Manöver, eines, das auch Temeraire selbst vorgeschlagen hätte; aber es war vielleicht nicht weiter verwunderlich, dass der Erfolg nicht ausreichte, um ihn zufriedenzustellen, nun, wo er gezwungen war, seinen Plan von jemand anderem ausgeführt zu sehen. Seine Halskrause lag so flach an seinem Nacken an, dass er beinahe wieder wie ein Kaiserdrache aussah. »Ich verstehe nicht, warum Iskierka in dieser angeberischen Weise losschießen muss«, sagte er, »und beinahe hätte sie bei diesem letzten Manöver Latinius' Flügel verletzt.« Damit spielte er auf den kleinen Graukupfer aus Fidelitas' Formation an, der Iskierka im Windschatten gefolgt war und mit augenscheinlich größtem Vergnügen Angriffe mit seinen Krallen auf die Augen seiner zurückschreckenden feindlichen Ziele ausgeführt hatte.

Laurence legte ihm tröstend eine Hand auf den Rücken und sagte zu Forthing: »Machen Sie Meldung bei Requiescat.« Der massige Königskupfer brach mit aller Gewalt durch die ins Wanken geratenen französischen Leichtgewichte. Drachen stoben in alle Richtungen davon, als er über sie hinwegkrachte, und die englischen Mittelgewichte drehten eifrig ab, um sich den übrigen Tieren bei ihrem Angriff auf die verbliebenen französischen Kräfte anzuschließen.

Nun begannen auch ihre eigenen Enterkommandos überzusetzen. So viele der französischen Tiere waren unangeschirrt, dass die übliche Praxis, den Kapitän des Drachen gefangen zu nehmen, ineffektiv war. Stattdessen sprangen Männer, mit langen Halteseilen gesichert, hinüber auf ein solches Tier und trieben sofort Bolzen aus Eisen in den nackten Rücken des geschirrlosen Drachen. Dann warfen sie schwere Taue an den Seiten hinunter, ehe sie sich wieder abstießen und zurück in Sicherheit gezogen wurden. Die Mannschaften der Leichtgewichte packten die baumelnden Enden, und ihre eigenen

Drachen flogen schnell über und unter dem feindlichen Tier herum. Auf diese Weise eingewickelt, blieb den französischen Drachen nichts anderes übrig, als zu fliehen, wenn sie nicht wollten, dass ihnen ihre Flügel an den Körper gebunden wurden. Mehr als ein Tier konnte sich nicht in der Luft halten und prallte mit schrecklichem Knall auf dem Boden auf.

Laurence beobachtete das Vorgehen mit ernster Miene. Dieselbe Technik war im Mittelalter von den Drachenjägern der Normannen eingesetzt worden, die auf den Rücken ihrer eigenen Drachen eine unbarmherzige Auslese unter den wilden Tieren der britischen Inseln verübt hatten. Diese Methode hatte tausend Jahre lang angeschirrte Drachen mit ihren großen Mannschaften zu Herren über die unangeschirrten Tiere gemacht, zumindest im Westen. Und diese französischen Drachen waren zu jung und zu unerfahren, um die Fähigkeiten der chinesischen Drachen erworben zu haben, einander vor ähnlichen Angriffen schützen zu können. Poole hatte diese Taktik bei einer Konferenz vorgeschlagen, die Laurence für seine Offiziere vor drei Nächten anberaumt hatte, und er hatte damals so gewirkt, als wolle er Laurence zum Protest herausfordern – als wäre er der Meinung, dieser sei ein heilloser Romantiker und nicht ein diensthabender Offizier, der seit seinem zwölften Lebensjahr zur See gefahren war und beinahe sein ganzes Leben im Krieg verbracht hatte. Laurence fragte sich mit Galgenhumor, wie es Poole wohl gefallen hätte, an Bord eines Schiffes mit vierundsechzig Kanonen zu stehen, das gerade von einer Breitseite getroffen worden war, sodass er versuchen musste, auf den blutverschmierten Eichenplanken nicht das Gleichgewicht zu verlieren.

Laurence war nicht so verweichlicht, dass er sich weigerte, seinen Gegner auf dem Schlachtfeld in einem offenen und ehrlichen Zweikampf zu verwunden. Trotzdem jedoch konnte er keinerlei Vergnügen daran finden zuzusehen, wie unzureichend ausgebildete, junge Drachen zur Strecke gebracht wurden, und sie fielen in schockierender Geschwindigkeit. Zehn französische Leichtgewichte waren in weniger als einer Viertelstunde getötet worden, und dann unternahm Cavernus einen gewagten Angriff auf einen unangeschirrten Petit Chevalier. Sie ließ ein Dutzend Enterer auf den Rücken des feindlichen Schwergewichts fallen, dann versammelte sie die Wilddrachen um sich, damit sie ihr halfen. Jeder der kleinen Drachen griff sich eines der hinabbaumelnden Seile und schoss pfeilschnell um das Tier herum. Der Chevalier wurde immer unbeholfener vor Angst, und er konnte seine Flügel immer weniger benutzen, nachdem die Wilddrachen ihn mehr als zwanzigmal umkreist hatten. Zuerst hätte er sich noch mit Gewalt einen Weg frei machen können, aber die Wilddrachen umflatterten seinen Kopf und zurrten dann mit einem Ruck die Seile fest, sodass seine Flügel nun ganz eng an den Körper gefesselt waren.

Er holte mühsam Luft und strampelte – einer der Wilddrachen geriet dabei heftig ins Trudeln, ein anderer wurde von einem Klauenhieb getroffen – und dann fiel er und fiel und brüllte vor Entsetzen. Schließlich schlug er auf dem Boden auf, wo er eine ganze Kavallerie-Einheit unter seinem massigen Körper begrub.

Die Reihen der französischen Flieger brachen auf: Dutzende von unangeschirrten Drachen flohen in Richtung Elbe, und ihre Panik steckte auch die angeschirrten Tiere an und riss viele davon mit. Die Übrigen flogen verunsichert und verwirrt herum, nur um von Iskierka vertrieben zu werden, die sie mit Feuer bespuckte, während sie von oben auf sie zuraste. Sie hatten die Mitte gewonnen.

»Signal setzen zur Bombardierung«, rief Laurence, und alle angeschirrten englischen Drachen beschrieben einen Bogen, kehrten zu ihren Formationen zurück und begannen damit, über die französische Infanterie hin und her zu fliegen und sie mit ihren Brandbomben zu überziehen. Die Franzosen bemühten sich ihrerseits darum, ihre Waffen nach oben auszurichten; Fidelitas, der aufs Feld zurückgekehrt war, führte seine Formation über zwei Stellungen hinweg, während Cavernus eine andere ins Visier nahm. Aber da waren weitere Kanonen, die ihre Position zu gefährden begannen. Laurence' Urteil nach müssten die Tiere inzwischen den Großteil ihrer Brandbomben abgeworfen haben.

»Rückzug nach oben«, befahl er, und als die erste Geschützmannschaft feuerte, schraubten sich die englischen Drachen bereits wieder höher und höher außer Reichweite.

Natürlich waren sie nun auch selbst zu weit entfernt, als dass sie unmittelbaren Schaden hätten anrichten können, aber Laurence war zufrieden. Sie hatten sich die Hoheit über den Luftraum gesichert. »Temeraire, wenn du bitte einen dieser Wilddrachen zu Dyhern schicken könntest, um ihn zu fragen, ob er eine Formation oder zwei von uns gebrauchen kann. Wir könnten ihm Cavernus und Fidelitas überlassen, wenn er Hilfe braucht.«

»Ja, natürlich«, sagte Temeraire ohne großen Enthusiasmus und schnappte sich einen der kreisenden schottischen Drachen. Dieses Weibchen hatte sich ein Tischtuch aus einem der Wagen geholt und den Kopf hindurchgesteckt, sodass es nun wie eine Art Umhang um seinen Körper flatterte. »Jawohl«, sagte sie ziemlich mürrisch, eilte aber sofort los.

In der Zwischenzeit setzten die französischen Kanonen ihr Bombardement in gleichbleibenden Abständen fort, um die Feinde weiter hoch oben in der Luft zu halten, aber auf diese Weise zielten sie auch nicht mehr länger auf die alliierten Streitkräfte, die immer weiter in Vorteil gerieten. Und dann hörte Laurence aus der Ferne, wie die preußischen Kürassiere wie aus einer Kehle brüllten. Ihre Pferde waren mit Kapuzen und Scheuklappen ausgestattet, und auch ihre Nüstern waren zugedeckt, sodass sie wirklich nichts von den Drachen über ihren Köpfen mitbekamen. Sie galoppierten donnernd über das Feld, ein Angriff folgte dem nächsten, hinein in den immer spärlicher werdenden Eisenregen, und griffen die Kanonen an. Laurence ließ sein Fernrohr sinken. Er hatte genug gesehen. Der Tag gehörte ihnen.

Laurence sorgte dafür, dass Temeraire es sich auf dem Feldstützpunkt mit einer Rinderhälfte und einer Schale mit heißem Rinderblut bequem machte; beides war als Dank vom preußischen Korps geschickt worden. »Mr. Keynes sagte, er würde in einer Stunde nach uns sehen, Admiral«, sagte O'Dea, »und wir müssen den Heiligen vertrauen, dass sie ihn«, er meinte Temeraire, »davor bewahren, vorher eine Blutvergiftung zu entwickeln oder verrückt zu werden, weil das Blei auf seine Körpersäfte übergegangen ist. Höchstwahrscheinlich hat das Messer die eine oder andere Kugel hier und dort nicht herausbekommen.«

Dies brachte Temeraire dazu, beunruhigt zu fragen: »Ich bin mir sicher, dass da nicht mehr viel Blei in mir drin sein kann, nach all diesem elenden Herumstochern. Laurence, ist es sehr schlimm, wenn man verrückt wird?«

Laurence seufzte im Stillen. Er wäre froh über einen anderen Anführer der Bodentruppe gewesen, wenn er es denn gewagt hätte, um eine Ablösung zu bitten. O'Dea war zwar schlau genug, aber unausgebildet, und er neigte sowohl zum Trinken als auch zu poetischem Lamentieren. In seinem Fall hätte Laurence keine Hemmungen, ihn von diesem Posten abzuziehen und ihn stattdessen als persönlichen Sekretär im Dienst zu behalten. Aber die Admiralität würde ihm mit Sicherheit den nächsten schlecht gelaunten Spion unterjubeln oder einen Mann, der sich in der Praxis gegen jeden Fortschritt sträuben würde. Wenn O'Dea mit seinen Aufgaben auch nicht so vertraut war, wie er es hätte sein sollen, gab es immerhin auch weniger, was man ihm wieder abgewöhnen musste, und sieben Monate Zeit, um die Gewohnheiten der chinesischen Legionen zu beobachten, hatten ihn zu einem Experten in diesem Bereich gemacht, wie es nur wenige Männer in England gab.

»Wenn du spürst, dass irgendwo eine Kugel vergessen worden ist, dann musst du bitte Keynes darüber informieren. Ich bin mir sicher, dass du keinerlei Krankheitssymptome entwickeln wirst, ehe er eintrifft. Ich werde sofort wieder zurückkommen, sobald ich mich mit meinen Offizieren getroffen habe, und mich dann um die Verwundeten kümmern«, sagte Laurence und machte sich auf den Weg, um Granby abzuholen.

Iskierka hatte ein hübsches Feuer für ihre Mannschaft auf ihrer Lichtung angezündet, und auch sie war mit ihrem Essen beschäftigt. Außerdem war sie sehr zufrieden mit sich selbst, wozu sie ja auch tatsächlich jedes Recht hatte. Ihrem Bericht nach, der nur ein kleines bisschen übertrieben war, hatte sie acht Tiere zur Strecke gebracht, die meisten davon Schwergewichte, und hatte außerdem dafür gesorgt, dass sie freie Bahn hatten; und dann hatte sie auch noch den entscheidenden Schlag ausgeführt. Für ihre Waghalsigkeit hatte sie wenig bezahlen müssen: Sie hatte sich allerdings nur ein paar vereinzelte Musketenkugeln eingefangen, die von feindlichen Drachen aus abgefeuert worden waren. Den meisten der Feinde war allerdings mehr daran gelegen gewesen, Iskierka aus dem Weg zu gehen, als gegen sie zu kämpfen. Und dann gab es da noch einen langen Riss, der sich aber, als sie gelandet war, bereits wieder geschlossen hatte. Mittlerweile hatte ihr Arzt in einem Anfall von Überbesorgtheit diese Wunde mit einem Breiumschlag und Verbänden für die Nacht versorgt, woraufhin sich Keynes dazu hinreißen ließ, etwas von *Verhätschelung* zu murmeln. »Und du kannst Temeraire von mir ausrichten, dass er sich selbst auch gar nicht so übel geschlagen hat«, sagte Iskierka. »Mir hat gefallen, was er mit diesen Kanonen gemacht hat. Das war wirklich praktisch, auch wenn ich finde, dass er sich schlauer hätte anstellen und sich nicht hätte treffen lassen sollen.«

»Verfluchte Geschichte«, sagte Granby, als sie bei ihrem Spaziergang über die Wege des Stützpunkts weit genug von der Lichtung entfernt waren, sodass seine Mannschaft nicht mithören konnte. Ihr Feldstützpunkt erstreckte sich beinahe zwei Meilen entlang einer Hügelkette, auf der die meisten Drachen zu dritt oder zu viert auf einer Lichtung zusammengedrängt untergebracht waren. Temeraire und Iskierka jedoch hatten die besten Plätze zugewiesen bekommen, die weiter oben und in beträchtlicher Entfernung vom Bauernhaus in der Mitte des Lagers gelegen waren. In diesem Haus hatte Laurence seine Kommandozentrale eingerichtet. »Zur Hölle mit Poole; er sollte aus dem Dienst entlassen werden«, sagte Granby.

»Ich bin der Falsche, um so etwas zu sagen«, entgegnete Laurence.

»Ich ebenfalls, wie dir jeder bestätigen würde«, fügte Granby hinzu. »Aber ich sage es trotzdem. Er ist nicht von irgendeinem ungestümen Ausbruch seines Tieres überrascht worden; er hat Fidelitas nach unten gelenkt, diesen verrückten schottischen Schnorrern hinterher. Du wirst mich nicht vom Gegenteil überzeugen können.«

»Trotzdem wäre ich dir sehr verbunden, wenn du so tust, als wenn es anders gewesen wäre«, sagte Laurence missmutig, und Granby hob eine Augenbraue.

»Du hast irgendetwas im Sinn, nehme ich an«, sagte er. »Beabsichtigst du etwa, jetzt doch noch unter die Politiker zu gehen?«

»Gott bewahre mich vor einem solchen Schicksal«, sagte Laurence mit mehr Nachdruck als Hoffnung in der Stimme. Er war von seinen eigenen augenblicklichen Gedanken angewidert: Es kam ihm vor, als plane er ein Komplott gegen seine eigenen Offiziere, in die er bislang immer das größte Vertrauen gesetzt hatte. Aber ihm waren die Offiziere gegen seinen Willen aufgezwungen worden, Männer mit beschränkten Fähigkeiten oder mit Charaktereigenschaften, die er nicht gerade aus vollem Herzen bewunderte. Trotzdem hatte er sich immer als ihr Kapitän, nicht als ihr Feind empfunden; seine Arbeit war immer einzig und allein danach ausgerichtet gewesen, ihnen dabei zu helfen, ihre Pflicht zu tun. Es hinterließ nun einen bitteren Geschmack, dass er sich stattdessen gezwungen sah, Schritte *gegen* sie zu erwägen.

Vor der Schlacht hatte er gehofft – ja, war er sich beinahe sicher gewesen –, dass diese Kampfhandlungen ordentlich ausgeführt werden und seine Position als Oberbefehlshaber festigen würden. Die Freude, Berlin befreit zu sehen, die jubelnden Einwohner der Stadt und das Wissen, dass sie es mit vereinten Kräften geschafft hatten, die Franzosen über die Elbe zurückzudrängen, hätten ausreichen sollen, um all den kleinen Nickligkeiten ein Ende zu bereiten und stattdessen den dringend notwenigen *Esprit de Corps* zu entwickeln, der sie durch den langen Feldzug, der noch vor ihnen lag, tragen würde.

Stattdessen jedoch waren die Befriedigung, die ihr Sieg ihnen hätte verschaffen müssen, und alle Gefühle von guter Kameradschaft und gemeinsamen Mühen für die Sache verpufft. Oder sogar schlimmer noch: Es gab keine Offiziere, keine Drachen in ihren Reihen, die nicht wussten, dass Poole sich vorsätzlich den Befehlen widersetzt und Windle sich seiner Pflicht entzogen hatte, was dazu geführt hatte, dass sich Temeraire, Cavernus und ihre Formation zu einem gefährlichen Manöver gezwungen gesehen hatten, um die Versäumnisse der anderen wettzumachen. Poole und Windle konnten sich wohl kaum rühmen, am Sieg beteiligt gewesen zu sein.

Und es war nicht möglich, die Sache direkt anzusprechen und auf diese Weise die Luft zu reinigen. Es war unbestreitbar, dass die Männer sich falsch verhalten hatten, und mittlerweile sollten sie angefangen haben, sich dafür zu schämen, aber Laurence machte sich keine Illusionen darüber, dass diese Gefühle zu einer Entschuldigung führen könnten. Sie konnten ihm gegenüber keinen Fehler eingestehen, wo doch seine eigene Schuld in ihren Augen so viel schwerer wog. Poole würde lieber behaupten, dass Fidelitas die Wilddrachen beim Plündern beobachtet und sich gedacht hatte, dass er Anspruch auf seinen eigenen Anteil an den Schätzen erheben durfte, die es dort zu holen gab. Und Poole hatte es nicht als seine Aufgabe angesehen, ihn zur Räson zu bringen, da Laurence auch nichts unternommen hatte, um die anderen Tiere zu maßregeln. Windles Erwiderung würde ohne Zweifel ebenso armselig ausfallen: Der befohlene Angriff sei zum Ende gebracht worden, und er habe gewusst, dass für einen zweiten Flug nicht genügend Drachen vorhanden gewesen wären. Sein langsames Tier war verletzlich gegenüber den schnellen, wendigen französischen Leichtgewichten, denen sie gegenüberstanden. Er hatte seinen Drachen geschont, wie es seine eigene höchste Pflicht war.

Laurence wollte sich ihre Entschuldigungen nicht anhören; er traute es sich selbst nicht zu, diesen Ausflüchten zu lauschen, ohne eine Antwort darauf zu finden, die allein der Admiralität zustand, welche ihrerseits nur auf einen Grund wartete, ihn wieder loszuwerden. Ein Streit zwischen ihm und seinen dienstältesten Kapitänen würde ihnen da gerade recht kommen. Und er konnte sie auch nicht wegschicken. Die Admiralität würde sie ihm liebend gerne wieder zurücksenden, nachdem sie ihr Verhalten ausdrücklich gebilligt und sie in ihrer Haltung bestärkt hätten, was sich auf die Disziplin der gesamten Truppe verheerend auswirken würde. Ihm selber würde dann nichts anderes übrig bleiben, als sich zurückzuziehen und den Dienst endgültig zu quittieren, mit all den üblen Konsequenzen – nicht nur für sich selbst, sondern auch für das gesamte Kriegsgeschehen.

»Was willst du ihnen denn jetzt sagen?«, fragte Granby mitfühlend.

»Nichts«, antwortete Laurence verbissen.

Er machte halt in seinem Quartier und wappnete sich selbst, indem er seine Gala-Uniform anzog; dann rief er seine Kapitäne zu einer Konferenz zusammen, in der er sich in so förmlicher Zurückhaltung übte, wie es seine guten Manieren zuließen. Er erkundigte sich nur nach besonderen Vorkommnissen, nach Verlusten, erlittenen Verletzungen und verbrauchter Munition und unterband zwei Versuche von Offizieren, die etwas mehr über das Verhalten der Drachen sagen wollten. Es wurden keine Erfrischungen gereicht; er beendete das Treffen nach auffällig kurzer Zeit und schickte alle zu ihren Drachen zurück. Es war ein kühler Empfang für Männer, die einen beachtlichen Sieg über einen zahlenmäßig überlegenen Gegner errungen hatten, und er bedauerte es, dass er keine wärmeren Worte für Kapitän Ainley übrig hatte, dessen Drache Cavernus ihnen heute einen solch großen Dienst erwiesen hatte. Aber er konnte nichts sagen, ohne zu viel preiszugeben. Da er Poole und Windle keine Gelegenheit für Entschuldigungen schaffen wollte, konnte er sie auch nicht öffentlich tadeln, und wenn er nichts zu *ihnen* sagte, dann konnte er auch sonst zu niemandem etwas sagen.

»Aber *irgendeine* Antwort musst du finden«, sagte Granby später, als sie gemeinsam zurück zu den Lichtungen liefen. »Sonst denken die anderen, du schweigst aus Angst vor der Admiralität. Wenn du sie jetzt nicht zurückpfeifst, werden sie noch Übleres anstellen.«

»Ich weiß«, sagte Laurence. Sie hatten die Hügelspitze erreicht, und eine frische Frühlingsbrise ließ die Baumwipfel rauschen. Er nahm seinen Hut ab, damit die kalte Luft seine Stirn kühlte, und ließ den Blick über das Schlachtfeld wandern. Hüpfende Laternen bewegten sich über den Boden, denn die ersten Leichenfledderer machten sich an den Gefallenen zu schaffen.

16

Am nächsten Morgen hielt Temeraire während des gesamten Frühstücks vergeblich Ausschau nach Laurence. Von ihm gab es auch dann noch keine Spur, als Temeraires Wunden frisch verbunden wurden, unter ihnen zwei neue von Kugeln verursachte Verletzungen, auf die er Keynes bei dessen zweitem Besuch zögerlich aufmerksam gemacht hatte. Unmittelbar nach der Visite hatte er dieses Geständnis bereut, doch er musste zugeben, dass er sich heute schon viel, viel besser fühlte. Es ziepte nicht mehr, außer wenn er seine Flügel so weit zurückbog, wie es eben ging, und selbst dann war es nicht allzu schlimm.

Ihm war Ruhe verordnet worden, aber es gab auch ohnehin keinen Grund zum Fliegen. Die Franzosen hatten sich über die Elbe zurückgezogen. Alle jubelten, weil Berlin befreit worden war, und an diesem Morgen hatten sogar die Kirchenglocken mit ihrem Läuten in den Freudentaumel eingestimmt. Es gab keine Kämpfe, weshalb Laurence keinerlei Veranlassung hatte, fort zu sein. Also wohin mochte er gegangen sein?

»Du glaubst doch wohl nicht, dass Laurence an *noch einem* Duell teilnimmt, oder?«, fragte Temeraire schließlich Emily, denn er sorgte sich wirklich sehr, als es Mittag wurde und Laurence immer noch nicht wieder zurück war.

»Nein, nicht, wenn er dir sein Wort gegeben hat«, sagte sie. »Und außerdem ist er jetzt Admiral. Ich glaube nicht, dass man dann noch herumlaufen und seine Offiziere herausfordern kann, nicht einmal in der Marine.«

»Warum sollte er einen seiner Offiziere herausfordern?«, fragte Temeraire stirnrunzelnd.

»Ach, schon gut«, sagte Emily eilig. »Nichts, nichts. Es sind nur die einzigen Männer, die hier sind. Und er kann ja niemanden herausfordern, mit dem er nicht spricht.«

Sie hastete davon, noch ehe Temeraire Klarheit in diese wenigen Bröckchen an Informationen hatte bringen können, die sie ihm hingeworfen hatte. Er versuchte daraufhin, mehrere andere seiner Offiziere auszuhorchen, aber Forthing sah völlig verständnislos aus, und Challoner sagte geradeheraus: »Roland hätte den Mund halten sollen. Bitte hör auf herumzufragen, Temeraire. *Das* wird nämlich die Runde machen, und Klatsch und Tratsch würden die Sache nur noch schlimmer machen.« Damit wuchs Temeraires Sorge allerdings nur noch mehr, doch er konnte sich bis zu Laurence' Rückkehr an niemanden mehr wenden.

»Ich bitte um Verzeihung«, unterbrach Ning seine Grübeleien. »Hast du zufällig noch vor, dieses Lamm zu essen, das du da hast?«

»Natürlich werde ich das noch essen«, sagte Temeraire beinahe empört. Ning hatte sich geweigert, in irgendeiner Form an der Schlacht teilzunehmen, obwohl sie sich so nützlich hätte machen können, wenn sie sich dazu herabgelassen hätte, wenigstens ein paar der französischen Kanonen in Brand zu stecken. *Sie* hatte ganz gewiss keinen Leckerbissen verdient. Dann seufzte er: Seine Sorge mischte sich mit der Freude an dem, was dazu gedacht war, ihm etwas Gutes zu tun. Das Lamm war ihm als Medizin geschickt worden, damit seine Wunden schneller verheilten, und Baggy hatte sich darum gekümmert, dass es am Spieß köstlich gebraten worden war.

»Plagen dich deine Wunden sehr?«, erkundigte sich Ning. »Du wirkst bedrückt trotz unseres Sieges.«

»Das liegt nicht an meinen Wunden, sondern daran, dass niemand mir verraten will, warum Laurence wütend auf seine Offiziere sein sollte«, sagte Temeraire. »Und ich verlasse mich keineswegs darauf, dass er nicht in einem Duell kämpft, wenn irgendjemand seine Ehre verletzt und ihn beleidigt hat.«

»Ich fürchte, ich verstehe nicht«, sagte Ning.

»Nun, Roland hat durchblicken lassen, dass Laurence einen von ihnen herausfordern *sollte*«, begann Temeraire, doch Ning winkte mit einem Flügelzucken ab. »Nein, nein«, sagte sie, »ich verstehe nicht, warum du das nicht begreifst. Es ist doch offensichtlich, dass er allen Grund hat, wütend zu sein, so, wie deine Flügeldrachen in der Schlacht gestern versagt haben. Du hast doch gestern Abend selber eine Bemerkung darüber gemacht, dass du vorhast, mit ihnen ein ernstes Wort zu reden.«

Temeraire hielt inne. Dieser Zusammenhang war ihm noch gar nicht in den Sinn gekommen. »Aber warum sollte Laurence denn deshalb böse auf seine Offiziere sein?«, fragte er. »Iskierka hatte sich bei anderen Gelegenheiten zehnmal so schlimm aufgeführt, und das war ganz bestimmt nicht Granbys Schuld. Außerdem waren diese Wilddrachen katastrophaler als jeder sonst, und sie hatten gar keine Offiziere, denen man die Schuld geben könnte.«

»Hm. Nun, man sollte nicht spekulieren«, sagte Ning, aber sie legte ihren Kopf schief, als läge ihr noch etwas auf der Zunge, das unbedingt herauswollte. Temeraire schob mit dem Maul den Teller mit dem Lamm in ihre Richtung. »Also, das ist wirklich sehr nett von dir«, sagte Ning, packte mit einem Happs die gesamte Keule und kaute genüsslich auf den Knochen herum. »Nun, dein Admiral ist kein unvernünftiger Mann, denke ich …« Temeraire genoss im Stillen den Ausdruck *dein Admiral* sehr. »Demnach musst du vielleicht darüber nachdenken, ob es irgendeinen Grund gegeben haben könnte, der unter diesen Umständen solchen Zorn in ihm hat anwachsen lassen.« Dann fügte sie hinzu: »Es tut mir leid, dass ich das ansprechen muss, aber ich habe gehört, wie Fidelitas' Kapitän bei einigen Gelegenheiten wenig schmeichelhafte Bemerkungen über Admiral Laurence geäußert hat, als ich zum Frühstücken auf den südlichen Lichtungen war.«

»Willst du damit sagen, dass Poole Fidelitas *befohlen* hat, zum

Plündern wegzufliegen, während wir anderen noch am Kämpfen waren?«, fragte Temeraire mit aufsteigender Empörung. Er konnte es kaum glauben, doch als Laurence endlich zurückgekehrt war, stritt er diese Vermutung nicht ab.

»Ich muss dich allerdings bitten, nicht darüber zu sprechen«, sagte Laurence missmutig. »Solche Gerüchte können nur Schaden anrichten. Es gibt keine Beweise, und ich hoffe bei Gott, dass ich nicht doch noch über welche stolpern werde. Solange ich nichts Genaues weiß, bin ich auch nicht gezwungen, tätig zu werden.«

»Dann ist es das also, was du die ganze Zeit schon befürchtet hast, Laurence«, sagte Temeraire wutschnaubend. »Oh! Das übertrifft alles! Fidelitas weiß genau, dass er sich wie ein egoistischer Feigling benommen hat: Ich werde ihn mir auf jeden Fall vorknöpfen.«

»Das geht nicht«, sagte Laurence. »Man kann es ihm nicht zum Vorwurf machen, wenn er die Anweisungen seines Kapitäns befolgt.«

»Ich wüsste nicht, warum nicht«, sagte Temeraire, »wenn ihm doch völlig klar gewesen sein muss, dass diese Anweisungen schändlich waren – ihm ist gesagt worden, er solle sich wie ein Gierschlund benehmen, obwohl er es besser wusste und alle anderen in Reih und Glied geblieben sind und gekämpft haben. Ich muss mich wirklich wundern, dass er sich nicht schämt, sich bei den Grützegruben blicken zu lassen. Laurence, du kannst doch nicht ernsthaft vorhaben, ihn mit diesem abscheulichen Verhalten kommentarlos davonkommen zu lassen!«

»Wir können weder den Drachen noch den Kapitän zur Rechenschaft ziehen«, erklärte Laurence. »Letzterer wird durch die Admiralität geschützt, die dankbar jeden Vorwand aufgreifen würde, um meinen Rücktritt zu erzwingen. Nein, mein Lieber, ich fürchte, wir müssen so liegen, wie wir uns gebettet haben. Kapitän Poole kann nicht direkt bestraft werden; wir können ihm lediglich Belohnungen vorenthalten.«

»Belohnungen?«, fragte Temeraire und stellte seine Halskrause auf.

»Die Kosaken haben letzte Nacht einen französischen Versorgungswagen aufgegriffen, der vom Schlachtfeld fliehen wollte«, erklärte Laurence. »Er war voll beladen mit Trockenfleisch, und zwar genug, um uns zwei Monate lang satt zu machen. Wittgenstein hat ihn unseren Versorgungsoffizieren herübergeschickt.«

»Also das ist ja eine erfreuliche Nachricht«, sagte Temeraire. »Aber ich fürchte, Laurence, dass man Trockenfleisch nicht ernsthaft eine *Belohnung* nennen kann. Du würdest es nicht glauben, wie störrisch einige Mitglieder unserer Truppe sind, wenn es darum geht, irgendetwas anderes als rohes Fleisch zu essen. Fidelitas wollte am Tag vor der Schlacht mein Abendessen nicht einmal kosten, obwohl dieser neue Koch, den wir eingestellt haben, den Hammel so lecker zubereitet hat. Er hat ihn in Gerste und Kastanienmehl gerollt und in diese wunderbare Soße getunkt, und dann alles noch mit Pfeffer verfeinert. Fidelitas sah aus, als ob er nur zu gerne mal probiert hätte, also habe ich mich verpflichtet gefühlt, ihm einen Bissen anzubieten, aber er hat sofort einen Rückzieher gemacht und gesagt, nein, nein, er möchte nichts abhaben.«

Als Temeraire seinen Satz beendet hatte, zögerte er, dann legte er seine Halskrause an. »Ist das derselbe Unsinn? Glaubst du, Laurence, dass er sich auf Geheiß seines Kapitäns so merkwürdig benommen hat?«

»Ich denke, ganz sicher sogar«, sagte Laurence. »Aber wir können es nicht ändern, also müssen wir ihn in Versuchung führen. Sag mal: Würdest du viertausend Pfund für einen ausreichenden Anreiz halten? Ich spreche von Prisengeld, das ihr Interesse wecken soll, wenn es unter unseren Leuten aufgeteilt wird.«

»Viertausend Pfund?«, kreischte Temeraire, der es nicht schaffte, seine Begeisterung im Zaum zu halten. »Laurence, wie fantastisch, natürlich würde das reichen. Aber woher, bitte schön, kommen denn mit einem Mal viertausend Pfund?«, fügte er in plötzlicher Besorgnis hinzu. Er hoffte inständig, dass Laurence damit nicht sagen wollte, dass *er selbst* eine solche Summe aufzubringen gedachte.

»Vom größten Gesindel im Dienste Seiner Majestät«, antwortete Laurence trocken.

Mit tiefer Befriedigung baute Temeraire sich später am Nachmittag am Rande seiner Lichtung auf, während nach und nach die anderen Drachen eintrudelten. Iskierka und Requiescat und alle anderen Formationsführer, ebenso Ricarlee und eine Handvoll weiterer älterer Drachen ohne Geschirr. Minnow war herumgeschickt worden, um alle zusammenzutrommeln, und Temeraire nahm sie mit würdevoller Ruhe in Empfang, die er als angemessen für die feierliche Angelegenheit betrachtete. Als Ricarlee drauf und dran war, in den vor sich hin köchelnden Überresten vom Frühstück herumzustöbern, rief er ihn scharf zur Ordnung. »Worum geht es denn nun eigentlich?«, fragte der wenig reuevolle Wilddrache daraufhin grantig.

»Du musst einfach abwarten, bis du es gleichzeitig mit allen anderen erfährst«, erwiderte Temeraire kühl, »auch wenn ich keine Skrupel habe zu sagen, dass es eine Sache von *allergrößtem Interesse* ist, die jeden *ehrenwerten Drachen* betrifft, der Mitglied unserer Streitmacht ist.«

»Temeraire«, sagte Laurence, der in die Mitte der versammelten Anwesenden trat. »Ich hoffe, du wirst mir helfen, indem du die Buchführung übernimmst, während ich vorlese, und bitte notiere alles so groß, dass jeder anwesende Drache es gut lesen kann.«

»Selbstverständlich, Laurence«, sagte Temeraire. »Baggy, würdest du bitte mein Schreibpult herbringen?«

Er setzte sich bequem davor hin, während Laurence ein großes, ledergebundenes Buch aufschlug, das er mitgebracht hatte – darin war nichts gedruckt, sondern alles war mit der Hand in schmalen, sauberen Spalten festgehalten. »Ich bin mir sicher, jeder hier teilt meine Zufriedenheit darüber«, begann Laurence, »dass der höchste Kommandant verfügt hat, der Gegenwert von viertausend Pfund an Prisengeld solle an unsere Streitkräfte gehen, um unsere gestrige Leistung zu würdigen.«

Temeraire war vorgewarnt und behielt dementsprechend die Fassung und eine Haltung ruhiger Befriedigung. Den anderen Drachen gelang das weniger gut, und unter ihnen schwollen freudige Begeisterungsrufe an. Sie alle wussten natürlich, was *Pfund* waren, da sie ja mittlerweile Lohn erhielten, und dementsprechend war ihnen klar, was eine so schwindelerregende Summe in Gold und Vieh wert war.

»Da wir auch in Zukunft Prisen dieser Art zugesprochen bekommen könnten, halte ich es für wünschenswert, dass jedes Tier die Aufteilung dieser Belohnungen genau versteht, in diesem Fall und auch in den Folgenden«, fuhr Laurence fort. »Das soll dazu dienen, dass jeder Einzelne sich zu jedem Zeitpunkt unseres Feldzugs die Belohnung für die eigenen Anstrengungen in Erinnerung rufen kann. Im Augenblick befinden sich hundert Drachen in unserer Truppe. Unsere Basis ist ein tausendstel Anteil, der in diesem Fall vier Pfund entspricht.« Er nickte Temeraire zu, der rasch *1/1000 – Pfund 4* auf sein Pergament schrieb und es mit gewichtiger Miene herumzeigte.

»Mittelgewichten und Schwergewichten steht der doppelte Anteil zu«, fuhr Laurence fort, »und Formationsführern der dreifache. Iskierka, Requiescat, Levantia und Ricarlee als fliegende Kapitäne zählen als Formationsführer.«

Laurence machte eine Kunstpause, während rings um ihn herum gespannte Stille herrschte. Alle hatten aufgehört zu murmeln und ihre Ohren nach vorne gerichtet, um auch wirklich alle Details mitzubekommen. »Natürlich«, sagte er, »werden bei der Prisenverteilung diejenigen Drachen ausgeschlossen, die im Laufe der Schlacht lieber auf eigene Beutezüge gehen.«

Dieser Bemerkung folgte ein halb erstickter Aufschrei von Fidelitas und ein alles andere als erstickter Schrei von Ricarlee, der sich mit einem Ruck kerzengerade aufrichtete. »Warum? Das ist nicht fair«, protestierte er. »Da war nichts in diesen Wagen, die wir uns geholt haben, außer ein paar Säcken Getreide und allerhand Müll.«

»*Mir* missfällt nichts an dieser Regelung«, sagte Cavernus sehr laut, und die anderen Formationsführer murmelten zustimmend.

»Ihr könnt einen fairen Anteil an dem haben, was wir mit der ganzen Truppe erreicht haben, oder ihr könnt selber euer Glück versuchen, wann immer sich euch die Chance bietet«, erklärte Temeraire frostig, als das Murmeln nachgelassen hatte. »Wir werden ganz sicher niemanden zu eigensüchtigem Plündern ermutigen. Jedem muss klar sein, dass wir uns nach jedem Kampf in endlose Streitereien verwickeln würden, wenn wir dann versuchen würden, das Beutegut aufzuteilen.«

Laurence ergänzte: »Alle übrig gebliebenen Anteile werden nach den Kampfhandlungen entsprechend den üblichen Prinzipien des Prisengeldes verteilt werden, um Tapferkeit, Aufmerksamkeit den Befehlen gegenüber und gezeigte kluge Eigeninitiative zu belohnen. Temeraire, wenn du so gut wärst, jetzt die besonderen Belohnungen zu notieren. Ich freue mich, als Erstes Cavernus auszeichnen zu können, für ihren Mut angesichts von heftigem Beschuss und dafür, dass sie den Petit Chevalier zu Boden gebracht hat: zehn zusätzliche Anteile.«

Diese faszinierende und hocherfreuliche Prozedur nahm den gesamten beglückenden Nachmittag in Anspruch, zur großen Befriedigung aller, außer, wie es schien, der Kapitäne, die unruhig wurden, noch ehe die erste Stunde vorbei war. Poole war sogar so unhöflich, Laurence zu unterbrechen und laut zu fragen: »Wie lange sollen wir denn noch hier herumstehen und uns diese endlose Aufzählung …«

»Roger«, zischte Fidelitas und warf ihm einen entsetzten und ungläubigen Blick zu. Alle anderen hatten ebenfalls tadelnd die Köpfe in ihre Richtung gedreht, vor allem Cavernus, deren Flügeldrache Maxilla gerade zwei zusätzliche Anteile zugesprochen bekam, weil sie im Angesicht eines schwereren gegnerischen Drachen ihre Position gehalten hatte.

Nichts davon brachte Poole zum Schweigen. »Du bist doch bereits ausgeschlossen worden«, sagte er zu Fidelitas, als wäre es für ihn vollkommen unwichtig, die Regeln der Aufteilung genau zu verstehen, die auch für *zukünftige* Gelegenheiten gelten sollten. »Du musst doch langsam hungrig sein. Du hast den ganzen Tag noch nichts gegessen.«

»Jeder Drache, der sich zurückziehen möchte, kann wegtreten«, sagte Temeraire in ernstem Ton.

»Nein, nein«, sagte Fidelitas und wickelte seinen Schwanz um Poole, um ihn vor den Blicken der anderen abzuschirmen. Dann senkte er seinen Kopf und flüsterte ihm nachdrücklich zu: »Ich werde *später* essen.«

»Bitte, Admiral Laurence«, sagte Cavernus laut, den Blick immer noch auf Fidelitas gerichtet, »könnte diese letzte Belobigung freundlicherweise wiederholt werden? Ich würde es bedauern, wenn ich Maxilla nicht die *genauen Einzelheiten* erklären könnte.«

Natürlich kam Laurence dieser Bitte nach, und immerhin unternahmen die anderen Kapitäne daraufhin keine weiteren Versuche mehr, ihn zu unterbrechen. Allerdings waren sie allesamt – selbst der liebe Granby, wie Temeraire mit Bedauern zur Kenntnis nahm – unangemessen unaufmerksam und beharrten darauf, auf der Lichtung hin und her zu laufen und sich zu unterhalten, anstatt wie gebannt all den hochinteressanten Einzelheiten der Belohnungsaufteilung zu lauschen. Mehrere der Kapitäne waren sogar von ihren Tieren an die Ränder der Lichtung gedrängt worden, um sie davon abzuhalten, die anderen Drachen abzulenken.

Bedauerlicherweise konnte man derartige Vergnügungen nicht endlos ausdehnen; irgendwann musste Laurence zum Ende kommen. Das wunderbare dicke Buch wurde zugeklappt, und Temeraire betrachtete mit tiefer Zufriedenheit seine Notizen. Es war so faszinierend zu betrachten, wie die Auflistung der einzelnen Anteile zusammengerechnet genau tausend ergab, und wie jede Anzahl der Anteile mit vier multipliziert wurde, sodass viele davon auf diese Weise zweistellig wurden.

»Ich sollte hinzufügen«, sagte Laurence, um diesem glorreichen Zusammentreffen die Krone aufzusetzen, »dass wir Trockenfleisch in großer Menge erbeutet haben. Jeder Drache, der mit einem Teil seines Prisengeldes etwas von diesem Fleisch erwerben will, kann das für zwei Pfund, sechs Schilling pro Packen tun. Das entspricht der Ration einer Kuh im Wert von zwölf Pfund, sechs Schilling und vier Pence – was verrechnet werden kann.«

Das Treffen löste sich mit diesen freudigen Schlussworten auf. Alle sammelten ihre Kapitäne ein und begannen beim Weggehen, Berechnungen anzustellen. »Windle, denk doch mal: Das sind zehn Pfund und drei Schilling Differenz«, sagte Obituria, »und ich habe vier Anteile, das bedeutet sechzehn Pfund, also kann ich sechs Packen kaufen und gegen Kühe eintauschen, dann sind das dreiundsiebzig Pfund und achtzehn Schilling.« Windle glotzte sie wie ein Schaf an, als ob er ihr überhaupt nicht hatte folgen können.

»Ich werde die Auflistung zu jeder Lichtung des jeweiligen Formationsführers bringen lassen«, versprach Temeraire, als die anderen Drachen aufbrachen; viele von ihnen erkundigten sich dabei nach einer Möglichkeit, die Berechnungen noch einmal durchzugehen. »Du bekommst sie auch«, sagte er großmütig zu Ricarlee. Mittlerweile ärgerte er sich viel weniger über die Plünderung durch die Wilddrachen. »Gerry, bitte roll das Blatt auf und binde es sorgfältig zusammen. Ich denke, du solltest dir beim Tragen lieber von einigen Mitgliedern der Bodentruppe helfen lassen – bitte nur zuverlässige Männer, Mr. O'Dea, die aufpassen, dass das Papier keine Spritzflecken abbekommt oder nass oder schmutzig wird.«

Als alle gegangen waren, ließ sich Laurence mit einem Stoßseufzer schwer auf einen Stuhl sinken und sagte zu einem der neuen Läufer: »Brandy und Wasser, bitte, Winters.« Er trank sein Glas leer, ohne abzusetzen, und stöhnte dann laut: »Wie ein verdammter Händler«, was für Temeraire völlig unverständlich war. »Aber wir werden ja sehen, ob wir damit Erfolg haben. Ich denke schon.«

Laurence tat es fast ein bisschen leid, als er sah, in welchem Ausmaß sich sein und Temeraires Vorgehen, das er im Grunde seines Herzens verwerflich fand, niederschlug. Er war überrascht, bei seinem Rundgang durchs Lager am nächsten Tag festzustellen, dass die Drachen ihre Signalfähnriche dazu gedrängt hatten, mit ihnen die Flaggen durchzugehen, und das, obwohl ältere Drachen zumeist eine Menge Schwierigkeiten damit hatten, irgendetwas zu erlernen, was an eine neue Sprache erinnerte. Laurence verstand nicht sofort, was der Grund dafür war, bis er seine Liste mit Belohnungen noch einmal durchging und ihm auffiel, dass er *sorgfältiges Beobachten von Signalen* siebenmal erwähnt hatte. Und als Laurence bei der Lichtung der schottischen Wilddrachen ankam, fand er sie alle anwesend vor: Es war das erste Mal seit ihrer Abreise von Dover, dass ein so bemerkenswertes Ereignis eintrat. Niemand hatte sich nachts aus dem Lager davongeschlichen auf der Suche nach ein wenig eigener Beute. Die Handvoll Tiere von Ricarlee, die in der Luft geblieben waren und mit Requiescat gekämpft hatten – und die mit einem Extraanteil belohnt worden waren –, stolzierten wie eitle Gockel herum und ernteten neidische Blicke.

Grimmig stellte Laurence seinen eigenen Sieg fest, und nachdem er seine Runde beendet hatte, bat er Minnow, ihn in die Stadt zu bringen, wo das neue Hauptquartier errichtet worden war. Generalmajor von Wittgenstein war blendender Laune und jedem gegenüber freundlich, trotz der unzähligen Einschmeichler, die ihn umringten, und trotz des allgemeinen Chaos, das notwendigerweise eintritt, wenn zu viele Männer ohne eine richtige Aufgabe aufeinanderhocken. Das gesamte Quartier war von einer energiegeladenen Atmosphäre des Selbstvertrauens erfüllt, und Laurence versetzte das unwillkürlich einen Stich.

»Admiral Laurence!«, rief Wittgenstein freudig, sobald er ihn sah, und eilte zu ihm, um ihm die Hand zu schütteln. Während der schrecklichen Auseinandersetzungen im letzten Jahr war er gezwungen gewesen, St. Petersburg Oudinot und Saint-Cyr zu überlassen, und seine Befriedigung darüber, dass Berlin befreit worden war, hatte sich in doppelte Freude verwandelt, weil er nun jene schmerzhafte Niederlage gerächt hatte. »Die Kosaken haben mir berichtet, es stehe fest, dass alle den Fluss überquert haben. Es gibt keinen französischen Soldaten mehr östlich der Elbe, Gott sei Dank! Sie haben sich bis zur Saale zurückgezogen. Ich habe soeben Kuriere zum Zaren und zu Seiner Majestät König Friedrich geschickt, die einen vollständigen Schlachtbericht überbringen sollen. Sie können sicher sein, dass beiden zu Ohren kommen wird, welch fabelhafte Vorstellung Ihre Drachen gegeben haben.«

Laurence konnte sich nicht sonderlich über diese großzügige Bemerkung freuen, die ihm schmerzhaft in Erinnerung rief, dass viele Befehlshaber nur sehr geringe Erwartungen an die Disziplin von Drachen hatten. Trotz dieser Einschränkung war er dennoch froh, weil der Bericht seine eigene Position deutlich stärken würde. »Hat man schon etwas von Napoleon selbst gehört?«, fragte er.

Wittgenstein winkte ab. »Noch immer in Paris, wird behauptet.« Dann fügte er hinzu: »Kommen Sie mit.« Er brachte Laurence in ein kleineres Hinterzimmer; hier waren nur ein paar Stabsoffiziere, die in Stapel mit Berichten und Depeschen vertieft waren. »Das Letzte, was wir gehört haben, ist, dass er eine Armee von beinahe zweihunderttausend Mann und vierhundert Drachen in Mainz stationiert hat«, sagte Wittgenstein leise, als er die Tür geschlossen hatte: eine Neuigkeit, die nicht gerade ermutigend klang. Es war kein Wunder, dass er sie lieber ungestört übermitteln wollte. »Blücher wird nächste Woche nach Sachsen ziehen, um Dresden und Leipzig zu befreien, und wir hoffen, den König von Sachsen überreden zu können, sich der Allianz anzuschließen. Ich muss Ihnen ja nicht erklären, Admiral, wie wichtig es ist, dafür die Plünderungen in dieser Gegend zu unterbinden. Ich habe von Admiral Dyhern gehört, dass Sie Ihre Streitmacht mit zwanzig Kühen täglich versorgen?«

»Und zwanzig Tonnen Getreide, Sir«, sagte Laurence langsam, der das Folgende bereits ahnte.

»Admiral Dyhern hat von Seiner Majestät den Befehl bekommen, sich General Blücher anzuschließen«, sagte Wittgenstein. Dyhern war also ebenfalls befördert worden; die meisten älteren Offiziere der Preußen waren in den Jahren nach Jena still und leise in den Ruhestand versetzt worden, was viele Möglichkeiten des Aufstiegs für jüngere und fähigere Männer gegeben hatte. »Nach meinem Dafürhalten, und nach dem Urteil von Feldmarschall Kutusow, werden Sie und Ihre Drachen dort händeringend gebraucht, und unser heutiger Sieg hier macht das nur noch wünschenswerter. Aber wir verlangen das nicht von Ihnen, Admiral, falls Sie fürchten, dass es nicht möglich sein wird, Ihre Truppen dort zu versorgen.«

Es war eine wirklich schwierige Frage. Laurence konnte es schaffen, glaubte er, aber nicht, ohne alle Drachen auf Hafergrütze zu setzen, auch die, deren Kapitäne die offizielle Fleischration eingefordert hatten, und auch nicht ohne das Risiko, hin und wieder einen Tag lang zu hungern. Normalerweise hätte er unter diesen Umständen wegen solch geringfügiger Sorgen nur verächtlich mit den Schultern gezuckt: Wenn Napoleon tatsächlich bereits vierhundert Drachen in Mainz hatte, dann wäre er nicht mehr aufzuhalten – es sei denn, mithilfe der englischen Drachen. Aber Laurence konnte sich nicht darauf verlassen, dass seine Kapitäne ihre Tiere über eine magere Versorgungslage hinwegtrösten würden, und Drachen selbst waren üblicherweise wenig tolerant, was Hunger anging, wenn hinter dem nächsten Hügel ein hübscher Schafspferch in Sicht kam, ganz egal, ob diese Schafe für sie bestimmt waren oder nicht.

Zumindest diese letzte Sorge konnte Laurence Wittgenstein mitteilen, ohne das Gefühl zu haben, damit das Korps bloßzustellen. Und dann musste er nur noch seinen persönlichen Stolz runterschlucken und um etwas bitten, was für ihn beinahe wie die Möglichkeit klang, seine eigenen Tiere zu bestechen. »Wenn Sie mir verzeihen, Sir«, sagte er unglücklich, »dann werde ich etwas äußern, das den unangenehmen Beiklang von Eigeninteresse hat. Es wäre für mich von unbeschreiblichem Wert, über weitere erbeutete Versorgungswagen verfügen zu können, wie die, die Sie uns gestern haben zukommen lassen. Ich möchte sie als Prise unter den Drachen verteilen, um sie zu ermutigen, die Disziplin aufrechtzuerhalten.«

»Unter den Drachen?«, fragte Wittgenstein stirnrunzelnd. »Ich verstehe nicht ganz. Sie meinen doch wohl Ihre Offiziere – Sie denken, dass die ihre Tiere im Griff behalten, wenn sie …«

»Sir«, unterbrach ihn Laurence, der lieber unhöflich sein wollte, als sich anzuhören, wie seine Offiziere auf solch schreckliche Weise beschrieben wurden. »Sir, ich bitte um Verzeihung. Nein, ich meine unter den Drachen selbst.«

Wittgenstein starrte ihn an, dann brach schnaubendes Gelächter aus ihm heraus. »Welches Interesse sollten die Drachen denn an Prisengeldern haben? Wir haben keine Haufen Gold, um sie ihnen zu überlassen.« Aber als Laurence ihm versicherte, dass die Drachen sich sehr wohl dafür interessierten, und zwar sogar außerordentlich leidenschaftlich, war er bereit, ihm zu glauben. »Aber das Geld ist überall knapp, Admiral«, sagte er.

»Dessen bin ich mir wohl bewusst, Sir«, sagte Laurence. »Und ich brauche auch kein Bargeld. Wenn Sie uns nur weitere Mengen an Trockenfleisch zukommen lassen könnten oder Vieh oder auch Getreide, das dem Feind abgenommen wurde, dann wäre das völlig ausreichend.«

Er ging nicht näher darauf ein, wie er diese Vorräte in Geld umzuwandeln gedachte. Wittgenstein wusste sicherlich genug über die abscheuliche Bestechlichkeit der für die Verpflegung Verantwortlichen, um sich seinen Teil zu denken. Laurence hatte sich tatsächlich Janes Berichte über die Korruption im Versorgungsbüro zunutze gemacht: Bevor er England verließ, hatte er bei jenen Männern vorgesprochen, die Jane als die habgierigsten bezeichnet hatte, und hatte unter vier Augen die hohen Fleischpreise auf dem Kontinent angesprochen und auch wie schwierig es war, selbst Pökelfleisch zu transportieren, ganz zu schweigen von Vieh, jedenfalls für eine Streitmacht, die, wie die Drachen, in der Luft unterwegs war.

»Und darf ich anmerken, Admiral, was für ein großes Vergnügen es ist, mit einem so verständigen Mann zu sprechen, der diese Angelegenheiten durchschaut«, hatte tatsächlich der schlimmste dieser Schurken gesagt und ihm die Hand geschüttelt, als sie eine stillschweigende Übereinkunft getroffen hatten, dass das Vieh, das für sie bestimmt war, stattdessen an Ort und Stelle verkauft werden sollte, sodass Laurence persönlich die Erlöse in Gold überschrieben werden konnten. Mit Sicherheit würde eine hübsche Summe davon in den Taschen derer landen, die für ihre Versorgung zuständig waren. Und ganz genauso sicher gingen diese davon aus, dass er eine ähnliche Menge in seine eigene Tasche stecken würde, während er den Drachen verrottetes Fleisch vorsetzen und die Höfe verhungernder Bauern ausplündern würde.

Laurence hatte sich dazu gezwungen, nur die Tatsache im Blick zu behalten, dass diese Vereinbarung dafür sorgte, einen Großteil des Viehs vor Ort durch Getreide ersetzen zu können, sodass er dreimal so viele Drachen ernähren konnte, und zwar weitaus gesünder und zur Hälfte der Kosten. Er wusste sehr genau, was Whitehall gesagt hätte, wenn er ihnen diesen Handel direkt vorgeschlagen hätte. Jane gab ihren Drachen in Spanien Getreide und Pferdefleisch, aber offiziell lieferte ihr die Versorgungsstelle fünfhundert Fässer Pökelfleisch pro Tag, wovon nicht einmal ein Viertel sie erreichte. Doch die Versorgungsregeln waren wie ein Rad, das sich nicht so einfach aus der tiefen Spur hinausbewegen ließ, in der es schon immer lief. Die Diebe in Dover mochten sich die Hälfte des Geldes unter den Nagel reißen, das sie für das Fleisch bekamen, und trotzdem würde Laurence noch mehr als genug für ihre Bedürfnisse bleiben.

Erst nach der Schlacht war Laurence auf die Idee gekommen, die erhaltenen Naturalien als Prisen zu nutzen, nämlich als Wittgenstein ihm die riesige Menge an erbeuteten Trockenfleischstreifen geschickt hatte. »Ich habe gehört, dass Sie Verwendung für dieses merkwürdige Zeug haben, Admiral«, hatte der begleitende Versorgungsoffizier mit zweifelndem Unterton gesagt, als er ihm die Wagen mit genug getrocknetem und gesalzenem Fleisch überbrachte, um damit zweihundert Drachen einen Monat lang satt zu bekommen. Auf diese Weise würde er sowohl die Drachen dazu überreden können, Trockenfleisch zu essen, als auch neue Motivation für ihre Dienstpflichten bei ihnen wecken.

Das ganze Geschäft hinterließ bei ihm einen bitteren Nachgeschmack und das Gefühl, seine Hände zu tief in verdreckte Abwässer gesteckt zu haben. Wittgenstein aber sah ihn nur nachdenklich an und antwortete dann: »Admiral, ich denke, das ließe sich arrangieren.«

»Sie sollen alles an Vorräten bekommen, was ich zusammenkratzen kann, wenn Ihnen das für Ihre Zwecke dienlich ist«, versprach Blücher ihm, ohne zu zögern. Der alte Preuße trieb seine Loyalität auf die Spitze, wenn er erst mal jemanden für würdig befunden hatte, und Dyherns Lobeshymnen und die Rettung der preußischen Drachen hatten ihn schon vorher für Laurence eingenommen. »Ich kann nur nicht versprechen, dass es sich um eine große Menge handelt.«

Die Belohnungen waren in der Tat nicht groß, aber es schien für die Drachen keine Rolle zu spielen, ob ihr Anteil vier Pfund oder nur einen Schilling und drei Pence wert war – was häufiger vorkam. Das lag nicht an einem Missverständnis ihrerseits oder daran, dass sie mit der mathematischen Seite der Berechnungen überfordert waren. Jeder englische Drache schien zu einer eigenen akkuraten und vollständigen Buchhaltung in der Lage zu sein, sodass sie bis auf den letzten Penny genau über ihre eigenen Ersparnisse Bescheid wussten. Selbst als es weitere vier Ausschüttungen gegeben hatte, nachdem in einigen Scharmützeln kleinere Wagen erbeutet worden waren, gab es kein Tier unter ihnen, das sich nicht vor den jeweiligen Listen aufbaute, die Temeraire mittlerweile unter Bewachung vor seiner eigenen Lichtung aufhängen ließ, und keinen Drachen, der nicht auf der Stelle den genauen Wert der Anteile eines jeden Drachen auf der Liste ausrechnen und mit seiner eigenen Belohnung vergleichen konnte.

Diese Einrichtung vor Temeraires Lichtung minderte jedoch keineswegs ihr Bedürfnis, selber Buch zu führen, sehr zum Leidwesen ihrer Kapitäne. »Ich hatte keine Ahnung davon, dass Iskierka so gut rechnen kann«, murmelte Granby, als besagter Drache mit großer Zufriedenheit verkündete: »Ich glaube, ich besitze jetzt einhundertvierundzwanzig Pfund, sechzehn Schilling und drei Pence, und Requiescat hat einhunderteinundzwanzig Pfund und zwei Pence. Und jetzt, Granby, überprüfe das doch bitte und zeige mir dann deine Ergebnisse«, was für ihn bedeutete, dass er sich eine Viertelstunde lang mühselig durch seine Berechnungen quälte, während ihm irgendwo unterwegs ein Fehler unterlief, auf den Iskierka ihn streng hinwies, noch ehe er ihn überhaupt hatte aufschreiben können. Flieger bekamen nicht sehr viel an regulärer Schulbildung mit auf den Weg. Mrs. Pemberton hatte irgendwann Mitleid mit den Offizieren und bot ihre Dienste an. Sie fertigte individuelle Kopien der Listen an, und da ihre mathematischen Fähigkeiten gut genug waren, um die Drachen zufriedenzustellen, waren alle erpicht darauf, diese Abschriften zu ergattern. Nach einer Woche jedoch sah sie sich gezwungen, ihnen einen Preis von einem Schilling pro Auflistung zu berechnen. Ansonsten hätte sie für jedes Tier jeden Tag eine neue Berechnung anstellen müssen.

Eine einzige Schwierigkeit tauchte zwischenzeitlich auf: Windle war offenkundig wenig begeistert von diesem Prinzip, das seinen Drachen so verwandelt hatte, dass er nun angestrengt danach trachtete, von Laurence positiv beurteilt zu werden. So sagte er eines Tages weithin hörbar: »Das ist alles Unsinn, Obituria. Was glaubst du denn, wo sich dieses Geld in Wahrheit befindet? Es sind nur Zahlen auf dem Papier, kein Gold in der Hand, und dabei wird es auch bleiben. In der Zwischenzeit kaust du auf diesem geräucherten Trockenfleisch herum, anstatt dich an gutem, frischem Fleisch richtig satt zu essen. Du hast in dieser letzten Woche gut zwölf Kilo an Gewicht verloren, wage ich zu behaupten.«

Das hatte Obituria tatsächlich und sah nun so viel besser aus. Laurence wusste, was General Chu über den üblichen Speiseplan der Drachen zu sagen gehabt hätte. Obituria aber wirkte verunsichert, und Ricarlee, der schnell mit Verdächtigungen bei der Hand war, tauchte noch am selben Nachmittag bei Laurence auf und verlangte seine Besitztümer in weniger virtueller Form ausgezahlt zu bekommen.

»In Ordnung«, sagte Laurence jedoch, der sich für diesen Fall gut vorbereitet hatte und Ricarlee ein ordentlich verschnürtes Bündel an Geldscheinen und einen Haufen Schillingmünzen und Pencestücke überreichte, die der Drache nicht ohne Weiteres in die Klauen nehmen konnte.

»Vielleicht wäre es dir lieber, wenn ich es für dich bei der Bank abgebe?« Als Ricarlee gestand, dass er über gar kein Konto verfügte, sagte Laurence: »Temeraire ist bei der Rothschild-Bank und hat keinerlei Anlass zur Klage, soweit ich weiß.«

Er war jetzt froh darüber, dass er gezwungen gewesen war, eine Lösung für die schwierige Anlage von Temeraires Besitztümern zu finden. Drummond und Hoare hatten ihn gleich wieder weggeschickt; sie hatten sich geweigert, irgendetwas anderes zu tun, als das Geld auf ein Konto einzuzahlen, das unter Laurence' Namen geführt werden sollte. Tharkay war seine Rettung gewesen: Avram Maden hatte eine Menge Bekannte unter den Mitgliedern der alten jüdischen Familien Europas, und die Rothschild-Bank in London hatte, um ihm einen Gefallen zu tun, Laurence einen Termin gegeben.

Der junge Mann in der Bank, mit dem er zuerst in dessen Büro gesprochen hatte, war höflich, aber skeptisch gewesen; sie hätten gewöhnlich mehr mit dem Münzhandel zu tun, hatte Laurence vage herausgehört. Aber dann hatte völlig unerwartet der Vorstand der Bank den Raum betreten: Mr. Nathan Rothschild höchstpersönlich, der durch Mr. Wilberforce oberflächlich mit seinem Vater bekannt gewesen war. Der Gentleman hatte Laurence gegenüber sein Beileid bekundet, hatte sich die Schwierigkeiten angehört, sich kurz danach erkundigt, wie viel Geld jedem Drachen von der Admiralität ausbezahlt würde und wie lange Drachen gewöhnlich lebten. Kurz darauf war Temeraire stolzer Besitzer eines Bankkontos gewesen, und da das Sparbuch selbst unangenehm klein für seine Klauen war, wollte er es wenigstens nicht dauernd überprüfen.

»Nun, wenn Temeraire dort seine Bankgeschäfte tätigt, dann gestatte ich denen ebenfalls, auf mein Geld aufzupassen«, sagte Ricarlee stolz, denn er war bereit, sich mit allem zufriedenzugeben, was Temeraire auch besaß.

Auch die Bank war bereit; nachdem alle hundert Drachen ihrer Truppe Temeraires Beispiel folgen wollten, wurde sogar ein Angestellter zu einem Besuch in ihr Lager geschickt. Es war unverkennbar, dass der junge Gentleman den Feldstützpunkt in einem Zustand von Verzweiflung betrat und nur nach außen hin ruhig wirkte, und da er von der Frankfurter Filiale stammte, war sein Englisch alles andere als fließend, was die ganze Misere noch größer machte. Die Drachen, die mit fiebriger Spannung seine Ankunft erwartet hatten, als wäre er der Messias, hielten ständig die Köpfe gesenkt, um ihn besser verstehen zu können. Aber als er nach einer Stunde noch immer von keinem Tier aufgefressen worden war, wurde der Mann merklich zutraulicher und sprach zusammenhängender von Märkten und Anteilen, was ihm die atemlose Aufmerksamkeit seiner Zuhörerschaft sicherte. Als er wieder ging, hatte sich eine lebhafte Diskussion darüber entsponnen, welche Vorteile es haben würde, das Geld in Fonds einzuzahlen, verglichen mit der Möglichkeit, mit Währungen zu spekulieren oder es in den Schiffshandel zu investieren.

Laurence aber konnte sich noch immer nicht über seinen Erfolg freuen. Irgendetwas war erbärmlich an dieser Methode, sich die Drachen gefügig zu machen, etwas, das ihm beinahe schon gemein erschien. Er konnte Poole seine schweigende, aber unverkennbare Empörung nicht zum Vorwurf machen; selbst Granby sah ein bisschen angestrengt aus während der regelmäßigen Konferenzen, die die Drachen einforderten und bei denen Laurence die jeweilige Aufteilung verkündete. Das gesamte Unternehmen hatte einen Anschein von Einmischung an sich, als würde er sich selbst zwischen Kapitän und Drachen drängen, was, wie Laurence sehr wohl wusste, im Korps absolut verpönt war. Doch nicht einmal Poole konnte sich ernsthaft darüber beschweren, dass sein Oberbefehlshaber die Drachen gegen seinen Willen bei guter Disziplin hielt.

Trotzdem war es offensichtlich, dass er vor Wut schäumte, während viele andere Kapitäne ihre Empörung etwas besser verbergen konnten. Blücher war in Dresden und Leipzig einmarschiert und dabei auf fast keinerlei Gegenwehr gestoßen, und noch immer hatte sich Napoleons ständig wachsende Armee nicht aus Mainz herausbewegt. Der neuerliche Feldzug würde also im Zentrum des Gebietes beginnen, das Frankreich zu einem früheren Zeitpunkt eingenommen hatte; jeder andere Teil der Armee strotzte nur so von Selbstvertrauen und

Kampfbereitschaft. Lediglich auf Laurence' Feldstützpunkt waren die Offiziere missmutig und still und versahen ihren Dienst nur zähneknirschend.

»Ich finde, ich sollte noch einen weiteren Anteil dafür bekommen, dass ich sie herumtrage«, murrte Requiescat und musterte mit zusammengekniffenen Augen die Liste. Er und Iskierka waren zu Temeraires Lichtung gekommen, um sich die Aufstellungen erneut anzuschauen und wieder einmal wegen ihrer Zuteilung herumzustreiten. »Niemand sonst schleppt einen anderen Drachen auf seinem Rücken durch die Gegend, und sie ist inzwischen ja alles andere als federleicht.«

»Ich wüsste nicht, warum ausgerechnet *das* bedeuten sollte, dass du mehr bekommst. Sie selbst hat sich noch kein bisschen nützlich gemacht, also kann man nicht behaupten, dass du irgendjemandem einen Dienst damit erweist, dass du sie ständig mit dabeihast.« Iskierka war so empört, dass beim Schnauben gleich eine kleine Flamme mit herausschoss.

»Aber natürlich mache ich mich nützlich«, widersprach Ning und riss auf der anderen Seite der Lichtung ihren Kopf hoch. »Nur weil du die chinesischen Legionen noch nicht *sehen* kannst, heißt das noch lange nicht, dass sie nicht *kommen*, und sie kommen nur, weil ich hier bin. Und ihr müsst alle darauf hoffen, dass sie wirklich kommen«, fügte sie hinzu, »denn ansonsten werdet ihr verlieren.«

Temeraire legte bei dieser beklemmenden Äußerung verärgert seine Halskrause an. »Wir werden *nicht* verlieren«, sagte er, »obwohl die Legionen natürlich kommen *werden*, und sie *werden* uns sehr nützlich sein, aber das ist nicht dasselbe, wie zu behaupten, dass wir *verlieren* würden, wenn sie nicht kämen.«

»Wie du meinst«, sagte Ning. »Ich habe meine Flügel ausgestreckt, während ihr alle hier den ganzen Tag lang im Lager herumgelungert habt…«

»Und warum sind einige von *uns* müde, und du nicht? Das möchte ich ja gerne mal wissen«, mischte sich Requiescat ein.

»... und ich habe mich mit einer Menge Wilddrachen aus dieser Region getroffen. Die Unterhaltungen mit ihnen waren höchst aufschlussreich. Aber ich will ja nicht streiten«, fügte sie hinzu, »und selbstredend wünsche ich euch jeden denkbaren Erfolg.«

»Dann könntest du beim nächsten Mal, wenn wir kämpfen, auch deinen Beitrag dazu leisten«, sagte Temeraire. »Dieses Feuer, das du spucken kannst, wäre in Berlin wirklich sehr praktisch gewesen, wenn du dir nur die Mühe gemacht hättest, dich ein bisschen anzustrengen. Ich bin mir sicher, wenn du das getan hättest, dann hätte Laurence dir liebend gerne einen angemessenen Anteil des Prisengeldes zugestanden«, fügte er hinzu.

»Und was ist mit mir, he?«, fragte Requiescat.

»Vielleicht sollte Ning dir dann einen Teil ihrer Belohnung abgeben«, schlug Temeraire vor, »und zwar für deine Transportdienste. Das wäre nur angemessen.«

»Ich muss um Verzeihung bitten«, sagte Ning ziemlich schroff und setzte sich auf ihre Hinterläufe auf, »aber ehe ihr euch bezüglich meiner Belange handelseinig geworden seid, muss ich Einspruch erheben. Ich trage meinen Teil bei, indem ich die Allianz mit China aufrechterhalte, und damit müsst ihr euch zufriedengeben.«

»Sie trägt ihren Teil bei, indem sie sich für keine Seite entscheidet, bis sie weiß, wer den Sieg davontragen wird«, knurrte Iskierka mit einem Schnaufen, und Temeraire konnte ihr nicht widersprechen.

»Ich weiß, dass du kein *Feigling* bist«, sagte Temeraire zu Ning, nachdem Iskierka und Requiescat beide noch immer streitend von dannen gezogen waren, »da du ja schließlich sehr wohl bereit gewesen bist, dich selbst zu verteidigen, als es nötig gewesen ist.« Es hatte mehr als eine Gelegenheit gegeben, bei der Drachen, die neu in ihrem Lager waren, versucht hatten, Ning ihre Vorrangstellung streitig zu machen. Sie war noch immer klein, auch wenn sie inzwischen beinahe die Größe eines Leichtgewichts erreicht hatte. In diesen Momenten hatte sie entschieden, aber höflich deutlich gemacht, dass sie sich nichts bieten lassen würde. Drei oder vier Drachen hatten seitdem noch immer mit einer schlimm angesengten Kralle oder einer verschmauchten Schwanzspitze zu kämpfen. »Also ich kann einfach nicht verstehen, warum du dich nicht einbringen und dir bei dieser Gelegenheit deinen Anteil am Lohn verdienen willst. Du musst doch sehen, dass es dir einen sehr merkwürdigen Anschein gibt, wenn du nie auf den Listen auftauchst. Hinter deinem Namen steht nicht ein einziger Schilling.«

Ning warf einen raschen, sehnsüchtigen Blick auf die Aufstellungen, antwortete jedoch nur: »Es ist schön und gut, Schilling und Pfund zu zählen. Aber was ist ein Schilling? Es ist das Geld, für das du dir hier und heute einen Hasen kaufen kannst. Doch bevor wir abflogen, hast du in London dafür *zwei* bekommen.«

»Es ist schwerer, hier an Hasen zu kommen als in London«, sagte Temeraire.

»Das mag sein«, fuhr Ning fort. »Denn es herrscht Krieg, und eine Armee trampelt durch die Felder, also gibt es weniger Hasen und mehr Mäuler, die damit gestopft werden sollen. Andersherum: Wenn es keinen Krieg gäbe, würden wieder mehr Hasen herumhoppeln, und vielleicht könntest du dann sogar *drei* von ihnen für deinen einen Schilling kaufen. Warum also sollte ich mich damit zufriedengeben, Pfunde und Schillinge zusammenzuraffen, wenn ich stattdessen über ihren Wert mitentscheiden könnte?«

»Aber solange ich mehr Pfunde und Schillinge als ein anderer Drache habe, kann ich dafür auch mehr Hasen erwerben, ganz egal, was sie wert sind«, sagte Temeraire. »Und so lange, wie du keinen einzigen Schilling hast, kannst du keinen kaufen, egal, wie viele es von ihnen gibt.«

»Eine Überlegung, die für mich nur dann interessant wäre, wenn ich nicht die Aussicht darauf hätte, die Gefährtin eines wohlhabenden und mächtigen Souveräns zu werden«, sagte Ning mit fester Stimme.

»Ja, aber *welcher* Souverän«, murmelte Temeraire vor sich hin, als Ning sich wieder zum Schlafen zusammengerollt hatte. Er hatte es nicht so deutlich sagen wollen, aber er fühlte sich etwas unwohl bei dem Gedanken daran, dass sich Ning noch nicht endgültig für eine Seite entschieden hatte. Ning konnte über Hasen sagen, was sie wollte, aber kein Drache konnte wirklich wollen, bei etwas so Angenehmem wie der Verteilung von Prisengeldern übergangen zu werden. Also war sie nur deshalb so zurückhaltend, weil sie wirklich glaubte, sie könnten vielleicht verlieren. Natürlich irrte sie sich, aber er hätte gerne noch ein bisschen mehr darüber in Erfahrung gebracht, was sie auf diesen Gedanken brachte, wenn das möglich gewesen wäre, ohne ihr das Gefühl zu vermitteln, dass er vorhatte, ihr zu glauben.

»Und immer noch fliegen die Österreicher jeden Tag zwischen Wien und Dresden hin und her«, murrte Dyhern, während er Laurence eine Tasse bemerkenswert guten Kaffees anbot. »Wenn er uns irgendwo einen ordentlichen Schlag versetzt, dann werden sie sich sofort wieder bei ihm lieb Kind machen, da können Sie aber sicher sein.«

Sie hatten ihr Lager außerhalb der Stadtgrenzen von Leipzig aufgeschlagen, in der Nähe der kleinen Stadt Lützen, und warteten auf den Befehl, weiter vorzurücken. Das Hauptquartier der alliierten Streitkräfte war von Osten aus nach vorne Richtung Frankreich verlagert und in der Nähe von Dresden etabliert worden. Der Zar selbst war dort, zusammen mit Feldmarschall Kutusow, der angeblich sehr krank war, was gewiss die Koordination und die Kommunikation ihrer Armeen nicht leichter machte. Und dann war letzte Nacht die Nachricht gekommen, dass Napoleon Paris verlassen habe. Napoleon kam an die Front. Das Gerücht war in Windeseile von Lagerfeuer zu Lagerfeuer gehuscht und warf seinen bösen Schatten über jedermann. Laurence hatte das Tuscheln gehört, als er an diesem Morgen durch das Lager lief, vorbei an den frisch geschürten Feuern und im fahlen Licht der Morgendämmerung an einem schweren, grauen Himmel.

Er traf sich mit Dyhern und dem russischen Admiral Ilchenko, um sich wegen der Versorgungspläne für die kommende Woche abzusprechen. Laurence war es während des letzten Feldzuges nicht gelungen, mehr als ein paar Brocken Russisch zu lernen, und Ilchenko verstand so gut wie gar kein Englisch, während auch Dyherns Französisch sehr zu wünschen übrig ließ. Dementsprechend kommunizierten sie in einer bunten Mischung aus Sprachen und versuchten, ein und dieselbe Bemerkung mehr als einmal zu übersetzen, um sicher zu sein, dass sie auch verstanden wurde. Aber dies war noch die geringste ihrer Schwierigkeiten.

Weitere Reserveeinheiten hatten sich ihnen von Osten her angeschlossen, da die preußische Armee vollständig mobilgemacht hatte, und noch mehr russische Drachen waren aus dem Innern des Landes gekommen, nun, da der Frühling es nicht mehr so nötig machte, die Wilddrachen vom Plündern abzuhalten. Von der Anzahl her näherten sie sich jetzt der angeblichen Stärke von Napoleons Armee von vierhundert Tieren, auch wenn Zahlen allein als Maß nicht ausreichten.

Die Preußen konnten nun gut hundertdreißig Tiere aufs Feld bringen; viele von ihnen waren auf dem Weg nach Berlin befreit worden. Doch die Hälfte davon waren langsam fliegende Schwergewichte! Selbst ihre Mittelgewichte waren eher kräftiger gebaut, und sie hatten insgesamt nur sehr wenige Leichtgewichte. Laurence hätte es insgeheim viel besser gefunden, wenn die großen Tiere es dabei belassen hätten, Männer und Geschütze zu transportieren – vor allem Geschütze. Er wusste, es war das allgemeine Credo der chinesischen Legionen, dass Drachen über Mittelgewicht eine Verschwendung von

Muskelkraft bedeuteten, aber ein Mittelgewicht konnte eine vierundzwanzigpfündige Kanone nicht über eine längere Strecke hinweg tragen – im Gegensatz zu einem Schwergewicht. Napoleon hatte schon früher seine eigenen Schwergewichtsdrachen dafür eingesetzt, weitaus mehr Kanonen aufs Schlachtfeld zu bringen, als es mit Pferden über schlechte Straßen hinweg möglich gewesen wäre. Laurence konnte Dyhern keinerlei Anweisungen geben, der verständlicherweise genau wie seine Kameraden danach lechzte, sich auf dem Schlachtfeld für die erlittene Niederlage zu rächen. Und es blieb festzuhalten, dass die Männer der preußischen Artillerie es nicht eilig hatten, auf den Rücken eines Drachen zu steigen.

Auf der russischen Seite hatten sie angeblich achtzig Tiere, aber tatsächlich waren es nur dreißig Schwergewichte im Militärdienst, und diese konnte man für nichts anderes als die Schlacht selbst einsetzen. Sie kümmerten sich zu wenig um Menschen, ja, sie schienen deren Existenz kaum zur Kenntnis zu nehmen, außer wenn diese gelegentlich Nahrung oder Schätze zu verteilen hatten oder für die Brutalität der Flugfesseln verantwortlich waren. Vor einer Woche hatte Vosjem dreihundert Soldaten einem grausigen Tod überantwortet, weil ein Knoten des Bauchgeschirrs sie unter einem ihrer Flügel gestört hatte. Sie hatte sich nicht bei ihren Offizieren darüber beklagt, sondern einfach mitten in der Luft ihren Kopf nach hinten gedreht und mit einigen energischen Bissen ihrer scharfkantigen Zähne die Halterung losgerissen, ungeachtet der flehentlichen Schreie der Mitreisenden und der hastigen Ablenkungsversuche ihrer Offiziere. Seitdem hatte sich die Infanterie geweigert, an Bord irgendeines russischen Tieres zu gehen, und Laurence konnte ihnen das kaum zum Vorwurf machen.

Was die Fracht anging, so konnte man einem russischen Drachen beinahe alles zumuten, sich allerdings nicht unbedingt darauf verlassen, dass man die Sachen auch wiederbekam. Erst tags zuvor war Admiral Ilchenko sehr ungehalten zu Laurence gekommen und hatte um Unterstützung durch Temeraire gebeten. Jewjonty, einer seiner frisch eingetroffenen Drachen, wollte die Kanone nicht herausrücken, die er laut Befehl von Wilna zu der erwartungsvollen Einheit befördern sollte, die dafür verantwortlich war. Er hatte damit angefangen, jeden Offizier anzufauchen und zu zischen, sobald jemand versuchte, sich ihm zu nähern.

»Zisch *mich* nicht an«, sagte Temeraire würdevoll, als er auf der Lichtung gelandet war. »Wenn ich selber eine Kanone haben möchte, dann kaufe ich mir einfach eine von meinem eigenen Geld«, und Jewjonty hatte etwas verlegen um Entschuldigung gebeten: Die Legenden, die sich um Temeraires Schatz rankten, waren unter den russischen Drachen weit verbreitet. »Und ich kann mir auch gar nicht vorstellen, was du mit dieser Kanone anfangen willst. Sie ist nicht hübsch anzusehen und vollkommen nutzlos, wenn du keine Männer hast, die sie für dich abfeuern können.«

»Sie *gehört* mir«, erwiderte Jewjonty störrisch, »und sie ist sehr wohl wertvoll, oder warum sonst sollte man sie mir stehlen wollen?« Er hatte seinen eigenen Drachenhort bei der Zerstörung von Moskau verloren, und er war versessen darauf, einen neuen Schatz anzuhäufen, koste es, was es wolle. Die russischen Tiere bestimmten Rang und Stellung untereinander beinahe ausschließlich über ihren Besitz.

»Nun ja, diejenigen, die sie holen wollten, sind Mitglieder der Artillerie-Einheit, und sie könnten die Kanone abfeuern. Für *sie* ist sie also sehr wertvoll«, erklärte Temeraire. Er kratzte sich nachdenklich mit einer Kralle über den Knochenbogen oberhalb seines rechten Auges. »Es stimmt, dass der Wert der Dinge davon abhängt, wie sehr jemand anderer sie begehrt. Aber ich kann es nur als schäbig bezeichnen, wenn du die Kanone für dich behalten willst, obwohl sie dir gar nichts nützt, und überhaupt, wo willst du sie denn aufbewahren? Du wärst wirklich viel besser dran, wenn du die Männer für dich damit kämpfen lassen würdest. Lass sie doch deinen Namen oben auf das Rohr schreiben, dann kannst du immer sehen, welche Kanone dir gehört, wenn du drüber hinwegfliegst. Und dann lass die Männer die Angelegenheit für dich regeln.«

Nach einigem weiteren Hin und Her und dem Versprechen Temeraires, für Goldfarbe zu sorgen, ließ sich Jewjonty schließlich überreden, sich mit dieser Lösung zufriedenzugeben. Aber die Episode sorgte nicht gerade dafür, dass man den russischen Drachen als Träger viel Vertrauen entgegenbrachte.

In der Zwischenzeit waren die vielen russischen Leichtgewichte, die den weitaus wertvolleren Teil ihrer vereinigten Streitkräfte ausgemacht hätten, beinahe zu nichts einzusetzen und nicht einmal richtig zu zählen. Ihre Zahl im Lager variierte stark von Tag zu Tag. Mit Ausnahme von einer Handvoll Tieren wie Grig, die eine stärkere Bindung an den einen oder anderen Offizier entwickelt hatten, waren sie ausschließlich bereit, einen unmittelbaren Auftrag auszuführen, wenn die Belohnung dafür auf dem Fuße folgte.

»Die Schwergewichte müssen zuerst essen«, antwortete Ilchenko unnachgiebig, als Laurence andeutete, dass er gerne regelmäßige Essenszeiten einrichten würde, um die leichtgewichtigen Grauen zu ersten Anflügen von Disziplin zu erziehen. Aber die wilden Schwergewichte waren der Stolz der russischen Armee, und Ilchenko weigerte sich, etwas dagegen zu unternehmen, dass sie die Futterstellen häufig blitzblank geleckt zurückließen, oder das, was sie nicht aßen, verdarben, weil sie sich so darüber in die Wolle kriegten. Und so blieb den Grauen häufig nichts anderes übrig, als irgendwo nach Abfällen zu suchen, und oft bedienten sie sich bei den leidgeprüften heimischen Bauern. Wenigstens die irregulären Kosakentruppen sorgten für ihr eigenes Essen. Ihre Tiere mit Fluggewicht waren daran gewöhnt, sich von dem zu ernähren, was das Land zu bieten hatte, ohne ihre Nachbarn über Gebühr zu strapazieren, und sie nahmen eine bunte Mischung von Nahrungsmitteln zu sich, abhängig von dem, was sie gerade so fanden. In einem echten Kampf waren sie allerdings keine große Hilfe, und sie konnten den französischen Drachen nichts entgegensetzen, es sei denn, sie begegneten einem von ihnen unerwartet und allein.

Inzwischen hatten sich alle Drachen mit dem Essen aus den Grützegruben abgefunden. Aber obwohl dieser Speiseplan es zumindest *möglich* machte, eine zahlenmäßig so angewachsene Streitkraft satt zu bekommen, machte es die ganze Sache nicht *leichter*. Bei so vielen Bäuchen mit so enormer Aufnahmekapazität drohten ihre Vorräte ständig auszugehen, und es war nötig, alles höchst sorgfältig und beständig zu planen und zu überwachen.

Laurence sah von dem dicken Buch mit ihren Berechnungen auf und straffte die Schultern, dann nickte er seinem jungen Gehilfen zu, dessen Aufgabe es war, ihre Zahlen an Blüchers Leute weiterzugeben. Laurence stützte eine Hand ins Kreuz und bog den Rücken durch, denn nach den langen Stunden, die er vornübergebeugt gesessen hatte, fühlte sich sein ganzer Körper steif an. Wehmütig dachte er, dass er sein Alter nach einem Nachmittag im Zelt deutlicher spürte als nach zwei Tagen in der Luft. Er und Dyhern gingen gemeinsam nach draußen, während Ilchenko zurückblieb, um den Brief zu beenden, in dem er dem Zaren Bericht erstattete, was eine rein formale Angelegenheit war.

»Ich kann einfach kein Vergnügen an dieser Buchhaltung finden«, sagte Dyhern, »aber ich habe kein Recht, mich zu beklagen. Wenn ich daran denke, wie wir Sie vor Jena um zwanzig Drachen angefleht haben … Und schauen Sie sich jetzt unsere Stützpunkte an. Mein Herz sollte ganz ruhig sein.«

Sie hatten ihr Lager im Kessel eines namenlosen Tales aufgeschlagen, vielleicht hundert Meilen vor Leipzig. Die Drachen säumten die Hügelketten, als wären sie Dekoration, und bedeckten beinahe die gesamte freie Bodenfläche. In der Mitte ihres Feldstützpunktes stieg der perlmuttartige Dampf in kleinen Wolken aus den Kochgruben auf, und überall waren die Drachen zu hören – das Zischen ihres Atems, ihre tiefen, grollenden Stimmen, das trockene Schaben von Schuppen, die übereinanderrieben. Die schiere Menge der Tiere rief die Geschichten von den unübersehbaren Horden der Hunnen und von Märchen in Erinnerung. Laurence konnte sowohl Dyherns Unbehagen als auch seine Freude nachempfinden angesichts des Ausmaßes ihrer Streitmacht und der Schwierigkeiten ihrer Verwaltung.

Eine winzige Gestalt glitt über die Baumwipfel im Nordosten hinweg; Laurence hielt sie zunächst für einen Vogel, der sich jedoch erstaunlich schnell bewegte. Die Drachenwachen hoben nicht einmal die Köpfe, bis die Gestalt ein gutes Stück an ihnen vorbei war, und bevor sie eine Warnung ausstoßen konnten, war sie zweimal über den Talkessel hinweggeschossen, den Kopf suchend gesenkt. Dann ließ sie sich mit atemberaubender Geschwindigkeit unmittelbar vor Laurence' Füßen auf den Boden sinken und faltete ihre unverhältnismäßig großen Flügel zusammen. »Yu Li«, rief Laurence sehr überrascht, als das Jadedrachenweibchen sich so tief verbeugte, wie es mit den schleifenden Flügelspitzen möglich war.

»Vergeben Sie die unhöfliche und hastige Landung«, sagte sie. »Ich bin losgeschickt worden, um einen Kommunikationsweg zwischen Seiner Kaiserlichen Hoheit und Lung Tien Xiang …«

»Nun, Sie sind uns jederzeit willkommen und dürfen uns auch noch zehn weitere Male erschrecken«, sagte Laurence; dann drehte er sich zu Dyhern um und erklärte: »Sie ist die Anführerin der chinesischen Legionen.«

Aber Yu Li war noch nicht fertig. »Hochverehrter Bruder des Mächtigen Herrn«, sagte sie, und Laurence drehte sich zu ihr zurück, denn ihm war die Veränderung in der Art und Weise aufgefallen, wie sie ihn ansprach. Erschrocken wurde ihm klar, dass der Kaiser gestorben sein und Mianning mittlerweile gekrönt worden sein musste. »Ich bitte um Vergebung für meine hastige und unangemessene Anrede, aber ich habe ernste Neuigkeiten zu überbringen. Durch einen

Irrtum bezüglich Ihres Aufenthaltsortes habe ich Sie zunächst in einer kleinen Stadt keine dreihundert Li von hier zu finden versucht, wo eine große Anzahl an Offizieren untergebracht ist.«

Mit *kleiner Stadt* musste sie Dresden meinen; jede westliche Stadt würde einem chinesischen Drachen seltsam geschrumpft vorkommen, der erwartete, an solchen Orten öffentliche Wege und Pavillons vorzufinden, die sich nicht nur an den menschlichen Einwohnern orientierten, sondern auch an den Drachen. Und das wiederum bedeutete, dass sie gut hundert Meilen in nur einer Stunde geflogen war – eine bemerkenswerte Leistung, selbst für einen Jadedrachen. Ihre Brust hob und senkte sich in der Tat schnell, und ihre Flügel zitterten. Sie streckte Laurence ein Bein entgegen, an dem in einem goldenen Netz ein Brief steckte.

»Ich hatte die Ehre, dort auf Ihren Ratgeber Mr. Hammond zu treffen«, sagte sie, »der mir diesen Brief anvertraut hat und Sie bittet, den Inhalt dieses Schreibens in Erwägung zu ziehen, sobald es Ihnen angemessen erscheint.«

Laurence nahm den Brief heraus – eine Notiz, die nicht einmal versiegelt und in der unregelmäßigen, flüchtigen Version von Hammonds gewöhnlich ordentlicher Handschrift bedeckt war. Wenigstens war sie groß genug, um sie leicht lesen zu können. Wenige Augenblicke reichten aus, um den Brief zu überfliegen; Laurence reichte ihn an Dyhern weiter und wandte sich an Yu Li.

»Haben Sie selber die Franzosen vorrücken sehen?«

»Ja, Erhabener, und in der Hoffnung, Ihnen weitere Neuigkeiten mitteilen zu können, habe ich ihre gesamte Armee überflogen«, sagte sie. Jadedrachen flogen viel höher als die meisten anderen Drachen, und dank ihrer geringen Größe war sie sicherlich für einen Vogel gehalten worden – falls sie denn überhaupt irgendjemandem aufgefallen sein sollte. »Ihre Tiere fliegen nicht sonderlich geordnet, deshalb ist es schwer, ihre genaue Anzahl zu bestimmen. Aber es waren bestimmt fünfhundert Drachen versammelt. In ihren Tragenetzen hat jeder Drache vielleicht hundert Mann dabei, und die größeren trugen auch Kanonen.«

»Mein Gott!«, rief Dyhern. »Er wird sie vernichten. In Dresden befinden sich keine zwanzig Drachen, und die sind gerade erst dabei, wieder zu genesen.« Er drehte sich um, um Admiral Ilchenko die Lage zu erklären; dieser war aus dem Zelt gekommen, als er die Unruhe mitbekommen hatte. Laurence hatte sich von seinem Läufer ein Pergament, Feder und Tinte bringen lassen und kritzelte rasch eine Antwort. »Yu Li«, bat er, »würden Sie diesen Brief sofort zu Mr. Hammond zurückbringen?« Sie verbeugte sich erneut und nahm das Schreiben entgegen. Sobald es sorgfältig verstaut worden war, machte sie sich bereit, sprang in die Luft und war verschwunden.

»Was tun?«, fragte Dyhern.

»Gentlemen«, sagte Laurence. »Ich nehme jedes Tier mit, das schnell vorwärtskommt – jedes, das sechzehn Knoten und mehr schaffen kann. Les Cossacks, il faut que je les emmener avec moi«, fügte er an Ilchenko gewandt hinzu, der sofort heftig nickte. »Dyhern, Sie müssen meine Schwergewichte und Ihre eigenen zu unserem Depot in Leipzig bringen. Betäuben Sie jedes Schwein und Schaf hier mit Opium und nehmen Sie sie mit, und auch so viel Getreide, wie sie tragen können. Die russischen Schwergewichte müssen mit Feldmarschall Blücher hierbleiben. Wir müssen davon ausgehen, dass der Rest der französischen Infanterie uns von hinten angreifen will. Napoleon hat offenkundig vor, uns von unseren Kommunikations- und Versorgungswegen abzuschneiden. Vielleicht will er sogar den Zaren gefangen nehmen. Und dann will er uns zwischen den beiden Flügeln seiner Streitmacht zerschlagen. Wir müssen versuchen, ihn lange genug in Dresden aufzuhalten, damit Sie ihm stattdessen in den Rücken fallen können. Stimmen Sie mir zu?«

Es blieb so wenig Gelegenheit, den Plan zu besprechen, dass Laurence nicht gezögert hatte, Hammond zu schreiben, dass er kommen würde. Seine Truppe war die einzige, die in weiten Teilen aus Drachen bestand, welche die nötige Geschwindigkeit schaffen konnten, um die Franzosen einzuholen. Gewiss waren weder Eroica noch Ilchenkos Drache Sorokschest dazu in der Lage. Sie schüttelten sich in stummer Übereinkunft die Hände, dann griff Dyhern nach Hammonds Brief. »Ich werde mit Marschall Blücher sprechen«, sagte er. »Beginnen Sie mit Ihren Vorbereitungen. Ich werde sofort Bescheid geben, sobald er den Schlachtplan bestätigt hat.«

17

Iskierka konnte ihre helle Freude darüber, dass Requiescat bei den Preußen zurückbleiben musste, kaum verhehlen, auch wenn ihr Vergnügen etwas geschmälert wurde durch Laurence' Bemerkung ihm gegenüber: »Du kannst ganz sicher sein, dass die Aufgabe, für die Versorgung unserer Streitkräfte zu sorgen, nicht weniger wichtig ist und nicht weniger Anerkennung verdient als eine unmittelbare Auseinandersetzung mit dem Feind. Wenn wir nach der Schlacht nichts zu essen haben, dann wird uns der Hunger ebenso zermürben, wie es eine Niederlage durch Napoleon täte.«

»Aber ich habe eindeutig bessere Aussichten darauf, mir zusätzliche Anteile zu verdienen«, murmelte Iskierka mit einem knappen Blick auf die Listen. Temeraire seufzte kurz. Er verstand Laurence' Position, dass es wohl kaum gerecht sein konnte, wenn er zusätzliche Belohnungen an seinen eigenen Drachen auszahlen würde. Und als Flaggdrache standen ihm natürlich ohnehin hübsche fünf Anteile von jeder Ausschüttung zu. Aber es war doch sehr enttäuschend zuzusehen, wie Cavernus, Iskierka und Requiescat den Lohn für ihre Bemühungen einstrichen, während ihm dieses Vergnügen versagt blieb.

Temeraire war fest entschlossen, über jeden kleinlichen Wettbewerb erhaben zu sein. Er für seinen Teil war nicht besonders traurig darüber, Obituria zurückzulassen, die zu langsam war, um mitzukommen. Fidelitas konnte immerhin sechzehn Knoten erreichen, was respektabel war, auch wenn das selbstredend nicht an *seine eigene* Geschwindigkeit herankam, und Laurence hatte ohnehin vor, sie in zwei Einheiten aufzuteilen.

»Die übliche Flugformation muss ausgesetzt werden«, sagte Laurence zu seinen Kapitänen und mehreren preußischen Offizieren, die eilig herübergekommen waren, um sich seine Anweisungen anzuhören. Unter ihnen war auch Ferris, der kommissarisch zum Kapitän auf einem der preußischen Mittelgewichtsdrachen ernannt worden war. Temeraire hatte nachdrücklich Einspruch erheben wollen, bis er das betreffende Drachenweibchen kennenlernte. Es hatte einen wilden, verzweifelten Ausdruck in den Augen. Sein Kapitän war während ihrer eigenen langen Gefangenschaft gestorben. »Ich werde Rache nehmen«, murmelte sie leise und heiser. »Das werde ich. Ja, das werde ich.« Und Temeraire brachte es dann doch nicht übers Herz, von ihr zu verlangen, auf Ferris zu verzichten.

»Kapitän Poole, Sie und Fidelitas werden die Verantwortung für alle unsere Gelben Schnitter übernehmen, ebenso über die preußischen Mittelgewichte und die Mittelgewichte der Wilddrachen. Alle Drachen, die bei einer Fluggeschwindigkeit von zwanzig Knoten mithalten können, werden uns begleiten. Wenn Sie eintreffen, werden wir, soweit möglich, wieder unsere Formationen einnehmen, mit einer losen Phalanx von preußischen Mittelgewichten im Zentrum unter dem Kommando von Kapitän Ferris; es erleichtert die Sache, dass er die englischen Signale an den Rest der Truppe weitergeben kann. Kapitän von Tauben, Kapitän Wesselton, ich hoffe, Sie sprechen einigermaßen Französisch, denn hier sind die zwei Ihnen zugeteilten Fähnriche.« Er nickte in Richtung der beiden Genannten, die etwas eingeschüchtert zu den preußischen Kapitänen hinüberliefen.

»Kapitän Poole, sollten Sie bei Ihrem Eintreffen feststellen, dass wir bereits überwältigt wurden«, sagte Laurence, »dann sind Sie auf Ihr eigenes Urteilsvermögen angewiesen. Am wichtigsten ist es, dass die Franzosen nicht den Zaren gefangen nehmen. Lung Yu Li wird Ihnen bei Ihrer Ankunft Bericht erstatten, sodass Sie wissen werden, ob er in Gefahr ist. Oberfähnrich Roland wird an Bord von Fidelitas mitfliegen, um für Sie zu übersetzen.« Temeraire legte seine Halskrause flach an. Er sah überhaupt nicht ein, warum Roland irgendwo anders dabei sein sollte, vor allem nicht auf dem Rücken von Fidelitas. Der hatte ganz sicher nichts getan, um sie zu verdienen, und überhaupt wäre doch wohl Gerry besser geeignet, der inzwischen auch ein bisschen Chinesisch konnte. Aber mit großer Mühe nahm er sich zusammen; er konnte sich in einem solchen Moment nicht mit Laurence herumstreiten, auch wenn Emilys niedergeschlagenes Gesicht Bände sprach und sie ganz offenkundig nicht gehen wollte. Temeraire tröstete sich damit, dass sie ja nicht für immer bei Fidelitas bleiben würde – sie würde bei nächstbester Gelegenheit zurückkehren.

»Temeraire, würdest du so gut sein und alle Drachen mitnehmen? Sie sollen so viel essen, wie sie können«, sagte Laurence. »Aber zuerst nur Hafergrütze. Das Fleisch ist für unterwegs. Nehmt so viel mit, wie ihr tragen könnt. Alles, was wir zurücklassen, wird die Franzosen satt machen. Die russischen Grauen müssen auch jetzt gleich zu den Grützegruben gehen: Sie werden ebenfalls mit uns mitkommen.«

»Wir brechen sofort auf«, sagte Temeraire, schwang sich in die Luft, sicherte sich mit einem gewaltigen Brüllen die allgemeine Aufmerksamkeit und rief: »Alle Schwergewichte gehen bitte zu der Hafergrütze, immer drei pro Grube; dann gesellen sich die Mittel- und die Leichtgewichte dazu; und kein Gedränge, wenn ich bitten darf: Wir müssen alle gemeinsam essen.«

Er landete wieder, musste hier und dort für Ruhe sorgen und drängte schließlich ein paar der Schotten beiseite, um selber ebenfalls etwas zwischen die Zähne zu bekommen. Aber er hatte kaum einen Bissen genommen, als die russischen Grauen landeten und sich mehr als ungestüm über die Futterage hermachten. Also musste Temeraire seine Mahlzeit unterbrechen, um hinüberzugehen und einige von ihnen zur Ordnung zu rufen. Das brachte sie dazu, sich lauthals zu beklagen und um Gnade zu betteln, als hätte er tatsächlich vor, ihnen etwas anzutun. Er musste sogar kurz brüllen, ehe sie sich so weit in den Griff bekamen, dass sie ihm zuhörten, als er erklärte: »Ihr seid *eingeladen*, hier mitzuessen. Allerdings müsst ihr damit aufhören, euch gegenseitig aus dem Weg zu schubsen oder alles so schnell in euch hineinzustopfen, dass euch die Hälfte der Grütze wieder aus den Mundwinkeln quillt und auf den Boden tropft. Es ist genug für alle da.«

Er wiederholte seinen Spruch annähernd ein Dutzend Mal vor jeweils einem anderen Drachen, einmal sogar vor *demselben* Drachenweibchen, was ihn sehr verärgerte. »Wenn du mir noch einmal unangenehm auffällst, dann sitzt du draußen, bis alle anderen satt sind«, verkündete er beim zweiten Mal ernst. Die anderen Grauen hatten sich schließlich beruhigt. Inzwischen hatten sie alle etwas in den Magen bekommen, und auch der Rest der Leichtgewichte, allen voran Ricarlee und seine Kameraden, hatten die Aufgabe übernommen, sie mangels anderer Verständigungsmöglichkeiten mit Knuffen und leichten Klauenhieben zu besserem Benehmen zu bewegen. Man musste unwillkürlich Mitleid mit den Grauen haben, denn sie sahen so dünn und hungrig aus. Als sie mitbekamen, wie die meisten englischen Drachen fertig waren und davonflogen, obwohl noch eine Menge Grütze übrig war, wirkten sie verblüfft und begannen, entspannter und gelassener zu essen.

Temeraire stieß einen Seufzer aus und kehrte zu seiner eigenen Mahlzeit zurück, bei der er unterbrochen worden war. Wieder blieb ihm nur Zeit für einige wenige Happen, bis Grig neben ihm landete, der, wie Temeraire verstimmt bemerkte, sein Mahl bereits ungestört beendet hatte. »Wir durften *als Erste* essen«, teilte ihm Grig in boshafter Zufriedenheit mit und stieß einen gewaltigen Rülpser aus, der in keinem Verhältnis zu seinem schmalen Körper stand. »Und zwar noch vor den Schwergewichten. Du hättest mal sehen sollen, wie Vosjem sich aufgeregt hat! Und dein Laurence hat gesagt, wir würden auch morgen wieder versorgt werden, wenn wir nur mit diesem Fidelitas mithalten können und auf dem Schlachtfeld etwas leisten.

Also: Wer ist denn bitte Fidelitas?« Es klang, als sei ihm die Frage sehr wichtig; selbst er sah ziemlich abgemagert aus, dabei war er der Augapfel seines Kapitäns und wurde normalerweise viel besser versorgt als die anderen Grauen.

Temeraire musste erst ein Maulvoll Hafergrütze runterschlucken, ehe er antworten konnte. »Es ist dieser Schwenkflügler da drüben. Der gelbe.«

»Ihr englischen Drachen seid fast alle gelb«, antwortete Grig und spähte in die gezeigte Richtung. »Dieser da?«

»Nein, der da, der große, mit dem zusätzlichen Bogen an den Flügeln und mit der dunkleren Färbung«, sagte Temeraire. Tatsächlich unterhielt sich Fidelitas gerade mit mehreren anderen Gelben Schnittern, aber die Kopfform unterschied sich Temeraires Meinung nach deutlich vom Rest, und außerdem hatte Fidelitas keine weißen Streifen.

»Wir werden ganz sicher mit ihm mithalten«, sagte Grig und nickte entschlossen. »Was sollen wir auf dem Schlachtfeld tun?«

Temeraire ließ sich diese Frage gründlich durch den Kopf gehen, während er weiteraß. Er wusste sehr gut, dass die Russen sich nie die Mühe machten zu versuchen, die Leichtgewichte auszubilden, sondern sie nur dazu zwangen, die Schwergewichte zu begleiten, um den Feind abzulenken und ihm überall im Weg zu sein.

»Also, wenn ihr seht, dass sich irgendwelche französischen Drachen sammeln, um einen Angriff auf uns zu fliegen, solltet ihr ihnen sofort zuvorkommen und ihnen auf die Köpfe hauen. Oder wenn ihr seht, dass es einer von uns mit zu vielen feindlichen Drachen gleichzeitig zu tun bekommt, dann müsst ihr hinfliegen und ihm helfen. Und wann immer es eine Chance dazu gibt, solltet ihr euch zu einem großen Pulk zusammenrotten und um uns herumschwirren, vor allem vorne vor dem Feind, damit dieser nicht sehen kann, was wir vorhaben …«

Er brach ab. Ihm verrieten das verwirrte Zucken von Grigs Ohren und der Blick, mit dem der Drache zu seinen Kameraden schielte, dass die Grauen höchstwahrscheinlich nichts davon tun würden.

»Warte einen Augenblick«, sagte Temeraire, dem plötzlich ein Gedanke gekommen war, und er rief: »Ricarlee, könntest du bitte mal kurz herkommen?« Und er stellte die beiden kleinen Drachen einander vor, was dadurch möglich wurde, dass Grig des Englischen mächtig war – auch wenn er sich die Sprache nur angeeignet hatte, um die Engländer während des letzten Feldzuges auszuspionieren, was ihm Temeraire noch immer nicht so richtig verziehen hatte. Trotzdem war es praktisch, dass die Grauen sich leichter als die meisten anderen Drachen damit taten, neue Sprachen zu erlernen.

»Ricarlee und seine Burschen sind sehr gewitzt darin, den französischen Drachen das Leben schwer zu machen«, erklärte er, woraufhin der Wilddrache stolz die Brust herausstreckte. »Und es gibt viele von ihnen, alle ungefähr in eurer Größe. Ricarlee, ich hätte gerne, dass wir je einen deiner Kameraden mit einem der Grauen zusammenbringen, ehe ihr aufs Schlachtfeld kommt.« An Grig gewandt, fuhr er fort: »Dann kannst du deinen Freunden sagen, sie sollen einfach nur nachmachen, was sie bei ihren Partnern sehen, und während des gesamten Kampfes nicht von ihrer Seite weichen.«

Grig nickte nachdenklich. »Und natürlich werden es die Schotten melden, wenn irgendeiner während der Schlacht flieht und sich versteckt, und der darf dann als Letzter essen.«

»Ja, warum nicht«, sagte Temeraire leicht verblüfft. Daran hatte er noch gar nicht gedacht, und es erschien ihm eine sehr sonderbare Vorstellung, dass sich irgendein Drache während einer Schlacht *verstecken* könnte. Allerdings fiel ihm wieder ein, dass Perscitia auch nicht besonders gerne kämpfte, aber immerhin war sie ja auch ein wirklich sonderbarer Drache.

»Ich werde das jedem sagen, du kannst dich darauf verlassen«, versprach Grig. »Wir werden unseren Beitrag leisten.« Dann richtete er sich ein bisschen auf und legte den Kopf schräg: »Vielleicht können ja diejenigen, die sich ganz besonders hervortun und dir in bemerkenswerter Weise nützlich sind, indem sie zum Beispiel die anderen zur Ordnung rufen, nach der Schlacht mit ein paar Vergünstigungen rechnen?«

»Oh«, sagte Temeraire besorgt. Er wusste nicht, ob Laurence vorhatte, die Grauen bei der Verteilung der Prisengelder mit zu berücksichtigen. Dass sie in dieser Schlacht etwas gewinnen würden, da war sich Temeraire ganz sicher. »Ich kann auf keinen Fall irgendetwas versprechen«, sagte er, während er unglücklich darüber nachdachte, wie dieselben tausend Anteile unter so viel mehr Drachen aufgeteilt werden würden. Aber im Stillen hatte er das niederschmetternde Gefühl, dass Laurence genau das tun würde.

Laurence für sein Teil wäre sehr froh über jeden Funken Hoffnung gewesen, nach der bevorstehenden Schlacht irgendwelche Prisengelder verteilen zu können. Während die Drachen ihre Mahlzeit einnahmen, aß er ein wenig Brot und kaltes Fleisch und trank einige Schlucke Wein, während er verschiedene Nachrichten verfasste. Ein Schreiben war für die Admiralität bestimmt, eines für Jane. Wenn Napoleon sie hier besiegen sollte, dann musste sie gewarnt werden, ehe weitere fünfhundert Drachen auf ihrer Türschwelle standen. »Ich werde sie erreichen, keine Angst«, versprach Minnow, ehe sie ihren Kopf durch das Tragenetz für den Brief schob. Laurence konnte es sich im Augenblick eigentlich nicht leisten, auf auch nur ein einziges Tier zu verzichten, aber Winchester waren so klein, dass sie in einem Nahkampf wenig ausrichten konnten, nicht einmal gegen andere Leichtgewichte. Und Minnow war schlau und erfahren genug, um sich einen Weg entlang der Küste an Napoleons Truppen vorbei zu suchen. Kapitän Wesley und sein Winchester Veloxia waren bereits mit der Depesche für Whitehall aufgebrochen; sie würden versuchen, Berlin zu erreichen, und die Nachricht von dort aus weiterbefördern lassen.

Als die Drachen gesättigt waren, wurden überall die Geschirre angelegt. Die Bodentruppen würde man zurücklassen, damit sie mit der Infanterie mitmarschieren konnten. Vermutlich würde eine große Menge an Ausrüstung und sonstigem Kriegsmaterial eingebüßt werden, aber das ließ sich nicht ändern. Winters hastete mit Laurence' Fliegermantel herbei und hatte mit dem Gewicht zu kämpfen. Laurence nahm dem kleinen Mädchen das schwere Kleidungsstück ab und schlüpfte in das derbe Leder, dann überprüfte er seine Pistolen und seinen Degen. Er würde nie vergessen, dass er einmal nur mit seinem Paradedegen am Gürtel losgeflogen war. Jetzt aber spürte er das beruhigende Gefühl seiner geliebten chinesischen Klinge. Er machte einen Schritt in Temeraires ausgestreckte Klaue hinein und ließ sich auf dessen Rücken heben.

Das Wetter war außerordentlich schön, und der Himmel war übersät mit bezaubernden kleinen Wattewölkchen, die allerdings unangenehmerweise ihre Sicht einschränkten. Laurence nahm nur selten sein Fernrohr vom Auge weg, und auch die Aussichtsposten hielten ihre eigenen Fernrohre unablässig vor ihren Gesichtern und warteten angestrengt auf die erste Spur der Feinde. Laurence spürte, wie sich Temeraires Flügelmuskeln in gleichmäßigen Zügen spannten und wie sein Drache sich beinahe bis an den Rand seiner Kräfte anstrengte. Für ein Schwergewicht erreichte er eine bemerkenswerte Geschwindigkeit; er war gut ausgerüstet, hatte allerdings nur ein Viertel des gewöhnlichen Gewichts an Brandbomben dabei. Nur die schnellsten Drachen waren mit ihm mitgekommen: Iskierka, die englischen Leichtgewichte und dahinter, in lockeren Grüppchen, die Reihen der Kosakendrachen. Es waren gut vierzig Tiere mit je zehn Mann Besatzung, die sich an Bord zusammendrängten. Es dürfte allerdings kaum eine echte Hoffnung darauf geben, Napoleon zu besiegen, sagten sich alle; sie konnten nur versuchen, ihn lange genug aufzuhalten, bis sich mehr von ihren eigenen Streitkräften auf dem Schlachtfeld einfinden würden.

In ihrem halsbrecherischen Tempo würden sie drei Stunden bis Dresden brauchen; eine weitere Stunde würde vergehen, bis der Rest ihrer Truppen eintreffen könnte. Laurence schob entschlossen den unwillkommenen Gedanken daran beiseite, dass diese verzweifelt erwarteten Drachen unter dem Kommando eines Offiziers stehen würden, der ihn hasste und verachtete und der über praktisch jeden Grund froh wäre, ihn besiegt am Boden liegen zu sehen. Aber es hatte keinen Sinn, solche Überlegungen weiterzuverfolgen; Fidelitas war bei Weitem der ranghöchste Drache jener zweiten Welle. Einen Moment lang hatte Laurence in Erwägung gezogen, Granby und Iskierka zurückzulassen und ihnen das Kommando zu übertragen – aber dieser Moment war schnell wieder vorbei gewesen. Wenn im schmalen Zeitfenster dieser ersten Stunde irgendetwas zu erreichen war, dann nur mithilfe der entschlossensten und wildesten Verteidigung, die sie aufbringen konnten.

»Rauch voraus, ein Strich vor Steuerbord«, rief Belleisle, einer der Ausgucke, warnend. Sofort richtete Laurence sein Fernrohr in diese Richtung. Zuerst war er sich nicht sicher: War es wirklich Rauch, oder lagen doch nur Wolkenfetzen im Schatten? Aber die dünnen, grauen Schlieren stiegen vom Boden auf: eindeutig Rauch.

»Ich denke, wir sollten uns auf Gefechtsstation begeben, Mr. Forthing«, sagte Laurence.

»Jawohl, Sir«, sagte Forthing und drehte sich um, um den Befehl an Challoner weiterzugeben, doch das war überflüssig. Alle Besatzungsmitglieder hatten sich bereits in Bewegung gesetzt, und ihr Tempo zeigte deutlich, in welcher Alarmbereitschaft sich jeder befand, wie Pfeile in Bögen, deren Sehnen bis zum Äußersten gespannt und kurz davor sind, zum Schuss losgelassen zu werden.

Der Rauch vor ihnen wurde rasch dichter, was nicht nur daran lag, dass sie immer näher kamen. Die Stadt stand in Flammen. »Laurence, das da, auf der anderen Seite der Stadt, ist Accendare«, sagte Temeraire, »ich bin mir ganz sicher.« Und als Laurence den Himmel absuchte, gelang es ihm ebenfalls rasch, das Drachenweibchen mit seinem Fernrohr ins Visier zu nehmen. Der Flamme-de-Gloire war beinahe der größte Drache, der zu sehen war, und hob sich mit der gelb-schwarzen Tönung deutlich vom Himmel ab, als er einen Augenblick, in ihre Richtung gedreht, die Flügel spreizte.

»Das hat sie niemals alles allein angerichtet«, platzte Oberfähnrich Ashgrove entgeistert heraus. Er war ein junger Offizier und stammte von einem Drachen, der mit weitaus weniger Sinn für Schicklichkeit geführt worden war, als es Laurence lieb war. Aber die Bemerkung kam nicht von ungefähr, wie er feststellte, als sie näher heranflogen und die Stadt besser in den Blick kam: Es war eine Stadt, die lichterloh in Flammen stand. Leichter wäre es gewesen, die Häuser zu zählen, die *nicht* brannten. Aus vielen Gebäuden strömten Soldaten heraus, die zur Flucht gezwungen waren und nun stolpernd durch die Gassen und Straßen Dresdens rannten. Napoleon hatte sich offenkundig gegen einen Kampf Mann gegen Mann entschieden und räucherte stattdessen seinen Feind aus: ein brutales Vorgehen, ebenso effektiv wie widerlich. Auch Laurence konnte sich nicht vorstellen, wie Accendare – ganz gleich, was für ein verhängnisvoller Ruf ihr auch vorauseilte – ganz allein die gesamte Stadt angezündet haben sollte, wo doch die Häuser zum Großteil aus Stein errichtet waren und über ausreichend Wasservorräte zum Löschen verfügten.

»Drache auf Backbord«, brüllte der vordere Ausguck auf dieser Seite. Allerdings kam dort nicht *ein* Drache, sondern es näherten sich hundert oder zweihundert oder noch mehr. Eine ganze Wolke von Drachen stieg *en masse* aus einem bislang verborgen gebliebenen Versteck auf, in dem sie sich augenscheinlich mit neuem Material versorgt hatten. In Paaren trugen sie große, eiserne Kessel, die je an einem Tragejoch befestigt waren. Aus dem Innern stieg Dampf auf, und als die Drachen abdrehten und über die Stadt fegten, kippten sie die Kessel um, sodass das überflogene Gebiet mit Strömen von rauchendem Pech und Teer überzogen wurde. Ihnen folgte eine zweite

Welle, die Brandbomben abwarf, um den heißen Teer zum Entflammen zu bringen; manchmal explodierten die Bomben auch schon mitten in der Luft.

Laurence hielt sein Fernrohr starr auf den noch immer weit entfernten Drachenpulk gerichtet und konnte sich des Gefühls nicht erwehren, dass es unter ihnen mehr Variationen gab, als er zu sehen erwartet hatte – Variationen nicht nur in Farbe, Größe und Tönung. Es waren zu viele Drachen mit deutlich ausgeprägten, charakteristischen Zügen, was die Kopfform oder den Flügelansatz anging. »Roland«, sagte Laurence, doch dann fiel ihm ein, dass sie ja gar nicht bei ihm mitflog. »Mr. Forthing«, sagte er stattdessen, »fällt Ihnen irgendetwas Merkwürdiges an diesen Drachen auf?« Zu gerne hätte er sich mit Granby ausgetauscht; er brauchte einfach die Meinung irgendeines Mannes, der sein ganzes Leben lang Flieger gewesen war und mit der ganzen möglichen Bandbreite an Drachen vertrauter war als er.

Forthing spähte angestrengt hinüber und hielt entschlossen die Riemen seiner Fliegerkappe fest, die bei ihrem rasenden Tempo ihre Schnallen eingebüßt hatte und nun jeden Augenblick verloren zu gehen drohte. Stattdessen versuchte Forthing, die losen Enden der Lederbänder zu verknoten. »Eine Menge seltsamer Sorten, Sir, wenn es das ist, was Sie meinen. Wilddrachen – er hat genommen, was er kriegen konnte, nehme ich an.«

Laurence schüttelte unzufrieden den Kopf. »Würden Sie denn sagen, dass das *französische* Wilddrachen sind?«

»Von denen sieht doch einer so ziemlich wie der andere aus«, sagte Forthing unsicher.

»Sir«, mischte sich Leutnant Challoner ein. »Ich war vor Kurzem in einer der Kolonien, und auch wenn ich es nicht beschwören würde, bin ich doch der Meinung, dass diese Grünen da auf der linken Flanke so aussehen wie die Tiere der Naskapi – das sind die Ureinwohner oben im Norden von Halifax.«

»Was, Indianer, hier?«, fragte Forthing. »Wie sollten sie denn hierherkommen? Und warum vor allem?« Aber Laurence hatte sein Fernrohr bereits auf die grünen Drachen gerichtet, die Säcke mit Brandbomben schleppten, und auch wenn sie zu weit weg waren, als dass er ihre Gesichtszüge hätte genauer erkennen können, so war doch deutlich zu sehen, dass die Männer an Bord ganz sicher keine französischen Offiziere waren. Es gab jeweils nur einen Mann pro Drache, in langem Ledermantel, der von oben bis unten in bunten Farben bestickt und mit Fellbesatz versehen war. Ihre Tiere hatten dieselben dreieckigen Köpfe mit schmalen Schnauzen, wie es üblicherweise bei den Drachen der Inka der Fall war, auch wenn ihre Schuppen nicht so lang und fedrig wirkten.

Laurence schüttelte unzufrieden und verwirrt den Kopf, konnte aber nicht länger über die Angelegenheit nachgrübeln. In fünf Minuten würden sie das Schlachtfeld erreicht haben, wenn sie in dieser Geschwindigkeit ihren geraden Kurs beibehielten.

Sie könnten das Brandbombenkommando direkt angreifen. Die langsame Geschwindigkeit und die Koordination, die für diese Operation nötig waren, dürften zur Folge haben, dass selbst ein einfaches Störmanöver ausreichen würde, um sie abzulenken. Die Stadt war offensichtlich bereits verloren, und die einzige Hoffnung darauf, Napoleon zu besiegen, bestand darin, die Armee zu retten, falls das möglich war.

Die seitliche Ausdehnung dieser unglaublich großen Streitmacht würde die Verteidigung während des Rückzugsgefechts zu einem hoffnungslosen Unterfangen machen, wenn sie nicht auf die Unterstützung durch Kanonen hoffen konnten. Es müsste doch eigentlich Kanonen geben: mindestens dreihundert von ihnen. Waren denn alle im Feuer verloren gegangen? An dieser Frage hing alles: Wenn es ihnen gelang, Artilleriestellungen aufzubauen, konnte ein erfolgreicher Rückzug vielleicht gelingen. »Temeraire«, sagte Laurence nach einem kurzen Augenblick. »Wir sollten von Süden kommen und uns einen besseren Überblick darüber verschaffen, was Accendare auf der Straße da drüben treibt.«

Die Signale wurden gesetzt, und sie flogen in einem großen Bogen um die brennende Stadt herum. Die Menschen unter ihnen strömten aufs freie Land hinaus und versuchten, die letzten Habseligkeiten zu retten, die von ihrem Leben noch übrig waren. Sie zogen kleine, voll beladene Wagen und hatten Schubkarren bei sich; Mütter trugen ihre Säuglinge in den Armen – eine Karawane des Elends. Accendare selbst flog gerade über eine Landerhebung nahe der östlichen Tore und kreiste dort, umschwirrt von einer Wolke von Leichtgewichten, zumeist Pêcheur-Rayés. Sie hatte gar nichts mit dem Feuer in der Stadt zu tun. Stattdessen war sie damit beschäftigt, die Bemühungen der alliierten Streitkräfte zunichtezumachen, die darin bestanden, eine Verteidigungslinie quer über die östliche Ausfallstraße zu errichten, auf der die ungeordnete preußische Infanterie versuchte, sich zurückzuziehen.

Blöcke von Fußsoldaten standen in dichter Formation, um die Geschützmannschaften der Artillerie abzuschirmen, die sich damit abmühten, ihre Kanonen in Position zu bringen. Die Männer der Alliierten hatten ihre gefährlich zuckenden Bajonette aufgepflanzt und wehrten damit jeden unmittelbaren Drachenangriff ab, aber Accendares Flammen überzogen und versengten die Männer. Nachdem die Pêcheurs ihre letzten Brandbomben abgesetzt hatten, bewarfen sie die Soldaten mit allem, was sie in die Klauen bekamen. Einer der Drachen ließ einen ausgerissenen Baum fallen, der sechs Männer in einer Reihe unter sich begrub. Doch die Kameraden daneben schoben den Stamm weg und schlossen die Reihen, die Bajonette hoch in die Luft gereckt. Einer der Männer, die umgefallen waren, rappelte sich wieder auf, ein anderer sammelte die Schusswaffen vom Boden auf und steckte sie mit dem Schaft in die Erde, sodass die Bajonette nach oben ragten. Beinahe überall ließen sich solche unbemannten

Speerspitzen entdecken, die verrieten, was für einen hohen Tribut der Angriff bereits gefordert hatte.

Laurence bewunderte unwillkürlich den Mut und die Standhaftigkeit, mit der die russische und die preußische Infanterie in solcher Ordnung einem Luftangriff begegneten, dem sie so wenig entgegenzusetzen hatten. Er sah nicht ein einziges Tier in der Luft, das da war, um sie zu verteidigen. Aber eine kleine Dracheneinheit hätte lange darauf hoffen können, angesichts einer derartigen zahlenmäßigen Unterlegenheit lange durchzuhalten.

Auch seine eigene nicht. Trotzdem schob er sein Fernrohr zusammen und nickte, nicht erleichtert, aber mit Entschlossenheit. Die Entscheidung war gefallen, und nun gab es nichts mehr zu tun als zu kämpfen. »Sag Iskierka, sie soll sich um Accendare kümmern«, rief Laurence Temeraire zu, »und wir werden dieser Bombardierung ein Ende bereiten, zumindest auf der östlichen Seite der Stadt. Wir müssen der Infanterie Gelegenheit verschaffen, eine Ausfallstraße zu erreichen.«

Er gab Quigley den Befehl, den Kosaken zu signalisieren, dass sie Iskierka folgen sollten. Die kleineren Drachen, die sich um Accendare drängten, waren augenscheinlich reguläre französische Drachen, und die Kosaken waren alles Veteranen, die ihre Entertechniken gegen solche Truppen im Laufe der harten Kämpfe während der letzten zwei Jahre vervollkommnet hatten. Granbys Signaloffizier winkte mit der Flagge, die zeigte, dass er verstanden hatte, und dann legte sich Iskierka schräg und schoss mit ihrem Gefolge davon. Temeraire blieb mit seiner traurig dezimierten Truppe zurück – nur noch dreißig Drachen waren ihm geblieben, viele davon nur in der Größe von Kurierdrachen, bei großzügiger Betrachtung – ein halbes Dutzend Schotten, zwei preußische Mauerfüchse, sieben Graukupfer und fünf Xenicas, die aus britischen Formationen entliehen waren. Keiner davon verfügte über erwähnenswerte Muskelkraft.

Aber Laurence gab ihnen das Signal, sich in Rautenformation

hinter Temeraire zu sammeln, und allein die schiere Wucht durch ihre Geschwindigkeit hinterließ eine Spur in der riesigen Wolke der französischen Drachen. Temeraire brüllte, und der Göttliche Wind machte ihnen den Weg frei, als hätte eine gewaltige Sense eine Schneise geschlagen. Und selbst als das Echo verklungen war, wichen die Drachen aus Angst davor zu beiden Seiten aus. Die englischen Drachen ließen nicht locker: All die kleinen Drachen flogen in festem Verbund hinter Temeraire, das *Flapp, Flapp, Flapp* ihrer Flügelschläge war heftig und in seiner Nähe, und sie bahnten sich ihren Weg mitten durch die feindlichen Linien hindurch, bis sie bei den Osttoren herauskamen. Das Bombardement war empfindlich gestört worden: Teerkessel wurden viel zu rasch ausgeschüttet, und Brandbomben fielen zu spät.

Beinahe wären sie noch an Accendare herangekommen, die sich in die Sicherheit der französischen Reihen zu bringen versuchte, während Iskierka schadenfroh ihre Eskorte mit Feuer bespuckte. Schwache *Hurra*-Rufe wehten vom Boden zu ihnen herauf, und einige Salven wurden als Salut oder als Freudenfeuer abgeschossen. Vor allem aber nutzten die Russen und die Preußen in fieberhafter Eile jeden Augenblick, der ihnen verschafft wurde. Die Kanonen, die von den Infanterieblöcken mit ihrer Bajonettabwehr geschützt wurden, wurden nun schnell in eine Reihe auf die niedrigen Hügel gezogen, von denen aus sich die Straße überblicken ließ, und beinahe sofort begannen sie regelmäßig zu donnern, was für einen schmalen Grat an Sicherheit sorgte, denn immerhin konnten die französischen Drachen nun nicht mehr unbehelligt fliegen. Und beinahe auf der Stelle begann der Hauptteil des Korps mit einem geordneten Rückzug: Die Männer verließen Dresden durch die hinteren Tore in der Stadtmauer; sie kehrten der Feuersbrunst den Rücken und strömten auf der Straße nach Osten.

Iskierka und die Kosaken flogen in einem Bogen zurück, um sich wieder Temeraire anzuschließen. Sie waren noch immer eine sehr kleine Truppe im Vergleich zu den Massen der Franzosen. Und diesen Rückzug mussten sie nun eine geschlagene Stunde lang mit der dürftigen Unterstützung durch die Kanonen verteidigen. Die Franzosen hatten die Bombardierungsflüge eingestellt, wie Laurence sah. Die Drachen landeten bei ihren Kompanien und wurden dort entladen. Jeden Augenblick würde sich die gesamte Wucht des Angriffs gegen sie selber richten.

»Wir können kaum einen richtigen Schlachtplan absprechen, da wir so wenig über die Möglichkeiten unseres Gegners wissen, der uns noch dazu zahlenmäßig derart überlegen ist«, hatte Laurence vor ihrem Abflug zu seinem kläglichen Haufen von Kapitänen gesagt. »Wenn sich eine Verteidigungslinie aufbauen lässt, dann übernehmen Temeraire und Iskierka die Führung. Bitten lassen Sie Ihre Tiere das Beste tun, um die beiden zu unterstützen. Wir werden versuchen, die ganze Zeit über ein Tempo zu halten, das jeden Enter-Versuch im Ansatz zunichtemacht, auch wenn wir dafür bei unserer eigenen Treffgenauigkeit Abstriche machen müssen. Ich vertraue darauf, dass jeder Mann … dass jeder im Rang eines Offiziers und jeder Drache seine Pflicht tun wird«, endete er etwas unbeholfen in dem Versuch, sich selbst zu berichtigen, denn schließlich unterstanden alle fünf Frauen der Kompanie seinem Kommando. Und jetzt musste er sie einem so übermäßigen Risiko aussetzen. Aber die Xenicas waren die schwersten der schnellen Drachen und konnten nicht geschont werden.

Temeraire war nun von der Bürde befreit, auf die langsameren Tiere in seiner Einheit Rücksicht nehmen zu müssen, und schlug jetzt ein Tempo an, bei dem von Treffsicherheit bei seinen Mannschaftsmitgliedern wahrlich nicht mehr die Rede sein konnte. Er führte einen wilden Korkenzieherflug nach dem anderen aus, bei dem er die französischen Drachen aus dem Weg katapultierte, wenn sie sich nicht vor Angst selbst zur Seite warfen. Die leichteren Drachen hinter ihm taten es ihm voller Enthusiasmus nach. Wind und ein wahrer

Farbenwirbel brachten Laurence' Augen zum Tränen: Er konnte den einen Drachen nicht vom nächsten unterscheiden, so schnell sausten sie an ihm vorbei, aber selbst wenn Temeraire langsamer wurde, um sich für den nächsten Überflug umzudrehen, fand er es beinahe unmöglich, einen Überblick über das Schlachtfeld oder die feindlichen Kräfte zu bekommen.

Während Temeraire über das Schlachtfeld jagte, feuerten Laurence und seine Offiziere ihre Waffen blindlings ab und hofften, ohne dass sie sich ganz sicher sein konnten, dass sie wenigstens ab und an ein Ziel trafen. Sie schossen erst die eine, dann die andere Pistole ab, dann mussten sie sie mitten in der Luft mühselig nachladen, während ihnen das Pulver aus der Schachtel geblasen wurde und ihnen die Pistolenkugeln durch die tauben Finger rutschten. Links von Laurence stieß Baggy einen wortlosen Schrei aus und schlug sich die Hand vor die Stirn. Eine scharlachrote Linie zog sich einmal quer über sein ganzes Gesicht, als ob ihm jemand die Spitze des Kopfes hatte abschneiden wollen, und das Blut quoll in dicken Stößen hervor. Er war von einer Kugel gestreift worden. Einen halben Flügelschlag langsamer, und er wäre getötet worden: ein Schuss, der so wenig auf ihn persönlich gerichtet gewesen war wie ein Bitzschlag in einem Gewittersturm.

Es war, wie gegen einen Heuschreckenschwarm zu kämpfen – jeder Schlag landete irgendwo, aber es schien keine Hoffnung auf ein siegreiches Ende zu geben. Temeraire drängte diesen Drachen ab, brüllte jenen an, bis der vor Schreck die Flucht ergriff – und doch kamen immer neue Tiere, die ihre Plätze einnahmen und aus den Rauchwolken hervorschossen wie Ungeheuer aus dem Höllenschlund. Die Franzosen griffen sie pausenlos an und versuchten, an ihnen vorbeizugelangen, um die donnernden Kanonen auszuschalten und die Armee, die sich auf dem Rückzug befand, zu vernichten.

Laurence war sich jedes einzelnen Augenblicks dieser Stunde so deutlich bewusst, wie er es noch nie in einer Schlacht erlebt hatte. Es gab nichts, was er tun konnte, um Temeraire zu helfen, außer einen Ausguck in jede Richtung blicken zu lassen und ihn zu warnen, sobald sich ihm ein Feind näherte. Doch es näherte sich immerzu ein Feind, und es blieb keine Verschnaufpause. Sobald Temeraire für mehr als das kürzeste Wendemanöver langsamer wurde, schossen die Franzosen sofort auf ihn zu. Wenn er sich hinter die eigenen Kanonen zurückzog, um kurz zu Atem zu kommen, begannen die feindlichen Drachen unverzüglich wieder mit ihren Angriffen auf die Artillerie. Lange ließ sich diese Anstrengung nicht durchhalten, nicht nach einem dreistündigen, gnadenlosen Flug.

Temeraires Schnelligkeit ließ nach, und das Zerstörungswerk der Franzosen ging langsam und unausweichlich weiter. Laurence suchte nach jedem Wenden den Himmel ab. Er hatte jedes Gespür für die Zeit verloren, und sein Stundenglas war nutzlos geworden; zu oft hatte sich Temeraire gedreht, wenn er den französischen Drachen ausweichen musste, oft sogar einmal um die eigene Achse. Die Sonne war hinter Rauchwolken verschwunden.

Laurence maß die Minuten am Grad seiner eigenen Verzweiflung, und er hatte fast die Grenze erreicht, als einer der Ausgucke einen Schrei ausstieß. Beinahe wäre Laurence das Fernrohr aus den Händen gerutscht, weil er es just in dem Augenblick aus dem Gürtel zog, als Temeraire abtauchte. Doch dann schraubte er sich wieder höher, und Laurence brauchte gar kein Fernrohr mehr: Die Reihe der näher rückenden Drachen war in der Ferne mit dem bloßen Auge zu erkennen; Fidelitas befand sich in der Mitte der Wolke.

Je näher sie kamen, desto langsamer wurden sie. Die französischen Geschützmannschaften am Ende der Reihen drehten die Kanonen herum, um die Anrückenden mit einem unwillkommenen Beschuss zu empfangen, und plötzlich lichtete es sich um Temeraire herum, als sich mehrere Dutzend der französischen Tiere zurückfallen ließen, um zu verhindern, dass sich ihre Streitkräfte vereinten. Poole würde sich entscheiden müssen, ob er sich mit Gewalt einen Weg bahnen wollte, was ein großes Risiko bedeutete, oder ob er lieber in einem weiten Bogen um die Stadt herumfliegen sollte, um mögliche Scharmützel mit den Franzosen zu vermeiden, die sein Vorankommen ständig verlangsamten. Letzteres wäre sicherer, würde jedoch bedeuten, dass sie eine weitere halbe Stunde verlieren würden, ehe er ihnen zur Hilfe eilen könnte.

Eine halbe Stunde hatten sie nicht mehr. Es waren mehr Drachen als genug übrig, die sich ihnen entgegenwerfen konnten, und auch wenn Temeraires Energie beim Anblick seiner Kameraden wieder aufflackerte, schien es um die Entschlossenheit der Feinde ebenso bestellt, die ihn um jeden Preis zur Strecke bringen wollten, ehe er Unterstützung bekam. Sieben Drachen umringten mit einem Schlag von allen Seiten seinen Kopf. Kapitänin Gaudey flog an ihm vorbei und schrie etwas; ihr Xenica Glorianus machte kurzen, grausamen Prozess mit der verletzlichen Flanke eines rotblauen Garde-de-Lyon, der gerade versuchte, Temeraires linke Seite zu verletzen, und nun von ihm abließ. Aber Temeraire war für einen kurzen Moment lang aufgehalten worden – lange genug für ein Dutzend Enterer, um von den um ihn versammelten feindlichen Drachen aus auf seinen Rücken zu springen, die Pistolen abzufeuern und ihre Krummsäbel zu schwingen. Es waren Napoleons berüchtigte Mamelucken, deren rote Hosen sich leuchtend von Temeraires schwarzer Haut abhoben.

Laurence bekam von der großen Schlacht in den nächsten fünf Minuten nichts mehr mit. Die Welt verengte sich für ihn auf die Breite von Temeraires Hals. Karabinerhaken wurden in die Geschirrringe eingeklinkt, gerade dann, als sie alle von den Füßen gehoben wurden. Temeraire kämpfte wutentbrannt; Himmel und Erde drehten sich rasend schnell um sie herum und verschmolzen mit dem Rauch. Laurence, halb blind vom Wind und der Geschwindigkeit, versuchte, seine Pistolen nachzuladen und Klingen abzuwehren, die er nicht richtig erkennen konnte. Forthing ging vor ihm auf die Knie und lenkte einen Hieb ab, Laurence erwischte in dem Moment den dahinterstehenden Mann …

Dann ruckelte sich die Welt wieder zurecht und erstarrte, jedenfalls im Vergleich zu vorher. Temeraire schlug nun ein gemächlicheres Tempo an. Er ließ sich zurückfallen, hinter die Kanonen und hinter die Mauer der alliierten Drachen. Fidelitas war das Risiko eingegangen und einfach geradewegs durchgebrochen. Calloway versetzte dem letzten Enterer mit einem Gewehr einen gewaltigen Schlag auf den Hinterkopf, sodass er ohnmächtig wurde, und rief: »Mr. Ashgrove, bitte lassen Sie Verbandszeug hochbringen, und ich benötige vier Hände zur Hilfe. Sir, Sie sind nicht verletzt, oder?«

»Nein, nichts Ernstes«, sagte Laurence, auch wenn er nur schwer Luft bekam. Er hatte einen Schlag gegen die Rippen abbekommen. Es gelang ihm, sich an seinen Geschirrbändern umzudrehen. Forthing war in seinen Gurten zusammengesackt; er blutete und war benommen. Fidelitas, Cavernus und Levantia hatten die Leichtgewichte ihrer Formation gesammelt und gingen gegen die Franzosen vor; Ricarlee und seine Kameraden, gemeinsam mit den russischen Grauen in ihrer Mitte verteilt, griffen freudig die Feinde an, die noch übrig geblieben waren. Unter ihnen zogen sich die alliierten Truppen zurück, die Bajonette an den Gewehren auf ihren Rücken. Die Kavallerie bewachte die Flanken, und die Kanonen wurden auf der Straße fortgeschafft.

18

Temeraire verspürte vor allem Erschöpfung, durch die hindurch gelegentlich ein tiefer Schmerz in seinen Flügelgelenken aufflammte und unangenehm puckerte, sobald er sie bewegte. Die halb verheilten Wunden vom Musketenbeschuss in seiner Brust waren zu kleinen, schmerzhaften Knoten geworden, als ob jemand unablässig stumpfe Messer in seine Haut drückte, aber nicht scharf genug, um durch seine Schuppen zu dringen. Iskierka neben ihm schlürfte ebenfalls mit stumpfer Mühe wortlos ihre Hafergrütze und ließ dabei den Kopf hängen. Temeraire machte eine kurze Pause, schluckte und seufzte schwer: Ihm war noch nie zuvor aufgefallen, wie ermüdend es war, auf einem großen Stück Fleisch im Maul herumzukauen, selbst wenn es lange Zeit gekocht worden war.

Aber er blieb hartnäckig, und nach und nach wurde das Essen vor ihm weniger, und mehr und mehr fiel ihm die seltsame allgemeine Stille rings um die Kochgruben herum auf. Alle, die bei der ersten Flugwelle dabei gewesen waren, waren natürlich sehr müde, aber auch niemand aus dem zweiten Kommando sprach ein Wort. Von dem üblichen Geplapper oder Zanken war nichts zu hören. Sogar die russischen Grauen aßen leise und warfen Fidelitas immer wieder Seitenblicke zu. Dieser hatte bei seiner Mahlzeit eine merkwürdig geduckte Haltung eingenommen – halb beschämt vermied er es, Temeraire anzuschauen, obwohl er sich in der Schlacht so gut geschlagen hatte und zu ihrer Rettung herbeigeeilt war.

Plötzlich durchfuhr Temeraire ein heftiger Schreck, und er fragte: »Wo steckt Roland?« Niemand antwortete ihm. »Challoner!«, rief er drängend, aber sie war weggegangen, um ebenfalls irgendwo etwas zu essen. Forthing war noch immer bei den Ärzten. »Was ist mit ihr passiert?«, sprach er Fidelitas ganz direkt an.

»Wie bitte?«, fragte Fidelitas und zuckte erschrocken, ja schuldbewusst, wie Temeraire glaubte, zusammen. »Ich weiß nicht. Wer ist Roland?«

»Sie ist *meine* Offizierin«, fauchte Temeraire, den diese ungenierte Antwort empörte. »Ich habe sie dir nur für diesen einen Kampf ausgeliehen – *ausgeliehen*!«

Er war drauf und dran, weiter auszuführen, welche Fürsorglichkeit er im Ausgleich für diese Geste erwartet hatte, als Baggy seine eigene Grützeschale abstellte – er hatte sich nicht die Mühe gemacht, einen Löffel zum Essen zu Hilfe zu nehmen –, rülpste und sagte: »He, was soll die Aufregung? Roland ist beim Admiral.«

»Oh!«, sagte Temeraire. »Dann ist sie nicht verletzt?«

»Nein«, antwortete Baggy. »Wie kommst du denn da drauf?«

»Also, ich bin sehr froh, das zu hören, auch wenn mir das mal jemand früher hätte sagen können«, brummte Temeraire, aber er war nicht gänzlich beruhigt. Er wusste noch immer nicht, warum Fidelitas so seltsam guckte, ebenso Cavernus, die einen steifen, missbilligenden Ausdruck auf ihrem Gesicht hatte.

Vielleicht machte ihnen der Rückzug zu schaffen. Aber niemand konnte sich ernsthaft über den Ausgang des heutigen Tages beklagen, jedenfalls niemand, der Dresden in Flammen hatte stehen sehen, oder der die Übermacht der gegnerischen Seite und die Situation, die sie vorgefunden hatten, miterlebt hatte. Niemand kam umhin, beeindruckt zu sein. Sie waren entkommen, und ebenso fast alle preußischen und russischen Soldaten mitsamt ihren Kanonen, oder zumindest mit der Hälfte davon. Noch an diesem Morgen hätte das niemand für wahrscheinlich gehalten, der wusste, was sie erwarten würde. Natürlich war es nicht genau dasselbe wie ein Sieg – aber man musste sich nur anschauen, wie die Russen Napoleon im letzten Winter überlistet hatten, indem sie auf eine besonders geschickte Art und

Weise vor ihm davonliefen. Und überhaupt fand Temeraire es kleinlich, wenn man in Anbetracht der Umstände jetzt auch noch unzufrieden war.

»Gut, gut«, sagte Churki, nachdem sie unter wildem Federrascheln neben ihm gelandet war. »Also hier steckst du, und hier ist auch die Armee, immer noch in einem Stück! Da hätte ich heute Morgen nicht drauf gewettet«, fügte sie hinzu, als wolle sie Temeraires eigene Gedanken mit großem Nachdruck bekräftigen. »Das war wirklich saubere Arbeit. Ist da vielleicht noch ein Happen übrig?« Und dann wartete sie sehr höflich, bis Temeraire Platz machte, sodass sie sich dazugesellen und sich ebenfalls am Essen bedienen konnte. Temeraire hatte sich würdevoll vor ihr verbeugt, als er beiseiterückte, auch wenn dabei seine Flügelgelenke von Neuem zu schmerzen begannen. Er hatte das Gefühl, Churki diese Geste schuldig zu sein, wo sie ihm gegenüber doch selber so höflich gewesen war. Außerdem wollte er ihre vollkommen berechtigten, aber trotzdem netten Bemerkungen anerkennen; er hoffte, dass alle anderen sie ebenfalls gehört hatten und dass sie aufhören würden, sich so hölzern zu benehmen.

Churki zumindest schien nichts zurückzuhalten. »Als ich begriffen hatte, wie es um die Stadt steht, wusste ich natürlich sofort, dass Hammond auf der Stelle rausgebracht werden muss«, sagte sie beim Kauen. Sie war an diesem Morgen bei ihm in Dresden gewesen, als die erste verzweifelte Vorhut von der anrückenden Streitmacht berichtete. »Da waren nicht mehr als zehn andere Drachen in der gesamten Stadt, wenn man von den Kurieren absieht: Es hätte keinen Sinn ergeben zu kämpfen. Also habe ich ihn fortgeschafft, gemeinsam mit dem jungen Burschen, dem Zaren. Ich halte nicht viel von diesen Russen, das kann ich dir sagen! Keiner von ihnen hat sich vernünftig um ihren Kaiser gekümmert. Und ist es zu glauben, dass er noch nicht einmal verheiratet ist? Irgendetwas läuft hier in diesem Teil der Welt gehörig falsch mit den Menschen, muss ich sagen.

Ich hatte nicht das Gefühl, dass ich ihnen irgendeine Form der Hilfe schuldig wäre, aber Hammond war so aufgeregt, dass ich mich bereiterklärte, ihn mitzunehmen, und diesen alten Marschall auch. *Er* klang gar nicht gut. Ich habe ihnen gesagt, dass sie ihn lieber ordentlich einwickeln sollen, aber sie wollten sofort los, auch ohne Decken und heiße Steine.« Sie schüttelte missbilligend den Kopf über diese ganze Angelegenheit.

Sie war weiter nach Osten geflogen in eine Stadt namens Bautzen, die ihr Ziel gewesen war, und hatte dort gewartet, bis Yu Li ihnen die Nachricht von der gelungenen Flucht der Armee überbrachte. »Was ich nicht im Geringsten erwartet hätte«, fügte sie hinzu. »Natürlich musste Hammond dann zurückkommen, um sich euch wieder anzuschließen. Aber wenn du mich fragst, hat er hier gar nichts verloren, genauso wenig wie der Zar. Niemand kann diesen Kaiser Napoleon einen vernünftigen Mann nennen nach diesem Krieg, den er in Russland geführt hat, aber es lässt sich nicht abstreiten, dass er zehnmal so viel wert ist wie jeder General, den wir haben. Und er hat schon *vier* Kinder.«

»Nur eins«, protestierte Temeraire, »auch wenn die Kaiserin Anahuarque ein weiteres austrägt, wie Laurence berichtet hat.«

»*Vier*«, beharrte Churki. »Er hat noch zwei mehr mit zwei verschiedenen Frauen in Frankreich, und eines in Wien, und allesamt sind alt genug, um zu laufen. Ich habe Hammond diesbezüglich befragt. Also erwartet die Sapa Inca noch ein Kind?« Sie stieß einen tiefen, sehr neidischen Seufzer aus. »Maila kann sich nicht beklagen – wenn nur Hammond endlich eine Frau finden würde, die ihre Fortpflanzungsfähigkeit bereits so deutlich unter Beweis gestellt hat wie der französische Kaiser! Und dieses litauische Mädchen wird ein Kind für Dyhern zur Welt bringen, wie ich gehört habe«, endete sie eindeutig missgelaunt.

Temeraire hatte Miss Merkelyte – Mrs. Dyhern – schon beinahe völlig vergessen. Es kam auch ihm nicht ganz fair vor, dass Eroica einfach so aufgetaucht war und ihnen das Mädchen vor der Nase weggeschnappt hatte. Aber er wollte nicht ärgerlich auf Eroica sein, der es nicht mit Absicht gemacht hatte und der sich als so außerordentlich hilfreich mit dem Schatz erwiesen hatte: ein wahrer Freund.

»Aber wie ich sehe, hat dein Laurence auch noch nichts in dieser Hinsicht unternommen«, sagte Churki. »Obwohl er jetzt Admiral ist? Das muss es doch viel einfacher für ihn machen, das Interesse einer Frau zu erringen, die es wert ist.« Dann fügte sie hinzu: »Ich verstehe nicht, warum du zulässt, dass er so wählerisch ist. Aber wenn du nicht willst, dass er Mrs. Pemberton heiratet, dann hättest du sie lieber mit jemand anderem zusammenbringen sollen, damit wenigstens sie mit dem Kinderkriegen hätte anfangen können.«

Zu diesem Zeitpunkt waren fast alle mit dem Essen fertig und gingen weg, um Platz zu machen für die Köche, die die Gruben sauberscheuerten und die Grütze für den nächsten Tag ansetzten. Fidelitas war, so schnell es ging, weggeflogen, und so ergriff Temeraire die Gelegenheit, zu Cavernus hinüberzurücken und ihn leise zu fragen: »Warum benehmen sich denn alle so komisch? Was hat Fidelitas getan?«

»*Er* hat nichts getan«, sagte sie, weigerte sich aber weiterzusprechen. »Du solltest lieber mit dem Admiral darüber reden.«

»Ich vertraue darauf, Roland, dass über dieses Thema kein Wort verloren wird«, sagte Laurence.

»Ich bin doch keine Gans, die überall herumläuft und schnattert«, erwiderte Roland. »Aber es wird nicht totgeschwiegen werden, Sir. Jeder Mann auf dem Rücken hat ihn gehört, und alle Mann an Bord haben Fidelitas gehört, und ich wage zu behaupten, dass ein Dutzend Tiere mitbekommen hat, wie Cavernus ihre Meinung zu dem Thema kundgetan hat; es wird kein Geheimnis bleiben.«

»Nein«, sagte Laurence, »aber es kann auch überall bekannt sein, ohne dass es mir offiziell gemeldet worden ist.«

»Vielleicht wäre das aber gerade ein günstiger Zeitpunkt dafür«, antwortete sie spitz.

Laurence wusste genau, was sie meinte. Es war unbestreitbar, dass er durch seinen herausragenden Einsatz die Armee der Alliierten gerettet hatte, und Whitehall konnte ihn in diesem außergewöhnlichen Moment nicht rauswerfen. Wenn er also Poole offiziell zur Rechenschaft ziehen wollte, dann war dies der richtige Augenblick. »Das ist alles«, sagte er. Roland runzelte die Stirn, legte aber die Hand an den Hut und verließ das Zimmer. Laurence ließ sich schwer auf seinen Stuhl sinken, der bequemer war als die vielen, die er während des Feldzuges benutzt hatte. Ihm war ein Haus als Quartier zugewiesen worden, das groß genug war, um ein Wohnzimmer zu haben, in dem ein Schreibtisch stand. Er verstand Rolands Bedenken und teilte sie. Aber jedes Kriegsgericht, das gegen Poole einberufen werden würde, stünde vor der bemerkenswerten Schwierigkeit, ihn wegen Nichterfüllung seiner Pflicht zu verurteilen, obwohl seine Pflicht in Wahrheit in höchstem Maße erfüllt worden war, indem sein Drache einen gefährlichen Angriff geflogen war und sich durchgesetzt hatte, sodass er gerade noch rechtzeitig Temeraire und Iskierka zu Hilfe gekommen war und den Rückzug der Armee gesichert hatte.

Der Fall wäre nur dadurch zu gewinnen, dass man öffentlich verkündete, Poole habe versucht, Fidelitas zu einer anderen Reaktion zu bewegen – und dass seine Versuche misslungen waren. Sein Drache hatte ihm vorsätzlich den Gehorsam verweigert. Diese Tatsache verbreitete sich auch jetzt schon mit der rasenden Geschwindigkeit eines Gerüchtes durch das Korps, ganz sicher zum Ärger und zur Sorge eines jeden Offiziers, der es als unverbrüchliche Wahrheit angenommen hatte, dass Drachen ihren Kapitänen blindlings gehorchten. Laurence war sich nicht einmal sicher, dass ein Gericht, das mit Fliegern besetzt war, zugeben würde, dass so etwas tatsächlich geschehen war. Man würde Poole dazu bringen zu sagen, dass er seine Meinung geändert und Fidelitas angewiesen habe, den Angriff zu fliegen, dass er aber zu leise gesprochen hatte, als dass irgendjemand ihn hatte hören können. Viele würden sich weigern zu glauben, dass ein Drache aus seinem eigenen Verständnis von Pflichterfüllung heraus gehandelt hatte; er wäre angeblich entweder von einem anderen Drachen dazu angestiftet worden oder, was eine noch unvorteilhaftere Deutung wäre, ihn hatte die Aussicht auf Prisengeld dazu getrieben.

»Und ich kann auch nicht behaupten, dass Poole ohne jeden Zweifel im Unrecht gewesen ist«, sagte Laurence müde. »Er könnte genauso gut anführen, dass das Risiko eines Angriffs zu groß gewesen war für die Aussicht, uns eventuell zu retten – dass er sich also einfach für den Weg entschieden hat, der ihm sicherer erschien.«

»Aber wenn er um die Stadt herumgeflogen wäre, wäre er niemals rechtzeitig gekommen, um die Kanonen zu retten, die viel mehr als ich bedroht gewesen sind«, sagte Temeraire, was die eigene Gefahr, in der er geschwebt hatte, optimistisch einfärbte. »Und ohne die Kanonen wäre vielleicht alles verloren gewesen, das kann doch jeder nachvollziehen. Der arme Fidelitas. Ich bedauere so sehr, dass ich heute so barsch zu ihm gewesen bin. Er hat sich so merkwürdig benommen, dass ich mir sicher war, er hätte irgendetwas getan, weswegen er sich schämen muss. Aber jetzt ist mir klar, dass er sich wegen Poole geschämt hat, und alle anderen hatten Mitleid mit ihm. Wir müssen was für ihn tun, Laurence. Ich schätze, es gibt keine Aussicht auf irgendwelche Belohnungen?«

»Nein«, antwortete Laurence. Viel wahrscheinlicher war, dass sie am Ende der Woche am Hungertuch nagen würden. Eine große Menge an Vorräten hatte man hinter den feindlichen Linien zurücklassen müssen.

»Dann einen Orden«, sagte Temeraire entschieden. »Er muss auf jeden Fall eine Medaille bekommen.«

»Wir werden morgen darüber nachdenken«, sagte Laurence. »Jetzt solltest du erst mal schlafen. Ich war mir sicher, dass du schon längst ruhen würdest, wenn ich komme, und ich bedaure, dass ich dich noch wach vorgefunden habe. Hast du genug gegessen?«

»Ja«, sagte Temeraire. »Alle Drachen der dritten Welle haben netterweise auf ihr Essen verzichtet, weil sie am Nachmittag etwas bekommen hatten, ehe sie die Vorräte hierhergebracht haben. Also sind wir alle satt geworden. Und ich bin wirklich nicht so furchtbar müde«, sagte er, aber ausgerechnet an dieser Stelle wurde er von einem gewaltigen Gähnen geschüttelt, und nur Augenblicke darauf ließ er seinen Kopf sinken und murmelte: »Aber jetzt, wo Emily wieder da ist und du mir versichert hast, dass alles in Ordnung ist ...« Er begann bemerkenswert geräuschvoll zu schnarchen, woraufhin das Buschwerk in der Nähe seiner Nüstern bei jedem Luftzug heftig zu zittern begann.

Laurence legte ihm eine Hand auf die weiche Schnauze, ließ sie einige Zeit dort liegen und spürte den Atem gleichmäßig und tief darunter entlangströmen. Dann ging er zu der Lichtung der Kurierdrachen, wo eine ebenfalls zutiefst erschöpfte Yu Li auf ihn wartete. Laurence zögerte. Er hatte genug von ihrem Bericht gehört, um zu wissen, dass er unbedingt auch den Rest erfahren und mit diesen Nachrichten zum Hauptquartier eilen musste, aber sie war den ganzen Tag lang in ihren Diensten hin- und hergeflogen und zitterte jetzt fürchterlich. Die kalte Nacht war hereingebrochen, und Jadedrachen hatten nicht genug Fett am Körper, das sie hätte wärmen können, wenn sie nicht flogen. Laurence sah zurück zum großen Haus, dann ließ er den Blick über das Lager schweifen, wo die ranghöheren Mitglieder der Truppe herbeiströmten. Schließlich sagte er langsam: »Glauben Sie, Sie können mit ins Haus kommen?«

Sie flog seinem Kurierdrachen bis zum Haus hinterher und stieg dann nach Laurence die Treppe hinauf, zur allergrößten Verwunderung der Wachen. Yu Li war von Kopf bis Schwanz nur gut zweieinhalb Meter lang, aber ihre Klauen und Zähne waren trotzdem beeindruckend genug. Hammond riss von innen die Tür auf, stürzte heraus auf den Treppenabsatz und griff nach Laurence' Hand, die er zur Begrüßung beinahe zerquetschte.

»Admiral!«, schrie er. »Er hat auf der Straße vor Dresden haltgemacht. Er hat auf jeden Fall haltgemacht. Unsere bestätigten Berichte lassen keinen Zweifel zu.«

Es war klar, wer mit *er* gemeint war, und die Wachen, die die Neuigkeiten mitgehört hatten, strahlten mindestens genauso wie Laurence. »Ich kann mir nur nicht vorstellen, warum«, sagte Laurence, obwohl er Hammonds Händedruck mit dem gebührenden Eifer erwiderte und nach ihm ins Haus trat. Seine eigene Begleitung hatte er ganz vergessen. »Mit einem zweistündigen Flug hätte er uns in Angriffsreichweite gehabt – sind Sie sicher, dass er nicht gestoppt hat, damit seine Nachzügler aufschließen können?«

»Seine Nachzügler stellen drei Viertel seiner Armee dar«, sagte Hammond. »Jetzt, da Blücher wieder bei uns ist, hat er nicht mehr genügend Männer, um es mit uns aufzunehmen. Er hat die Hälfte seiner Drachen zurück nach Erfurt geschickt, um den Rest seiner Infanterie durch die Luft hierherzutransportieren. Uns bleiben noch mindestens drei Tage. Kommen Sie herein, Sie müssen sofort hereinkommen«, fuhr Hammond fort und zog Laurence hinter sich her in das große Wohnzimmer, wo sich die Offiziere bereits versammelt hatten, ohne dass ihm der Drache in seinem Schlepptau auffiel.

Und selbst dort bemerkte zunächst niemand Yu Li. Marschall Blücher trat auf Laurence zu und begrüßte ihn mit einer heftigen Umarmung, und auch alle anderen Offiziere hießen ihn mit dem Nachdruck von Männern willkommen, die sehr genau wussten, wie knapp sie einer Katastrophe und Niederlage entkommen waren. »Seine Majestät wird Sie sehen wollen«, sagte Blücher. »Sie haben schon gespeist?«

Ein unterdrückter Schrei unterbrach die allgemeine Begrüßung: Yu Li war neugierig zum Tisch gelaufen, der mit Karten übersät war, die nebeneinandergelegt worden waren und so einen gewaltigen Überblick ermöglichten. Yu Li streckte ihren langen Hals aus, um sich ihre augenblickliche Position genauer anzusehen, sehr zum Schrecken eines jungen Stabsoffiziers neben ihr, der beinahe seinen Nachbarn umrempelte, als er zurückwich. »Ich bitte um Verzeihung«, sagte Laurence hastig. »Gentlemen, das ist Lung Yu Li, die von den chinesischen Legionen entsandt wurde.«

Es herrschte tiefe Stille. Yu Li selbst unterbrach sie, indem sie auf Chinesisch sagte: »Das ist eine hübsche Karte, aber diese Männer sind nicht dort«, während sie sich vorbeugte, um mit den Krallen ihrer Vorderklaue mehrere Veränderungen an der Position der Figuren vorzunehmen. Sie schob einige hierhin, andere ein Stückchen dorthin, bis sie mit der Aufstellung zufrieden war. Dann richtete sie sich am Tisch auf und sah in die besorgten Mienen der Versammelten. Üblicherweise erschien ein Drache nicht im Wohnzimmer, und sogar Laurence musste einräumen, dass Yu Li hier eindeutig fehl am Platze wirkte. Die ganze Szenerie erweckte den Eindruck, als wäre eine Karikatur in der *Gazette* mit einem Schlag zum Leben erwacht.

»Sir«, sagte Laurence zu Blücher, »ihre Neuigkeiten erlauben keinerlei weitere Verzögerungen. Marschall Kutusow sollte sofort davon in Kenntnis gesetzt werden, wenn man ihn stören darf.«

»Oh! Das darf man nicht«, sagte Blücher ernst, »denn Marschall Kutusow ist tot.«

Die Männer, die sich an einem Tisch mit dem Zaren versammelt hatten, unterschieden sich stark in ihrer Kleidung. Die Staatsmänner waren sauber und ordentlich angezogen, die Dienstoffiziere unrasiert und in verschwitzten Uniformen, auf denen der Rückzug deutliche Spuren hinterlassen hatte. Ihre Gesichter waren allerdings alle ähnlich trostlos, und Yu Lis Nachrichten waren nicht dazu angetan, ihre Laune zu heben.

»Auf Befehl des Gefürchteten Herrn sind die Legionen von Xian sofort aufgebrochen, nachdem sie den Befehl des Gefürchteten Herrn erhalten hatten«, erklärte Yu Li. »Unverzüglich sind sie durch Yutien gereist und haben die Taklamakan-Wüste überquert. Seitdem sind wir stets auf Widerstand gestoßen, was verhindert hat, dass wir eine sichere Versorgungslinie aufbauen konnten. Als Konsequenz daraus mussten wir bei jedem Depot eine Wache in ausreichender Größe postieren, um es zu verteidigen, und unsere Versorgungsflüge müssen in größeren Gruppen erfolgen, was wiederum unweigerlich zu einem höheren Bedarf an Nahrung führt und unser Vorankommen entsprechend stark verzögert.«

»Überfälle von Wilddrachen?«, fragte ein russischer Offizier, als Laurence bis hierhin übersetzt hatte. »Ich wage zu behaupten, dass sie nicht wissen, wie sie mit den wilden Tieren umgehen sollen, da sie aus ihrem eigenen Land nichts Vergleichbares kennen. Aber jede respektable Wache sollte in der Lage sein, sie zu vertreiben.«

Laurence war sich sicher, dass Yu Li keine Angriffe durch gewöhnliche Wilddrachen meinte, wie sie bei den Versorgungsstationen jedweder Armee zu erwarten waren. Als er sie fragte, welche Arrangements getroffen worden waren, um sich dagegen zu schützen, sagte sie mit einem ernsten Blick auf den Offizier, der zuvor gesprochen hatte. »Natürlich haben wir, wie es sich für jede zivilisierte Armee gehört, einen Vorrat angelegt, der großzügig genug ist, um angemessene Geschenke für jene Drachen bereitzuhalten, deren Gebiete wir überqueren. Aber unsere Gaben wurden zurückgewiesen. Diese Attacken waren dazu gedacht, uns zu vernichten, nicht dazu uns auszurauben.«

Es herrschte Stille, als diese Mitteilung sackte. Jedermann wusste, dass Kutusow vorgehabt hatte, nach Möglichkeit eine Falle zu stellen, die fast genau jener ähnelte, die sich während des letzten Feldzuges in Russland beinahe um Napoleons Armee geschlossen hätte. Er hatte vorgehabt, während des Winters so weit westlich vorzustoßen, wie er konnte. Sobald er auf Napoleons Vorhut treffen würde, wollte er sich Stückchen für Stückchen zurückziehen, zähneknirschend Gebiet verloren geben und die französischen Reihen auseinanderziehen, bis die Ankunft der Legionen aus dem Osten das Gleichgewicht der Lufthoheit mit einem Schlag zum Kippen bringen und es ihm erlauben würde, zum vernichtenden Schlag auszuholen, und zwar mithilfe der Österreicher. Alle vertrauten darauf, dass sie sich unter diesen Umständen endlich ins Kriegsgeschehen einmischen würden. Napoleon hatte bereits einen Gutteil dieses Planes zunichtegemacht, indem er vorgestoßen war, um mit einem Streich Dresden einzunehmen und sie selber weit nach Westen abzudrängen. Selbst eine kleine Verzögerung in der Ankunft der Legionen reichte nun aus, um Anlass zur Sorge zu geben.

»Wie lange?«, fragte Wittgenstein schließlich und durchbrach damit die Stille.

»General Zhao bedauert, dass es noch mindestens zwei Monate dauern wird, ehe es möglich sein wird, sich entlang der Weichsel zu sammeln«, antwortete Yu Li.

»Wir haben keine zwei Monate«, sagte Blücher. »Wir haben nicht einmal zwei Wochen.«

»Und wenn die Österreicher in den Krieg eintreten?«, fragte einer der Männer.

»Die Österreicher werden sich nicht herauswagen, solange Napoleon mit fünfhundert Drachen und zweihunderttausend Mann an ihren Grenzen hockt, während wir nur die Hälfte dieser Anzahl aufzubieten haben«, sagte Hammond. »Graf Metternich ist zwar im Geiste ganz auf unserer Seite, Gentlemen, aber er ist kein Narr.«

»Wenn ich so kühn sein darf«, sagte Laurence, »dann sollten wir uns zuerst Gedanken darüber machen, wie Napoleon es geschafft hat, fünfhundert Drachen für seinen Dienst zu verpflichten. Eugène hatte starke Luftstreitkräfte an der Elbe, und Davout hat angeblich zweihundert Drachen in Hamburg. Die Tiere können nicht alle aus Frankreich stammen. Nicht nach Bonapartes Verlusten in Russland, die, soweit wir wissen, immens waren. Es waren zu viele Drachen mit ungewöhnlichen Charakteristiken dabei, und Yu Lis Berichte geben dem Verdacht neue Nahrung, dass er auch Verbindungen mit den Drachen des Ostens eingegangen ist – dass er die Legionen erwartet hat und eine Menge Anstrengungen unternommen hat, um ihre Ankunft hier zu verzögern.«

Eine Schlussfolgerung, die allen anwesenden Männern weniger behagte, war schlicht nicht vorstellbar: Alle Pläne Kutusows waren damit zerschlagen. Aber die kühle Logik dieser Erklärung ließ sich nur schwerlich leugnen, und so widersprach niemand. Laurence zögerte einen Moment, stellte fest, dass niemand etwas sagen wollte, und fuhr mit Nachdruck fort: »Das hat er mit seinem *Code* angerichtet, Gentlemen. Hegt hier irgendjemand Zweifel daran? Er hat für den Preis von Papier und Tinte Tausende Drachen in seinen Dienst gebracht, die ansonsten den Krieg friedlich in ihren entlegenen Höhlen verschlafen hätten. Hat es denn Berichte von steigenden Überfällen auf unsere eigenen Vorräte gegeben?«

Überall am Tisch schwoll Gemurmel an. Es hatte solche Berichte allerorts gegeben …

»Wir hielten das für die Konsequenz aus all dem Unfrieden«, sagte ein preußischer General langsam, aber endlich begriffen sie nach und nach, was Laurence in den letzten Monaten an den Rand der Verzweiflung gebracht hatte, denn wann immer er versucht hatte, das Schreckgespenst des *Codes* zur Sprache zu bringen, hatte niemand ihm zuhören wollen. Es gäbe nur wenig Wilddrachen, Napoleons Angebot würde sie gar nicht erreichen, weil sie seine Sprache nicht beherrschten und nicht lesen konnten, und falls sie doch davon hörten, würden sie nicht daran glauben.

»Wenn er sich wirklich die Gefolgschaft aller Wilddrachen und der unangeschirrten Drachen gesichert hat, dann müssen wir diesen Bund zerschlagen. Wie kann das erreicht werden? Mit Gift …?«, begann einer der Offiziere.

»Er hat sie hinter sich vereinen können«, unterbrach ihn Laurence bissig, »weil das die einzige Antwort ist, die *Sie* ihnen geben würden. Die Drachen haben von Ihnen nichts anderes zu erwarten, als dass Sie sie abschlachten oder dem langsamen Hungertod überlassen, wie es in den letzten Jahrhunderten der Fall gewesen ist. Napoleon hat ihnen stattdessen die Freiheit versprochen und die Freude am Anrecht auf ein Territorium, das sie als ihr Eigen betrachten können. Es kann also kaum verwundern, wenn sie sich allesamt hinter seinem Banner sammeln. Glauben Sie vielleicht, dass die angeschirrten Drachen in unserem Dienst noch lange loyal bleiben werden, wenn sie wissen, dass Sie vorhaben, ihre Kameraden zu vernichten?«

Wittgenstein hob eine Hand, und nur mit Mühe brachte sich Laurence zum Schweigen. Er hatte das Gefühl, dass sein Herz mit gewaltiger Kraft gegen seine Rippen hämmerte. Er sah, dass ihm Hammond einen besorgten Seitenblick zuwarf, ebenso Yu Li, die zwar seinen Worten nicht hatte folgen können, der aber die Heftigkeit seines Ausbruchs nicht entgangen war. Sie war zu ihm gelaufen und hatte sich links neben ihm auf ihren Hinterläufen aufgebaut; es hatte den Anschein, als wäre sie ganz ruhig, aber in Wahrheit waren die Muskeln ihrer Beine angespannt, als könnte sie im Notfall mit beeindruckender Kraft losspringen. Laurence hielt sich mit aller Kraft im Zaum.

»Der Zar hat mich nach Bautzen beordert«, sagte Wittgenstein in den stillen Raum hinein. Zweifellos wollte ihn dieser an Kutusows Stelle zum Kommandanten ernennen. Er war beinahe die einzige Wahl und konnte kaum ablehnen, aber die Position, die er erben würde, mochte nicht weniger beneidenswert sein. »Ich muss ihm die Neuigkeiten überbringen und seinen Willen in Erfahrung bringen. Wir werden morgen wieder zusammenkommen. Heute, meine Herren, sollten Sie schlafen gehen. Mr. Hammond, wenn ich Sie noch auf ein Wort bitten dürfte …«

Hammond ging mit ihm davon, nicht ohne noch einen besorgten Blick über die Schulter zurückzuwerfen, und Laurence kehrte vom

Haus zum Feld-Stützpunkt zurück, noch immer in der Stimmung unterdrückten Zorns.

»Kommen Sie mit, Sie werden bei Temeraire wärmer schlafen«, sagte Laurence zu Yu Li, nachdem sie gelandet waren. Auf seine Worte hin schob sie sich sogleich unter einen Flügel von Temeraire, den dieser murmelnd ein Stückchen angehoben hatte, ohne auch nur ein Auge aufzumachen. Laurence fand keine Ruhe. Er lief immer wieder die ganze Länge von Temeraires Körper auf und ab und war sich sehr wohl bewusst, dass seine Offiziere und Besatzungsmitglieder ihn aus ihren Zelten heraus beobachteten und flüsterten. Es kümmerte ihn nicht.

Die Antwort würde erst am nächsten Morgen kommen. Er wusste nicht, wie sich der Zar entscheiden würde. In Russland hatte Alexander befohlen, dass man seine eigenen Wilddrachen von ihren Flugfesseln befreien musste, mithilfe derer sie in den Zuchtgehegen festgehalten wurden. Aber er hatte das nur aus Eigennutz heraus getan, denn er hatte gehofft, diese Drachen davon überzeugen zu können, Tragegeschirre anzulegen und seine Infanterie zu transportieren. Im Ausgleich dafür sollten sie ihre Freiheit und ihr Brot bekommen. Auf diese Weise wollte er auch verhindern, dass stattdessen Napoleon diese Tiere für sich rekrutierte. Derselbe Eigennutz könnte ihn nun dazu verführen, die vollständige Vernichtung der Wilddrachen in Erwägung zu ziehen, wenn er glaubte, dass das die leichtere Lösung wäre.

Laurence wusste mit absoluter Gewissheit, dass er einen solchen Befehl nicht ausführen würde – und genauso wenig danebenstehen und zusehen würde, wie andere ihn befolgten. Er brauchte sich auch nicht zu fragen, was Temeraire davon halten würde, schließlich hatten sie eine ähnliche Wahl schon einmal getroffen. Endlich verlangsamte er seine Schritte und blieb neben dem Kopf des schlafenden Temeraire stehen. Die Ruhe eines Entschlusses überkam ihn. Er bereute seine damalige Entscheidung nicht. Wenn er nun beim Wort genommen und diese Entscheidung auf die Probe gestellt würde, dann würde er sich nicht beklagen. Ihr Weg wäre glasklar, so undenkbar er auch erscheinen mochte. Zweimal hatte er Napoleon seinen Dienst versagt, obwohl es seinen eigenen Interessen gedient hätte. Aber in diesem Fall würden sie sich ihm anschließen.

Wenigstens wäre die Entfernung nicht weit, dachte Laurence mit einem Anflug von Galgenhumor und musste beinahe lachen. Stattdessen jedoch holte er einmal tief Luft und riss sich zusammen. Sechs Glockenschläge waren vor Kurzem zu hören gewesen; es würde also noch ein klein wenig dauern, bis es Morgen würde. Noch immer trug er seinen Fliegermantel. Entschlossen kletterte er in die Beuge von Temeraires Vorderbein, wickelte die Lederschöße eng um sich herum und schloss die Augen. Der Schlaf kam mühelos und plötzlich, als läge er wieder in seiner Hängematte wie vor zwanzig Jahren, als er sich über nichts anderes als die Richtung des Windes hatte Gedanken machen müssen.

Am nächsten Morgen fühlte sich Temeraire sehr erschöpft. Alle anderen waren wieder merkwürdig still – dieses Mal seine eigene Mannschaft, und wieder aus irgendeinem Grund, den ihm niemand verraten wollte. Alle zuckten mit den Schultern und sagten: »Ich weiß von nichts.« Außer O'Dea, der nur düstere Hinweise auf irgendein mysteriöses, schreckliches Ereignis gab, das ganz gewiss eintreten würde, und *dann* sagte: »Ah, aber ich weiß von nichts«, was nicht viel besser war.

Laurence war wieder fortgegangen, um sich mit den Generälen zu treffen – er hatte so prächtig an diesem Morgen ausgesehen, wie Temeraire wohlwollend zur Kenntnis genommen hatte. Als er aufgewacht war, hatte er festgestellt, dass alle Läufer von ihren Schulaufgaben weggerufen worden waren und sich verstreut hatten. Laurence rasierte sich, während die Läufer seinen guten Mantel abbürsteten und sein bestes Hemd bügelten, das gewöhnlich mitsamt Temeraires

Krallenscheiden in einer Truhe aufbewahrt wurde. Temeraire hatte die Chance ergriffen und ein paar Vorschläge gemacht – und Laurence hatte gehorsam seinen Orden für seine Verdienste am Nil angelegt, seinen Degengriff frisch poliert und sehr zu Temeraires Befriedigung seinen Galahut mit der Kokarde aufgesetzt. Doch dann war ihnen die Zeit davongelaufen und Laurence Hals über Kopf aufgebrochen, und erst da brachte Temeraire das merkwürdige Verhalten seiner Mannschaft auf den Gedanken, dass er nach dem Grund hätte fragen sollen, weshalb Laurence sich so herausgeputzt hatte.

»Also gut«, sagte er verärgert. »Dann werde ich zu den Grützegruben gehen und sehen, ob da irgendjemand etwas gehört hat, da ihr ja alle … nutzlos seid.«

Die meisten der Wilddrachen hatten es gern, sich dort zu versammeln und schon mal ein bisschen den Duft der Speisen einzuatmen, selbst wenn das Essen noch gar nicht fertig war. Irgendwann war es so weit gekommen, dass einer der großen Drachen in der Nähe schlafen musste, um sie zu verscheuchen. In der letzten Nacht war Iskierka an der Reihe gewesen. Sie lag also dort, hatte aber ebenfalls nichts anzubieten: »Was soll es denn da zu wissen geben?«, fragte sie gähnend. »Granby, ist etwas los?«

»Ich weiß von nichts«, sagte Granby. Temeraire musterte ihn und hatte das starke Gefühl, hintergangen zu werden. Immerhin hatte Granby den Anstand, bedrückt auszusehen. »Ich habe gehört, dass Laurence letzte Nacht ruhelos war, aber du weißt ja, wie er ist. Wenn irgendjemand behauptet, dass Laurence ihm anvertraut hätte, was ihm auf der Seele liegt, kannst du sicher sein, dass es frei erfunden ist. Vielleicht liegt es daran, dass der alte Kutusow auf diese Weise gestorben ist. Es kann niemandem gefallen, wenn der Kommandant mitten in der Nacht das Zeitliche segnet, und dann auch noch mit Napoleon auf den Fersen. Man sagt, dass Wittgenstein ihm wohl nachfolgen wird«, erklärte er, was immerhin interessant war, aber nicht die Antwort, die im Augenblick Temeraires vordringlichste Sorge war.

Grig landete neben den Grützegruben und fragte laut: »Gibt es zufälligerweise eine Chance auf einen frühen Bissen?«, woraufhin Iskierka den Kopf hochriss und eine warnende Flammenzunge ausstieß. »Ich habe ja nur mal gefragt«, sagte Grig mit einem kleinen Hüpfer, um von ihrem Kopf wegzukommen, machte eine entschuldigende Verbeugung, dämpfte seine Stimme und sagte: »Temeraire, was meinen die denn damit, dass sie Gift reinmischen? Hast *du* schon davon gehört?«

»Wie bitte?«, fragte Temeraire.

»Ich werde nichts ausplaudern«, sagte Grig eilig, »jedenfalls niemandem gegenüber, den du nicht magst …«

Temeraire ließ seinen Kopf sinken und schubste Grig entschlossen auf die Bäume zu, die die Lichtung einfassten. »Ich verlange sofort eine Erklärung«, sagte er, und dann platzte Grig mit allem heraus: Einige der kleineren russischen Drachen aus Grigs Bekanntenkreis hatten eine Unterhaltung zwischen ihren Offizieren belauscht und ihm alles weitererzählt in der Hoffnung, dass er in Erfahrung bringen würde, wie man die Fallen umgehen könnte.

Temeraire hörte sich den perfiden Plan zuerst ungläubig an – das konnte einfach nicht wahr sein, es war viel zu bösartig –, doch als er sich daran erinnerte, dass das von denselben Männern kam, die ihre eigenen Tiere in Ketten hielten, mit Flugfesseln versehen, nur um sie zu hungernden Gefangenen in den Zuchtgehegen zu machen, schwanden seine Zweifel und eine zornige Ruhe überkam ihn.

Er war sich einfach viel zu sicher, dass es in ihrer Macht stand, ein so entsetzliches Ziel auch zu erreichen. Alle waren dieser Tage so hungrig – es gab anscheinend nirgendwo genügend Essen, und die Wilddrachen hatten nicht einmal den Vorteil, das bisschen, was da war, mit Hafergrütze strecken zu können. Wenn die Soldaten also einfach ein paar Kochgruben mit Nahrung füllten und so taten, als würden sie damit die Wilddrachen von Überfällen abhalten wollen, dann würden viele davon essen, krank werden und sterben. Und wenn sie durch diesen ersten Anschlag auf ihr Leben entsprechend dezimiert, die Überlebenden allerdings noch immer verzweifelt vor Hunger waren, dann wären diese eine umso leichtere Beute für alle Arten von Fallen, die die Soldaten aufstellen würden. Temeraire erinnerte sich mit einem Schaudern an die brennende Scheune, die ihn so eng umschlossen hatte, an die Versammelten mit ihren Mistgabeln – und das waren alles nur Bauern gewesen, die über keinerlei richtige Waffen verfügten.

»Ja, ich verstehe«, sagte er, als Grig endlich verstummte. »Ich verstehe sehr gut.«

»Dann weißt du ja, warum ich nach Antworten suche …«, setzte Grig an, aber Temeraire stieß ein bedrohliches Grollen aus, das Grig sofort zum Schweigen brachte.

»Ich würde dir ganz bestimmt keine persönlichen Warnungen geben, wenn ich dazu in der Lage wäre«, sagte Temeraire, der laut und deutlich sprach, damit er auch von allen anderen Drachen gehört und verstanden wurde, die bereits jetzt interessiert lauschten und sich große Mühe gaben, nichts zu verpassen. »Es würde weder mich noch sonst einen Drachen, der Richtig und Falsch unterscheiden kann, zufriedenstellen, wenn nur ich selber und meine persönlichen Freunde der Vernichtung entgehen würden. *Ich* werde nicht dabeistehen und zusehen, wie ein solches Vorhaben in die Tat umgesetzt wird. Und Laurence ebenso wenig, da kannst du dich drauf verlassen.«

Er war zornig, und seine Stimme verriet ihn. Grig duckte sich vor ihm weg, denn der Ton, der aus der Kehle Temeraires kam, war immer bedrohlicher geworden. Temeraire biss jetzt die Kiefer zusammen, bis der Drang, ein Brüllen auszustoßen, abgeklungen war. Er würde Grig keinen Vorwurf machen, denn der war unter so schlimmen Bedingungen aufgewachsen und hatte es nie gelernt, einem anderen Drachen zu vertrauen, und auch sonst niemandem, der dieses Vertrauen eigentlich verdient hätte

»Wir werden diese ganze Sache auf jeden Fall verhindern«, fuhr

Temeraire fort, als er sich wieder so weit im Griff hatte, dass er weitersprechen konnte. »Und jeder Drache, der nicht vergiftet oder erschossen werden will, nur weil es für die Menschen praktischer ist, der kann uns unterstützen, wenn er das möchte – das ist alles, was ich zu diesem Thema zu sagen habe. Und wenn Laurence zurückkommt, dann wird er mir ohne jeden Zweifel zustimmen. *Er* wird einen solchen Befehl niemals ausführen.«

»Oh«, sagte Grig mit zweifelnder Stimme. »Aber hast du denn nicht gesagt, dass du beim letzten Mal zehntausend Pfund verloren hast?«

Dies versetzte Temeraire einen schmerzhaften Stich – und das, wo er doch Laurence' Besitztümer gerade erst wieder aufgestockt hatte! »Dann verliere ich eben wieder eine solche Summe«, sagte er angestrengt, aber mit großer Willenskraft. »Ich werde es noch einmal riskieren, wenn es denn wirklich sein muss. Selbst eine *solche* Überlegung wird mich nicht aufhalten.«

Nach dieser qualvollen Verkündigung schwang Temeraire sich in die Luft und kehrte zu seiner eigenen Lichtung zurück, wo er auf engem Raum unablässig im Kreis lief und dann und wann gedankenverloren Entschuldigungen murmelte, wenn er einen Baum umgerissen hatte und damit seiner Mannschaft eine Menge Ärger bereitet hatte. Laurence war ganz sicher aufgebrochen, um der ganzen Sache einen Riegel vorzuschieben, das war Temeraire nun klar. Laurence hatte vor, alles zu stoppen und Temeraire im Nachhinein von dem monströsen Plan zu berichten, den er abgewendet hatte. Auf diese Weise wollte er ihm die Aussicht auf das ersparen, was jetzt so entsetzlich greifbar vor ihm lag. Falls Laurence keinen Erfolg hatte … Temeraire scheute davor zurück, die drohenden Konsequenzen bis zu Ende zu denken.

Stattdessen richtete er seine Aufmerksamkeit lieber auf die beinahe ebenso bedrohlich erscheinende Überlegung, wie sie weiter vorgehen sollten, falls der schlimmste Fall eintrat. Sie konnten ja schlecht selbst auf dem ganzen Kontinent herumfliegen, um jeden zu warnen. »Wir müssen es bei den Wilddrachen herumerzählen«, sagte Temeraire laut, aber was wäre, wenn es nicht alle glauben würden? Er drehte sich wieder um und wischte dabei mit dem Schwanz über zwei Zelte hinweg, ohne es auch nur zu bemerken. »Ich sollte besser mit Ricarlee sprechen. Und ich muss versuchen, Bistorta zu warnen, und die Wilddrachen in Litauen.« Er war so damit beschäftigt, sein eigenes Kommunikationsnetzwerk zu planen, dass er den Bewegungen außerhalb seiner eigenen Lichtung gar keine Beachtung schenkte. Doch dann riss er erschrocken den Kopf hoch, als sich mehrere Schatten in ständigen Kreisen unhöflicherweise über seine Lichtung hinwegbewegten. Als er sich umschaute, bemerkte er, dass Obituria, Fidelitas und ihre Formationen sich eng um ihn herum versammelt hatten und ihre Flügeldrachen über ihren Köpfen kreisten.

»Was ist denn los?«, fragte Temeraire Fidelitas, der seinen Kopf mit einer seltsamen, unglücklichen Bewegung zur Seite wegduckte, aber nichts erwiderte. »Ich weiß von nichts«, sagte Obituria, was wenig hilfreich war. »Ich bin nur auf Befehl hier. Wir sollen rings um deine Lichtung Position beziehen. Wird es eine Schlacht geben? Ich habe beim letzten Mal nicht kämpfen können«, sagte sie düster.

»Ich denke nicht, wenn Napoleon gestern noch drei Tage entfernt war«, sagte Temeraire verwirrt. Da kam Granby den Weg entlang – ein offenbar zorniger Granby, der dort haltmachte, wo sich Kapitän Poole und Kapitän Windle mit ihren Offizieren versammelt hatten, nämlich gegenüber vom Eingang zu Temeraires Lichtung.

»Was zum Teufel soll das bedeuten?«, fauchte er. »Sie werden sich dafür verantworten, Gentlemen; Sie werden Ihre Drachen wegschicken und sich auf der Stelle dafür verantworten.«

»Das werden wir ganz sicher nicht«, antwortete Poole sehr kühl. Er war leichenblass; nur auf seiner Stirn zeichneten sich rote Flecken ab. »Und ich hätte auch nicht erwartet, dass ein Offizier aus dem Korps Seiner Majestät – ein loyaler Offizier sich rechtfertigen muss. Ich glaube kaum, dass es für einen solchen Mann den geringsten Zweifel daran gibt, was zu tun ist, nach der Vorstellung, die so viele von uns vor nicht einmal einer Stunde mit eigenen Augen gesehen haben.«

»Bei Gott, ich werde dafür sorgen, dass Sie deswegen Ihren Dienst quittieren«, sagte Granby. »Sie hätten es schon zwei Mal zuvor verdient gehabt, und das in nur einem einzigen Feldzug, aber das schlägt dem Fass den Boden aus …«

»Dass Sie es wagen, unter diesen Umständen vom *Dienst* zu sprechen, ist der blanke Hohn«, geiferte Poole zurück, »wenn man bedenkt, wie Sie sich in der Vergangenheit eigentlich hätten verhalten sollen. Und jetzt haben Sie den freiheraus geäußerten Schwur gehört, dass ein Hochverrat ansteht, und zwar von einem Mann, an dessen Bereitschaft dazu wohl kein Zweifel bestehen kann. Von einem Mann, dem man schon vor sehr langer Zeit die Möglichkeit hätte nehmen sollen, ein solches Verbrechen zu wiederholen …«

»Wie bitte?«, fragte Temeraire, in dem Zorn aufstieg. »Verstehe ich das richtig, dass du – dass ihr alle …«, er drehte sich zu Obituria und Fidelitas, »… hierhergekommen seid, weil ihr euch gegen *mich* stellt? Dass ihr diesen Vergiftungsplan verteidigt? Dass ihr hier seid, um dabei zu helfen, andere Drachen zu vergiften, und nicht einmal *feindliche* Drachen? Dass ihr die kleinsten, hungrigsten Wilddrachen vergiften und ermorden wollt, jene, die nicht einmal jeden Tag eine Schüssel Hafergrütze sicher haben, die keine Stützpunkte haben, keine Mannschaften, keinerlei Schätze? Jene, die nicht einmal ein Viertel eurer Größe haben? …«

Die Drachen wichen alle besorgt vor ihm zurück, der Göttliche Wind war ein vibrierendes Echo tief in seiner Kehle, und Temeraire verspürte nicht den geringsten Drang, ihn zu zügeln. »Und ihr würdet zulassen, dass man sie krank macht und dann einfach sterben lässt?« Er fauchte Gaudenius an, Obiturias Flügeldrache und ein Gelber Schnitter, obwohl sich das Tier beschämt zurückzog. »Ich schätze, du glaubst, dass sie nicht auf die Idee kommen würden, die Schnitter in Yorkshire zu vergiften, diejenigen, die sich nicht anschirren lassen wollten? Und keinem von euch würde es etwas ausmachen, wenn Drachen wie Ricarlee und seine Kameraden, die euch alle gute Gefährten im Kampf waren, dazu verführt würden, vergiftete Schafe zu essen und dann in Pferche gedrängt zu werden, wo sie verbrannt werden? Dabei wollt ihr helfen …?«

»Oh! Ich nicht, auf keinen Fall!«, platzte Obituria angewidert hervor. »Ich nicht! Wie kannst du nur so etwas Entsetzliches sagen? Wir sind hier, weil unsere Kapitäne uns darum gebeten haben.«

»Was heißt, dass ihr euch nicht die Mühe gemacht habt herauszufinden, was sie vorhaben«, polterte Temeraire. »Ich gehe davon aus, dass keiner von euch sich gefragt hat, was das alles soll, als ihm aufgetragen wurde, über meiner Lichtung auf Kampfposition zu gehen?« Er sah zu Fidelitas, der seinem Bick auswich, aber niedergeschlagen den Kopf hängen ließ.

»Hör nicht einen Moment länger auf dieses verräterische, aufrührerische Biest«, schrie Poole aufgebracht. »Fidelitas, du weißt genau, dass du niemals auch nur einen Moment lang ungehorsam warst, ehe du ihn getroffen hast. Du musst doch sehen, wie er versucht, euch alle auf Abwege zu führen.«

»Auf Abwege von *Ihren* Wünschen«, sagte Temeraire, der seinen Kopf zu Poole nach unten stieß. »Sie haben sich nie nach *seinen* Wünschen erkundigt oder nach denen der anderen Drachen.«

»Und das ist es, wohin Ihre Wundertaten uns bringen«, fauchte Granby Poole an. »Ein Kampf zwischen unseren eigenen Drachen, in unserem eigenen Lager.«

»Besser das, als tatenlos zuzusehen, wie ein Hochverrat angekündigt und begangen wird!«, antwortete Poole. Er trat einen Schritt von Granby zurück und zog seine Klinge. »Ich werde mit Freuden sterben. Ich werde lieber durch die Zähne meines eigenen Drachen sterben«, Fidelitas stieß einen Entsetzensschrei aus bei dieser schrecklichen Vorstellung, doch Poole ließ sich nicht aufhalten, »als so zu tun, als ob ich den Verrat vor meinen eigenen Augen nicht sehen würde. Wenn ich als Zeuge aufgerufen werde, dann werde ich nicht blöken, ich hätte ja von nichts gewusst.«

»Verdammt«, stieß Granby aus und griff nach seinem eigenen Degen, und mit einem Mal brüllten sich alle Offiziere gegenseitig an, und Challoner und die Mannschaft schauten sich mit starren Blicken um und rannten dann an Granbys Seite. Sie standen nun alle so dicht gedrängt, dass Temeraire keine Möglichkeit sah, im Notfall eine Klaue zwischen sie stellen zu können.

»Was hat das hier alles zu bedeuten?«

Laurence' bellende Stimme war selten so willkommen gewesen. Temeraire seufzte vor Erleichterung. Dann jedoch wich seine Erleichterung jäher Bestürzung, als Poole mit einer raschen Drehung an Laurence' Seite war, und schon drückte er die scharfe Seite seiner Klinge an Laurence' Kehle.

Temeraire erstarrte und war zu keiner Bewegung mehr fähig. Ein Schnitt mit der Klinge, und Laurence … Laurence könnte sterben, könnte getötet werden, hier, unmittelbar vor seinen Augen. Fidelitas stieß einen tiefen, schrecklichen Laut aus und kauerte sich auf den Boden. Natürlich wusste er, dass auch Poole unmittelbar darauf aus dem Leben scheiden würde. Aber das war für Temeraire unwichtig. Was würde das alles für eine Rolle spielen, wenn Laurence tot wäre?

Laurence stand sehr still und blickte Poole ins Gesicht. Poole atmete schwer, und seine Zähne waren krampfhaft aufeinandergebissen. Temeraire hatte das Gefühl, er sah und verfolgte jeden Schweißtropfen, der in Pooles Kragen sickerte, jedes leichte – viel zu leichte – Zittern seines Armes. »Nehmen Sie die Klinge weg, Kapitän, und fassen Sie sich«, sagte Laurence. Er sah die anderen Offiziere an und kümmerte sich überhaupt nicht um die scharfe Schneide, die noch immer an seinem Hals lag. »Kapitän Granby, ich darf Sie zum kommissarischen Admiral unserer Streitkräfte ernennen.«

»Laurence!« Granby machte einen Schritt auf ihn zu.

»Ich musste den Oberbefehl über das gemeinsame Kommando der Alliierten Luftkräfte übernehmen«, fuhr Laurence fort, als wäre er nicht unterbrochen worden. »Wir haben nur ein paar Tage, ehe uns Bonaparte wieder auf den Fersen sein wird. Wir müssen diese Zeit nutzen, um jeden Wilddrachen, den wir finden können, zu rekrutieren oder für unsere Zwecke zu gewinnen, damit wir sie zur Verteidigung einsetzen können. Ich habe keinen Zweifel daran, dass wir erfolgreich sein werden. Winters!«, rief er, und kurz darauf löste sich Winters aus der Menge der verunsicherten, still gewordenen Menge und begab sich schüchtern an Laurence' Seite.

Laurence streckte die Hand aus und schob leichthin die Klinge an der stumpfen Seite von seinem Hals weg. Poole sah zu, wie sich sein Arm bewegte, als hätte er keine Kraft, ihn aufzuhalten, und ließ ihn schließlich an seine Seite fallen. Laurence sah ihn nicht an, sondern holte einen Umschlag aus seinem Mantel und reichte ihn Winters. »Bringen Sie das zu Mr. Challoner und sorgen Sie dafür, dass sie jeden Mann mit einer leserlichen Handschrift daransetzt, die Nachricht abzuschreiben«, sagte er. »Gentlemen, wenn irgendjemand von Ihnen einen Mann unter seinen Leuten hat, der Durzagh gelernt hat, vielleicht in der Zeit, als er mit Arkady und seinen Wilddrachen aus dem Pamir-Gebirge auf dem Kanal gedient hat, dann wäre ich Ihnen sehr verbunden, wenn Sie ihn sofort zu mir schicken könnten.«

Er schritt den Weg hinunter durch die Menge der Männer hindurch, die zur Seite gingen, bis er bei Temeraire angekommen war; er legte ihm eine Hand auf ein Vorderbein. Mit einem Schauder der Erleichterung, als habe er zugesehen, wie eine Zündschnur verlosch, ehe sie die Kanone erreicht hatte, ließ Temeraire seinen Kopf sinken und beäugte ihn von oben bis unten. Fidelitas schnappte sich Poole und flog davon, aber im Augenblick kümmerte sich Temeraire nicht darum. Er wollte nur ganz sichergehen, dass Laurence wohlauf war, und nachdem er sich vergewissert hatte, dass er keinen Kratzer abbekommen und kein Blut vergossen hatte, stieß er einen tiefen Seufzer aus und fragte: »Laurence, was hat das alles zu bedeuten?« Er meinte damit das mysteriöse Dokument, das Laurence mitgebracht hatte und das so wichtig zu sein schien.

»Es ist dein Gesetzesvorschlag«, sagte Laurence. »Der von dir und Perscitia. Der Zar und König Friedrich haben sich auf die Bedingungen eingelassen.«

19

»Ihr dürft auch nicht das französische Zuchtprogramm vergessen«, sagte Temeraire ernst, »und was das für euch alle auf dem Kontinent bedeutet. Sie haben ernsthaft vor, nicht weniger als viertausend Eier auszubrüten.«

»Das gibt einem zu denken«, räumte Bistorta ein, während sich unter den versammelten Wilddrachen ein Murmeln ausbreitete. Eine Vielzahl von Wilddrachen aus den Alpen war Temeraires dringender Botschaft gefolgt, andere aus Sachsen waren nur aus Neugierde dazugekommen. Natürlich ließ es niemanden kalt, dass derartig viele Drachen in einem Gebiet so nahe an ihrem eigenen schlüpfen würden. »Das tut es wirklich, aber es bedeutet deshalb nicht, dass wir uns auf deine Freunde verlassen können. Ich glaube kaum, dass es irgendeinen unter uns gibt, der bislang noch nichts von diesem fürchterlichen Vorgehen in Russland gehört hat.«

»Ich habe mit eigenen Augen eines dieser Tiere, dem sie eine Flugfessel aufgezwungen hatten, gesehen«, piepste einer der Wilddrachen. »Er war mit den Franzosen unterwegs. Diese Narben! Ich wollte es vorher einfach nicht so richtig glauben. Aber es gibt keine andere Erklärung für solche Male.«

Bistorta nickte zustimmend und ernst. Sie trug die größte und prächtigste der Servierplatten aus dem Tafelgeschirr von Napoleon an einer langen Kette um den Hals; es versetzte Temeraire jedes Mal einen kleinen Stich, wenn sich der Schein der Fackeln auf den wunderschönen goldenen Gravuren brach. Die anderen Drachen behandelten sie mit großem Respekt. »Ich weiß nicht, ob ich nicht lieber sehen würde, dass dieser Napoleon gewinnt, wo er sich doch allen

Berichten nach den Drachen gegenüber so anständig benommen hat.«

»Ich bin der Letzte, der das Verhalten der Russen in irgendeiner Form verteidigen will«, sagte Temeraire. »Aber sie haben dazugelernt, und sie zeigen, dass sie es zukünftig besser machen wollen, und zwar aus denselben Gründen, aus denen sich Napoleon in der Vergangenheit so großzügig den Drachen gegenüber erwiesen hat: weil sie unsere Hilfe wollen. Napoleons Sorge, genau wie die der Russen, gilt in erster Linie sich selbst und dem eigenen Reich. Ich glaube nicht, dass man ihm mehr als irgendeiner anderen Regierung vertrauen kann. Es ist nur so, dass mittlerweile alle eingesehen haben, wie wichtig es ist, uns auf ihrer Seite zu haben, was in ihnen den dringenden Wunsch wachruft, unsere Freunde zu werden. Natürlich hat Napoleon seinen Vorteil *schneller* erkannt – ich denke, niemand hat je bestritten, dass er sehr klug ist. Aber das heißt keineswegs, dass er ernsthaft unser Bestes im Sinn hat.«

»Nun, das vielleicht nicht«, sagte Bistorta, »aber es macht ihn auch nicht schlechter als diesen neuen Zaren, der nichts von Flugfesseln hält.«

»Wenn das, was nach dem Sieg des einen oder des anderen geschehen würde, gleich wäre, würde ich dir zustimmen«, entgegnete Temeraire nach einiger Überlegung. »Aber du musst verstehen, dass die Sache anders liegt. Napoleon muss nur seine Feinde auf Abstand halten, bis all seine neuen Drachen geschlüpft und ausgewachsen sind, und dann wird er überall auf dem Kontinent seinen Willen durchsetzen. In den nächsten zehn Jahren wird es dann niemand mehr mit ihm aufnehmen können, ganz gleich, was irgendjemand von uns in der Zukunft vorhat. Aber wenn die Alliierten gewinnen sollten, dann wird es viele Mächte in Europa geben – Russland und Preußen und Österreich und England *und* Frankreich, neben Spanien und einer Vielzahl weiterer kleiner Nationen und Fürstentümer. Wenn davon jemand unser Vertrauen verspielt oder damit anfangen sollte, die

Drachen schlecht zu behandeln, dann haben wir die Macht, sie durch Allianzen mit einem oder mehreren anderen zu bedrohen. Also, wie ihr seht, ist es sehr zu unserem Vorteil, wenn es ein Gleichgewicht der Kräfte auf dem Kontinent gibt, ganz gleich, wie rücksichtsvoll Napoleon selbst den Drachen gegenüber gewesen sein mag.«

»Ich würde es nicht gerade *rücksichtsvoll* nennen, viertausend Drachen auszubrüten und uns nichts als seine Beteuerungen anzubieten, dass er genug für sie alle zu essen habe«, murmelte ein ziemlich abgemagert aussehender Alpendrache mit schmalen Augen.

Als die Versammlung sich auflöste und die Drachen leise murmelnd verschwanden, gratulierte sich Temeraire dazu, dass er sie vielleicht noch nicht alle durch die Kraft seiner Argumente für ihre Sache gewonnen, aber zumindest einige von ihnen doch überzeugt hatte. Es hatte mehrere Nachfragen gegeben, wie die Verteilung der Prisengelder genau geregelt wäre und wie die übliche Bezahlung aussähe, was wohl kaum der Fall gewesen wäre, wenn niemand es für lohnend erachtet hätte, sich ihnen anzuschließen. Er streckte seine Flügel und machte sich ebenfalls auf den Weg für einen ordentlichen Schluck Tee, um seine trockene Kehle anzufeuchten. Es wurden weitere vierzig Drachen erwartet, und zwar in nur einer Stunde, wie er niedergeschlagen feststellte, als es vier schlug. Es kam ihm so vor, als ob er seit zwei Tagen nichts anderes gemacht habe als geredet und geredet und nochmals geredet.

»Napoleon wird nicht zufällig heute angreifen?«, erkundigte er sich sehnsüchtig bei Challoner.

»Nein, ich denke, das ist nicht sonderlich wahrscheinlich«, antwortete sie. Temeraire seufzte.

Aber seine Anstrengungen begannen, Früchte zu tragen. Bistorta kam am nächsten Morgen wieder, um sich noch weiter über das Thema zu unterhalten, und zwar in Begleitung von vielen anderen

Drachen. Ein bisschen später tauchte auch Molik mit gut zwei Dutzend litauischen und preußischen Wilddrachen im Schlepptau auf. Temeraire setzte die Diskussion mit ihnen allen fort, und auch mit einer Handvoll der persischen Wilddrachen, die den ganzen Weg von Osten aus hergeflogen waren. Yu Li hatte versprochen, ihnen auf ihrem Rückweg zu den Legionen eine Nachricht zukommen zu lassen, wenn es ihr möglich wäre.

Die Perser brachten ihr Gefühl, ungerecht behandelt worden zu sein, lautstark und sehr hilfreich zum Ausdruck.

»Denn man hat uns erzählt, dass wir unser Gebiet zurückbekommen würden und all das Vieh essen dürften, das darauf grast, wenn wir nur andere Eindringlinge verscheuchen würden«, beklagte sich ihr Anführer Tushnamatay. »Stattdessen hatten wir einen Kampf nach dem anderen mit diesen roten Burschen aus China, die extrem niederträchtig sind, wenn sie in größerer Zahl auftreten, und die alle möglichen Tricks auf Lager haben.«

»Wenn ihr euch auf einen Kampf mit den Kaiserlichen Legionen aus China einlasst«, sagte Temeraire ziemlich von oben herab, »dann müsst ihr natürlich damit rechnen, in Schwierigkeiten zu geraten. Es überrascht mich nicht, dass Napoleon euch gegenüber ein falsches Bild der Lage gezeichnet hat. Allerdings verstehe ich nicht, warum ihr euch ihm gegenüber zu irgendetwas verpflichtet fühlen solltet, wo er euch doch in eine so unangenehme Situation gebracht hat. Und warum solltet ihr jetzt noch gegen uns kämpfen, anstatt die aufrichtig gemeinten Geschenke anzunehmen, die wir euch mit Freuden machen würden.«

»Geschenke sind schön und gut«, sagte Tushna, »aber sie entschädigen uns nicht dafür, dass uns die Menschen da draußen überall wegjagen.«

»Das verstehe ich«, pflichtete Temeraire ihm bei. »Und für den Fall, dass ihr euch für uns entscheidet, bin ich bereit, euch in unser Bündnis aufzunehmen und keine Mühen zu scheuen, um alle Menschen in eurem Gebiet dazu zu bringen, ebenfalls zu unterzeichnen und euch eure Rechte zu gewähren. Ich werde keine großartigen Versprechungen machen, die ich nicht mit Sicherheit halten kann – anders als *andere Leute*«, fügte er bedeutsam hinzu. »Aber ich kann dir zusagen, dass wir uns für euch einsetzen, wenn ihr euch für uns einsetzt. Und außerdem: Sollte sich einer von euch entscheiden, uns aktiv zu unterstützen, dann steht euch natürlich ebenfalls ein gerechter Anteil vom Prisengeld zu. Ihr könnt jeden Drachen meiner Truppe fragen: Die Anteile *werden* gerecht vergeben.«

Er wurde von großem Lärm und einiger Aufregung unterbrochen, als Moncey urplötzlich auf seiner Lichtung landete. »Also, es geht los«, teilte er freudestrahlend mit. »Er hat zehntausend Mann auf der Straße vor uns in der Nähe von Bautzen abgeladen, zusammen mit sechzig Kanonen.«

»Es tut mir sehr leid, dass unsere Zusammenkunft unterbrochen wird«, log Temeraire den lauschenden Drachen vor, »aber natürlich muss ich sofort aufbrechen. Wir wären froh über jeden von euch, der uns gerne helfen möchte. Ihr müsst euch nur Ricarlee anschließen, diesem grauen Drachen dort drüben mit der blauen Zeichnung. Er wird euch zeigen, wohin ihr fliegen sollt, wenn ihr euch am Kampf beteiligen wollt.«

Er kehrte zu seiner eigenen Lichtung zurück. Laurence kam selbst gerade den Weg herunter und schlüpfte beim Gehen in seinen Fliegermantel. »Die Armee wird sich bis Reichenbach zurückfallen lassen. Wir müssen die Soldaten fünf Stunden lang auf dem Weg aufhalten.«

»Ich bin mir sicher, dass wir das schaffen können, Laurence«, sagte Temeraire.

»Freu dich lieber nicht zu früh, mein Guter«, antwortete Laurence.

Doch dieses Mal erwies sich Temeraires Zuversicht als gerechtfertigt. Als sie spät an diesem Abend auf dem neuen Feldstützpunkt landeten, draußen vor dem kleinen Städtchen Reichenbach, stieg Laurence mit einem Gefühl erschöpfter Zufriedenheit ab und wusste, dass sie Napoleon ein weiteres Mal einen Strich durch die Rechnung gemacht hatten. Und Minnow erwartete sie bei ihrer Landung, ein bisschen angestrengt von der Reise, aber mit strahlenden Augen und einem Brief von Jane. Noch ehe Laurence' Stiefel den Boden berührt hatten, verkündete sie ohne Vorwarnung: »Wir haben es Marschall Jourdan in der Schlacht von Vitoria gezeigt. Joseph Bonaparte ist über die Pyrenäen nach Frankreich geflohen.«

Jeder Mann in Hörweite jubelte, so müde sie auch alle waren, und die Neuigkeit verbreitete sich wie ein Lauffeuer und führte zu immer mehr Hurrarufen. Es verging einige Zeit, bis Laurence seinen Brief öffnen konnte und mit unaussprechlicher Zufriedenheit zu lesen begann:

Ich denke, er ist in Iberia bzw. Spanien beinahe besiegt, und wenn ich das selber sagen darf, so haben wir wirklich gute Arbeit geleistet. Bald sind wir jenseits der Pyrenäen: Wellington will sie überqueren, sobald wir in Pamplona und San Sebastian aufgeräumt haben, und ich habe ein Auge auf dieses Zuchtgehege östlich der Nive geworfen. Zu einem paar Dutzend französischer Eier mit noch ganz weicher Schale würde ich nicht Nein sagen und die Spanier auch nicht, da bin ich mir sicher. Ob die Österreicher auch ein paar haben wollen? Es könnte helfen, wenn man sie dazu bringen will, in den Krieg einzutreten. Ach was, versprich ihnen einfach, was immer dir einfällt.

Du kannst Emily berichten, dass Demane alles ohne Zwischenfall überstanden hat. Kulingile wurde zwar auf halber Strecke geentert, aber ich bin froh, berichten zu können, dass Demane sich einwandfrei verhalten hat und seine Besatzung ihre Arbeit hat machen lassen. Sie haben nach nur einer kleinen Rangelei die Enterer wieder von Bord geworfen, und sein Erster Leutnant hat sich dabei eine hübsche Heldenschramme eingefangen. Ich kann den Burschen also befördern. Eine sehr gut gelaunte Mannschaft, wie du dir denken kannst…

»Wo steckt Hammond?«, rief Laurence laut. »Er muss sofort davon erfahren.« Rasch verabschiedete er sich von Temeraire. Er traf Hammond, als dieser gerade von der Kurierlichtung gerannt kam, mit einem so freudig erregten Ausdruck auf dem Gesicht, dass Laurence zuerst glaubte, er müsse die Neuigkeit schon auf irgendeinem anderen Weg erfahren haben.

»Er hat einem Waffenstillstand zugestimmt«, schrie Hammond und strahlte, als er Laurence' Hand packte, ehe dieser ein Wort sagen konnte.

»Der Kurier ist vor nicht einmal einer Stunde eingetroffen. Metternich hat Napoleon zu Friedensverhandlungen überredet. Eine Woche, Admiral, er gibt uns eine Woche!«

Es war schwer zu sagen, wer von beiden dem anderen mehr Freude bereitete, als sie gegenseitig die Neuigkeiten austauschten. Laurence nahm Hammond mit zurück zu dem etwas abgelegenen kleinen Haus, wo man ihn untergebracht hatte. Schon kurze Zeit später gesellten sich Dyhern und Granby zu ihnen, die sich in ähnlicher Hochstimmung befanden. Sie brachten auch einige Flaschen eines dazu passenden Portweins mit, den einer von Granbys Läufern irgendwo ausgegraben hatte. Freudestrahlend stießen sie abwechselnd auf Königin Victoria, Wellington, Roland, Kaiser Franz und Metternich an. Dass Napoleon ihnen auch nur eine Woche Aufschub gewährte, auf der Schwelle zur österreichischen Grenze, wo die Versorgungszüge ziemlich schleppend vorankamen und frische Truppen aus Russland nur so langsam an ihre Seite marschierten, war beinahe so unvorstellbar, wie es zugleich willkommen war.

»Bonaparte hofft natürlich, die Österreicher davon abzuhalten, sich auf unsere Seite zu schlagen«, sagte Hammond überschäumend.

»Metternich hat es denkbar gut eingefädelt! Die Österreicher brauchen auf jeden Fall noch einen Monat, ehe sie marschbereit sind; wir verlieren also nichts dadurch, dass sie uns im Moment nicht zu Hilfe kommen können.«

»Aber können wir denn sicher sein, dass sie sich während der Gespräche nicht Bonaparte zuwenden?«, fragte Granby mit leisem Zweifel in der Stimme. »Ich würde uns keine großen Chancen mehr geben, wenn sie es täten.«

Hammond schnaubte nur. »Wenn er ihnen halb Italien anböte, die natürlichen Grenzen Frankreichs anerkennen und zustimmen würde, drei Viertel der Dracheneier auszuhändigen, die er mit so viel Mühe herangezüchtet hat, dann würde Metternich es vielleicht schwer finden, ihn abzuweisen, aber ich halte es für nicht sehr wahrscheinlich, dass der Graf in Versuchung gebracht werden wird. Nein, Kapitän, ich bin mir sicher – *ziemlich* sicher –, dass Österreich insgeheim auf unserer Seite steht. Wir alle wissen nur zu gut, dass Bonaparte ein unüberwindliches Hindernis für jeden dauerhaften Frieden darstellt.«

Laurence konnte keine echte Bewunderung aufbringen für eine Strategie, die militärische Überlegenheit durch etwas schuf, das beinahe eine Täuschung zu nennen war, aber er tröstete sich damit, dass die Macht dazu, für akzeptable Bedingungen und wahren Frieden zu sorgen, trotzdem in Napoleons Händen verblieb. Wenn seine Feinde damit rechneten, dass er lieber auf den Ausgang einer Schlacht setzen würde, dann war das wohl kaum unbegründet, denn Napoleon hatte bislang stets diesen Weg gewählt.

Also hob Laurence sein Glas noch einmal bereitwillig auf Metternich, als Hammond einen weiteren Toast auf das diplomatische Geschick dieses Gentlemans ausbrachte, und danach auf den König, und dann – um der Gerechtigkeit willen – auf den Zaren und sogar auf Bautzen. Den heutigen Depeschen zufolge, die Hammond ihnen überbracht hatte, wurde die Stadt bereits als Sieg verbucht, obwohl das bedeutete, den Stoff, aus dem die Wahrheit gesponnen war, so weit zu dehnen, dass er beinahe durchsichtig erschien. Ganz am Ende prosteten sie sich schließlich selber auch noch zu, noch immer in bester Laune.

Die Nacht endete in dickem Nebel.

Am nächsten Morgen war Laurence schon früh wieder auf den Beinen und nur noch ein bisschen benommen, und er war voller Tatendrang. Er verstand, dass sich die Befehlshaber ihrer Streitkräfte vor allem seinen und Temeraires Ruf zunutze machen wollten, um damit eine ausreichende Zahl von Wilddrachen für ihre Zwecke zu verpflichten oder sie zumindest so weit abzuschrecken, dass sie auf Abstand zu Napoleon gingen, damit sich die Balance der Lufthoheit zu ihren Gunsten verschob. Das war gut und schön, aber angesichts dieser unbezahlbaren Woche hatte er vor, seine neue Autorität weiter auszudehnen, als es diejenigen, die ihn damit ausgestattet hatten, vermutlich im Sinn gehabt hatten.

Überall auf den Straßen, die aus Russland herausführten, waren Kanonen unterwegs, die langsam in Richtung Westen vorankamen. Im Laufe einer Woche, so dachte Laurence, könnte man bis zu dreihundert davon zusammenbringen, wenn die preußischen Drachen ausgeschickt würden, um sie aufzusammeln. Dyhern seufzte zwar, widersetzte sich diesem Ansinnen aber nicht, jetzt, wo Laurence die Position hatte, so etwas zu verfügen.

Die russischen Grauen, so entschied er nicht ohne einige Besorgnis, sollten die Versorgung übernehmen. Sie waren in jeder Hinsicht gut ausgestattet für diese Aufgabe, wenn man von ihrem eigenen schwer zu bändigenden Hunger absah. Sie lernten Sprachen beinahe so mühelos wie Temeraire selbst und konnten mehr schleppen als Tiere, die beinahe doppelt so groß waren wie sie. Außerdem waren sie auf dem Schlachtfeld zu nicht viel imstande, da sie weder sonderlich schnell geschweige denn manövrierfähig waren und zu Ängstlichkeit neigten, sobald sie sich unbeobachtet fühlten. Laurence hatte allen Grund zu glauben, dass sie sich als weitaus wertvoller erweisen würden, wenn man sie als Ersatz für die Versorgungdrachen der chinesischen Legionen einsetzte – jedenfalls so lange, wie sie nicht in Windeseile mit dem Nachschub an Nahrungsmitteln davonfliegen, sich die Mägen vollschlagen und die Reste an irgendeinem versteckten Ort horten würden.

»Oh«, sagte Temeraire, als Laurence ihm diesen Vorschlag unterbreitet hatte, und warf ihm einen derart zweifelnden Blick zu, dass Laurence fast ins Wanken geraten wäre.

»Lass uns doch wenigstens einen Versuch machen«, sagte er schließlich.

»Vielleicht könnte es sich ja um einen Versuch in *sehr kleinem* Rahmen handeln?«, fragte Temeraire und ließ einen besorgten Blick über die Grützegruben wandern.

Laurence rief die Grauen zusammen, und mithilfe von Grig und Temeraire als Übersetzer legte er ihnen dar, was er mit ihnen vorhatte. »Ihr werdet nicht einfach nur dafür zuständig sein, die Versorgungsgüter der Armee zu transportieren, sondern müsst auch einen Überblick über die Menge haben«, erklärte er. »Ganz besonders über die Menge, nachdem ihr selbst gegessen habt. Ihr müsst euren Anteil abzweigen und als Erste essen, damit ihr es euch ersparen könnt, euren eigenen Bedarf für einen Tag ebenfalls transportieren zu müssen.« Diesen Punkt betonte er mit Kalkül, denn er wusste sehr genau, wie erstrebenswert diese Aufgabe dadurch für die Grauen erschien, unregelmäßig ernährt wie sie waren.

Temeraire hatte seinen Kopf sinken lassen und bedachte die Versammelten nun aus zusammengekniffenen Augen mit ernstem Blick. Misstrauisch sah er einmal in die ganze Runde der anwesenden Drachen, die bei dieser Musterung ein wenig zurückwichen. Schließlich ergänzte Temeraire: »Ihr dürft nicht vergessen, dass jeder, der Essen stiehlt, natürlich nie wieder eine so verantwortungsvolle Aufgabe übertragen bekommt. Wir haben diese Schärpen gemacht, damit wir jene Drachen kennzeichnen können, denen man die Vorräte anvertrauen kann.« Bei diesen Worten stupste er mit dem Maul einen Haufen reichlich behelfsmäßig aussehender Stoffstreifen an, jeder einzelne davon mit etwas bestickt, was entfernt an eine Zahl erinnerte, wofür eine Menge Hände der Bodentruppe unter großem Zeitdruck gesorgt hatten. »Und jeder, der etwas klaut, muss *sofort* seine Nummer abgeben.«

Die Grauen stellten viele skeptische, sich häufig wiederholende Fragen. »Wir bekommen wirklich jeden Tag etwas zu essen? Auch dann, wenn wir selber nicht kämpfen? Wir dürfen *als Erste* essen? Ernsthaft? Jeden Tag?«, was ihren miserablen Zustand allzu deutlich illustrierte. Es zeigte aber auch die Tatsache, dass sie kaum je auf eine Besserung ihrer Lebensumstände zu hoffen gewagt hatten, sodass Laurence sich sehr zusammenreißen musste, um nicht Ilchenko zurechtzuweisen, als dieser, alles andere als leise, murmelte, dass hier Essen quasi zum Fenster rausgeworfen werden würde.

Zehn Tiere wurden für die erste Runde ausgewählt, und sie kehrten am nächsten Morgen mit vollem Bauch und schwer beladen mit Säcken voller Weizen und baumelnden Netzen mit betäubten Schweinen zurück, sehr zum Neid ihrer Kameraden. Beim zweiten Versuch wurden zwanzig zusätzliche Drachen mit den ersten zehn mitgeschickt. Am dritten Tag wurden weitere sechzig entsandt, und schon am vierten Tag waren alle Grauen quer über den Kontinent verstreut unterwegs und kehrten in so regelmäßigen Abständen mit Nahrungsmitteln zurück, dass die Luftstreitkräfte zum ersten Mal ihre eigenen Rationen heraufsetzen konnten. Laurence' Versorgungsoffizier, Leutnant Doone, berichtete in überschwänglichen Tönen, dass er selbst nun in der Lage sei, der Infanterie Getreide anzubieten, anstatt immer nur Stirnrunzeln und Vorwürfe von deren Quartiermeistern zu ernten, weil er seinerseits um Unterstützung bitten musste.

Laurence lauschte mit grimmiger Zufriedenheit diesen Berichten. Er saß in seiner Unterkunft und studierte angestrengt seine Karten. Nur noch zwei Tage waren von seiner wertvollen Woche übrig, und eine ganze Batterie von kleinen roten Flaggen, die sich momentan entlang des Kaukasus-Gebirges erstreckten, kennzeichnete die noch immer weit entfernte Position der chinesischen Legionen. »Wie viele weitere Drachen in der Größe von Mittelgewichten könnten wir zusätzlich satt bekommen?«

»Ich würde sagen: locker vierzig«, antwortete Doone.

Laurence nickte. Er hatte nicht gewagt, die Legionen zu bitten, ihm einige Truppen zu schicken, solange er sie nicht ernähren konnte. Jetzt war die Zeit knapp, was aber noch keine unüberwindliche Hürde darstellte. Er musste sofort schreiben. Temeraire betätigte sich zurzeit als Ausbilder, und Laurence wollte ihn keinen einzigen Augenblick lang von dieser Aufgabe ablenken. Jeder Kampfdrache ihrer Streitkräfte und alle Wilddrachen, die nun regelmäßig eintrafen, um sich ihnen anzuschließen, waren in seine Obhut übergeben worden, und er packte sie nicht gerade zimperlich an. Und es war mehr als nur ein bisschen Anstrengung nötig, um sie zur Ordnung zu bringen.

»Bitte schicken Sie mir Oberfähnrich Roland«, sagte Laurence schließlich und schickte Winters los, um ihm einen schmalen Pinsel und ein Blatt Papier zu bringen, das groß genug war, um einen Brief an einen Drachen darauf zu verfassen.

Roland konnte besser auf Chinesisch schreiben als irgendeiner der Männer, und gemeinsam gaben sie sich alle Mühe. Das Ergebnis war, wie Laurence zugeben musste, nicht besonders ansehnlich. »Wir könnten Ning fragen, ob sie es verbessern kann«, schlug Roland nachdenklich vor, als sie fertig waren.

Requiescat hatte sich nach der Schlacht von Dresden rundheraus geweigert, Ning noch weiter zu befördern. Er war dafür zuständig gewesen, den ganzen Tag über zwei lange Kanonen zu transportieren und noch dazu eine große Anzahl von Männern der Infanterie. Ning aber hatte nur geantwortet: »Ich denke, ich kann jetzt selbst fliegen, und ich werde euch wieder einholen, falls ich zurückfalle.«

»Und warum hast du das bislang nicht getan? Das wüsste ich ja wirklich zu gerne«, hatte Requiescat ungnädig gemurmelt.

Ning hatte es tatsächlich die meiste Zeit geschafft, ungefähr mit der Kompanie mitzuhalten, und tauchte, nur ein paar Stunden nachdem sie ihr Lager aufgeschlagen hatten, auf. Sie hatte sich selbst einen Platz auf einem kleinen Vorsprung in den Hügeln gesucht, der hübsch anzusehen war dank eines schmalen Wasserfalls, der über moosbedeckte Felsen plätscherte und der ausgesprochen schwer zu Fuß zu erreichen war. Von dort aus hatte sie eine ausgezeichnete Aussicht auf die Manöver der Drachen unter Temeraires Leitung.

Laurence ließ sich ein paar Flaggen bringen, die er in ihre Richtung schwenkte, woraufhin sie zu ihm heruntergeflogen kam. »Wie energiegeladen sie alle aussehen«, bemerkte sie, als sie landete. »Ich muss Temeraire zu seinen Anstrengungen beglückwünschen, frage mich aber, ob er bemerkt hat, dass diese großen und streitsüchtigen Drachen aus Russland merkwürdig fliegen.«

Laurence breitete den Brief vor ihr aus, und Ning betrachtete ihn so sorgenvoll wie ein Meistergärtner, dem man einen arg verkümmerten und ausgetrockneten Schössling präsentiert. »Es ist lesbar«, sagte sie im Tonfall immenser Großherzigkeit. »Aber vielleicht wollt ihr dieses Schriftzeichen in der zweiten Reihe noch ändern. Ich glaube kaum, dass ihr sagen wolltet, ihr hättet einen Angriff auf die Vorräte der Legionen vor.« Mithilfe von etwas Erde ließ sie einen unvorsichtigen Tintenspritzer verschwinden.

»Es wäre wirklich zu hoffen, dass ein Teil der Legionen rechtzeitig eintrifft«, fügte Ning nachdenklich hinzu, als sie zusah, wie Emily den Brief wieder in Ordnung brachte. »Ich habe bemerkt, dass ihr eure Reihen vergrößert und eure Versorgung verbessert habt. Aber nach dem zu urteilen, was ich von Napoleons Streitkräften gesehen habe, fürchte ich noch immer, dass er euch in der Schlacht besiegen wird, wenn ihr nicht die Unterstützung von den Legionen bekommt. Glaubt ihr denn, dass sie kommen werden?«

»Ich glaube nicht an eine Niederlage«, sagte Laurence, obwohl Nings Gewissheit ihm einen beunruhigten Stich versetzte. Ihre Position wäre in der Tat weitaus verletzlicher ohne die Legionen, aber von einem solchen Ausmaß an Pessimismus wollte er nichts wissen. »Und ich halte es für sehr wahrscheinlich, dass sie rechtzeitig eintreffen werden.«

Danach stieg er auf einen der Hügel, um sich die Übungsflüge ihrer Streitkräfte anzuschauen. Auf jeden Fall hatten sie sich bereits verbessert: Laurence genoss seine Freude darüber. Allerdings sah er auch, was Ning bedenklich gestimmt hatte. Ihre Streitkräfte waren gut bestückt mit Drachen an beiden Enden der Gewichtsklassen, also mit Leichtgewichten und Schwergewichten. Als er sie so betrachtete, konnte er beinahe die Lücke sehen, die die ausgebildeten Mittelgewichtsdrachen kaum ausfüllen würden.

Nun, die Nachricht war losgeschickt worden, und er konnte nichts tun, um sie schneller hierherzubringen. Er stieg wieder hinunter und kämpfte erfolgreich gegen jeden Anflug von Niedergeschlagenheit an. Zwei Tage waren noch übrig.

Und doch vergingen diese viel zu schnell. »Ich wäre so froh, wenn wir noch zwei *Wochen* hätten«, sagte Temeraire und gähnte mit weit geöffnetem Maul, sodass all seine Zähne und ein bemerkenswerter Teil seines Schlundes zu sehen waren, der hinabreichte in die Schwärze, die in letzter Zeit wieder größere Mengen an Hafergrütze und Wildkeulen aufgenommen hatte. »Aber ich denke, die meisten von uns werden es ganz gut hinbekommen. Den russischen Schwergewichten kann man aber einfach nichts beibringen; das ist der einzige Punkt, mit dem ich überhaupt nicht zufrieden bin. Sie sind alle ganz begeistert von der Vorstellung, Prisengelder zu gewinnen, aber sie scheren sich nicht im Geringsten um die Signale. Sie werden einfach sofort losstürmen und mit dem Kämpfen beginnen. Glaubst du, es gibt irgendeine Chance, ihre Rüstung zu verbessern? Ich würde sie sofort mit Eisendornen und Kettengeflecht ausstatten, damit man sie weder entern noch abschießen kann. Und dann könnten wir sie überall einsetzen, wo wir einen wirklich harten Kampf erwarten. Man muss es ihnen schon lassen: Sie sind *sehr gut* im Kämpfen, allerdings weniger darin, auf Befehle zu hören.«

»Ich werde sehen, was sich machen lässt«, versprach Laurence. »Wir könnten vielleicht was von den Preußen abziehen. Wenn du der Meinung bist, dass wir sie entbehren können, dann tendiere ich dazu, deren Schwergewichte vollständig in den Dienst der Artillerie zu stellen, auch auf dem Feld. Napoleon wird dann immer noch mehr Kanonen als wir haben, aber wenn wir schnell mehr Geschütze dorthin bringen können, wo sie am meisten gebraucht werden, dann wird ihm sein Vorteil nichts nützen.«

Temeraire murmelte zustimmend, aber er war bereits dabei einzuschlummern. Laurence ließ seine Hand noch ein wenig länger auf seinen Nüstern liegen, spürte seinen Atem und seufzte. Auch er hätte viel für zwei weitere Wochen Aufschub gegeben – aber der Waffenstillstand ging unweigerlich zu Ende. Kein Vertrag war in Dresden unterzeichnet worden, wo Metternich angeblich die gesamte Woche über mit dem Kaiser in Klausur gewesen war. Napoleon würde sich bei Morgengrauen in Bewegung setzen, und dann konnte der Friede nur noch auf dem Schlachtfeld errungen werden.

Auf dem Rückweg zu seiner Unterkunft ging Laurence an der Lichtung der Kurierdrachen vorbei – eine Route, die fast eine halbe Meile länger war und deshalb wertvolle Zeit vom Schlafen abzwackte. Aber er musste einfach noch einmal dorthin. Seiner Schätzung nach hätte die Antwort von den Legionen gestern schon eintreffen können, hätte heute kommen sollen und könnte auch morgen noch eingehen, ohne dass es zu einer Katastrophe führen würde. Danach wäre jede Hoffnung zerplatzt: Dann würden sie Napoleon noch einmal gegenübertreten müssen, ehe sich wenigstens ein kleiner Teil der chinesischen Legionen ihren Truppen angeschlossen hätte.

Natürlich würde er sofort benachrichtigt werden, sobald ein Jadedrache gelandet war; das wusste Laurence selbstverständlich. Trotzdem führte ihn sein Weg an der Kurierdrachen-Lichtung vorbei, und als er näher kam, hörte er das ledrige Flappen von Flügeln in der Luft. Ein Drache befand sich im Sinkflug, und Laurence sah die beiden blauen und eine grüne Signalrakete, die die sichere Landung im Lager zusicherte. Seine Schritte beschleunigten sich zu einem wenig würdevollen Tempo, und beinahe wäre er in Hammond hineingerannt. Dieser stand am Rande der Lichtung, die Hände besorgt ineinander verschränkt, und starrte hinauf in die Dunkelheit.

»Ich bitte um Verzeihung, Mr. Hammond«, sagte Laurence, der ausgesprochen verwundert war, ihm hier zu begegnen.

»Oh …! Admiral!«, rief Hammond laut, der gleichermaßen erstaunt war, dazu aber weitaus weniger Berechtigung hatte. Ein ängstlicher Ausdruck lag auf seinem Gesicht, den Laurence nicht deuten konnte.

Das Drachenweibchen landete. Es war ein ihm unvertrautes Tier, ein schwerer Kurierdrache mit österreichischer Fahne, der eine weiße Verhandlungsflagge schwenkte. Er hatte Reisende an Bord: Gentlemen, die für den Flug in dicke, fellgefütterte Ölhäute gewickelt waren und die mit der typischen Unbeholfenheit von Männern herunterkletterten, die nicht häufig in der Luft unterwegs waren. Einer von ihnen tat sich besonders schwer und benötigte einen Gehstock mit goldenem Griff, als er am Boden angelangt war. Laurence bemerkte zu seiner Empörung, dass dies kein anderer als Monsieur de Talleyrand war, der angeblich wieder in Napoleons Dienste aufgenommen worden war. Es war, als hätte Hammond beschlossen, ein Augenpaar des Kaisers einzuladen, sich auf ihrem Stützpunkt ein bisschen umzusehen und in Erfahrung zu bringen, welche Umstellung sie in letzter Zeit bei ihren Luftstreitkräften vorgenommen hatten.

Und tatsächlich *war* Hammond offenkundig dafür verantwortlich. Er war bereits auf seine Gäste zugeeilt und begrüßte den zweiten Reisenden als Graf Metternich. Sicherlich hatte er die Staatsmänner für einen letzten Verhandlungsversuch hierher eingeladen. Laurence bedauerte, dass er etwas erfuhr, was so eindeutig nicht für seine Augen bestimmt war, doch jedes peinliche Gefühl, in irgendetwas hineingeplatzt zu sein, erstarb sofort angesichts von Hammonds Indiskretion. Der wollte dem Ganzen nun offenbar die Krone aufsetzen, indem er sich anschickte, mitsamt Napoleons Ministern auf dem Hauptweg entlangzugehen, der in den Feldstützpunkt hinein und direkt an ihren versammelten Truppen vorbeiführte, also auch an all den Wilddrachen, die in letzter Zeit für ihre Sache hatten verpflichtet werden können.

»Mr. Hammond, Sir, verzeihen Sie, aber Sie sind falsch abgebogen; ich denke, Sie wollten *diesen* Weg nehmen«, sagte Laurence laut, packte Hammond am Arm und zog ihn zu dem kleineren Pfad am entgegengesetzten Ende der Lichtung, der in einem weiten Bogen um den Stützpunkt herumführte, um zum Hauptquartier zu gelangen. Gewöhnlich wurde er von denen genutzt, die es nervös machte, zu nahe an den Drachen vorbeizugehen. »Sir«, sagte er leise, aber scharf, »wenn Sie bislang noch nicht darüber nachgedacht haben, welchen bedeutenden Wert jedes Wissen um das Ausmaß unserer Luftkräfte für Napoleon hat, dann muss ich Sie bitten, das rasch nachzuholen. Sorgen Sie dafür, dass Monsieur de Talleyrand die Lichtungen nicht zu Gesicht bekommt, und bringen Sie ihn nicht hierher zurück. Ich werde den österreichischen Drachen zum Hauptquartier schicken, damit er dort auf Sie wartet.«

Hammond wurde rot und stammelte sofort eine Entschuldigung. »Ich bin untröstlich … Ich versichere Ihnen, dass ich nicht … Bitte um Verzeihung, Admiral, Sie haben recht, natürlich …« Und nach kurzem Zögern fügte er hinzu: »Wir werden auf dem Westhang in dem grünen Bauernhaus sein … Ich wollte keine großen Umstände machen und um einen Überflug bitten …«

»Dann werde ich einen unserer Kuriere bitten, das österreichische Tier dorthin zu eskortieren«, sagte Laurence, der keineswegs besänftigt war. Hammond hätte nicht solch einen merkwürdigen Wert auf die Frage nach etwas legen sollen, das lediglich ein wenig Umstände machte, wie eine Eskorte für den Kurierdrachen, wenn der Preis darin bestand, ihren Stützpunkt den hellwachen, neugierigen Blicken von Talleyrand auszusetzen. Dieser beobachtete auch jetzt ruhig ihre im Flüsterton geführte Unterhaltung, ohne irgendein Anzeichen zu geben, dass er etwas belauscht hätte. Der einzige Trost war die späte Stunde, zu der die Farben der meisten Drachen kaum noch zu unterscheiden waren und zu der ein Großteil der Tiere bereits schlief. Talleyrand dürfte aus der Luft keine genaue Zählung möglich gewesen sein.

Als Laurence sich um alles gekümmert hatte und die Staatsmänner ihren Verhandlungsort erreicht hatten, ohne unterwegs etwas zu sehen, was nicht für ihre Augen bestimmt war, war eine Stunde vergangen, und mittlerweile herrschte überall tiefe Dunkelheit. Keine weiteren Kuriere waren eingetroffen.

Laurence war klar, dass er sich ebenfalls zur Ruhe begeben sollte; trotzdem trieb er sich noch ein bisschen länger herum, sehr zum kaum verhohlenen Missfallen der Wachen, die ganz augenscheinlich nichts lieber wollten, als selber eine Mütze Schlaf zu bekommen, auch wenn sie im Dienst waren. Noch mindestens eine weitere halbe Stunde lief Laurence auf und ab, ehe er sich schließlich doch noch auf den Heimweg machte.

Er hatte gerade die Tür zu seiner Hütte erreicht, als einer der Wachoffiziere ihm hinterhergerannt kam, noch schlechter gelaunt als vorher und keuchend, um ihm mitzuteilen, dass ein Jadedrache eingetroffen war, um ihm eine Pergamentrolle mit chinesischen Schriftzeichen zu übergeben. Laurence glättete den Bogen sofort und las rasch, was da stand. »Sehr gut«, war alles, was er sagte, und der Wachoffizier trottete vollends missmutig davon, denn er konnte nun nicht einmal Klatsch und Tratsch mit zurückbringen. Laurence aber ging in seine Hütte und schloss die Tür; und als er sich auf sein Feldbett fallen ließ, schlief er augenblicklich ein und verbrachte die Nacht gut und traumlos.

20

»Laurence«, sagte Temeraire ein wenig nervös. »Ich denke, wir haben es geschafft, auch wenn ich das vielleicht nicht sagen sollte. Aber wir haben doch wenigstens eine Schlacht gewonnen, oder? Ich meine, echt gewonnen, nicht nur auf dem Papier.« Er wagte es noch nicht richtig, daran zu glauben, nachdem sie so oft auf ermüdende Weise davongelaufen waren. Nun wenigstens ein Mal die Franzosen auf dem Rückzug zu sehen, das war schon eine willkommene Abwechslung, aber er machte sich trotzdem Sorgen, dass es sich dabei vielleicht um irgendeinen Trick handeln könnte.

»Vielleicht sollten wir einige Späher nach hinten schicken«, fügte er hinzu, »nur um sicherzugehen, dass uns niemand in den Rücken fällt. Wo steckt denn dieser Bursche Davout? Ich erinnere mich immer noch daran, wie ausgesprochen unangenehm es war, als er uns in der Schlacht von London beinahe überrascht hätte.«

»Davout ist in Hamburg«, sagte Laurence, was sehr tröstlich war, da diese Stadt mehrere Hundert Meilen entfernt lag. »Und wir sind uns ziemlich sicher, dass Napoleon keine Soldaten irgendwo in der Nähe hinter unseren Truppen hat. Nein, ich denke, es ist ein siegreicher Tag für uns.«

Das arme, kleine Städtchen Reichenbach hatte das Zusammentreffen von zwei streitlustigen Armeen nicht überstanden. Kaum ein Gebäude war mehr intakt, und der traurige Überrest eines großen französischen Papillon Noir lag ausgestreckt in einer zusammengestürzten Scheune. Steinblöcke und Schindeln und Leichen von Soldaten waren rings um ihn her verstreut. Die Legionen drängten die französische Armee systematisch an der Hauptfront der Schlacht zurück und legten so immer mehr von ihrer Artillerie und Infanterie frei. Und nun konnte Temeraire endlich sehen, wofür die russischen Schwergewichte wirklich nützlich waren. Es war zwar nicht so, als ob sie jetzt auf Befehle warten oder irgendeiner vernünftigen Taktik folgen würden, denn die hatten sie nicht. Aber das schien auch gar nicht nötig zu sein. Laurence hatte eine beträchtliche Belohnung auf jede beschlagnahmte Kanone ausgesetzt, und in ihrem Eifer warfen sich die russischen Tiere wild und ungezügelt in die französischen Reihen hinein, wo sie mit Zähnen und Klauen zugange waren, sodass die bedauernswerten Männer der Artillerie auf der Stelle in alle Richtungen flohen.

»Ich denke, wir müssen bei der nächsten Schlacht einen Bonus draufschlagen für jede Kanone, die nach der Erbeutung noch einsatzbereit ist«, sagte Laurence. Er beobachtete die Lage durch sein Fernrohr. »Wir werden heute mindestens hundert in unseren Besitz bringen, denke ich. Temeraire, würdest du bitte an die Legionen weitergeben, dass sie ihre Aufmerksamkeit auf die rechte Flanke der Franzosen konzentrieren sollen? Wenn wir diese Gruppe von Mittelgewichten dort aufreiben können, dann haben wir eine ordentliche Lücke gerissen für das Vorrücken der Österreicher.«

»Natürlich«, antwortete Temeraire und brüllte eine tiefe Sequenz von drei Tönen, woraufhin sofort einer der Jadedrachen an seine Seite eilte, um die Befehle entgegenzunehmen. Aber noch ehe Temeraire seine Anweisungen geben konnte, flatterte Yu Shen in respektvoller Haltung ein Stückchen zurück, denn plötzlich erschien Ning rechts von ihm und blieb dort in der Luft stehen. *Jetzt* also tauchte sie auf, als alle schwere Arbeit erledigt war, dachte Temeraire abfällig. Er war beinahe den ganzen Tag nicht auf den Boden gekommen und hatte kaum Zeit genug gehabt, um mehr als ein bisschen Hafergrütze zu sich zu nehmen, und die war auch noch kalt gewesen.

»Was gibt's?«, erkundigte sich Temeraire.

»Ich frage mich, ob du in Erwägung gezogen hast, die Legionen in der Mitte einzusetzen«, sagte Ning.

»Nein, keinesfalls«, antwortete Temeraire. »Die Kaisergarde steht fest im Zentrum, unterstützt von hundert Tieren der Inka, in Verbund mit ihren Grand Chevaliers. Außerdem kannst du doch selber die Kanonen sehen. Wir würden sofort überwältigt werden, wenn wir einen solchen Angriff wagen würden, und damit wäre unser gesamter Vorstoß zunichtegemacht. Allein die Vorstellung ist ziemlich absurd … Aber warum machst du so einen Vorschlag?«, fügte er in einem Nachsatz hinzu, denn schließlich siegte doch die Neugier. Er konnte sich einfach keinen Grund dafür denken, es sei denn, Ning hatte vor, sie aus irgendeinem sonderbaren Grund, der nur ihr bekannt war, in eine Falle zu schicken. Doch selbst dann musste Ning sie alle für dumm genug halten, auf sie zu hören.

»Alles, was du sagst, ist völlig richtig«, sagte Ning, »bis man mit einbezieht, dass sich sechzig Schwergewichte ihrem hinteren Ende nähern. Wenn ihr das Zentrum der Franzosen nur ein kleines Stückchen nach vorne ziehen würdet, dann würdet ihr ihre Reihen entscheidend schwächen und sie auf diese Weise insgesamt zum Rückzug zwingen.«

»Aber warum sollten sechzig Schwergewichte im Rücken der Franzosen auftauchen, und woher sollten die kommen?«, fragte Temeraire. Die Vorstellung, dass ihm der Wunsch von irgendeinem besonders wohlmeinenden Geist erfüllt worden wäre, vielleicht dem Gott, von dem Laurence so viel hielt, gefiel ihm sehr. Es wäre nur gerecht, wenn sie einfach hinter Napoleon auftauchen würden, auch wenn ihm nicht klar war, wie ihnen das gelungen sein sollte. »Es können nicht Excidium und Lily aus Spanien sein. Sie haben gerade erst die Pyrenäen überflogen, und überhaupt hatten sie auch da drüben genügend Drachen, um die sie sich kümmern mussten.«

Er hatte einen fragenden Unterton und hegte wider besseren Wissens eine stille Hoffnung, aber Ning sagte: »Das sind sie nicht. Es sind die Drachen, die sich bei Napoleon versammelt hatten. Die, die ihr Tswana genannt habt.«

»Es gibt keinen Grund, warum die Tswana kommen sollten«, sagte Temeraire. »Nicht, dass es nicht wunderbar wäre, wenn sie uns zu Hilfe eilen würden«, fügte er hinzu, »aber ich glaube kaum, dass sie sich auch nur im Geringsten darum scheren, ob *wir* gewinnen oder Napoleon.«

»Auch wenn es völlig fruchtlos ist, über ihre Motive zu spekulieren«, fuhr Ning unbeirrt fort, »so kann man doch auf ihre Intentionen schließen, wenn man bedenkt, dass sie eine ideale Position bezogen haben, um Napoleon in den Rücken zu fallen, und sich bislang geweigert haben, ihm irgendeine Hilfe unter diesen augenblicklich schwierigen Umständen anzubieten. Auf jeden Fall finde ich nicht, dass ihre Motive besonders im Dunkeln liegen. Wenn wir Napoleon besiegen sollten, dann wollen sie gerne, dass wir in ihrer Schuld stehen.«

Temeraire bemerkte, nicht ohne leicht verärgert zu sein, dass Ning sich plötzlich entschieden hatte, sich ihren Reihen anzuschließen, was all ihr Gerede von *wir* und *uns* deutlich machte. »Ja, aber *wir* – das heißt: Laurence und ich selber und unsere Freunde –«, sagte er nachdrücklich, »werden Napoleon nicht in einer einzigen Schlacht schlagen.« Dann aber sah er wieder aufs Schlachtfeld und stellte sich sechzig zusätzliche Schwergewichte vor, woraufhin er langsam hinzufügte: »Laurence … Laurence, wenn wir tatsächlich ihr Zentrum aufbrechen würden … Wenn wir die Kaiserwache in die Flucht schlagen, aber die Tswana einen Rückzug nach Westen blockieren …«

»Ja«, sagte Laurence mit angespannter Stimme. »Ja, dann hätten wir eine Chance, ihn gefangen zu nehmen, falls die Kaisergarde tatsächlich aufgebracht werden sollte.«

»Man hätte sich doch denken können«, sagte Ning mit beißendem Ton, »dass mein Ratschlag auf sicheren Füßen steht. Hättet ihr nicht besser gleich darauf hören sollen?«

Laurence richtete sich in seinen Geschirrriemen auf und lief bis an die Seite von Temeraires Hals, von wo aus er zu Ning hinunterschauen konnte. »Ning«, sagte er auf Chinesisch. »Ich bitte um Entschuldigung, aber ich muss dich bitten, mir vor all diesen Zeugen hier«, er nickte zu Yu Shen und auch zu Yu Guo, die beide ein wenig näher gerückt waren, um besser zuhören zu können, »dein Ehrenwort zu geben, dass die Situation so ist, wie du sie beschrieben hast.«

Ning sagte nachdenklich: »Nun, ich bin bereit, mein Wort zu geben, dass die Tswana hier sind, und zwar mit einer Anzahl von Tieren irgendwo zwischen vierzig und siebzig, von denen der überwiegende Teil Schwergewichte sind, und dass sie ideal platziert sind, um den Franzosen in den Rücken zu fallen. Mehr jedoch kann ich nicht schwören. Wenn ihr mit meinen Schlussfolgerungen nicht einverstanden seid, dann müsst ihr eure eigenen ziehen und weitermachen, wie es euch gefällt. Ich für meinen Teil betrachte meine Pflicht gegenüber China als erfüllt, indem ich euch die Ergebnisse meiner Beobachtungen mitteile und meinen Rat gebe. Wenn ihr euch nun entschließt, euch eine so günstige Gelegenheit entgehen zu lassen, nur weil ihr gerne eine Versicherung hättet, die ich euch nicht mit absoluter Gewissheit geben kann, dann übernehme ich dafür nicht die Verantwortung.«

Laurence schwieg. Temeraire drehte seinen Kopf zu ihm. »Wir sollten die Chance nicht verstreichen lassen«, sagte er ängstlich. Er verstand vollkommen die Vorsicht, die Laurence gerne walten lassen wollte, und natürlich wären sie in einer sehr unangenehmen Situation, wenn die Tswana am Ende doch nicht angreifen würden. Aber er hatte das Gefühl, es schier nicht ertragen zu können, Napoleon *ein weiteres Mal* entkommen zu lassen. Und wer wusste schon, ob er nicht irgendeinen schlauen neuen Weg finden würde, sie zu besiegen? »Vielleicht könnten wir jemanden hinschicken, der sich selber alles ansieht und ein paar Worte mit ihnen wechselt?«

Aber Laurence erwiderte: »Dafür bleibt uns keine Zeit. Wenn überhaupt eine Chance besteht, dann nur eine sehr geringe. Selbst ein schmaler Fluchtweg würde ausreichen, damit Napoleon sich einer Gefangennahme entzieht, und ganz sicher wird er auch so schon bald mit seinem Rückzug beginnen. Der Ausgang dieses Tages ist besiegelt, wenn sich nicht noch etwas ändert.« Er ließ sein Fernrohr zuschnappen und sagte: »Bitte gib den Befehl, dass wir unsere Angriffe sofort auf das Zentrum verlagern.« Zu Temeraires wachsender Freude fuhr er fort: »Und wir müssen auch selber fliegen, um Unterstützung und Ansporn zu sein. Napoleon und besonders Lien werden sich weniger über die Waghalsigkeit eines Frontalangriffs wundern, wenn wir ihnen als Erklärung deinen eigenen Überschwang anbieten.«

Laurence schickte Yu Guo los, um Granby von dem Plan in Kenntnis zu setzen, und dann flogen sie über das Schlachtfeld. Temeraire fühlte sich losgelassen, als wäre er aus einem Kanonenrohr geschossen worden, mit einer ungebremsten Antriebsenergie hinter sich. Die Armeen unten waren in einen Nahkampf verstrickt, der sich stetig weiter ausdünnte. Überall waren französische Soldaten über Felder hinweg auf dem Rückzug in Richtung der Wälder im Westen. Auf den Flanken trieben die berittenen Kosaken Franzosen vor sich her. Aber die Kaisergarde im Zentrum hielt ihre Position auf bewundernswerte Weise. Von oben sahen sie in ihren gleichmäßigen Reihen mit ihren hohen Tschakos wie aufgereihte Schachfiguren aus, und über ihnen zählte Temeraire ein halbes Dutzend Grand Chevaliers in voller Montur, umgeben von einer Wolke von Inkadrachen, die zu unübersichtlich war, als dass die Tiere hätten gezählt werden können. Er entdeckte zwei Copacati, die Giftspucker, und da war auch Maila Yupanqui selbst und kreiste nervös über dem Ende der Reihen.

»Ich bin überrascht, dass er nicht darauf bestanden hat, bei der Kaiserin zu bleiben«, sagte Temeraire mit einem Schnauben.

»Napoleon kann es sich im Augenblick nicht leisten, seine zuverlässigsten Tiere in Paris zurückzulassen«, sagte Laurence.

Sie näherten sich. Temeraire holte tief Luft, brüllte seine Herausforderung und stellte sich vor, wie die dahintersteckende Kraft wellenförmig über die Reihen der Feinde hinwegrollte und sie unter sich begrub. Noch einmal brüllte er, und dann ein letztes Mal, als er beinahe in Angriffsreichweite war. Die Legionen reihten sich hinter ihm ein und brüllten aus voller Kehle im Verbund mit ihm. Die dichte Wolke aus leichteren Drachen an der Spitze von Napoleons Truppen brach auseinander, und die Tiere wurden zur Seite geschleudert wie Steine in der Brandung. Temeraire sah zu seiner Befriedigung, wie Lien den Kopf hochriss und sich ihre Halskrause aufstellte, als sie ihn näher kommen hörte.

Sie senkte den Kopf zu jemandem am Boden neben ihr. Es gelang Temeraire, unter den Männern Napoleon auszumachen, als dieser mit Lien sprach. Der Kaiser trug einen einfachen grauen Mantel und einen blauen, vollkommen schmucklosen Hut. Er sah sogar schlichter aus als die Männer seiner Garde, deshalb könnte es so leicht geschehen, dass er wieder in der Menge unterging, dachte Temeraire besorgt, musste aber den Blick von ihm lösen. Ein halbes Dutzend Leichtgewichte der Inka hatte Kurs auf ihn genommen und kam rasch voran.

Die fedrigen Schuppen der Inkas hatten den Effekt, die Tiere größer aussehen zu lassen, als sie tatsächlich waren, und sie waren außerdem gut geeignet, Blei- und Schrotkugeln abzulenken. Forthing schrie: »Feuer frei!«, und sofort gingen wie als scharfe Antwort die Gewehre los, während die Mittelgewichte näher kamen. Die Tiere der Inka gerieten nicht ins Wanken.

Temeraire drehte sich um und teilte Hiebe mit seinen Klauen aus; sein Blick begegnete den merkwürdigen Augen eines Mittelgewichts: leuchtend grün am äußeren Rand, gelb-blau gestreift im Innern. Das Tier sah zu ihm herüber, einen Moment lang flogen sie im selben Tempo und lagen gleichauf, dann stieß der Inkadrache seinen Kopf nach vorne und versuchte, Temeraire ins Flügelgelenk zu beißen. Dieser legte seinen Flügel an und drehte sich seitwärts zu seinem Gegner, wobei er ein wenig Luft ausatmete. So landete er auf dem Rücken des anderen Tieres, das bei seiner Landung ebenfalls den Atem ausstieß. Temeraire drehte sich weiter, bis er auf der anderen Seite wieder runterrutschte, und beide fielen vielleicht dreißig Meter unter die Wolke aus Drachen.

Temeraire klappte seinen angelegten Flügel wieder aus und fing einen aufsteigenden Windzug ein, während sein Gegner noch darum kämpfte, das Gleichgewicht wiederzuerlangen. Ein Bombenhagel löste sich aus Temeraires Bauchnetz; Challoner schrie unten Befehle, die Temeraire nur schwach hören konnte, und der Inkadrache flog Ausweichmanöver und verlor noch einmal gut dreißig Meter, bis er sich umdrehte und hastig in die sicheren eigenen Reihen zurückeilte.

»Temeraire, aufpassen da oben«, schrie Roland, und dessen Blick schoss nach oben. Er hatte selbst einiges an Höhe eingebüßt, und einer der Copacati wollte den Vorteil nutzen. Wie ein silbergrauer Pfeil raste er auf ihn zu.

»Enterkommando, bereit machen«, rief Laurence, und Temeraire legte seine Halskrause an. Natürlich wäre es fantastisch, einen Copacati gefangen zu nehmen, wenn es ihnen denn gelänge – dieser war ein gutes Stück größer als derjenige, gegen den Iskierka damals in Talcahuano im Zweikampf angetreten war, dachte er. Aber natürlich würde Challoner das Enterkommando anführen. Es wäre ein Elend, wenn er jetzt einen so wunderbaren Leutnant verlieren würde, wo er doch endlich einen gefunden hatte, der ihn vollkommen zufriedenstellte. Temeraire musste sich ziemlich anstrengen, um gegen den Instinkt anzukommen, sich zu schnell wegzudrehen, sodass niemand hinüberspringen konnte.

Der Copacati spuckte: Ein schwarzer Giftstrahl zog sich dünn durch die Luft, doch mit einer geschickten Drehung des Körpers zog das Weibchen in die Höhe und fächerte zweimal mit den Flügeln Luft gegen den Strahl, der sich daraufhin in einer feinen Nebelwolke verteilte. »Temeraire, deine Augen!«, brüllte Laurence, und Temeraire schloss sie sofort ganz fest und wandte den Kopf ab. Laurence schrie ihm zu, wo sie waren, als er blindlings am Himmel entlangschoss. Ein unglückseliges Mittelgewicht geriet ihm in den Weg, versuchte, mit den Klauen nach ihm zu schlagen, wurde jedoch einfach zur Seite gerempelt. Temeraire machte vorsichtig ein Auge einen Schlitz weit auf, als der arme Bursche laut aufzuheulen begann, weil er selber in den Giftnebel hineingeflogen war.

Temeraire jedoch hatte sich außer Reichweite gebracht; mit einem raschen Doppelschlag seiner Flügel war er wieder bei dem Copacati-Weibchen, das gerade einen Kreis beschrieb, um einen neuen Angriff zu fliegen. Temeraire hatte seine Gegnerin zu schnell erreicht, als dass sie noch einmal hätte spucken können, und griff sie von unten an, Bauch gegen Bauch. Die fedrigen Schuppen boten ihm nun einen Vorteil, denn er bekam den Copacati besser zu fassen, als es bei anderen Drachen der Fall gewesen wäre. Er packte sie an den Schultergelenken und schnappte nach der Unterseite ihrer Kehle, was sie dazu zwang, ihren Kopf hoch- und von ihm wegzureißen.

Sie versuchte, ihn mit ihren hinteren Klauen zu verletzen, und zischte dabei wie wild; er selbst konnte ebenfalls nicht brüllen, während er sie zwang, den Kopf von ihm abgewandt zu halten. Seine Bauchbesatzung aber warf Enterhaken aus, die sich an ihrem Geschirr verhakten, und kletterte an den Seilen hoch.

»Bitte Vorsicht, Challoner«, rief Temeraire, als er sich wegdrehte, nachdem alle an Bord des Copacati gelandet waren. »Und ich werde ein Wörtchen mit dir reden, wenn du sie verlieren solltest«, fügte er, an den Copacati gerichtet, in der Sprache der Inka hinzu. »Dann solltest du sie nicht durch die Luft springen lassen!«, gab der Copacati schlagfertig zurück – nicht ganz unberechtigt, wie Temeraire einräumen musste, und schon unternahm sie einen weiteren Versuch, ihn mit ihren langen, glänzenden Zähnen zu erwischen. »Vielleicht werde ich sie auch einfach *behalten*«, stichelte sie.

Temeraire stellte wütend seine Halskrause auf, und mit einer gewaltigen Anstrengung drehte er sie beide um und schlug dem Copacati mit der Seite seines Kopfes kräftig auf den Ansatz ihres Halses. Vom Aufprall schmerzte ihm der Kiefer, aber das war es wert, wenn er damit solchem Gerede Einhalt gebot. Außerdem wurde ihre eigene dürftige Besatzung gründlich durchgeschüttelt und baumelte jetzt an ihren Geschirrriemen, sodass sie zumindest keinen Vorteil gegenüber seinem eigenen Enterkommando auf ihrem Rücken hatte.

»Temeraire, wir müssen uns zurückfallen lassen«, rief Laurence. Die Franzosen sprangen auf den Köder an und drängten überall vorwärts, ihnen entgegen.

Temeraire löste sich nur widerstrebend und stieß sich von dem Copacati ab. Er schlug wild mit den Flügeln und schaffte es, seiner Gegnerin kurz ins Gesicht zu brüllen. Es war nicht genug Zeit, so viel Resonanz aufzubauen, dass er *richtig* brüllen konnte und sie damit zurückgetrieben hätte. Aber sie wich weit genug zurück, sodass Raum zwischen den beiden Kontrahenten entstand. Temeraire ließ sich bis zu den Legionen zurückfallen, die sich in Schwadronen zu jeweils drei Tieren zusammengefunden hatten und nun geschickt die französischen Tiere abwehrten, die auf sie losgingen.

Lange konnten sie nicht gegen eine so viel größere Anzahl von Drachen mit so viel mehr Gewicht als ihre eigene Streitkraft standhalten. Natürlich wollten sie auch gar nichts entgegensetzen: Als sie sich zurückzogen, drängten die Franzosen vorwärts, um an ihnen dranzubleiben, und indem sie das taten, machten sie die Infanterie und die Kanonen der Alten Garde an ihrem Ende verletzlich.

Temeraire jedoch kam nicht umhin, sich ein wenig Sorgen zu machen, als ihre Position unverkennbar immer ungemütlicher wurde. Die Flanken des französischen Luftkorps schlossen sich von beiden Seiten um sie herum, und sie liefen immer mehr Gefahr, sich einkesseln zu lassen. Viele der chinesischen Drachen zogen sich nun ernsthafte Verletzungen zu. Es schien, dass Temeraire in jeder Richtung, in die er schaute, rotgoldene Tiere sah, die aus den Reihen ausscherten und sich zu den Ärzten begaben. Viele von ihnen zogen auf ihrem Flug eine Blutspur hinter sich her. Die übrig gebliebenen Schwadronen rückten diszipliniert zusammen und formierten sich neu. Entlang der Linie in umgekehrter Reihenfolge von links nach rechts rückte jeder Drache, der einen Kampfpartner verloren hatte, auf, um eine Lücke in der nächsten Staffel aufzufüllen. Es wurde fließend erledigt, ohne dass ihr Manöver dafür unterbrochen wurde, aber als Konsequenz rückten ihre Reihen ständig weiter zusammen, sodass die übrig gebliebenen Tiere immer stärker dem Gegner ausgeliefert waren.

Die chinesische Kommandantin Zhao Lien kam von ihrer Position am Ende der Truppen nach vorne geflogen, um sich Temeraire anzuschließen. »Hochverehrter, darf diese demütige Soldatin vorschlagen, dass wir Vorbereitungen treffen, um uns im Schutz der Artillerie zurückzuziehen, wenn es keine Umstände macht?«, was eine höfliche Art und Weise war auszudrücken, wie gründlich er sie ins Unglück gestürzt hatte, dass nun kein Weg mehr hinausführte, außer man ergriff die Flucht. Das würde den Franzosen die Möglichkeit geben, die alliierten Truppen unter ihnen anzugreifen und vielleicht sogar den Ausgang der Schlacht als Ganzes herumzureißen.

Auch Napoleon hatte ihre Not erkannt, möglicherweise sogar noch vor ihnen. Unten am Boden bewegten sich die Reihen der Alten Garde vorwärts, und mit diesem Anker kam der französische Rückzug überall zum Erliegen. Einheiten formierten sich neu und drehten sich wieder um, und Leichtgewichtsdrachen stürzten hinunter, um Kanonen aufzurichten und sie wieder in Schussposition zu drehen.

Das gewaltige Stellwerk von Napoleons Kriegsmaschinerie drehte sich unter der Hand ihres Meisters.

Aber die Bewegung wurde aus der Ferne über den Hügeln vom tiefen Klang von Kriegstrommeln begleitet, die immer lauter und lauter wurden und schließlich sogar das Donnern der Kanonen übertönten: ein dröhnendes Geräusch, das seltsam in Temeraires Schädel widerhallte, während es anschwoll und immer weiter anschwoll. Die anderen Drachen ringsum hielten inne und wandten sich zur hinteren Front der Franzosen um. Schatten lösten sich aus den grauen, tief hängenden Wolkenbänken im Westen. Und dann verschwanden die Wolken, als eine breite Reihe von Drachen sich plötzlich über die Westhänge ergoss, unmittelbar in den Rücken von Napoleons Armee hinein. Drachen in allen denkbaren leuchtenden Farben, und auf jedem Rücken saß ein Reiter, der wie wild auf seine Trommel hieb, um den Takt der Flügelschläge vorzugeben.

Ihre Bäuche waren mit dicken grauen Lederschürzen bedeckt. Sie flogen weder allein noch in Formationen, sondern in kurzen Reihen von vier Drachen, und alle trugen eine seltsame Waffe, die für Temeraire am ehesten wie das Vorderteil einer Sense aussah. Der Keil war aus gebogenen Stoßzähnen von Elefanten gemacht, eingefügt in einen dünnen Rahmen aus Holz und Metall. Die Drachen der Tswana ließen sich nach unten sinken und pflügten damit durch die Reihen, wobei sie Männern, Kanonen und Erdboden gleichermaßen ernsthafte Schäden zufügten.

Die französischen Drachen wirbelten aufgeschreckt herum, um sich dem Vorstoß der Tswana entgegenzustellen, aber kaum hatten sie das getan, schoss die zweite Welle der Tswana-Drachen von weit oben herunter. Sie mussten sehr hoch geflogen sein, um sich jetzt auf diese Weise aus den Wolken lösen zu können, und ihre Fallgeschwindigkeit war enorm. Sie prallten mit schockierender Gewalt auf das Kernstück des französischen Korps auf und brachten ein Dutzend

Tiere zu Boden, die inmitten ihrer eigenen Artillerie und ihrer Männer aufschlugen. Dann kletterten die Tswana ein bisschen benommen von ihren Gegnern herunter, schüttelten sich und schwangen sich wieder in die Luft.

Temeraire sah sich das kurz mit weit aufgerissenen Augen an. Er hatte die Tswana noch nie richtig kämpfen sehen, so Drache gegen Drache. Ja, er hatte mit angeschaut, wie sie die Siedlung in Kapstadt und das Fort zerstört hatten, aber dieser Angriff war in blindem Zorn und Rachedurst ausgeführt worden von Drachen, die durch den Verlust ihres Stammes beinahe um den Verstand gebracht worden waren. Außerdem war der Kampf schon fast vorbei gewesen, als Temeraire eingetroffen war. Dies hier war weitaus systematischer und beeindruckender, um nicht zu sagen: erschreckender. Nach einem kurzen Moment löste Temeraire sich aus seiner Starre, stieß ein Brüllen aus, um die Tswana willkommen zu heißen, und führte die Legionen an, die ihnen zu Hilfe kommen sollten. Das französische Zentrum brach vollständig zusammen; Iskierka und die preußischen Drachen drehten ihre linke Flanke und zwangen die verbliebenen Drachen in das allgemeine Chaos hinter ihnen. Als die Drachen vom Feld waren, begannen sie mit einem gleichmäßigen Bombardement der Infanterieblöcke unter ihnen, und die russische und die preußische Kavallerie griffen ebenfalls an. Mit erhobenen Klingen und unter lautem Brüllen stießen sie in die ungeordneten Reihen der Franzosen vor.

Der französische Rückzug, der halb schon abgebrochen worden war, wurde nun endgültig zur Flucht. Massenhaft rannten die Männer vom Feld, Einheiten lösten sich vollständig auf. Temeraire flog hin und her und probierte, in dem allgemeinen Durcheinander Lien zu erspähen. Auf der linken Flanke entdeckte er Marschall Saint-Cyr, der von einem Petit Chevalier weggeflogen wurde, zusammen mit einer dichtgedrängten Menge von Stabsoffizieren an Bord, die versuchten, bis zur westlichen Ausfallstraße zu gelangen, die noch immer von der französischen Nachhut gehalten wurde, deren mittlerweile fast glühende Kanonen unablässig feuerten.

Die Alte Garde hatte sich oben und unten zusammengezogen, um einen schützenden Käfig rings um den Kaiser herum zu bilden. Hörner wurden geblasen, um die Schwergewichte zurückzurufen, und Temeraire brüllte zornig auf, als er endlich Lien entdeckte, gut versteckt hinter der Artillerie und den Schwergewichtsdrachen. Napoleon war von seinen Soldaten mit Gewalt auf ihren Rücken gedrängt worden. »Laurence, Laurence, sie flieht!«, schrie Temeraire und blieb in der Luft stehen. Halb hoffte er, dass Laurence ihm den Befehl zum Angriff geben würde, damit er sich seinen Weg durch die Menge der Drachen bahnen konnte.

»Es tut mir sehr leid, mein Lieber«, sagte Laurence ernst. »Es sind einfach zu viele …«

Aber plötzlich waren sie nicht mehr zu viele. Die Tswana hatten großen Erfolg mit ihrem Überraschungsangriff gehabt und formierten sich jetzt zu einer großen Einheit in Gestalt einer Speerspitze auf der rechten Flanke der Franzosen. Sie machten sich bereit, herumgeflogen zu kommen und die französischen Schwergewichte in einen Nahkampf zu verwickeln. Es waren ganze fünf Dutzend von ihnen; Temeraire hatte noch dreißig aus den chinesischen Legionen hinter sich, und Eroica führte gut vierzig preußische Drachen an, die von Iskierka unterstützt wurden. Die Franzosen hatten noch annähernd hundert Tiere versammelt, die in enger Formation eine weitere Stunde lang durchhalten mochten, selbst wenn alle gleichzeitig angriffen.

Aber die Tswana brüllten, und Temeraire stimmte ein, und plötzlich stieß Maila Yupanqui, der sehr weit in die Höhe gestiegen war, einen lauten Schrei aus … und suchte sein Heil in der Flucht.

Temeraire starrte ihm verblüfft hinterher. Es war nicht nur er. Sämtliche Drachen der Inka drehten ab, folgten ihm auf der Flucht und fauchten und zischten unterwegs alle Drachen der Franzosen an, an denen sie vorbeikamen. Die stolzen Reihen der Luftkräfte der Kaisergarde waren zerschlagen. Im Zentrum waren insgesamt nur noch dreißig Drachen übrig, und Temeraire hörte Laurence rufen. Seine Flügel begannen bereits zu schlagen und katapultierten ihn vorwärts, genau in dem Augenblick, als sich Lien ebenfalls in die Luft schwang.

21

Ziemlich ungeduldig ließ Laurence zwei Dutzend weitere Glückwünsche über sich ergehen, als er vom Hauptquartier aus zu Temeraires Lichtung zurückkehrte. Die zerknautschte Morgendepesche hielt er immer noch in der Hand. Er kam nur langsam voran: Offiziere, die er noch nie getroffen hatte, hielten ihn auf, indem sie sich tief vor ihm verbeugten, und als er weiterging, hörte er ein ums andere Mal, wie er anhand seines Fliegermantels erkannt wurde.

Er hätte sich geehrt gefühlt durch die Anerkennung und wäre dankbar gewesen für die Herzlichkeit, die ihm entgegengebracht wurde, wenn sie denn seiner eigenen Leistung gegolten hätte. Tatsächlich kam seine Verärgerung zur Hälfte daher, dass ihm und Temeraire die wohlverdienten Lorbeeren geraubt worden waren und man sie stattdessen mit falschen Federn schmückte. Die Depesche verlor kein Wort über den wagemutigen Angriff auf das französische Zentrum durch die chinesischen Legionen, wodurch Napoleon dazu verleitet worden war, seine Garde dem Angriff der Tswana auszuliefern. Den Tswana selbst war überhaupt nur zähneknirschend ein Anteil am Sieg zugestanden worden – eine kurze Erwähnung ihres Angriffs in den Rücken der Franzosen. Überhaupt nicht genannt wurde der Zusammenbruch der Reihen der Inka. Stattdessen, soweit Laurence das beurteilen konnte, sollte die Welt glauben, dass sich er und Temeraire in einem Anfall von Heldenmut und etwas, das man nur als extreme Dummheit bezeichnen konnte, geradewegs hundert Drachen entgegengeworfen und Lien in einem einzigen edlen Kampf besiegt hatten, während offenbar besagte hundert Drachen zugesehen und sich in keiner Form eingemischt hatten.

Er hatte die Depesche an diesem Morgen selbst gelesen und war entsetzt gewesen, aber niemand im Hauptquartier hatte lange genug seinem Protest gelauscht, um irgendwelche Korrekturen zuzusagen. Sie waren alle viel zu beschäftigt damit gewesen, seine Hand zu schütteln. Selbst der Zar hatte ihn persönlich empfangen und ihm lediglich auf die Schulter geklopft. Rasch hatte er Laurence' Redeschwall unterbrochen und seine Bescheidenheit gepriesen.

Also erwiderte er nun die Verbeugungen knapp und lief weiter, ohne sich groß zu unterhalten, außer um sich für die lobenden Worte zu bedanken. Während er langsam vorankam, beschlich ihn nach und nach ein Gefühl der Unruhe. Selbst dann, als er endlich seine Gratulanten hinter sich gelassen hatte und bei der Lichtung angekommen war, wo Temeraire neben Liens schweigender und zusammengerollter Gestalt Wache hielt, fand er sein Gleichgewicht noch nicht wieder und konnte sich nicht auf die vielen Briefe und Berichte einlassen, die ihn auf seinem Schreibtisch erwarteten.

Unruhig kam er wieder aus seinem Zelt heraus und legte Temeraire eine Hand auf die Flanke. »Ich verstehe nicht, warum man so viele Wachen abstellt, um auf ihn aufzupassen«, sagte Temeraire mit ein wenig Missbilligung in seiner Stimme; er meinte damit das Bauernhaus, das in der Nähe zu sehen war und das nun als Gefängnis für Napoleon diente. Es war umringt von drei Einheiten schwerer Infanterie, die alle in strammer Haltung wachsam dastanden. »Es ist ja nicht so, als würde ich es nicht sehen, wenn er versuchen sollte, herauszukommen und zu Lien zu gelangen. So viel könnten sie mir doch wohl zutrauen, denke ich.«

»Ihre Anwesenheit soll jede Hoffnung auf Rettung, die seine Marschälle vielleicht hegen, im Keim ersticken«, erklärte Laurence. »Selbst du könntest mal kurz abgelenkt sein, wenn es ihnen gelingen sollte, mit einer großen Zahl an Drachen zu landen.« Er sah zu dem kleinen Haus und sagte dann abrupt: »Ich bin gleich wieder da, wenn du mich bitte entschuldigen würdest.«

Langsam schritt er zu dem Haus hinüber. Er hatte nur wenige Gewissenbisse wegen der Mühen, die sein Erscheinen für den diensthabenden preußischen Oberst bedeutete, der die Wachen beaufsichtigte und offensichtlich dem Helden der Stunde den Eintritt nicht verwehren wollte. Laurence fürchtete aber, dass sein Kommen als Affront empfunden werden könnte. »Bitte fragen Sie Seine Majestät, ob er mich empfangen will«, sagte Laurence. »Ich will nicht einfach eindringen.«

Der Oberst war erleichtert und schickte jemanden los, um entsprechende Erkundigungen einzuziehen. Offenbar hoffte und rechnete er damit, dass der Kaiser, wenn er die Möglichkeit dazu hätte, jeden Besucher abweisen würde. Doch er wurde enttäuscht, denn Napoleon bat Laurence zu sich.

»Ich werde wohl kaum versuchen, ihn aus seinem Gefängnis zu befreien«, sagte Laurence, der nun doch noch Mitleid mit dem Oberst bekommen hatte. »Schließlich habe ich ihn erst gestern dort hineingesteckt.«

»Ja, Sir«, sagte der Oberst gepresst und ließ ihn gehen.

Im Innern des Bauernhauses war es dunkel, vor allem, wenn man aus dem hellen Licht der strahlenden Morgensonne kam. Laurence stand blinzelnd im Eingang, dann ging er den Flur entlang zu dem einzigen echten Zimmer des Hauses. Napoleon stand am kleinen Fenster und blickte hinaus über den Hügel zu Lien. Die Hände hatte er locker hinter dem Rücken verschränkt. Als er Laurence' Schritte hörte, drehte er sich um und nickte ihm zu: ruhig und beherrscht, obwohl sich all seine Hoffnungen zerschlagen hatten. »Kapitän – oder Admiral, sollte ich wohl sagen. Ich hoffe, Sie sind wohlauf? Sie haben sich in der Schlacht keinerlei Verwundungen zugezogen?«

Laurence verbeugte sich. »Ja, ich bin wohlauf, Majestät.« Dann zögerte er und wusste nicht, wie er fortfahren sollte. Er konnte selbst nicht genau sagen, was ihn hierhergeführt hatte, außer die Tatsache, dass es ihm nicht behagte, mehr Lob einzuheimsen, als ihm eigentlich zustand. Das aber würde Napoleon wohl kaum kümmern. Genauso wenig konnte sich Laurence in irgendeiner Form entschuldigen. Natürlich bedauerte er es nicht, den Kaiser gefangen genommen zu haben, ganz zu schweigen davon, den Frieden jetzt endlich in Reichweite zu sehen.

»Sie sind ein langweiliger Gesellschafter«, brach Napoleon schließlich das Schweigen. »Was bindet Ihre Zunge? Sie sind hergeschickt worden, um mir Bedingungen zu nennen?«

»Nein«, sagte Laurence, im Stillen erleichtert; er konnte sich keine Aufgabe vorstellen, die weniger nach seinem Geschmack gewesen wäre. »Nein. Ich bitte um Verzeihung, Majestät, aber ich wollte lediglich …« Hier brach er ab und suchte erneut nach Worten. Der Kaiser kam ihm zu Hilfe.

»Ah, kommen Sie«, sagte Napoleon, ging quer durch den Raum zu ihm, streckte beide Hände aus und legte sie Laurence auf die Schultern. Dann zog er ihn näher an sich heran und küsste ihn, wie es Sitte in seinem Land war, auf beide Wangen und klopfte ihm schließlich vertraulich mit der Hand sanft auf eine Wange. »Glauben Sie, von all meinen Feinden würde ich ausgerechnet Ihnen Vorwürfe machen? Ich bedauere nur, dass wir uns auf dem Feld als Feinde gegenübergestanden haben, wo Sie doch an meiner Seite hätten sein sollen. Eine Niederlage ist das Risiko jeder Schlacht. Wer das nicht ertragen kann, kann kein Soldat sein. Nun kommen Sie, setzen Sie sich zu mir und berichten Sie mir aus Ihrer Sicht, wie die Kämpfe verlaufen sind. Es geht nichts über die Aussicht von einem Drachenrücken, wenn man den Schlachtverlauf beobachten will, aber ich konnte gestern nicht selbst die ganze Zeit in der Luft sein.«

Und so saßen sie beisammen, sprachen leise über die Verläufe der Kampfhandlungen und skizzierten mit dem angekokelten Ende eines schmalen Holzscheites aus dem Kamin die verschiedenen Manöver auf der Platte eines kleinen Tischchens. Laurence hatte Napoleon in seinen siegreichen Zeiten niemals so bewundert wie jetzt während seiner Niederlage. Seine Gefasstheit im Angesicht der Katastrophe und seine Großzügigkeit einem Mann gegenüber, der ganz unmittelbar an seiner Gefangennahme beteiligt gewesen war, war voller Würde. Beinahe eine Stunde blieben sie völlig ungestört, dann war plötzlich ein Geräusch auf dem Flur zu hören, und Napoleon riss den Kopf hoch, mit einem Schlag hellwach und angespannt aufmerksam wie ein Falke. Schritte kamen den Gang entlang, die weicher klangen als Stiefelabsätze, und Laurence erhob sich, als drei offiziell gekleidete Männer den Raum betraten. Einer von ihnen war Hammond, der große Augen bekam, als er Laurence dort vorfand, und er wurde begleitet von Talleyrand und Graf Metternich.

»Admiral Laurence«, stammelte Hammond. »Ich bin verwundert, Sie hier … Haben Sie …«

»Seine Majestät war so frei, mich zu empfangen«, sagte Laurence und wollte sich verabschieden, doch der Kaiser gab ihm einen Wink.

»Würden Sie Ihren Stuhl vielleicht dem Fürsten von Benevent überlassen, da wir keinen anderen haben?«, bat Napoleon und meinte Talleyrand. »Es kann doch keine Einwände gegen Ihre Anwesenheit geben. Was hier in diesem Raum geschieht, wird schon bald in ganz Europa bekannt sein, und Sie werden das Zimmer nicht mit einer unehrenhaften Geschichte verlassen, es sei denn, dass ich meine Eide gegenüber Frankreich breche, was ich, wie diese Gentlemen ohne Zweifel wissen, niemals tun werde.« Er gab sich einen beinahe lockeren Anschein, aber seine grauen Augen waren hart wie Stahl.

Eine Pause entstand, und eine merkwürdige Stille lag im Raum, während die drei Minister Blicke wechselten. Allen voran Hammond schien Laurence überallhin zu wünschen, nur nicht in diesen Raum, und auch Metternich sah wenig erfreut aus. Talleyrand aber sagte freundlich: »Wie Sie wünschen, Majestät« und hinkte zu seinem Stuhl hinüber. Er ließ sich sinken, beugte sich zum Kaiser und sagte:

»Sire, ich habe die Freude, Ihnen diesen Brief von der Kaiserin auszuhändigen. Mit der Erlaubnis des Zaren wurde mir die Freiheit gewährt, ihr einen Kurier zu senden, um sie über Ihren guten Gesundheitszustand zu unterrichten und im Gegenzug diese Antwort für Sie zu erhalten.«

»Ah!«, sagte Napoleon und griff den Brief mit echter Begeisterung. Er öffnete ihn, las ihn mit gebannter, hungriger Miene und nickte dann kaum merklich. Das Schreiben war nicht lang. Er hatte es rasch überflogen, las es ein zweites Mal und schob es in die Innentasche seines Mantels. »Ich bin Ihnen dankbar für Ihre Freundlichkeit Ihrer Majestät gegenüber. Nun, Gentlemen, bitte ich Sie, nicht länger zu zögern. Sprechen Sie offen: Durch Aufschub gewinnt man nichts.«

Talleyrand verbeugte sich von der Taille ab auf seinem Stuhl: »Sire«, sagte er, »ich komme Ihrer Aufforderung gerne nach. Es ist die übereinstimmende Forderung der alliierten Kräfte, dass Sie als Preis für den Frieden Ihren Thron räumen müssen. Ich bedaure, dass jene, die sich gegen Frankreich zusammengeschlossen haben und kurz davorstanden, das Gebiet einzunehmen, keine andere Lösung in Erwägung ziehen wollten.«

Napoleon machte eine ungeduldige Bewegung, einen kurzen, wegwischenden Wink mit der Hand. Das war nicht von Bedeutung. »Meine Feinde wissen, dass mein Leben in ihren Händen liegt. Sie können mich nach Belieben töten oder verbannen. Aber sie sollen nicht glauben, dass ich, um entweder mein Leben oder meine Freiheit zu erhalten, jemals einwilligen werde, meinen Thron den Bourbonen zu überlassen oder die Errungenschaften zu opfern, die die Revolution für das französische Volk gebracht hat.«

Talleyrand zeigte sich von dieser dramatischen Ansprache unbeeindruckt: »Man ist übereingekommen, dass Sie, Majestät, zugunsten Ihres Sohnes abdanken sollen«, sagte er, »mit der Kaiserin als Regentin.«

Napoleon schwieg. Nach einem Moment sagte er. »Was geschieht mit Frankreich?«

»Nach Ihrer Abdankung sind die gegnerischen Nationen bereit, einen sofortigen Waffenstillstand zu unterzeichnen und die natürlichen Grenzen des Landes anzuerkennen«, sagte Talleyrand. »Sofern Frankreich einwilligt, jeder der alliierten Nationen einen Teil der Dracheneier zu überlassen, die augenblicklich in Ihren Zuchtgehegen heranreifen.«

»Was ist mit Belgien?«, fragte Napoleon sofort.

»Flandern wird Teil der Niederlande«, erklärte Talleyrand. »Wallonien verbleibt bei Frankreich.« Es gab eine weitere kurze Pause. Als Napoleon sich nicht äußerte, fuhr Talleyrand fort: »Im Austausch dafür räumen Sie Ihren Thron und ziehen sich dauerhaft auf die Insel St. Helena zurück. Die Engländer«, hier nickte er Hammond zu, auf dessen Gesicht ein steifer, unbehaglicher Ausdruck lag, »werden die Garantie dafür übernehmen, dass für Ihre Sicherheit und Bequemlichkeit dort gesorgt ist, und auch für Ihren getreuen Drachen.«

Laurence hörte all dies mit an, während er seltsam linkisch am einfachen Kamin stand und auf die schwach glühenden Scheite starrte. Er war sich sowohl der Tatsache bewusst, wie ungehörig es war, dass ihm das alles zu Gehör kam, als auch, dass es unmöglich für ihn war, irgendetwas dagegen zu tun. Zuerst war er entschlossen gewesen, nicht ernsthaft zuzuhören, sondern es so zu handhaben, wie wenn er an Bord eines Schiffes unfreiwilliger Ohrenzeuge eines Gespräches geworden wäre. Wenn dort aufgrund der aufgezwängten Nähe irgendwelche Gesprächsfetzen versehentlich an sein Ohr drangen, dann verstand es sich von selbst, dass das weder in seinem Gedächtnis verankert noch weitergetragen wurde, und das Wissen, das man auf diese Weise erlangt hatte, galt als null und nichtig. Aber er war seinem Vorsatz nicht treu geblieben: Er *hatte* zugehört und verstanden, und er war überrascht. Anders ließen sich seine Gefühle nicht beschreiben. Er war sogar sehr überrascht.

Das Exil war bemerkenswert hart ausgewählt. St. Helena war ein abgelegener, nur halb besiedelter Felsen unter Kontrolle der Ostindischen Kompanie, und sein Wert bestand einzig darin, eine Zwischenstation auf der Seereise nach Asien zu bieten. Die Bevölkerung war samt und sonders auf Schiffen dorthin verfrachtet worden, mehr als die Hälfte von ihnen als Sklaven, und es gab dort nur eine einzige Stadt, die allein auf den Schiffsverkehr ausgerichtet war. Die Entfernung zu jedem anderen Ufer machte die Insel sogar für einen Drachen zu einem sicheren Gefängnis. Zudem kamen selbst die Langstrecken-Kuriere nur unregelmäßig dorthin, was jeden normalen Schriftverkehr unterbinden würde. Napoleon dort wegzusperren, so gründlich abgeschnitten von seiner Frau, seinem Kind und der ganzen Welt, war unbestreitbar grausam und von einer Art, die Napoleon selbst niemals einem seiner besiegten Gegner zugemutet hatte, obwohl er viele Gelegenheiten dazu gehabt hätte.

In jeder anderen Hinsicht jedoch waren die angebotenen Bedingungen dazu geeignet, einen Krieg zu beenden, und es waren keine Konditionen, wie sie im Anschluss vom Sieger diktiert wurden. Laurence wusste, dass es seit Langem die Position der britischen Regierung war, ganz Belgien von Frankreich abzuspalten, um England vor einer weiteren Invasion abzuschirmen. Es war lange schon die Haltung aller Herrscherhäuser Europas, dass die Monarchie in Frankreich wiederhergestellt werden müsse. Wenn Napoleon in Freiheit gewesen wäre und ganz Frankreich leidenschaftlich und vereint hinter sich gehabt hätte, dann hätte es Laurence schon überrascht, wenn ihm solche Bedingungen angeboten worden wären. Nun, wo er nach einer empfindlichen Niederlage ihr Gefangener war, erschienen sie ihm geradezu absurd großzügig.

Er stand mit seiner Verblüffung nicht allein da: Auch Napoleon sagte nichts. Er lehnte sich auf seinem schmalen Stuhl mit dem harten Rücken zurück und starrte Talleyrand lange Zeit schweigend an, auf seinem Gesicht ein beinahe verwirrter Ausdruck, als wisse er nicht, was er von dem, was er gerade gehört hatte, halten sollte. Dann änderte sich seine Miene mit einem Schlag. Die Irritation verschwand, und für einen kurzen Moment legte sich Napoleons Hand auf seine Brusttasche, wo der Brief der Kaiserin steckte. Dann sprang er auf, ging zum Fenster und blieb dort abgewandt stehen, die Schultern sehr angespannt und gerade.

Laurence starrte ihn an, und seine eigene Verwunderung war ungebrochen. Schließlich ließ er den Blick zu Hammond wandern, der ihm auswich und den Anschein erweckte, dass er den nackten Fußboden des Zimmers ungeheuer interessant fände. Auch Metternich sah angespannt aus, reglos und kontrolliert, die Hände vor sich verschränkt. Nur Talleyrand wirkte weder unangenehm berührt noch befangen; sein Blick war vollkommen gelassen, offen und milde. Er war derjenige, der die Stille brach, indem er sich freundlich erkundigte: »Sire, wollen Sie eine Antwort geben?«

Napoleon bewegte seine Hand langsam zur Seite – keine ablehnende Geste, nur eine, mit der er um Bedenkzeit bat. Er schwieg noch ein Weilchen länger, dann sagte er: »Sie haben die Papiere?«

Metternich zog ein Dokument aus seinem Mantel; einen Moment später drehte sich Napoleon vom Fenster weg und nahm es entgegen. Sein Gesicht war nun völlig verändert und sah gänzlich unnahbar aus, als wäre es aus Stein gemeißelt. Rasch las er die Dokumente durch, ohne sich hinzusetzen, dann legte er sie auf den Tisch, griff nach seiner Feder, beugte sich vor und unterzeichnete sie mit einem einzigen, rasch ausgeführten, beschwingten Strich: *Napoleon*. Dann drehte er sich um und gab die Unterlagen Metternich zurück, der sie mit einer Verbeugung entgegennahm.

»Wenn ich Ihnen, Majestät, gegenüber zum Ausdruck bringen darf…«, setzte Talleyrand an.

»Dürfen Sie nicht«, sagte Napoleon sehr kalt und verächtlich über seine Schulter hinweg. Das war nicht die Antwort, die ein Diener, der ihm solche bemerkenswerten Bedingungen ausgehandelt hatte, verdiente. Napoleon ging zurück zum Fenster und verschränkte die Arme hinter dem Rücken. Ohne dass noch ein Wort gesprochen wurde, waren die anderen Anwesenden im Raum entlassen.

Als Laurence hinter den drei Ministern aus dem Bauernhaus trat, verlängerte er seine Schritte und packte Hammond am Arm. »Mr. Hammond«, sagte er, »ich hoffe, dass Sie mitkommen und Temeraire begrüßen werden. Er wird froh sein zu erfahren, dass Sie alle wohlauf sind.«

»Oh!«, sagte Hammond steif. Er blickte sehnsüchtig zu der Sänfte, die darauf wartete, ihn zurück zum Hauptquartier zu bringen. Dann sagte er: »Gentlemen, ich hoffe, Sie werden mich entschuldigen«, und verbeugte sich vor seinen beiden Begleitern.

Gemeinsam mit Laurence lief er quer über das Feld in Richtung von Temeraires Lichtung. Hin und wieder stolperte er oder musste seine Schnallenschuhe aus der umgepflügten Erde ziehen. Laurence wartete, bis sie ganz unter sich und außer Hörweite waren, dann sagte er: »Ich habe das Gefühl, mich in einer ganz falschen Position zu befinden, Mr. Hammond, und ich wäre dankbar für Ihre Hilfe, mich daraus zu befreien. Ich bedaure, dass alle Depeschen heute Morgen in solch außerordentlicher und unzutreffender Weise von meinem und Temeraires Anteil an der gestrigen Gefangennahme des Kaisers berichten.«

Es war ein Schuss ins Blaue, aber er hatte Erfolg. Hammond sah ihn rasch und in die Enge getrieben an. Mehr brauchte es nicht zusätzlich zu Napoleons eigener Reaktion, um Laurence zu bestätigen, dass da noch etwas anderes im Busche war.

»Ich werde jedes Missverständnis so gründlich wie möglich ausräumen, sobald ich kann«, fuhr er fort. »Wenn die Tswana Napoleons Rückzug nicht vereitelt hätten, hätten wir nichts ausrichten können, und dass wir ihn am Ende gefangen nehmen konnten, ist ganz und gar der Panik und der Flucht von Napoleons Inka-Eskorte geschuldet. Die Depeschen lassen es so klingen, als hätten wir ihn im Angesicht einer gewaltigen Drachenstreitkraft gefangen genommen, was uns in wahrlich heroischem Licht dastehen lässt, wo wir doch einzig unsere Pflicht getan haben, und zwar in einer, wie ich hoffe, ehrenvollen, aber keineswegs bemerkenswerten Art und Weise.«

»Admiral«, sagte Hammond. »Ich bitte Sie, keine Einwände zu erheben ... keinerlei Anstrengungen zu unternehmen, um ... Es gibt gewisse Erwägungen ...«

Laurence blieb stehen und sah ihn unverwandt an. »Und was für Erwägungen mögen das wohl sein, Mr. Hammond? Immerhin haben sie Sie und die Minister von vier Nationen dazu gebracht, gemeinsam einen veränderten Bericht von der Schlacht anzufertigen. Und noch dazu sind den Franzosen Bedingungen angeboten worden, bei denen ich sehr erstaunt wäre, wenn London sie unter den gegebenen Umständen gutheißen würde. Der Kaiser ist unser Gefangener, der Krieg endgültig beendet. Und doch übertragen Sie den Thron seinem Sohn ...«

Er brach ab, gerade als Hammond ängstlich die Hand hob, um ihn zu unterbrechen. Zu spät: Laurence hatte es endlich begriffen. Er sah vor seinem geistigen Auge die plötzliche, unerklärliche Flucht von Napoleons Eskorte – die leuchtenden Farben der Inkadrachen, die im Verbund abdrehten und die Handvoll Grand Chevaliers und die anderen französischen Drachen in ihrer Mitte mitrissen.

»Oder sollte ich sagen: seiner Frau«, endete er nach kurzem Moment mit dem bitteren Geschmack von Abscheu in seiner Kehle. »Sagen Sie mir, Hammond, wie lange schon haben Talleyrand und die Kaiserin mit Ihnen ein Komplott geschmiedet, um uns den Kaiser in die Hände zu spielen?«

»Admiral ...« Hammond hob in resignierter Geste die Hände, ließ sie schlaff wieder sinken und sagte frei heraus: »Laurence, was hätten wir denn sonst tun sollen?«

Er drehte sich um und ging mit gesenkten Schultern zurück zur

Sänfte. Laurence stand allein auf dem Feld; das Bauernhaus in der Ferne hob sich klein und dunkel vor dem leuchtend blauen Sommerhimmel ab, und er erkannte die Umrisse eines Mannes, der einsam am Fenster stand.

22

Die Kaiserin stand oben auf der Treppe des Palastes, eine Hand leicht in die Armbeuge des Zaren eingehängt, als wäre sie erschöpft von der Anstrengung, ihre Haltung zu bewahren. Sie erweckte den Anschein, seine Unterstützung zu benötigen, um die Gäste willkommen zu heißen, die zu den Tuilerien hinaufstiegen. Er für seinen Teil gewährte ihr diese Stütze mit einem hochherrschaftlichen, kühlen Gesichtsausdruck. Falls er sich irgendwelche Sorgen wegen der nervösen Inkadrachen machte, die sich allesamt zu enormer Größe aufgeplustert hatten und vom Platz in der Mitte die Vorgänge beobachteten, dann ließ er es sich nicht anmerken, auch wenn mehr als einer der Gäste alarmierte Blicke in ihre Richtung warf. Die Kaiserin löste sich jedoch einen Augenblick lang von ihm, um den König von Preußen mit einer Umarmung zu begrüßen, und gab ihm einen Wink, damit er sich mit seinem Sohn vereinte, der bereits an ihrer Seite wartete.

»Ich bedaure, dass ich niemals seine Mutter kennengelernt habe«, sagte sie, »aber ich habe versucht, ihm das bisschen an Trost zu spenden, von dem ich mir gewünscht hätte, dass mein eigener Sohn ihn empfängt, wenn er ein Gast an Ihrem Hof gewesen wäre. Und ich hoffe, dass er das eines Tages sein wird, nun, da unsere Nationen wieder als gute Freunde dastehen.«

Ihre Stimme war klar und trug weit. Laurence, der unten auf der Treppe darauf wartete, dass er mit der Begrüßung an die Reihe kam, konnte sie gut verstehen, und auch das leise, zustimmende Gemurmel, das sich überall erhob. »Man erzählt sich, dass sie den Prinzen sogar dann noch beschützt hat, als wir in den Krieg eingetreten sind«, hörte Laurence einen preußischen Offizier zu seinem Kameraden sagen. »Wer weiß, was sonst in den Händen Napoleons aus ihm geworden wäre.«

Die Feierlichkeiten waren ganz und gar nicht nach Laurence' Geschmack. Er hatte sich noch immer nicht mit dem Verrat abgefunden, zu dessen Instrument er unwissentlich geworden war, und es missfiel ihm, der Kaiserin vorgestellt zu werden und gezwungen zu sein, ihre Hand zu ergreifen. Er sagte so wenig wie möglich, vermutete aber, dass seine Miene für sich sprach und mehr verriet, als sie sollte. Die Kaiserin sah ihn nachdenklich an, als er sich nach seiner Verbeugung wieder aufrichtete.

Später an diesem Abend bekam er Gewissheit. Die kleine Winters klopfte an seine Tür, gähnend und in zerknittertem Nachthemd, weil sie aus dem Bett gerissen worden war, um Laurence zu holen. Eine Eskorte französischer Wachmänner war gekommen, um ihn zur Kaiserin zu bringen. Unter ihnen war sein früherer Gefängniswärter Aurigny, der sich vor ihm verbeugte. Laurence hatte das Gefühl, sich nicht dagegen wehren zu können, zur Kaiserin zitiert zu werden, sowenig Lust er auch verspürte, noch einmal mit Anahuarque zu sprechen.

Schweigend folgte Laurence seinen Begleitern durch die Gänge zum Salon der Kaiserin, einem kleinen, gemütlichen Zimmer mit einem Balkon, der zu den Gärten hinausführte, wo Maila Yupanqui schlief, dabei jedoch, gut ausgebildet, wie er war, die Augen zu Schlitzen geöffnet hatte und so das erleuchtete Fenster im Blick behielt. Musik wehte aus dem weiter entfernt gelegenen Ballsaal zu ihnen herüber, aber die Kaiserin hatte ihre prächtige Robe abgelegt und saß nun in einem lockeren und behaglichen Webkleid in leuchtenden Farben im Stil der Inka da, das beinahe ihren gerundeten Bauch verbarg. »Kommen Sie und setzen Sie sich zu mir, Admiral«, sagte sie und schickte mit einem Nicken die Wachen fort, die kurz untereinander besorgte Blicke tauschten, ehe sie sich widerstrebend zurückzogen.

»Ich hoffe, Sie fühlen sich wohl, Majestät«, sagte Laurence distanziert und verbeugte sich, ohne jedoch, wie aufgefordert, Platz zu nehmen. Er zog es vor, so viel Abstand wie möglich zwischen sich und der Kaiserin zu lassen, anstatt sich in intime Nähe zu ihr zu begeben. Außerdem war er entschlossen, ihr ausschließlich mit der gebotenen formalen Höflichkeit zu begegnen.

Sie jedoch sagte: »Mir geht es so gut, wie man hoffen darf«, als würde sie den Verlust ihres Ehemannes beklagen, dessen sie sich so geschickt entledigt hatte. Unwillkürlich biss Laurence die Zähne zusammen. Anahuarque lächelte ein wenig. Anscheinend hatte er ihr bestätigt, was sie erwartet hatte. »Aber ich denke, nur wenige Freunde des Kaisers bedauern ihn so sehr wie Sie, sein Feind.«

Angesichts dieser Provokation hatte Laurence sich nicht länger im Griff. »Dass gewisse Leute, deren Liebe er gewiss hätte sein sollen, ihn nicht bedauern, ist unverkennbar.«

»Und Sie zählen mich zu diesen Menschen«, stellte sie unumwunden fest. »Sie irren sich.« Sie wartete einen Moment und musterte ihn aus ihren dunklen, fest auf ihn gerichteten Augen. »Ich möchte, dass Sie mich verstehen, Admiral. Es würde mich grämen, wenn Sie schlecht von mir denken sollten.«

Und noch mehr würde es sie grämen, dachte Laurence, wenn er eine Geschichte verbreiten würde, die so wenig schmeichelhaft für sie war. Kaum jemand außer ihm war in der Lage dazu, und von den Wenigen war er der Einzige, der keinen guten Grund hatte, die Sache zu vertuschen. »Sie schulden mir keine Erklärung, Majestät, und ich wünsche auch nicht, ins Vertrauen gezogen zu werden.«

»Ich erwarte von Ihnen keinerlei Verschwiegenheit, die über das hinausgeht, was Sie Ihrem eigenen Urteil nach für das Beste halten«, sagte sie. »Es macht mich sehr traurig, dass Sie sich vorstellen, ich sei unter den gegebenen Umständen glücklich. Wenn ich meinen triumphierenden Ehemann hier an meiner Seite hätte, einmal mehr der Eroberer Europas – nur dann könnte ich mich eine glückliche Frau nennen.«

»Sie hätten ihn hier als Kaiser von Frankreich haben können«, sagte Laurence. »Wäre das nicht genug gewesen?«

»Aber das konnte ich nicht«, sagte sie. »*Sie* wissen doch, dass ich das nicht konnte. Sie kennen meinen Ehemann, Admiral.«

Das brachte ihn zum Schweigen. Nach einer Pause fügte sie hinzu: »Sie hätten mit mehr Fug und Recht behaupten können, dass ich mich damit hätte zufriedengeben sollen, mit ihm ins Exil zu gehen oder ihn mit nach Pusantinsuyo zu nehmen. Aber es war die Pflicht meines Mannes, alles für den Sieg zu wagen. Und meine Pflicht ist es, das Reich vor einer Niederlage zu bewahren.«

Unwillig begann Laurence, sie ein bisschen besser zu verstehen, ebenso den sonderbaren Rückzug ihrer Drachen in der letzten Phase der Schlacht. Sie hatte den Alliierten lediglich angeboten, Napoleon in ihre Hände fallen zu lassen, wenn er bereits in der Schlacht besiegt worden war – um auf diese Weise rasch einen Krieg zu beenden, der beinahe mit Sicherheit verloren war, den aber Napoleons Geschick und seine Entschlossenheit noch lange hätten ausdehnen können.

»Sagen Sie mir: Wenn die Wahl bei ihm gelegen hätte, glauben Sie, er hätte es vorgezogen, zusammen mit mir in mein Land zu fliehen, oder hätte er lieber seinen Sohn auf dem Thron gesehen, den er gewonnen hatte?«, fragte Anahuarque und sah Laurence fest ins Gesicht. »Beschuldigen Sie mich immer noch, illoyal gewesen zu sein?«

In strategischem Sinne gab es viel zu bewundern bei diesem Plan, der der Kaiserin die Chance bot, die Freude über einen möglichen vollständigen Sieg zu genießen, aber selbst im Falle einer Niederlage nur wenig aufs Spiel zu setzen. Laurence verachtete das Ganze nur deshalb etwas weniger, weil die Verschwörung dahinter weniger groß war, als er geglaubt hatte. Aber er erinnerte sich nur zu deutlich an den Vater, der durch die Flammen von Fontainebleau gerannt war, um seinen Sohn zu retten, ungeachtet der Gefahr, in die er sich selber damit gebracht hatte. Ebenso fiel ihm wieder ein, wie prompt Napoleon die Papiere unterzeichnet hatte, mit denen er sein eigenes Exil akzeptierte und im Gegenzug den Thron an seinen Sohn weitergab.

»Majestät, Sie haben gewählt, was auch Napoleon gewählt hätte«, sagte Laurence knapp. Und das konnte er wahrlich nicht bestreiten.

Er erwartete nicht, dass die Kaiserin ihn bitten würde, mehr zu sagen, und tatsächlich nickte sie ihm zufrieden zu und entließ ihn damit. Als er ging, war er wütend, weil sie das Recht dazu hatte, zufrieden zu sein. Sie hatte ihn tatsächlich so gründlich zum Schweigen gebracht, wie sie es sich nur hatte wünschen können. Zu gerne hätte er das empörende Komplott überall bekannt gemacht und die Anerkennung zurückgewiesen, die er nicht verdient hatte. Er hätte die Kaiserin gerne bloßgestellt, ebenso jene, die diesen Verrat begünstigt hatten, für den er als Instrument ausgewählt worden war. Aber das konnte er nicht, ohne jenem Mann einen noch viel schlimmeren Schlag zu versetzen, der ihr Opfer gewesen war. Dass sie Napoleons Sohn auf seinem Thron haben wollte, daran bestand für Laurence gar kein Zweifel, und auch nicht daran, dass Napoleon diesen Ausgang jeder anderen Form einer Niederlage vorgezogen hätte.

»Aber Laurence, wir haben doch all diese Jahre versucht, Napoleon zur Strecke zu bringen«, sagte Temeraire ein wenig durcheinander. »Willst du sagen, es tut dir jetzt leid, dass er verloren hat?«

»Nein«, sagte Laurence. »Nein, selbst wenn es in meiner Hand liegen würde, würde ich ihn nicht wieder zurück an die Macht bringen, nur …« Er stockte und schüttelte den Kopf, als könne er seine Gefühle nicht so einfach in Worte fassen.

»Nun, Napoleon kam mir nie wie ein übler Bursche vor, aber es tut mir kein bisschen leid, dass Lien verloren hat«, sagte Temeraire. »Und dieses Exil ist genau das, was sie verdient hat, nach der hinterhältigen Art, mit der sie mein Ei behandelt hat. Ich wünschte nur, sie hätten vor, mehr Kanonen ans Ufer zu stellen und auf diese Insel auszurichten, und sie sollten dort auch mindestens vierzig Schwergewichtsdrachen stationieren. Ich denke nicht, dass sie richtig verstanden haben, wozu Lien in der Lage ist.« Er seufzte ein bisschen.

Laurence schüttelte schweigend den Kopf. Er hatte kurz seine Meinung dazu kundgetan und einen Rat gegeben, wie man sich am besten dagegen wappnen sollte, dass Lien eintreffende Schiffe versenken würde, aber er glaubte, dass sie weder von Waffen noch von Wachen lange in Gefangenschaft gehalten werden würde, ganz gleich, wie groß deren Anzahl war. Ein einziges Schiff von Unterstützern, ausgestattet mit Pontons, irgendwo vor dem Ufer, würde eine Flucht bereits ermöglichen. Napoleons wahrer Gefängniswärter würde sein eigener Sohn sein. Auf diese Weise hatten die Minister ihn in ihrer Hand, und er würde auf der Insel bleiben. Solange sie den Jungen auf dem Thron ließen, würde auch Napoleon seinen Teil des Handels einhalten.

»Ich möchte gerne meine Dankbarkeit zum Ausdruck bringen…«, sagte Temeraire ein wenig verunsichert. Er war mit den besten Absichten zu der Lichtung gekommen, auf der die Drachen der Tswana ihr Lager aufgeschlagen hatten, und sie hatten ihn empfangen, aber keiner von ihnen hatte sich ihm im Gegenzug vorgestellt, und sie alle starrten ihn an, ohne zu blinzeln, als erwarteten sie von ihm irgendetwas Unvorhergesehenes. Und das wiederum gab ihm das unbehagliche Gefühl, dass sie vielleicht recht hatten. »… meine Dankbarkeit und natürlich auch die von Admiral Laurence. Und ich darf wohl hinzufügen, dass auch sonst jeder dankbar ist, auch wenn es noch nicht so gezeigt wurde, wie es hätte geschehen sollen. Aber ich glaube, Mr. Hammond hat vor, mit Ihrem Prinzen zu sprechen, sobald sich die Gelegenheit dazu ergibt, und vielleicht darüber zu beraten, Ihre Häfen am Kap wieder zu öffnen, oder …«

»Er kann sich die Mühe sparen«, unterbrach ihn einer der Tswana-

Drachen, ein großer orange-grüner Bursche, rüde. »Du glaubst doch nicht etwa, dass wir irgendeinen von euch Sklavenhändlern jemals wieder in unser Territorium lassen?«

»Oh!«, sagte Temeraire ein wenig empört. *Er* war kein Sklavenhändler. »Dann habe ich wirklich keine Ahnung, warum ihr uns zu Hilfe gekommen seid, wenn ihr uns doch allesamt für Lumpen haltet.«

Ein anderer Drache schnaubte. »Warum sollten wir irgendeinem von euch *helfen*? Wir wollten nicht, dass dieser Napoleon die Dinge regelt, und das hätte er, wenn ihm ein paar Tausend Drachen unterstehen würden. Jetzt kann der Rest von euch sie unter sich aufteilen und uns in Ruhe lassen.«

»Und ich wollte so nett sein«, sagte Temeraire später zu Lily, als er wieder zurück zu ihrem eigenen Stützpunkt geflogen war. Dieser glich ganz und gar nicht einem englischen Stützpunkt, sondern war ein hübscher Ring aus Pavillons, jeder davon groß genug, um einem Dutzend Schwergewichten ein gemütliches Dach über dem Kopf zu bieten, oder auch mehr von ihnen, wenn es ihnen nichts ausmachte, dass ihr Schwanz oder ein Bein nach draußen ragte, und alle ein bisschen zusammenrückten. Die Pavillons standen auf der Spitze eines hohen Hügels, der über Rochefort hinwegblickte, wo sich im Augenblick eine malerische Szenerie darbot. Drei Drachentransporter und ein Segelschiff zweiter Klasse lagen im Hafen vor Anker, und eine Flotte von Fregatten und Beibooten war rings um sie herum verteilt. Zusätzlich waren die Pavillonböden in bester Art und Weise leicht erhöht verlegt worden, sodass genug Raum geblieben war, um Kohlen darunterzuschieben. Das Wetter war heute noch nicht so unangenehm, dass eine Beheizung notwendig war, aber man hatte vorgesorgt. Dies war eine ziemlich unerfreuliche Erinnerung daran, dass sie in England ganz andere Bedingungen erwarten würden, wenn sie schließlich an Bord eines dieser Transporter gegangen und die

Küste hinaufgesegelt wären. »Ich hatte sogar vorgehabt, ihnen ein Geschenk zu machen.«

»Was denn für ein Geschenk?«, fragte Lily interessiert. Es war sehr schön gewesen zu sehen, wie sie und alle anderen aus der alten Formation sich über seinen neuen Reichtum gefreut hatten. Sie waren mit eigenen Neuigkeiten von der Iberischen Halbinsel gekommen. Joseph hatte versucht, mit sagenhaften Bergen von Schätzen aus Spanien zu fliehen, und sie hatten seine Karawane mit nicht weniger als sechs Wagenladungen voller Silberteller aufgebracht. Das Prisengeld hatte ihnen, obwohl es aufgeteilt worden war, einen ordentlichen Batzen beschert.

»Eine goldene Kette«, sagte Temeraire, »mit sehr hübschen Smaragden. Dieser Drache der Inka hat sie mir gegeben, weil sie so furchtbar gerne Challoner behalten wollte.« Er seufzte ein bisschen. Aber als der Copacati sich bereit erklärt hatte, ins Luftkorps zu wechseln, was bedeutete, dass Challoner geradewegs zur Kapitänin aufsteigen würde, hatte Laurence Temeraire davon überzeugt, dass sie ihr nicht im Weg stehen dürften. Temeraire war alles andere als begeistert, aber die Halskette war ein netter Trost gewesen. »Ich bin mir sicher, dass sie ihnen gefallen hätte, aber natürlich werde ich sie ihnen jetzt nicht mehr überlassen, wo sie sich so ungehobelt benommen haben.«

»Du könntest sie stattdessen mir überlassen«, sagte Ning. Sie hatte den Anschein erweckt, gemütlich zusammengerollt auf einem Fleck zu schlafen, an dem die Steine von der Sonne erwärmt wurden, doch sie riss abrupt den Kopf hoch, als hätte sie die ganze Zeit gelauscht.

»Warum sollte ich das wohl tun?«, fragte Temeraire wachsam.

»Als ein Geschenk für den Kaiser«, antwortete Ning. »Als eine Geste des Respekts und der Dankbarkeit und um ihm zu seiner Thronbesteigung zu gratulieren. Ich würde sie ihm zu gerne in deinem und im Namen von Admiral Laurence überreichen.«

Temeraire legte seine Halskrause an. »Dann gehst du also doch nach China zurück und willst hübsch aussehen, wenn du dort ankommst. Ich verstehe.«

»Ich denke, das ist im Augenblick die beste Entscheidung«, sagte Ning ruhig und ignorierte Temeraires Bemerkungen. »Ich sehe nicht, dass der neue Kaiser von Frankreich in den nächsten zwei Jahren sprechen lernt, ganz zu schweigen davon, dass er auf einem Drachen fliegen möchte. Und auf jeden Fall ist es doch wünschenswert, dass seine Stellung erst einmal etwas stabiler wird. In ein paar Jahren könnte es Zeit für mich sein, ihm einen Besuch abzustatten. Im Moment aber sollte ich auf jeden Fall in China sein.«

»Ich weiß nicht, warum du dann für einen Besuch zurückkommen möchtest. Du kannst sie doch nicht *beide* haben«, sagte Temeraire.

»Ich sehe nicht, was dagegen sprechen sollte«, antwortete Ning. »Sie sind beide strategisch exzellent für das kommende Jahrhundert aufgestellt, und man muss doch vorausplanen. Es wäre nicht sinnvoll, ohne Not irgendeine Tür zuzuschlagen. Was der Grund dafür ist, dass du mir die Halskette überlassen solltest«, fügte sie hinzu, »um das Band zu stärken, das der jetzige Sieg, politisch gesehen, weitaus weniger sinnvoll erscheinen lässt. Immerhin gehört die Notwendigkeit eines Vorwandes, um ein Bündnis zu schließen, der Vergangenheit an, und mit dem Tod des Kaisers Jiaqing hat auch die Adoption deines Admirals bedeutend weniger Kraft. Du wärst gut beraten, die Verbindungen zu dem neuen Kaiser jetzt zu stärken, wo die Befriedigung über einen gemeinsamen Sieg seine Gefühle für dich angenehm stärkt. Es kann dir in der Zukunft nur zugutekommen, wenn die Beziehung jetzt bestätigt wird. Schließlich sehe ich nicht einmal, dass Admiral Laurence irgendeinen Posten hat, wenn ihr wieder in England seid, und er scheint bei euren Herrschern auch nicht sonderlich beliebt zu sein.«

Letzteres war noch eine Untertreibung, und Temeraire hatte darüber natürlich noch gar nicht richtig nachgedacht, dass nun, wo sich die alliierten Armeen wieder voneinander trennten, niemand mehr blieb, über den Laurence den Oberbefehl hatte. Ihm wurde ganz unbehaglich zumute, als ihm klar wurde, dass er nicht einmal genau wusste, ob Laurence überhaupt noch ein Admiral war.

»Oh, was das angeht, kannst du ganz beruhigt sein«, sagte Excidium, als Temeraire ihn geweckt hatte, um ihn um Rat zu fragen. »Meine Jane war immer noch Admiralin, selbst als die Strolche in der Admiralität ihr ihren Posten weggenommen hatten, damals, bevor Napoleon bei uns einmarschiert ist. Aber vielleicht schicken sie euch in den Norden von Schottland, um dort Patrouillen zu fliegen, oder sie lassen sich etwas anderes einfallen. Wie dem auch sei: Ning hat nicht unrecht, dass es immer gut ist, wenn man mehr Einfluss hat. Jane hat zu mir gesagt, dass sie so viel Einfluss gewinnt, wie sie es sonst nur in einem ganzen Jahr mit Briefeschreiben erreicht, indem sie sich mit ihrem Kopfschmuck herausgeputzt bei irgendeiner Abendgesellschaft sehen lässt, obwohl sie sich eigentlich lieber aufknüpfen ließe, als zu einem Ball zu gehen. Also lohnt es sich sicher, die Verbindung zu halten, wenn es geht.«

»Und ich bin mir sicher, dass Ning sie gerne für ihre *eigenen* Zwecke bewahren möchte«, murmelte Temeraire hinterher, »vielleicht, damit sie später eine Entschuldigung hat, zu Besuch zu kommen.« Das bedeutete allerdings nicht, dass sie nicht recht hatte. Aber vielleicht wollte Laurence ein solches Geschenk auch gar nicht schicken.

»Ganz sicher würde ich mich nicht aufdrängen wollen«, sagte Laurence, »aber ich kann kaum behaupten, dass *er* unsere Beziehung nicht bestätigt hätte oder sich in einer Weise verhalten hätte, die es mir erlauben würde, diese Versuche zu ignorieren. Abgesehen von der tatkräftigen Unterstützung, die Mianning unserer Nation gewährt hat, hat seine persönliche Freundlichkeit uns gegenüber die größte Wärme und jeden Respekt mehr als verdient. Zuerst müssten seine Gefühle uns gegenüber erkalten, ehe wir befürchten müssten, eine ungewollte Verbindung zu pflegen. Vielleicht kannst du Gong Su befragen, ob ein Geschenk angemessen wäre. Irgendeine Geste wäre aber sicher wünschenswert, denke ich.«

Und natürlich war Gong Su der Meinung, dass eine elegante goldene Kette, groß genug für einen Drachen, in der feinsten Machart der Inka, geschmückt mit einem Dutzend wunderschöner und wertvoller Edelsteine, ein ausnehmend gelungenes Geschenk wäre. Wer würde sich darüber auch nicht freuen, hätte Temeraire gerne mal gewusst. Also ließ es sich nicht ändern, und Temeraire sah untröstlich zu, wie die Kette in einer hübschen Holzkiste verstaut wurde, dick ausgelegt mit weicher Wolle, und an Ning übergeben wurde, kurz bevor diese aufbrach. Die Legionen waren bereits alle zurückgeflogen und hatten nur eine Ehrengarde von vierzig Drachen zurückgelassen, die sie nach Hause begleiten sollte.

»Nun, alter Bursche, wenigstens musstest du kein Geschenk *kaufen*«, sagte Maximus und gab ihm einen Stüber mit dem Maul, um ihn zu trösten, als die Kiste auf und davon flog. Das war tatsächlich ein Trost, außer wenn man darüber nachdachte, welche wunderbare Veränderung an seinem Bankkonto diese Kette bedeutet hätte, wenn er sie stattdessen verkauft hätte. Und so sah er ihr Verschwinden als einen Verlust ebendieser Summe an.

»Tja, Lebewohl und auf Nimmerwiedersehen«, sagte Jane, als sie sich zu Laurence auf das Drachendeck der *Vindication* gesellte. Die *Bellerophon* war draußen am Horizont zu sehen. Lien hockte wenig anmutig auf dem Deck, und eine schwere Eisenkette verunzierte die reine, weiße Linie ihres Halses. Die Segel wurden gesetzt. Jane schüttelte den Kopf. »Ich würde darauf allerdings keinen Penny wetten. Ich wage zu behaupten, dass das Tier von St. Helena aus in nur einem Tag und einer Nacht ein Ufer erreicht, wenn es sich richtig anstrengt, und ganz sicher wird Napoleon *irgendeinen* Vorwand finden, warum er fortmuss, wenn er den Ort erst mal gründlich satthat. Aber vielleicht lässt seine Ehefrau ihn ja vergiften und erspart uns die Aufregung.«

»Deine Hoffnungen könnten sich erfüllen«, sagte Laurence.

»Sehr gut«, erwiderte Jane wohlwollend. »Das war ja beinahe lieblos: Wir machen noch einen Zyniker aus dir. Du willst morgen nach Dover und nach London?«

»Ja«, sagte Laurence und holte tief Luft. »Ich gehe davon aus, dass ich dich dort treffe?«

»Ja, auch wenn ihnen langsam weiß Gott die Ehrungen ausgehen, die sie auf meine Schultern laden können, und Wellington ist sogar noch schlimmer dran. Ich denke, sie werden einen neuen Ritterorden für ihn gründen. Da kommt man im Vergleich dazu mit der Verleihung einer Baronetswürde noch gut weg. Aber ich muss dir etwas ins Ohr flüstern. Ich bin sage und schreibe vier Mal allein im letzten Monat gebeten worden, mich für eine dringend nötige Verstärkung der Präsenz in Halifax einzusetzen. Würdest du gehen, wenn du dorthin beordert werden würdest?«

»Nein«, sagte Laurence. »Ich habe vor, mich zur Ruhe zu setzen, wenn wir zurückgekehrt sind. Ich habe jetzt genug Geld, um Temeraire zu versorgen, und fühle mich bereit, meinen Bruder zu bitten, uns irgendwo auf einem der Höfe unterzubringen.«

Oder sie könnten nach Australien zurückgehen oder nach China. Temeraire hatte jedes Recht, ihn darum zu bitten, nun, da der Krieg gewonnen war. Laurence hatte nicht vor, ihm das zu versagen. Er hoffte nur, zuerst nach Wollaton Hall zurückkehren zu können, um dann, wenn sie weggingen, etwas davon in sich zu tragen und mitzunehmen. Ein großer Teil in seinem Innern sehnte sich nach England, nach seinem Zuhause. Er wollte das Haus in der Dämmerung dastehen sehen, alle Fenster erleuchtet, eine Kindheitserinnerung aus Friedenszeiten. Dort würde er sogar für die unverdienten Ehrungen dankbar sein, mit denen er überschüttet worden war, wenn sie nur seiner Mutter Frieden gaben, und es war gut, dass sich sein Bruder nicht schämen musste, wenn er ihm eine Weile ein Feld überließ, auf dem Temeraire schlafen konnte.

»Ich bin froh, das zu wissen«, sagte Edith leise, als Laurence zu Ende gesprochen hatte. Sie seufzte einmal tief und ließ den Blick zum südlichen Feld wandern, wo ihr Sohn gerade über Temeraires Vorderbeine kletterte, gemeinsam mit Laurence' drei Neffen. Die erste Woche nach Temeraires Eintreffen hatten sie sich am Fenster ihrer Kinderstube die Nasen plattgedrückt, unter dem strengen Blick ihres Kindermädchens. Aber ein paar der Dorfjungen, die weniger gut beaufsichtigt waren, hatten sich gegenseitig angestachelt, zu Temeraire zu laufen und seinen Schwanz zu berühren. Nur vom Fenster aus dabei zuzusehen war zu viel verlangt für hellwache Gemüter. Der mittlere Junge hatte den älteren damit aufgezogen, dass dieser sich das niemals trauen würde, und die Herausforderung war erwidert worden. Als Temeraire aufwachte, war es den Jungen bereits gelungen, an seinem Rücken hinaufzuklettern, und sie waren momentan damit beschäftigt, Napoleon in einer großartigen Luftschlacht zu besiegen, die eine Menge Ähnlichkeit mit den aufgebauschten Berichten hatte, die in letzter Zeit in allen Zeitungen kursierten.

»Nun, so ist es aber überhaupt nicht abgelaufen«, hatte Temeraire sie informiert und seinen Kopf zu ihnen umgedreht. Alle drei Kinder wurden starr und sehr still, aber die Geschichte war einfach zu gut, als dass die Angst um Leib und Leben – wie es ihre aufgelöste Mutter ihnen am Abend vorhielt – die Oberhand gewinnen konnte. Deren Schimpfen und die Proteste ihres Kindermädchens hatten wenig Effekt. Alte Holzschwerter wurden am nächsten Tag aus einer Truhe ausgegraben, und seitdem waren schon endlose Schlachten ausgekämpft worden. Ediths Sohn hatte fünf Minuten lang an ihrem Rockzipfel gehangen, ehe er durch das Gartentor hinausgerannt war, um sich dem unwiderstehlichen Spiel anzuschließen. Sie hatte ihn nicht zurückgehalten, obwohl sich ihre Hände auf ihrem Schoß zusammengekrampft hatten, als wünschte sie halb, sie hätte ihn doch bei sich gelassen.

»Ich bin froh, dass er keine Angst vor Drachen hat«, sagte sie, obwohl sie selber etwas beunruhigt aussah. Der Junge war ihr einziges Kind.

»Ich versichere dir, dass Temeraire gut aufpassen wird«, beruhigte Laurence sie. Temeraire lief tatsächlich eher Gefahr, *zu viel* achtzugeben, denn er hatte sich bereits bei Laurence erkundigt, ob man diese Jungen nicht aufgrund ihrer Verbindung als tatsächlich unter seinem Schutz stehend betrachten könnte.

»Churki schreibt«, hatte er recht sehnsüchtig berichtet, »dass sie endlich Hammonds Familie kennengelernt hat, und dort gibt es sechsundzwanzig von ihnen, wenn man die kleinsten Kinder und seine Cousins mitzählt, was sie natürlich tut.« Er seufzte neidisch. »Sie hat bereits angefangen, ihnen ein größeres Haus bauen zu lassen«, fügte er hinzu, »und ihren Pächtern hat sie geholfen, ihre Felder schneller zu pflügen, was, wie sie sagt, eine große Unterstützung war, weil so viele der jungen Männer in den Krieg gezogen und noch nicht wieder zurückgekehrt sind. Laurence, sollten wir dieses Feld nicht ebenfalls bestellen?«

»Nein, es liegt dieses Jahr brach«, hatte Laurence geantwortet. »Aber wenn du nach einer Beschäftigung suchst, dann bin ich sicher, dass der Verwalter meines Bruders hocherfreut über deine Hilfe wäre.« Er war erstaunt gewesen, als er feststellte, dass sich ein ständig anwachsender Clan von Gelben Schnittern draußen vor Nottingham angesiedelt hatte, der nun regelmäßig überall in der Stadt und in der umliegenden Landschaft zu sehen war. Meistens trugen die Drachen schwere Ladungen Kohle aus den Gruben, aber sie übernahmen auch bereitwillig andere Arbeiten. Mehr als einmal hatten sie sich auf dem Anwesen nützlich gemacht, wie sein Bruder ihm berichtet hatte.

Temeraire hatte tatsächlich seitdem Befriedigung daraus gezogen, riesige Ladungen an Holz und Steinen heranzuschaffen, die für Reparaturarbeiten dringend gebraucht wurden, und er hatte angeboten, noch mehr zu bringen, falls sie die Ruinen der Abtei hinter dem Haus wieder aufbauen wollten, welche irgendwann im elften Jahrhundert niedergebrannt war. Sogar den Nachbarn, von denen einer Ediths Vater war, hatte er sich angedient.

Lady Galman hatte Laurence infolgedessen mit einer Einladung bedacht, die die beiden Familien für ein Abendessen zusammenbringen sollte. Nach kurzem Zögern hatte Laurence eingewilligt. Keine Belobigungen konnten ihn dazu bringen, sich nun wieder unbeschwert in die Gesellschaft hinauszuwagen, aber er hatte mit Edith sprechen wollen. Er hatte ihr vor langen Jahren über seine Mutter geschrieben, um ihr von den Umständen des Todes ihres Ehemanns während der Invasion Englands zu berichten, die so heroisch waren, dass er sie darüber in Kenntnis setzen wollte. Und er hoffte, dass dies den Schmerz ihres Verlustes abmildern würde. Aber er hatte das Gefühl, dass dieser indirekte Bericht unzureichend gewesen war, und er spürte den Drang, es besser zu machen, falls sie mehr in Erfahrung bringen wollte.

»Ich bin froh, das zu wissen«, sagte sie jetzt. Sie hatten kurz beim Abendessen gesprochen, und sie war an diesem Morgen vorbeigekommen in der Hoffnung auf ein wenig mehr Privatsphäre. »Und ich bin froh, dass ich es meinem Sohn erzählen kann, wenn er älter ist. Ich wünschte nur …« Sie stockte einen Moment, und Laurence war sich nicht sicher, ob sie weitersprechen wollte. »Ich wünschte nur, ich hätte nicht das Gefühl, dass Bertram einen Weg verfolgt hat, für den ihn keine Ausbildung und keine Neigung vorbereitet haben«, sagte sie schließlich leise. »Und alles nur, damit ich eine hohe Meinung von ihm bekomme. Er hätte ganz sicher sein sollen, wie sehr ich ihn auch so schätzte.«

Laurence schwieg. Es war lange Jahre her, seitdem er und Edith auf solch vertraute Weise miteinander gesprochen hatten. Aber es hatte auch vorher schon lange Trennungen zwischen ihnen gegeben, die seiner Karriere bei der Marine geschuldet waren. Er tat nicht so, als ob er sie nicht verstünde. Bertram Woolvey war vor seinem Tod vollkommen unscheinbar gewesen. Er war ein Gentleman, der seiner Frau ein behagliches Heim und einen Platz in der angesehenen Gesellschaft gesichert hatte, als Laurence keinerlei Aussicht mehr auf das eine oder das andere gehabt hatte. Aber ein Mann wollte in den Augen seiner Frau noch etwas anderes sein als ein sicherer Hafen, vor allem, wenn sie zuvor nach mehr gesucht hatte.

»Seine Hilfe war beträchtlich«, sagte er schließlich – der einzige Trost, den er bieten konnte. »Ich weiß nicht, ob wir ohne sein Dazutun Iskierka hätten befreien können, und ihr Verlust wäre eine Katastrophe gewesen.«

Edith nickte knapp, noch immer mit gesenktem Kopf. Dann hob sie ihn und lächelte ihn mühsam an. »Wirst du lange in Nottingham bleiben? Oder ruft dich die Pflicht schon bald wieder fort?«

»Die Pflicht nicht. Ich habe mich aus dem Korps zurückgezogen«, sagte er. »Doch vielleicht ist es der Wunsch. England ist kein freundliches Land für Drachen. Wir haben aber noch keinerlei Pläne.«

In dieser Nacht, als es dunkel geworden war und Laurence sein Buch zugeklappt hatte, sagte Temeraire: »Laurence, es scheint einfach nichts mehr auf dem Anwesen zu tun zu geben, bei dem ich mich irgendwie nützlich machen kann. Mr. Jacobs« – der Verwalter seines Bruders – »hat mir das mehrfach versichert.«

»Es war nett von dir, dass du dir solche Mühe gegeben hast«, sagte Laurence. »Du brauchst aber nicht das Gefühl zu haben, dass du dir deinen Lebensunterhalt verdienen musst, mein Lieber. Wir haben genügend Geld. Wir sollten die Gastfreundschaft zwar nicht überstrapazieren, aber das haben wir ja noch nicht. Mein Bruder hat mir versichert, dass er unsere Anwesenheit nicht als Last empfindet und dass es auch aus der Nachbarschaft noch keinerlei Klagen gegeben hat.« Tatsächlich war Laurence eher Befriedigung darüber entgegengeschlagen, dass Englands Heldendrache in der Nähe wohnte. Als sich die Nachricht von Temeraires Präsenz verbreitet hatte, hatte er sogar Teller gesehen, auf denen Temeraire gemalt war und die in der Stadt zum Verkauf angeboten wurden. Kutschen machten auf der Straße Rast, wenn sie am Anwesen vorbeikamen, sodass die Reisenden aussteigen und von Weitem einen Blick auf ihn werfen konnten. Laurence erwartete nicht, dass diese Modeerscheinung lange andauern würde, aber er war froh, dass sein Bruder nicht gezwungen war, sich irgendwelche Klagen seiner Nachbarn anzuhören.

»Nein, ich bin mir nur nicht sicher, was wir mit uns anfangen sollen«, sagte Temeraire. »Ich dachte, ich hätte so viele Dinge zugunsten des Krieges aufgeschoben, aber nun fällt mir überhaupt nichts ein. Oder vielleicht denke ich an alle gleichzeitig, sodass sich keins davon in meinem Kopf herauskristallisiert.« Er stieß einen kurzen Seufzer aus. »Ich bin froh, dass du dich zur Ruhe gesetzt hast und die Admiralität uns jetzt nirgendwo hinschicken kann, wo es nicht schön ist. Aber es lässt sich nicht leugnen, dass es manchmal auch ganz praktisch ist, sich wegschicken zu lassen und etwas zu tun zu bekommen.«

Laurence holte tief Luft und fragte: »Willst du vielleicht wieder nach China zurückkehren?« Er hatte es kommen sehen und war darauf vorbereitet. Er war nur froh, dass er die Gelegenheit gehabt hatte, für so lange Zeit nach Hause zu kommen. So hatte er seine Mutter gesehen und festgestellt, dass sie ihren Frieden gefunden hatte. Sie hatte sich auf das Altenteil zurückgezogen, das sich nur in kurzer Entfernung vom Haupthaus befand, und er war jeden Tag hinübergeritten, um sie zu besuchen. Er hatte am Grabstein seines Vaters gekniet. Aber der Frühling war in den Sommer übergegangen, und bald schon würde der Herbst hereinbrechen. Es gab keine Gebäude auf dem Gelände, in denen Temeraire hätte schlafen können, und Laurence wollte den guten Willen seines Bruders auch nicht so weit ausreizen, dass er vorgeschlagen hätte, einen Pavillon zu bauen. Wenn sie vorhatten, nach China zu fliegen, dann wäre es am leichtesten, die Überlandroute zu nehmen, und je eher sie aufbrechen würden, umso besseres Wetter würde sie erwarten.

Temeraire schwieg. »Ich würde China gerne wieder *besuchen*«, sagte er langsam. »Aber ich wüsste nicht, was ich dort tun sollte, wenn wir dort bleiben würden, außer mich ebenfalls wie ein unbequemer Gast zu fühlen, genau wie hier. Und mir würde es leidtun, alle meine Freunde zu verlassen, gerade jetzt, wo es endlich in unserer Macht steht, sie zu besuchen, wann immer uns danach ist. Es ist nur ein halber Tagesflug bis nach Dover, um Lily und Maximus zu sehen, oder nach Edinburgh, wenn ich Iskierka treffen wollen würde. Nicht, dass ich Iskierka unbedingt treffen will«, fügte er rasch hinzu. Es hatte ein gewisses Maß an ungerechtfertigter Selbstgefälligkeit hinsichtlich Granbys Beförderung zum Admiral gegeben, was einen Streit vom Zaun gebrochen hatte, der noch immer nicht richtig beigelegt war. »Aber natürlich ist ja Granby bei ihr, und ich bin mir sicher, du willst ihn ab und an sehen. Es ist hier aber natürlich nicht so komfortabel wie in China, und selbst wenn es Pavillons gibt, sind sie nicht annähernd so hübsch. Doch um fair zu sein: Die Dinge haben sich schon ein gutes Stück weiterentwickelt. Ich erinnere mich noch gut daran, wie ich nirgendwo hinkommen konnte, ohne dass die Leute schreiend davongelaufen sind. Ich dachte, das wäre etwas, was Menschen nun mal tun, so wie Kühe. Und jetzt winken sie mir vom Hügel aus mit ihren Taschentüchern zu, wenn ich zu ihnen hochschaue, und der Verwalter hat ganz vernünftig mit mir gesprochen. Perscitia hat mir erzählt, das liegt an unserer Arbeit – nun, sie sagt, das haben wir vor allem *ihrer* Arbeit zu verdanken. Ich weiß, dass es ihr lieber wäre, wenn ich bliebe und ihr helfen würde. Ich weiß nur nicht genau, wie wir alles arrangieren sollen, wenn wir bleiben würden.«

Eine Kutsche kam auf der Straße näher, während sie beisammensaßen. Die Laternen hüpften auf und nieder und zeigten so das Vorankommen des Gefährts im Dämmerlicht an. Die Pferde mit ihren ordentlich beschlagenen Hufen klapperten gleichmäßig auf dem Weg voran und kümmerten sich erfreulicherweise kein bisschen um Temeraires Nähe. Die Kutsche machte auf der Straße halt, und ein Gentleman stieg aus. Er wollte sich nicht damit zufriedengeben, aus der Ferne zu beobachten, sondern stapfte quer über das Feld auf sie zu. Jetzt hob Temeraire den Kopf, seine Halskrause richtete sich auf, und er sagte: »Tharkay, wie elegant du aussiehst.«

»Ich hoffe, ihr verzeiht mir, dass ich hier so unangekündigt hereinschneie«, sagte Tharkay. Er war tatsächlich ungewöhnlich prächtig gekleidet, mit wunderbar polierten Hessenstiefeln, einem gefütterten Umhang und einem mit Gold beschlagenen Gehstock.

»Du bist sehr willkommen, Tenzing«, sagte Laurence und stand auf, um ihm die Hand zu schütteln, »wenngleich dein Besuch auch unerwartet ist. Wir haben in Paris nach dir Ausschau gehalten.«

»So vergnüglich die Zurschaustellung der kaiserlichen Macht auch anzusehen gewesen sein mag – ich wurde in meinen persönlichen Angelegenheiten weggerufen«, sagte Tharkay. »Man hätte erwartet, dass ein Prozess, der beinahe zwanzig Jahre verschlungen hat, auch einige wenige Wochen Aufschub verkraftet hätte, aber unter den gegebenen Umständen wollte ich nichts aufs Spiel setzen.«

»Dann hast du deinen Fall gewonnen?«, fragte Laurence.

»In der Tat«, antwortete Tharkay. »Allerdings nicht ohne mehrere Fürsprachen zu meinen Gunsten. Ich muss dir noch einmal für deine Aussage danken.«

»Ich vermute, dass sie dir zunächst eher geschadet als genutzt hat, da sie von mir stammte«, sagte Laurence. »Aber wenn mein augenblicklicher Ruhm ihr wieder zu Wert verholfen hat, dann freue ich mich darüber.«

»Oh, dein Stern sinkt und steigt mit so großer Regelmäßigkeit, dass es nur eine Frage der Zeit war«, sagte Tharkay.

»Dann hast du jetzt endlich dein Anwesen!«, jubelte Temeraire und fragte, ohne noch abzuwarten: »Und verrate mir, wie hoch sind die Mieteinnahmen, so nennt man das doch, oder? Und der jährliche Ertrag?«

»Beschämend niedrig«, erwiderte Tharkay. »Meine Cousins und der Treuhänder haben alles vernachlässigt und so viel beiseitegewirtschaftet, wie sie nur konnten. Es wird eine Zeit lang dauern, bis ich die Dinge wieder richtig geordnet habe. In einer Hinsicht aber ist das Anwesen so, wie man es sich wünscht. Vielleicht wisst ihr von den neuen Sitzen, die für Drachen vorgesehen sind?«

»O ja«, sagte Temeraire. »Zwanzig. Perscitia hat mir davon geschrieben.«

»Die Regierung hat beinahe alle Sitze an abgelegene Regionen auf dem Land vergeben und es geschafft, die gesamte Belegschaft an diensthabenden Drachen und Tieren in den Zuchtgehegen, die sich schon zur Ruhe gesetzt haben, zu drei Wahlbezirken zusammenzufassen. Die Grenzlinien sind sehr einfallsreich gezogen worden. Die anderen Gebiete sind beinahe vollständig von Wilddrachen bevölkert, und die Regierung hält es für sehr unwahrscheinlich, dass sie zum Wählen erscheinen werden.«

Temeraire schnaubte. »Ich schätze, es war zu erwarten, dass die Regierung ihre Versprechen auf so schäbige Weise einlöst. Nun, dann müssen Perscitia und ich es hinkriegen. Ich werde Ricarlee bitten zu kandidieren. Ich finde, das Parlament hat ihn verdient.«

Tharkay sagte: »Soweit ich informiert bin, fallen meine eigenen Ländereien in einen dieser vakanten Bezirke. Da in diesem Gebiet, soviel ich weiß, keinerlei Drachen leben, fürchte ich, dass nicht viel Gesellschaft zu erwarten ist, aber ich habe einen beachtlichen Wald für die Jagd, und ich wäre froh, wenn du dir jeden beliebigen Platz aussuchst, an dem du gerne einen Pavillon bauen lassen willst, und dich selber häuslich einrichtest.«

»Ich fürchte, wir sind unbequeme Hausgäste«, sagte Laurence nachdenklich. »Bist du sicher, dass du eine so weitreichende Einladung aussprechen willst?«

»Ich freue mich darauf, in der Vorstellung meiner Pächter als Tyrann in Erscheinung zu treten«, sagte Tharkay auf seine ihm eigene Art. Sie sprachen noch ein wenig länger, während die Sonne unterging, und verabredeten sich zum Frühstück am nächsten Morgen in dem Gasthaus, in dem Tharkay untergekommen war. Dann brach er wieder auf und ließ sie taktvoll allein, ganz offensichtlich, um ihnen eine ungestörte Unterhaltung zu ermöglichen.

»Nun, Laurence, das ist doch wunderbar, finde ich«, sagte Temeraire. »Glaubst du, dir könnte das gefallen? Aber vielleicht willst du lieber wieder zurück zu unserem Pavillon in Australien. Ich weiß, dass du von Politik nichts hältst.«

Einen Moment lang blitzte vor ihrem geistigen Auge die Sonne über den Blauen Bergen, schien rotgolden auf die Steinblöcke ihres halb fertiggestellten Pavillons und goss ihr Licht in das darunterliegende Tal und über die leise muhende Rinderherde. Eine weitere Erinnerung an ein Zuhause, an Frieden und Einfachheit. Aber das wäre nur eine Flucht, beinahe ein Aufgeben. Die Belohnung für den Dienst, den sie geleistet hatten, bestand ohne jeden Zweifel darin, mehr zu fordern. Laurence konnte nicht so tun, als sei Temeraires Arbeit schon beendet, selbst wenn man das von seiner eigenen vielleicht sagen konnte.

»Nein, mein Lieber«, sagte Laurence. »Ich glaube nicht, dass ein Leben im ereignislosen Ruhestand unser Schicksal ist, und das sollte es auch nicht sein. Und bis sich das geändert hat, wird unser Tal auf uns warten.« Er legte eine Hand auf Temeraires Nüstern und sah nach Norden und nach Westen, zur Meeresküste und in Richtung seines Zuhauses. »Tharkays Anwesen liegt in den Peaks. Ich denke, du wirst die Landschaft dort sehr mögen.«

»Da habe ich keine Zweifel, Laurence«, sagte Temeraire. »Und ganz bestimmt wird es auch fabelhaft sein, im Parlament zu sitzen.«